O Símbolo
Perdido

DAN BROWN

O SÍMBOLO PERDIDO

SEXTANTE
FICÇÃO

Título original: *The Lost Symbol*
Copyright © 2009 por Dan Brown
Copyright da tradução © 2009 por Editora Sextante Ltda.

Este livro é uma obra de ficção. Os personagens e os diálogos foram criados a partir da imaginação do autor e não são baseados em fatos reais. Qualquer semelhança com acontecimentos ou pessoas, vivas ou mortas, é mera coincidência.

tradução: Fernanda Abreu

preparo de originais: Fabiano Morais e Virginie Leite

revisão: Luis Américo Costa, Sheila Til e Tereza da Rocha

diagramação: Valéria Teixeira

foto da capa: Murat Taner/Getty Images

design da capa: Michael J. Windsor

adaptação da capa: Raul Fernandes

impressão e acabamento: RR Donnelley

CIP-BRASIL. CATALOGAÇÃO-NA-FONTE
SINDICATO NACIONAL DOS EDITORES DE LIVROS, RJ

B897s   Brown, Dan, 1964-
            O símbolo perdido / Dan Brown [tradução de Fernanda Abreu]. Rio de Janeiro: Sextante, 2009.

            Tradução de: The lost symbol
            ISBN 978-85-99296-55-4

            1. Sinais e símbolos - Ficção. 2. Ficção americana.
            I. Abreu, Fernanda. II. Título.

09-5321   CDD 813
                                           CDU 821.111(73)-3

Todos os direitos reservados, no Brasil, por
Editora Sextante Ltda.
Rua Voluntários da Pátria, 45/1.407 – Botafogo
22270-000 – Rio de Janeiro – RJ
Tel.: (21) 2286-9944 – Fax: (21) 2286-9244
E-mail: atendimento@esextante.com.br
www.sextante.com.br

Para Blythe

AGRADECIMENTOS

Meus sinceros agradecimentos a três amigos queridos com quem tenho a grande honra de trabalhar: meu editor, Jason Kaufman; minha agente, Heide Lange; e meu advogado, Michael Rudell. Além disso, gostaria de expressar minha imensa gratidão à Doubleday, a meus editores mundo afora e, é claro, a meus leitores.

Este livro não poderia ter sido escrito sem o generoso auxílio de incontáveis pessoas que compartilharam comigo seus conhecimentos em suas áreas de especialidade. A todos vocês, manifesto meu profundo apreço.

Viver no mundo sem tomar consciência do significado do mundo é como vagar por uma imensa biblioteca sem tocar os livros.

Os Ensinamentos Secretos de Todos os Tempos

FATOS

Em 1991, um documento foi trancado no cofre do diretor da CIA. O documento continua lá até hoje. Seu texto em código inclui referências a um antigo portal e a uma localização subterrânea desconhecida. O documento também contém a frase: *"Está enterrado lá em algum lugar."*

Todas as organizações citadas neste romance existem, incluindo a Francomaçonaria, o Colégio Invisível, o Escritório de Segurança, o Centro de Apoio dos Museus Smithsonian (CAMS) e o Instituto de Ciências Noéticas.

Todos os rituais, informações científicas, obras de arte e monumentos citados neste romance são reais.

O segredo é saber como morrer.

Desde o início dos tempos, o segredo sempre foi saber como morrer.

O iniciado de 34 anos baixou os olhos para o crânio humano que segurava com as duas mãos. O crânio era oco feito uma tigela e estava cheio de vinho cor de sangue.

Beba, disse ele a si mesmo. *Você não tem nada a temer.*

Como rezava a tradição, ele havia começado aquela jornada vestido com os trajes ritualísticos de um herege medieval a caminho da forca, com a camisa frouxa deixando entrever o peito pálido, a perna esquerda da calça arregaçada até o joelho e a manga direita enrolada até o cotovelo. De seu pescoço pendia um pesado nó feito de corda – uma "atadura", como diziam os irmãos. Nessa noite, porém, assim como os companheiros que assistiam à cerimônia, ele estava vestido de mestre.

O grupo que o rodeava estava todo paramentado com aventais de pele de cordeiro, faixas na cintura e luvas brancas. Em volta do pescoço usavam joias cerimoniais que cintilavam à luz mortiça como olhos espectrais. Muitos daqueles homens ocupavam cargos de poder lá fora, mas o iniciado sabia que suas posições mundanas nada significavam entre aquelas paredes. Ali todos eram iguais, irmãos unidos pelo juramento compartilhando um elo místico.

Correndo os olhos pelo impressionante grupo, o iniciado se perguntou quem, no mundo exterior, seria capaz de acreditar que todos aqueles homens pudessem se reunir em um mesmo lugar... principalmente *naquele* lugar. O recinto parecia um santuário sagrado do mundo antigo.

A verdade, porém, era ainda mais estranha.

Estou a poucos quarteirões da Casa Branca.

Aquele edifício colossal, situado no número 1.733 da Rua 16 Noroeste, em Washington, D.C., era a réplica de um templo pré-cristão – o Templo do Rei Mausolo, o primeiro *mausoléu*... um lugar para onde se era levado após a morte. Diante da entrada principal, duas esfinges de 17 toneladas montavam guarda ao lado das portas de bronze. O interior era um labirinto de câmaras ritualísticas, corredores, alcovas secretas, bibliotecas e até mesmo um compartimento contendo os restos mortais de dois corpos humanos. O iniciado havia aprendido que cada cômodo daquele edifício guardava um segredo, mas sabia que nenhum deles ocultava mistérios mais profundos do que a câmara colossal na qual se encontrava agora, ajoelhado, segurando um crânio nas mãos.

A Sala do Templo.

Sua forma era a de um quadrado perfeito. E o ambiente era sombrio e grandioso. O teto altíssimo se erguia a surpreendentes 30 metros, sustentado por colunas monolíticas de granito verde. Ao redor da sala, fileiras de cadeiras russas de nogueira escura, estofadas com couro de porco trabalhado à mão, estavam dispostas em níveis. Um trono de 10 metros de altura dominava a parede oeste, e um órgão escondido ocupava o lado oposto. As paredes eram um caleidoscópio de símbolos antigos… egípcios, hebraicos, astronômicos, alquímicos e outros ainda desconhecidos.

Nessa noite, a Sala do Templo estava iluminada por uma série de velas minuciosamente posicionadas. Seu brilho fraco era complementado apenas por um facho de luar que entrava pela ampla claraboia do teto jogando luz sobre o elemento mais surpreendente da sala – um imenso altar feito de um bloco maciço de mármore belga preto polido, situado bem no meio do recinto quadrado.

O segredo é saber como morrer, lembrou o iniciado a si mesmo.

– Chegou a hora – sussurrou uma voz.

O iniciado deixou seu olhar subir até o rosto do distinto personagem vestido de branco à sua frente. *O Venerável Mestre Supremo*. O homem, de quase 60 anos, era um ícone norte-americano, estimado, robusto e dono de uma fortuna incalculável. Seus cabelos outrora escuros estavam ficando grisalhos, e o semblante conhecido refletia uma vida inteira de poder e um vigoroso intelecto.

– Preste o juramento – disse o Venerável Mestre, com uma voz suave feito a neve. – Complete sua jornada.

A jornada do iniciado, assim como todas as daquele tipo, havia começado no grau 1. Naquela noite, em um ritual parecido com este de agora, o Venerável Mestre o vendara com uma faixa de veludo e pressionara uma adaga cerimonial contra seu peito nu, indagando:

– Você declara seriamente, pela sua honra, sem influência de motivações mercenárias ou quaisquer outras considerações indignas, candidatar-se de forma livre e espontânea aos mistérios e privilégios desta irmandade?

– Sim – havia mentido o iniciado.

– Então que isso seja um estímulo à sua consciência – alertara o mestre –, bem como a morte instantânea caso algum dia você venha a trair os segredos que lhe serão revelados.

Na época, o iniciado não sentira medo. *Eles jamais saberão meu verdadeiro motivo para estar aqui.*

Nessa noite, porém, uma atmosfera de ameaçadora solenidade pairava na Sala do Templo, levando-o a rememorar todos os avisos severos recebidos durante a jornada, ameaças de punições terríveis caso ele algum dia revelasse os antigos segredos que estava prestes a conhecer: *garganta cortada de orelha a orelha... língua arrancada pela raiz... entranhas removidas e queimadas... espalhadas aos quatro ventos... coração retirado do peito e jogado aos animais selvagens...*

– Irmão – disse o mestre de olhos cinzentos, pousando a mão esquerda no ombro do iniciado. – Preste o juramento final.

Tomando coragem para dar o último passo de sua jornada, o iniciado endireitou o corpo e voltou sua atenção para o crânio que segurava nas mãos. À fraca luz das velas, o vinho cor de carmim parecia quase negro. Um silêncio sepulcral reinava na sala, e ele podia sentir os olhos das testemunhas cravados nele, à espera que prestasse o juramento final e se unisse àquele grupo de elite.

Hoje à noite, pensou ele, *entre estas paredes, está acontecendo algo que nunca aconteceu antes na história desta irmandade. Nem sequer uma vez em séculos.*

Ele sabia que aquilo seria a faísca... e que lhe daria um poder inimaginável. Cheio de energia, respirou fundo e repetiu as mesmas palavras pronunciadas antes dele por incontáveis homens espalhados por todo o mundo.

– *Que este vinho que agora bebo se transforme em veneno mortal para mim... caso algum dia eu descumpra meu juramento de forma consciente ou voluntária.*

Suas palavras ecoaram no espaço oco. Então o silêncio foi total.

Firmando as mãos, o iniciado levou o crânio à boca e sentiu os lábios tocarem o osso seco. Fechou os olhos e o inclinou, bebendo o vinho em goles demorados, generosos. Depois de sorver tudo até a última gota, abaixou o crânio.

Por um instante, pensou sentir os pulmões se contraírem, e seu coração começou a bater descompassado. *Meu Deus, eles sabem!* Então, com a mesma rapidez que havia surgido, a sensação passou.

Um agradável calor começou a percorrer seu corpo. O iniciado soltou o ar, sorrindo consigo mesmo enquanto observava o homem de olhos cinzentos que não desconfiava de nada e que acabara de cometer o erro de deixá-lo entrar para o círculo mais secreto de sua irmandade.

Você logo perderá tudo o que lhe é mais precioso.

CAPÍTULO 1

O elevador Otis que subia a coluna sul da Torre Eiffel estava lotado de turistas. Em seu interior abarrotado, o austero executivo de terno bem passado baixou os olhos para o menino ao seu lado.

– Você está pálido, filho. Devia ter ficado lá embaixo.

– Estou bem... – respondeu o garoto, esforçando-se para controlar a própria ansiedade. – Vou descer no próximo andar. – *Não consigo respirar.*

O homem chegou mais perto.

– Pensei que a esta altura você já tivesse superado isso. – Ele acariciou com afeto a bochecha do filho.

O menino estava com vergonha por desapontar o pai, mas mal conseguia escutar qualquer coisa, tamanho o zumbido em seus ouvidos. *Não consigo respirar. Preciso sair de dentro desta caixa!*

O ascensorista estava dizendo alguma coisa tranquilizadora sobre os pistons articulados e a estrutura de ferro forjado do elevador. Muito abaixo deles, as ruas de Paris se estendiam em todas as direções.

Estamos quase chegando, disse o menino para si mesmo, esticando o pescoço e erguendo os olhos para a plataforma de desembarque. *Aguente firme.*

À medida que o elevador se aproximava num ângulo acentuado do deque de observação, o poço se estreitava, e seus enormes tirantes se contraíam formando um túnel apertado, vertical.

– Pai, eu acho que não...

De repente, um estalo abrupto ecoou acima dele. O elevador deu um tranco e pendeu para um dos lados, desequilibrado. Cabos esgarçados começaram a chicotear em volta do compartimento, agitando-se feito cobras. O menino estendeu a mão para o pai.

– Pai!

Durante um segundo aterrorizante, seus olhares se cruzaram.

Então o fundo do elevador se soltou.

Robert Langdon teve um sobressalto, despertando assustado daquele sonho diurno semiconsciente. Estava sentado sozinho em sua macia poltrona de couro na imensa cabine de um jatinho corporativo Falcon 2000EX que atravessava aos solavancos uma área de turbulência. Ao fundo, ouvia-se o zumbido constante dos dois motores Pratt & Whitney.

– Sr. Langdon? – O alto-falante chiou acima dele. – Estamos na fase final de aproximação.

Langdon se endireitou no assento e tornou a guardar as notas da palestra dentro da bolsa de viagem de couro. Estava no meio de uma revisão da simbologia maçônica quando havia cochilado. Desconfiava que o sonho sobre o pai já falecido tivesse sido causado pelo inesperado convite, recebido naquela manhã, de seu antigo mentor, Peter Solomon.

O outro homem que nunca vou querer decepcionar.

O filantropo, historiador e cientista de 58 anos havia se tornado o protetor de Langdon quase 30 anos antes, preenchendo sob muitos aspectos o vazio deixado pela morte do pai. Apesar da influente dinastia familiar e da imensa fortuna de Solomon, Langdon encontrou humildade e calor humano em seus suaves olhos cinzentos.

Do lado de fora da janela, o sol havia se posto, mas Langdon ainda podia distinguir a silhueta esguia do maior obelisco do mundo, erguendo-se acima do horizonte como a coluna de um antigo relógio de sol. O obelisco de quase 170 metros de altura revestido de mármore marcava o centro daquela nação. A partir dele, a meticulosa geometria de ruas e monumentos se espalhava por todas as direções.

Mesmo vista de cima, Washington exalava um poder quase místico.

Langdon adorava aquela cidade e, quando o jatinho tocou o solo, sentiu uma animação crescente em relação ao que o dia lhe reservava. A aeronave taxiou até um terminal privado em algum lugar em meio à vastidão do Aeroporto Internacional Dulles e parou.

Langdon juntou suas coisas, agradeceu aos pilotos e emergiu do interior luxuoso do jatinho para a escada dobrável. O ar frio de janeiro dava uma sensação de liberdade.

Respire, Robert, pensou ele, apreciando os grandes espaços abertos.

Uma manta de bruma branca cobria a pista de pouso e, ao descer para o asfalto enevoado, Langdon teve a sensação de estar pisando em um pântano.

– Olá! Olá! – chamou uma voz melodiosa com sotaque britânico. – Professor Langdon?

Langdon ergueu os olhos e viu uma mulher de meia-idade, de crachá e com uma prancheta na mão, caminhando apressada em sua direção, acenando alegremente enquanto ele se aproximava. Cabelos louros cacheados despontavam de baixo de um estiloso gorro de lã.

– Bem-vindo a Washington, professor!

Langdon sorriu.

– Obrigado.

– Meu nome é Pam, do serviço de atendimento a passageiros. – A mulher falava com uma exuberância quase perturbadora. – Se quiser me acompanhar, seu carro está aguardando.

Langdon a seguiu pela pista em direção ao terminal exclusivo, cercado por reluzentes jatinhos privados. *Um ponto de táxi para os ricos e famosos.*

– Sem querer constrangê-lo, professor – disse a mulher, um pouco encabulada –, o senhor é *o* Robert Langdon que escreve livros sobre símbolos e religião, não é?

Langdon hesitou, mas assentiu com a cabeça.

– Bem que eu achei! – disse ela, radiante. – Meu grupo de leitura leu o seu livro sobre o sagrado feminino e a Igreja! Ele provocou um escândalo delicioso! O senhor gosta mesmo de soltar a raposa no galinheiro!

Langdon sorriu.

– Criar escândalo não foi bem a minha intenção.

A mulher pareceu perceber que Langdon não estava disposto a conversar sobre o próprio trabalho.

– Desculpe. Olhe eu aqui falando. Sei que o senhor provavelmente está cansado de ser reconhecido… mas a culpa é toda sua. – Com ar brincalhão, ela indicou as roupas que ele usava. – O seu uniforme o entregou.

Meu uniforme? Langdon baixou os olhos para examinar as próprias roupas. Estava usando seu suéter grafite de gola rulê, um paletó de tweed Harris, uma calça cáqui e sapatos fechados de couro de cabra… seu traje padrão para aulas, palestras, sessões de fotos e eventos sociais.

A mulher riu.

– Essas golas rulês que o senhor usa são muito fora de moda. O senhor ficaria bem melhor de gravata!

De jeito nenhum, pensou Langdon. *Pequenas forcas.*

Quando Langdon estudava na Academia Phillips Exeter, o uso da gravata era obrigatório seis dias por semana e, apesar da visão romântica do diretor, segundo a qual a origem da gravata remontava à *fascalia* de seda usada pelos oradores romanos para aquecer as cordas vocais, Langdon sabia que, do ponto de vista etimológico, *gravata* na verdade vinha de um bando de cruéis mercenários croatas que amarravam lenços em volta do pescoço antes de partir para a batalha. Até hoje, esse antigo traje de combate é usado por guerreiros corporativos modernos, que esperam intimidar os inimigos nas batalhas diárias das salas de reunião.

– Obrigado pelo conselho – disse Langdon com uma risadinha. – Daqui para a frente, vou pensar em usar gravata.

Por sorte, um homem de aspecto profissional vestindo um terno escuro desceu de um Lincoln estacionado junto ao terminal e chamou seu nome.

– Sr. Langdon? Sou Charles, da Beltway Limusines. – Ele abriu a porta traseira. – Boa noite. Bem-vindo a Washington.

Langdon deu uma gorjeta a Pam para lhe agradecer pela hospitalidade e, em seguida, entrou no interior luxuoso do carro. O motorista lhe mostrou os controles da calefação, a água mineral e o cesto de *muffins* quentinhos. Segundos depois, o Lincoln já seguia por uma rua de acesso exclusivo. *Então é assim que vive a outra metade.*

Enquanto disparava pela Windsock Drive, o motorista consultou a lista de passageiros e deu um telefonema rápido.

– Aqui é da Beltway Limusines – disse ele, com eficiência profissional. – Recebi instruções para confirmar quando meu passageiro tivesse aterrissado. – Ele fez uma pausa. – Sim, senhor. Seu convidado, Sr. Langdon, já chegou e eu o estou levando para o prédio do Capitólio. Devemos chegar lá antes das sete. De nada, senhor. – E desligou.

Langdon teve de sorrir. *Ele pensou em todos os detalhes.* A atenção que Peter Solomon dedicava às minúcias era uma de suas maiores qualidades, algo que lhe permitia administrar com aparente facilidade seu considerável poder. *Alguns bilhões de dólares no banco também não fazem mal.*

O professor se acomodou no confortável assento de couro e fechou os olhos à medida que o ruído do aeroporto ia ficando para trás. A viagem até o Capitólio demoraria meia hora, e ele ficou satisfeito por ter esse tempo sozinho para organizar os próprios pensamentos. Tudo havia acontecido tão depressa naquele dia que só agora Langdon tinha começado a pensar a sério na incrível noite que tinha pela frente.

Chegando sob um véu de mistério, pensou ele, divertindo-se com a ideia.

A pouco mais de 15 quilômetros do Capitólio, uma figura solitária se preparava ansiosamente para a chegada de Robert Langdon.

CAPÍTULO **2**

O homem que se apresentava como Mal'akh pressionou a ponta da agulha no couro cabeludo raspado, suspirando de prazer enquanto o instrumento pontiagudo entrava e saía de sua pele. O leve ronco do aparelho elétrico era viciante... assim como as espetadelas da agulha que penetravam profundamente em sua derme para ali depositar o pigmento.

Eu sou uma obra-prima.

O objetivo da tatuagem nunca foi a beleza. O objetivo era a *mudança*. Desde os sacerdotes núbios escarificados de 2000 a.C. até as cicatrizes *moko* dos maoris modernos, passando pelos acólitos tatuados do culto a Cibele na Roma antiga, os seres humanos haviam se tatuado como uma forma de oferenda, um sacrifício parcial do próprio corpo, suportando a dor física do embelezamento e sendo por ela transformados.

Apesar dos avisos ameaçadores em Levítico 19:28, que proibiam marcas na pele, as tatuagens se tornaram um rito de passagem compartilhado por milhões de pessoas na era moderna – de adolescentes mauricinhos a viciados em drogas e donas de casa suburbanas.

O ato de tatuar a própria pele era uma transformadora declaração de poder, um anúncio ao mundo: *eu tenho controle sobre a minha própria carne.* A embriagante sensação de poder advinda dessa transformação física deixara milhares de pessoas viciadas em práticas de alteração corporal – cirurgia plástica, *piercings*, fisiculturismo, anabolizantes e até mesmo bulimia e mudança de sexo. *O espírito humano anseia por dominar seu invólucro carnal.*

O relógio de pêndulo de Mal'akh deu uma única badalada, e ele ergueu os olhos. Seis e meia da tarde. Deixando as ferramentas de lado, envolveu o corpo nu de 1,90m no roupão de seda japonês de Kiryu e desceu o corredor. O ar dentro da grande mansão estava pesado com o aroma pungente de seus pigmentos para a pele e da fumaça das velas de cera de abelha que ele usava para esterilizar as agulhas.

Ao atravessar o corredor, o homem alto passou por antiguidades italianas de preço inestimável – uma água-forte de Piranesi, uma cadeira Savonarola, uma lamparina de prata Bugarini. Enquanto andava pela casa, olhou por uma janela que ia do chão até o teto para admirar o contorno clássico da paisagem distante. O domo luminoso do Capitólio reluzia com um poder solene contra o céu escuro de inverno.

É lá que ele está escondido, pensou. *Está enterrado lá em algum lugar.*

Poucos eram os homens que sabiam da sua existência... e mais raros ainda os que conheciam seu impressionante poder ou a forma engenhosa como havia sido escondido. Até hoje, era o maior segredo não revelado daquele país. Os poucos que *de fato* conheciam a verdade mantinham-na oculta atrás de um véu de símbolos, lendas e alegorias.

Agora eles abriram suas portas para mim, pensou Mal'akh.

Três semanas antes, em um ritual obscuro testemunhado pelos homens mais influentes dos Estados Unidos, Mal'akh havia alcançado o grau 33, o mais alto escalão da mais antiga irmandade ainda ativa no mundo. No entanto, apesar da nova posição de Mal'akh, os irmãos nada haviam revelado. *E nem vão contar*, sabia ele. Não era assim que funcionava. Havia círculos dentro de círculos... irmandades dentro de irmandades. Mesmo que Mal'akh esperasse muitos anos, talvez nunca viesse a conquistar sua total confiança.

Felizmente, não precisava disso para descobrir seu mais bem guardado segredo.

Minha iniciação cumpriu seu objetivo.

Animado com o que estava por vir, ele seguiu a passos largos até seu quarto de dormir. Espalhados por toda a casa, alto-falantes transmitiam os sons fantasmagóricos de uma rara gravação de um castrato cantando o "Lux Aeterna" do Réquiem de Verdi – um lembrete de uma vida anterior. Mal'akh acionou o controle remoto para fazer soar o tonitruante "Dies Irae". Então, embalado por um fundo musical de furiosos tímpanos e quintas paralelas, disparou escadaria de mármore acima, com o roupão a esvoaçar conforme galgava os degraus com as pernas musculosas.

Enquanto corria, sua barriga vazia reclamou com um ronco. Já fazia dois dias que Mal'akh estava em jejum, bebendo apenas água, preparando o corpo segundo os antigos costumes. *A sua fome será saciada ao raiar do dia*, lembrou a si mesmo. *Assim como a sua dor.*

Mal'akh adentrou o santuário de seu quarto com uma atitude de reverência, trancando a porta atrás de si. Enquanto seguia em direção ao toucador, parou, sentindo-se atraído pelo enorme espelho dourado. Incapaz de resistir, virou-se para encarar o próprio reflexo. Vagarosamente, como quem desembrulha um precioso presente, abriu o roupão para revelar o corpo nu. A visão o deixou maravilhado.

Eu sou uma obra-prima.

Seu imenso corpo estava todo raspado e liso. Ele baixou os olhos primeiro para os pés, tatuados com as garras de um gavião. Mais acima, as pernas musculosas desenhadas como pilastras esculpidas em relevo – a esquerda em espiral, a direita com estrias verticais. *Boaz e Jaquim*. A virilha e o abdômen eram um arco decorado, acima do qual o peito forte exibia o brasão da fênix de duas cabeças... ambas em perfil, com os olhos aparentes formados por seus mamilos. Os ombros, o pescoço, o rosto e a cabeça raspada estavam completamente tomados por uma intrincada tapeçaria de símbolos e marcas.

Eu sou um artefato... um ícone em construção.

Dezoito horas antes, um mortal tinha visto Mal'akh nu. O homem soltara um grito de medo.

– Meu Deus, você é um demônio!

– Se é assim que você me vê... – havia respondido Mal'akh, ciente, como os antigos, de que anjos e demônios eram idênticos, arquétipos intercambiáveis, e de que tudo era uma questão de polaridade: o anjo guardião que derrotava o inimigo no campo de batalha era considerado por ele um demônio destruidor.

Mal'akh então inclinou o rosto para baixo, obtendo uma visão oblíqua do próprio cocuruto. Ali, dentro do halo que parecia uma coroa, reluzia um pequeno círculo de pele clara, sem tatuagem. Aquela tela cuidadosamente preservada era o único pedaço de pele virgem do corpo de Mal'akh. O lugar sagrado vinha aguardando pacientemente... e naquela noite seria preenchido. Embora Mal'akh ainda não tivesse em mãos aquilo de que precisava para completar sua obra-prima, sabia que a hora estava se aproximando depressa.

Empolgado com o próprio reflexo, já podia sentir seu poder aumentar. Fechou o roupão e andou até a janela, olhando novamente para a cidade mística à sua frente. *Ele está enterrado lá em algum lugar.*

Tornando a se concentrar na tarefa em questão, Mal'akh foi até a penteadeira e, com cuidado, cobriu o rosto, o couro cabeludo e o pescoço com uma camada de corretivo até as tatuagens sumirem. Então vestiu as roupas e outros acessórios especiais que havia preparado meticulosamente para aquela noite. Ao terminar, examinou-se no espelho. Satisfeito, alisou o couro cabeludo com a palma suave de uma das mãos e sorriu.

Ele está lá, pensou. *E hoje à noite um homem vai me ajudar a encontrá-lo.*

Enquanto saía de casa, Mal'akh se preparava para o acontecimento que abalaria o prédio do Capitólio dos Estados Unidos naquela noite. Fizera um esforço imenso para colocar todas as peças em seus devidos lugares.

E agora, finalmente, seu último peão havia entrado no jogo.

CAPÍTULO 3

Robert Langdon estava ocupado relendo suas fichas de anotações quando o barulho dos pneus do carro mudou de tom. Ele ergueu os olhos, surpreso ao ver onde estavam.

Já chegamos à Memorial Bridge?

Largou as anotações e olhou para fora, fitando as águas mansas do Potomac que corriam logo abaixo. Uma bruma pesada pairava sobre a superfície do rio. Aquele local, muito apropriadamente chamado de Foggy Bottom, sempre lhe parecera singular para se construir a capital do país. De todos os lugares do Novo Mundo, os pais fundadores haviam escolhido um brejo lamacento à beira de um rio para assentar a pedra angular de sua sociedade utópica.

Langdon olhou para a esquerda, para além da pequena enseada conhecida como Tidal Basin, em direção à silhueta graciosamente arredondada do Jefferson Memorial – o monumento em homenagem a Jefferson que muitos chamavam de Panteão dos Estados Unidos da América. Bem na frente do carro, um segundo monumento, o Lincoln Memorial, se erguia com rígida austeridade, lembrando com suas linhas ortogonais o antigo Partenon de Atenas. Mas foi mais adiante que Langdon viu a peça central da cidade – a mesma coluna que avistara do céu. Sua inspiração arquitetônica era muito, muito mais antiga do que os romanos ou os gregos.

O obelisco egípcio dos Estados Unidos.

A coluna monolítica do Monumento a Washington assomava bem à frente, iluminada contra o céu como o majestoso mastro de um navio. Da perspectiva oblíqua de Langdon, o obelisco parecia suspenso... oscilando no céu soturno como se estivesse num mar agitado. Langdon se sentia igualmente sem chão. Sua visita a Washington tinha sido totalmente inesperada. *Acordei hoje de manhã imaginando um domingo tranquilo em casa... e agora estou a poucos minutos do Capitólio.*

Naquela manhã, às 4h45, Langdon havia mergulhado em uma água completamente calma, iniciando o dia como sempre fazia, percorrendo 50 vezes a piscina deserta de Harvard. Sua forma física já não era exatamente a mesma de seus dias de estudante, quando jogava polo aquático e era um típico rapaz norte-americano, mas ele ainda era esbelto e tinha um corpo tonificado e respeitável para um homem de 46 anos. A única diferença agora era a quantidade de esforço que precisava fazer para mantê-lo assim.

Ao chegar em casa, por volta das seis, ele iniciou seu ritual matutino de moer manualmente os grãos de café de Sumatra e saborear o aroma exótico que enchia sua cozinha. Naquela manhã, porém, surpreendeu-se ao ver a luzinha vermelha piscando na secretária eletrônica. *Quem é que liga às seis da manhã de um domingo?* Apertou o botão e escutou o recado.

"Bom dia, professor Langdon, sinto muitíssimo por ligar assim tão cedo." A voz educada hesitava perceptivelmente e exibia um leve sotaque do sul dos Estados Unidos. "Meu nome é Anthony Jelbart e sou assistente executivo de Peter Solomon. O Sr. Solomon me disse que o senhor costuma acordar cedo… ele precisa contatá-lo com urgência. Assim que receber este recado, será que poderia fazer a gentileza de ligar direto para ele? O senhor já deve ter o novo número pessoal dele, mas caso não tenha é 202 329-5746."

Langdon sentiu uma súbita preocupação com seu velho amigo. Peter Solomon era um homem cortês e de boas maneiras, com certeza não era do tipo que ligava no domingo, quando o dia ainda mal nasceu, a menos que houvesse algo muito errado.

Langdon parou de fazer o café e foi depressa até o escritório retornar a ligação. *Espero que ele esteja bem.*

Solomon era seu amigo e mentor e, embora fosse apenas 12 anos mais velho do que Langdon, representava uma figura paterna para ele desde que se conheceram na Universidade de Princeton. Em seu segundo ano, Langdon tivera de assistir a uma palestra vespertina de um renomado convidado, o jovem historiador e filantropo Peter Solomon. Falando com um entusiasmo contagiante e apresentando uma fascinante visão da semiótica e da história dos arquétipos, Solomon despertou em Langdon o que mais tarde se transformaria numa paixão da vida inteira pelos símbolos. Mas não fora o brilhante intelecto de Peter, e sim a humildade em seus bondosos olhos cinzentos, que dera a Robert a coragem para lhe escrever uma carta de agradecimento. O estudante de segundo ano jamais havia sonhado que um dos mais ricos e intrigantes jovens intelectuais dos Estados Unidos pudesse lhe responder. Mas ele respondeu. E isso marcou o começo de uma amizade verdadeiramente gratificante.

Célebre acadêmico cujos modos calmos desmentiam sua poderosa linhagem, Peter vinha da riquíssima família Solomon, cujo nome podia ser visto em prédios e universidades de todo o país. Assim como os Rothschild na Europa, os Solomon sempre carregaram consigo todo o imaginário da realeza e do sucesso norte-americanos. Peter assumira a posição de chefe da família ainda jovem, após a morte do pai. Agora, aos 58 anos, já havia ocupado os mais diversos cargos de poder ao longo da vida. Atualmente, estava à frente do Instituto

Smithsonian. Langdon de vez em quando provocava Peter, dizendo que a única mácula em seu pedigree irretocável era o diploma de uma universidade de segunda categoria – Yale.

Ao entrar em seu escritório, Langdon se espantou ao ver que também havia recebido um *fax* de Peter.

Peter Solomon
ESCRITÓRIO DO SECRETÁRIO
INSTITUTO SMITHSONIAN

Bom dia, Robert,

Preciso falar com você imediatamente.
Por favor, me ligue hoje de manhã assim
que puder no telefone 202 329-5746.

Peter

Langdon discou o número na mesma hora, sentando-se diante da escrivaninha de carvalho esculpida à mão para esperar a ligação se completar.

– Escritório de Peter Solomon – atendeu a já conhecida voz do assistente. – Anthony falando. Em que posso ajudar?

– Alô, aqui é Robert Langdon. O senhor me deixou um recado mais cedo...

– Sim, professor Langdon! – O rapaz pareceu aliviado. – Obrigado por retornar a ligação tão depressa. O Sr. Solomon está ansioso para falar com o senhor. Deixe-me avisar a ele que está na linha. Pode aguardar um momento?

– Claro.

Enquanto Langdon esperava Solomon atender, baixou os olhos para o nome de Peter no cabeçalho do papel timbrado do Smithsonian e teve de sorrir. *O clã dos Solomon não inclui muitos preguiçosos.* A árvore genealógica de Peter estava coalhada de magnatas dos negócios, políticos influentes e cientistas consagrados, alguns dos quais haviam chegado a integrar a Real Sociedade de Londres. O único membro vivo da família de Solomon, sua irmã caçula Katherine, aparentemente herdara o gene da ciência, pois agora era uma das figuras mais importantes de uma disciplina recente e inovadora chamada ciência noética.

Tudo isso é grego para mim, pensou Langdon, achando graça ao recordar a malsucedida tentativa de Katherine de lhe explicar a ciência noética em uma festa na casa do irmão no ano anterior. Langdon havia escutado com atenção e então respondido:

– Parece mais magia do que ciência.

Katherine piscara o olho, brincalhona.

– As duas são mais próximas do que você pensa, Robert.

Então o assistente de Solomon voltou ao telefone.

– Sinto muito, o Sr. Solomon está tentando organizar uma teleconferência. As coisas por aqui estão um pouco caóticas esta manhã.

– Não tem problema. Eu posso ligar depois.

– Na verdade, ele me pediu que lhe comunicasse o motivo da ligação, se o senhor não se importar.

– É claro que não me importo.

O assistente respirou fundo.

– Como o senhor já deve saber, professor, todos os anos aqui em Washington o conselho do Smithsonian organiza um evento de gala para agradecer aos nossos mais generosos patrocinadores. Boa parte da elite cultural do país comparece.

Langdon sabia que sua conta bancária tinha uma quantidade de zeros pequena demais para incluí-lo na elite cultural, mas ficou imaginando se Solomon iria convidá-lo mesmo assim.

– Este ano, como de costume – prosseguiu o assistente –, o jantar vai ser precedido por um discurso de abertura. Tivemos a sorte de conseguir o Salão Nacional das Estátuas do Capitólio para esse evento.

O melhor salão de toda a capital, pensou Langdon, recordando uma palestra política que assistira certa vez no impressionante salão circular. Era difícil esquecer 500 cadeiras dobráveis dispostas em um arco perfeito, cercadas por 38 estátuas em tamanho natural, em um lugar onde outrora havia funcionado a primeira Câmara dos Representantes da nação.

– O problema é o seguinte – disse o assistente. – Nosso orador adoeceu e acabou de nos informar que não vai poder fazer o discurso. – Ele fez uma pausa, constrangido. – Isso significa que estamos desesperados atrás de um substituto. E o Sr. Solomon esperava que o senhor pudesse considerar a possibilidade de cumprir essa função.

Langdon ficou surpreso.

– Eu? – Aquilo não era absolutamente o que ele imaginava. – Tenho certeza de que Peter pode encontrar um substituto muito melhor.

– O senhor é a primeira escolha do Sr. Solomon, professor, e está sendo excessivamente modesto. Os convidados do instituto ficariam encantados em ouvi-lo, e o Sr. Solomon pensou que o senhor poderia dar a mesma palestra que fez no canal de TV Bookspan há alguns anos, o que acha? Assim, não precisaria preparar nada. Ele disse que o tema era o simbolismo na arquitetura da nossa capital... Parece perfeito para a ocasião.

Langdon não tinha tanta certeza.

– Se bem me lembro, essa palestra tinha mais a ver com a história maçônica do prédio do que...

– Exato! Como o senhor sabe, o Sr. Solomon é maçom, assim como muitos dos homens de negócios que estarão presentes. Tenho certeza de que eles adorariam ouvi-lo falar sobre esse assunto.

Reconheço que seria fácil. Langdon guardava as anotações de todas as palestras que fazia.

– Acho que eu poderia pensar no assunto. Qual é a data do evento?

O assistente pigarreou, soando subitamente pouco à vontade.

– Bem, na verdade o evento é hoje à noite, professor.

Langdon deu uma sonora risada.

– Hoje à noite?

– É por isso que está um caos aqui esta manhã. O Smithsonian está em uma situação profundamente embaraçosa... – O assistente começou a falar mais depressa. – O Sr. Solomon está disposto a mandar um jatinho particular buscá-lo em Boston. O voo dura apenas uma hora, e o senhor estaria de volta à sua casa antes da meia-noite. Conhece o terminal aéreo particular do Aeroporto Logan, em Boston?

– Conheço – admitiu Langdon com relutância. *Não é de espantar que Peter sempre consiga o que quer.*

– Maravilha! O senhor poderia encontrar o jatinho lá, digamos... às cinco horas?

– O senhor não me deixa muita escolha, não é? – disse Langdon com uma risadinha.

– Eu só quero agradar ao Sr. Solomon, professor.

Peter tem esse efeito nas pessoas. Langdon pensou no assunto por alguns instantes, sem ver nenhuma saída.

– Tudo bem. Diga a ele que eu topo.

– Incrível! – exclamou o assistente, parecendo profundamente aliviado. Então, deu a Langdon o número da aeronave e várias outras informações.

Quando Langdon finalmente desligou, pensou se Peter Solomon algum dia havia escutado um não.

Voltando a preparar seu café, Langdon pôs mais alguns grãos dentro do moedor. *Um pouco de cafeína extra hoje de manhã,* pensou. *O dia vai ser longo.*

CAPÍTULO **4**

O prédio do Capitólio dos Estados Unidos se ergue, imponente, na extremidade leste da esplanada conhecida como National Mall, sobre uma colina que o arquiteto da cidade, Pierre L'Enfant, descreveu como "um pedestal à espera de um monumento". O Capitólio tem descomunais 230 metros de comprimento por 107 de largura. Com quase 6,5 hectares de área, abriga a impressionante quantidade de 541 aposentos. A arquitetura neoclássica foi meticulosamente projetada para reproduzir a grandiosidade da Roma antiga, cujos ideais serviram de inspiração aos fundadores dos Estados Unidos para estabelecer as leis e a cultura da nova república.

O novo posto de controle de segurança para os turistas que chegam ao prédio fica bem no fundo do recém-concluído centro de visitantes subterrâneo, debaixo de uma magnífica claraboia de vidro que emoldura a cúpula do Capitólio. O agente de segurança Alfonso Nuñez, contratado havia pouco tempo, estudou cuidadosamente o visitante que se aproximava de seu posto de controle. O homem tinha a cabeça raspada e passara alguns minutos no saguão terminando de falar ao telefone antes de entrar no prédio. Seu braço direito estava preso em uma tipoia e ele mancava um pouco. Vestia um casaco militar surrado que, somado à cabeça raspada, fez Nuñez supor que pertencia às forças armadas. Os membros das forças armadas norte-americanas estavam entre os visitantes mais frequentes da capital.

– Boa noite, senhor – disse Nuñez, respeitando o protocolo de segurança que mandava abordar verbalmente qualquer homem que entrasse sozinho.

– Olá – disse o visitante, olhando em volta para a entrada quase deserta. – Noite tranquila.

– Hoje é dia de *play-off* da NFC – respondeu Nuñez, referindo-se a uma partida da fase decisiva e eliminatória do campeonato de futebol americano. – Está todo mundo vendo os Redskins jogar. – Nuñez também queria estar fazendo isso, mas aquele era seu primeiro mês no emprego e ele havia perdido no palitinho. – Objetos metálicos na bandeja, por favor.

Enquanto o visitante se esforçava para esvaziar os bolsos do casaco comprido usando apenas uma das mãos, Nuñez o observou com atenção. O instinto humano fazia concessões especiais aos feridos e deficientes, mas esse era um instinto que Nuñez havia sido treinado para superar.

O guarda esperou o visitante tirar do bolso a coleção habitual de moedas e chaves, além de dois telefones celulares.

– Torção? – perguntou Nuñez olhando para a mão ferida do homem, que parecia envolta em várias ataduras elásticas grossas.

O homem careca assentiu.

– Escorreguei no gelo. Faz uma semana. Ainda está doendo à beça.

– Sinto muito. Pode passar, por favor.

Mancando, o visitante atravessou o detector de metais, ao que a máquina protestou com um apito.

O visitante franziu o cenho.

– Estava com medo que isso acontecesse. Estou usando um anel debaixo das ataduras. Meu dedo estava inchado demais para tirar, então os médicos enfaixaram o braço por cima.

– Sem problemas – disse Nuñez. – Vou usar o detector manual.

Ele passou o detector manual por cima da mão enfaixada do visitante. Como era previsto, o único metal que o aparelho localizou foi uma grande protuberância no dedo anular machucado do homem. O guarda não se apressou ao esfregar o detector por cada centímetro da tipoia e do dedo do homem. Sabia que o seu supervisor provavelmente o estava monitorando pelo circuito fechado na central de segurança do prédio, e Nuñez precisava daquele emprego. *Seguro morreu de velho.* Com cautela, ele inseriu o detector dentro da tipoia do homem.

O visitante fez uma careta de dor.

– Desculpe.

– Tudo bem – disse o homem. – Hoje em dia todo o cuidado é pouco.

– Não é? – Nuñez estava gostando daquele cara. Estranhamente, isso contava muito ali. O instinto humano era a primeira linha defensiva dos Estados Unidos contra o terrorismo. Estava provado que a intuição humana detectava o perigo com mais eficácia do que todos os equipamentos eletrônicos do mundo – o *dom do medo,* como dizia um de seus livros-texto sobre segurança.

Naquele caso, os instintos de Nuñez não percebiam nada que lhe causasse medo. A única coisa estranha que ele percebeu, agora que os dois estavam muito próximos, era que aquele cara com pinta de durão parecia ter aplicado no rosto algum tipo de autobronzeador ou corretivo. *Cada louco com a sua mania. Todo mundo detesta ficar branco no inverno.*

– Liberado – disse Nuñez, concluindo a verificação e guardando o detector.

– Obrigado. – O homem começou a recolher seus pertences da bandeja.

Enquanto ele fazia isso, Nuñez reparou que os dois dedos que emergiam das ataduras exibiam cada qual uma tatuagem: a ponta do indicador tinha a imagem de uma coroa e a do polegar, a de uma estrela. *Parece que todo mundo tem tatuagem hoje em dia*, pensou Nuñez, embora a ponta do dedo parecesse um lugar dolorido para se tatuar.

– Doeu fazer essas tatuagens?

O homem baixou os olhos para as pontas dos próprios dedos e deu uma risadinha.

– Menos do que o senhor imagina.

– Que sorte – comentou Nuñez. – A minha doeu para caramba. Fiz uma sereia nas costas quando estava no campo de treinamento.

– Uma sereia? – O careca sorriu.

– É – respondeu o guarda, sentindo-se acanhado. – Erros da juventude.

– Sei como é – disse o careca. – Eu também cometi uma grande tolice na juventude. Agora acordo com ela todo dia de manhã.

Ambos riram enquanto o homem se afastava.

Brincadeira de criança, pensou Mal'akh enquanto passava por Nuñez e subia a escada rolante em direção ao prédio do Capitólio. Entrar tinha sido mais fácil do que ele previra. A postura corcunda e a falsa barriga acolchoada haviam ocultado a verdadeira forma física de Mal'akh, enquanto a maquiagem no rosto e nas mãos escondera as tatuagens que lhe cobriam o corpo. O golpe de mestre, porém, tinha sido a tipoia, que disfarçava o poderoso objeto que Mal'akh estava levando para dentro do prédio.

Um presente para o único homem do mundo capaz de me ajudar a obter o que procuro.

CAPÍTULO **5**

O maior e tecnologicamente mais avançado museu do mundo é também um dos segredos mais bem guardados da face da Terra. Ele abriga mais peças do que o Hermitage, o Museu do Vaticano e o Metropolitan de Nova York... juntos. No entanto, apesar da magnífica coleção, poucos cidadãos comuns têm acesso a suas instalações superprotegidas.

Situado no número 4.210 da Silver Hill Road, logo depois dos limites da cidade de Washington, o museu é um imenso edifício em zigue-zague, constituído por cinco blocos interligados – cada um deles maior do que um campo de futebol. O exterior de metal azulado do complexo não dá nenhuma pista da estranheza que existe lá dentro – um mundo alienígena de quase 56 mil metros quadrados do qual fazem parte uma "zona morta", um "galpão molhado" e quase 20 quilômetros de armários.

Naquela noite, a cientista Katherine Solomon estava um pouco nervosa ao conduzir seu Volvo branco até o portão de segurança principal do complexo.

O guarda sorriu.

– Não gosta de futebol americano, Sra. Solomon? – Ele abaixou o volume da TV portátil que transmitia o show que precedia o *play-off* dos Redskins.

Katherine forçou um sorriso tenso.

– Hoje é domingo à noite.

– Ah, é mesmo. A sua reunião.

– Ele já chegou? – perguntou ela, ansiosa.

O guarda baixou os olhos para alguns papéis.

– Não estou vendo o nome dele no registro.

– Eu cheguei cedo. – Katherine deu um aceno simpático e continuou subindo o sinuoso acesso até sua vaga no fundo do pequeno estacionamento em dois níveis. Começou a recolher seus pertences e usou o retrovisor para dar uma rápida conferida no visual, mais por força do hábito do que por vaidade.

Katherine Solomon tinha sido abençoada com a pele mediterrânea resistente de seus ancestrais e, mesmo aos 50 anos, sua tez continuava lisa e morena. Ela estava quase sem maquiagem e usava os grossos cabelos pretos soltos e ao natural. Assim como Peter, seu irmão mais velho, tinha olhos acinzentados e uma elegância esguia, aristocrática.

Vocês poderiam muito bem ser gêmeos, as pessoas sempre lhes diziam.

O pai deles havia sucumbido a um câncer quando Katherine tinha apenas 7 anos, e ela quase não se lembrava dele. Na ocasião, o irmão, com apenas 15 anos, oito a mais do que ela, teve que iniciar sua jornada para se tornar o patriarca dos Solomon, muito antes do que qualquer pessoa jamais havia sonhado. Como era de esperar, porém, Peter se adaptara ao papel com dignidade e força à altura do nome da família. Até hoje, cuidava de Katherine como se os dois ainda fossem crianças.

Apesar dos empurrõezinhos ocasionais do irmão e de não lhe faltarem pretendentes, Katherine nunca havia se casado. A ciência se tornara sua parceira de vida, e seu trabalho se revelara mais recompensador e estimulante para ela do que qualquer homem jamais poderia desejar ser. Katherine não se arrependia de nada.

A disciplina que ela havia escolhido – ciência noética – era praticamente desconhecida quando Katherine ouvira falar nela na primeira vez, mas nos últimos anos tinha começado a abrir novas portas para a compreensão do poder da mente humana.

O nosso potencial desconhecido é realmente impressionante.

Os dois livros de Katherine sobre noética a haviam firmado como líder nessa disciplina obscura, mas as suas mais recentes descobertas, quando publicadas, prometiam transformar a ciência noética em assunto de conversas mundo afora.

Naquela noite, no entanto, ela estava pensando em tudo menos em ciência. Mais cedo, tinha recebido informações preocupantes sobre o irmão. *Ainda não consigo acreditar que seja verdade.* Não havia pensado em mais nada a tarde inteira.

Com uma chuva fina tamborilando em seu para-brisa, Katherine juntou rapidamente suas coisas para entrar. Estava prestes a descer do carro quando seu celular tocou.

Ela viu o nome de quem estava ligando e respirou fundo.

Então ajeitou os cabelos atrás das orelhas e se acomodou para atender.

A uns 10 quilômetros dali, Mal'akh percorria os corredores do prédio do Capitólio com um celular colado à orelha. Esperou pacientemente enquanto o telefone tocava do outro lado.

Por fim, uma voz de mulher atendeu.

– Sim?

– Precisamos nos encontrar de novo – disse Mal'akh.

Houve uma longa pausa.

– Está tudo bem?

– Tenho novas informações – disse Mal'akh.

– Pode falar.

Mal'akh respirou fundo.

– Aquilo que seu irmão acredita que está escondido na capital...?

– Sim.

– Pode ser encontrado.

Katherine Solomon soou espantada.

– Está me dizendo que... é *real*?

Mal'akh sorriu.

– Às vezes uma lenda que dura muitos séculos... tem um motivo para durar.

CAPÍTULO 6

– Não pode chegar mais perto? – Robert Langdon sentiu uma súbita onda de ansiedade quando o motorista parou na Rua 1, a uns bons 400 metros do prédio do Capitólio.

– Infelizmente não – respondeu o motorista. – Segurança nacional. Hoje em dia nenhum veículo pode se aproximar dos prédios importantes. Sinto muito, senhor.

Langdon verificou o relógio, surpreso ao ver que já eram 18h50. Uma área em obras em torno do National Mall os atrasara, e sua palestra começaria dali a 10 minutos.

– O tempo está virando – disse o motorista, saltando do carro e abrindo a porta do passageiro. – É melhor o senhor se apressar. – Langdon fez menção de pegar a carteira, mas o homem o deteve com um gesto. – O seu anfitrião já me deu uma generosa gorjeta além da tarifa.

Típico de Peter, pensou Langdon, recolhendo suas coisas.

– Está bem, obrigado por me trazer.

As primeiras poucas gotas de chuva começaram a cair quando Langdon pisou na esplanada central graciosamente curva que descia para a entrada subterrânea de visitantes.

O Centro de Visitantes do Capitólio tinha sido um projeto caro e controverso. Descrito como uma cidade subterrânea comparável a partes da Disney World, ele supostamente disponibilizava mais de 46 mil metros quadrados de espaço para exposições, restaurantes e salões de conferência.

Langdon estava curioso para conhecê-lo, embora não tivesse previsto uma caminhada tão longa. O céu ameaçava desabar a qualquer momento. Ele apressou o passo para uma corrida leve, mas seus sapatos sociais patinhavam no cimento molhado. *Eu me vesti para dar uma palestra, não para uma corrida de 400 metros ladeira abaixo na chuva!*

Quando chegou ao final da esplanada, estava sem ar e ofegante. Empurrou a porta giratória e parou por alguns instantes no saguão para recuperar o fôlego e secar as roupas com as mãos. Enquanto fazia isso, ergueu os olhos para o espaço recém-concluído à sua volta.

Confesso que estou impressionado.

O Centro de Visitantes do Capitólio não se parecia em nada com o que ele esperava. Como era subterrâneo, Langdon estava apreensivo antes de entrar ali.

Um acidente na infância o havia deixado preso durante uma noite inteira dentro de um poço fundo, o que lhe causara uma aversão quase incapacitante a espaços fechados. Mas, apesar de estar debaixo da terra, aquele lugar era de alguma forma... arejado. *Leve. Amplo.*

O teto era uma vasta superfície de vidro com uma série de impressionantes luminárias que lançavam um brilho tênue sobre os acabamentos interiores em tom de pérola.

Normalmente, Langdon teria se demorado ali uma hora inteira para admirar a arquitetura, mas, com cinco minutos faltando para o início da palestra, abaixou a cabeça e percorreu apressado o saguão principal em direção ao posto de controle de segurança e às escadas rolantes. *Relaxe*, disse a si mesmo. *Peter sabe que você está a caminho. O evento não vai começar sem você.*

No posto de controle, um jovem guarda hispânico conversou com Langdon enquanto ele esvaziava os bolsos e retirava do pulso o relógio antigo.

– Mickey Mouse? – indagou o guarda, parecendo achar um pouco de graça.

Langdon assentiu, acostumado com aquele tipo de comentário. A edição de colecionador do relógio do Mickey tinha sido presente dos pais em seu aniversário de 9 anos.

– Uso este relógio para me lembrar de ter calma e levar a vida menos a sério.

– Acho que não está dando certo – comentou o guarda com um sorriso. – O senhor parece muito apressado.

Langdon sorriu e pôs a bolsa de viagem na esteira de raios X.

– Para que lado fica o Salão das Estátuas?

O guarda fez um gesto em direção às escadas rolantes.

– O senhor vai ver as placas.

– Obrigado. – Langdon pegou a bolsa da esteira e se afastou depressa.

Enquanto a escada rolante subia, ele respirou fundo e tentou organizar os pensamentos. Olhou para cima, através do teto de vidro salpicado de chuva, para a cúpula iluminada do Capitólio, cujo formato parecia o de uma montanha. Era uma construção espantosa. A pouco mais de 90 metros de altura do chão, a estátua Liberdade Armada fitava a escuridão enevoada como uma sentinela fantasmagórica. Langdon sempre achara irônico o fato de os trabalhadores que haviam erguido cada pedaço da estátua de bronze de seis metros até lá em cima terem sido escravos – um segredo do Capitólio que raramente constava do currículo das aulas de História do ensino médio.

Na verdade, todo aquele prédio era uma mina de ouro de mistérios bizarros, que incluíam uma "banheira da morte" responsável pelo "assassinato" por pneumonia do vice-presidente Henry Wilson, uma escadaria com uma mancha de sangue indelével na qual um número exagerado de visitantes parecia tropeçar, e uma câmara lacrada no subsolo dentro da qual, em 1930, trabalhadores descobriram o falecido cavalo empalhado do general John Alexander Logan.

Mas nenhuma lenda era tão longeva quanto os 13 fantasmas que supostamente assombravam o prédio. Muitos diziam que o espírito do arquiteto da cidade, Pierre L'Enfant, perambulava pelos salões tentando receber seus honorários, a essa altura 200 anos atrasados. O fantasma de um operário que caíra da cúpula do Capitólio durante a construção era visto vagando pelos corredores com uma caixa de ferramentas. E, é claro, a mais famosa aparição de todas, que teria sido vista diversas vezes no subsolo do Capitólio – um gato preto efêmero que percorria o sinistro labirinto de passagens estreitas e cubículos da subestrutura.

Langdon saiu da escada rolante e tornou a verificar as horas. *Três minutos.* Percorreu apressado o corredor amplo, seguindo as placas que indicavam o Salão das Estátuas e ensaiando mentalmente as palavras inaugurais. Precisava admitir que o assistente de Peter tinha razão; o tema de sua palestra era perfeitamente adequado a um evento organizado em Washington por um célebre maçom.

Não era nenhum segredo a capital norte-americana ter uma rica história maçônica. A própria pedra angular daquele prédio havia sido assentada por George Washington em pessoa durante um ritual completo de Maçonaria. A cidade fora concebida e projetada por mestres maçons – George Washington, Benjamin Franklin e Pierre L'Enfant –, mentes poderosas que enfeitaram sua nova capital com simbolismo, arquitetura e arte maçônicas.

As pessoas, é claro, projetam nesses símbolos todo tipo de ideias malucas.

Muitos teóricos da conspiração alegam que os pais fundadores dos Estados Unidos esconderam poderosos segredos e mensagens simbólicas no desenho das ruas de Washington. Langdon nunca deu importância a isso. Informações equivocadas sobre os maçons eram tão comuns que mesmo alunos de Harvard pareciam ter noções surpreendentemente distorcidas a respeito da irmandade.

No ano anterior, um calouro havia entrado na sala de aula com os olhos esbugalhados, trazendo uma página impressa da internet. Era um mapa da capital no qual determinadas ruas haviam sido destacadas para formar diversos desenhos – pentáculos satânicos, um esquadro e um compasso maçônicos, a cabeça de Baphomet –, provando aparentemente que os maçons que projetaram Washington estavam envolvidos em algum tipo de conspiração obscura e mística.

– Interessante – disse Langdon –, mas está longe de ser convincente. Se você traçar um número suficiente de linhas de interseção em um mapa, obrigatoriamente vai encontrar todo tipo de forma.

– Mas não pode ser coincidência! – exclamou o aluno.

Com paciência, Langdon lhe mostrou que as mesmas formas podiam ser desenhadas em um mapa de Detroit.

O rapaz pareceu profundamente desapontado.

– Não desanime – disse Langdon. – Washington *de fato* tem alguns segredos incríveis... só que nenhum deles está neste mapa.

O jovem se empertigou.

– Segredos? De que tipo?

– Toda primavera, eu dou um curso chamado Símbolos Ocultos. Falo muito sobre a capital. Você deveria se matricular.

– Símbolos *ocultos*! – O calouro pareceu novamente animado. – Então existem *mesmo* símbolos demoníacos na capital!

Langdon sorriu.

– Desculpe, mas a palavra *oculto*, apesar de remeter a imagens de adoração ao demônio, na verdade significa "escondido" ou "velado". Em épocas de opressão religiosa, todo conhecimento que contrariasse a doutrina tinha de ser escondido ou "oculto" e, como a Igreja se sentia ameaçada por isso, redefiniu tudo o que fosse "oculto" como uma coisa má, e o preconceito perdurou.

– Ah. – O rapaz encurvou os ombros.

Ainda assim, naquela primavera, Langdon reconheceu o rapaz sentado na primeira fila em meio aos 500 alunos que enchiam o Teatro Sanders de Harvard, uma antiga sala de conferências cheia de ecos, com assentos de madeira que rangiam.

– Bom dia a todos – exclamou de cima do grande tablado. Ligou um projetor de slides, e uma imagem se materializou às suas costas. – Enquanto se acomodam, quantos de vocês reconhecem o prédio desta foto?

– O Capitólio dos Estados Unidos! – ecoaram em uníssono dezenas de vozes. – Em Washington!

– Isso mesmo. Há mais de quatro milhões de quilos de ferro nessa cúpula. Um feito incomparável de engenhosidade arquitetônica para os anos 1850.

– Surreal! – gritou alguém.

Langdon revirou os olhos, desejando que alguém banisse aquela expressão.

– Muito bem, e quantos de vocês já foram a Washington?

Umas poucas mãos se levantaram.

– Só isso? – Langdon fingiu surpresa. – E quantos de vocês já foram a Roma, Paris, Madri ou Londres?

Quase todas as mãos da sala se levantaram.

Como sempre. Um dos ritos de passagem para os universitários norte-americanos era viajar de trem pela Europa nas férias de verão antes de encarar a dura realidade da vida.

– Parece que há mais gente aqui que já visitou a Europa do que a sua própria capital. Qual a explicação para isso?

– Na Europa não existe idade mínima para beber! – gritou alguém no fundo da sala.

Langdon sorriu.

– E por acaso a idade mínima *daqui* impede algum de vocês de beber?

Todos riram.

Era o primeiro dia de aula, e os alunos estavam demorando mais do que de costume para se acomodarem, remexendo-se e fazendo ranger os bancos de madeira. Langdon adorava lecionar naquela sala porque podia medir o grau de interesse da turma escutando quanto as pessoas se agitavam nos bancos.

– Falando sério – disse Langdon –, a arquitetura, a arte e o simbolismo de Washington estão entre os mais interessantes do mundo. Por que vocês cruzam o oceano antes de visitar a sua própria capital?

– As coisas mais antigas são mais legais – disse alguém.

– E por coisas antigas – esclareceu Langdon – suponho que você queira dizer castelos, criptas, templos, esse tipo de coisa?

Cabeças aquiesceram simultaneamente.

– Muito bem. Mas e se eu dissesse a vocês que Washington tem *todas* essas coisas? Castelos, criptas, pirâmides, templos... está tudo lá.

Os rangidos diminuíram.

– Meus amigos – disse Langdon, baixando a voz e avançando até a beira do tablado –, ao longo da próxima hora, vocês vão descobrir que o nosso país transborda de segredos e de histórias ocultas. E, exatamente como na Europa, todos os melhores segredos estão escondidos à vista de todos.

Os bancos de madeira silenciaram por completo.

Pronto.

Langdon diminuiu as luzes e passou para o slide seguinte.

– Quem pode me dizer o que George Washington está fazendo aqui?

O slide era de um conhecido mural que mostrava George Washington vestido com os trajes completos de um maçom, parado diante de uma estranha enge-nhoca – um gigantesco tripé de madeira com um sistema de cordas e polias, no qual estava suspenso um imenso bloco de pedra. Um grupo de espectadores bem-vestidos o rodeava.

– Levantando esse grande bloco de pedra? – arriscou alguém.

Langdon não disse nada, pois preferia, sempre que possível, que algum outro aluno fizesse a correção.

– Na verdade – sugeriu outro aluno –, acho que Washington está *baixando* a pedra. Ele está vestido com trajes maçônicos. Já vi imagens de maçons assentando pedras angulares. Na cerimônia sempre tem essa espécie de tripé para colocar a primeira pedra.

– Excelente – disse Langdon. – O mural mostra o pai do nosso país usando um tripé e uma polia para assentar a pedra angular do Capitólio em 18 de setembro de 1793, entre 11h15 e 12h30. – Langdon fez uma pausa, correndo os olhos pela sala. – Alguém pode me dizer o significado dessa data e hora?

Silêncio.

– E se eu dissesse a vocês que esse momento exato foi escolhido por três famosos maçons: George Washington, Benjamin Franklin e Pierre L'Enfant, o principal arquiteto da capital?

Mais silêncio.

– A pedra angular foi assentada nessa data e hora simplesmente porque, entre outras coisas, a auspiciosa Caput Draconis estava em Virgem.

Todos trocaram olhares intrigados.

– Espere aí – disse alguém. – O senhor está falando de... *astrologia*?

– Exato. Embora seja uma astrologia diferente da que conhecemos hoje em dia.

Alguém levantou a mão.

– Está querendo dizer que os nossos pais fundadores acreditavam em astrologia?

Langdon deu um sorriso.

– E muito. O que você diria se eu lhe contasse que a cidade de Washington tem mais signos astrológicos em sua arquitetura do que *qualquer* outra cidade do mundo... zodíacos, mapas de estrelas, pedras angulares assentadas em datas e horários astrológicos precisos? Mais da metade dos homens que elaboraram a nossa Constituição eram maçons, estavam convencidos de que as estrelas e o destino eram interligados e prestavam muita atenção à posição dos astros no céu enquanto estruturavam seu novo mundo.

– Mas essa história toda de a pedra angular do Capitólio ter sido assentada quando Caput Draconis estava em Virgem... Que diferença faz? Não pode ser só coincidência?

– Uma coincidência impressionante, considerando-se que as pedras angulares das três estruturas que formam o Triângulo Federal, ou seja, o Capitólio, a Casa Branca e o Monumento a Washington, foram todas assentadas em anos diferentes, mas tudo foi cuidadosamente programado para que isso ocorresse *exatamente* nessas mesmas condições astrológicas.

Langdon se deparou com uma sala cheia de olhos arregalados. Algumas cabeças se abaixaram à medida que os alunos começavam a tomar notas.

Alguém levantou a mão no fundo da sala.

– Por que eles fizeram isso?

Langdon deu uma risadinha.

– A resposta para essa pergunta é material para um semestre inteiro. Se estiver curioso, deve fazer meu curso sobre misticismo. Para ser franco, não acho que vocês estejam emocionalmente preparados para ouvir a resposta.

– Como assim? – gritou o aluno. – Experimente!

Langdon fez uma pausa exagerada, como se estivesse pensando no assunto, e em seguida balançou a cabeça, brincando com os alunos.

– Desculpe, não posso. Alguns de vocês são calouros. Tenho medo de impressioná-los.

– Conte para a gente! – gritaram todos.

Langdon deu de ombros.

– Talvez vocês devessem virar maçons ou membros da Ordem da Estrela do Oriente e descobrir a resposta na origem.

– A gente não pode entrar – argumentou um rapaz. – Os maçons são uma sociedade supersecreta!

– Supersecreta? É mesmo? – Langdon se lembrou do grande anel maçônico que seu amigo Peter Solomon ostentava com orgulho na mão direita. – Então por que os maçons usam anéis, prendedores de gravatas ou broches maçônicos à vista de todos? Por que os prédios maçônicos possuem indicações claras? Por que os horários das suas reuniões são publicados no jornal? – Langdon sorriu ao ver todas as expressões intrigadas. – Meus amigos, os maçons não são uma sociedade secreta... eles são uma sociedade com segredos.

– Dá na mesma – murmurou alguém.

– É? – desafiou Langdon. – Você diria que a Coca-Cola é uma sociedade secreta?

– É claro que não – respondeu o aluno.

– Bom, e se você batesse na sede da corporação e pedisse a receita da Coca-Cola original?

– Eles nunca iriam me dar.

– Exatamente. Para conhecer o maior segredo da Coca-Cola, você precisaria entrar para a empresa, trabalhar por muitos anos, provar que é de confiança e, depois de muito tempo, alcançar os mais altos escalões, nos quais essa informação poderia ser compartilhada com você. E então você assinaria um termo de confidencialidade.

– Então o senhor está dizendo que a Francomaçonaria é como uma grande empresa?

– Só na medida em que tem uma hierarquia rígida e leva a confidencialidade muito a sério.

– Meu tio é maçom – entoou a voz aguda de uma moça. – E a minha tia detesta, porque ele não conversa sobre isso com ela. Ela diz que a Maçonaria é tipo uma religião estranha.

– Um equívoco muito comum.

– Mas então não é uma religião?

– Façam a prova dos nove – disse Langdon. – Quem aqui assistiu ao curso do professor Whiterspoon sobre religião comparada?

Várias mãos se levantaram.

– Muito bem. Então me digam, quais são os três pré-requisitos para uma ideologia ser considerada religião?

– Garantir, acreditar, converter – respondeu uma jovem.

– Correto – disse Langdon. – As religiões *garantem* a salvação; as religiões *acreditam* em uma teologia específica; e as religiões *convertem* os não fiéis. – Ele fez uma pausa. – Mas a Maçonaria não se enquadra em nenhum desses três critérios. Os maçons não fazem promessas de salvação, não têm uma teologia específica, nem tentam converter ninguém. Na verdade, nas lojas maçônicas, conversas sobre religião são proibidas.

– Então... a Maçonaria é *anti*rreligiosa?

– Pelo contrário. Um dos pré-requisitos para se tornar maçom é que você *precisa* acreditar em uma força superior. A diferença entre a espiritualidade Maçônica e uma religião organizada é que os maçons não impõem a esse poder nenhuma definição específica ou nomenclatura. Em vez de identidades teológicas definitivas como Deus, Alá, Buda ou Jesus, os maçons usam termos mais genéricos como Ser Supremo ou Grande Arquiteto do Universo. Isso possibilita a união de maçons de crenças diferentes.

– Parece meio esquisito – comentou alguém.

– Ou, quem sabe, estimulante e libertador? – sugeriu Langdon. – Nesta época em que culturas diferentes se matam para saber qual é a melhor definição de Deus, poderíamos afirmar que a tradição maçônica de tolerância e liberdade é louvável. – Langdon caminhou pelo tablado. – Além do mais, a Maçonaria está aberta a homens de todas as raças, cores e credos, e proporciona uma fraternidade espiritual que não faz qualquer tipo de discriminação.

– Não faz discriminação? – Uma integrante da Associação de Alunas da universidade se levantou. – Quantas *mulheres* têm permissão para serem maçons, professor Langdon?

Langdon ergueu as mãos, rendendo-se.

– Bem colocado. As raízes tradicionais da Francomaçonaria são as guildas de pedreiros da Europa, o que a tornava, portanto, uma organização masculina. Centenas de anos atrás, há quem diga que em 1703, foi fundado um braço feminino chamado Estrela do Oriente. Essa organização possui mais de um milhão de integrantes.

– Mesmo assim – disse a mulher –, a Maçonaria é uma organização poderosa da qual as mulheres estão excluídas.

Langdon não sabia ao certo quão *poderosos* os maçons ainda eram e não estava disposto a enveredar por essa seara. As opiniões sobre os maçons modernos iam de um bando de velhotes inofensivos que gostavam de se fantasiar... até um conluio secreto de figurões que controlava o mundo. A verdade estava sem dúvida em algum lugar entre essas duas concepções.

– Professor Langdon – disse um rapaz de cabelos encaracolados na última fileira –, se a Maçonaria não é uma sociedade secreta, nem uma empresa, nem uma religião, então o que é?

– Bem, se você perguntasse isso a um maçom, ele daria a seguinte definição: a Francomaçonaria é um sistema de moralidade envolto em alegoria e ilustrado por símbolos.

– Isso me parece um eufemismo para "seita de malucos".

– *Malucos*, você disse?

– É isso aí! – disse o aluno, levantando-se. – Sei muito bem o que eles fazem dentro desses prédios secretos! Rituais esquisitos à luz de velas, com caixões, forcas e crânios cheios de vinho para beber. *Isso, sim,* é maluquice!

Langdon correu os olhos pela sala.

– Alguém mais acha que isso é maluquice?

– Sim! – entoaram os alunos em coro.

Langdon deu suspiro fingido de tristeza.

– Que pena. Se isso é maluco demais para vocês, então sei que nunca vão querer entrar para a *minha* seita.

Um silêncio recaiu sobre a sala. A integrante da Associação de Alunas pareceu incomodada.

– *O senhor* faz parte de uma seita?

Langdon assentiu com a cabeça e baixou a voz até um sussurro conspiratório.

– Não contem para ninguém, mas, no dia em que o deus-sol Rá é venerado pelos pagãos, eu me ajoelho aos pés de um antigo instrumento de tortura e consumo símbolos ritualísticos de sangue e carne.

A turma toda fez uma cara horrorizada.

Langdon deu de ombros.

– E, se algum de vocês quiser se juntar a mim, vá à capela de Harvard no domingo, ajoelhe-se diante da cruz e faça a santa comunhão.

A sala continuou em silêncio.

Langdon deu uma piscadela.

– Abram a mente, meus amigos. Todos nós tememos aquilo que foge à nossa compreensão.

As badaladas de um relógio começaram a ecoar pelos corredores do Capitólio.

Sete horas.

Àquela altura, Robert Langdon estava correndo. *Isso é o que eu chamo de entrada dramática.* Ao passar pelo corredor de ligação da Câmara, viu a entrada do Salão Nacional das Estátuas e se encaminhou direto para lá.

Ao se aproximar da porta, diminuiu o passo até um ritmo descontraído e respirou fundo várias vezes. Abotoando o paletó, ergueu o queixo só um pouquinho e fez a curva bem na hora em que soava a última badalada.

Hora do show.

Ao entrar no salão, o professor Robert Langdon ergueu os olhos e abriu um sorriso caloroso. Um segundo depois, o sorriso evaporou. Ele estacou na hora.

Alguma coisa estava muito, muito errada.

CAPÍTULO 7

Katherine Solomon atravessou apressada o estacionamento sob a chuva fria, desejando estar usando algo mais do que uma calça jeans e um suéter de caxemira. Ao se aproximar da entrada principal do complexo, o ronco dos gigantescos purificadores de ar ficou mais alto. Ela mal os escutou, pois seus ouvidos ainda estavam zumbindo por causa do telefonema que acabara de receber.

Aquilo que seu irmão acredita que está escondido na capital... pode ser encontrado.

Katherine achava isso quase impossível. Ela e a pessoa do telefone ainda tinham muito a conversar e haviam combinado fazer isso mais tarde naquela noite.

Quando chegou à entrada principal, ela se viu invadida pela mesma empolgação que sempre sentia ao entrar no edifício gigantesco. *Ninguém sabe que este lugar existe.*

A placa na porta dizia:

Centro de Apoio dos Museus Smithsonian (CAMS)

Apesar de contar com mais de uma dúzia de enormes museus no National Mall, o Instituto Smithsonian possuía uma coleção tão descomunal que apenas 2% do acervo podia ser exibido ao mesmo tempo. Os outros 98% precisavam ser guardados em algum lugar. E o lugar... era *ali*.

Não era de espantar que aquele complexo abrigasse uma coleção de artefatos surpreendentemente diversificada: Budas gigantes, códices escritos à mão, dardos envenenados da Nova Guiné, facas incrustadas de joias, um caiaque feito de osso de baleia. Igualmente de cair o queixo eram os tesouros *naturais* do complexo: fósseis de plesiossauro, uma coleção de meteoritos de valor inestimável, uma lula gigante e até mesmo uma coleção de crânios de elefante trazida por Teddy Roosevelt de um safári na África.

Mas não fora por nenhum desses motivos que o secretário do Smithsonian, Peter Solomon, havia levado sua irmã ao CAMS três anos antes. Ele a chamara até ali não para *ver* maravilhas científicas, mas sim para *criá-las*. E era exatamente isso o que Katherine vinha fazendo.

Bem lá no fundo desse complexo, na escuridão de seus recantos mais remotos, havia um pequeno laboratório científico diferente de todos os outros do mundo. As recentes descobertas feitas ali por Katherine no campo da ciência noética tinham ramificações em todas as disciplinas – da física à história, à filosofia e à religião. *Logo tudo irá mudar*, pensou ela.

Quando Katherine chegou ao saguão, o guarda que ocupava o balcão da entrada guardou rapidamente o rádio e arrancou das orelhas os fones de ouvido.

– Sra. Solomon! – Ele deu um largo sorriso.

– Redskins?

Ele corou, fazendo cara de culpado.

– O jogo ainda não começou.

Ela sorriu.

– Não vou dedurar você. – Então andou até o detector de metais e esvaziou os bolsos. Ao tirar do pulso o Cartier de ouro, sentiu a costumeira pontada de tristeza. O relógio fora presente da mãe no seu aniversário de 18 anos. Quase

10 anos já haviam transcorrido desde que a mãe morrera de forma violenta... seu corpo aninhado em seus braços.

– Então, Sra. Solomon? – sussurrou o guarda em tom de brincadeira. – Algum dia vai contar a alguém o que está fazendo lá atrás?

Ela ergueu os olhos.

– Algum dia, Kyle. Hoje não.

– Por favor – insistiu ele. – Um laboratório secreto... dentro de um museu secreto? A senhora deve estar fazendo alguma coisa bacana.

Muito mais que bacana, pensou Katherine enquanto juntava seus pertences. A verdade era que ela estava praticando uma ciência tão avançada que nem sequer parecia mais ciência.

CAPÍTULO **8**

Robert Langdon parou na soleira da porta do Salão Nacional das Estátuas, petrificado, e estudou a surpreendente cena à sua frente. A sala era exatamente como ele se lembrava – um semicírculo harmonioso, construído no mesmo estilo de um anfiteatro grego. As graciosas paredes curvas de arenito e marmorino italiano eram pontuadas por colunas de *breccia* multicolorida, entremeadas pela coleção nacional de estátuas – esculturas em tamanho natural de 38 norte-americanos importantes, dispostas ao redor de um vasto espaço revestido com ladrilhos de mármore preto e branco.

Tudo estava do mesmo jeito que no dia da palestra que assistira ali.

Exceto por um detalhe.

Desta vez, o salão estava deserto.

Nada de cadeiras. Nada de espectadores. Nada de Peter Solomon. Apenas um punhado de turistas zanzando para lá e para cá, alheios à entrada triunfal de Langdon. *Será que Peter quis dizer na Rotunda?* Ele espiou pelo corredor sul na direção da Rotunda e viu turistas circulando por lá também.

Os ecos das badaladas do relógio haviam silenciado. Agora Langdon estava oficialmente atrasado.

Ele voltou às pressas para o corredor e encontrou um guia turístico.

– Com licença, onde será a palestra do evento do Smithsonian hoje à noite?

O guia hesitou.

– Não saberia dizer, senhor. Quando vai começar?

– Agora!

O homem balançou a cabeça.

– Não estou sabendo de nenhum evento do Smithsonian hoje à noite... pelo menos não aqui.

Atarantado, Langdon voltou depressa para o meio do salão, correndo os olhos por todo o espaço. *Será que isso é algum tipo de brincadeira de Solomon?* A hipótese lhe parecia inimaginável. Sacou o celular e o fax recebido naquela manhã e discou o número de Peter.

O telefone levou alguns segundos para captar um sinal dentro do imenso prédio. Por fim, começou a tocar.

O conhecido sotaque sulista atendeu.

– Escritório de Peter Solomon, Anthony falando. Em que posso ajudar?

– Anthony! – disse Langdon, aliviado. – Que bom que você ainda está aí. Aqui é Robert Langdon. Parece que está havendo alguma confusão em relação à palestra. Estou no meio do Salão das Estátuas, mas não há ninguém aqui. A palestra foi transferida para alguma outra sala?

– Acho que não, professor. Deixe-me verificar. – O assistente fez uma pausa. – O senhor confirmou diretamente com o Sr. Solomon?

Langdon ficou confuso.

– Não, eu confirmei com *você*, Anthony. Hoje de manhã!

– Sim, eu me lembro disso. – Houve um silêncio na linha. – Foi um pouco descuidado da sua parte, não acha, professor?

Àquela altura, Langdon estava totalmente alerta.

– Como disse?

– Pense no seguinte... – disse o homem. – O senhor recebeu um fax pedindo-lhe que ligasse para um número de telefone, o que fez sem titubear. Falou com um total desconhecido que se apresentou como assistente de Peter Solomon. Em seguida, o senhor embarcou por livre e espontânea vontade em um jatinho particular para Washington e entrou em um carro que o estava aguardando. Correto?

Langdon sentiu um calafrio percorrer seu corpo.

– Quem está falando, droga? Onde está Peter?

– Infelizmente, acho que Peter Solomon não tem a menor ideia de que o senhor está em Washington hoje. – O sotaque sulista do homem desapareceu, e sua voz se transformou em um sussurro mais grave, melífluo. – O senhor está aqui, professor Langdon, porque *eu* quero que esteja.

CAPÍTULO 9

No Salão das Estátuas, Robert Langdon pressionou o celular contra a orelha e pôs-se a andar de um lado para o outro em um círculo fechado.

– Quem é você, droga?

A resposta do homem veio em um sussurro sedoso, calmo.

– Não fique alarmado, professor. O senhor foi convocado a vir aqui por um motivo.

– Convocado? – Langdon se sentiu como um animal enjaulado. – Que tal sequestrado?

– Não é bem assim. – A voz do homem era de uma serenidade sinistra. – Se eu quisesse machucá-lo, o senhor agora estaria morto dentro daquele Lincoln. – Ele deixou as palavras pairarem no ar por alguns instantes. – As minhas intenções são as mais nobres possíveis, posso lhe garantir. Eu gostaria simplesmente de lhe fazer um convite.

Não, obrigado. Desde as suas experiências na Europa nos últimos anos, a indesejada celebridade o transformara em um ímã de malucos, e aquele ali havia acabado de ultrapassar os limites.

– Olhe aqui, não sei que diabos está acontecendo, mas vou desligar...

– Eu não faria isso – disse o homem. – A sua janela de oportunidade é muito pequena se deseja salvar a alma de Peter Solomon.

Langdon puxou o ar com força.

– O que foi que você disse?

– Tenho certeza de que o senhor me ouviu.

A forma como aquele homem pronunciara o nome de Peter deixou Landgon petrificado.

– O que você sabe sobre Peter?

– Neste exato momento eu conheço os mais profundos segredos dele. O Sr. Solomon é meu convidado, e eu sei ser um anfitrião persuasivo.

Isto não pode estar acontecendo.

– Você não está com Peter.

– Eu atendi o celular pessoal dele. Isso deveria fazer o senhor parar e pensar.

– Vou chamar a polícia.

– Não precisa – disse o homem. – As autoridades estarão com o senhor daqui a pouco.

Do que esse louco está falando? O tom de Landgon ficou mais ríspido.

– Se você está com Peter, ponha ele na linha agora mesmo.

– Impossível. O Sr. Solomon está preso em um lugar nada agradável. – O homem fez uma pausa. – Ele está no Araf.

– *Onde?* – Langdon percebeu que estava apertando o celular com tanta força que seus dedos estavam ficando dormentes.

– O Araf? O Hamistagan? Aquele lugar ao qual Dante dedicou o livro imediatamente posterior ao seu lendário *Inferno*?

As referências religiosas e literárias do homem aumentavam as suspeitas de Langdon de que estava lidando com um louco. *O segundo livro.* Langdon o conhecia bem; ninguém consegue escapar da Academia Phillips Exeter sem ler os cantos de Dante.

– Está dizendo que acha que Peter Solomon está... no *purgatório*?

– Vocês cristãos usam uma palavra rude, mas sim, o Sr. Solomon está no *mundo intermediário*.

As palavras do homem se demoraram nos ouvidos de Langdon.

– Está dizendo que Peter está... *morto*?

– Não, não exatamente.

– Não exatamente?! – berrou Langdon, sua voz ecoando com força pelo salão. Uma família de turistas olhou para ele. Ele lhes virou as costas e baixou a voz. – Em geral *a morte* é ou não é!

– O senhor me surpreende, professor. Imaginava que tivesse uma compreensão melhor dos mistérios da vida e da morte. Existe *de fato* um mundo intermediário... um mundo no qual Peter Solomon está atualmente suspenso. Ele pode voltar para o seu mundo ou pode passar para o outro... dependendo de como você aja neste momento.

Langdon tentou processar o que ele dizia.

– O que você quer de mim?

– É simples. O senhor obteve acesso a algo muito antigo. E hoje à noite vai compartilhar isso comigo.

– Não faço ideia do que você está falando.

– Não? O senhor finge não entender os antigos segredos que lhe foram confiados?

Langdon teve uma súbita sensação de vertigem, suspeitando por fim do que aquilo provavelmente se tratava. *Antigos segredos.* Não havia mencionado a ninguém sequer uma palavra sobre suas experiências de vários anos atrás em Paris. Contudo, os fanáticos do Graal haviam acompanhado de perto a cobertura da mídia, sendo que alguns conseguiram ligar os pontos e acreditavam que Langdon agora detinha informações secretas relacionadas ao Santo Graal – e talvez até a sua localização.

– Olhe aqui – disse Langdon –, se isso tiver a ver com o Santo Graal, posso lhe garantir que não sei nada mais do que...

– Não ofenda a minha inteligência, Sr. Langdon – disparou o homem. – Não tenho nenhum interesse em algo tão frívolo quanto o Santo Graal ou o patético debate da humanidade para saber qual versão da história está correta. Discussões inúteis sobre a semântica da fé não me interessam nem um pouco. São perguntas que só se respondem com a morte.

Aquelas palavras duras deixaram Langdon confuso.

– Então do que você está falando?

O homem fez uma pausa de vários segundos.

– Como o senhor talvez saiba, nesta cidade existe um antigo portal.

Um antigo portal?

– E hoje à noite o senhor vai destrancá-lo para mim. Deveria se sentir honrado por eu ter entrado em contato... Professor, o senhor vai receber o convite da sua vida. O senhor foi o único escolhido.

E você enlouqueceu.

– Desculpe, mas você escolheu mal – disse Langdon. – Eu não sei nada sobre nenhum antigo portal.

– O senhor não está entendendo, professor. Não fui *eu* que o escolhi... foi *Peter Solomon*.

– O quê? – retrucou Langdon, sua voz pouco mais que um sussurro.

– O Sr. Solomon me disse como encontrar o portal e confessou que somente um homem no mundo seria capaz de destrancá-lo. Ele também falou que esse homem é *o senhor*.

– Se Peter disse isso, estava enganado... ou mentindo.

– Acho que não. Ele estava fragilizado quando fez essa confissão, e tendo a acreditar nele.

Langdon sentiu uma pontada de raiva.

– Estou avisando, se você machucar Peter de alguma forma...

– É muito tarde para *isso* – disse o homem como se estivesse achando graça. – Eu já tirei o que precisava de Peter Solomon. Mas, para o bem dele, sugiro que me dê o que necessito do *senhor*. O tempo urge... para *vocês dois*. Sugiro que o senhor encontre o portal e o destranque. Peter apontará o caminho.

Peter?

– Pensei que você tivesse dito que ele está no "purgatório".

– Assim em cima como embaixo – disse o homem.

Langdon sentiu um calafrio. Aquela estranha resposta era um antigo adágio hermético que afirmava uma crença na conexão física entre o céu e a terra.

48

Assim em cima como embaixo. Langdon correu os olhos pelo amplo salão e se perguntou como as coisas tinham fugido tão subitamente ao seu controle naquela noite.

– Olhe aqui, eu não sei como encontrar portal antigo nenhum. Vou chamar a polícia.

– O senhor realmente ainda não entendeu, não é? O motivo por que foi escolhido?

– Não – disse Langdon.

– Mas *vai entender* – retrucou o homem com uma risadinha. – A qualquer momento.

Então a ligação foi cortada.

Langdon ficou parado por vários segundos aterrorizantes, tentando processar o que havia acabado de acontecer.

De repente, ao longe, ouviu um som inesperado.

Vinha da Rotunda.

Alguém estava gritando.

CAPÍTULO **10**

Robert Langdon já havia entrado na Rotunda do Capitólio várias vezes na vida, mas nunca correndo a toda a velocidade. Quando atravessou às carreiras a entrada norte, viu um grupo de turistas aglomerado no centro da sala. Um menininho gritava e seus pais tentavam acalmá-lo. Outras pessoas se juntavam à sua volta enquanto os seguranças faziam o possível para restaurar a ordem.

– Ele tirou de dentro da tipoia – disse alguém com a voz histérica – e simplesmente *largou* ali!

Ao se aproximar, Langdon viu pela primeira vez o que estava causando todo aquele estardalhaço. De fato, o objeto no chão do Capitólio era estranho, mas a sua presença não justificava tanta gritaria.

Langdon já vira muitas vezes o objeto caído no chão. O departamento de artes de Harvard tinha dezenas deles – modelos de plástico em tamanho natural, usados por escultores e pintores para ajudá-los a reproduzir a parte mais complexa do corpo humano, que surpreendentemente não era o rosto, e sim a mão. *Alguém deixou a mão de um manequim dentro da Rotunda?*

Mãos de manequim tinham dedos articulados que permitiam a um artista colocá-los na posição que quisesse, o que, para os alunos de segundo ano da universidade, geralmente significava com o dedo médio em riste. Aquela, porém, havia sido posicionada com o indicador e o polegar apontados para o teto.

No entanto, quando Langdon se aproximou, percebeu que aquela mão de manequim era peculiar. Sua superfície de plástico não era lisa como a maioria. Pelo contrário, era cheia de manchas e levemente enrugada, quase parecida com...

Pele de verdade.

Langdon parou abruptamente.

Foi então que viu o sangue. *Meu Deus!*

O pulso cortado parecia ter sido fincado em uma base de madeira com um prego para ficar em pé. Uma onda de náusea atravessou seu corpo. Langdon foi se aproximando devagar, sem conseguir respirar, vendo agora que as pontas do indicador e do polegar haviam sido decoradas com minúsculas tatuagens. Mas não foram as tatuagens que chamaram sua atenção. Seu olhar se moveu instantaneamente para o conhecido anel de ouro no dedo anular.

Não.

Langdon recuou. O mundo à sua volta começou a girar quando ele percebeu que estava olhando para a mão direita cortada de Peter Solomon.

CAPÍTULO **11**

Por que Peter não atende?, perguntou-se Katherine Solomon enquanto desligava o celular. *Onde ele está?*

Durante três anos, Peter Solomon sempre tinha sido o primeiro a chegar a seus encontros semanais às sete da noite de domingo. Aquele era o ritual familiar deles, uma forma de permanecerem em contato antes do início de uma nova semana e de Peter se manter atualizado em relação ao trabalho de Katherine no laboratório.

Ele nunca se atrasa, pensou ela, *e sempre atende o telefone.* Para piorar, Katherine ainda não tinha certeza do que iria dizer ao irmão quando ele *finalmente* chegasse. *Como vou lhe perguntar sobre o que descobri hoje?*

O clicar ritmado dos seus passos ecoava pelo corredor de cimento que percorria o CAMS como uma espinha dorsal. Conhecido como "A Rua", o corredor interligava os cinco imensos galpões de armazenagem do edifício. A 12 metros do chão, um sistema circulatório composto de dutos laranja latejava com as batidas do coração do complexo – os sons pulsantes de milhares de metros cúbicos de ar filtrado que circulavam pelo ambiente.

Em geral, durante a caminhada de quase 400 metros até o laboratório, Katherine se sentia tranquilizada pelos ruídos da respiração do complexo. Naquela noite, entretanto, a pulsação a deixou nervosa. O que ela descobrira a respeito do irmão deixaria qualquer um perturbado, mas, como Peter era seu único parente na face da Terra, Katherine se sentia especialmente incomodada ao pensar que ele pudesse estar lhe escondendo algum segredo.

Até onde ela sabia, o irmão só ocultara algo dela *uma vez...* um segredo maravilhoso escondido no final daquele corredor. Três anos antes, Peter havia conduzido Katherine por ali, apresentando-a ao CAMS enquanto lhe exibia alguns dos objetos mais incomuns do complexo: o meteorito de Marte ALH--84001, o diário pictográfico de Touro Sentado, uma coleção de jarros lacrados com cera de abelha contendo espécimes originais coletados por Charles Darwin.

Em determinado momento, os dois passaram por uma porta pesada com uma pequena janela. Katherine viu de relance o que havia atrás dela e levou um susto.

– Mas o que é *isso*?

Seu irmão deu uma risadinha e continuou andando.

– Galpão 3. É o que chamamos de Galpão Molhado. Bem inusitado, não é?

Aterrorizante, eu diria. Katherine apertou o passo para alcançá-lo. Aquele complexo parecia outro planeta.

– O que eu realmente quero lhe mostrar é o Galpão 5 – disse Peter enquanto a conduzia pelo corredor aparentemente sem fim. – É o nosso mais novo anexo. Foi construído para abrigar artefatos do porão do Museu Nacional de História Natural. A coleção está programada para ser transferida para cá daqui a uns cinco anos, o que significa que o Galpão 5 está vazio no momento.

Katherine olhou naquela direção.

– Vazio? Então por que estamos indo para lá?

Os olhos cinzentos de seu irmão exibiram um brilho travesso familiar.

– Pensei que, já que ninguém está usando o espaço, talvez você pudesse usá-lo.

– Eu?

– Claro. Imaginei que você gostaria de ter um laboratório exclusivo... um lugar onde possa de fato *realizar* alguns dos experimentos sobre os quais vem teorizando durante todos esses anos.

Chocada, Katherine encarou o irmão.

– Mas, Peter, essas experiências são *teóricas*! *Realizá-las* seria quase impossível!

– Nada é impossível, Katherine, e este lugar é perfeito para você. O CAMS não é apenas um depósito de tesouros; é um dos centros de pesquisa científica mais avançados do mundo. Frequentemente pegamos alguma peça da coleção para examiná-la usando as melhores tecnologias quantitativas que o dinheiro pode comprar. Você teria à sua disposição todo equipamento de que pudesse vir a precisar.

– Peter, as tecnologias necessárias para fazer essas experiências estão...

– Bem aqui. – Ele deu um largo sorriso. – O laboratório está pronto.

Katherine parou onde estava.

Seu irmão apontou para o final do longo corredor.

– Estamos indo para lá agora.

Katherine mal conseguia falar.

– Você... você construiu um laboratório para mim?

– É o meu trabalho. O Smithsonian foi criado para promover o avanço do conhecimento científico. Como secretário, devo levar a sério esse dever. Eu acredito que as experiências que você propôs têm potencial para expandir as fronteiras da ciência a territórios inexplorados. – Peter parou, olhando-a bem nos olhos. – Quer você fosse ou não minha irmã, eu me sentiria obrigado a apoiar essa pesquisa. Suas ideias são brilhantes. O mundo merece ver aonde elas podem chegar.

– Peter, eu não posso de jeito nenhum...

– Tudo bem, relaxe... eu paguei do meu próprio bolso, e ninguém está usando o Galpão 5 neste momento. Quando você terminar suas experiências, pode desocupá-lo. Além disso, o Galpão 5 tem propriedades singulares que são perfeitas para o seu trabalho.

Katherine não conseguia imaginar o que um gigantesco galpão vazio poderia proporcionar no sentido de auxiliar sua pesquisa, mas tinha a sensação de que estava prestes a descobrir. Eles haviam acabado de chegar a uma porta de aço com letras grossas gravadas:

GALPÃO 5

Seu irmão inseriu o cartão de acesso e um teclado eletrônico se acendeu. Ele ergueu o dedo para digitar o código de segurança, mas se deteve, arqueando as sobrancelhas com o mesmo ar travesso de quando era menino.

– Tem certeza de que está pronta?

Ela aquiesceu. *Meu irmão, sempre perfeito no comando do espetáculo.*

– Para trás. – Peter apertou as teclas.

A porta de aço se abriu com um silvo alto.

Além da soleira havia apenas um breu total... um imenso vazio. Um gemido oco parecia ressoar das profundezas. Katherine sentiu uma corrente de ar frio emanar lá de dentro. Era como olhar para o Grand Canyon à noite.

– Imagine um hangar vazio esperando uma frota de Airbus – disse-lhe o irmão –, e vai ter uma ideia geral.

Katherine se pegou dando um passo para trás.

– O galpão em si é grande demais para ser aquecido, mas seu laboratório é uma sala de concreto, mais ou menos no formato de um cubo, com isolamento térmico. Ela está situada bem lá no fundo do galpão para ficar o mais afastada possível.

Katherine tentou visualizar aquilo. *Uma caixa dentro de uma caixa.* Esforçou-se para enxergar na escuridão, mas esta era impenetrável.

– A que distância ela está?

– A uma boa distância... um campo de futebol caberia facilmente aqui dentro. Mas devo avisar que o trajeto é um pouco perturbador. É excepcionalmente escuro.

Katherine espiou pela quina, hesitante.

– Não tem interruptor?

– O Galpão 5 não tem fiação elétrica.

– Mas... então como é que um laboratório pode funcionar aí dentro?

Ele deu uma piscadela.

– Gerador de hidrogênio.

O queixo de Katherine caiu.

– Você está de brincadeira, não é?

– Energia limpa suficiente para abastecer uma cidade pequena. O seu laboratório está totalmente isolado das ondas de rádio emitidas pelo restante do complexo. Além disso, toda a parte externa do galpão é revestida de membranas fotorresistentes de modo a proteger da radiação solar os artefatos em seu interior. Basicamente, este galpão é um ambiente isolado e neutro do ponto de vista energético.

Katherine estava começando a entender o atrativo do Galpão 5. Como grande parte do seu trabalho consistia em quantificar campos energéticos anteriormente desconhecidos, suas experiências precisavam ser feitas em um local isolado de qualquer radiação externa ou "ruído branco". Isso incluía interferências tão sutis quanto "radiações cerebrais" ou "emissões de pensamento" geradas por pessoas próximas. Por esse motivo, um laboratório situado em um campus universitário ou em um hospital não daria certo, mas um galpão deserto no CAMS não poderia ser mais perfeito.

– Vamos até lá dar uma olhada. – Peter estava sorrindo ao adentrar a vasta escuridão. – É só me seguir.

Katherine ficou parada na soleira da porta. *Mais de 100 metros na escuridão total?* Quis sugerir uma lanterna, mas seu irmão já havia desaparecido no abismo.

– Peter? – chamou ela.

– Dê o salto da fé – disse ele lá da frente, com a voz já começando a sumir. – Você vai encontrar o caminho. Confie em mim.

Ele está de brincadeira, não é? O coração de Katherine batia disparado enquanto ela avançava poucos metros além da soleira, tentando ver alguma coisa no escuro. *Não enxergo nada!* De repente, a porta de aço sibilou, fechando-se atrás dela com um baque e fazendo-a mergulhar nas trevas. Não havia uma só centelha de luz em lugar nenhum.

– Peter?

Silêncio.

Você vai encontrar o caminho. Confie em mim.

Hesitante, ela foi avançando vagarosamente, às cegas. *Salto da fé?* Katherine não conseguia sequer enxergar a própria mão diante do rosto. Continuou seguindo em frente, mas em poucos segundos ficou totalmente perdida. *Para onde estou indo?*

Isso fazia três anos.

Agora, ao chegar diante da mesma porta de aço, Katherine percebeu o enorme caminho que havia percorrido desde aquela primeira noite. Seu laboratório – apelidado de Cubo – havia se tornado seu lar, um santuário nos recônditos do Galpão 5. Exatamente como Peter previra, ela havia encontrado seu caminho em meio à escuridão naquela noite, e em todos os outros dias desde então – graças a um sistema de direcionamento engenhosamente simples que seu irmão lhe permitira descobrir sozinha.

Muito mais importante, a outra previsão de Peter também havia se realizado: as experiências de Katherine tinham produzido resultados impressionantes, sobretudo nos últimos seis meses – avanços que iriam alterar paradigmas inteiros de pensamento. Katherine e o irmão haviam concordado em guardar segredo total quanto aos resultados até suas implicações ficarem mais claras. Mas ela sabia que um dia, em breve, divulgaria algumas das revelações científicas mais transformadoras da história humana.

Um laboratório secreto dentro de um museu secreto, pensou ela, inserindo o cartão de acesso na porta do Galpão 5. O teclado se acendeu e Katherine digitou sua senha.

A porta de aço se abriu com um silvo.

O conhecido gemido oco foi acompanhado pela mesma rajada de ar frio. Como sempre, Katherine sentiu sua pulsação se acelerar.

O trajeto mais estranho do mundo para chegar ao trabalho.

Tomando coragem para a travessia, Katherine Solomon olhou de relance para o relógio de pulso ao pisar no vazio. Naquela noite, porém, não conseguiu se livrar das preocupações ao entrar no galpão. *Onde está Peter?*

CAPÍTULO **12**

Fazia mais de uma década que Trent Anderson, chefe de polícia do Capitólio, supervisionava a segurança daquele complexo. Era um homem musculoso e de ombros largos, com traços finos e cabelo ruivo cortado à escovinha, o que lhe dava um ar de autoridade militar. Deixava sua arma bem visível como aviso a qualquer um que caísse na besteira de questionar seu poder.

Anderson passava a maior parte do tempo coordenando seu pequeno exército de agentes a partir de um centro de segurança de alta tecnologia situado no subsolo do Capitólio. Dali, comandava uma equipe de técnicos encarregados de examinar monitores e dados de computador, além disso controlava uma mesa telefônica que o mantinha em contato com os funcionários da segurança.

Aquela noite tinha sido estranhamente tranquila, e Anderson estava satisfeito. Tinha esperanças de conseguir ver um pouco do jogo dos Redskins na TV de tela plana da sua sala. A partida havia acabado de começar quando seu interfone tocou.

– Chefe?

Anderson resmungou e manteve os olhos grudados na televisão enquanto atendia o interfone.

– O que foi?

– Houve algum problema na Rotunda. Os agentes estão chegando lá agora, mas acho que o senhor vai querer dar uma olhada.

– Certo. – Anderson entrou no centro nervoso do sistema de segurança: uma instalação compacta, neomoderna, cheia de monitores de computador. – O que você tem aí?

O técnico estava ajustando uma imagem de vídeo digital em seu monitor.

– Câmera da galeria leste da Rotunda. Vinte segundos atrás. – Ele acionou o vídeo.

Anderson ficou olhando por cima do ombro do técnico.

A Rotunda estava quase deserta naquele dia, ocupada apenas por uns poucos turistas. O olho treinado de Anderson foi atraído imediatamente para a única pessoa sozinha que se movia mais depressa do que as outras. Cabeça raspada. Casaco militar verde. Braço ferido em uma tipoia. Um pouco manco. Postura curva. Falando no celular.

Os passos do homem careca ecoaram de forma distinta no áudio até que, de repente, ao chegar bem no meio da Rotunda, ele parou, encerrou o telefonema e ajoelhou como quem vai amarrar o cadarço do sapato. No entanto, em vez de fazer isso, o careca tirou alguma coisa da tipoia e a pôs no chão. Depois se levantou e seguiu mancando depressa em direção à saída leste.

Anderson ficou olhando para o estranho objeto que o homem havia deixado para trás. *Que negócio é esse?* O objeto tinha uns 20 centímetros de altura e estava posicionado na vertical. Anderson se aproximou do monitor e apertou os olhos. *Não pode ser o que parece!*

Enquanto o careca se afastava apressado, desaparecendo pelo pórtico leste, um menininho ali perto disse:

– Mamãe, aquele homem deixou cair alguma coisa.

O garoto foi ver o que era, mas de repente estacou. Após um longo instante de imobilidade, apontou para o objeto e soltou um grito ensurdecedor.

Na mesma hora, o chefe de polícia girou o corpo e saiu correndo em direção à porta, berrando ordens pelo caminho.

– Mandem um rádio para todos os postos! Encontrem o careca da tipoia e prendam-no! AGORA!

Correndo para fora do centro de segurança, ele subiu de três em três os degraus da escadaria gasta. O vídeo de segurança havia mostrado o careca da tipoia deixando a Rotunda pelo pórtico leste. O caminho mais curto para sair do prédio, portanto, o faria passar pelo corredor leste-oeste, que ficava logo à frente.

Eu posso interceptá-lo.

Depois de chegar ao topo da escada e fazer a curva, Anderson vasculhou o corredor silencioso à sua frente. Na outra ponta, um casal de idosos caminhava devagar, de mãos dadas. Perto deles, um turista louro de blazer azul lia um guia e estudava os mosaicos do teto em frente à Câmara dos Representantes.

– Com licença! – bradou Anderson correndo em sua direção. – O senhor viu um homem careca com uma tipoia no braço?

O homem ergueu os olhos do livro com uma expressão confusa.

– Um careca com uma tipoia! – repetiu Anderson com mais firmeza. – O senhor o viu?

O turista hesitou e, nervoso, olhou para a extremidade leste do corredor.

– Hã... vi, sim – respondeu. – Acho que ele acabou de passar correndo por mim... na direção daquela escada ali. – Ele apontou para o final do corredor.

Anderson sacou o rádio e berrou no aparelho.

– Atenção, todos os postos! O suspeito está se dirigindo para a saída sudeste. Todos para lá! – Ele guardou o rádio e arrancou a arma do coldre, pondo-se a correr rumo à saída.

Trinta segundos depois, o louro musculoso de blazer azul saiu tranquilamente pela ala leste do Capitólio para o ar úmido da noite. Sorriu, saboreando o frescor do lado de fora.

Transformação.

Tinha sido tão fácil.

Apenas um minuto antes, ele saíra rapidamente da Rotunda mancando e usando um casaco militar. Depois de se esconder em um vão mal iluminado, havia tirado o casaco militar, revelando o blazer azul que usava por baixo. Antes de se desfazer do casaco, sacara uma peruca loura do bolso, colocando-a com cuidado sobre a cabeça. Então endireitou o corpo, tirou do blazer um guia de Washington e saiu calmamente do vão com um passo elegante.

Transformação. É esse o meu dom.

Enquanto as pernas mortais de Mal'akh carregavam-no em direção à limusine que o aguardava, ele arqueou as costas, esticando todo o seu 1,90m e jogando os ombros para trás. Respirou fundo, deixando o ar encher seus pulmões. Podia sentir as asas da fênix tatuada em seu peito se abrindo.

Se ao menos eles conhecessem o meu poder, pensou, olhando para a cidade à sua frente. *Hoje à noite minha transformação irá se completar.*

Mal'akh tivera uma conduta impecável dentro do Capitólio, demonstrando obediência a todas as regras de etiqueta ancestrais. *O antigo convite foi entregue.* Se Langdon ainda não tivesse compreendido qual era seu papel ali naquela noite, logo iria entender.

CAPÍTULO 13

A Rotunda do Capitólio – assim como a Basílica de São Pedro – sempre tinha o dom de surpreender Robert Langdon. Ele sabia que aquele espaço era grande o suficiente para comportar com folga a Estátua da Liberdade, mas de alguma forma a Rotunda sempre lhe parecia maior e mais sagrada do que ele esperava, como se espíritos pairassem no ar. Naquela noite, porém, havia apenas caos.

Agentes de segurança do Capitólio estavam isolando a Rotunda ao mesmo tempo que tentavam guiar os turistas perplexos para longe da mão. O menininho continuava chorando. Uma luz forte se acendeu – um turista tirando uma foto da mão –, e vários seguranças agarraram imediatamente o homem, tomando-lhe a câmera e escoltando-o até a saída. Na confusão, Langdon se viu andando para a frente como em um transe, abrindo caminho pelo aglomerado de gente para chegar cada vez mais perto da mão.

A mão direita cortada de Peter Solomon estava na vertical, com a superfície plana do pulso seccionado fincada no prego de uma pequena base de madeira. Três dos dedos estavam fechados, enquanto o polegar e o indicador se encontravam esticados, apontando para cima em direção à cúpula altíssima.

– Todos para trás! – exclamou um dos agentes.

Langdon estava perto o suficiente agora para ver o sangue seco que havia escorrido do pulso e coagulado sobre a base de madeira. *Ferimentos post-mortem não sangram... o que significa que Peter está vivo.* Langdon não sabia se deveria ficar aliviado ou nauseado. *A mão de Peter foi cortada com ele ainda vivo?* Bílis subiu até sua garganta. Ele pensou em todas as vezes que seu querido amigo tinha estendido aquela mão para apertar a sua ou para lhe dar um caloroso abraço.

Durante vários segundos, Langdon sentiu a mente ficar vazia, como uma TV mal sintonizada que transmite apenas estática. A primeira imagem nítida que se formou foi totalmente inesperada.

Uma coroa... e uma estrela.

Langdon se agachou, examinando as pontas do polegar e do indicador de Peter. *Tatuagens?* Era inacreditável, mas o monstro que havia feito aquilo parecia ter tatuado pequenos símbolos nas pontas dos dedos de Peter.

No polegar, uma coroa. No indicador, uma estrela.

Não pode ser. Os dois símbolos foram registrados instantaneamente pela mente de Langdon, ampliando aquela cena horrenda para transformá-la em algo quase sobrenatural. Aqueles símbolos já haviam aparecido juntos muitas vezes na história, e sempre no mesmo lugar – nas pontas dos dedos da mão de alguém. Aquele era um dos ícones mais cobiçados e secretos do mundo antigo.

A Mão dos Mistérios.

O ícone raramente era visto hoje em dia, mas, ao longo da história, havia simbolizado um poderoso chamado à ação. Langdon se esforçava para compreender o grotesco artefato à sua frente. *Alguém usou a mão de Peter para fabricar a Mão dos Mistérios?* Era inimaginável. Tradicionalmente, o ícone era esculpido em pedra ou madeira, ou então desenhado. Langdon nunca tinha ouvido falar de uma versão de carne e osso. A ideia era repulsiva.

– Senhor? – disse um segurança atrás de Langdon. – Afaste-se, por gentileza.

Langdon mal ouviu o que ele disse. *Há outras tatuagens.* Embora não pudesse ver as pontas dos três dedos fechados, Langdon sabia que também ostentariam marcas singulares. Era essa a tradição. Cinco símbolos ao todo. Ao longo dos milênios, os símbolos na ponta dos dedos da Mão dos Mistérios nunca haviam mudado... e tampouco o objetivo simbólico da mão.

A mão representa... um convite.

Langdon teve um súbito calafrio ao recordar as palavras do homem que o levara até ali. *Professor, o senhor vai receber o convite da sua vida.* Nos tempos antigos, a Mão dos Mistérios representava, na verdade, o convite mais cobiçado da Terra. Receber aquele ícone era uma convocação sagrada para se unir a um grupo de elite – aqueles que eram considerados os guardiães do conhecimento secreto de todos os tempos. O convite não só era uma grande honra, como também significava que um mestre o considerava digno de receber aquele conhecimento oculto. *A mão que o mestre estende ao iniciado.*

– Senhor – insistiu o segurança, pousando uma das mãos com firmeza no ombro de Langdon –, preciso que se afaste agora mesmo.

– Eu sei o que isto aqui significa – disse Langdon. – Posso ajudar.

– Agora! – repetiu o segurança.

– Meu amigo está em apuros. Nós precisamos...

Langdon sentiu braços fortes erguerem seu corpo e levarem-no para longe da mão. Simplesmente deixou aquilo acontecer... sentia-se abalado demais para protestar. Um convite formal acabara de ser entregue. Alguém estava convocando Langdon para destrancar um portal místico que iria revelar um mundo de antigos mistérios e conhecimento oculto.

Mas era tudo uma insanidade.

Delírios de um louco.

CAPÍTULO **14**

A limusine de Mal'akh foi se afastando do Capitólio, avançando na direção leste pela Independence Avenue. Um jovem casal na calçada apertou os olhos para tentar discernir alguma coisa através dos vidros traseiros escurecidos, torcendo para ver alguma celebridade.

Eu estou na frente, pensou Mal'akh, sorrindo consigo mesmo.

Mal'akh adorava a sensação de poder que tinha ao dirigir sozinho aquela limusine descomunal. Nenhum de seus outros cinco carros poderia lhe proporcionar aquilo de que precisava naquela noite – a *garantia* de privacidade. Total privacidade. Naquela cidade, limusines gozavam de uma espécie de imunidade tácita. *Embaixadas sobre rodas.* Os policiais que trabalhavam perto da Capitol Hill, a colina sobre a qual se ergue o Capitólio, nunca sabiam ao certo qual figurão poderiam acabar mandando encostar por engano, então a maioria preferia simplesmente não se arriscar a parar limusines.

Quando Mal'akh atravessou o rio Anacostia e entrou no estado de Maryland, pôde sentir que estava chegando mais perto de Katherine, impulsionado pela força de gravidade do destino. *Estou sendo chamado para cumprir uma segunda tarefa esta noite... uma tarefa que eu não havia imaginado.* Na noite anterior, quando Peter Solomon havia lhe revelado o último de seus segredos, Mal'akh ficara sabendo da existência de um laboratório secreto no qual Katherine Solomon tinha operado milagres – avanços fenomenais que, Mal'akh percebia, iriam mudar o mundo caso um dia viessem à tona.

O trabalho dela revelará a verdadeira natureza de todas as coisas.

Durante séculos, as "mentes mais brilhantes" da Terra haviam ignorado as ciências antigas, zombando delas como se fossem superstições ignorantes, armando-se em vez disso de um ceticismo arrogante e de novas e espantosas tecnologias – ferramentas que só faziam afastá-las ainda mais da verdade. *Os avanços de cada geração são desmentidos pela tecnologia da geração seguinte.* Assim havia sido por muitos séculos. Quanto mais o homem aprendia, mais se dava conta de sua ignorância.

Por muitos milênios, a humanidade vinha tateando no escuro... mas agora, como estava escrito na profecia, havia mudanças no ar. Depois de avançar às cegas pela história, a humanidade chegara a uma encruzilhada. Esse momento tinha sido previsto havia muito tempo, profetizado pelos textos antigos, calendários primevos e até mesmo pelas estrelas. A data era específica, sua chegada, iminente. Ela seria precedida por uma brilhante explosão de conhecimento... um clarão de luz para iluminar a escuridão e dar à humanidade uma última chance de se desviar do abismo e seguir o caminho da sabedoria.

Eu cheguei para ofuscar a luz, pensou Mal'akh. *Esse é o meu papel.*

O destino o havia ligado a Peter e Katherine Solomon. As descobertas feitas por Katherine no CAMS ameaçavam abrir as comportas de uma nova forma de pensar, dando início a um novo Renascimento. Caso essas revelações viessem a público, iriam se transformar em um catalisador que inspiraria a humanidade a redescobrir o conhecimento que havia perdido, dando-lhe um poder muito além da imaginação.

O destino de Katherine é acender essa tocha.

O meu é apagá-la.

CAPÍTULO 15

Em meio à escuridão cerrada, Katherine Solomon tateou à procura da porta externa de seu laboratório. Depois de achá-la, abriu a porta revestida de chumbo e entrou depressa no pequeno hall. A travessia levara apenas 90 segundos, mas seu coração batia feito louco. *Depois de três anos, eu já deveria ter me acostumado com isso.* Katherine sempre se sentia aliviada ao escapar do breu do Galpão 5 e entrar naquele espaço limpo e bem iluminado.

O Cubo era uma grande caixa sem janelas. Cada centímetro das paredes e do teto lá dentro era coberto por uma tela rígida de fibra de chumbo revestida de titânio, o que dava a impressão de uma imensa jaula construída dentro de uma câmara de cimento. Divisórias de plexiglas fosco separavam o espaço em diferentes compartimentos – um laboratório, uma sala de controle, uma sala de máquinas, um banheiro e uma pequena biblioteca para pesquisas.

Katherine caminhou depressa até o laboratório principal. O espaço de trabalho claro e estéril reluzia com vários equipamentos quantitativos avançados: dois encefalógrafos interligados, um pente de frequência em femtossegundos, um isolador magneto-ótico e GEAs de ruído eletrônico com indeterminação quântica, mais simplesmente conhecidos como Geradores de Eventos Aleatórios.

Apesar do uso de tecnologias de ponta pela ciência noética, as descobertas em si eram muito mais místicas do que as máquinas frias e high-tech que as produziam. Magia e mito se transformavam rapidamente em realidade com a chegada de novas e espantosas informações, todas elas confirmando a ideologia básica da ciência noética – o potencial ainda não explorado da mente humana.

A tese geral era simples: *Nós não chegamos nem perto de usar todo o potencial de nossas mentes e nossos espíritos.*

Experiências conduzidas em instalações como o Instituto de Ciências Noéticas (ICN) da Califórnia e o Laboratório de Pesquisas de Anomalias da Engenharia (LPAE) de Princeton haviam provado categoricamente que o pensamento humano, quando adequadamente direcionado, tem a capacidade de afetar e modificar a massa *física*. Essas experiências não eram truques de salão do tipo "entortar colheres", mas sim investigações altamente controladas que produziam todas o mesmo resultado extraordinário: nossos *pensamentos* de fato interagem com o mundo físico, quer saibamos disso ou não, dando origem a mudanças que abrangem até o domínio subatômico.

A mente domina a matéria.

Em 2001, nas horas que se seguiram aos terríveis acontecimentos do 11 de Setembro, o campo da ciência noética deu um salto quântico. Quatro cientistas descobriram que, à medida que o mundo amedrontado se unia e se concentrava em uma consternação coletiva em torno dessa tragédia específica, as leituras de 37 Geradores de Eventos Aleatórios diferentes espalhados pelo mundo de repente se tornaram significativamente *menos* aleatórias. De alguma forma, a unicidade dessa experiência compartilhada, a união de milhões de mentes, havia afetado a função de aleatoriedade dessas máquinas, organizando suas leituras e criando ordem a partir do caos.

Essa descoberta chocante parecia estar relacionada à antiga crença espiritual em uma "consciência cósmica" – uma vasta união de intenções humanas que, na verdade, teria a capacidade de interagir com a matéria física. Recentemente, estudos sobre meditação e prece coletivas produziram resultados similares em Geradores de Eventos Aleatórios, contribuindo para a afirmação de que a *consciência humana*, como a descrevia a autora especializada em noética Lynne McTaggart, é uma substância *externa* aos limites do corpo... uma energia altamente ordenada capaz de modificar o mundo físico. Katherine ficara fascinada pelo livro de McTaggart, *A Experiência da Intenção,* e por seu estudo global feito pela internet – theintentionexperiment.com – que tinha por objetivo descobrir como a intenção humana é capaz de afetar o mundo. Alguns outros textos progressistas também haviam despertado o interesse de Katherine.

A partir dessa base, a pesquisa de Katherine Solomon dera um salto adiante, provando que o "pensamento direcionado" pode afetar literalmente *qualquer coisa* – a velocidade de crescimento das plantas, a direção em que os peixes nadam dentro de um aquário, a forma como as células se dividem em uma placa de Petri, a sincronização de sistemas automatizados separadamente e as reações químicas do corpo de uma pessoa. Até mesmo a estrutura cristalina de um sólido em formação se torna mutável graças à mente; Katherine havia criado cristais de gelo lindamente simétricos enviando pensamentos amorosos na direção de um copo d'água enquanto este congelava. Incrivelmente, o *inverso* também é verdadeiro: quando ela enviava pensamentos negativos e perniciosos na direção da água, os cristais de gelo congelavam em formas caóticas, fraturadas.

O pensamento humano pode literalmente transformar o mundo físico.

À medida que os experimentos de Katherine iam ficando mais ousados, os resultados se tornavam mais espantosos. Seu trabalho naquele laboratório havia provado sem qualquer sombra de dúvida que a expressão "a mente domina a matéria" não é apenas um mantra de autoajuda da Nova Era. A mente é capaz de alterar o estado da matéria em si e, mais importante, possui o poder de incentivar o mundo físico a se mover em uma direção específica.

Nós somos os mestres de nosso próprio universo.

No nível subatômico, Katherine tinha mostrado que as próprias partículas existiam e deixavam de existir com base apenas em sua *intenção* de observá-las. Em certo sentido, o seu desejo de ver uma partícula... materializava essa partícula. Heisenberg já havia sugerido essa realidade décadas antes, e agora ela se tornava um princípio fundamental da ciência noética. Nas palavras de Lynne McTaggart: "A consciência viva é, de certa forma, a influência que transforma a *possibilidade* de algo em algo *real*. O ingrediente mais essencial para a criação de nosso universo é a consciência que o observa."

No entanto, o aspecto mais surpreendente do trabalho de Katherine tinha sido a descoberta de que a capacidade da mente de afetar o mundo físico pode ser *aumentada* por meio da prática. A intenção é uma habilidade *adquirida*. Como na meditação, controlar o verdadeiro poder do "pensamento" exige treinamento. Mais importante ainda... algumas pessoas nascem com mais aptidão para fazer isso do que outras. E, ao longo da história, alguns poucos indivíduos se tornaram verdadeiros mestres.

Esse é o elo perdido entre a ciência moderna e o misticismo antigo.

Katherine havia aprendido isso com Peter, e agora, voltando a pensar nele, sua preocupação começou a aumentar. Ela foi até a biblioteca do laboratório e espiou lá para dentro. Vazia.

A biblioteca era uma pequena sala de leitura – duas poltronas Morris, uma mesa de madeira, duas luminárias de piso e uma parede inteira de prateleiras de mogno contendo cerca de 500 livros. Katherine e Peter tinham reunido ali seus textos preferidos, englobando assuntos que iam desde física de partículas até misticismo antigo. Sua coleção havia se transformado em uma mistura eclética de novo e antigo... vanguarda e história. A maioria dos livros de Katherine possuía títulos como *Consciência Quântica*, *A Nova Física* e *Princípios da Neurociência*. Os de seu irmão eram mais antigos e mais esotéricos, tais como o *Caibalion*, o *Zohar*, *A Dança dos Mestres Wu Li* e uma tradução das tabuletas sumérias publicada pelo Museu Britânico.

"A chave para nosso futuro científico", dizia sempre seu irmão, "está escondida em nosso passado." Peter, que passara a vida inteira estudando história, ciência e misticismo, havia sido o primeiro a incentivar Katherine a aprimorar sua formação universitária científica debruçando-se sobre a filosofia hermética primitiva. A irmã tinha apenas 19 anos quando Peter despertou seu interesse pelo elo entre a ciência moderna e o misticismo antigo.

– Então me diga, Kate – perguntara-lhe o irmão quando ela estava de férias em casa durante seu segundo ano em Yale –, o que vocês estão lendo no curso de Física Teórica?

Na vasta biblioteca da família, Katherine recitara sua desafiadora lista de leitura.

– Impressionante – retrucou seu irmão. – Einstein, Bohr e Hawking são gênios modernos. Mas você está lendo algo mais antigo?

Katherine coçou a cabeça.

– Você quer dizer... tipo Newton?

Ele sorriu.

– Mais antigo ainda. – Aos 27 anos, Peter já havia construído uma reputação no mundo acadêmico, e ele e Katherine tinham adquirido o hábito de se divertirem com aquelas disputas intelectuais de brincadeira.

Mais antigo do que Newton? A cabeça de Katherine então se encheu de nomes distantes como Ptolomeu, Pitágoras e Hermes Trismegisto. *Ninguém mais lê essas coisas.*

Seu irmão correu um dedo pela comprida prateleira de lombadas de couro rachadas e velhos volumes empoeirados.

– O conhecimento científico dos antigos era impressionante... Só *agora* é que a física moderna está começando a compreender tudo o que eles diziam.

– Peter – falou Katherine –, você já me disse que os egípcios entenderam o funcionamento de alavancas e polias muito antes de Newton e que o trabalho dos primeiros alquimistas era comparável à química moderna, mas e daí? A física *de hoje em dia* lida com conceitos inconcebíveis para os antigos.

– Como por exemplo...?

– Bom... como a *teoria do entrelaçamento*, por exemplo! – A pesquisa subatômica tinha provado categoricamente que toda matéria estava interligada... entrelaçada em uma única trama unificada... uma espécie de unidade universal. – Você está me dizendo que os antigos ficavam sentados conversando sobre a *teoria do entrelaçamento*?

– Sem dúvida! – disse Peter, afastando dos olhos a comprida franja escura. – O entrelaçamento estava no cerne das crenças primitivas. Seus nomes são tão antigos quanto a história... Dharmakaya, tao, brâman. Na verdade, a mais antiga busca espiritual do homem era para perceber seu próprio entrelaçamento, sentir sua interconexão com todas as coisas. O homem sempre quis se tornar "um" com o Universo... alcançar o estado de união. – Seu irmão arqueou as sobrancelhas. – Até hoje, judeus e cristãos ainda buscam a redenção... embora a maioria de nós tenha se esquecido de que, na verdade, o que estamos buscando é a união.

Katherine deu um suspiro, pois tinha se esquecido de como era difícil discutir com um homem tão versado em história.

– Tudo bem, mas você está generalizando. Eu estou falando de física *específica*.

– Então *seja específica*. – Os olhos dele agora a desafiavam.

– Tudo bem, que tal algo tão simples quanto a *polaridade*... o equilíbrio entre positivo e negativo do universo subatômico. É óbvio que os antigos não enten...

– Espere aí! – Seu irmão puxou da estante um grande volume empoeirado, que deixou cair com um baque sobre a mesa da biblioteca. – A polaridade moderna nada mais é do que o "mundo dual" descrito por Krishna aqui no Bhagavad Gita mais de dois mil anos atrás. Uma dezena de outros livros desta biblioteca, incluindo o *Caibalion*, falam sobre sistemas binários e forças opostas na natureza.

Katherine estava cética.

– Tá, mas se falarmos das modernas descobertas *subatômicas*... do princípio da incerteza de Heisenberg, por exemplo...

– Nesse caso, devemos procurar *aqui* – disse Peter, avançando pela estante comprida e pegando outro livro. – As escrituras védicas sagradas dos hindus conhecidas como Upanishads. – Ele deixou o volume cair pesadamente sobre o primeiro. – Heisenberg e Schrödinger *estudaram* este texto e lhe deram o crédito por tê-los ajudado a formular algumas de suas teorias.

A explicação prosseguiu por vários minutos, e a pilha de livros empoeirados sobre a escrivaninha foi ficando cada vez mais alta. Por fim, Katherine jogou as mãos para o alto, frustrada.

– Tá bom! Você provou seu argumento, mas eu quero estudar física *teórica* de ponta. O futuro da ciência! Duvido muito que Krishna ou Vyasa tivessem muita coisa a dizer sobre a teoria das supercordas e sobre modelos cosmológicos multidimensionais.

– Tem razão. Não tinham mesmo. – Seu irmão fez uma pausa, um sorriso cruzando seus lábios. – Se você estiver falando em teoria das supercordas... – Ele tornou a se aproximar da estante. – Então está se referindo a *este* livro aqui. – Ele sacou da prateleira um volume pesadíssimo com encadernação em couro e deixou-o cair sobre a mesa com um estrondo. – Tradução do século XIII do aramaico medieval original.

– Teoria das supercordas no século XIII?! – Katherine não estava acreditando. – Faça-me o favor!

A teoria das supercordas era um modelo cosmológico novinho em folha. Baseado nas mais recentes observações científicas, ela sugeria que o universo multidimensional era constituído não por *três*... mas sim por *dez* dimensões, todas elas interagindo feito cordas vibratórias, parecidas com as cordas ressonantes de um violino.

Katherine aguardou enquanto o irmão abria o livro e examinava o sumário impresso em letras floreadas, avançando em seguida até um trecho logo no início.

– Leia isto aqui. – Ele apontou para uma página desbotada de texto e diagramas.

Obediente, Katherine analisou a página. A tradução era antiquada e difícil de ler, mas, para seu total espanto, o texto e os desenhos delineavam com clareza *exatamente* o mesmo universo descrito pela moderna teoria das supercordas – um universo de cordas ressonantes em 10 dimensões. Então, ao avançar na leitura, ela de repente arquejou de espanto e recuou.

– Meu Deus, eles descrevem até como seis das dimensões estão entrelaçadas e agem como uma só?! – E, dando um passo assustado para trás: – Mas que livro é *este*?

Seu irmão escancarou um sorriso.

– Um livro que espero que você leia um dia. – Ele tornou a virar as páginas até a folha de rosto, onde um elaborado frontispício impresso continha quatro palavras.

O Zohar – Versão Integral.

Embora Katherine nunca tivesse lido o *Zohar*, sabia que era o texto fundamental do misticismo judaico primitivo, outrora considerado tão poderoso a ponto de ser reservado apenas para os rabinos mais eruditos.

Ela olhou de esguelha para o livro.

– Está me dizendo que os místicos primitivos *sabiam* que seu universo tinha 10 dimensões?

– Claro. – Ele gesticulou para a ilustração da página, 10 círculos entrelaçados chamados Sephiroth. – É óbvio que a nomenclatura é esotérica, mas a física é muito avançada.

Katherine não soube como reagir.

– Mas... então por que mais pessoas não estudam isto aqui?

Seu irmão sorriu.

– Elas *vão* estudar.

– Não estou entendendo.

– Katherine, nós nascemos em uma época maravilhosa. Uma mudança está por vir. Os seres humanos estão no limiar de uma nova era em que vão começar a prestar novamente atenção na natureza e nos antigos costumes... nas ideias contidas em livros como o *Zohar* e outros textos antigos do mundo todo. Toda verdade poderosa tem sua própria força da gravidade e, mais cedo ou mais tarde, as pessoas acabam atraídas por ela. Vai chegar o dia em que a ciência moderna começará a estudar a sério o conhecimento dos antigos... e esse será o dia em que a humanidade encontrará respostas para as grandes questões que ainda não compreende.

Naquela noite, Katherine começou a ler com grande interesse os textos antigos do irmão e logo começou a entender que ele tinha razão. *Os antigos possuíam um profundo conhecimento científico.* A ciência atual não estava propriamente fazendo "descobertas", mas sim "redescobertas". Era como se a humanidade um dia tivesse compreendido a verdadeira natureza do Universo, mas a houvesse deixado escapar... e cair no esquecimento.

A física moderna pode nos ajudar a lembrar! Essa busca havia se tornado a missão de Katherine na vida – usar a ciência avançada para redescobrir a sabedoria perdida dos antigos. O que a mantinha motivada era mais do que o entusiasmo acadêmico. Por baixo de tudo isso havia sua convicção de que o mundo *precisava* daquela compreensão... agora mais do que nunca.

No fundo do laboratório, Katherine viu o jaleco branco do irmão pendurado em um gancho ao lado do seu. Por reflexo, sacou o celular para ver se havia algum recado. Nada. Uma voz tornou a ecoar em sua lembrança. *Aquilo que seu irmão acredita que está escondido na capital... pode ser encontrado. Às vezes uma lenda que dura muitos séculos... tem um motivo para durar.*

– Não – disse Katherine em voz alta. – Não é possível que seja real.

Às vezes uma lenda não passava disso – uma lenda.

CAPÍTULO 16

O chefe de polícia Trent Anderson voltou à Rotunda do Capitólio pisando firme, furioso com o fracasso de sua equipe. Um de seus homens havia acabado de encontrar, em um vão próximo ao pórtico leste, uma tipoia e um casaco militar.

Aquele desgraçado saiu daqui na maior!

Anderson já havia destacado equipes para examinar os vídeos externos, mas, quando encontrassem alguma coisa, aquele cara já teria sumido há muito tempo.

Então, ao entrar na Rotunda para avaliar o estrago, Anderson viu que a situação havia sido controlada da melhor forma possível. Todos os quatro acessos da Rotunda estavam bloqueados usando o mais discreto método de controle de multidões à disposição do serviço de segurança: um cordão de veludo, um agente para pedir desculpas e uma placa dizendo SALA TEMPORARIAMENTE FECHADA PARA LIMPEZA. Cerca de 10 testemunhas estavam sendo agrupadas na ala leste do recinto, onde os guardas recolhiam celulares e câmeras fotográficas. A última coisa de que Anderson precisava era que uma daquelas pessoas mandasse uma foto de celular para a CNN.

Uma das testemunhas detidas, um homem alto de cabelos escuros usando um paletó de tweed, tentava se afastar do grupo para falar com o chefe. O homem estava agora envolvido em uma acalorada discussão com os seguranças.

– Já vou até aí falar com ele – disse Anderson aos seguranças. – Por enquanto, por favor, mantenham todo mundo no saguão principal até resolvermos esta situação.

Anderson voltou seu olhar para a mão em riste no meio do recinto. *Pelo amor de Deus.* Em seus 15 anos de trabalho na segurança do Capitólio, já vira algumas coisas estranhas. Mas nunca nada como aquilo.

É melhor o pessoal da perícia chegar logo e tirar esta coisa do meu prédio.

Anderson chegou mais perto e viu que o pulso ensanguentado tinha sido preso em uma base de madeira com um prego para fazer a mão ficar em pé. *Madeira e carne*, pensou. *Invisível para os detectores de metal.* A única grande peça metálica era um anel de ouro que Anderson supôs ter passado pelo detector manual ou ter sido casualmente retirado do dedo morto pelo suspeito, como se fosse seu.

Anderson se agachou para examinar a mão. Ela parecia ter pertencido a um homem de uns 60 anos. O anel tinha uma espécie de brasão ornamentado com uma ave de duas cabeças e o número 33. Anderson não o reconheceu. O que realmente chamou sua atenção foram as pequeninas tatuagens nas pontas do polegar e do indicador.

Que coisa de maluco.

– Chefe? – Um dos agentes se aproximou depressa, estendendo um telefone. – Ligação pessoal para o senhor. A central de segurança acabou de transferir.

Anderson olhou para o homem como se ele tivesse enlouquecido.

– Estou ocupado – rosnou.

O rosto do segurança estava pálido. Ele tapou o fone e sussurrou.

– É a CIA.

Anderson não acreditou no que estava escutando. *A CIA já está sabendo disso?*

– É o Escritório de Segurança deles.

Anderson retesou os músculos. *Puta merda.* Olhou de relance, pouco à vontade, para o telefone na mão do subordinado.

No vasto oceano das agências de inteligência de Washington, o Escritório de Segurança da CIA era uma espécie de Triângulo das Bermudas – uma região misteriosa e traiçoeira da qual todos mantinham distância sempre que possível. Com uma missão aparentemente autodestrutiva, o ES havia sido criado pela CIA com uma estranha finalidade: espionar a própria agência. Como uma poderosa corregedoria interna, monitorava todos os seus funcionários para detectar comportamentos ilícitos: desvio de fundos, venda de segredos, roubo de tecnologias confidenciais e uso de táticas ilegais de tortura, entre outros.

Eles espionam os espiões dos Estados Unidos.

Com carta branca para investigar qualquer questão ligada à segurança nacional, o ES tinha um poder de longo alcance. Anderson não conseguia imaginar por que eles se interessariam por aquele incidente no Capitólio, nem como tinham ficado sabendo tão rápido dele. Segundo os boatos, porém, o escritório tinha olhos por toda parte. Até onde Anderson sabia, era possível que eles recebessem uma transmissão direta das câmeras de segurança do Capitólio. Aquele incidente não se encaixava de forma alguma nas diretrizes do ES, mas seria muita coincidência ele receber um telefonema da CIA naquele momento sobre qualquer outro assunto que não fosse a mão cortada.

– Chefe? – O segurança lhe estendia o telefone como se fosse uma batata quente. – O senhor precisa atender agora... É... – Ele fez uma pausa e articulou silenciosamente duas sílabas. – SA-TO.

Anderson apertou os olhos e encarou o homem com intensidade. *Você só pode estar de brincadeira.* Sentiu as palmas das mãos começarem a suar. *Sato está cuidando disso pessoalmente?*

Inoue Sato, a autoridade suprema do Escritório de Segurança, que ocupava o cargo de direção do órgão, era uma lenda na comunidade de inteligência. Depois de ter nascido entre as grades de um campo de concentração japonês em Manzanar, na Califórnia, após o ataque a Pearl Harbor, Sato, como todo sobrevivente, jamais esquecera os horrores da guerra, tampouco os perigos de uma inteligência militar deficiente. Agora que ocupava um dos cargos mais secretos e poderosos do serviço de inteligência norte-americano, se revelara de um patriotismo incondicional. Era um inimigo aterrorizante para qualquer oponente. Suas aparições eram raras, e o temor que provocavam, universal. Sato singrava as águas profundas da CIA como um leviatã que só subia à super-fície para devorar sua presa.

Anderson só havia encontrado Inoue Sato pessoalmente uma vez, e a lem-brança de encarar aqueles frios olhos negros bastou para que ficasse grato por só terem que se falar ao telefone.

Ele pegou o aparelho e levou-o à boca.

– Alô – atendeu com a voz mais simpática possível. – Aqui é o chefe Anderson. Como posso...

– Preciso falar agora mesmo com um homem que está aí no seu prédio. – A voz da autoridade máxima do ES era inconfundível: parecia cascalho arranhando um quadro-negro. Uma operação para retirar um câncer na garganta tinha deixado Sato com um tom de voz profundamente perturbador, além de uma cicatriz repulsiva no pescoço. – Quero que você o encontre para mim imediatamente.

Só isso? Quer que eu chame alguém? Anderson se sentiu subitamente espe-rançoso, pensando que talvez aquela ligação fosse pura coincidência.

– Quem é a pessoa que está procurando?

– O nome dele é Robert Langdon. Acho que está aí dentro do seu prédio neste momento.

Langdon? O nome parecia vagamente conhecido, mas Anderson não lembra-va exatamente de onde. Ele começou a se perguntar se a CIA sabia sobre a mão.

– Eu estou na Rotunda agora – disse ele –, e há alguns turistas aqui... Espere um instante. – Ele abaixou o telefone e gritou na direção do grupo: – Pessoal, tem alguém aqui chamado Langdon?

Após um breve silêncio, uma voz grave respondeu do meio dos turistas.

– Sim. Eu sou Robert Langdon.

Sato sabe de tudo. Anderson esticou o pescoço para tentar ver quem tinha se identificado.

O mesmo homem que tentara falar com ele havia alguns minutos se afastou dos outros. Ele parecia abalado... mas, de certa forma, lhe era familiar.

Anderson ergueu o telefone até a boca.

– Sim, o Sr. Langdon está aqui.

– Passe o telefone para ele – ordenou Sato com sua voz áspera.

O chefe de polícia soltou o ar preso nos pulmões. *Antes ele do que eu.*

– Um instante. – Ele acenou para Langdon se aproximar.

Enquanto Langdon chegava mais perto, Anderson percebeu de repente por que o nome soava conhecido. *Eu acabei de ler um artigo sobre esse cara. O que ele está fazendo aqui?*

Embora Robert Langdon tivesse 1,83m e porte atlético, Anderson não viu nem sinal da atitude fria e dura que esperava de um homem que havia sobrevivido a uma explosão no Vaticano e a uma caçada humana em Paris. *Esse cara escapou da polícia francesa... de sapato social?* Ele parecia mais alguém que se esperaria encontrar lendo Dostoiévski ao lado da lareira da biblioteca de alguma das universidades de elite do país.

– Sr. Langdon? – disse Anderson, adiantando-se para recebê-lo. – Sou o chefe de polícia do Capitólio. Eu cuido da segurança aqui. Telefone para o senhor.

– Para *mim*? – Os olhos azuis do professor pareciam aflitos e hesitantes.

Anderson estendeu o telefone.

– É do Escritório de Segurança da CIA.

– Nunca ouvi falar.

Anderson deu um sorriso sombrio.

– Bom, eles ouviram falar *no senhor.*

Langdon levou o fone ao ouvido.

– Sim?

– Robert Langdon? – A voz áspera de Sato irrompeu do pequeno fone, alta o suficiente para Anderson conseguir escutar.

– Sim? – respondeu Langdon.

O chefe de polícia se aproximou um passo para ouvir o que Sato dizia.

– Aqui é Inoue Sato, Sr. Langdon, do Escritório de Segurança da CIA. Estou administrando uma crise neste exato momento e acredito que o senhor tenha informações que podem me ajudar.

Uma expressão esperançosa atravessou o semblante de Langdon.

– Isso tem relação com Peter Solomon? Vocês sabem onde ele está?

Peter Solomon? Anderson não estava entendendo absolutamente nada.

– Professor – retrucou Sato –, quem está fazendo as perguntas agora sou eu.

– Peter Solomon está correndo sério perigo – exclamou Langdon. – Algum louco acaba de...

– Com licença – disse Sato, interrompendo-o.

Anderson se encolheu. *Ele está brincando com fogo*. Interromper o interrogatório de um alto funcionário da CIA era um erro que apenas um civil podia cometer. *Pensei que esse Langdon fosse um cara esperto.*

– Ouça com atenção – disse Inoue Sato. – Neste exato momento, enquanto estamos tendo esta conversa, este país está diante de uma crise. Fiquei sabendo que o senhor tem informações que podem me ajudar a evitá-la. Agora vou perguntar de novo. Que informações o senhor possui?

Langdon parecia perdido.

– Eu não tenho a menor ideia de que história é essa. Minha única preocupação é encontrar Peter e...

– A menor ideia? – indagou Sato em tom desafiador.

Anderson viu Langdon se eriçar. O professor então adotou um tom mais agressivo.

– Não, senhor. Não faço a mínima ideia.

Anderson se encolheu novamente. *Errado. Errado. Errado.* Robert Langdon havia acabado de cometer um erro muito grave ao lidar com Sato.

Infelizmente, Anderson percebeu que era tarde demais. Para seu espanto, Inoue Sato havia acabado de aparecer do outro lado da Rotunda, aproximando-se depressa por trás de Langdon. *Sato está aqui no prédio!* O chefe de polícia prendeu a respiração e se preparou para o impacto. *Langdon não faz a menor ideia do que isso significa.*

O vulto de Sato foi chegando mais perto, com o telefone colado ao ouvido, os olhos negros grudados como dois feixes de raio laser nas costas de Langdon.

Langdon apertou com força o telefone do chefe de polícia, sentindo-se cada vez mais frustrado à medida que Sato o pressionava.

– Sinto muito, senhor – disse ele, lacônico –, mas eu não sou capaz de ler os seus pensamentos. O que o senhor quer de mim?

– O que eu quero do senhor? – A voz rascante chiou no telefone de Langdon, áspera e cavernosa, como a de um moribundo com a garganta inflamada.

Enquanto o homem falava, Langdon sentiu alguém lhe cutucar o ombro. Deu meia-volta e seus olhos foram atraídos para baixo... parando bem no rosto de uma japonesa baixinha. A mulher tinha uma expressão feroz, a tez marcada, cabelos ralos, dentes manchados de nicotina e uma perturbadora cicatriz branca que cortava seu pescoço na horizontal. Sua mão encarquilhada segurava um celular junto à orelha e, quando seus lábios se moveram, Langdon escutou aquela mesma voz rascante sair do seu próprio celular.

72

– O que eu quero do senhor, professor? – Ela fechou o telefone com calma e o fuzilou com os olhos. – Para começar, poderia parar de me chamar de "senhor".

Langdon a encarou, morrendo de vergonha.

– Minha senhora, eu... me desculpe. A nossa ligação estava ruim e...

– A nossa ligação estava perfeita, professor – disse ela. – E eu tenho uma tolerância extremamente baixa para desculpas esfarrapadas.

C A P Í T U L O **17**

A diretora Inoue Sato era um espécime temível – uma tempestade violenta em forma de mulher com apenas 1,47m de altura. Era esquelética, tinha os traços irregulares e uma doença de pele conhecida como vitiligo, que dava à sua tez o aspecto manchado de um bloco áspero de granito coberto por placas de líquen. Seu terninho azul amarrotado pendia do corpo macilento como um saco frouxo, e a camisa de colarinho aberto nada fazia para esconder a cicatriz do pescoço. Seus colegas de trabalho já haviam reparado que a única concessão de Sato à vaidade física parecia ser depilar com uma pinça seu copioso buço.

Fazia mais de uma década que Inoue Sato supervisionava o Escritório de Segurança da CIA. Seu QI era muito acima da média e seus instintos tinham uma precisão assustadora, combinação que lhe conferia uma segurança que a tornava aterrorizante para qualquer pessoa incapaz de realizar o impossível. Nem mesmo o diagnóstico de um câncer de garganta agressivo em estágio terminal a havia derrubado. A batalha lhe custara um mês de trabalho, metade da laringe e um terço do peso, mas ela voltou ao trabalho como se nada tivesse acontecido. Inoue Sato parecia indestrutível.

Robert Langdon desconfiava que provavelmente não era o primeiro a confundir Sato com um homem ao telefone, mas a diretora ainda o fuzilava com seus olhos negros abrasadores.

– Mais uma vez queira me desculpar, senhora – disse Langdon. – Ainda estou tentando me situar aqui... A pessoa que diz estar com Peter Solomon me enganou para me fazer vir a Washington hoje à noite. – Ele tirou o fax do paletó. – Foi isto aqui que ele me enviou mais cedo. Eu anotei o número do jatinho que ele mandou para me buscar, então quem sabe a senhora não poderia ligar para a Agência Nacional de Aviação e rastrear o...

A diminuta mão de Sato deu um bote para agarrar o pedaço de papel. Ela o enfiou no bolso sem sequer abri-lo.

– Professor, quem está no comando desta investigação sou eu e, até o senhor começar a me dizer o que quero saber, sugiro que não fale a menos que alguém lhe dirija a palavra.

Sato então se virou para o chefe de polícia.

– Chefe Anderson – falou ela, chegando perto demais e erguendo para ele os olhinhos negros –, pode fazer a gentileza de me dizer que diabos está acontecendo aqui? O segurança no portão leste me disse que vocês encontraram uma mão humana no chão. É verdade?

Anderson deu um passo para o lado e revelou o objeto no meio do piso.

– Sim, senhora, faz poucos minutos.

Ela olhou de relance para a mão como se não passasse de uma peça de roupa esquecida.

– E mesmo assim o senhor não me disse nada quando eu liguei?

– Eu... eu pensei que a senhora soubesse.

– Não *minta* para mim.

Anderson murchou diante do olhar dela, mas sua voz permaneceu firme.

– Senhora, a situação aqui está sob controle.

– Duvido muito que isso seja verdade – disse Sato com a voz igualmente firme.

– Uma equipe de criminalística está a caminho. Quem fez isso pode ter deixado impressões digitais.

Sato fez cara de cética.

– Acho que uma pessoa esperta o suficiente para passar pelo seu controle de segurança com a mão cortada de alguém provavelmente é esperta o suficiente para não deixar impressões digitais.

– Pode ser, mas tenho a responsabilidade de investigar.

– Na verdade, você está dispensado dessa responsabilidade a partir de agora. Eu estou assumindo o caso.

Anderson se retesou.

– Isto aqui não é exatamente da competência do ES, é?

– Sem dúvida que sim. Esta é uma questão de segurança nacional.

A mão de Peter?, perguntou-se Langdon, que assistia à conversa atônito. *Segurança nacional.* Ele sentia que seu objetivo de encontrar Peter o mais rápido possível não era compartilhado por Sato. A diretora do ES parecia estar com uma ideia totalmente diferente na cabeça.

Anderson também parecia intrigado.

– Segurança nacional? Com todo o respeito, senhora...

– Até onde eu sei – interrompeu ela –, o meu cargo é superior ao seu. Sugiro que faça exatamente o que eu disser, sem questionar nada.

O chefe de polícia aquiesceu e engoliu em seco.

– Mas não deveríamos pelo menos tirar as digitais dos dedos para confirmar que a mão pertence a Peter Solomon?

– Eu confirmo – disse Langdon, sentindo uma certeza nauseante. – Reconheço o anel... e a mão dele. – Ele fez uma pausa. – Mas as tatuagens são novas. Alguém fez isso com ele recentemente.

– Como disse? – Pela primeira vez desde sua chegada, a diretora pareceu perturbada. – A mão está *tatuada*?

Langdon assentiu.

– O polegar tem uma coroa. E o indicador, uma estrela.

Sato sacou seus óculos e caminhou até a mão, rodeando-a feito um tubarão.

– Além disso – disse Langdon –, embora não dê para ver os outros três dedos, tenho certeza de que eles também vão estar com as pontas tatuadas.

Sato pareceu intrigada com a observação e gesticulou para Anderson se aproximar.

– Chefe, pode dar uma olhada nos outros dedos para nós, por favor?

Anderson se agachou ao lado da mão, tomando cuidado para não tocar nela. Aproximou a bochecha do chão e examinou a parte de baixo dos dedos fechados.

– Ele tem razão, diretora. Todos os dedos estão tatuados, mas não estou conseguindo ver muito bem o que os outros...

– Um sol, uma lamparina e uma chave – disse Langdon em tom neutro.

Sato ficou de frente para Langdon, avaliando-o com os olhos miúdos.

– E como é que o senhor pode saber isso?

Langdon retribuiu seu olhar.

– A imagem da mão humana marcada dessa forma nas pontas dos dedos é um ícone muito antigo. É conhecida como "a Mão dos Mistérios".

Anderson se levantou abruptamente.

– Esta coisa tem *nome*?

Langdon aquiesceu.

– É um dos ícones mais secretos do mundo antigo.

Sato entortou a cabeça.

– Então posso perguntar que raios isso está fazendo no meio do Capitólio dos Estados Unidos?

Langdon desejou poder acordar daquele pesadelo.

– Tradicionalmente, minha senhora, a mão era usada como um convite.

– Um convite... para quê? – quis saber ela.

Ele baixou os olhos para os símbolos tatuados na mão cortada do amigo.

– Durante séculos, a Mão dos Mistérios representou uma convocação mística. Basicamente, ela é um convite para receber conhecimentos sagrados, um saber protegido a que apenas uma pequena elite tinha acesso.

Sato cruzou os braços finos e ergueu para ele os olhos negros feito carvão.

– Bem, professor, para alguém que alega não ter a menor ideia do que está fazendo aqui... o senhor está se saindo muito bem até agora.

CAPÍTULO 18

Katherine Solomon vestiu o jaleco branco e começou sua habitual rotina de chegada – sua "ronda", como dizia o irmão.

Como uma mãe nervosa conferindo o sono de um bebê, Katherine espichou a cabeça para dentro da sala de máquinas. O gerador de hidrogênio estava funcionando bem, com os tanques de reserva aninhados em segurança nos suportes.

Katherine prosseguiu pelo corredor até a sala de armazenamento de dados. Como sempre, as duas unidades holográficas redundantes de backup emitiam um zumbido reconfortante dentro de seu compartimento com temperatura controlada. *Toda a minha pesquisa*, pensou ela, olhando através do vidro de segurança de 7,5 centímetros de espessura. Os dispositivos de armazenamento holográfico de dados, ao contrário de seus antepassados do tamanho de geladeiras, pareciam mais os elegantes componentes de um aparelho de som, cada qual empoleirado em um pedestal em forma de coluna.

Os dois drives holográficos do laboratório eram sincronizados e idênticos – funcionavam como backups redundantes para salvar cópias iguais de seu trabalho. A maioria dos protocolos de armazenamento de dados recomendava um segundo sistema de backup que fosse *externo* ao local, para o caso de haver um terremoto, um incêndio ou um roubo, mas Katherine e o irmão haviam concordado que a confidencialidade era de suma importância; se aqueles dados saíssem dali para um servidor externo, eles não poderiam mais ter certeza de que continuariam secretos.

Convencida de que tudo estava correndo bem ali, ela voltou pelo corredor. Ao fazer a curva, porém, viu algo inesperado do outro lado do laboratório. *Mas o que é isso?* Um brilho difuso emanava de todo o equipamento. Ela se apressou para examiná-lo, surpresa ao ver luz saindo de trás da divisória de plexiglas da sala de controle.

Ele está aqui. Katherine atravessou voando o laboratório, chegou à porta da sala de controle e a abriu.

– Peter! – disse, entrando às pressas.

A moça gorducha diante do terminal da sala de controle se sobressaltou.

– Ai, meu Deus! Katherine! Que susto você me deu!

Trish Dunne – a única outra pessoa na face da Terra com permissão para entrar ali – era a analista de metassistemas de Katherine e raramente trabalhava nos fins de semana. A ruiva de 26 anos era um gênio em elaboração de modelos de dados e havia assinado um contrato de confidencialidade digno da KGB. Naquela noite, estava aparentemente analisando dados no telão de plasma que cobria a parede da sala de controle – um imenso monitor que parecia ter saído do centro de controle de missões da NASA.

– Desculpe – disse Trish. – Eu não sabia que você já tinha chegado. Estava tentando terminar antes de você e seu irmão se reunirem.

– Você falou com ele? Ele está atrasado e não atende o celular.

Trish fez que não com a cabeça.

– Aposto que ele ainda está tentando descobrir como usar o iPhone novo que você deu para ele.

Katherine gostava do bom humor de Trish e a presença da ruiva ali acabara de lhe dar uma ideia.

– Na verdade, que bom que você está aqui hoje. Talvez possa me ajudar com uma coisinha, se não se importar.

– Seja o que for, tenho certeza de que é melhor do que futebol.

Katherine respirou fundo, acalmando a própria mente.

– Não sei muito bem como explicar isso, mas hoje mais cedo ouvi uma história estranha...

Trish Dunne não sabia que história Katherine Solomon tinha escutado, mas algo a deixara claramente nervosa. Os olhos cinzentos geralmente calmos de sua chefe pareciam ansiosos, e ela já havia ajeitado os cabelos atrás das orelhas três vezes desde que entrara na sala – um sinal de nervosismo, como Trish costumava dizer. *Cientista brilhante. Péssima jogadora de pôquer.*

– Para mim – disse Katherine –, essa história parece inventada... tipo uma lenda antiga. Mas... – Ela fez uma pausa, arrumando outra vez uma mecha atrás da orelha.

– Mas...?

Katherine deu um suspiro.

– Mas hoje uma fonte segura me disse que a lenda é verdadeira.

– Certo... – *Aonde ela quer chegar com isso?*

– Vou conversar com meu irmão a respeito, mas antes disso talvez você possa me ajudar a lançar alguma luz sobre a questão. Adoraria saber se essa lenda já foi corroborada em algum momento da história.

– De toda a história?

Katherine assentiu.

– Em qualquer lugar do mundo, em qualquer idioma, em qualquer momento da história.

Um pedido estranho, pensou Trish, *mas com certeza factível*. Dez anos antes, a tarefa teria sido impossível. Atualmente, porém, com a internet, a rede mundial de computadores e a crescente digitalização de grandes bibliotecas e museus do mundo, o objetivo de Katherine podia ser alcançado usando uma ferramenta de busca relativamente simples equipada com um exército de módulos de tradução e algumas palavras-chave bem escolhidas.

– Sem problemas – disse Trish. Muitos dos livros de referência da biblioteca do laboratório continham trechos em línguas antigas, de modo que ela várias vezes precisava elaborar módulos de tradução específicos com base em Reconhecimento Ótico de Caracteres, ou OCR, para gerar textos em inglês a partir de línguas obscuras. Ela devia ser a única especialista em metassistemas do mundo a ter elaborado módulos desse tipo em frísio antigo, maek e acádio.

Os módulos iriam ajudar, mas o segredo para construir um agente de busca – ou *web spider* – eficaz era escolher as palavras-chave certas. *Específicas, mas não excessivamente restritivas.*

Katherine parecia estar um passo à frente de Trish, pois já estava anotando algumas palavras em um pedaço de papel. Depois de anotar várias, parou, pensou alguns instantes e incluiu outras.

– Pronto – disse por fim, entregando o papel a Trish.

Trish percorreu rapidamente a lista de *strings* a serem buscados, e seus olhos se arregalaram ao ver as sequências de caracteres. *Que tipo de lenda maluca Katherine está investigando?*

– Você quer procurar todas essas expressões-chave? – Uma das palavras Trish nem reconheceu. *Meu Deus, que língua é essa?* – Acha que vamos encontrar tudo isso em um lugar só? *Ipsis litteris?*

– Eu gostaria de tentar.

Trish teria dito *impossível*, mas a palavra que começava com *i* era proibida ali dentro. Katherine considerava esse tipo de mentalidade perigosa numa disciplina que muitas vezes transformava falsos pressupostos em verdades confirmadas. Trish Dunne duvidava seriamente que aquela busca fosse entrar nessa categoria.

– Quanto tempo até termos os resultados? – perguntou Katherine.

– Alguns minutos para programar o *spider* e disparar a pesquisa. Depois disso, talvez uns 15 para ele concluir a busca.

– Rápido assim? – Katherine parecia animada.

Trish aquiesceu. As ferramentas de busca convencionais muitas vezes levavam um dia inteiro para se arrastarem por todo o universo on-line, encontrar novos documentos, digerir seu conteúdo e incluí-los na base de dados da pesquisa. Mas Trish não iria programar algo simples assim.

– Vou escrever um programa chamado *delegador* – explicou Trish. – Não é lá muito católico, mas é rápido. Essencialmente, é um software que coloca as ferramentas de busca de outras pessoas para fazer o nosso trabalho. A maioria das bases de dados tem uma função de busca embutida... bibliotecas, museus, universidades, governos. Então eu vou programar um *spider* que encontra as ferramentas de busca *deles*, insere as palavras-chave que você me deu e pede que eles façam a pesquisa. Assim, nós aproveitamos a capacidade de milhares de ferramentas e fazemos com que elas trabalhem simultaneamente.

Katherine parecia impressionada.

– Processamento paralelo.

Uma espécie de metassistema.

– Eu chamo você se encontrar alguma coisa.

– Obrigada, Trish. – Katherine afagou-lhe as costas e se encaminhou para a porta. – Vou estar na biblioteca.

Trish começou a escrever o programa. Codificar um *spider* de busca era uma tarefa menor, bem abaixo de seu nível de competência, mas ela não ligava para isso. Faria qualquer coisa por Katherine Solomon. Às vezes, Trish ainda não conseguia acreditar na sorte que a levara até ali.

Você foi mais longe do que imaginava, garota.

Pouco mais de um ano antes, Trish havia deixado seu emprego como analista de metassistemas em uma das grandes empresas impessoais da indústria de alta tecnologia. Nas horas vagas, trabalhava como programadora freelance e criou um blog sobre a indústria – "Futuras Aplicações em Análise Computacional de Metassistemas" –, embora tivesse dúvidas de que alguém o lesse. Então, certa noite, seu telefone tocou.

– Trish Dunne? – indagou uma voz educada de mulher.

– Sim, sou eu. Quem está falando?

– Meu nome é Katherine Solomon.

Trish quase desmaiou ali mesmo. *Katherine Solomon?*

– Eu acabei de ler o seu livro, *Ciência Noética: Portal Moderno para o Conhecimento Antigo*. Até escrevi sobre ele no meu blog!

– É, eu sei – devolveu a mulher em tom cortês. – É por isso que eu estou ligando.

É claro que é por isso, percebeu Trish, sentindo-se uma boba. *Mesmo os cientistas mais brilhantes pesquisam o próprio nome no Google.*

– Achei seu blog intrigante – disse-lhe Katherine. – Eu não sabia que os modelos de metassistemas tinham avançado tanto.

– Pode crer que sim – conseguiu responder Trish, fascinada por estar falando com Katherine. – Os modelos de dados são uma tecnologia em franca expansão que pode ser aplicada a diversas áreas.

As duas mulheres passaram vários minutos conversando sobre o trabalho de Trish com metassistemas, falando sobre sua experiência de analisar, criar modelos e prever o fluxo de imensos campos de dados.

– É claro que o seu livro é avançado demais para mim – disse Trish –, mas eu entendi o suficiente para ver uma interseção com meu trabalho sobre metassistemas.

– Você diz no seu blog que os modelos de metassistemas podem *transformar* o estudo da noética?

– Com certeza. Eu acredito que os metassistemas poderiam transformar a noética em uma ciência de verdade.

– Ciência *de verdade*? – O tom de Katherine ficou um pouco mais duro. – Ao contrário de...?

Ai, merda, que fora!

– Hã... o que eu quis dizer foi que a noética é mais... esotérica.

Katherine deu uma risada.

– Relaxe, estou brincando. Ouço isso o tempo todo.

Não é de espantar, pensou Trish. Até mesmo o Instituto de Ciências Noéticas da Califórnia descrevia a disciplina em uma linguagem misteriosa e difícil de entender, definindo-a como o estudo do "acesso direto e imediato por parte da humanidade ao conhecimento além daquele disponível aos nossos sentidos normais e ao poder da razão".

A palavra *noético*, como Trish havia descoberto, vinha do grego antigo *nous* – que podia ser traduzido aproximadamente como "conhecimento interno" ou "consciência intuitiva".

– Tenho interesse no seu trabalho com metassistemas – disse Katherine – e em como ele pode se relacionar com um projeto no qual estou trabalhando. Você por acaso estaria disposta a me encontrar? Eu adoraria lhe fazer algumas perguntas.

Katherine Solomon quer me fazer umas perguntas? Era como se Maria Sharapova tivesse lhe telefonado pedindo dicas sobre tênis.

No dia seguinte, um Volvo branco parou em frente à sua casa e uma mulher atraente e esguia usando uma calça jeans saltou do carro. Trish na mesma hora se sentiu com meio metro de altura. *Que maravilha*, resmungou consigo mesma. *Inteligente, rica e magra – e eu ainda devo acreditar que Deus é bom?* Mas o jeito despretensioso de Katherine logo a deixou à vontade.

As duas se acomodaram na imensa varanda dos fundos de Trish com vista para a propriedade de tamanho impressionante.

– Sua casa é incrível – comentou Katherine.

– Obrigada. Tive sorte na faculdade e vendi a licença de um software que tinha desenvolvido.

– Relacionado com metassistemas?

– Um precursor dos metassistemas. Depois do 11 de Setembro, o governo começou a interceptar e analisar imensos campos de dados: e-mails de civis, ligações de celular, faxes, mensagens de texto, sites na internet, tudo em busca de palavras-chave ligadas a comunicações entre terroristas. Então eu desenvolvi um software que lhes permitia processar seu campo de dados de uma segunda forma, extraindo dele um outro produto de inteligência. – Ela sorriu. – Basicamente, o meu software lhes permite medir a temperatura dos Estados Unidos.

– Como assim?

Trish riu.

– É, eu sei que parece loucura. O que estou querendo dizer é que ele quantifica o estado *emocional* do país. Proporciona uma espécie de barômetro da consciência cósmica, se preferir. – Trish explicou como, usando um campo de dados constituído pelas comunicações do país, era possível avaliar o *humor* da nação com base na "densidade de ocorrência" de determinadas palavras-chave e indicadores emocionais no campo de dados. Épocas mais felizes tinham uma linguagem mais feliz, e épocas de estresse tinham uma linguagem mais estressada. Em caso de atentado terrorista, por exemplo, o governo poderia usar os campos de dados para estimar a mudança na psique dos Estados Unidos e informar melhor o presidente sobre o impacto emocional do acontecimento.

– Fascinante – comentou Katherine acariciando o queixo. – Então você está basicamente examinando uma população de indivíduos... como se eles fossem um organismo *único*.

– Exato. Um *metassistema*. Uma entidade única definida pela soma de suas partes. O corpo humano, por exemplo, é constituído por milhões de células individuais, cada qual com atribuições e finalidades diferentes, mas funciona como uma entidade única.

Katherine aquiesceu, animada.

– Como um bando de pássaros ou um cardume que se move como se fosse uma coisa só. Nós chamamos isso de convergência ou de entrelaçamento.

Trish sentiu que sua convidada famosa estava começando a perceber o potencial da programação de metassistemas e sua aplicabilidade no campo da ciência noética.

– O meu software – explicou Trish – foi criado para ajudar as agências governamentais a avaliar melhor e reagir de maneira apropriada a crises em grande escala: pandemias, tragédias nacionais, terrorismo, esse tipo de coisa. – Ela fez uma pausa. – É claro que nada impede que ele possa ser usado para outras coisas... talvez para capturar o estado de espírito do país em um dado momento e prever o desfecho de uma eleição presidencial ou a direção em que o mercado de ações vai oscilar quando o pregão abrir.

– Parece uma ferramenta poderosa.

Trish fez um gesto indicando sua casa.

– O *governo*, pelo menos, achou.

Então, os olhos cinzentos de Katherine se fixaram em Trish.

– Você se importa que eu pergunte sobre o dilema *ético* gerado pelo seu trabalho?

– Como assim?

– Quer dizer, você criou um software que pode facilmente ser usado para fins escusos. Quem quer que o detenha possui acesso a informações poderosas que não estão disponíveis para todo mundo. Você não ficou preocupada ao criá-lo?

Trish sequer pestanejou.

– De jeito nenhum. O meu software não é diferente de, digamos, um simulador de voo. Alguns vão usá-lo como treino para missões aéreas de primeiros socorros em países subdesenvolvidos. Outros para aprender a jogar aviões de passageiros contra arranha-céus. O conhecimento é uma ferramenta e, como todas as ferramentas, seu impacto está nas mãos do usuário.

Katherine se recostou na cadeira, parecendo impressionada.

– Então deixe-me lhe fazer uma pergunta hipotética.

De repente, Trish percebeu que a conversa havia se transformado em uma entrevista de emprego.

Katherine estendeu o braço e recolheu um minúsculo grão de areia do piso da varanda, erguendo-o para Trish ver.

– O que me parece – disse ela – é que, basicamente, seu trabalho sobre metassistemas permite calcular o peso de toda a areia de uma praia, pesando um grão de cada vez.

– Basicamente, é isso mesmo.

– Como você sabe, este grãozinho de areia tem uma *massa*. Muito pequena, mas mesmo assim uma massa.

Trish aquiesceu.

– E *justamente* pelo fato de este grão de areia ter uma massa, ele exerce uma *força de gravidade*. Ela também é pequena demais para ser sentida, mas existe.

– Certo.

– Então – disse Katherine –, se nós pegarmos trilhões de grãos de areia como este e deixarmos que atraiam uns aos outros para formar, digamos, a *lua*, a força de gravidade combinada deles será suficiente para mover oceanos inteiros e fazer subir e descer as marés por todo o nosso planeta.

Trish não sabia aonde Katherine pretendia chegar, mas estava gostando do que ouvia.

– Então vamos elaborar uma hipótese – falou Katherine, descartando o grão de areia. – E se eu dissesse a você que um *pensamento*, qualquer ideia minúscula que se forme na sua mente, possui uma *massa*? E se eu lhe dissesse que um pensamento é uma *coisa* de verdade, uma entidade mensurável, com uma massa mensurável? Minúscula, é claro, mas *ainda assim* uma massa. Quais seriam as implicações disso?

– Hipoteticamente falando? Bem, as implicações óbvias seriam: se um pensamento tem massa, então ele exerce uma força de gravidade e pode atrair coisas para si.

Katherine sorriu.

– Você é boa. Agora avance mais um passo. O que acontece se muitas pessoas começam a se concentrar no *mesmo* pensamento? Todas as ocorrências desse mesmo pensamento passam a se consolidar em uma só, e a massa acumulada dele começa a aumentar. Portanto, sua gravidade aumenta.

– Certo.

– O que significa que... se um número suficiente de pessoas começar a pensar a mesma coisa, então a força gravitacional dessa ideia se torna tangível e exerce uma força de verdade. – Katherine deu uma piscadela. – E ela pode ter um efeito mensurável no nosso mundo físico.

A diretora Inoue Sato estava em pé, de braços cruzados, olhando com ceticismo para Langdon enquanto processava o que ele havia acabado de lhe dizer.

– Ele disse que quer que o senhor destranque um antigo portal? O que é que eu faço com *essa informação*, professor?

Langdon deu de ombros, desanimado. Estava se sentindo mal novamente e tentou não baixar os olhos para a mão cortada do amigo.

– Foi exatamente isso que ele me falou. Um antigo portal... escondido em algum lugar na cidade, acho que neste prédio. Eu disse a ele que não sabia de portal nenhum.

– Então por que é que ele acha que *o senhor* pode encontrá-lo?

– Evidentemente ele é louco. – *Ele disse que Peter iria apontar o caminho.* Langdon baixou o olhar para o dedo esticado de Peter, sentindo-se novamente enojado pelo sádico jogo de palavras de seu captor. *Peter apontará o caminho.* Langdon já havia permitido que seus olhos seguissem a direção do dedo, que indicava a cúpula. *Um portal? Lá em cima? Loucura.*

– Esse homem que me ligou – disse Langdon a Sato – é a *única* pessoa que sabia que eu estaria no Capitólio hoje à noite, então, quem quer que tenha informado *à senhora* que eu estava aqui é o principal suspeito. Eu recomendo...

– Não é da sua conta onde eu obtive minhas informações – interrompeu Sato, com a voz cada vez mais incisiva. – Minha prioridade máxima neste momento é cooperar com esse homem, e eu tenho informações que sugerem que *o senhor* é o único capaz de dar o que ele quer.

– E a *minha* prioridade máxima é encontrar meu amigo – retrucou Langdon, frustrado.

Sato respirou fundo, evidentemente se esforçando para não perder a paciência.

– Se quisermos encontrar o Sr. Solomon, só temos um curso de ação possível, professor: começar a cooperar com a única pessoa que parece saber onde ele está. – Sato verificou o relógio de pulso. – Nosso tempo é limitado. Posso lhe garantir que é essencial atendermos rapidamente às exigências desse homem.

– Como? – perguntou Langdon, incrédulo. – Localizando e destrancando um antigo portal? Não existe portal *nenhum*, diretora Sato. Esse cara é maluco.

Sato chegou mais perto, parando a menos de meio metro de Langdon.

– Permita-me observar... que o seu *maluco* já manipulou com habilidade dois indivíduos relativamente inteligentes hoje de manhã. – Ela encarou Langdon e, em seguida, olhou de relance para Anderson. – No meu trabalho, nós aprendemos que a fronteira entre insanidade e genialidade é tênue. Seria sensato de nossa parte ter um pouco de respeito por esse homem.

– Ele *cortou* a mão de uma pessoa!

– Justamente. Isso está longe de ser o comportamento de um indivíduo indeciso ou hesitante. Mais importante ainda, professor, esse homem obviamente acredita que o senhor pode ajudá-lo. Ele o trouxe até Washington e deve ter feito isso por um motivo.

– Ele falou que o único motivo pelo qual pensa que eu posso destrancar esse "portal" é que *Peter* lhe disse que eu poderia fazer isso – rebateu Langdon.

– E por que Peter Solomon diria isso se não fosse verdade?

– Tenho certeza de que Peter não falou nada disso. E, se falou, ele o fez sob pressão. Estava confuso... ou amedrontado.

– Sim. Isso se chama interrogatório sob tortura e é bastante eficaz. Mais razão ainda para o Sr. Solomon dizer a verdade. – Sato falava como se conhecesse a técnica por experiência própria. – Ele explicou *por que* Peter acha que só o senhor pode destrancar o portal?

Langdon fez que não com a cabeça.

– Professor, se a sua reputação estiver correta, então o senhor e Peter Solomon compartilham um interesse por este tipo de coisa: segredos, fatos históricos esotéricos, misticismo e assim por diante. Em todas as suas conversas com Peter, ele nunca mencionou sequer uma vez nada sobre algum portal secreto aqui em Washington?

Langdon mal podia acreditar que uma alta funcionária da CIA estava lhe fazendo uma pergunta dessas.

– Tenho certeza que não. Peter e eu conversamos sobre coisas bem misteriosas, mas pode acreditar: se ele algum dia me dissesse que existe um antigo portal escondido em qualquer lugar, eu o mandaria procurar um médico para ver se estava tudo bem com a sua cabeça. Ainda mais um portal que conduz aos Antigos Mistérios.

Ela ergueu os olhos.

– Como assim? O homem lhe disse *especificamente* aonde este portal pode levar?

– Disse, mas não precisava. – Langdon indicou a mão com um gesto. – A Mão dos Mistérios é um convite formal para se atravessar um portal místico e obter conhecimentos secretos ancestrais, um poderoso saber conhecido como Antigos Mistérios... ou o saber perdido de todas as épocas.

– Então o senhor *já ouviu falar* no segredo que ele acredita estar escondido aqui.

– Muitos historiadores já ouviram.

– Então como o senhor pode dizer que o portal não existe?

– Com todo o respeito, minha senhora, todos nós já ouvimos falar na Fonte da Juventude e em Shangri-la, mas isso não significa que existam.

O chiado alto do rádio de Anderson os interrompeu.

– Chefe? – disse a voz no rádio.

Anderson arrancou o aparelho do cinto.

– Anderson falando.

– Senhor, já concluímos a busca do local. Ninguém aqui dentro corresponde à descrição. Mais alguma ordem, senhor?

Anderson lançou um olhar rápido para Sato, claramente esperando uma reprimenda, mas a diretora não parecia interessada. Ele se afastou um pouco dos dois, falando baixinho no rádio.

Sato estava totalmente concentrada em Langdon.

– Está querendo dizer que o segredo que ele acredita estar escondido em Washington... é uma *fantasia*?

Langdon assentiu.

– Um mito muito antigo. Na verdade, o segredo dos Antigos Mistérios é anterior ao cristianismo. Tem milhares de anos.

– E mesmo assim *continua* vivo?

– Assim como várias crenças igualmente improváveis. – Langdon muitas vezes lembrava a seus alunos que a maioria das religiões modernas incluía histórias que não resistiam ao escrutínio científico: desde Moisés abrindo o mar Vermelho até Joseph Smith usando óculos mágicos para traduzir o Livro de Mórmon a partir de uma série de placas de ouro que encontrou enterradas no norte do estado de Nova York. *A aceitação generalizada de uma ideia não é prova de sua validade.*

– Entendo. Então o que são *exatamente* esses... Antigos Mistérios?

Langdon suspirou. *A senhora tem algumas semanas?*

– Resumidamente, os Antigos Mistérios se referem a um conjunto de conhecimentos secretos reunidos muito tempo atrás. Um dos aspectos intrigantes desse conhecimento é que ele supostamente permite àquele que o detém entrar em contato com poderosas habilidades adormecidas dentro da mente humana. Os adeptos esclarecidos que possuíam esse conhecimento juraram mantê-lo escondido das massas, porque ele era considerado poderoso e perigoso demais para os não iniciados.

– Perigoso de que forma?

– As informações foram ocultadas pelo mesmo motivo que mantemos fósforos fora do alcance das crianças. Nas mãos corretas, o fogo pode proporcionar luz... mas, nas mãos erradas, ele pode ser altamente destrutivo.

Sato tirou os óculos e estudou Langdon.

– Diga-me, professor, o senhor acredita que essas informações poderosas possam realmente existir?

Langdon não sabia ao certo como responder. Os Antigos Mistérios sempre tinham sido o maior paradoxo de sua carreira acadêmica. Praticamente todas as tradições místicas da Terra giravam em torno da ideia de que havia um conhecimento misterioso capaz de dotar os seres humanos de poderes sobrenaturais, quase como os de um deus: o tarô e o I Ching davam ao homem a capacidade de ver o futuro; a alquimia, por sua vez, concedia a imortalidade graças à lendária pedra filosofal; a wicca permitia aos praticantes avançados conjurar poderosos feitiços. A lista não tinha fim.

Como acadêmico, Langdon não podia negar o registro histórico dessas tradições – tesouros incalculáveis de documentos, artefatos e obras de arte que, de fato, sugeriam claramente que os antigos possuíam um poderoso saber que só compartilhavam por meio de alegorias, mitos e símbolos, garantindo assim que apenas os devidamente iniciados pudessem ter acesso aos seus poderes. Mesmo assim, sendo realista e cético, Langdon ainda não estava convencido.

– Digamos apenas que eu sou um cético – disse ele a Sato. – Nunca vi nada no mundo real que sugerisse que os Antigos Mistérios são algo mais do que uma lenda, um arquétipo mitológico recorrente. Parece-me que, se fosse *possível* para os humanos adquirir poderes milagrosos, haveria provas disso. Mas até agora a história não nos deu nenhum homem com poderes sobre-humanos.

Sato arqueou as sobrancelhas.

– Isso não é totalmente verdade.

Langdon hesitou ao perceber que, para muitas pessoas religiosas, havia de fato um precedente para deuses humanos, dos quais Jesus era o mais evidente.

– É verdade – disse ele – que muitas pessoas instruídas acreditam nesse conhecimento capaz de conferir poder, mas ainda não estou convencido.

– Peter Solomon é uma dessas pessoas? – perguntou a diretora, olhando de relance para a mão no piso da Rotunda.

Langdon não conseguiu se forçar a olhar novamente para a mão.

– Peter vem de uma família que sempre teve paixão por todo tipo de coisa antiga e mística.

– Então a resposta é sim? – indagou Sato.

– Posso garantir à senhora que, ainda que Peter acredite que os Antigos Mistérios sejam verdadeiros, ele *não crê* que seja possível acessá-los atravessando algum tipo de portal escondido em Washington. Ele entende o conceito de simbolismo metafórico, algo que evidentemente não se pode dizer de seu sequestrador.

Sato aquiesceu.

– Então o senhor acredita que esse portal é uma *metáfora*?

– É claro – disse Langdon. – Pelo menos em teoria. É uma metáfora bem comum: um portal místico que se deve atravessar de modo a alcançar a iluminação. Portais e portas são construtos simbólicos recorrentes, que representam ritos de passagem transformadores. Procurar um portal *literal* seria como tentar localizar os verdadeiros Portões do Paraíso.

Sato pareceu refletir sobre a questão por alguns instantes.

– Mas me parece que o homem que sequestrou o Sr. Solomon acredita que o senhor é capaz de destrancar um portal *de verdade*.

Langdon soltou o ar com força.

– Ele cometeu o mesmo erro de muito zelotes: confundir metáforas com realidade. – De modo semelhante, os alquimistas primitivos se esforçaram em vão para converter chumbo em ouro sem nunca perceber que essa transformação nada mais era do que uma metáfora para a exploração do verdadeiro potencial humano: pegar uma mente obtusa, ignorante, e transmudá-la em uma mente brilhante e iluminada.

Sato gesticulou em direção à mão.

– Se esse homem quer que o senhor localize algum tipo de portal para ele, por que simplesmente não lhe *diz* como encontrá-lo? Por que toda essa encenação? Por que lhe dar a mão tatuada de alguém?

Langdon havia feito a mesma pergunta a si mesmo, e a resposta era perturbadora.

– Bem, parece que o homem com quem estamos lidando, além de mentalmente instável, é muito instruído. A mão é uma prova de que ele é versado nos Mistérios, assim como em seus códigos de confidencialidade. Sem mencionar seus conhecimentos relativos à história desta sala.

– Não estou entendendo.

– Tudo o que ele fez hoje à noite se encaixa perfeitamente nos protocolos antigos. Tradicionalmente, a Mão dos Mistérios é um convite sagrado, devendo, portanto, ser feito em um local igualmente sagrado.

Os olhos de Sato se estreitaram.

– Estamos na Rotunda do Capitólio dos Estados Unidos, professor, não em um altar sagrado dedicado a antigos segredos místicos.

– Na verdade, minha senhora – disse Langdon –, conheço um grande número de historiadores que iriam discordar.

Nesse mesmo instante, do outro lado da cidade, Trish Dunne estava sentada dentro do Cubo diante do brilho do telão de plasma. Terminou de preparar seu *spider* de busca e digitou as cinco expressões-chave que Katherine havia lhe passado.

Isso não vai dar em nada.

Sentindo-se pouco otimista, ela acionou o *spider*, dando início a uma pescaria por toda a rede. A uma velocidade estonteante, as expressões passaram a ser comparadas a textos espalhados pelo mundo todo... em busca de uma correspondência perfeita.

Era inevitável que Trish se perguntasse qual era o sentido daquilo, mas ela já havia aprendido a aceitar que trabalhar para os Solomon significava nunca conhecer todos os fatos.

CAPÍTULO 20

Robert Langdon lançou um olhar ansioso para seu relógio de pulso: 19h58. O rosto sorridente de Mickey Mouse não conseguiu alegrá-lo. *Preciso encontrar Peter. Estamos perdendo tempo.*

Sato havia se afastado por alguns instantes para atender um telefonema, mas logo voltou para junto de Langdon.

– Professor, estou atrapalhando algum compromisso seu?

– Não, senhora – respondeu Langdon, tornando a cobrir o relógio com a manga do paletó. – Só estou muito preocupado com Peter.

– Entendo, mas eu lhe garanto que o melhor que o senhor pode fazer por ele é me ajudar a entender a maneira de pensar do homem que o sequestrou.

Langdon não tinha tanta certeza disso, mas percebeu que não iria a lugar nenhum antes de a diretora do ES conseguir a informação que desejava.

– Agora há pouco – disse Sato – o senhor sugeriu que a Rotunda é de certa forma *sagrada* segundo o conceito desses Antigos Mistérios.

– Isso mesmo, senhora.

– Explique para mim.

Langdon sabia que teria de escolher com parcimônia as palavras. Havia passado semestres inteiros lecionando sobre o simbolismo místico de Washington e, só naquele prédio, a lista de referências místicas era quase interminável.

Os Estados Unidos têm um passado oculto.

Sempre que Langdon dava alguma palestra sobre a simbologia dos Estados Unidos, seus alunos ficavam surpresos por descobrir que as *verdadeiras* intenções dos pais fundadores da nação não tinham absolutamente nada a ver com aquilo que tantos políticos agora afirmavam.

O destino que se pretendia dar aos Estados Unidos se perdeu na história.

O primeiro nome dado pelos pais fundadores à capital por eles edificada tinha sido "Roma". Eles haviam batizado seu rio de Tibre e construído uma capital clássica de panteões e templos, todos adornados com imagens de grandes deuses e deusas – Apolo, Minerva, Vênus, Hélios, Vulcano, Júpiter. No centro, como em muitas das grandes cidades clássicas, erigiram uma duradoura homenagem aos antigos – o obelisco egípcio. Esse obelisco, mais alto até do que os do Cairo ou de Alexandria, erguia-se 170 metros em direção ao céu, maior que um prédio de 30 andares, proclamando gratidão e honra ao fundador semidivino ao qual aquela capital devia seu mais novo nome.

Washington.

Agora, séculos mais tarde, apesar da separação entre Igreja e Estado no país, aquela Rotunda patrocinada pelo governo estava repleta de simbolismos religiosos antigos. Havia mais de uma dezena de deuses diferentes na Rotunda – mais do que no Panteão original de Roma. O Panteão romano, é claro, fora convertido ao cristianismo em 609... mas *este* panteão nunca havia sido convertido; vestígios de sua verdadeira história ainda permaneciam claramente visíveis.

– Como a senhora deve saber – disse Langdon –, esta Rotunda foi projetada como um tributo a um dos santuários místicos mais venerados de Roma. O Templo de Vesta.

– Das virgens vestais? – Sato parecia duvidar que as virginais guardiãs da chama de Roma tivessem algo a ver com o prédio do Capitólio norte-americano.

– O Templo de Vesta em Roma – disse Langdon – era circular e tinha um enorme buraco no chão, dentro do qual o fogo sagrado da iluminação era mantido por uma irmandade de virgens cuja tarefa era garantir que a chama jamais se apagasse.

Sato deu de ombros.

– Esta Rotunda é um círculo, mas não estou vendo nenhum buraco no chão.

– Não, agora não existe mais, porém durante anos o centro desta sala pos-

suiu uma grande abertura justamente no lugar onde está a mão de Peter.
– Langdon gesticulou em direção ao chão. – Ainda é possível ver no piso as
marcas deixadas pela grade que impedia as pessoas de caírem lá dentro.

– O quê? – indagou Sato, examinando o chão. – Eu nunca ouvi falar nisso.

– Parece que ele tem razão. – Anderson apontou para o círculo de protube-
râncias de ferro que marcava o local das antigas barras da grade. – Eu já tinha
visto esses negócios antes, mas não fazia a menor ideia do que eram ou para
que serviam.

Você não é o único, pensou Langdon, imaginando os milhares de pessoas,
incluindo famosos legisladores, que passavam pelo centro da Rotunda todos os
dias sem saber que antigamente teriam caído dentro da Cripta do Capitólio –
o nível logo abaixo da Rotunda.

– O buraco no chão – disse-lhes Langdon – acabou sendo coberto, mas,
durante um bom tempo, os visitantes da Rotunda puderam ver através dele o
fogo que ardia lá embaixo.

Sato se virou.

– Fogo? No Capitólio?

– Na verdade, era mais uma tocha grande, uma chama eterna que ardia na
cripta logo abaixo de onde estamos. A ideia era que o fogo fosse visível pelo
buraco, transformando esta sala em um moderno Templo de Vesta. O prédio
tinha até a sua própria virgem vestal: um funcionário público federal chamado
guardião da cripta, que conseguiu manter a chama acesa por 50 anos, até a
política, a religião e os danos causados pela fumaça apagarem a ideia.

Tanto Anderson quanto Sato pareciam surpresos.

Atualmente, o único indício de que ali já houvera uma chama acesa era a
estrela de quatro pontas que representa a rosa dos ventos gravada no piso da
cripta um andar abaixo de onde eles estavam – símbolo da chama eterna dos
Estados Unidos que um dia havia irradiado sua luz para os quatro cantos do
Novo Mundo.

– Então, professor – disse Sato –, sua tese é a de que o homem que deixou a
mão de Peter aqui *sabia* de tudo isso?

– Está claro que sim. E sabia muito, muito mais. Esta sala está cheia de símbolos que refletem a crença nos Antigos Mistérios.

– Um saber secreto – disse Sato, com um tom de voz que fazia mais do que
sugerir sarcasmo. – Um conhecimento que permite aos homens adquirir poderes comparáveis aos de um deus?

– Sim, senhora.

– Isso não se encaixa muito bem nos fundamentos cristãos deste país.

– Aparentemente não, mas é verdade. Essa transformação do homem em deus se chama *apoteose*. Quer a senhora saiba disso ou não, esse tema é o elemento central do simbolismo desta Rotunda.

– Apoteose? – Anderson se virou para ele com uma expressão espantada de reconhecimento.

– Sim. – *Anderson trabalha aqui. Ele sabe.* – A palavra *apoteose* significa literalmente "transformação divina": o homem que se torna deus. Vem do grego antigo: *apo*, que aqui significa "tornar-se", e *theos*, "deus".

Anderson parecia pasmo.

– *Apoteose* quer dizer "virar deus"? Eu não fazia a menor ideia.

– Do que vocês estão falando? – indagou Sato.

– Minha senhora – disse Langdon –, o maior quadro deste prédio se chama *A Apoteose de Washington*. E ele mostra claramente George Washington sendo *transformado* em deus.

Sato fez cara de cética.

– Eu nunca vi nada desse tipo.

– Na verdade, tenho certeza de que *viu*, sim. – Langdon ergueu o indicador e apontou para cima. – Está bem acima da sua cabeça.

CAPÍTULO **21**

A Apoteose de Washington – um afresco de 433 metros quadrados que adorna a cúpula da Rotunda do Capitólio – foi concluída em 1865 por Constantino Brumidi.

Conhecido como "Michelangelo do Capitólio", Brumidi deixou sua marca na Rotunda do mesmo modo que Michelangelo deixou a sua na Capela Sistina: pintando um afresco na tela mais sublime do recinto – o teto. Assim como Michelangelo, Brumidi fizera alguns de seus melhores trabalhos dentro do Vaticano. No entanto, ao emigrar para os Estados Unidos em 1852, ele havia trocado o maior altar de Deus por um novo altar, o Capitólio dos Estados Unidos, que agora reluzia com exemplos de sua arte – do *trompe l'œil* dos Corredores de Brumidi aos frisos do teto da Sala do Vice-presidente. Mas era a gigantesca imagem que pairava sobre a Rotunda do Capitólio que a maioria dos historiadores considerava sua obra-prima.

Robert Langdon ergueu os olhos para o enorme afresco que cobria o teto. Em geral ele apreciava as reações espantadas de seus alunos às bizarras imagens da pintura, mas, naquele momento, sentia-se apenas preso em um pesadelo que ainda precisava entender.

A diretora Sato estava parada ao seu lado com as mãos nos quadris, as sobrancelhas franzidas para o teto distante. Langdon sentiu que ela estava tendo a mesma reação que muitos tinham na primeira vez em que paravam para observar a pintura no coração de seu país.

Perplexidade total.

A senhora não é a única, pensou Langdon. Para a maioria das pessoas, quanto mais se olhava para *A Apoteose de Washington*, mais estranha a pintura ficava.

– Aquele ali no painel central é George Washington – disse Langdon, apontando para o meio da cúpula quase 60 metros acima. – Como a senhora pode ver, ele está usando vestes brancas e, com o auxílio de 13 donzelas, ergue-se acima dos mortais sobre uma nuvem. Esse é o instante da sua apoteose... da sua transformação em deus.

Sato e Anderson não disseram nada.

– Ao redor dele – prosseguiu Langdon –, vocês podem ver uma estranha e anacrônica série de personagens: deuses antigos oferecendo aos nossos pais fundadores um conhecimento avançado. Podemos ver Minerva concedendo inspiração tecnológica aos grandes inventores de nosso país: Ben Franklin, Robert Fulton, Samuel Morse. – Langdon os apontou um a um. – E ali temos Vulcano nos ajudando a construir um motor a vapor. Ao seu lado temos Ceres, deusa dos grãos e raiz etimológica de nossa palavra *cereal*; ela está sentada sobre a colheitadeira McCormick, a inovação agrícola que permitiu a este país se tornar líder mundial em produção de alimentos. Do lado oposto está Netuno, demonstrando como instalar o cabo transatlântico. O afresco retrata de forma bastante clara os nossos pais fundadores recebendo um grande saber dos deuses. – Ele abaixou a cabeça e olhou para Sato. – Conhecimento é poder, e o conhecimento *certo* permite ao homem realizar tarefas milagrosas, quase divinas.

Sato tornou a baixar os olhos para Langdon e esfregou o pescoço.

– Instalar um cabo telefônico é algo muito diferente de ser um deus.

– Para os homens *modernos*, pode até ser – retrucou Langdon. – Mas, se George Washington soubesse que nós viramos uma raça com o poder de nos comunicar através dos oceanos, voar à velocidade da luz e pisar na Lua, ele iria supor que nós nos transformamos em deuses, capazes de tarefas milagrosas. – Ele fez uma pausa. – Nas palavras do futurista Arthur C. Clarke: "Qualquer tecnologia suficientemente avançada é indistinguível da magia."

Sato franziu os lábios, aparentemente entretida com os próprios pensamentos. Baixou os olhos para a mão e, em seguida, os ergueu de volta para a cúpula, na direção apontada pelo indicador esticado.

– Professor, o senhor foi informado de que Peter iria apontar o caminho, correto?

– Sim, senhora, mas...

– Chefe – disse Sato, virando as costas para Langdon –, pode nos fazer ver a pintura mais de perto?

Anderson aquiesceu.

– Sim, há uma passarela que contorna a parte interna da cúpula.

Langdon olhou bem lá para cima, para a minúscula grade logo abaixo do afresco, e sentiu o corpo se retesar.

– Não há necessidade de ir até lá em cima. – Ele já subira uma vez naquela passarela raramente visitada, a convite de um senador e sua esposa, e quase desmaiara por causa da altura estonteante e da precariedade da estrutura.

– Não há necessidade? – repetiu Sato. – Professor, nós temos um homem que acredita que esta sala contém um portal capaz de transformá-lo em um deus; temos um afresco no teto que simboliza exatamente essa transformação; e temos a mão de alguém apontando direto para essa pintura. Parece que tudo está nos incentivando a *subir*.

– Na verdade – interveio Anderson, olhando para cima –, poucas pessoas sabem disso, mas existe *um* painel hexagonal na cúpula que se abre como um portal e pelo qual é possível olhar e...

– Esperem um instante – disse Langdon –, vocês estão entendendo mal. O portal que esse homem está procurando é um portal *figurado*... que não existe. Quando ele disse "Peter apontará o caminho", estava falando em termos metafóricos. O gesto da mão que aponta, com o indicador e o polegar esticados para cima, é um símbolo conhecido dos Antigos Mistérios, e aparece na arte antiga do mundo todo. Esse mesmo gesto aparece em três das obras-primas codificadas mais famosas de Leonardo da Vinci: *A Última Ceia*, *A Adoração dos Magos* e *São João Batista*. É um símbolo da conexão mística do homem com Deus. – *Assim em cima como embaixo*. A bizarra escolha de palavras do louco começava a parecer mais relevante.

– Nunca vi esse gesto antes – disse Sato.

É só assistir à ESPN, pensou Langdon, que sempre achava graça ao ver atletas profissionais apontando para o céu para agradecer a Deus depois de um *touchdown* ou de um *home run*. Perguntava-se quantos deles sabiam que estavam dando continuidade a uma tradição mística pré-cristã de reconhecer o poder superior que, por um breve instante, os havia transformado em um deus capaz de realizar feitos milagrosos.

– Não sei se adianta alguma coisa – disse Langdon –, mas a mão de Peter não é a primeira desse tipo a aparecer na Rotunda.

Sato olhou para o professor como se ele estivesse louco.

– Como é que é?

Langdon gesticulou na direção do BlackBerry dela.

– Procure no Google "George Washington Zeus".

A diretora fez cara de desconfiada, mas começou a digitar as palavras. Anderson se aproximou dela devagar, olhando por cima de seu ombro com interesse.

Langdon disse:

– Antigamente, esta Rotunda era dominada por uma gigantesca escultura de George Washington nu da cintura para cima... retratado como um deus. Ele estava sentado exatamente na mesma posição que Zeus no Panteão, com o peito à mostra, segurando uma espada na mão esquerda enquanto a direita se erguia com o polegar e o indicador esticados.

Sato, pelo jeito, havia encontrado uma imagem da escultura na internet, porque Anderson encarava o BlackBerry com uma expressão chocada.

– Esperem aí, *esse* é George Washington?

– É – respondeu Langdon. – Retratado como Zeus.

– Olhem para a mão direita dele – disse Anderson, ainda espiando por cima do ombro de Sato. – Está exatamente na mesma posição que a do Sr. Solomon.

Como eu disse, pensou Langdon, *a mão de Peter não é a primeira a aparecer nesta sala.* Quando a estátua de Horatio Greenough representando George Washington nu foi exibida pela primeira vez na Rotunda, muitos brincaram dizendo que Washington devia estar levantando a mão numa tentativa desesperada de encontrar alguma coisa para vestir. Porém, à medida que os ideais religiosos norte-americanos mudavam, essa crítica jocosa se transformou em polêmica, e a estátua foi removida e banida para um barracão no jardim leste. Atualmente, estava no Museu Nacional de História Norte-Americana do Instituto Smithsonian. Quem a via ali não tinha o menor motivo para desconfiar que se tratava de um dos últimos vestígios de uma época em que o pai da nação havia protegido o Capitólio como um deus... assim como Zeus protegia o Panteão.

Sato começou a digitar um número no BlackBerry, aparentemente julgando aquele momento oportuno para entrar em contato com sua equipe.

– O que vocês descobriram? – Ela escutou pacientemente. – Entendi... – Olhou para Langdon, depois para a mão de Peter. – Tem certeza? – Ficou em silêncio por mais um instante. – Tudo bem, obrigada. – Sato desligou e tornou a se virar para Langdon. – Minha equipe de apoio fez algumas pesquisas e confirmou a existência da sua suposta Mão dos Mistérios, corroborando tudo o que o senhor disse: cinco marcas nas pontas dos dedos, a estrela, o sol, a chave, a coroa e a lamparina, bem como o fato de essa mão representar um antigo convite para receber um saber secreto.

– Fico feliz – comentou Langdon.

– Não fique – retrucou ela com rispidez. – Parece que agora estamos em um beco sem saída até o senhor compartilhar comigo o que quer que ainda não tenha me contado.

– Como assim?

Sato deu um passo em sua direção.

– Nós voltamos à estaca zero, professor. O senhor não me disse nada que a minha própria equipe não pudesse ter me informado. Então vou lhe perguntar mais uma vez. Por que o senhor foi trazido até aqui hoje? O que o torna tão especial? O que é que *só o senhor* sabe?

– Nós já falamos sobre isso – devolveu Langdon. – Nem imagino por que esse cara acha que eu sei alguma coisa!

Langdon se sentia inclinado a perguntar como diabos Sato sabia que ele estava no Capitólio naquela noite, mas eles também já tinham falado sobre isso. *Sato não vai dizer nada.*

– Se eu soubesse qual é o próximo passo – falou ele –, diria à senhora. Mas não sei. Tradicionalmente, a Mão dos Mistérios é oferecida por um professor a um aluno. Então, pouco depois, a mão é seguida por uma série de instruções... explicações de como chegar a um templo, o nome do mestre encarregado do ensinamento... *alguma coisa!* Mas tudo o que esse cara nos deixou foram cinco tatuagens! Não chega a... – Langdon se interrompeu no meio da frase.

Sato o encarou.

– O que foi?

Os olhos de Langdon se voltaram rapidamente para a mão. *Cinco tatuagens.* Ele percebeu naquele instante que o que estava dizendo talvez não fosse inteiramente verdade.

– Professor? – insistiu Sato.

Langdon se aproximou lentamente do objeto medonho. *Peter apontará o caminho.*

– Mais cedo, passou pela minha cabeça que talvez esse cara tivesse deixado algum objeto preso entre os dedos de Peter... um mapa, uma carta ou instruções por escrito.

– Mas não deixou – disse Anderson. – Como o senhor pode ver, os três dedos não estão muito apertados.

– Tem razão – disse Langdon. – Mas acaba de me ocorrer que... – Ele então se agachou, tentando olhar por debaixo dos dedos para ver a parte escondida da palma da mão de Peter. – Talvez não esteja escrito em papel.

– Acha que está tatuado? – indagou Anderson.

Langdon aquiesceu.

– O senhor está vendo alguma coisa na palma? – perguntou Sato.

Langdon se agachou mais ainda, tentando espiar por debaixo dos dedos fechados sem muita firmeza.

– Deste ângulo não dá. Não consigo...

– Ah, pelo amor de Deus – disse Sato, movendo-se na sua direção. – Abra essa maldita coisa e pronto!

Anderson se colocou na sua frente.

– Senhora, nós precisamos realmente esperar pela perícia antes de...

– Eu quero respostas – disse Sato, empurrando-o para passar. Ela se agachou, afastando Langdon.

Ele se levantou e ficou olhando, incrédulo, enquanto a diretora tirava uma caneta do bolso, inserindo-a cuidadosamente sob os três dedos dobrados. Então, ela os puxou um a um para cima até a mão ficar totalmente aberta, com a palma visível.

Sato ergueu os olhos para Langdon, e um leve sorriso se espalhou por seu rosto.

– Acertou de novo, professor.

CAPÍTULO 22

Enquanto andava de um lado para o outro da biblioteca, Katherine Solomon arregaçou a manga do jaleco e conferiu o relógio. Não era uma mulher acostumada a esperar, mas, naquele momento, tinha a sensação de que todo o seu mundo estava em suspenso. Estava à espera dos resultados do *spider* de busca de Trish, de notícias do irmão e, para completar, do telefonema do homem responsável por toda aquela situação angustiante.

Quem dera ele não tivesse me dito nada, pensou ela. Normalmente, Katherine era muito cuidadosa ao conhecer pessoas novas e, embora tivesse encontrado aquele homem pela primeira vez naquela tarde, ele havia conquistado sua confiança em poucos minutos. *Integralmente.*

Katherine recebera sua ligação mais cedo, quando estava em casa saboreando seu habitual prazer das tardes de domingo: atualizar a leitura dos periódicos científicos da semana.

– Sra. Solomon? – indagara uma voz estranhamente delicada. – Meu nome é Dr. Christopher Abaddon. Gostaria de falar com a senhora um instante a respeito do seu irmão.

– Desculpe, mas *quem* está falando? – perguntara ela. *E como foi que você arranjou meu número de celular pessoal?* – Dr. Christopher Abaddon? – repetiu Katherine, sem reconhecer o nome.

O homem pigarreou, como se a situação tivesse se tornado constrangedora.

– Desculpe, Sra. Solomon. Eu achei que o seu irmão tivesse lhe falado sobre mim. Sou o médico dele. Seu celular estava listado como o contato de emergência dele.

O coração de Katherine deu um salto. *Contato de emergência?*

– Aconteceu alguma coisa?

– Não... acho que não – respondeu o homem. – Peter faltou a uma consulta hoje de manhã, e não estou conseguindo falar com nenhum dos telefones que ele me deu. Como seu irmão nunca falta às consultas sem ligar antes, fiquei um pouco preocupado. Hesitei antes de ligar para a senhora, mas...

– Não, o que é isso, não tem problema nenhum, obrigada pela preocupação. – Katherine ainda estava tentando ligar o nome do médico à pessoa. – Desde ontem de manhã que não falo com meu irmão, mas ele provavelmente se esqueceu de ligar o celular. – Katherine recentemente lhe dera um iPhone novo de presente, e ele ainda não havia se dado o trabalho de aprender a usá-lo.

– O senhor disse que é *médico* do meu irmão? – perguntou ela. *Será que Peter está com alguma doença e está escondendo isso de mim?*

Houve uma pausa carregada na linha.

– Eu sinto muitíssimo, mas obviamente acabei de cometer um erro profissional bastante grave ao lhe telefonar. Seu irmão me disse que a senhora sabia das visitas que ele fazia ao meu consultório, mas agora estou vendo que não.

Meu irmão mentiu para o próprio médico? Katherine estava ficando cada vez mais preocupada.

– Ele está doente?

– Sinto muito, Sra. Solomon, o sigilo médico-paciente me impede de conversar sobre a saúde do seu irmão, e eu já revelei demais dizendo que ele é meu paciente. Vou desligar agora, mas, se a senhora tiver notícias dele, por favor, peça que me ligue para eu saber se está tudo bem.

– Espere! – disse Katherine. – Por favor, me diga o que Peter tem.

O Dr. Abaddon respirou fundo, parecendo contrariado com o próprio erro.

– Sra. Solomon, estou vendo que a senhora está abalada e não posso culpá-la. Tenho certeza de que seu irmão está bem. Ele esteve no meu consultório ontem mesmo.

– Ontem? E tem outra consulta *hoje*? Parece urgente.

O homem deu um suspiro.

– Sugiro darmos um pouco mais de tempo a ele antes de...

– Vou passar no seu consultório agora mesmo – disse Katherine, rumando para a porta. – Onde o senhor atende?

Silêncio.

– Dr. Christopher Abaddon? – indagou Katherine. – Eu mesma posso procurar seu endereço ou o senhor pode simplesmente me dar. De toda forma, vou passar aí.

O médico fez uma pausa.

– Se nos encontrarmos, Sra. Solomon, por favor, não comente nada com seu irmão até eu ter a oportunidade de lhe explicar meu equívoco.

– Tudo bem.

– Obrigado. Meu consultório fica em Kalorama Heights. – Ele lhe deu um endereço.

Vinte minutos depois, Katherine Solomon percorria as imponentes ruas de Kalorama Heights. Tinha ligado para todos os telefones do irmão sem obter resposta. Ainda não estava excessivamente preocupada com o seu paradeiro, mas, mesmo assim, a notícia de que ele vinha consultando um médico era inquietante.

Quando Katherine finalmente localizou o endereço, ergueu os olhos para a casa, confusa. *Isto aqui é um consultório?*

A opulenta mansão à sua frente tinha uma cerca de segurança de ferro forjado, câmeras eletrônicas e um luxuriante jardim. Quando ela diminuiu a velocidade para confirmar o endereço, uma das câmeras girou na sua direção e o portão se abriu. Hesitante, Katherine subiu a rampa de acesso para veículos e estacionou ao lado de uma garagem para seis carros e de uma limusine.

Que tipo de médico esse cara é?

Quando ela desceu do carro, a porta da frente da mansão se abriu e uma figura elegante apareceu no patamar. Era um homem bonito, excepcionalmente alto, e mais jovem do que ela havia imaginado. Mesmo assim, transmitia a sofisticação e o refinamento de alguém mais velho. Estava vestido de forma impecável com um terno escuro e uma gravata, seus grossos cabelos louros penteados à perfeição.

– Sra. Solomon, Dr. Christopher Abaddon – disse ele com uma voz que era um sussurro rouco. Quando Katherine apertou a mão dele, sentiu que sua pele tinha uma textura lisa e bem cuidada.

– Katherine Solomon – apresentou-se ela, tentando não ficar olhando demais para aquela pele excepcionalmente lisa e bronzeada. *Ele está usando maquiagem?*

Katherine sentiu uma inquietação crescente ao entrar no hall mobiliado com requinte. Ouvia-se música clássica tocando baixinho ao fundo, e no ar pairava um cheiro de incenso.

– Isso aqui é lindo – disse ela –, mas eu esperava algo mais parecido com um... consultório.

– Tenho a sorte de trabalhar em casa. – O homem a conduziu até uma sala de estar onde crepitava uma lareira acesa. – Por favor, sinta-se em casa. Estou fazendo um chá. Vou trazê-lo, aí poderemos conversar. – Ele saiu andando em direção à cozinha e desapareceu.

Katherine Solomon não se sentou. A intuição feminina era um instinto poderoso no qual ela havia aprendido a confiar, e alguma coisa naquele lugar a deixava toda arrepiada. Ela não enxergava nada remotamente parecido com qualquer consultório médico que já tivesse visto na vida. As paredes daquela sala de estar de estilo antiquado estavam cobertas de obras de arte antigas, sobretudo quadros com estranhos temas místicos. Ela parou diante de uma grande tela representando as Três Graças, cujos corpos nus estavam retratados de forma espetacular, em cores vívidas.

– É o óleo original de Michael Parkes. – O Dr. Abaddon apareceu de repente ao seu lado, segurando uma bandeja de chá fumegante. – Pensei que talvez pudéssemos nos sentar junto à lareira. – Ele a conduziu até lá e lhe ofereceu uma cadeira. – Não há motivo para a senhora ficar nervosa.

– Não estou nervosa – respondeu Katherine depressa demais.

Ele lhe deu um sorriso reconfortante.

– Na verdade, saber quando as pessoas estão nervosas é o meu trabalho.

– Como disse?

– Eu sou psiquiatra, Sra. Solomon. Essa é a minha profissão. Já faz quase um ano que estou cuidando do seu irmão. Sou o terapeuta dele.

Tudo o que Katherine conseguiu fazer foi encará-lo. *Meu irmão está fazendo terapia?*

– Os pacientes muitas vezes preferem guardar segredo sobre o tratamento – disse o homem. – Foi um equívoco de minha parte ligar para a senhora, embora possa dizer, em minha defesa, que seu irmão me induziu ao erro.

– Eu... eu não fazia ideia.

– Sinto muito se a deixei nervosa – disse ele, parecendo constrangido. – Reparei que a senhora ficou analisando meu rosto quando nos apresentamos, e sim, eu uso maquiagem. – Ele tocou a própria bochecha com um ar acanhado. – Tenho uma doença de pele que prefiro esconder. Em geral quem me maquia é minha mulher, mas quando ela não está tenho que me contentar com minha própria mão pesada.

Katherine assentiu com a cabeça, constrangida demais para falar.

– E estes lindos cabelos... – Ele tocou sua juba loura. – Isto é uma peruca. Minha doença de pele também afetou os folículos do couro cabeludo e todos os meus cabelos caíram. – Ele deu de ombros. – Temo que meu único pecado seja a vaidade.

– E aparentemente o *meu* é a grosseria – disse Katherine.

– De forma alguma. – O sorriso do Dr. Abaddon desarmaria qualquer um. – Vamos começar de novo? Que tal com um pouco de chá?

Eles se sentaram em frente à lareira e Abaddon serviu.

– O seu irmão me fez adquirir o hábito de servir chá durante nossas sessões. Ele disse que os Solomon gostam da bebida.

– Tradição de família – disse Katherine. – Puro, por favor.

Os dois passaram alguns minutos tomando o chá e jogando conversa fora, mas Katherine estava ansiosa para obter informações sobre o irmão.

– Por que meu irmão veio procurar o senhor? – perguntou ela. *E por que ele não me disse nada?* Era bem verdade que Peter havia sofrido mais tragédias na vida do que merecia: perder o pai ainda jovem e, depois, em um intervalo de cinco anos, enterrar seu único filho e em seguida a mãe. Mesmo assim, ele sempre havia encontrado uma forma de seguir em frente.

O Dr. Abaddon tomou um gole do chá.

– Seu irmão me procurou porque confia em mim. Temos uma ligação que vai além daquela que existe normalmente entre paciente e médico. – Ele gesticulou na direção de um documento emoldurado perto da lareira. Parecia um diploma, até Katherine distinguir a fênix de duas cabeças.

– O senhor é maçom? – *E do grau mais elevado, ainda por cima.*

– Peter e eu somos de certa forma irmãos.

– O senhor deve ter feito alguma coisa importante para ser convidado ao grau 33.

– Na verdade, não – respondeu ele. – Venho de uma família tradicional e faço muitas doações a instituições de caridade maçônicas.

Katherine então percebeu por que o irmão confiava naquele jovem médico. *Um maçom de família rica interessado em filantropia e mitologia antiga? O*

Dr. Abaddon tinha mais coisas em comum com seu irmão do que ela havia imaginado inicialmente.

– Quando perguntei por que meu irmão veio procurar o senhor – disse ela –, não estava querendo saber por que ele o *escolheu*. O que eu quis dizer foi: por que ele está buscando os serviços de um psiquiatra?

O Dr. Abaddon sorriu.

– Sim, eu sei. Eu estava tentando me esquivar educadamente da pergunta. Na verdade, nem deveríamos estar conversando sobre isso. – Ele fez uma pausa. – Embora deva admitir que estou intrigado pelo fato de seu irmão esconder da senhora as nossas conversas, considerando a ligação estreita delas com a sua pesquisa.

– Minha pesquisa? – disse Katherine, pega inteiramente de surpresa. *Meu irmão fala sobre a minha pesquisa?*

– Recentemente, ele me procurou em busca de uma opinião profissional sobre o impacto psicológico das descobertas que a senhora está fazendo no seu laboratório.

Katherine quase engasgou com o chá.

– É mesmo? Estou... surpresa – ela conseguiu dizer. *Onde Peter está com a cabeça? Ele contou sobre o meu trabalho a este analista?!* Segundo seu protocolo de segurança, eles não deveriam conversar com *ninguém* sobre o trabalho de Katherine. Além disso, o sigilo fora ideia de seu irmão.

– Com certeza, a senhora sabe que seu irmão se preocupa muito com o que vai acontecer quando a sua pesquisa vier a público. Ele vê potencial para uma significativa mudança filosófica no mundo... e veio aqui conversar sobre as possíveis ramificações... de um ponto de vista *psicológico*.

– Entendo – disse Katherine, com a xícara de chá agora tremendo um pouco.

– As questões sobre as quais nós conversamos são complexas: o que será da condição humana quando os grandes mistérios da vida finalmente forem revelados? Quando de repente ficar provado de maneira categórica que as crenças que nós aceitamos por *fé*... são *fatos*? Ou então quando elas forem desmentidas como *mitos*? É possível argumentar que determinadas questões talvez devessem ficar sem resposta.

Katherine não conseguia acreditar no que estava escutando, mas mesmo assim controlou as emoções.

– Dr. Abaddon, espero que o senhor não se importe, mas prefiro não conversar sobre detalhes do meu trabalho. Não tenho intenção alguma de levar nada a público no momento. Por enquanto, as minhas descobertas vão permanecer trancadas na segurança do meu laboratório.

– Interessante. – Abaddon se recostou na cadeira e passou alguns instantes imerso em pensamentos. – De toda forma, pedi que seu irmão voltasse hoje porque ontem ele teve uma espécie de *ruptura*. Quando isso acontece, eu gosto que os clientes...

– Ruptura? – O coração de Katherine batia disparado. – Está querendo dizer um colapso nervoso? – Não conseguia imaginar o irmão tendo um colapso por motivo algum.

Abaddon estendeu a mão, gentil.

– Por favor, estou vendo que a deixei perturbada. Sinto muito. Considerando as circunstâncias estranhas, posso compreender que a senhora se sinta no direito de obter respostas.

– Quer eu tenha ou não esse direito – disse Katherine –, meu irmão é o único parente que me resta. Ninguém o conhece melhor do que eu, então, se o senhor me disser o que diabos aconteceu aqui, talvez eu possa ajudar. Nós dois queremos a mesma coisa: o melhor para Peter.

O Dr. Abaddon passou longos instantes em silêncio. Em seguida, começou a menear lentamente a cabeça, como se Katherine pudesse ter razão. Por fim, tornou a falar.

– Que fique bem claro, Sra. Solomon: se eu decidir compartilhar essa informação com a senhora, estarei fazendo isso apenas porque acho que suas opiniões podem me ser úteis para ajudar seu irmão.

– Claro.

Abaddon se inclinou para a frente e apoiou os cotovelos nos joelhos.

– Sra. Solomon, desde que comecei a atender seu irmão senti nele um profundo conflito com sentimentos de culpa. Nunca o pressionei em relação a isso, porque não foi por esse motivo que ele me procurou. Mas ontem, por várias razões, eu finalmente lhe fiz perguntas sobre o assunto. – Abaddon a encarou. – Ele se abriu de forma bastante emocional e inesperada, me disse coisas que eu não esperava ouvir... incluindo tudo o que aconteceu na noite em que a sua mãe morreu.

Véspera de Natal – quase exatamente 10 anos atrás. Ela morreu nos meus braços.

– Ele me disse que sua mãe foi assassinada durante uma tentativa de assalto à sua casa, não foi? Um homem invadiu a residência de vocês procurando alguma coisa que achava que seu irmão estivesse escondendo?

– Isso.

Os olhos de Abaddon a avaliavam.

– Seu irmão disse que matou o homem com um tiro?

– Sim.

Abaddon acariciou o queixo.

– A senhora se lembra do que o intruso estava procurando quando invadiu a casa?

Katherine havia passado 10 anos tentando em vão bloquear aquela lembrança.

– Sim, a exigência dele foi bem específica. Infelizmente, nenhum de nós sabia do que ele estava falando. O que ele queria nunca fez sentido para nós.

– Bem, fez sentido para seu irmão.

– O quê? – Katherine se empertigou na cadeira.

– Pelo menos segundo a história que ele me contou ontem, Peter sabia exatamente o que o intruso estava procurando. Mas, mesmo assim, ele não quis entregar o objeto, então fingiu que não estava entendendo.

– Isso é um absurdo. Não havia como Peter saber o que aquele homem queria. As exigências dele não faziam sentido!

– Interessante. – O Dr. Abaddon fez uma pausa e tomou algumas notas. – Mas, como eu disse, Peter me falou que *sabia*, sim. Seu irmão acredita que, se houvesse cooperado com o intruso, talvez sua mãe ainda estivesse viva. Essa decisão é a origem de toda a sua culpa.

Katherine sacudiu a cabeça.

– Mas que loucura...

Abaddon afundou na cadeira, com ar de preocupação.

– Sra. Solomon, o que a senhora acabou de me dizer foi útil. Como eu temia, seu irmão parece ter sofrido uma pequena ruptura em relação à realidade. Devo admitir que já desconfiava disso. Foi por esse motivo que pedi a ele que voltasse hoje. Esses episódios delirantes não são incomuns no que diz respeito a lembranças traumáticas.

Katherine tornou a sacudir a cabeça.

– Peter não é homem de ter delírios, Dr. Abaddon.

– Concordo, mas...

– Mas *o quê*?

– Mas o que ele me disse sobre o ataque foi só o começo... uma ínfima fração da longa e improvável história que me contou.

Katherine se inclinou para a frente na cadeira.

– O que foi que Peter contou ao senhor?

Abaddon deu um sorriso triste.

– Sra. Solomon, deixe-me fazer uma pergunta. Seu irmão alguma vez conversou com a senhora sobre o que ele acredita estar escondido aqui em Washington... ou sobre o papel que ele acredita ter na proteção de um grande tesouro relacionado a um conhecimento antigo perdido?

O queixo de Katherine caiu.

– Do que o senhor está falando?

O Dr. Abaddon soltou um longo suspiro.

– O que eu vou lhe contar vai ser um pouco chocante, Katherine. – Ele fez uma pausa e a encarou nos olhos. – Mas, se você puder me dizer *qualquer coisa* que souber a respeito, será de uma utilidade incalculável. – Ele estendeu a mão para a xícara dela. – Mais chá?

CAPÍTULO **23**

Outra tatuagem.

Ansioso, Langdon se agachou ao lado da palma aberta de Peter e examinou os sete símbolos diminutos escondidos sob os dedos fechados e sem vida.

– Parecem números – disse Langdon, surpreso. – Mas não consigo reconhecê-los.

– O primeiro é um algarismo romano – disse Anderson.

– Na verdade, acho que não – corrigiu Langdon. – O algarismo romano I-I-I-X não existe. O certo seria V-I-I.

– E o resto? – perguntou Sato.

– Não tenho certeza. Parece 885 em algarismos arábicos.

– Arábicos? – perguntou Anderson. – Parecem números *normais*.

– Os nossos algarismos normais *são* arábicos. – Langdon se acostumara de tal forma a esclarecer essa questão para seus alunos que havia preparado uma palestra sobre os progressos científicos feitos pelas culturas do Oriente Médio, entre eles o sistema numérico moderno, cujas vantagens em relação aos algarismos romanos incluíam a "notação posicional" e a invenção do número 0. É claro que Langdon sempre concluía a palestra lembrando que a cultura árabe *também* havia legado ao mundo a palavra *al-kuhl*: a bebida preferida dos calouros de Harvard, conhecida como *álcool*.

Langdon analisou a tatuagem, sentindo-se intrigado.

– Não estou sequer seguro quanto ao 885. A caligrafia retilínea parece incomum. Talvez não sejam números.

– Então o que são? – perguntou Sato.

– Não tenho certeza. A tatuagem toda parece quase... rúnica.

– Ou seja? – indagou Sato.

– Os alfabetos rúnicos são formados apenas por linhas retas. As letras se chamam runas e eram muitas vezes usadas em gravações em pedra, porque as curvas são mais difíceis de se esculpir.

– Se isto aqui são runas – disse Sato –, o que significam?

Langdon balançou a cabeça negativamente. Seu conhecimento se limitava ao mais rudimentar dos alfabetos rúnicos – o *futhark* –, um sistema teutônico do século III, e aquilo ali não era *futhark*.

– Para ser sincero, não tenho sequer certeza de que sejam runas. Seria preciso consultar um especialista. Existem dezenas de formas diferentes: o *hälsinge*, o *manx*, o *stungnar* "pontilhado"...

– Peter Solomon é maçom, não é?

Langdon olhou para ela sem entender.

– É, mas o que isso tem a ver com o que está acontecendo aqui? – Ele levantou, agigantando-se diante da mulher baixinha.

– *O senhor* é quem vai me dizer. Acabou de falar que os alfabetos rúnicos são usados para gravar pedra e, pelo que sei, os primeiros francomaçons eram artífices que trabalhavam com pedras. Só estou mencionando isso porque, quando pedi à minha equipe para procurar uma conexão entre a Mão dos Mistérios e Peter Solomon, a busca deles só produziu um único vínculo. – Ela fez uma pausa, como para enfatizar a importância de sua descoberta. – Os maçons.

Langdon soltou o ar com força, lutando contra o impulso de lhe dizer a mesma coisa que vivia repetindo a seus alunos: "*Google*" *não é sinônimo de* "*pesquisa*". Nessa época de buscas em massa de palavras-chave na internet, parecia que tudo estava ligado a tudo. O mundo estava se transformando em uma grande e embaralhada rede de informações cuja densidade aumentava a cada dia.

Langdon manteve um tom de voz paciente.

– Não estou surpreso com o fato de os maçons terem aparecido na pesquisa da sua equipe. Eles são um vínculo óbvio entre Peter Solomon e vários assuntos esotéricos.

– Sim – disse Sato –, o que me faz questionar por que o senhor ainda não mencionou a Maçonaria. Afinal de contas, professor, o senhor vem falando sobre um conhecimento secreto protegido por uns poucos iluminados. Soa bem maçônico, não?

– Sim... e soa também como vários outros grupos esotéricos, como a Ordem Rosa-cruz, a Cabala e os Alumbrados.

– Mas Peter Solomon é maçom... e um maçom muito poderoso, ainda por cima. Me parece natural pensar nos maçons quando falamos sobre segredos. Só Deus sabe quanto eles amam os deles.

Langdon podia ouvir a desconfiança na voz dela.

– Se a senhora quer saber alguma coisa sobre os maçons, é muito melhor perguntar a eles.

– Na verdade – disse Sato –, prefiro perguntar a alguém em quem eu confie.

Langdon considerou aquele comentário ao mesmo tempo ignorante e ofensivo.

– Para seu governo, minha senhora, toda a filosofia maçônica se baseia nos conceitos de honestidade e integridade. Os maçons estão entre os homens mais dignos de confiança que a senhora jamais poderia sonhar em conhecer.

– Já tive provas do contrário.

A cada segundo que passava, Langdon gostava menos da diretora Sato. Havia passado anos escrevendo sobre a rica tradição maçônica de iconografia e símbolos metafóricos, e sabia que a Maçonaria tinha sido uma das organizações mais injustamente demonizadas e mal compreendidas do mundo. Regularmente acusados de todo tipo de coisa, de culto ao demônio até conspiração para formar um governo único mundial, os maçons tinham também uma política de nunca reagir às críticas, o que os tornava um alvo fácil.

– Não importa – disse Sato em tom mordaz –, estamos novamente em um impasse, Sr. Langdon. Parece-me que ou o senhor está deixando passar alguma coisa... ou está me escondendo algo. O homem com quem estamos lidando disse que Peter Solomon o escolheu. – Ela encarou Langdon com um olhar frio. – Acho que está na hora de transferirmos esta conversa para a sede da CIA. Quem sabe lá tenhamos mais sorte.

Langdon mal registrou a ameaça de Sato. Ela havia acabado de dizer algo que ficara cravado em sua mente. *Peter Solomon o escolheu.* Esse comentário, aliado à menção aos maçons, causara um efeito estranho em Langdon. Ele baixou os olhos para o anel no dedo de Peter. Aquele era um dos objetos mais estimados do seu amigo – uma herança da família Solomon que trazia o símbolo da fênix de duas cabeças, o maior ícone místico do saber maçônico. O ouro cintilou sob a luz, despertando uma antiga lembrança.

Langdon teve um sobressalto ao se lembrar do sussurro sinistro do captor de Peter. *O senhor realmente ainda não entendeu, não é? O motivo por que foi escolhido?*

Então, em um instante de terror, seus pensamentos entraram em foco e a névoa se dissipou.

Na mesma hora, o objetivo de sua presença ali ficou cristalino.

◆◆◆

A 16 quilômetros dali, enquanto dirigia rumo ao sul pela Suitland Parkway, Mal'akh sentiu uma vibração inconfundível no banco ao seu lado. Era o iPhone de Peter Solomon, que naquele dia havia se revelado uma poderosa ferramenta. O identificador visual de chamadas passara a exibir a imagem de uma atraente mulher de meia-idade com longos cabelos pretos.

CHAMADA – KATHERINE SOLOMON

Mal'akh sorriu, ignorando a ligação. *O destino me leva para mais perto.*

Ele havia atraído Katherine Solomon até sua casa por um único motivo – descobrir se ela possuía alguma informação que pudesse auxiliá-lo, talvez um segredo de família que o ajudasse a localizar o que buscava. Mas era óbvio que Peter não revelara nada sobre o que vinha guardando para si durante todos aqueles anos.

Mesmo assim, Mal'akh tinha descoberto outra coisa graças a Katherine. *Algo que rendeu a ela algumas horas a mais de vida hoje.* Katherine lhe confirmara que toda a sua pesquisa se encontrava em *um só* lugar, trancada na segurança de seu laboratório.

Preciso destruir tudo.

A pesquisa de Katherine estava prestes a abrir uma nova porta de compreensão e, quando isso acontecesse, mesmo que fosse somente uma frestinha, outras viriam. Seria apenas uma questão de tempo para que tudo mudasse. *Não posso deixar isso acontecer. O mundo precisa ficar como está... à deriva em meio à escuridão da ignorância.*

O iPhone emitiu um bipe, indicando que Katherine tinha deixado uma mensagem de voz. Mal'akh escutou o recado.

"Peter, sou eu de novo." A voz de Katherine soava preocupada. "Onde você está? Não consigo tirar minha conversa com o Dr. Abaddon da cabeça... e estou aflita. Está tudo bem? Por favor, me ligue. Estou no laboratório."

O recado terminou.

Mal'akh sorriu. *Katherine deveria se preocupar menos com o irmão e mais consigo mesma.* Ele saiu da Suitland Parkway e pegou a Silver Hill Road. Pouco mais de um quilômetro depois, no escuro, pôde ver a silhueta tênue do CAMS aninhado entre as árvores, à sua direita. O complexo todo era protegido por uma cerca alta de fita farpada.

Um prédio seguro? Mal'akh deu uma risadinha. *Sei de alguém que vai abrir a porta para mim.*

A revelação se abateu sobre Langdon feito uma onda.

Eu sei por que estou aqui.

Parado no centro da Rotunda, ele sentiu um poderoso impulso de se virar e sair correndo... da mão de Peter, do reluzente anel de ouro, dos olhos desconfiados de Sato e Anderson. Em vez disso, ficou exatamente onde estava, apertando com mais força a bolsa de viagem pendurada no ombro. *Preciso sair daqui.*

Seu maxilar se contraía à medida que sua memória repassava a cena daquela fria manhã em Cambridge, muitos anos atrás. Eram seis da manhã e Langdon estava entrando em sua sala de aula como sempre fazia depois das religiosas braçadas na piscina de Harvard. Os conhecidos cheiros de pó de giz e calefação a vapor o acolheram quando atravessou a soleira. Ele deu dois passos em direção à sua mesa, mas estacou.

Alguém o esperava ali – um cavalheiro elegante, de rosto aquilino e majestosos olhos cinzentos.

– Peter? – Langdon o encarou, chocado.

O sorriso de Peter Solomon cintilou na penumbra da sala.

– Bom dia, Robert. Surpreso com a minha visita? – Sua voz era suave mas potente.

Langdon se aproximou depressa e apertou calorosamente a mão do amigo.

– O que um sangue azul de Yale pode estar fazendo no campus de Harvard antes do raiar do dia?

– Missão secreta por trás das linhas inimigas – disse Solomon, rindo. Ele gesticulou em direção ao abdômen de Langdon. – As braçadas estão dando frutos. Você está em boa forma.

– Só estou tentando fazer você se sentir velho – disse Langdon, provocando-o. – Que bom ver você, Peter. O que houve?

– Uma curta viagem de negócios – respondeu o outro homem, correndo os olhos pela sala de aula deserta. – Desculpe aparecer assim de repente, Robert, mas só tenho uns poucos minutos. Precisava pedir uma coisa a você... pessoalmente. Um favor.

Essa é nova. Langdon se perguntou o que um simples professor universitário poderia fazer pelo homem que tinha tudo.

– O que você quiser – disse ele, grato pela oportunidade de ajudar alguém que tanto lhe dera, sobretudo quando a vida privilegiada de Peter fora marcada por tantas tragédias.

Solomon baixou a voz.

– Eu estava pensando se você consideraria a possibilidade de cuidar de uma coisa para mim.

Langdon revirou os olhos.

– Espero que não seja de Hércules. – Certa vez, durante uma de suas viagens, Peter pedira que o amigo tomasse conta de seu mastim de 70 quilos, chamado Hércules. Enquanto estava na casa de Langdon, o cachorro aparentemente sentiu saudades de seu brinquedo de couro preferido e saiu à procura de um substituto para afiar os dentes, encontrando algo à altura no escritório do professor: uma Bíblia do século XVII, escrita à mão em velino autêntico e ornada com iluminuras.

– Ainda estou atrás de outra para lhe dar, sabia? – disse Solomon, sorrindo acanhado.

– Deixa pra lá. Fico satisfeito que Hércules tenha tido um gostinho de religião.

Solomon deu uma risadinha, mas parecia disperso.

– Robert, eu vim procurar você porque gostaria que cuidasse de uma coisa bastante valiosa para mim. Eu a herdei faz algum tempo, mas não me sinto mais à vontade deixando-a em casa ou no escritório.

Langdon se sentiu desconfortável na mesma hora. Qualquer coisa "bastante valiosa" no mundo de Peter Solomon com certeza significava uma verdadeira fortuna.

– Que tal um cofre no banco? – *A sua família não é acionista de metade dos bancos dos Estados Unidos?*

– Isso envolveria papelada e funcionários de banco; prefiro que seja um amigo de confiança. E sei que você sabe guardar segredos. – Solomon pôs a mão no bolso e retirou um pequeno embrulho, entregando-o a Langdon.

Diante daquele preâmbulo dramático, Langdon esperava algo mais impressionante. O embrulho era uma pequena caixa em forma de cubo, com cerca de 5 centímetros de altura, envolta em um papel pardo desbotado e amarrada com barbante. A julgar pelo peso e pelo tamanho, o conteúdo parecia ser pedra ou metal. *Só isso?* Langdon revirou a caixa nas mãos, percebendo então que o barbante havia sido cuidadosamente preso na lateral com um lacre de cera em alto-relevo, como um édito antigo. O lacre portava uma fênix de duas cabeças com o número 33 gravado no peito – o símbolo tradicional do mais alto grau da Francomaçonaria.

– Francamente, Peter – disse Langdon, com um sorriso enviesado surgindo no rosto. – Você é o Venerável Mestre de uma loja maçônica, não o Papa. Vai começar a selar embrulhos com o seu anel agora?

Solomon baixou os olhos para o próprio anel de ouro e deu uma risadinha.

– Eu não lacrei esse pacote, Robert. Quem fez isso foi meu bisavô. Quase um século atrás.

A cabeça de Langdon se levantou de repente.

– O quê?

Solomon ergueu o anular.

– Este anel maçônico era dele. Depois disso foi do meu avô, depois do meu pai... e, por fim, meu.

Langdon suspendeu o pacote.

– O seu bisavô embrulhou isto aqui *um século* atrás e ninguém nunca abriu?

– Isso mesmo.

– Mas... por que não?

Solomon sorriu.

– Porque não chegou a hora.

Langdon o encarou sem entender.

– Hora de *quê*?

– Robert, eu sei que isso vai parecer estranho, mas quanto menos você souber, melhor. Apenas guarde esse embrulho em algum lugar seguro e, por favor, não conte a ninguém que eu o entreguei a você.

Langdon vasculhou os olhos de seu mentor em busca de uma centelha de humor. Solomon tinha uma tendência a dramatizar as coisas, e Langdon ficou imaginando se o amigo não o estava manipulando um pouco.

– Peter, tem certeza de que isso não é apenas um plano engenhoso para eu achar que algum antigo segredo maçônico me foi confiado, ficar curioso e decidir entrar para a irmandade?

– Os maçons não recrutam ninguém, Robert, você sabe disso. Além do mais, você já me disse que prefere continuar de fora.

Era verdade. Langdon tinha muito respeito pela filosofia e pelo simbolismo maçônicos, mas, mesmo assim, decidira nunca se iniciar. Os votos de confidencialidade da ordem o impediriam de falar sobre a Francomaçonaria com seus alunos. O mesmo motivo pelo qual Sócrates havia se recusado a participar formalmente dos Mistérios de Elêusis.

Contudo, enquanto olhava para a misteriosa caixinha com seu lacre maçônico, não pôde deixar de fazer a pergunta óbvia:

– Por que não deixar isto aqui aos cuidados de um dos seus irmãos maçônicos?

– Digamos apenas que meu instinto me diz que ele estará mais seguro *fora* da irmandade. E, por favor, não se deixe enganar pelo tamanho desse embrulho. Se o que meu pai me contou for verdade, ele contém algo de considerável poder. – Ele fez uma pausa. – Uma espécie de talismã.

Ele disse talismã? Por definição, um talismã era um objeto com poderes mágicos. Tradicionalmente, eram usados para dar sorte, afastar os maus espíritos ou auxiliar em antigos rituais.

– Peter, você *sabe* que os talismãs saíram de moda na Idade Média, não sabe?

Peter pousou a mão no ombro de Langdon com toda a paciência.

– Sei que parece estranho, Robert. Eu o conheço há muito tempo, e o seu ceticismo é uma das suas grandes forças como acadêmico. Mas também é sua maior fraqueza. Eu o conheço o suficiente para saber que você não é um homem a quem posso pedir para *acreditar*... apenas para *confiar*. Então agora estou pedindo que confie em mim quando digo que esse talismã é poderoso. Tenho informações de que ele pode dar ao seu dono a capacidade de criar ordem a partir do caos.

Langdon só conseguiu encará-lo fixamente. A ideia de "criar ordem a partir do caos" era um dos grandes axiomas maçônicos. *Ordo ab chao.* Ainda assim, era um absurdo afirmar que um talismã pudesse atribuir *qualquer* tipo de poder, muito menos o de criar ordem a partir do caos.

– Esse talismã – continuou Solomon – seria um perigo nas mãos erradas, e infelizmente tenho motivos para crer que pessoas poderosas querem roubá-lo de mim. – Até onde se lembrava, Langdon jamais tinha visto tamanha seriedade nos olhos de Peter. – Gostaria que você o mantivesse seguro para mim por algum tempo. Pode fazer isso?

À noite, já em casa, Langdon ficou sentado sozinho à mesa da cozinha diante do embrulho, tentando imaginar o que poderia haver lá dentro. No final das contas, pôs tudo aquilo na conta da excentricidade de Peter, trancou o pacote no cofre de sua biblioteca e acabou se esquecendo dele por completo.

Quer dizer... até a manhã daquele dia.

O telefonema do homem com o sotaque sulista.

– Ah, professor, quase me esqueci! – dissera o assistente depois de lhe transmitir os detalhes sobre sua viagem até Washington. – O Sr. Solomon pediu mais uma coisa.

– Sim? – retrucou Langdon, já pensando na palestra que acabara de concordar em fazer.

– Ele deixou um recado para o senhor. – O homem começou a ler com dificuldade, como se estivesse tentando decifrar a caligrafia de Peter. – "Por favor, peça a Robert... que traga... o pequeno embrulho lacrado que lhe entreguei muitos anos atrás." – O homem fez uma pausa. – Isso faz algum sentido para o senhor?

Langdon ficou surpreso ao recordar a caixinha que passara aquele tempo todo guardada dentro de seu cofre.

– Na verdade, faz, sim. Eu sei a que Peter está se referindo.

– E pode trazer?

– Claro. Diga a ele que vou levar.

– Maravilha. – O assistente pareceu aliviado. – Boa palestra hoje à noite. E boa viagem.

Antes de sair de casa, Langdon havia retirado o embrulho do fundo de seu cofre, colocando-o dentro da bolsa de viagem.

Agora, estava parado dentro do Capitólio dos Estados Unidos, certo apenas de uma coisa. Peter Solomon ficaria horrorizado se soubesse quão gravemente Langdon o havia decepcionado.

CAPÍTULO **25**

Meu Deus, Katherine tinha razão. *Como sempre.*

Pasma, Trish Dunne encarava os resultados do *spider* de busca que se materializavam no telão de plasma à sua frente. Tinha duvidado de que a busca fosse produzir *qualquer* resultado, mas, na verdade, ela já somava mais de uma dezena de ocorrências. E outras continuavam a chegar.

Uma delas em especial parecia bastante promissora.

Trish se virou e gritou na direção da biblioteca:

– Katherine? Acho que você vai querer ver isto aqui!

Há alguns anos que Trish não usava um *spider* de busca como aquele, e os resultados daquela noite a deixaram espantada. *Poucos anos atrás, esta busca não teria dado em nada.* Agora, no entanto, parecia que a quantidade de material digital disponível para pesquisa no mundo havia explodido a ponto de ser possível encontrar literalmente qualquer coisa. E o que era mais incrível: uma das palavras-chave era um termo do qual Trish nunca tinha ouvido falar... e a busca havia encontrado *até mesmo* isso.

Katherine atravessou correndo a porta da sala de controle.

– O que você encontrou?

– *Uma porção* de candidatos. – Trish gesticulou na direção do telão de plasma.
– Cada um desses arquivos contém todas as suas expressões-chave *ipsis litteris*.

Katherine ajeitou os cabelos atrás da orelha e examinou a lista.

– Antes de você se animar demais – acrescentou Trish –, posso lhe garantir que a maioria desses documentos *não* é o que você está procurando. Eles são o que nós chamamos de buracos negros. Olhe só o tamanho dos arquivos. São absolutamente enormes. Parecem pastas compactadas de milhões de e-mails, gigantescas coleções de enciclopédias em versão integral, fóruns globais ativos há muitos anos e assim por diante. Por causa do tamanho e do conteúdo diversificado, esses arquivos contêm tantas palavras-chave potenciais que atraem qualquer ferramenta de busca que chegue perto deles.

Katherine apontou para uma das ocorrências perto do início da lista.

– E *este* aqui?

Trish sorriu. Sua chefe estava um passo à frente, e havia encontrado o único arquivo pequeno da lista.

– Olhos de águia. Pois é, esse é o nosso único candidato de verdade até agora. Esse arquivo é *tão* pequeno que não pode ter mais que uma página ou algo assim.

– Abra-o, por favor – pediu Katherine.

Trish nunca imaginaria que um arquivo de uma página pudesse conter *todos* os estranhos *strings* de pesquisa que Katherine tinha lhe passado. No entanto, quando clicou para abrir o arquivo, as expressões-chave estavam... cristalinas e fáceis de encontrar no texto.

Katherine chegou mais perto, seus olhos cravados no telão de plasma.

– Mas esse arquivo foi... *editado*?

Trish aquiesceu.

– Bem-vinda ao mundo dos textos digitalizados.

A edição automática havia se tornado prática corriqueira na produção de textos digitalizados. Era um processo no qual um servidor permitia ao usuário pesquisar o texto inteiro, mas depois só revelava uma pequena parcela deste, uma espécie de *teaser*, apenas o texto imediatamente adjacente às expressões--chave requisitadas. Ao omitir a maior parte do texto, o servidor evitava a violação da lei de direitos autorais, além de transmitir ao usuário uma mensagem intrigante: *Eu tenho a informação que você está procurando, mas, se quiser, vai ter que pagar por ela.*

– Como você pode ver – disse Trish, usando a barra de rolagem para percorrer a página extremamente resumida –, o documento contém todas as suas expressões-chave.

Katherine ficou encarando o arquivo editado em silêncio.

Trish lhe deu um minuto e então subiu novamente até o topo da página. Todas as expressões-chave de Katherine estavam sublinhadas e em maiúsculas, acompanhadas por uma pequena amostra de texto – as duas palavras que antecediam e as duas que sucediam a expressão requisitada.

███████████████████████████████████████
███████████████████████████████████████
████████ uma localização <u>SUBTERRÂNEA</u> secreta onde ██
█████████████████████████ ... ████████
███████████████████████████████████████
██████████████████████ lugar em <u>WASHINGTON, D.C.,</u>
as coordenadas ████████████████████████
█████████████████████ ... ██████████████
███████████████████████████████████████
████████ revelou um <u>ANTIGO PORTAL</u> que conduzia
███████████████████████████████████████
█████████████ ... ██████████████████████
███████████████████████████████████████
████████ que a <u>PIRÂMIDE</u> reserva perigosas ████
██████████████████ ... ██████████████████
███████████████████████ decifrar esse <u>SYMBOLON</u>
<u>GRAVADO</u> para revelar ████████████████████
███████████████████████████████████████
███████████████████████████████████████
███████████████████████████████████████

Trish nem imaginava a que podia se referir aquele arquivo. *E que raios quer dizer "symbolon"?*

Katherine se aproximou ainda mais do monitor, ansiosa.

– De onde veio esse arquivo? Quem o escreveu?

Trish já estava buscando as respostas.

– Só um segundo. Estou tentando rastrear a origem.

– Preciso saber quem escreveu isso – repetiu Katherine, ríspida. – Preciso ver o *resto*.

– Estou tentando – disse Trish, surpresa com o tom da chefe.

Estranhamente, o local onde o arquivo estava armazenado não exibia um endereço convencional da web, mas sim um endereço numérico de IP, ou Protocolo de Internet.

– Não consigo exibir o IP – disse Trish. – O nome do domínio não está aparecendo. Espere aí. – Ela fez surgir sua janela de terminal. – Vou rodar um *traceroute*.

Trish digitou a sequência de comandos para dar um *ping* e rastrear a rota entre o computador da sua sala de controle e qualquer que fosse a máquina que estivesse armazenando aquele arquivo.

– Rastreando – disse ela, executando o comando.

As ferramentas de rastreamento de rota eram extremamente velozes, e uma longa lista de servidores surgiu quase no mesmo instante no telão de plasma. Trish foi descendo a lista... percorrendo o caminho de roteadores e *switches* que conectavam sua máquina a...

Mas que inferno! A ferramenta havia parado antes de chegar ao servidor do arquivo. Por algum motivo, o seu *ping* tinha batido em um servidor que o engolira em vez de mandá-lo de volta.

– Parece que o meu *traceroute* ficou bloqueado – disse Trish. *Mas será possível?*

– Execute de novo.

Trish acionou outro *traceroute* e obteve o mesmo resultado.

– Nada. Beco sem saída. É como se esse arquivo estivesse em um servidor impossível de rastrear. – Ela olhou para os últimos dados obtidos antes de a sequência se interromper. – Mas *uma coisa* eu posso dizer: ele está situado em algum lugar na capital.

– Está brincando.

– Não é nenhuma surpresa – disse Trish. – Esses *spiders* de busca se propagam geograficamente em espiral, o que significa que os primeiros resultados sempre são próximos. Além disso, um dos seus *strings* de pesquisa foi "Washington, D.C.".

– E que tal uma busca no Whois? – sugeriu Katherine, referindo-se ao site de pesquisas de domínio por meio do endereço de IP. – Não diria a quem pertence o domínio?

Meio coisa de leigo, mas não é má ideia. Trish acessou o Whois e fez uma busca do IP, esperando que os números cifrados correspondessem a algum domínio existente. Sua frustração agora se misturava a uma curiosidade cada vez maior. *Quem está com esse arquivo?* Os resultados do Whois apareceram logo, sem encontrar nada, e Trish ergueu as mãos num gesto de derrota.

– É como se esse endereço de IP não existisse. Não consigo encontrar nenhuma informação sobre ele.

– É óbvio que o IP *existe*. Nós acabamos de pesquisar um arquivo armazenado nele!

É verdade. No entanto, quem quer que possuísse aquele arquivo aparentemente preferia não revelar sua identidade.

– Não sei muito bem o que dizer. Rastreamento de sistemas na verdade não é minha especialidade e, a menos que você queira ligar para alguém com talentos de hacker, eu não sei o que fazer.

– Você conhece alguém?

Trish se virou para encarar a chefe.

– Katherine, eu estava brincando. Não é exatamente uma boa ideia.

– Mas as pessoas fazem isso? – Ela verificou o relógio.

– Hã, sim... o tempo todo. Tecnicamente falando, é bem fácil.

– Quem você conhece?

– Que seja hacker? – Trish deu uma risada nervosa. – Tipo metade dos caras do meu antigo emprego.

– Alguém em quem você confie?

Ela está falando sério? Trish podia ver que sim, e muito.

– Bom, sim – respondeu ela depressa. – Conheço um cara para quem poderíamos ligar. Ele era nosso especialista em segurança de sistemas... um nerd de carteirinha. Queria sair comigo, o que era meio constrangedor, mas é um cara legal e eu confio nele. Além disso, ele trabalha como freelance.

– Ele sabe ser discreto?

– Ele é hacker. É claro que sabe ser discreto. É o trabalho dele. Mas tenho certeza de que iria querer pelo menos mil pratas só para olhar...

– Ligue para ele. Ofereça o dobro se os resultados saírem rápido.

Trish não sabia o que a deixava mais desconfortável: ajudar Katherine Solomon a contratar um hacker... ou ligar para um cara que provavelmente ainda achava inacreditável que uma analista de metassistemas ruiva, baixinha e gorducha pudesse resistir a suas investidas românticas.

– Tem certeza disso?

– Pode usar o telefone da biblioteca – disse Katherine. – O número é protegido. E não diga meu nome, claro.

– Está bem. – Trish se encaminhou para a porta, mas parou ao ouvir o toque do iPhone de Katherine. Com sorte, a mensagem de texto que havia acabado de chegar continha alguma informação capaz de livrá-la daquela tarefa desagradável. Ela esperou Katherine retirar o iPhone do bolso do jaleco e olhar para a tela.

◆ ◆ ◆

Katherine sentiu uma onda de alívio ao ver o nome escrito em seu iPhone. *Finalmente.*

PETER SOLOMON

– É um torpedo do meu irmão – disse ela, relanceando os olhos para Trish. O rosto de Trish se encheu de esperança.

– Então talvez devêssemos perguntar a ele sobre essa história toda... antes de ligar para um hacker?

Katherine olhou para o documento editado no telão de plasma e ouviu a voz do Dr. Abaddon. *Aquilo que seu irmão acredita que está escondido na capital... pode ser encontrado.* Ela não sabia mais no que acreditar, e aquele documento continha informações sobre as ideias estapafúrdias que aparentemente haviam se tornado uma obsessão para Peter.

Katherine fez que não com a cabeça.

– Eu quero saber quem escreveu isso e onde o arquivo está armazenado. Pode ligar.

Meio desanimada, Trish encaminhou-se para a porta.

Quer aquele arquivo pudesse ou não desvendar o que estava por trás da história que Peter havia contado ao Dr. Abaddon, pelo menos *um* mistério fora solucionado naquele dia, pensou Katherine. Seu irmão finalmente havia aprendido a usar a função de mensagens de texto do iPhone que ela lhe dera de presente.

– E avise a imprensa – disse Katherine enquanto Trish saía. – O grande Peter Solomon acaba de mandar seu primeiro torpedo.

No estacionamento de um pequeno centro comercial em frente ao CAMS, Mal'akh estava em pé ao lado de sua limusine, esticando as pernas e esperando o telefonema que, não tinha dúvidas, receberia em breve. Havia parado de chover e uma lua de inverno começara a surgir entre as nuvens. A mesma lua que o iluminara através da claraboia da Casa do Templo durante sua iniciação três meses antes.

O mundo parece diferente hoje à noite.

Enquanto ele esperava, sua barriga tornou a roncar. O jejum de dois dias, embora desconfortável, era essencial para sua preparação. Esse era o costume antigo. Logo todos os desconfortos físicos já não teriam a menor importância.

No ar frio da noite, Mal'akh deu uma risadinha ao ver que o *destino* o fizera parar, de forma bastante irônica, bem em frente a uma pequena igreja. Ali, entre uma clínica dentária e um mercadinho, aninhava-se um minúsculo santuário.

CASA DA GLÓRIA DE DEUS.

Mal'akh olhou para o letreiro com a doutrina da Igreja: NÓS ACREDITAMOS QUE JESUS CRISTO FOI CONCEBIDO PELO ESPÍRITO SANTO, QUE NASCEU DA VIRGEM MARIA E QUE É AO MESMO TEMPO HOMEM E DEUS.

Mal'akh sorriu. *Sim, Jesus é de fato as duas coisas – homem e Deus –, mas ter nascido de uma virgem não é pré-requisito para a divindade. Não é assim que acontece.*

O toque de um celular varou o silêncio da noite, fazendo sua pulsação se acelerar. Era o telefone *de Mal'akh* – um aparelho barato e descartável que ele havia comprado na véspera. O identificador de chamadas mostrava que era a ligação que ele estava esperando.

Uma chamada local, ponderou Mal'akh, olhando para o outro lado da Silver Hill Road, em direção à silhueta indistinta, iluminada pelo luar, de um telhado em zigue-zague que se erguia acima das copas das árvores. Mal'akh abriu o telefone.

– Dr. Abaddon falando – disse ele, forçando a voz a ficar mais grave.

– É Katherine – respondeu a voz de mulher. – Finalmente tive notícias do meu irmão.

– Ah, que alívio. Como ele está?

– Está a caminho do meu laboratório agora mesmo – disse Katherine. – Na verdade, ele sugeriu que você se juntasse a nós.

– Como? – Mal'akh fingiu hesitar. – No seu laboratório?

– Ele deve confiar muito em você. Nunca convida *ninguém* a vir aqui.

– Talvez ele ache que uma visita possa facilitar as nossas conversas, mas fico me sentindo um intruso.

– Se meu *irmão* está dizendo que você é bem-vindo, então você é bem-vindo. Além do mais, ele falou que tem muitas coisas para nos contar, e eu adoraria entender direito o que está acontecendo.

– Então está bem. *Onde* exatamente fica o seu laboratório?

– No Centro de Apoio dos Museus Smithsonian. Você sabe onde é?

– Não – disse Mal'akh, olhando para o complexo do outro lado da rua. – Mas estou no carro agora e tenho um GPS. Qual é o endereço?

– Silver Hill Road, 4.210.

– Certo, espere um instante. Vou digitá-lo aqui. – Mal'akh aguardou 10 segundos e então tornou a falar. – Ah, que bom, parece que fica mais perto do que eu pensava. Segundo o GPS, estou a uns 10 minutos daí.

– Ótimo. Vou ligar para a guarita e avisar que está chegando.

– Obrigado.

– Até daqui a pouco.

Mal'akh guardou o telefone descartável no bolso e olhou na direção do CAMS. *Será que foi grosseria eu me convidar?* Sorrindo, sacou o iPhone de Peter Solomon e admirou a mensagem de texto que tinha mandado para Katherine minutos antes.

> Recebi suas mensagens. Está tudo bem. Dia cheio. Esqueci consulta com Dr. Abaddon. Desculpe não ter falado nele antes. Longa história. Estou indo para o laboratório. Peça ao Dr. Abaddon que nos encontre lá, se puder. Confio totalmente nele e tenho muito a dizer a vocês dois. – Peter

Conforme o esperado, o iPhone de Peter apitou em seguida com a resposta de Katherine.

> peter, parabéns por aprender a mandar torpedos! aliviada por você estar bem. falei com o Dr. A. e ele está vindo. até já! – k

Segurando com firmeza o iPhone de Solomon, Mal'akh se agachou ao lado da limusine e posicionou o aparelho entre o pneu dianteiro e o asfalto. Aquele telefone tinha sido muito útil... mas já estava na hora de evitar que pudessem rastreá-lo. Ele se sentou no banco do motorista, ligou o carro e avançou até ouvir o estalo nítido do iPhone se partindo.

Depois Mal'akh desligou novamente o carro e olhou para a silhueta distante do CAMS. *Dez minutos.* O imenso depósito de Peter Solomon abrigava mais de 30 milhões de tesouros, mas Mal'akh tinha ido até ali aquela noite para destruir apenas os dois mais valiosos.

A pesquisa de Katherine Solomon.

E a própria Katherine Solomon.

CAPÍTULO **26**

– **Professor Langdon?** – disse Sato. – O senhor parece ter visto um fantasma. Está tudo bem?

Langdon puxou a bolsa de viagem mais para cima do ombro e colocou a mão sobre ela, como se de alguma forma isso pudesse ocultar o pacote em forma de cubo que ele estava carregando. Podia sentir que seu rosto tinha ficado pálido.

– Eu só estou... preocupado com Peter.

Sato inclinou a cabeça, olhando enviesado para ele.

Langdon teve um súbito receio de que o envolvimento de Sato naquela noite pudesse ter alguma relação com o pequeno embrulho que Solomon lhe havia confiado. Peter tinha avisado a Langdon: *Pessoas poderosas vão tentar roubar isso. Seria perigoso nas mãos erradas.* Langdon não podia imaginar por que a CIA iria querer uma caixinha contendo um talismã... ou aquilo que ele poderia se tornar. *Ordo ab chao?*

Sato chegou mais perto, examinando-o com os olhos negros.

– Sinto que o senhor teve uma revelação, estou certa?

Langdon percebeu que estava suando.

– Não, não exatamente.

– Em que está pensando?

– Eu só... – Langdon hesitou, sem ter a menor ideia do que dizer. Não pretendia revelar a existência do pacote, mas, se Sato o levasse para a CIA, sua bolsa provavelmente seria revistada na entrada.

– Na verdade – mentiu ele –, tive outra ideia em relação ao número na mão de Peter.

A expressão de Sato nada revelou.

– Sim? – Ela olhou de esguelha para Anderson, que estava voltando depois de receber a equipe de criminalística que finalmente chegara.

Langdon engoliu em seco e se agachou ao lado da mão, perguntando-se o que poderia inventar para lhes dizer. *Você é professor, Robert – improvise!* Deu uma última olhada nos sete símbolos diminutos, torcendo para ter algum tipo de inspiração.

Nada. Branco total.

À medida que a memória fotográfica de Langdon ia percorrendo sua enciclopédia mental de símbolos, ele só conseguiu encontrar uma coisa para dizer. Era algo que havia lhe ocorrido inicialmente, mas que parecia improvável. No momento, porém, ele precisava ganhar tempo para pensar.

– Bem – começou ele –, para um simbologista, a primeira pista de que ele está no caminho errado ao decifrar símbolos e códigos é quando começa a interpretá-los usando linguagens simbólicas múltiplas. Por exemplo, quando eu lhes disse que este texto estava escrito em romano e arábico, fiz uma análise ruim, pois usei mais de um sistema simbólico. O mesmo vale para algarismos romanos e runas.

Sato cruzou os braços e arqueou as sobrancelhas como quem diz: "Continue."

– Em geral, as comunicações são feitas em *uma* linguagem, não em várias, então a primeira tarefa de um simbologista diante de qualquer texto é encontrar um *único* sistema simbólico coerente que se aplique a ele como um todo.

– E o senhor está vendo um sistema único agora?

– Bem, sim... e não. – A experiência de Langdon com a simetria rotacional dos ambigramas lhe ensinara que os símbolos às vezes tinham significados diferentes dependendo do ângulo em que eram vistos. No caso em questão, ele percebeu que havia de fato um modo de ver todos os sete símbolos como uma mesma língua. – Se manipularmos um pouco a mão, a linguagem se tornará coerente. – De forma sinistra, a manipulação que Langdon estava prestes a realizar parecia já ter sido sugerida pelo sequestrador de Peter, quando ele mencionou o antigo adágio hermético. *Assim em cima como embaixo.*

Langdon sentiu um calafrio ao estender o braço para segurar a base de madeira em que a mão de Peter estava presa. Delicadamente, virou a base de cabeça para baixo, de forma que os dedos estendidos de Peter passaram a apontar para o chão. Os símbolos impressos na palma se transformaram no mesmo instante.

– Deste ângulo – disse Langdon –, o X-I-I-I se torna um algarismo romano *válido*: 13. Além disso, o restante dos caracteres pode ser interpretado usando o alfabeto romano: SBB. – Langdon imaginou que sua análise fosse provocar muxoxos desinteressados, mas a expressão de Anderson mudou imediatamente.

– SBB? – perguntou o chefe.

Sato se virou para Anderson.

– Se não me engano, isso parece um sistema de numeração bem conhecido aqui no Capitólio.

Anderson estava pálido.

– É.

Sato abriu um sorriso amargo e meneou a cabeça para Anderson.

– Chefe, venha comigo, por favor. Gostaria de uma palavrinha em particular.

Enquanto a diretora Sato conduzia o chefe Anderson para um lugar em que não pudessem ser ouvidos, Langdon ficou parado sozinho, sem conseguir acreditar naquilo. *Que diabos está acontecendo aqui? E o que é SBB XIII?*

O chefe Anderson se perguntava se haveria alguma forma de aquela noite ficar mais estranha. *A mão está dizendo SBB13?* Ele estava pasmo que alguma pessoa de fora sequer tivesse ouvido falar em SBB... quanto mais em SBB13. Pelo jeito, o indicador de Peter Solomon não os estava conduzindo para cima, como pareceu no começo, mas apontando justamente na direção oposta.

A diretora Sato conduziu Anderson até uma área sem movimento, perto da estátua de bronze de Thomas Jefferson.

– Chefe – disse ela –, imagino que o senhor saiba exatamente onde fica a SBB13.

– Claro.

– Sabe o que tem lá dentro?

– Não, assim de cabeça, não. Acho que não é usada há décadas.

– Bem, o senhor vai abri-la para mim.

Anderson não gostava que lhe dissessem o que fazer em seu próprio prédio.

– Diretora, não é tão simples assim. Primeiro vou ter que verificar a lista dos usuários... Como a senhora sabe, a maior parte dos níveis inferiores é ocupada por salas particulares ou depósitos, e o protocolo de segurança em relação ao uso privado...

– O senhor vai destrancar a SBB13 para mim – disse Sato –, ou então eu vou ligar para o ES e chamar uma equipe com uma marreta para derrubar a porta.

Depois de encarar a diretora longamente, Anderson sacou o rádio e levou-o em direção à boca.

– Aqui é Anderson. Preciso que destranquem o SBB para mim. Mande alguém me encontrar lá em cinco minutos.

A voz que respondeu soou confusa.

– Chefe, confirmando, o senhor disse SBB?

– Correto. SBB. Mande alguém agora mesmo. E vou precisar de uma lanterna. – Ele guardou o rádio. O coração de Anderson disparou quando Sato chegou bem perto dele, abaixando ainda mais a voz.

– Chefe, o tempo é curto – sussurrou ela –, e eu quero que o senhor nos faça descer até a SBB13 o mais rápido possível.

– Sim, senhora.

– Também preciso de outra coisa do senhor.

Além de arrombamento seguido de invasão? Anderson não estava em condições de protestar, mas não lhe passara despercebido que Sato havia chegado ali poucos minutos depois de a mão de Peter aparecer na Rotunda e que ela agora estava usando a situação para exigir acesso a áreas privadas do Capitólio. Naquela noite, a diretora estava tão à frente deles que parecia estar traçando o caminho.

Sato gesticulou para o outro lado da sala, na direção do professor.

– Está vendo aquela bolsa de viagem no ombro de Langdon?

Anderson olhou para lá.

– O que tem?

– Suponho que ela tenha passado pelo equipamento de raios X quando entrou no prédio.

– Claro. Todas as bolsas são verificadas.

– Eu quero ver esse raio X. Preciso saber o que há lá dentro.

Anderson olhou para a bolsa que Langdon carregara a noite inteira para lá e para cá.

– Mas... não seria mais fácil simplesmente pedir a ele?

– Qual foi a parte do meu pedido que não ficou clara?

Anderson tornou a sacar o rádio e transmitiu o pedido da diretora. Sato lhe deu o endereço de e-mail do seu BlackBerry e solicitou que a cópia digital do raio X fosse enviada o mais rápido possível. Com relutância, Anderson concordou.

Àquela altura, a equipe de criminalística estava levando a mão cortada para a polícia do Capitólio, mas Sato ordenou que ela fosse entregue diretamente à sua equipe em Langley. Anderson estava cansado demais para protestar. Tinha acabado de ser atropelado por um rolo compressor japonês.

– E eu quero aquele anel – exclamou Sato na direção dos peritos.

O chefe da perícia parecia prestes a questioná-la, mas mudou de ideia. Retirou o anel de ouro da mão de Peter, colocou-o dentro de um saco plástico transparente e entregou-o a Sato. A diretora o guardou no bolso do blazer e em seguida se virou para Langdon.

– Estamos de saída, professor. Traga suas coisas.

– Para onde nós vamos? – retrucou Langdon.

– Apenas siga o Sr. Anderson.

Isso mesmo, pensou Anderson, *e bem de perto*. O SBB era uma área do Capitólio que poucos já haviam visitado. Para chegar lá, eles teriam de atravessar um vasto labirinto de pequenas câmaras e corredores estreitos enterrados sob a cripta. O filho caçula de Abraham Lincoln, Tad, certa vez quase morreu ao se perder lá embaixo. E Anderson estava começando a desconfiar que, se as coisas corressem como Sato queria, Robert Langdon talvez tivesse um destino semelhante.

CAPÍTULO **27**

O especialista em segurança de sistemas Mark Zoubianis sempre se orgulhava da própria capacidade de desempenhar múltiplas tarefas. Naquele momento, estava sentado em seu futon com um controle de TV, um telefone sem fio, um laptop, um palm e uma tigela grande de salgadinhos. Com um olho grudado no jogo dos Redskins – que acabara de colocar no mudo – e outro no laptop, Zoubianis falava em seu microfone Bluetooth com uma mulher de quem não tinha notícias havia um ano.

Só Trish Dunne mesmo para ligar na noite de um play-off.

Confirmando mais uma vez sua falta de traquejo social, a ex-colega havia achado que o jogo dos Redskins era o momento perfeito para passar uma cantada em Zoubianis e lhe pedir um favor. Depois de jogar um pouco de conversa fora sobre os velhos tempos e sobre como sentia saudades das suas ótimas piadas, Trish disse finalmente o que queria: estava tentando descobrir um endereço de IP oculto, provavelmente de um servidor seguro na área de Washington. O servidor continha um pequeno documento de texto que ela desejava acessar. Se isso não fosse possível, queria informações sobre quem era o dono do arquivo.

Cara certo, hora errada, ele lhe respondera. Trish então o cobriu de elogios, sendo que a maioria era verdade mesmo, e quando Zoubianis se deu conta já estava digitando em seu laptop um endereço de IP de aspecto estranho.

Zoubianis deu uma olhada no número e na mesma hora ficou apreensivo.

– Trish, esse IP tem um formato esquisito. Está escrito em um protocolo que ainda nem está disponível para o público. Provavelmente inteligência do governo ou militar.

– Militar? – Trish riu. – Acredite, eu acabei de acessar um arquivo editado desse servidor, e ele *não era* militar.

Zoubianis acessou sua janela de terminal e tentou um *traceroute*.

– Você disse que o seu rastreador morreu?

– Sim. Duas vezes. No mesmo ponto.

– O meu também. – Ele acessou um programa de diagnóstico e o inicializou. – E o que esse IP tem de tão interessante?

– Eu executei um delegador que acessou uma ferramenta de busca nesse IP e encontrou um arquivo editado. Preciso ver o resto desse arquivo. Eu não me importaria de pagar por ele, mas não consigo descobrir quem é o proprietário do IP nem como acessá-lo.

Zoubianis franziu o cenho para o monitor.

– Tem certeza disso? Estou fazendo um diagnóstico e o código desse *firewall* parece... coisa muito séria.

– É por isso que você vai ganhar uma bolada.

Zoubianis pensou um pouco. Era uma fortuna por um trabalho fácil.

– Só uma pergunta, Trish. Por que você está tão interessada nisso?

Trish demorou um pouco para responder.

– Estou fazendo um favor para uma amiga.

– Deve ser uma amiga especial.

– É, sim.

Zoubianis deu uma risadinha e segurou a língua. *Eu sabia.*

– Olhe aqui – disse Trish, soando impaciente. – Você é bom o suficiente para identificar esse IP oculto? Sim ou não?

– Sim, eu sou bom o suficiente. E sim, eu sei que estou na palma da sua mão.

– Quanto tempo vai levar?

– Não muito – disse ele, digitando enquanto falava. – Devo precisar de uns 10 minutos mais ou menos para entrar em uma das máquinas dessa rede. Quando estiver lá dentro e souber o que estou vendo, ligo de volta.

– Obrigada. E aí, tudo bem com você?

Só agora ela pergunta?

– Trish, pelo amor de Deus, você me liga em noite de *play-off* e agora quer jogar conversa fora? Quer que eu entre nesse IP ou não?

– Obrigada, Mark, fico muito agradecida. Aguardo sua ligação.

– Quinze minutos. – Zoubianis desligou, pegou a tigela de salgadinhos e ligou o som da TV.

Mulheres.

CAPÍTULO **28**

Para onde estão me levando?

Enquanto apertava o passo para acompanhar Anderson e Sato rumo às profundezas do Capitólio, Langdon podia sentir o ritmo das batidas de seu coração aumentar a cada degrau que descia. Primeiro, passaram pelo pórtico oeste da Rotunda, depois desceram uma escadaria de mármore e, em seguida, andaram na direção contrária à que tinham vindo, atravessando um portal largo para entrar na célebre sala que ficava logo abaixo do chão da Rotunda.

A Cripta do Capitólio.

O ar ali era mais pesado e Langdon já estava se sentindo claustrofóbico. O teto baixo da cripta e a luz suave que vinha dele acentuavam a circunferência robusta das 40 colunas dóricas necessárias para sustentar o vasto piso de pedra diretamente acima de suas cabeças. *Relaxe, Robert.*

– Por aqui – disse Anderson, andando depressa ao dobrar para a esquerda no amplo espaço circular.

Felizmente, aquela cripta ali não abrigava nenhum corpo. Em vez disso, continha diversas estátuas, uma maquete do Capitólio e uma área rebaixada onde ficava guardado o estrado de madeira sobre o qual eram dispostos os caixões nos funerais de Estado. O grupo passou depressa por ali, sem um olhar que fosse para a estrela de quatro pontas no centro do piso onde outrora ardera a chama eterna.

Anderson parecia afobado e Sato estava novamente com o rosto enterrado no BlackBerry. Langdon tinha ouvido dizer que o sinal dos celulares era ampliado e transmitido para todos os cantos do prédio do Capitólio, de modo a possibilitar as centenas de ligações governamentais que trafegavam por ali diariamente.

Depois de atravessar a cripta na diagonal, o grupo adentrou um saguão fracamente iluminado e começou a serpentear por uma intrincada série de corredores e becos sem saída. O emaranhado de passagens tinha portas numeradas, cada qual exibindo um número de identificação. Enquanto seguiam seu caminho sinuoso, Langdon foi lendo o que estava escrito nas portas.

S154... S153... S152...

Não fazia a menor ideia do que havia atrás delas, mas pelo menos uma coisa agora parecia clara: o significado da tatuagem na palma da mão de Peter Solomon. SBB13 parecia se referir a uma porta numerada em algum lugar nas entranhas do Capitólio.

– O que são todas estas portas? – perguntou Langdon, apertando sua bolsa de viagem com força junto às costelas. Ele queria entender que relação poderia ter o pequeno embrulho de Solomon com uma porta na qual estava escrito SBB13.

– Salas e depósitos – respondeu Anderson. – Escritórios e depósitos *particulares* – acrescentou ele, relanceando os olhos para trás, na direção de Sato.

Sato sequer ergueu os olhos do BlackBerry.

– Parecem minúsculos – comentou Langdon.

– São armários metidos a besta, a maioria, mas mesmo assim é um dos metros quadrados mais cobiçados de Washington. Isto aqui é o coração do Capitólio original, e a antiga câmara do Senado fica dois andares acima de onde estamos.

– E a SBB13? – indagou Langdon. – É o escritório de quem?

– De ninguém. O SBB é uma área de depósito particular, e devo dizer que estou intrigado para saber como...

– Chefe Anderson – interrompeu Sato, sem tirar os olhos do BlackBerry. – Leve-nos até lá e pronto.

Anderson contraiu o maxilar e os guiou em silêncio pelo que agora parecia um híbrido de galpão de armazenagem e labirinto épico. Em quase todas as paredes, placas de sinalização apontavam para um lado e para o outro, aparentemente tentando indicar grupos específicos de salas em meio àquela rede de corredores.

S142 a S152...

ST1 a ST70...

H1 a H166 & HT1 a HT67...

Langdon duvidava que fosse capaz de encontrar sozinho a saída daquele lugar. *Isto aqui é um labirinto.* Até onde conseguia entender, os números das salas eram precedidos de *S* ou *H*, dependendo se estavam do lado do prédio correspondente ao Senado ou à House of Representatives, ou seja, a Câmara dos Representantes. As áreas designadas como ST e HT ficavam aparentemente em um nível que Anderson chamava de Terrace, um subsolo situado sob os terraços que cercavam o Capitólio.

Nem sinal de placa indicando SBB.

Por fim, chegaram diante de uma pesada porta de aço com um compartimento para inserir um cartão de acesso.

Nível SB

Langdon sentiu que estavam chegando perto.

Anderson fez menção de pegar o cartão de acesso, mas hesitou, parecendo desconfortável com as ordens de Sato.

– Chefe – instou a diretora. – Não temos a noite toda.

Com relutância, ele inseriu o cartão, destrancando a porta de aço. Depois a empurrou e todos entraram num saguão. A porta pesada se fechou atrás deles com um clique.

Langdon não tinha certeza do que esperava encontrar ali, mas certamente não era o que via à sua frente. Estava diante de uma escadaria que descia ainda mais.

– Vamos descer de novo? – perguntou, estacando. – Existe um nível abaixo da cripta?

– Sim – respondeu Anderson. – *SB* significa "Senate Basement". É o Subsolo do Senado.

Langdon gemeu. *Que ótimo.*

CAPÍTULO **29**

Os faróis que subiam a rampa de acesso arborizada do CAMS eram os primeiros que o segurança tinha visto na última hora. Diligente, ele abaixou o volume da TV portátil e guardou o lanche debaixo do balcão. *Péssima hora.* Os Redskins estavam completando sua primeira sequência de ataque, e ele não queria perder aquilo.

À medida que o carro se aproximava, o segurança verificou o nome no bloco de anotações à sua frente.

Dr. Christopher Abaddon.

Katherine Solomon tinha acabado de ligar para avisar à segurança sobre a chegada iminente daquele convidado. O vigia nem imaginava quem poderia ser aquele médico, mas aparentemente ele era muito bom no que fazia: estava chegando numa elegante limusine preta. O carro parou ao lado da guarita e a janela de vidraça escurecida do motorista desceu sem fazer ruído.

– Boa noite – disse o chofer, erguendo o quepe. Era um homem corpulento, de cabeça raspada. Estava escutando o jogo no rádio do carro. – Estou trazendo o Dr. Christopher Abaddon para encontrar a Sra. Katherine Solomon.

O segurança aquiesceu.

– Identidade, por favor.

O chofer pareceu surpreso.

– Desculpe, a Sra. Solomon não avisou?

O segurança tornou a aquiescer, olhando de relance para a TV.

– Mesmo assim preciso escanear e registrar a identidade dos visitantes. Sinto muito, é o regulamento. Preciso ver o documento do doutor.

– Sem problemas. – O chofer virou para trás e falou em voz baixa através da divisória que garantia a privacidade dos passageiros. Enquanto ele fazia isso, o segurança deu outra espiada no jogo. Os Redskins estavam entrando em formação e ele esperava liberar aquela limusine antes da jogada seguinte.

O chofer tornou a se virar para a frente e estendeu o documento que aparentemente acabara de receber pela divisória.

O segurança pegou a carteira de motorista e a escaneou rapidamente, incluindo-a no seu sistema. Ela fora emitida em Washington e pertencia a um tal de Christopher Abaddon, domiciliado em Kalorama Heights. A foto mostrava um senhor louro e atraente usando um blazer, uma gravata e um lenço dobrado no bolso da frente. *Que tipo de figura vai tirar carteira de motorista com um lenço dobrado no bolso do paletó?*

O segurança ouviu um grito de comemoração e virou para a TV bem a tempo de ver um jogador dos Redskins fazendo uma dancinha com o dedo apontado para o céu.

– Perdi – resmungou, tornando a se virar para a janela. – Tudo certo – disse, devolvendo a carteira para o chofer. – Pode passar.

Enquanto a limusine entrava, o segurança voltou a prestar atenção na TV, torcendo para passarem um replay.

Ao conduzir a limusine pela sinuosa rampa de acesso, Mal'akh não conseguiu conter um sorriso. Tinha sido muito fácil entrar no museu secreto de Peter Solomon. E mais prazeroso ainda: aquela era a segunda vez em 24 horas que Mal'akh invadia espaços exclusivos de Solomon. Na noite anterior, havia feito uma visita semelhante à residência dele.

Embora Solomon tivesse uma propriedade rural magnífica em Potomac, passava a maior parte do tempo na cidade, na cobertura do seu luxuoso edifício, o Dorchester Arms. O prédio, assim como boa parte dos que serviam de residência para os super-ricos, era uma verdadeira fortaleza. Muros altos. Guaritas. Listas de convidados. Estacionamento subterrâneo protegido.

Mal'akh tinha encostado àquela mesma limusine junto à guarita do prédio, erguido o quepe de motorista da cabeça raspada e afirmado:

– Estou trazendo o Dr. Christopher Abaddon. Ele é convidado do Sr. Peter Solomon. – Mal'akh pronunciara as palavras como se estivesse anunciando a chegada do duque de York.

O segurança verificou um registro e, em seguida, a identidade de Abaddon.

– Sim, estou vendo que o Sr. Solomon está esperando o Sr. Abaddon. – Ele apertou um botão e o portão se abriu. – O Sr. Solomon mora na cobertura. Peça para o seu convidado usar o *último* elevador à direita. Ele sobe até o último andar.

– Obrigado. – Mal'akh inclinou de leve o quepe e passou pela guarita.

Enquanto se dirigia aos fundos da garagem, olhou ao redor em busca de câmeras de segurança. Não viu nenhuma. Aparentemente, quem morava ali não era do tipo que arrombava carros nem que gostava de ser vigiado.

Mal'akh estacionou em um canto escuro perto dos elevadores, abaixou a divisória entre o compartimento do motorista e o dos passageiros e passou pela abertura até a parte de trás da limusine. Ali, livrou-se do quepe de chofer e colocou a peruca loura. Endireitando o paletó e a gravata, olhou-se no espelho para se certificar de que não havia borrado a maquiagem. Mal'akh não estava disposto a correr nenhum risco. Não naquela noite.

Esperei demais por isso.

Segundos depois, estava entrando no elevador particular. A subida até o último andar foi silenciosa e suave. Quando a porta se abriu, ele se viu em um hall de entrada elegante e privativo. Seu anfitrião já estava à sua espera.

– Dr. Abaddon, seja bem-vindo.

Mal'akh encarou os famosos olhos cinzentos do homem e sentiu o coração bater mais acelerado.

– Sr. Solomon, obrigado por me receber.

– Por favor, pode me chamar de Peter. – Os dois homens se cumprimentaram com um aperto de mãos. Quando suas palmas se tocaram, Mal'akh viu o anel de ouro maçônico na mão do homem mais velho... a mesma que certa vez havia apontado uma arma para ele. Uma voz sussurrou de seu passado distante. *Se você apertar esse gatilho, vou assombrá-lo para sempre.*

– Entre, por favor – disse Solomon, conduzindo Mal'akh até uma elegante sala de estar cujas amplas janelas proporcionavam uma vista estupenda do horizonte coberto de edifícios de Washington.

– É de chá este cheiro que estou sentindo? – perguntou Mal'akh ao entrar.

Solomon pareceu impressionado.

– Meus pais sempre recebiam convidados com chá. Eu mantive essa tradição. – Ele conduziu Mal'akh até a parte da sala em que um serviço de chá aguardava em frente à lareira. – Creme e açúcar?

– Puro, obrigado.

Solomon pareceu novamente impressionado.

– Um purista. – Ele serviu a ambos uma xícara de chá-preto. – Você disse que precisava conversar comigo sobre um assunto de natureza delicada e que só podia ser discutido em particular.

– Obrigado. Fico grato pelo seu tempo.

– Você e eu agora somos irmãos maçônicos. Temos um vínculo. Diga-me como posso ajudá-lo.

– Em primeiro lugar, eu gostaria de lhe agradecer pela honra do grau 33 alguns meses atrás. Isso significa muito para mim.

– Fico satisfeito, mas, por favor, saiba que essas decisões não são só minhas. Elas são tomadas por votação no Supremo Conselho.

– Claro. – Mal'akh desconfiava que Peter Solomon provavelmente votara contra ele, mas, entre os maçons, como em qualquer coisa na vida, dinheiro era poder. Depois de alcançar o grau 32 em sua própria loja, Mal'akh esperara apenas um mês para fazer uma doação de muitos milhões de dólares para caridade em nome da Grande Loja Maçônica. Esse ato espontâneo de altruísmo, conforme Mal'akh previra, havia bastado para lhe valer um rápido convite para integrar a elite do grau 33. *Ainda assim, até agora nenhum segredo me foi revelado.*

Apesar dos boatos de longa data – "Tudo é revelado no grau 33" –, ninguém lhe contara nada que fosse relevante para sua busca. Mas nunca havia esperado que fosse diferente. O círculo interno da Francomaçonaria continha círculos ainda menores... aos quais Mal'akh ainda iria levar muitos anos para ter acesso, se é que um dia teria. Mas não dava importância a isso. Sua iniciação cumprira seu objetivo. Algo único e singular acontecera dentro daquela Sala do Templo, algo que dera a Mal'akh poder sobre todos eles. *Eu não obedeço mais às suas regras.*

– Sabia – disse Mal'akh, tomando um gole do chá – que nós dois nos conhecemos muitos anos atrás?

Solomon fez cara de surpresa.

– É mesmo? Não me recordo.

– Faz bastante tempo... – *E Christopher Abaddon não é meu nome verdadeiro.*

– Sinto muito. Devo estar ficando velho. Pode me lembrar de onde eu o conheço?

Mal'akh sorriu uma última vez para o homem que mais detestava na face da Terra.

– É uma pena você não se lembrar.

Com um único movimento gracioso, Mal'akh tirou do bolso um pequeno instrumento e o estendeu para a frente, pressionando-o com força contra o peito do outro. Houve um clarão azul e pôde-se ouvir o nítido chiado da descarga de uma arma de choque, seguido por um arquejo de dor quando um milhão de volts de eletricidade percorreram o corpo de Peter Solomon. Seus olhos se esbugalharam e ele afundou inerte na cadeira. Mal'akh então se levantou, avultando-se sobre o outro homem, salivando feito um leão prestes a devorar a presa ferida.

Solomon arquejava, lutando para respirar.

Mal'akh viu medo nos olhos de sua vítima e se perguntou quantas pessoas já tinham visto o grande Peter Solomon se encolher de pavor. Saboreou aquela cena durante um longo minuto. Enquanto esperava o homem recuperar o fôlego, tomou um gole do chá.

Em meio a espamos, Solomon tentava falar.

– P... por quê? – ele conseguiu dizer por fim.

– Por que você acha? – perguntou Mal'akh.

Solomon parecia genuinamente perplexo.

– Você quer... dinheiro?

Dinheiro? Mal'akh riu e tomou outro gole de chá.

– Eu doei milhões de dólares aos maçons; não preciso de riquezas. – *Vim atrás de conhecimento, e ele me oferece riquezas.*

– Então... o que você quer?

– Você detém um segredo. Hoje à noite vai compartilhá-lo comigo.

Solomon se esforçou para erguer o queixo de modo a encarar Mal'akh nos olhos.

– Não estou... entendendo.

– Chega de mentiras! – gritou Mal'akh, avançando até ficar a poucos centímetros do homem paralisado. – Eu sei o que está escondido aqui em Washington.

Uma expressão desafiadora animava os olhos cinzentos de Solomon.

– Não faço ideia do que você está falando!

Mal'akh deu outro gole no chá e pousou a xícara sobre um porta-copos.

– Você me disse essas mesmas palavras há 10 anos, na noite em que sua mãe morreu.

Os olhos de Solomon se arregalaram.

– Você...?

– Ela não precisava ter morrido. Se você tivesse me dado o que eu pedi...

O rosto do homem mais velho se contorceu, transformando-se em uma máscara de horror na qual se misturavam reconhecimento... e incredulidade.

– Eu avisei – disse Mal'akh – que se você puxasse o gatilho eu iria assombrá-lo para sempre.

– Mas você está...

Mal'akh avançou, tornando a pressionar com força a arma de choque contra o peito de Solomon. Houve outro clarão azul, e Solomon ficou totalmente inerte.

Mal'akh guardou a pistola no bolso, terminando de beber seu chá com calma. Quando acabou, enxugou a boca com um guardanapo de linho bordado com um monograma e olhou para sua vítima.

– Vamos?

O corpo de Solomon estava imóvel, mas seus olhos continuavam arregalados e alertas.

Mal'akh se agachou perto dele e sussurrou no seu ouvido.

– Vou levar você a um lugar onde só a verdade permanece.

Sem mais nenhuma palavra, Mal'akh embolou o guardanapo com o monograma e o enfiou dentro da boca de Solomon. Então, ergueu o corpo flácido do homem sobre os ombros largos e encaminhou-se para o elevador privativo. Na saída, recolheu da mesa do hall o iPhone e as chaves de Solomon.

Hoje à noite você vai me contar todos os seus segredos, pensou Mal'akh. *Inclusive por que me abandonou tantos anos atrás como se eu tivesse morrido.*

CAPÍTULO **30**

Nível SB.

Subsolo do Senado.

A claustrofobia de Robert Langdon se apoderava dele com mais força a cada degrau descido às pressas. À medida que eles penetravam mais fundo nos alicerces originais do prédio, o ar se tornava mais pesado e a ventilação parecia inexistente. As paredes ali embaixo eram feitas de uma mistura irregular de pedra e tijolos amarelos.

Enquanto andavam, a diretora Sato digitava em seu BlackBerry. Langdon percebia uma certa desconfiança no comportamento contido da mulher, mas essa sensação estava rapidamente se tornando recíproca. Sato ainda não havia contado como soubera que ele estava ali naquela noite. *Questão de segurança nacional?* Ele achava difícil estabelecer qualquer relação entre misticismo antigo e a segurança do país. Mas, pensando bem, estava com dificuldade de entender qualquer coisa relativa àquela situação.

Peter Solomon me confiou um talismã... um louco delirante me enganou para que eu o trouxesse até o Capitólio e quer que eu o use para destrancar um portal místico... que talvez esteja dentro de uma sala chamada SBB13.

Não era exatamente uma situação clara.

Enquanto prosseguiam, Langdon tentava afastar a horrível imagem da mão tatuada de Peter transformada na Mão dos Mistérios. Aquela cena dantesca era acompanhada pela voz de seu amigo: *Os Antigos Mistérios, Robert, deram origem a muitos mitos... mas isso não significa que eles próprios sejam uma ficção.*

Apesar de uma carreira inteira dedicada ao estudo dos símbolos e da história do misticismo, Langdon sempre havia se debatido intelectualmente com a ideia dos Antigos Mistérios e sua poderosa promessa de apoteose.

Reconhecidamente, os registros históricos continham indícios irrefutáveis de que um saber secreto aparentemente originado nas Escolas de Mistérios do Antigo Egito tinha sido transmitido ao longo dos tempos. Esse conhecimento se tornou clandestino, ressurgindo na Europa renascentista quando, segundo a maioria dos relatos, foi confiado a um grupo de elite de cientistas que trabalhava no mais importante *think tank* científico da Europa – a Real Sociedade de Londres –, enigmaticamente apelidado de Colégio Invisível.

O "colégio" oculto se tornou rapidamente um "grupo de notáveis" que incluía as mentes mais esclarecidas do mundo – as de Isaac Newton, Francis Bacon, Robert Boyle e até mesmo Benjamin Franklin. Em nossa era, sua lista de "membros" modernos não se mostrou menos impressionante – Einstein, Hawking, Bohr e Celsius. Todas essas grandes mentes efetuaram saltos quânticos no que diz respeito ao conhecimento humano, avanços que, segundo alguns, eram resultado de seu contato com um saber antigo conservado no Colégio Invisível. Langdon duvidava que isso fosse verdade, embora com certeza uma quantidade singular de "trabalho místico" tivesse ocorrido entre aquelas paredes.

A descoberta dos papéis secretos de Isaac Newton em 1936 deixara o mundo pasmo ao revelar sua intensa paixão pelo estudo da alquimia antiga e do saber místico. Os escritos particulares de Newton incluíam uma carta manuscrita endereçada a Robert Boyle, na qual ele exortava o colega a guardar "total silêncio" sobre o conhecimento místico que lhes havia sido revelado. "Ele não pode ser divulgado", escreveu Newton, "sem imensos danos para o mundo."

O significado desse estranho aviso era alvo de debates até hoje.

– Professor – falou Sato de repente, erguendo os olhos do BlackBerry –, apesar de o senhor insistir que nem imagina por que está aqui hoje, talvez possa esclarecer o significado do anel de Peter Solomon.

– Eu posso tentar – disse Langdon, abandonando seus devaneios.

Ela pegou o saco plástico da perícia e o entregou a Langdon.

– Me fale sobre os símbolos desse anel.

Enquanto avançavam pelo corredor deserto, Langdon examinou o conhecido anel. A face exibia a imagem de uma fênix de duas cabeças, com o número 33 gravado no peito, segurando um estandarte que dizia ORDO AB CHAO.

– A fênix de duas cabeças com o número 33 é o emblema do mais alto grau maçônico. – Tecnicamente, esse grau prestigioso só existia no Rito Escocês. No entanto, os ritos e graus da Maçonaria formavam uma hierarquia complexa que Langdon não estava disposto a esmiuçar para Sato naquela noite. – Em essência, o grau 33 é uma honraria de elite reservada a um pequeno grupo de maçons altamente qualificados. Todos os outros graus podem ser alcançados por meio da conclusão bem-sucedida do anterior, mas a ascensão ao grau 33 é restrita. Ela só ocorre mediante um convite.

– Então o senhor sabia que Peter Solomon era membro desse círculo interno de elite?

– É claro. Fazer parte desse grupo não chega a ser um segredo.

– E ele é o oficial de maior patente desse círculo?

– Atualmente, sim. Peter lidera o Supremo Conselho do Grau 33, a instituição que governa o Rito Escocês nos Estados Unidos.

Langdon sempre adorou visitar a sede do Supremo Conselho, chamada Casa do Templo, uma obra-prima da arquitetura clássica cuja ornamentação simbólica era comparável à da Capela Rosslyn, na Escócia.

– Professor, o senhor reparou no que está gravado na lateral do anel? Ela traz as palavras: "Tudo é revelado no grau 33."

Langdon assentiu.

– É um tema comum na tradição maçônica.

– O que significa, imagino eu, que se um maçom é aceito no grau mais alto, o grau 33, então alguma coisa especial lhe é *revelada*?

– Sim, é essa a crença, mas provavelmente não a realidade. Sempre houve especulações conspiratórias segundo as quais uns poucos escolhidos dentro do mais alto escalão da Maçonaria seriam apresentados a algum grande segredo místico. Desconfio que a verdade seja muito menos espetacular.

Peter Solomon costumava fazer alusões jocosas à existência de um precioso segredo maçônico, mas Langdon sempre achou que aquilo fosse apenas uma tentativa espirituosa de convencê-lo a entrar para a irmandade. Infelizmente, os acontecimentos daquela noite não tinham sido nem um pouco divertidos, e não havia humor algum no tom sério com que Peter insistira que Langdon protegesse o embrulho lacrado que estava dentro de sua bolsa.

Desconsolado, Langdon lançou um olhar para o saco plástico que continha o anel de ouro de Peter.

– Diretora – começou ele –, a senhora se importa que eu fique com isso?

Ela olhou na sua direção.

– Por quê?

– Este anel é muito valioso para Peter, e eu gostaria de devolvê-lo para ele hoje à noite.

Ela fez cara de cética.

– Tomara que o senhor tenha essa oportunidade.

– Obrigado. – Langdon guardou o anel no bolso.

– Mais uma pergunta – disse Sato enquanto eles se embrenhavam cada vez mais no labirinto a passos rápidos. – Minha equipe disse que, ao cruzar os conceitos de "grau 33" e "portal" com "Maçonaria", encontrou literalmente centenas de referências a uma *pirâmide*. É isso mesmo?

– Isso também não é surpresa – disse Langdon. – Os construtores de pirâmides do Egito são os precursores dos pedreiros modernos, e a pirâmide, assim como os temas egípcios, é muito comum no simbolismo maçônico.

– E ela simboliza o quê?

– A pirâmide representa essencialmente a iluminação. É um símbolo arquitetônico emblemático da capacidade dos homens antigos de se libertarem do plano terrestre e ascenderem rumo ao céu, ao sol dourado e, por fim, à fonte suprema da iluminação.

Ela aguardou alguns instantes.

– Só isso?

Só isso?! Langdon tinha acabado de descrever um dos símbolos mais elegantes da história. *A estrutura por meio da qual o homem ascendia ao reino dos deuses.*

– Segundo a minha equipe – disse ela –, parece que hoje à noite existe uma conexão muito mais relevante. Eles estão me dizendo que existe uma lenda popular sobre uma pirâmide *específica* aqui em Washington... uma pirâmide relacionada aos maçons e aos Antigos Mistérios. É verdade?

Langdon percebeu então a que ela estava se referindo e tentou dissuadi-la da ideia antes que perdessem mais tempo.

– Eu *conheço* essa lenda, diretora, mas ela é pura fantasia. A Pirâmide Maçônica é um dos mitos mais duradouros de Washington, e provavelmente sua origem é a pirâmide que aparece no Grande Selo dos Estados Unidos.

– Por que o senhor não mencionou isso antes?

Langdon deu de ombros.

– Porque não existe nenhum fato que fundamente isso. Como eu disse, trata-se de um mito. Um dos muitos associados aos maçons.

– E, no entanto, *esse* mito em especial tem relação direta com os Antigos Mistérios?

– Claro, como vários outros. Os Antigos Mistérios são a base de inúmeras lendas que sobreviveram ao longo da história... relatos sobre um poderoso saber protegido por guardiães secretos como os Cavaleiros Templários, a Ordem Rosa--cruz, os Illuminati, os Alumbrados... a lista não tem fim. *Todas* essas lendas têm por base os Antigos Mistérios... e a Pirâmide Maçônica é apenas um exemplo.

– Entendo – disse Sato. – E o que diz essa lenda exatamente?

Langdon refletiu um pouco enquanto andava, depois respondeu:

– Bem, eu não sou especialista em teoria da conspiração, mas tenho formação em mitologia e a maioria dos relatos diz mais ou menos o seguinte: os Antigos Mistérios... o saber perdido de todas as épocas... são considerados há muito tempo o tesouro mais sagrado da humanidade e, como todos os grandes tesouros, eles foram cuidadosamente protegidos. Os sábios iluminados que compreendiam o verdadeiro poder desse conhecimento aprenderam a temer seu assombroso potencial. Eles sabiam que, se ele caísse nas mãos de não iniciados, os resultados poderiam ser desastrosos. Como já disse, ferramentas poderosas podem ser usadas para o bem ou para o mal. Assim, de modo a proteger os Antigos Mistérios, e consequentemente a humanidade, os primeiros adeptos formaram fraternidades secretas. Dentro dessas irmandades, eles só compartilhavam seu saber com aqueles devidamente iniciados, transmitindo o conhecimento de sábio para sábio. Muitos acreditam que podemos olhar para trás e enxergar os vestígios históricos daqueles que dominavam os Mistérios... nas histórias de feiticeiros, mágicos e curandeiros.

– E a Pirâmide Maçônica? – perguntou Sato. – Onde ela se encaixa?

– Bem – disse Langdon, apertando o passo para acompanhar o ritmo dos outros –, é nesse ponto que história e mito começam a se fundir. Segundo alguns relatos, na Europa do século XVI quase todas essas fraternidades secretas já haviam desaparecido, a maioria exterminada pela maré crescente de perseguição religiosa. Dizem que os francomaçons se tornaram os últimos guardiães sobreviventes dos Antigos Mistérios. Compreensivelmente, eles temiam que, se a sua irmandade um dia se extinguisse como as que a precederam, os Antigos Mistérios se perderiam para sempre.

– E a *pirâmide*? – tornou a pressionar Sato.

Langdon estava chegando lá.

– A lenda da Pirâmide Maçônica é bem simples. Segundo ela, no intuito de cumprir sua tarefa de proteger esse grande saber para as gerações futuras, os maçons decidiram escondê-lo dentro de uma fortaleza. – Langdon tentou organizar suas lembranças sobre aquela história. – Mais uma vez, ressalto que isso tudo é um mito, mas os maçons supostamente transportaram seu conhecimento secreto do Velho Mundo para o Novo Mundo, aqui para os Estados Unidos, uma terra que esperavam continuar livre da tirania religiosa. E aqui construíram uma fortaleza impenetrável, uma *pirâmide* oculta, criada para proteger os Antigos Mistérios até o momento em que *toda* a humanidade estivesse pronta para lidar com o assombroso poder que esse conhecimento era capaz de conferir. Segundo o mito, os maçons coroaram sua grande pirâmide com uma brilhante pedra de ouro maciço, símbolo do precioso tesouro guardado lá dentro: o saber antigo capaz de dar à humanidade o poder de realizar todo o seu potencial. De alcançar a apoteose.

– Uma história e tanto – comentou Sato.

– É. Os maçons são vítimas de todo tipo de lenda maluca.

– Evidentemente o senhor não acredita na existência dessa pirâmide.

– É claro que não – respondeu Langdon. – Não existe nenhuma prova sugerindo que nossos pais fundadores maçons tenham construído qualquer tipo de pirâmide nos Estados Unidos, muito menos na capital. É bem difícil esconder uma pirâmide, sobretudo uma com tamanho suficiente para conter o saber perdido de todas as épocas.

A lenda, pelo que Langdon se lembrava, nunca explicava exatamente *o que* a Pirâmide Maçônica continha – textos antigos, escritos ocultos, revelações científicas ou algo muito mais misterioso –, mas o que ela *dizia* era que a preciosa informação guardada lá dentro estava engenhosamente codificada... e só podia ser compreendida pelos espíritos mais esclarecidos.

– De toda forma – disse Langdon –, essa história entra numa categoria que nós, simbologistas, chamamos de "híbrido arquetípico": uma mistura de outras lendas clássicas que toma emprestados tantos elementos da mitologia popular que não pode ser outra coisa além de um *construto* fictício... e não um fato histórico.

Quando Landgon ensinava a seus alunos sobre os híbridos arquetípicos, gostava de usar o exemplo dos contos de fadas, que eram recontados geração após geração e exagerados com o passar do tempo, tomando tanta coisa emprestada uns dos outros que se transformavam em contos morais homogeneizados, contendo os mesmos elementos icônicos: donzelas virginais, belos príncipes, fortalezas impenetráveis e magos poderosos. Graças aos contos de fadas, essa batalha primitiva do "bem contra o mal" é implantada em nossa mente quando ainda somos crianças: Merlin contra a fada Morgana, São Jorge contra o dragão, Davi contra Golias, Branca de Neve contra a bruxa e até mesmo Luke Skywalker contra Darth Vader.

Sato coçou a cabeça enquanto eles faziam uma curva e desciam um curto lance de escada atrás de Anderson.

– Me diga uma coisa. Se não me engano, as pirâmides antigamente eram consideradas *portais* místicos por meio dos quais os faraós mortos podiam ascender até os deuses, não é?

– É.

Sato parou onde estava e segurou o braço de Langdon, fuzilando-o com uma expressão entre a surpresa e a incredulidade.

– O senhor quer que eu acredite que nunca lhe passou pela cabeça que o *portal* escondido que o sequestrador de Peter Solomon lhe disse para achar fosse a Pirâmide Maçônica dessa lenda?

– *Pouco importa.* A Pirâmide Maçônica é um conto de fadas. É pura fantasia.

Sato então chegou mais perto de Langdon e ele pôde sentir seu hálito de cigarro.

– Entendo sua posição quanto a isso, professor, mas, no que diz respeito à minha investigação, é difícil ignorar esse paralelo. Um portal que conduz a um saber secreto... Isso está me parecendo muito com o que o captor de Peter Solomon diz que só o senhor pode destrancar.

– Bom, eu não posso acreditar que...

– O que *o senhor* acredita não interessa. Qualquer que seja a sua crença, o senhor precisa admitir que *esse homem* talvez acredite que a Pirâmide Maçônica é real.

– Esse homem é louco! Ele pode muito bem acreditar que a SBB13 é a entrada para uma pirâmide subterrânea gigante que contém todo o saber perdido dos antigos!

Sato permaneceu totalmente imóvel, com os olhos em brasa.

– A crise que estou enfrentando hoje *não é* um conto de fadas, professor. Ela é bem real, eu lhe garanto.

Um silêncio frio pairou entre eles.

– Senhora? – disse Anderson por fim, gesticulando na direção de outra porta de segurança a três metros de onde estavam. – Estamos quase chegando, se os senhores quiserem prosseguir.

Sato finalmente parou de encarar Langdon e acenou para Anderson seguir em frente.

Eles avançaram, adentrando uma passagem estreita. Langdon olhou para a esquerda, depois para a direita. *Vocês só podem estar brincando.*

Ele estava diante do corredor mais comprido que já vira em toda a sua vida.

CAPÍTULO 31

Trish Dunne sentiu a habitual onda de adrenalina ao deixar para trás as luzes fortes do Cubo e entrar na escuridão impenetrável do vazio. A segurança da entrada principal do CAMS havia acabado de ligar dizendo que o convidado de Katherine, Dr. Christopher Abaddon, tinha chegado e precisava de alguém para acompanhá-lo até o Galpão 5. Trish se oferecera, sobretudo por curiosidade. Katherine havia falado muito pouco sobre o visitante, de modo que ela estava intrigada. Aparentemente, tratava-se de uma pessoa em quem Peter Solomon tinha muita confiança; os Solomon nunca tinham levado ninguém para conhecer o Cubo. Era a primeira vez.

Espero que ele não tenha problemas com a travessia, pensou Trish enquanto avançava pela escuridão gelada. A última coisa de que precisava era que o convidado VIP de Katherine entrasse em pânico ao perceber o que tinha de fazer para chegar ao laboratório. *A primeira vez é sempre a pior.*

A primeira vez de Trish tinha sido mais ou menos um ano antes. Ela havia aceitado a oferta de emprego de Katherine, assinado um contrato de confidencialidade e depois a acompanhado até o CAMS para visitar o laboratório. As duas mulheres tinham percorrido toda a extensão da "Rua" até chegar a uma porta onde se lia GALPÃO 5. Embora Katherine tivesse tentado prepará-la descrevendo como o laboratório era isolado, Trish não estava pronta para o que viu quando a porta se abriu com um sibilo.

O vazio.

Katherine atravessou a soleira, caminhou alguns metros para dentro daquele denso negrume e, em seguida, acenou para Trish segui-la.

– Confie em mim. Você não vai se perder.

Trish se imaginou vagando por um recinto escuro feito breu do tamanho de um estádio e começou a suar frio só de pensar.

– Temos um sistema de direcionamento para manter você no caminho certo. – Katherine apontou para o chão. – É baixa tecnologia – brincou.

Trish apertou os olhos e voltou-os para o piso grosseiro de cimento. Levou alguns instantes até conseguir enxergar na escuridão: uma faixa de carpete longa e estreita havia sido instalada em linha reta. Ela se estendia qual uma estrada e desaparecia no breu.

– Use os pés para ver – disse Katherine, virando-se e se afastando. – Basta vir logo atrás de mim.

Enquanto Katherine desaparecia na escuridão, Trish engoliu o medo e a acompanhou. *Que loucura!* Depois de dar apenas uns poucos passos pelo carpete, a porta do Galpão 5 se fechou atrás dela, apagando o último vestígio de luz. Com a pulsação disparada, Trish passou a se concentrar apenas na sensação do carpete sob seus pés. Havia avançado somente alguns passos pelo caminho macio quando sentiu a lateral do pé direito tocar o cimento duro. Espantada, corrigiu instintivamente o curso para a esquerda, tornando a pisar no carpete com os dois pés.

A voz de Katherine se materializou mais adiante, e suas palavras quase foram engolidas pela acústica sem vida daquele abismo.

– O corpo humano é espantoso – disse ela. – Se você o priva de uma informação sensorial, os outros sentidos assumem o comando quase no mesmo instante. Neste momento, os nervos dos seus pés estão literalmente "se ajustando" para ficarem mais sensíveis.

Que bom, pensou Trish, tornando a corrigir seu curso.

As duas caminharam em silêncio durante um tempo que pareceu longo demais.

– Quanto falta? – perguntou Trish por fim.

– Estamos mais ou menos na metade. – A voz de Katherine agora soava mais distante.

Trish apertou o passo, fazendo o possível para se controlar, mas a extensão daquele negrume parecia prestes a engolfá-la. *Não consigo ver um milímetro à frente do nariz!*

– Katherine? Como você sabe quando é para parar de andar?

– Você vai saber daqui a pouquinho – respondeu Katherine.

Isso fazia um ano, e agora Trish estava novamente no meio do vazio, andando na direção oposta, a caminho da recepção, para acolher o convidado da chefe. Uma súbita mudança na textura do piso sob seus pés a alertou de que ela estava a poucos metros da saída. A *faixa de transição*, como dizia Peter Solomon, referindo-se à área intermediária que delimita um campo de beisebol; ele era fã do esporte. Trish parou abruptamente, sacou o cartão de acesso e tateou no escuro até encontrar o lugar para inseri-lo.

A porta se abriu com um silvo.

Trish apertou os olhos para protegê-los da acolhedora luz do corredor do CAMS.

Consegui... de novo.

Enquanto percorria os corredores desertos, Trish se pegou pensando no estranho arquivo editado que elas haviam encontrado em um servidor seguro.

Antigo portal? Localização subterrânea secreta? Imaginou como Mark Zoubianis estaria se saindo na tentativa de descobrir onde estava armazenado o misterioso arquivo.

Dentro da sala de controle, Katherine estava parada diante do brilho suave do telão de plasma, com os olhos erguidos para o enigmático arquivo que haviam descoberto. Tinha isolado suas expressões-chave e estava cada vez mais certa de que aquele texto se referia à lenda improvável que o irmão aparentemente contara ao Dr. Abaddon.

> ... uma localização SUBTERRÂNEA secreta onde...
> ... lugar em WASHINGTON, D.C., as coordenadas...
> ... revelou um ANTIGO PORTAL que conduzia...
> ... que a PIRÂMIDE reserva perigosas...
> ... decifrar esse SYMBOLON GRAVADO para revelar...

Preciso ver o resto desse arquivo, pensou Katherine.

Passou mais alguns segundos encarando as palavras, então desligou o interruptor do telão de plasma. Katherine sempre desligava aquele monitor, que consumia muita energia, de modo a não desperdiçar as reservas de hidrogênio líquido do gerador.

Ela observou as palavras se apagando devagar, minguando até se transformarem em um minúsculo pontinho branco, que tremeluziu no meio da parede antes de finalmente se extinguir.

Em seguida, virou e caminhou em direção à sua sala. O Dr. Abaddon iria chegar a qualquer momento, e ela queria que ele se sentisse bem-vindo.

CAPÍTULO **32**

– **Estamos quase lá** – disse Anderson, guiando Langdon e Sato pelo corredor aparentemente sem fim que cortava toda a extensão da ala leste do Capitólio. – Na época de Lincoln, este corredor tinha piso de terra batida e era cheio de ratos.

Langdon se sentiu grato pelo piso ter sido ladrilhado; não era um grande fã de ratos. O grupo seguiu em frente com o tamborilar de seus passos criando um eco sinistro e irregular no corredor comprido. Portas margeavam a longa passagem, algumas fechadas, porém muitas entreabertas. Várias das salas naquele andar pareciam abandonadas. Langdon percebeu que os números agora decresciam e, depois de algum tempo, pareciam estar se esgotando.

SB4... SB3... SB2... SB1...

Eles seguiram em frente, passando por uma porta sem nada escrito, mas Anderson estacou quando os números começaram novamente a subir.

HB1... HB2...

– Desculpem – disse ele. – Passei direto. Quase nunca desço até aqui.

O grupo voltou alguns metros até uma velha porta de metal, que Langdon então percebeu estar cravada no ponto central do corredor – o meridiano que separava o Subsolo do Senado (SB) do Subsolo da Câmara (HB). A porta estava de fato marcada, mas, de tão apagadas, as letras eram quase imperceptíveis.

SBB

– Pronto, chegamos – disse Anderson. – As chaves estarão aqui a qualquer momento.

Sato fechou a cara e conferiu o relógio.

Langdon examinou a inscrição que dizia SBB e perguntou a Anderson:

– Por que este espaço está associado com o lado do *Senado*, mesmo estando no meio?

Anderson pareceu intrigado.

– Como assim?

– Aqui está escrito SBB, e SBB começa com *S*, não com *H*.

Anderson sacudiu a cabeça.

– O *S* de SBB não é por causa do Senado. É...

– Chefe? – chamou um segurança ao longe. O homem veio correndo até onde eles estavam, estendendo uma chave. – Sinto muito, senhor, acabei perdendo alguns minutos. Não conseguimos encontrar a chave principal do SBB. Esta aqui é uma reserva.

– A chave original sumiu? – perguntou Anderson, surpreso.

– Deve ter se perdido – respondeu o segurança, ofegante. – Há séculos que ninguém pede para descer aqui.

Anderson pegou a chave.

– Não existe outra chave da SBB13?

– Sinto muito, até agora não conseguimos encontrar as chaves de *nenhuma* das salas do SBB. MacDonald está cuidando disso agora mesmo. – O segurança sacou o rádio e falou para o aparelho. – Bob? Estou aqui com o chefe. Alguma novidade sobre a chave da SBB13?

O rádio do segurança chiou e uma voz respondeu:

– Na verdade, sim. É estranho. Não há nenhuma entrada a respeito do SBB desde que o sistema foi digitalizado, mas os registros físicos indicam que todas as salas de depósito dessa área foram esvaziadas e abandonadas há mais de 20 anos. Agora estão listadas como espaços ociosos. – Ele fez uma pausa. – Todas menos a SBB13.

Anderson agarrou o rádio.

– Aqui é o chefe. Como assim, todas *menos* a SBB13?

– Bem, senhor – respondeu a voz –, estou com uma anotação aqui que descreve a SBB13 como "particular". Faz muito tempo, mas está escrito e assinado com a rubrica do próprio Arquiteto.

O termo *Arquiteto*, Langdon sabia, não era uma referência ao homem que havia projetado o Capitólio, mas sim àquele que o *administrava*. Como o síndico de um prédio, o homem nomeado Arquiteto do Capitólio cuidava de tudo: manutenção, restauração, segurança, contratação de funcionários e atribuição das salas.

– O mais estranho – disse a voz no rádio – é que a anotação do Arquiteto indica que esse "espaço particular" foi reservado para o uso de Peter Solomon.

Langdon, Sato e Anderson trocaram olhares de espanto.

– Imagino então, senhor – prosseguiu a voz –, que o Sr. Solomon esteja com a chave original do SBB e também com todas as chaves da SBB13.

Langdon não conseguia acreditar nos próprios ouvidos. *Peter tem uma sala particular no subsolo do Capitólio?* Sempre soubera que Peter Solomon tinha segredos, mas aquilo era surpreendente até mesmo para ele.

– Certo – disse Anderson, obviamente sem achar a menor graça. – Estamos querendo acessar a SBB13 especificamente, então continue procurando uma segunda chave.

– Pois não, senhor. Também estamos providenciando a imagem digital que o senhor solicitou...

– Obrigado – interrompeu Anderson, apertando o botão para cortar a voz do interlocutor. – É só isso. Mande o arquivo para o BlackBerry da diretora Sato assim que estiver pronto.

– Entendido, senhor. – O rádio silenciou.

Anderson devolveu o rádio para o segurança à sua frente. O homem sacou a xerox de uma planta e a entregou ao chefe.

– O SBB está indicado aqui, senhor, e nós marcamos com um *X* a sala SBB13, de modo que não deve ser difícil encontrá-la. A área é bem pequena.

Anderson agradeceu e voltou sua atenção para a planta enquanto o rapaz ia embora apressado. Langdon continuou olhando à sua volta, surpreso ao constatar a espantosa quantidade de cubículos que formavam o bizarro labirinto debaixo do Capitólio.

Depois de estudar a planta por alguns instantes, Anderson aquiesceu e a guardou no bolso. Virando-se para a porta onde estava escrito SBB, chegou a erguer a chave, mas novamente hesitou, parecendo pouco à vontade com o fato de abri-la. Langdon tinha ressalvas semelhantes; não fazia ideia do que havia atrás daquela porta, porém estava bastante certo de que, fosse qual fosse o objeto que Solomon havia escondido ali, ele queria mantê-lo privado. *Muito privado.*

Sato pigarreou e Anderson entendeu o recado. O chefe respirou fundo, inseriu a chave na fechadura e tentou girá-la. Ela não se moveu. Durante uma fração de segundo, Langdon teve esperanças de que aquela fosse a chave errada. No entanto, na segunda tentativa, a fechadura girou e Anderson empurrou a porta para abri-la.

Quando a pesada porta se abriu com um rangido, uma rajada de ar úmido entrou no corredor.

Langdon deu uma espiada lá para dentro, mas não conseguiu ver nada na escuridão.

– Professor – disse Anderson, olhando para trás na direção de Langdon enquanto tateava às cegas à procura de um interruptor. – Respondendo à sua pergunta, o S de SBB não significa Senado. Significa *sub*.

– *Sub?* – indagou Langdon, sem entender.

Anderson assentiu e acendeu o interruptor ao lado da porta. Uma única lâmpada iluminava uma escadaria assustadoramente íngreme que descia rumo ao mais completo breu.

– SBB quer dizer *subbasement*. É o segundo subsolo do Capitólio.

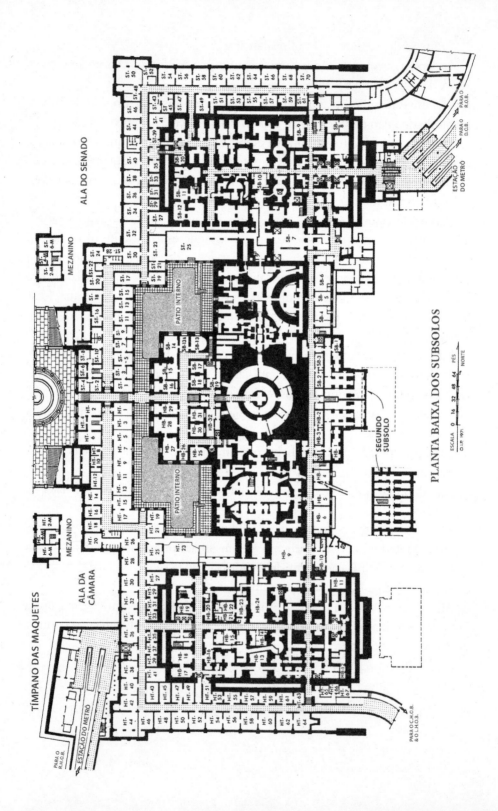

PLANTA BAIXA DOS SUBSOLOS

ESCALA 0 16 32 48 64 PÉS

O.I.P. 1971 NORTE

SEGUNDO SUBSOLO

CAPÍTULO **33**

O especialista em segurança de sistemas Mark Zoubianis afundava cada vez mais em seu futon e olhava de cara feia para as informações no monitor de seu laptop.

Que raio de endereço é esse?

Suas melhores ferramentas de hacker não estavam surtindo efeito nenhum na tentativa de acessar o arquivo ou identificar o misterioso endereço de IP de Trish. Dez minutos já haviam se passado e o programa de Zoubianis continuava a lutar em vão contra os *firewalls* da rede. As esperanças de sucesso pareciam escassas. *Não é de espantar que estejam me pagando mais do que o normal.* Ele estava prestes a mudar de ferramenta e usar uma abordagem diferente quando seu telefone tocou.

Trish, pelo amor de Deus, eu disse que ia ligar para você. Ele cortou o som do jogo de futebol e atendeu.

– Oi.

– Mark Zoubianis? – perguntou um homem. – De Kingston Drive, 357, em Washington?

Zoubianis pôde ouvir conversas abafadas ao fundo. *Um operador de telemarketing ligando durante o jogo? Eles ficaram malucos?*

– Deixe-me adivinhar: ganhei uma semana de férias em uma ilha do Caribe?

– Não – respondeu a voz sem nenhum pingo de humor. – Aqui é o departamento de segurança de sistemas da CIA. Gostaríamos de saber por que o senhor está tentando invadir uma das nossas bases de dados confidenciais.

Três andares acima do segundo subsolo do Capitólio, na ampla área do centro de visitantes, o agente de segurança Nuñez trancou a porta de acesso principal como fazia toda noite naquela mesma hora. No caminho de volta pelo vasto piso de mármore, pensou no homem tatuado vestido com o casaco militar.

Eu o deixei entrar. Nuñez se perguntava se ainda teria emprego no dia seguinte.

Enquanto andava até a escada rolante, uma súbita batida na porta o fez se virar. Ele estreitou os olhos na direção da entrada principal e viu um senhor negro do lado de fora, batendo no vidro com a palma da mão aberta e gesticulando para que ele o deixasse entrar.

Nuñez sacudiu a cabeça e apontou para o relógio.

O homem tornou a bater no vidro e deu um passo para debaixo da luz. Estava vestido de forma impecável com um terno azul e tinha os cabelos grisa-lhos rentes à cabeça. A pulsação de Nuñez se acelerou. *Puta merda.* Mesmo de longe, ele reconheceu o homem. Voltou às pressas para a porta principal, des-trancando-a em seguida.

– Sinto muito, senhor. Entre, por favor.

Warren Bellamy – Arquiteto do Capitólio – cruzou a soleira e agradeceu a Nuñez com um gesto educado da cabeça. Bellamy era ágil e esbelto, com uma postura ereta e um olhar penetrante que exalavam segurança. Ali estava um homem que tinha total controle do ambiente ao seu redor: fazia 25 anos que ele trabalhava como supervisor do Capitólio.

– Posso ajudá-lo, senhor? – perguntou Nuñez.

– Pode, sim, obrigado. – Bellamy pronunciava as palavras com uma precisão cristalina. Como havia estudado em uma das universidades de elite do nordes-te dos Estados Unidos, sua dicção era tão distinta que soava quase britânica. – Acabei de saber que houve um incidente aqui hoje à noite. – Ele parecia muito preocupado.

– Sim, senhor, nós tivemos...

– Onde está o chefe Anderson?

– Lá embaixo, com a diretora Sato, do Escritório de Segurança da CIA.

Os olhos de Bellamy se arregalaram.

– A CIA está aqui?

– Está, sim, senhor. A diretora Sato chegou quase imediatamente depois do incidente.

– Por quê? – quis saber Bellamy.

Nuñez deu de ombros. *Como se eu fosse perguntar.*

Bellamy se encaminhou direto para as escadas rolantes.

– Onde eles estão?

– Acabaram de descer para os andares inferiores. – Nuñez pôs-se a segui-lo apressado.

Bellamy olhou para trás com uma expressão preocupada.

– Para os andares inferiores? Por quê?

– Não sei bem... só escutei isso no rádio.

O Arquiteto passara a andar mais depressa.

– Leve-me agora mesmo até onde eles estão.

– Sim, senhor.

Enquanto os dois cruzavam a passos rápidos o amplo saguão, Nuñez viu de relance um grande anel de ouro no dedo de Bellamy.

O segurança sacou o rádio.

– Vou avisar ao chefe que o senhor está descendo.

– Não. – Os olhos de Bellamy faiscaram de maneira ameaçadora. – Prefiro não ser anunciado.

Nuñez tinha cometido alguns erros graves naquela noite, mas deixar de avisar ao chefe Anderson que o Arquiteto estava no prédio seria o seu último.

– Senhor? – indagou ele, pouco à vontade. – Eu acho que o chefe Anderson iria preferir...

– Você tem consciência de que eu sou o *patrão* do Sr. Anderson? – atalhou Bellamy.

Nuñez aquiesceu.

– Então eu acho que ele iria preferir que você obedecesse às minhas ordens.

CAPÍTULO **34**

Trish Dunne entrou na recepção do CAMS e ergueu os olhos, surpresa. O convidado que a esperava ali não se parecia em nada com os doutores que frequentavam aquele complexo – ratos de biblioteca vestindo roupas de flanela com pós-graduação em antropologia, oceanografia, geologia e outras disciplinas científicas. Muito pelo contrário: com seu terno impecavelmente cortado, o Dr. Abaddon parecia quase aristocrático. Era alto, tinha o peito largo, o rosto bronzeado e cabelos louros penteados com esmero, dando a Trish a impressão de que ele estava mais acostumado ao luxo do que aos laboratórios.

– Dr. Abaddon, suponho? – disse ela estendendo a mão.

O homem pareceu hesitar, mas segurou a mão gorducha de Trish dentro de sua palma larga.

– Desculpe. *A senhora é...?*

– Trish Dunne – respondeu ela. – Sou assistente de Katherine. Ela me pediu para acompanhá-lo até o laboratório.

– Ah, entendo. – O homem então sorriu. – Muito prazer em conhecê-la, Trish. Sinto muito se pareci confuso. Pensei que Katherine estivesse sozinha aqui hoje. – Ele gesticulou na direção do corredor. – Mas sou todo seu. Você primeiro.

Apesar de ele ter se recuperado depressa, Trish notara o lampejo de decepção em seus olhos. Ela começou a suspeitar que a discrição de sua chefe em relação ao Dr. Abaddon tinha um motivo. *O início de um romance, quem sabe?* Katherine nunca conversava sobre sua vida pessoal, mas aquele visitante era atraente e bem-apessoado e, embora mais jovem do que ela, vinha claramente do mesmo mundo de riqueza e privilégio. Ainda assim, fossem quais fossem as esperanças do Dr. Abaddon em relação à visita daquela noite, a presença de Trish não parecia fazer parte de seus planos.

No posto de segurança do saguão, um agente solitário retirou depressa os fones de ouvido, e Trish pôde ouvir o clamor do jogo dos Redskins. O vigia fez o doutor passar pela costumeira rotina de detectores de metal e crachás de segurança temporários.

– Quem está ganhando? – perguntou com simpatia o Dr. Abaddon, enquanto tirava dos bolsos um celular, algumas chaves e um isqueiro.

– Os Skins, por três pontos – respondeu o segurança, parecendo ansioso para voltar ao jogo. – Partida incrível.

– O Sr. Solomon vai chegar daqui a pouco – disse Trish ao vigia. – Poderia pedir a ele que nos encontre no laboratório assim que chegar?

– Pois não. – Quando eles passaram, o segurança deu uma piscadela agradecida. – Obrigado por me avisar. Vou disfarçar melhor.

O comentário de Trish não tinha sido apenas para avisar o segurança, mas também para lembrar ao Dr. Abaddon que ela não era a única intrusa em sua noite particular ali com Katherine.

– De onde o senhor conhece Katherine? – perguntou Trish, erguendo os olhos para o misterioso convidado.

O Dr. Abaddon deu uma risadinha.

– Ah, é uma longa história. Estamos trabalhando juntos em uma coisa.

Entendi, pensou Trish. *Não é da minha conta.*

– Este lugar é realmente incrível – comentou Abaddon, olhando em volta enquanto avançavam pelo enorme corredor. – Na verdade é a primeira vez que venho aqui.

O seu tom ia ficando mais agradável a cada passo, e Trish percebeu que ele estava se empenhando em assimilar tudo o que o cercava. À luz forte do corredor, notou também que o bronzeado do rosto dele parecia artificial. *Que estranho.* De qualquer forma, enquanto percorriam os corredores desertos, Trish foi lhe fazendo um resumo do objetivo e da função do CAMS, enumerando os vários galpões e aquilo que continham.

O visitante pareceu impressionado.

– Parece que este lugar é um baú do tesouro cheio de artefatos inestimáveis. Eu teria imaginado seguranças por toda parte.

– Não há necessidade – disse Trish, gesticulando na direção das lentes grande-angulares que se enfileiravam ao longo do teto muito alto. – A segurança aqui é toda automatizada. Cada centímetro deste corredor é filmado 24 horas por dia, 7 dias por semana, e ele é a espinha dorsal do complexo. É impossível entrar em qualquer sala deste corredor sem um cartão de acesso e uma senha.

– Que modo eficiente de usar as câmeras.

– Felizmente nunca tivemos nenhum roubo. Mas, pensando bem, este não é o tipo de museu que alguém iria roubar... Não há muita demanda no mercado negro por flores extintas, caiaques inuítes ou carcaças de lulas gigantes.

O Dr. Abaddon deu uma risadinha.

– Acho que tem razão.

– A maior ameaça à nossa segurança são os roedores e os insetos. – Trish explicou como o CAMS evitava pragas de insetos congelando todo o lixo produzido ali e também graças a um recurso arquitetônico chamado "zona morta": um compartimento inóspito entre paredes duplas que cercava o complexo todo feito um escudo.

– Incrível – comentou Abaddon. – Mas onde fica o laboratório de Katherine e Peter?

– No Galpão 5 – respondeu ela. – Bem no final deste corredor.

Abaddon parou de repente, girando o corpo para a direita em direção a uma pequena janela.

– Nossa! Olhe só para *isso*!

Trish riu.

– É, aqui é o Galpão Três. É conhecido como Galpão Molhado.

– Molhado? – repetiu Abaddon, com o rosto colado no vidro.

– Aí dentro tem mais de 11 mil litros de etanol líquido. O senhor se lembra da carcaça de lula gigante de que falei?

– Aquilo ali é a lula?! – O Dr. Abaddon virou para Trish com os olhos arregalados. – É imensa!

– Uma *Architeuthis* fêmea – disse Trish. – Tem mais de 12 metros.

Aparentemente fascinado pela visão da lula, o Dr. Abaddon parecia incapaz de desgrudar os olhos do vidro. Por alguns instantes, aquele homem-feito fez Trish pensar em um menininho diante da vitrine de uma loja de animais, desejando poder entrar para ver um filhote de cachorro. Cinco segundos depois, ele continuava olhando pela janela, enlevado.

– Está bem, está bem – disse Trish por fim, rindo enquanto inseria seu cartão de acesso e digitava a senha. – Venha. Vou lhe mostrar a lula.

• • •

Ao entrar no mundo fracamente iluminado do Galpão 3, Mal'akh vasculhou as paredes em busca de câmeras de segurança. A assistente baixinha e gorducha de Katherine começou a discorrer sobre os espécimes guardados ali. Mal'akh parou de prestar atenção no que ela dizia. Não tinha o menor interesse em lulas gigantes. Queria apenas usar aquele espaço escuro e isolado para solucionar um problema imprevisto.

CAPÍTULO **35**

A escada de madeira que descia para o segundo subsolo do Capitólio tinha os degraus mais íngremes e mais curtos que Langdon já havia pisado. Sua respiração agora estava acelerada e ele sentia os pulmões se contraírem. O ar ali embaixo era frio e úmido e Langdon não pôde evitar a lembrança momentânea de uma escadaria similar pela qual havia passado alguns anos antes, na Necrópole do Vaticano. *A cidade dos mortos.*

À sua frente, Anderson indicava o caminho com a lanterna. Sato vinha logo atrás de Langdon, com as mãos pequeninas empurrando de vez em quando suas costas. *Estou indo o mais depressa que posso.* Langdon respirou fundo, tentando ignorar as paredes apertadas que se erguiam de ambos os lados. Naquela escada mal havia espaço para seus ombros, e sua bolsa roçava na parede.

– Talvez fosse melhor o senhor deixar a bolsa lá em cima – sugeriu Sato atrás dele.

– Está tudo bem – retrucou Langdon, sem a menor intenção de perder a bolsa de vista. Pensou no pequeno embrulho de Peter, mas não conseguiu imaginar como este poderia estar relacionado a qualquer coisa no segundo subsolo do Capitólio.

– Só mais alguns degraus – disse Anderson. – Estamos quase chegando.

O grupo havia mergulhado na escuridão, fora do alcance da solitária lâmpada da escada. Quando Langdon desceu o último degrau de madeira, pôde sentir que o chão sob seus pés era de terra batida. *Viagem ao centro da Terra.* Sato terminou de descer a escada logo atrás dele.

Anderson então ergueu o facho da lanterna para examinar ao redor. O segundo subsolo não era bem um subsolo, e sim um corredor muito estreito perpendicular à escada. Anderson apontou a luz para a esquerda e para a direita, e Langdon pôde ver que o corredor tinha apenas uns 15 metros de extensão e era margeado nos dois lados por pequenas portas de madeira. As portas ficavam tão próximas umas das outras que os cubículos atrás delas não podiam ter mais de 3 metros de largura.

Um misto de salas de depósito com Catacumbas de Domitila, pensou Langdon enquanto Anderson consultava a planta. Havia um X indicando a localização da SBB13 na pequena área correspondente ao segundo subsolo. Langdon não pôde deixar de perceber que o desenho era idêntico ao de um mausoléu de 14 tumbas – sete câmaras mortuárias de frente para outras sete, com uma delas removida para dar lugar à escada que haviam acabado de descer. *Treze, ao todo.*

Ele desconfiava que os teóricos da conspiração do "13" nos Estados Unidos fossem ficar malucos se soubessem que havia exatamente 13 depósitos enterrados sob o Capitólio. Alguns achavam suspeito que o Grande Selo dos Estados Unidos tivesse 13 estrelas, 13 flechas, 13 níveis na pirâmide, 13 listras no escudo, 13 folhas de oliveira, 13 olivas, 13 letras em "*annuit coeptis*", 13 letras em "*e pluribus unum*", e assim por diante.

– Parece *mesmo* abandonado – comentou Anderson, apontando a lanterna para a sala logo à sua frente. A pesada porta de madeira estava escancarada. O facho de luz iluminou um estreito cubículo de pedra – cerca de 3 metros de largura por 10 de comprimento – parecendo um beco sem saída. O cubículo não continha nada além de um par de caixas de madeira quebradas e um pouco de papel de embrulho amassado.

Anderson iluminou uma placa de cobre afixada à porta. A placa estava verde de tão oxidada, mas a antiga inscrição ainda era legível:

SBB IV

– SBB4 – disse Anderson.

– Qual é a SBB13? – perguntou Sato, o ar frio do subsolo fazendo tênues espirais de vapor saírem de sua boca.

Anderson virou o facho para o lado sul do corredor.

– Por ali.

Langdon espreitou o corredor estreito e teve um calafrio, sentindo que transpirava apesar da baixa temperatura ali.

À medida que avançavam por entre a falange de portais, todos os cubículos pareciam iguais, com suas portas entreabertas, aparentemente abandonados havia tempos. Quando chegaram ao final do corredor, Anderson se virou para a direita, erguendo o facho da lanterna para iluminar o interior da sala SBB13. A luz, no entanto, foi detida por uma pesada porta de madeira.

Ao contrário das outras, a porta da SBB13 estava fechada.

A porta era idêntica às outras – dobradiças grossas, maçaneta de ferro e uma placa de cobre com o número incrustado de verde. Os sete caracteres na placa eram os mesmos gravados na palma de Peter lá em cima.

SBB XIII

Por favor, me diga que esta porta está trancada, pensou Langdon.

Sato falou sem titubear.

– Tente abrir.

O chefe de polícia pareceu hesitar, mas estendeu a mão, segurando a pesada maçaneta de ferro e pressionando-a para baixo. A maçaneta não se moveu. Ele então a iluminou com a lanterna, revelando um espelho de fechadura maciço de aspecto antiquado.

– Experimente a chave mestra – disse Sato.

Anderson sacou a chave da porta de entrada do andar de cima, mas esta nem sequer entrou na fechadura.

– Estou enganada – disse Sato em tom de sarcasmo – ou a segurança deveria ter acesso a todos os cantos de um prédio em caso de emergência?

Anderson soltou o ar com força e olhou para Sato.

– Senhora, os meus homens estão procurando uma segunda chave, mas...

– Atire na fechadura – disse ela, meneando a cabeça em direção ao espelho abaixo da maçaneta.

A pulsação de Langdon disparou.

Anderson pigarreou, visivelmente desconfortável.

– Diretora, estou aguardando notícias de uma segunda chave. Não sei bem se me sinto à vontade entrando à força em...

– Talvez o senhor se sinta mais à vontade sendo preso por obstruir uma investigação da CIA.

A expressão de Anderson era de pura incredulidade. Depois de uma longa pausa, ele entregou a lanterna para Sato com relutância e abriu o fecho do seu coldre.

– Espere! – disse Langdon, incapaz de assistir àquilo impassível. – Pense um pouco. Peter preferiu perder a mão direita a revelar o que pode estar escondido atrás desta porta. A senhora tem certeza de que devemos fazer isso? Destrancar esta porta equivale basicamente a cumprir as exigências de um terrorista.

– O senhor quer tornar a ver Peter Solomon? – perguntou Sato.

– Claro que sim, mas...

– Então sugiro que faça exatamente o que o sequestrador dele está pedindo.

– Destrancar um antigo portal? A senhora acha que *isto aqui* é o portal?

Sato mirou a lanterna bem na cara de Langdon.

– Professor, eu não faço a menor ideia do que é esta sala. Seja ela uma unidade de armazenamento ou a entrada secreta de uma antiga pirâmide, eu pretendo abri-la. Estou sendo clara?

Langdon apertou os olhos por causa da luz forte e finalmente aquiesceu.

Sato baixou a lanterna e a apontou de volta para o espelho arcaico da fechadura.

– Chefe? Pode atirar.

Ainda parecendo avesso àquele plano, Anderson sacou a arma muito, muito devagar, baixando os olhos para ela com um ar de incerteza.

– Ah, pelo amor de Deus! – Sato lançou as mãos miúdas para a frente e lhe tomou a arma. Em seguida, enfiou a lanterna na mão agora vazia de Anderson. – Segure a porcaria da lanterna. – Ela empunhou a pistola com a segurança de alguém treinado no manejo de armas e não perdeu tempo em desarmar a trava de segurança, armar o gatilho e mirar na fechadura.

– *Espere!* – gritou Langdon, mas era tarde demais.

A pistola rugiu três vezes.

Os tímpanos de Langdon pareciam ter explodido. *Essa mulher está louca!* Os tiros dentro daquele espaço diminuto haviam sido ensurdecedores.

Anderson também parecia abalado, e sua mão oscilava um pouco quando ele apontou a lanterna para a porta crivada de balas.

O mecanismo da fechadura estava agora em frangalhos, a madeira à sua volta totalmente pulverizada. A tranca havia cedido e a porta jazia entreaberta.

Sato estendeu a pistola e pressionou a ponta do cano contra a madeira, dando um empurrão. A porta se abriu por completo para a escuridão do interior.

Langdon olhou lá para dentro, mas não conseguiu enxergar nada no escuro. *Que raio de cheiro é esse?* Um odor estranho, fétido emanava das trevas.

Anderson atravessou a soleira e apontou a lanterna para baixo, percorrendo com cuidado toda a extensão do chão árido de terra batida. Aquela sala era igual às outras: um espaço comprido e estreito. As paredes eram feitas de pedra bruta, o que dava ao lugar a atmosfera de uma masmorra antiga. *Mas esse cheiro...*

– Não tem nada aqui – disse Anderson, movendo o facho mais para o fundo pelo chão do cubículo. Quando a luz finalmente atravessou todo o recinto, ele a ergueu para iluminar a parede de trás.

– Meu Deus...! – gritou Anderson.

Todos viram e deram um pulo para trás.

Langdon ficou olhando, incrédulo, para o canto mais afastado do cubículo. Para seu horror, algo o encarava de volta.

CAPÍTULO **36**

– **Deus do céu,** mas o que...? – No limiar da SBB13, Anderson quase deixou a lanterna cair e deu um passo para trás.

Langdon também recuou, assim como Sato, que parecia espantada pela primeira vez naquela noite.

Sato mirou a pistola para a parede do fundo e fez sinal para Anderson tornar a iluminar aquele pedaço. O chefe de polícia ergueu a lanterna. Ao alcançar a parede distante, o facho já estava tênue, mas foi suficiente para iluminar o formato de um rosto pálido e espectral que os fitava através de órbitas vazias.

Uma caveira humana.

A caveira estava em cima de uma mesinha de madeira bamba encostada na parede do fundo do cubículo. Dois ossos de uma perna humana estavam dispostos ao lado do crânio, junto com uma coleção de outros objetos meticulosamente arrumados sobre a mesa como se esta fosse um altar: uma ampulheta, um frasco de cristal, uma vela, dois pratinhos contendo um pó claro e uma folha de papel. Contra a parede ao lado da mesa desenhava-se a forma assustadora de uma foice comprida, cuja lâmina curva era tão conhecida quanto a do ceifeiro da morte.

Sato entrou na sala.

– Ora, vejam só... parece que Peter Solomon guarda mais segredos do que eu imaginava.

Anderson assentiu, avançando devagar atrás dela.

– Isso é o que eu chamo de esqueleto no armário. – Ele ergueu a lanterna e examinou o resto do cubículo vazio. – E este *cheiro*? – acrescentou, franzindo o nariz. – O que é?

– Enxofre – respondeu Langdon logo atrás deles. – Deve haver dois pratinhos em cima da mesa. O da direita deve conter sal. E o outro, enxofre.

Sem acreditar, Sato se virou para ele.

– E como é que o senhor sabe *disso*?

– Porque existem salas exatamente iguais a esta no mundo todo, minha senhora.

Um andar acima do segundo subsolo, o agente de segurança do Capitólio Nuñez acompanhava o Arquiteto Warren Bellamy pelo comprido corredor que percorria toda a extensão do subsolo leste. Nuñez poderia jurar que havia acabado de ouvir três tiros lá embaixo, abafados e subterrâneos. *Não é possível.*

– Alguém abriu a porta do segundo subsolo – disse Bellamy, apertando os olhos e espiando mais adiante no corredor até uma porta entreaberta.

Mas que noite mais estranha, pensou Nuñez. *Ninguém nunca desce lá.*

– Vou ficar feliz em saber o que está acontecendo – disse ele, estendendo a mão para pegar o rádio.

– Volte ao seu trabalho – disse Bellamy. – Não preciso de ajuda a partir daqui.

Nuñez se remexeu, nervoso.

– Tem certeza?

Warren Bellamy parou e pôs a mão firme sobre o ombro de Nuñez.

– Filho, eu trabalho aqui há 25 anos. Acho que conheço o caminho.

CAPÍTULO **37**

Mal'akh já vira alguns lugares sinistros na vida, mas poucos se comparavam ao mundo extraterrestre do Galpão 3. *Galpão Molhado*. A sala imensa dava a impressão de que um cientista louco havia invadido um supermercado e preenchido cada corredor e gôndola com jarros de todos os formatos e tamanhos contendo espécimes. Iluminado como um laboratório de fotografia, o espaço estava banhado por uma névoa vermelha de "luz de segurança" que vinha de baixo das prateleiras e subia para clarear os recipientes cheios de álcool etílico. O cheiro hospitalar de conservantes químicos era nauseante.

– Este galpão abriga mais de 20 mil espécies – disse a moça gordinha. – Peixes, roedores, mamíferos, répteis.

– Todos *mortos*, espero – disse Mal'akh, fingindo nervosismo.

A moça riu.

– Sim, sim. Todos mortinhos da silva. Confesso que passei seis meses trabalhando aqui sem ter coragem de entrar neste galpão.

Mal'akh podia entender por quê. Para onde quer que olhasse, se deparava com seres mortos envasados: salamandras, águas-vivas, ratos, besouros, pássaros e outras coisas que ele era incapaz de identificar. Como se essa coleção já não fosse suficientemente perturbadora, as tênues luzes de segurança que protegiam os espécimes fotossensíveis da exposição prolongada à claridade davam ao visitante a sensação de estar parado dentro de um gigantesco aquário, no qual criaturas sem vida haviam de alguma forma se reunido para espiá-lo das sombras.

– Aquilo ali é um celacanto – disse a moça, apontando para um grande recipiente de plexiglas contendo o peixe mais feio que Mal'akh já tinha visto na vida. – Antigamente se pensava que eles tivessem sido extintos junto com os dinossauros, mas esse daí foi capturado na África alguns anos atrás e doado para o Smithsonian.

Que sorte a sua, pensou Mal'akh, mal escutando o que ela dizia. Estava ocupado correndo os olhos pelas paredes em busca de câmeras de segurança. Viu apenas uma – apontada para a porta de entrada –, o que não era nenhuma surpresa, já que aquela era provavelmente a única forma de se entrar ali.

– E aqui está o que o senhor queria ver... – disse a moça, conduzindo-o até o tanque gigante que ele tinha avistado pela janela. – Nosso maior espécime. – Ela gesticulou indicando a criatura abominável, como o apresentador de um programa de auditório exibindo um automóvel novo. – A *Architeuthis*.

O tanque da lula parecia várias cabines telefônicas deitadas de lado e acopladas umas às outras. Dentro daquele longo e transparente caixão de plexiglas boiava um vulto repulsivamente pálido e amorfo. Mal'akh baixou os olhos para a cabeça bulbosa, parecendo um saco frouxo, e para os olhos do tamanho de bolas de basquete.

– Perto dela, seu celacanto é quase bonito.

– Espere até vê-la iluminada.

Trish retirou a enorme tampa do tanque. Vapores de etanol emanaram do seu interior quando ela pôs a mão lá dentro e acendeu um interruptor logo acima da superfície do líquido. A *Architeuthis* então se iluminou em toda a sua glória – uma cabeça colossal presa a uma escorregadia massa de tentáculos apodrecidos e ventosas afiadas feito navalhas.

Ela começou a contar como a lula gigante era capaz de derrotar um cachalote em um combate.

Mal'akh escutava apenas um blá-blá-blá sem sentido.

Havia chegado a hora.

Trish Dunne sempre ficava um pouco nervosa no Galpão 3, mas o calafrio que acabara de percorrer seu corpo era diferente.

Visceral. Primitivo.

Ela tentou ignorar a sensação que aumentava depressa, tomando conta dela. Embora Trish não conseguisse identificar a origem de sua ansiedade, seu instinto lhe dizia claramente que era hora de sair dali.

– Enfim, essa é a lula – disse ela, pondo a mão dentro do tanque e desligando a iluminação especial. – Acho que é melhor voltarmos para onde Katherine...

Uma imensa mão apertou com força sua boca, puxando-lhe a cabeça para trás. No mesmo instante, um braço potente envolveu seu tronco, prendendo-a contra um peito duro feito pedra. Durante uma fração de segundo, o choque deixou Trish anestesiada.

Então veio o terror.

O homem tateou seu peito, agarrando seu cartão de acesso e puxando com força. O cordão queimou sua nuca antes de se partir. O cartão caiu aos pés dos dois. Ela lutou, tentando se desvencilhar, mas não era páreo para o tamanho e a força daquele homem. Tentou gritar, mas a mão dele continuava a tapar-lhe a boca. Ele se abaixou, colando os lábios no seu ouvido e sussurrando:

– Quando eu tirar a mão da sua boca, você não vai gritar, entendido?

Ela balançou a cabeça vigorosamente, com os pulmões ardendo. *Não consigo respirar!*

O homem retirou a mão de sua boca e Trish arquejou, inspirando fundo.

– Me solte! – pediu ela, ofegante. – Que diabo está fazendo?

– Me diga a sua senha – falou o homem.

Trish estava completamente atônita. *Katherine! Socorro! Que homem é esse?*

– A segurança está vendo você! – disse ela, sabendo muito bem que os dois estavam fora do alcance das câmeras. *E ainda por cima não tem ninguém olhando.*

– A sua senha – repetiu o homem. – A que corresponde ao seu cartão de acesso.

Um medo gélido revirou suas entranhas e Trish girou o corpo com violência, soltando um dos braços e se virando para enfiar as unhas nos olhos do homem. Seus dedos arranharam sua bochecha. Quatro talhos se abriram na carne dele. Trish então percebeu que aquelas listras escuras não eram sangue. O homem estava usando maquiagem e, ao arranhá-lo, ela havia revelado as tatuagens escuras escondidas por baixo.

Quem é esse monstro?!

Com uma força aparentemente sobre-humana, ele girou o corpo dela e a ergueu do chão, empurrando-a pela borda do tanque aberto e deixando seu rosto logo acima do etanol. Os vapores queimaram suas narinas.

– Qual é a sua senha? – repetiu ele.

Os olhos de Trish ardiam e ela pôde ver a carne pálida da lula submersa abaixo de seu rosto.

– Me fale – disse ele, aproximando mais seu rosto da superfície. – Qual é?

A garganta dela agora ardia.

– 0-8-0-4! – disparou ela, mal conseguindo respirar. – Me solte! 0-8-0-4!

– Se estiver mentindo... – disse ele, empurrando-a mais para baixo até seus cabelos tocarem o etanol.

– Eu não estou mentindo! – disse ela, tossindo. – Dia 4 de agosto! É o meu aniversário!

– Obrigado, Trish.

As mãos vigorosas apertaram ainda mais a cabeça dela e uma força esmagadora a empurrou para baixo, mergulhando seu rosto no tanque. Uma dor excruciante queimou seus olhos. O homem empurrou com mais força, afundando toda a cabeça dela no etanol. Trish sentiu o rosto ser pressionado contra a cabeça polpuda da lula.

Reunindo todas as suas forças, ela arqueou violentamente o corpo, vergando-se para trás numa tentativa desesperada de tirar a cabeça do tanque. Mas as mãos poderosas não saíram do lugar.

Preciso respirar!

Ela continuou submersa, lutando para não abrir os olhos nem a boca. Seus pulmões queimavam enquanto ela resistia à poderosa ânsia de respirar. *Não! Não faça isso!* Mas o reflexo de inalação de Trish finalmente a dominou.

Sua boca se abriu por inteiro e seus pulmões se expandiram violentamente, tentando sugar o oxigênio de que seu corpo precisava. Em um jato ardente, uma onda de etanol penetrou sua boca. Quando o produto químico desceu por sua garganta até chegar aos pulmões, Trish sentiu uma dor que jamais imaginara ser possível. Misericordiosamente, a dor só durou alguns segundos antes de seu mundo cair na escuridão.

Mal'akh permaneceu em pé ao lado do tanque, recuperando o fôlego e avaliando os estragos.

A moça sem vida pendia da borda, com o rosto ainda mergulhado no etanol. Ao vê-la ali, Mal'akh teve um lampejo da única outra mulher que havia matado.

Isabel Solomon.

Muito tempo atrás. Em outra vida.

Mal'akh então olhou para o cadáver flácido à sua frente. Segurou os quadris largos da moça e deu um impulso para cima com as pernas, erguendo-a e empurrando-a até ela deslizar pela borda do tanque. A cabeça de Trish Dunne escorregou para dentro do etanol. O resto de seu corpo foi atrás, submergindo. Aos poucos, as ondulações da superfície cessaram, deixando a mulher a flutuar, lânguida, por cima da imensa criatura marinha. À medida que suas roupas ficavam mais pesadas, ela começou a afundar, boiando rumo à escuridão. Pouco a pouco, o corpo de Trish Dunne se assentou sobre o grande animal.

Mal'akh limpou as mãos e tornou a pôr a tampa de plexiglas, lacrando o tanque.

O Galpão Molhado tem um novo espécime.

Ele recolheu o cartão de acesso de Trish do chão e o guardou no bolso: *0804.*

Quando Mal'akh viu Trish pela primeira vez na recepção, enxergou nela um risco. Depois se deu conta de que o cartão de acesso e a senha da moça eram a sua garantia. Se a sala de armazenamento de dados de Katherine fosse tão segura quanto Peter dera a entender, então Mal'akh previa alguma dificuldade para convencê-la a destrancá-la para ele. *Agora tenho as minhas próprias chaves.*

Agradava-lhe saber que não precisaria mais perder tempo tentando obrigar Katherine a fazer o que ele queria.

Ao endireitar o corpo, Mal'akh viu o próprio reflexo na janela e percebeu que sua maquiagem estava bastante estragada. Aquilo não tinha mais importância. Quando Katherine juntasse todas as peças do quebra-cabeça, seria tarde demais.

CAPÍTULO **38**

– **Esta sala é maçônica?** – quis saber Sato, virando as costas para a caveira e encarando Langdon no escuro.

O professor fez que sim.

– Chama-se Câmara de Reflexões. Essas salas são lugares frios e austeros onde um maçom pode refletir sobre a própria mortalidade. Ao meditar sobre o caráter inevitável da morte, um maçom adquire uma valiosa compreensão sobre a natureza efêmera da vida.

Sato correu os olhos por aquele espaço sinistro, aparentemente nem um pouco convencida.

– Isto aqui é um tipo de sala de *meditação*?

– Basicamente, sim. Essas câmaras sempre contêm os mesmos símbolos: uma caveira e ossos cruzados, uma foice, uma ampulheta, enxofre, sal, um papel em branco, uma vela, etc. Os símbolos da morte inspiram os maçons a refletir sobre a melhor forma de conduzir suas vidas na Terra.

– Parece um altar da morte – disse Anderson.

É mais ou menos essa a ideia.

– A maioria dos meus alunos de simbologia tem a mesma reação no início. – Langdon muitas vezes lhes indicava o livro de Beresniak, *Símbolos da Franco-maçonaria*, que tinha belas ilustrações de Câmaras de Reflexões.

– E os seus alunos não acham perturbador o fato de os maçons meditarem em meio a caveiras e foices? – perguntou Sato.

– Não mais perturbador do que cristãos rezando aos pés de um homem pregado na cruz, ou do que hindus entoando cânticos diante de um elefante de quatro braços chamado Ganesha. A má compreensão dos símbolos de uma cultura é uma fonte comum de preconceito.

Sato se virou para o outro lado, pelo jeito sem paciência para sermões. Ela andou na direção da mesa de artefatos. Anderson tentou iluminar seu caminho, mas o facho de luz estava começando a fraquejar. Ele bateu no fundo da lanterna, conseguindo fazer com que brilhasse com mais intensidade.

Enquanto os três avançavam pelo espaço estreito, o aroma pungente do enxofre encheu as narinas de Langdon. O segundo subsolo era úmido, e a umidade do ar ativava o enxofre no pratinho. Sato chegou diante da mesa e olhou para a caveira e para os outros objetos. Anderson se juntou a ela, fazendo o possível para iluminar os artefatos com o facho cada vez mais fraco da lanterna.

Depois de examinar tudo o que havia ali, ela levou as mãos aos quadris e deu um suspiro.

– Que tralha toda é essa?

Langdon sabia que os objetos naquela sala haviam sido cuidadosamente escolhidos e arrumados.

– São símbolos de transformação – explicou ele, sentindo-se confinado ao se juntar aos outros diante da mesa, nos fundos do cubículo. – A caveira, ou *caput mortuum*, representa a última transformação do homem, pela decomposição. É um lembrete de que todos nós um dia perdemos nossa carne mortal. O enxofre e o sal são catalisadores alquímicos que facilitam a transformação. A ampulheta representa o poder transformador do tempo. – Ele gesticulou na direção da vela apagada. – E esta vela representa o fogo primordial criador e o despertar do homem do sono da ignorância... a transformação pela iluminação.

– E... *isto aqui?* – perguntou Sato, apontando para o canto.

Anderson girou o facho cada vez mais débil da lanterna para a gigantesca foice apoiada na parede do fundo.

– Não é um símbolo de morte, como muitos pensam – disse Langdon. – A foice, na verdade, simboliza o alimento transformador da natureza: a colheita de suas dádivas.

Sato e Anderson se calaram, aparentemente tentando processar a cena bizarra à sua frente.

Tudo o que Langdon queria era sair daquele lugar.

– Sei que esta sala pode parecer estranha – disse o professor –, mas não há nada de mais aqui. Na verdade, isto tudo é bem normal. Várias lojas maçônicas têm câmaras iguaizinhas a esta.

– Mas isto aqui não é uma loja maçônica! – declarou Anderson. – É o Capitólio dos Estados Unidos, e eu gostaria de saber o que esta sala está fazendo no meu prédio.

– Às vezes, os maçons montam essas câmaras em seus escritórios ou em casa, como espaços de meditação. Não é raro.

Langdon conhecia um cirurgião cardíaco em Boston que havia montado uma Câmara de Reflexões maçônica num espaço reservado de seu consultório, para poder refletir sobre a mortalidade antes de operar.

Sato parecia intrigada.

– Está dizendo que Peter Solomon vem aqui refletir sobre a morte?

– Não sei mesmo – respondeu Langdon com sinceridade. – Talvez ele tenha criado esta sala como um santuário para os irmãos maçons que trabalham no prédio, para que eles tivessem um retiro espiritual do caos do mundo material... um lugar onde um poderoso legislador pudesse refletir antes de tomar decisões que irão afetar seus conterrâneos.

– Um sentimento nobre – comentou Sato com sarcasmo –, mas algo me diz que o povo americano talvez não goste que seus líderes fiquem rezando dentro de salinhas com foices e caveiras.

Bem, eles não deveriam achar isso, pensou Langdon, imaginando como o mundo poderia ser diferente caso mais líderes parassem para refletir sobre a inevitabilidade da morte antes de partirem para a guerra.

Sato franziu os lábios e examinou cuidadosamente os quatro cantos da câmara iluminada pela luz fraca da lanterna.

– Deve haver *alguma coisa* aqui além de ossos humanos e pratinhos de substâncias químicas, professor. Alguém trouxe o senhor lá da sua casa em Cambridge para colocá-lo exatamente nesta sala.

Langdon apertou a bolsa contra a lateral do corpo, ainda sem conseguir imaginar como o embrulho podia estar relacionado àquela câmara.

– Sinto muito, mas não estou vendo nada fora do normal. – Langdon estava torcendo para que, depois dessa, eles finalmente começassem a procurar Peter.

A lanterna de Anderson tornou a falhar e Sato se virou para ele de supetão, sua raiva transparecendo.

– Pelo amor de Deus, assim está difícil! – Ela mergulhou a mão no bolso e sacou um isqueiro. Acionando-o com o polegar, estendeu a chama para a frente e acendeu a única vela da mesa. O pavio crepitou e em seguida pegou fogo, espalhando uma luminescência fantasmagórica pelo espaço confinado. Sombras compridas riscaram as paredes de pedra. À medida que a chama ficava mais forte, uma imagem inesperada se materializava diante deles.

– Olhem! – disse Anderson, apontando.

À luz da vela, eles agora podiam ver uma inscrição desbotada: sete letras maiúsculas rabiscadas na parede do fundo.

VITRIOL

– Estranha escolha de palavras – disse Sato enquanto a luz da vela formava uma assustadora silhueta em forma de caveira por cima das letras. Ela se perguntava por que alguém escreveria "vitriol", vitríolo em inglês, quando a palavra mais comum era "ácido sulfúrico".

– Na verdade, isso é um acrônimo – disse Langdon. – Está escrito na parede do fundo da maioria das salas iguais a esta. É a abreviação do mantra maçônico de meditação: *Visita interiora terrae, rectificando invenies occultum lapidem.*

Sato o encarou, parecendo quase impressionada.

– Ou seja?

– Visite o interior da terra e purificando-se encontrará a pedra oculta.

O olhar de Sato se aguçou.

– A pedra oculta tem alguma relação com uma pirâmide escondida?

Langdon deu de ombros, sem querer incentivar aquela comparação.

– Quem gosta de fantasiar sobre pirâmides escondidas em Washington responderia que *occultum lapidem* se refere à pirâmide, sim. Outros diriam que se trata de uma alusão à pedra filosofal: uma substância que os alquimistas acreditavam ser capaz de proporcionar a vida eterna ou transformar chumbo em ouro. Outros ainda alegariam que a expressão se relaciona ao Santo dos Santos, uma câmara de pedra escondida no centro do Grande Templo em Jerusalém. Há quem diga também que é uma referência cristã aos ensinamentos secretos de São Pedro, a Rocha. Cada tradição esotérica interpreta "a pedra" do seu próprio jeito, mas invariavelmente a *occultum lapidem* é uma fonte de poder e iluminação.

Anderson pigarreou.

– Será possível que Solomon mentiu para esse cara? Talvez ele tenha dito que havia alguma coisa aqui embaixo... quando, na verdade, não há nada.

Langdon estava pensando mais ou menos a mesma coisa.

Sem aviso, a chama da vela tremeluziu como se houvesse sido agitada por uma corrente de ar. Enfraqueceu por alguns instantes, recuperando-se em seguida e tornando a brilhar com força.

– Que estranho – disse Anderson. – Espero que ninguém tenha fechado a porta lá em cima. – Ele deixou a sala rumo à escuridão do corredor. – Olá?

Langdon mal reparou quando ele saiu. Seu olhar havia sido subitamente atraído para a parede do fundo do cubículo. *O que acabou de acontecer?*

– O senhor viu isso? – perguntou Sato, também olhando alarmada a parede.

Langdon assentiu, sentindo sua pulsação acelerar. *O que eu acabei de ver?*

Segundos antes, a parede do fundo parecia ter cintilado, como se atravessada por uma ondulação de energia.

Anderson voltou para a sala.

– Não há ninguém lá fora. – Quando ele entrou, a parede tornou a cintilar. – Puta merda! – exclamou, dando um pulo para trás.

Os três passaram um bom tempo mudos, encarando a parede. Langdon sentiu outro calafrio percorrer seu corpo ao entender o que estavam vendo. Estendeu a mão, hesitante, até as pontas dos dedos tocarem a superfície dos fundos da sala.

– Não é uma parede – falou.

Anderson e Sato chegaram mais perto, olhando com atenção.

– É uma lona – disse Langdon.

– Mas ela se agitou – disse Sato rapidamente.

Sim, de um jeito muito estranho. Langdon examinou a superfície mais de perto. O polimento da lona havia refletido a luz da vela de uma forma surpreendente porque acabara de se agitar *para fora* da sala... movendo-se para trás, *através* da parede do fundo.

Com muita delicadeza, Langdon esticou os dedos, empurrando a lona. Espantado, retirou a mão depressa. *Tem uma abertura aqui!*

– Afaste isso – ordenou Sato.

Àquela altura, o coração de Langdon batia descompassado. Ele ergueu a mão e segurou a ponta da lona, puxando o tecido devagar para um dos lados. Sem conseguir acreditar, encarou fixamente o que estava escondido atrás dela. *Meu Deus.*

Assombrados, Sato e Anderson nem se mexiam ao olhar para a abertura na parede do fundo.

Por fim, Sato falou:

– Parece que acabamos de encontrar nossa pirâmide.

C A P Í T U L O **39**

Robert Langdon não conseguia tirar os olhos da abertura na parede do fundo da sala. Atrás da lona, fora aberto um buraco na forma de um quadrado perfeito. Essa abertura, com cerca de 70 centímetros de altura, parecia ter sido feita removendo uma série de tijolos. Por alguns instantes, no escuro, Langdon pensou que o buraco fosse uma janela para outra sala.

Agora via que não.

A abertura se estendia apenas alguns centímetros para dentro da parede. Como um oratório grosseiro, aquele compartimento fez Langdon pensar no nicho de um museu destinado a exibir alguma estatueta. De modo apropriado, havia um pequeno objeto exposto ali.

Com quase 25 centímetros de altura, era um pedaço de granito maciço esculpido. A superfície era elegante e lisa, com quatro laterais polidas que reluziam à luz da vela.

Langdon não podia imaginar o que aquilo estava fazendo ali. *Uma pirâmide de pedra?*

– Pela sua cara de surpresa – comentou Sato com ar vitorioso –, imagino que *esse objeto* não seja típico de uma Câmara de Reflexões.

Langdon fez que não com a cabeça.

– Então talvez o senhor queira reavaliar o que disse sobre a lenda de uma Pirâmide Maçônica escondida em Washington. – Seu tom agora beirava a arrogância.

– Senhora – retrucou Langdon sem demora –, esta pequena pirâmide *não* é a Pirâmide Maçônica.

– Então é só coincidência termos encontrado uma pirâmide escondida no coração do Capitólio dentro de uma sala pertencente a um líder maçom?

Langdon esfregou os olhos e tentou clarear os pensamentos.

– Minha senhora, esta pirâmide não se parece em nada com o mito. A Pirâmide Maçônica é descrita como algo imenso, com um cume de ouro maciço.

Além disso, Langdon sabia que aquela pequena pirâmide – cujo topo era achatado – não era sequer uma pirâmide *de verdade*. Sem a ponta, aquilo era um símbolo totalmente diferente. Conhecido como Pirâmide Inacabada, era um lembrete de que a ascensão do homem ao seu potencial máximo era uma obra em progresso. Embora poucos se dessem conta, aquele era o símbolo mais divulgado do mundo. *Mais de 20 bilhões em circulação.* Estampada em cada nota de um dólar, a Pirâmide Inacabada esperava com paciência pela pedra reluzente que a completaria – e que pairava acima dela como uma recordação do destino ainda não cumprido dos Estados Unidos e do trabalho a ser feito, tanto pelo país quanto por seus cidadãos.

– Tire-a daí – disse Sato para Anderson, indicando a pirâmide. – Quero ver mais de perto. – Ela começou a abrir espaço em cima da mesa, empurrando a caveira e os ossos cruzados para o lado sem um pingo de respeito.

Langdon estava começando a se sentir parte de um bando de reles ladrões de tumbas profanando um santuário particular.

Anderson contornou Langdon, estendendo os braços para dentro do nicho e segurando a pirâmide com as duas mãos enormes. Então, quase sem conseguir erguê-la naquele ângulo esquisito, deslizou a pirâmide na sua direção e arriou-a sobre a mesa de madeira, produzindo um baque seco. Em seguida, recuou alguns passos para dar espaço a Sato.

A diretora aproximou a vela da pirâmide e estudou sua superfície polida. Vagarosamente, alisou-a com seus pequenos dedos, examinando cada centímetro do topo achatado e depois as laterais. Envolveu-a com as mãos para tatear a parte traseira e então franziu as sobrancelhas, aparentemente decepcionada.

– Professor, o senhor disse que a Pirâmide Maçônica tinha sido construída para proteger informações secretas.

– Sim, essa é a lenda.

– Então, hipoteticamente falando, se o sequestrador de Peter acreditasse que *esta aqui* é a Pirâmide Maçônica, acreditaria que ela contém informações poderosas.

Langdon concordou, irritado.

– Sim, mas mesmo que ele encontrasse essas informações, é provável que não fosse capaz de *lê-las*. Segundo a lenda, o conteúdo da pirâmide está em código, o que o torna indecifrável... a não ser para os merecedores.

– O que foi que o senhor disse?

Apesar da impaciência crescente, Langdon respondeu em tom neutro.

– Os tesouros mitológicos são *sempre* protegidos por testes de merecimento. Na lenda da Espada na Pedra, como a senhora deve se lembrar, a pedra se recusa a entregar Excalibur a não ser para Arthur, que estava espiritualmente preparado para manejar o espantoso poder que ela possuía. A Pirâmide Maçônica tem por base a mesma ideia. No caso *dela*, o tesouro são as informações que estariam escritas em linguagem cifrada, uma língua mística de palavras perdidas, legível apenas por quem for merecedor.

Um débil sorriso atravessou os lábios de Sato.

– Isso talvez explique por que o senhor foi convocado a vir até aqui hoje.

– Como é que é?

Com calma, Sato virou a pirâmide sem tirá-la do lugar, girando-a 180 graus. O quarto lado da pirâmide foi então iluminado pela vela.

Robert Langdon encarou aquilo, surpreso.

– Está parecendo – disse Sato – que alguém considera o senhor merecedor.

CAPÍTULO **40**

Por que Trish está demorando tanto?

Katherine Solomon tornou a conferir o relógio. Havia se esquecido de avisar ao Dr. Abaddon sobre o bizarro trajeto até o seu laboratório, mas não podia imaginar que a escuridão os tivesse atrasado de tal forma. *Eles já deveriam ter chegado.*

Katherine foi até a saída e abriu a porta revestida de chumbo, olhando para o vazio. Passou alguns instantes escutando, mas não ouviu nada.

– Trish? – chamou, e sua voz foi engolida pela escuridão.

Silêncio.

Intrigada, ela fechou a porta, sacou o celular e ligou para a recepção.

– Aqui é Katherine. Trish está por aí?

– Não, senhora – respondeu o vigia da entrada. – Faz uns 10 minutos que ela e o seu convidado foram para aí.

– É mesmo? Acho que eles ainda nem entraram no Galpão 5.

– Espere um instante. Vou verificar. – Katherine pôde ouvir os dedos do vigia digitando no teclado do computador. – Tem razão. Segundo os registros do cartão de acesso da Sra. Dunne, ela ainda não abriu a porta do Galpão 5. Sua última ocorrência de acesso tem uns oito minutos... e foi no Galpão 3. Imagino que ela esteja aproveitando para fazer um pequeno tour com o convidado.

Katherine franziu a testa. *Parece que sim.* Aquilo era um pouco estranho, mas pelo menos ela sabia que Trish não iria passar muito tempo no Galpão 3. *Aquele lugar tem um cheiro horrível.*

– Obrigada. Meu irmão já chegou?

– Não, senhora. Ainda não.

– Obrigada.

Ao desligar, Katherine sentiu uma pontada repentina de inquietação. A sensação de nervosismo a fez parar para pensar, mas só por um instante. Era exatamente a mesma ansiedade que ela sentira mais cedo, ao entrar na casa do Dr. Abaddon. Constrangedoramente, daquela vez sua intuição feminina a havia decepcionado. E muito.

Não é nada, disse Katherine a si mesma.

CAPÍTULO **41**

Robert Langdon estudou a pirâmide de pedra. *Não é possível.*

– Uma língua antiga cifrada? – indagou Sato sem erguer os olhos. – Me diga, isto aqui corresponde à descrição?

Na lateral recém-exposta da pirâmide, uma série de 16 caracteres estava gravada com precisão na pedra lisa.

Anderson estava parado ao lado de Langdon, sua boca escancarada como que refletindo o espanto do outro homem. O chefe da segurança parecia ter se deparado com algum tipo de teclado alienígena.

– Professor? – indagou Sato. – Imagino que o senhor consiga ler isso, certo?

Langdon se virou para ela.

– O que faz a senhora pensar assim?

– O fato de o senhor ter sido *trazido* até aqui, professor. O senhor foi escolhido. Essa inscrição parece algum tipo de código e, levando em conta a sua reputação, parece-me óbvio que foi trazido até aqui para decifrá-lo.

Langdon teve de admitir que, depois de suas experiências em Roma e Paris, havia recebido vários pedidos de ajuda para quebrar alguns dos grandes códigos não decifrados da história – o Disco de Festos, o Código Dorabella, o misterioso Manuscrito de Voynich.

Sato correu o dedo por cima da inscrição.

– Pode me dizer o significado destes ícones?

Não são ícones, pensou Langdon. *São símbolos.* Ele havia reconhecido aquele código na mesma hora: uma linguagem cifrada do século XVII. Langdon sabia muito bem como quebrá-lo.

– Minha senhora – disse ele, hesitando –, esta pirâmide é propriedade *particular* de Peter.

– Particular ou não, se este código for de fato a razão pela qual o senhor foi trazido até Washington, o senhor não terá escolha. Terá que me dizer o que está escrito.

O BlackBerry de Sato emitiu um bipe alto e ela arrancou o aparelho do bolso, estudando durante vários segundos a mensagem que acabara de chegar. Langdon estava impressionado que a rede sem fio do Capitólio pudesse ser captada ali embaixo.

Sato grunhiu e arqueou as sobrancelhas, lançando um olhar estranho para Langdon.

– Chefe Anderson? – disse ela, virando-se para ele. – Uma palavrinha em particular, pode ser? – A diretora fez sinal para Anderson acompanhá-la e os dois desapareceram no corredor totalmente escuro, deixando Langdon sozinho à luz tremeluzente da vela na Câmara de Reflexões de Peter.

O chefe Anderson se perguntava quando aquela noite iria terminar. *A mão cortada de um homem na minha Rotunda? Um santuário da morte no meu subsolo? Inscrições bizarras em uma pirâmide de pedra?* De alguma forma, o jogo dos Redskins já não parecia ter a menor importância.

Enquanto seguia Sato rumo à escuridão do corredor, Anderson acendeu a lanterna. O facho estava fraco, mas era melhor do que nada. A diretora o conduziu alguns metros pelo corredor, onde Langdon não pudesse vê-los.

– Dê uma olhada nisto aqui – sussurrou ela, passando o BlackBerry para Anderson.

O chefe da segurança pegou o aparelho e apertou os olhos para enxergar a tela iluminada. Ela exibia uma imagem em preto e branco – o raio X da bolsa de Langdon que Anderson havia solicitado para Sato. Como em todas as imagens de raios X, os objetos de maior densidade apareciam num branco mais brilhante. Dentro da bolsa de Langdon, apenas um item se destacava dos outros. Obviamente muito denso, ele reluzia feito uma joia ofuscante em meio a uma barafunda nebulosa de objetos. Sua forma era inconfundível.

Ele passou a noite inteira carregando esse negócio? Anderson olhou para Sato com surpresa.

– Por que Langdon não mencionou isso?

– Ótima pergunta – sussurrou ela.

– O formato... não pode ser coincidência.

– Não – concordou Sato, cujo tom agora era de raiva. – Eu diria que não.

Um leve farfalhar no corredor chamou a atenção de Anderson. Espantado, ele apontou a lanterna em direção à passagem escura. O facho mortiço revelou apenas um corredor deserto margeado de portas abertas.

– Olá? – chamou Anderson. – Tem alguém aí?

Silêncio.

Sato lançou-lhe um olhar estranho, aparentemente sem ter ouvido nada.

Anderson escutou por mais alguns instantes, depois deixou aquilo para lá. *Preciso cair fora deste lugar.*

Sozinho na sala iluminada pela vela, Langdon correu os dedos pelos cantos acentuados das inscrições na pirâmide. Estava curioso para saber o que dizia a mensagem, mas não queria invadir mais ainda a privacidade de Peter Solomon. *E por que, afinal de contas, esse maluco se interessaria por esta pequena pirâmide?*

– Professor, nós temos um problema – declarou a voz de Sato bem alto atrás dele. – Acabei de receber uma informação nova e já estou farta das suas mentiras.

Langdon se virou e viu a diretora do Escritório de Segurança marchando sala adentro com o BlackBerry na mão e os olhos faiscando. Espantado, olhou para Anderson em busca de ajuda, mas o chefe estava montando guarda junto à porta com uma expressão de poucos amigos. Sato parou diante do professor e enfiou o BlackBerry no seu rosto.

Atarantado, Langdon olhou para a tela, que exibia uma imagem em preto e branco parecida com um fantasmagórico negativo de filme. A imagem mostrava um emaranhado de objetos, sendo que um deles brilhava intensamente. Embora estivesse torto e descentralizado, o item mais reluzente era claramente uma pequena pirâmide pontuda.

Uma pirâmide em miniatura? Langdon olhou para Sato.

– O que é isso?

A pergunta só pareceu aumentar ainda mais a ira da diretora.

– Está fingindo que não sabe?

Langdon perdeu a paciência.

– Não estou *fingindo* nada! Eu nunca vi isso antes na minha vida!

– Mentira! – disparou Sato, cuja voz soou incisiva no ar úmido. – O senhor passou a noite inteira carregando isso dentro da bolsa!

– Eu... – Langdon interrompeu a frase no meio. Seus olhos abaixaram lentamente até a bolsa em seu ombro. Ele então tornou a erguê-los para o BlackBerry. *Meu Deus... o embrulho.* Langdon examinou a imagem com mais atenção. Foi aí que viu. Um cubo apagado envolvia a pirâmide. Pasmo, percebeu que estava diante de um raio X da sua bolsa... e também do misterioso pacote em forma de cubo de Peter. O cubo, na verdade, era uma caixa contendo uma pequena pirâmide.

Langdon abriu a boca para falar, mas não conseguiu dizer nada. Sentiu o ar lhe escapar dos pulmões enquanto uma nova revelação se abatia sobre ele.

Simples. Pura. Devastadora.

Meu Deus. Ele tornou a olhar para a pirâmide de pedra incompleta sobre a mesa. Seu topo era achatado – uma pequena superfície quadrada –, um espaço vazio que aguardava simbolicamente o arremate... a peça que a faria deixar de ser uma Pirâmide Inacabada, transformando-a numa Pirâmide Verdadeira.

Langdon então percebeu que a pirâmide minúscula que carregava não era uma pirâmide. *É um cume*. Nesse instante, soube por que ele era o único capaz de desvendar os mistérios daquela pirâmide de pedra.

A última peça está em meu poder.

E ela é de fato... um talismã.

Quando Peter lhe contara que o embrulho continha um *talismã*, Langdon achou graça. Agora via que o amigo tinha razão. Aquele pequenino cume era *mesmo* um talismã, mas não do tipo mágico... de um tipo bem mais antigo. Muito antes de adquirir conotações de magia, a palavra *talismã* tinha outro significado: "completar". Do grego *télesma*, que significa "completude", um talismã é qualquer coisa ou ideia que completa outra e a torna inteira. *O elemento final*. Simbolicamente falando, um cume seria o derradeiro talismã, aquele que transformaria a Pirâmide Inacabada em um símbolo de perfeição total.

Langdon sentiu que uma sinistra combinação de fatores o forçava a aceitar uma verdade muito estranha: a não ser pelo tamanho, a pirâmide de pedra na Câmara de Reflexões de Peter parecia se transformar aos poucos em algo que recordava vagamente a Pirâmide Maçônica da lenda.

Pelo brilho que o cume exibia no raio X, Langdon desconfiou que fosse de metal... um metal *muito* denso. Não tinha como saber se era ou não de ouro maciço e não estava disposto a permitir que sua própria mente começasse a lhe pregar peças. *Essa pirâmide é pequena demais. O código é fácil demais de decifrar. E... ela é um mito, pelo amor de Deus!*

Sato o observava com atenção.

– Para um homem inteligente, professor, o senhor fez algumas escolhas bem estúpidas hoje à noite. Mentir para uma diretora de inteligência, por exemplo, e obstruir intencionalmente uma investigação da CIA.

– Eu posso explicar, se a senhora deixar.

– O senhor vai explicar na sede da CIA. A partir de agora, considere-se preso.

O corpo de Langdon se retesou.

– A senhora não pode estar falando sério.

– Mais sério, impossível. Eu deixei claro que muita coisa estava em jogo esta noite, mas o senhor decidiu não cooperar. Sugiro que não se furte a dar explicações sobre a inscrição nesta pirâmide, porque quando chegarmos à CIA... – ela ergueu o BlackBerry e tirou uma foto em close dos símbolos na pirâmide de pedra –... meus analistas já vão estar bem adiantados.

Langdon abriu a boca para protestar, mas Sato já estava se virando para Anderson, que continuava junto à porta.

– Chefe – disse ela –, ponha a pirâmide de pedra na bolsa do professor Langdon e leve-a com o senhor. Eu cuido de prendê-lo. Me dê sua arma, por favor.

Anderson tinha o semblante duro feito pedra quando entrou na sala, destravando o coldre do ombro no caminho. Entregou a arma a Sato, que imediatamente a apontou para o professor.

Langdon assistia a tudo aquilo como em um sonho. *Isto não pode estar acontecendo.*

O chefe então se aproximou dele e retirou a bolsa de seu ombro, levando-a até a mesa e apoiando-a na cadeira. Puxou o zíper para abri-la e, em seguida, apanhou a pesada pirâmide de pedra de cima da mesa e guardou-a lá dentro, junto com as anotações de Langdon e o pequeno embrulho.

De repente, o barulho de algo se movendo ecoou no corredor. O vulto de um homem se materializou na soleira da porta, precipitando-se para dentro da sala e se aproximando depressa por trás de Anderson. O chefe nem percebeu o que estava acontecendo. Em um segundo, o desconhecido já havia golpeado suas costas. Anderson foi jogado para a frente e sua cabeça se chocou contra a borda do nicho de pedra. Ele se estatelou sobre a mesa, mandando ossos e artefatos pelos ares. A ampulheta se estilhaçou no chão. A vela caiu, ainda acesa.

Sato se virou em meio à confusão, erguendo a pistola, mas o intruso agarrou um fêmur e o usou como arma, atingindo o ombro da diretora. Sato soltou um grito de dor e caiu para trás, largando a pistola. O recém-chegado chutou a arma para longe e então se voltou para Langdon. Era um homem alto e esguio, um negro elegante que Langdon nunca tinha visto.

– Pegue a pirâmide! – ordenou ele. – Venha comigo!

CAPÍTULO 42

O senhor negro que conduzia Langdon pelo labirinto subterrâneo do Capitólio era obviamente uma pessoa poderosa. Além de conhecer bem o caminho por todos aqueles corredores secundários e câmaras internas, o elegante desconhecido tinha um molho de chaves que parecia destrancar todas as portas que impediam sua passagem.

Langdon o seguiu, galgando às pressas uma escada desconhecida. Enquanto subiam, sentia a correia de couro de sua bolsa cortar-lhe o ombro. A pirâmide de pedra era tão pesada que Langdon temia que a alça acabasse se partindo.

Os últimos minutos transcorridos desafiavam qualquer lógica, e Langdon se surpreendeu avançando unicamente por instinto. Além de impedir que ele fosse preso por Sato, o desconhecido tinha agido de forma arriscada para proteger a misteriosa pirâmide de Peter Solomon. *Seja ela o que for*. Embora sua motivação ainda fosse um mistério, Langdon vislumbrara na mão do homem um cintilar de ouro revelador: um anel maçônico com a fênix de duas cabeças e o número 33. Aquele homem e Peter Solomon eram mais do que amigos de confiança. Eram irmãos maçons do mais alto grau.

Langdon seguiu o homem até o alto da escada e entrou em outra passagem, atravessando em seguida uma porta sem nada escrito que conduzia a um corredor de serviço. Passaram por caixas de material e sacos de lixo, dobrando na direção de uma porta de serviço que os fez adentrar um mundo totalmente inesperado – uma espécie de sala de cinema com poltronas acolchoadas. O homem mais velho os conduziu até o corredor lateral e através das portas principais rumo a um saguão espaçoso e iluminado. Langdon então percebeu que estavam no centro de visitantes pelo qual ele havia entrado mais cedo naquela noite.

Infelizmente, um agente da polícia do Capitólio também estava ali.

Quando se viram frente a frente, os três pararam e se entreolharam. Langdon reconheceu o rapaz hispânico de horas atrás, quando havia passado pela máquina de raios X.

– Agente Nuñez – disse o senhor negro. – Não diga nada. Venha comigo.

O segurança pareceu pouco à vontade, mas obedeceu sem questionar.

Quem é esse cara?

Os três seguiram apressados em direção à ala sudeste do centro de visitantes, chegando a um pequeno hall e a uma série de portas pesadas interditadas por cones laranja. As portas estavam lacradas com fita adesiva, aparentemente para proteger o local da poeira produzida pelo que quer que estivesse acontecendo do outro lado. O homem estendeu a mão e retirou a fita adesiva da porta. Em seguida, correu os dedos pelo molho de chaves enquanto falava com o segurança.

– Nosso amigo chefe Anderson está no segundo subsolo. Talvez esteja ferido. É melhor ir ver como ele está.

– Sim, senhor. – Nuñez parecia perplexo e alarmado.

– E o que é mais importante: você *não* nos viu. – O homem encontrou uma chave e a retirou do chaveiro, usando-a para abrir o pesado trinco. Então, descerrou a porta de aço e atirou a chave para o segurança. – Tranque esta porta depois que entrarmos. Recoloque a fita da melhor maneira que conseguir. Ponha a chave no bolso e não diga nada. Para *ninguém*. Nem mesmo para o chefe. Entendido, agente Nuñez?

O segurança olhou para a chave como se houvessem acabado de lhe confiar uma pedra preciosa.

– Entendido, senhor.

O homem passou depressa pela porta e Langdon foi atrás. O segurança fechou o trinco atrás deles e Langdon pôde ouvi-lo recolocando a fita adesiva.

– Professor Langdon – disse o homem enquanto os dois desciam rapidamente um corredor de aspecto moderno obviamente ainda em obras. – Meu nome é Warren Bellamy. Peter Solomon é um grande amigo meu.

Langdon lançou um olhar de espanto para o homem imponente. *O senhor é Warren Bellamy?* Ele nunca tinha encontrado o Arquiteto do Capitólio, mas com certeza conhecia seu nome.

– Peter fala do senhor com muito respeito – disse Bellamy. – Sinto muito por estarmos nos conhecendo nestas circunstâncias terríveis.

– Peter está correndo grande perigo. A mão dele...

– Eu sei. – Bellamy parecia amargurado. – Infelizmente, acho que isso não é nem metade da história.

Eles chegaram ao final da parte iluminada do corredor, que a partir daquele ponto fazia uma curva abrupta para a esquerda. O trecho restante, aonde quer que levasse, estava escuro feito breu.

– Espere – falou Bellamy, desaparecendo dentro de uma casa de máquinas próxima dali, da qual grossas extensões elétricas laranja serpeavam, afastando-se deles rumo à escuridão do corredor.

Langdon aguardou enquanto Bellamy fuçava lá dentro. O Arquiteto provavelmente havia localizado o interruptor que alimentava as extensões, porque de repente o caminho diante deles se iluminou.

Ficar olhando foi o máximo que Langdon conseguiu fazer.

Assim como Roma, Washington era uma cidade crivada de passagens secretas e túneis subterrâneos. O corredor à sua frente fazia Langdon pensar no *Passetto*, o túnel que ligava o Vaticano ao Castelo Sant'Angelo. *Longo. Escuro. Estreito.* No entanto, ao contrário do antigo *Passetto*, aquele corredor era moderno e ainda não estava pronto. Era um canteiro de obras apertado, tão comprido que parecia se estreitar até desaparecer ao longe. A única iluminação era proporcionada por uma série de lâmpadas temporárias espaçadas, que pouco faziam além de acentuar a inacreditável extensão do túnel.

Bellamy já estava avançando pelo corredor.

– Venha comigo. Cuidado onde pisa.

Langdon começou a seguir Bellamy, perguntando-se aonde aquele túnel poderia levar.

Naquela mesma hora, Mal'akh saiu do Galpão 3 e desceu às pressas o corredor principal do CAMS em direção ao Galpão 5. Segurava na mão o cartão de acesso de Trish e sussurrava baixinho:

– 0-8-0-4.

Outra coisa também circulava por sua mente. Ele tinha acabado de receber um recado urgente do Capitólio. *Meu contato encontrou dificuldades imprevistas.* Ainda assim, as notícias eram boas: Robert Langdon agora estava de posse *tanto* da pirâmide *quanto* do cume. Apesar da maneira inesperada como tudo havia acontecido, as peças fundamentais estavam se encaixando. Era quase como se o próprio destino estivesse guiando os acontecimentos daquela noite, garantindo a vitória de Mal'akh.

CAPÍTULO 43

Langdon se apressou para acompanhar o ritmo dos passos velozes de Warren Bellamy enquanto os dois avançavam em silêncio pelo túnel comprido. Até ali, o Arquiteto do Capitólio parecia muito mais preocupado em aumentar a distância entre Sato e aquela pirâmide de pedra do que em explicar a Langdon o que estava acontecendo. Langdon sentia uma apreensão crescente de que havia muito mais por trás daquilo do que ele podia imaginar.

A CIA? O Arquiteto do Capitólio? Dois maçons de grau 33?

O toque estridente do celular de Langdon cortou o ar. Ele sacou o telefone do paletó. Hesitante, atendeu.

– Alô?

A voz que falou era um sussurro sinistro e familiar.

– Professor, fiquei sabendo que o senhor ganhou uma companhia inesperada.

Langdon sentiu um calafrio gélido.

– Onde está Peter? – exigiu saber, suas palavras ecoando no túnel fechado. Ao seu lado, Warren Bellamy lançou-lhe um olhar de esguelha, parecendo preocupado e gesticulando para Langdon continuar andando.

– Não se preocupe – disse a voz. – Como eu lhe disse, Peter está em um lugar seguro.

– Você cortou a mão dele, pelo amor de Deus! Ele precisa de um médico!

– Ele precisa é de um padre – retrucou o homem. – Mas o senhor pode salvá-lo. Se cumprir minhas ordens, Peter viverá. Eu lhe dou a minha palavra.

– A palavra de um louco não significa nada para mim.

– Louco? Professor, com certeza o senhor é capaz de apreciar o respeito que demonstrei hoje à noite aos protocolos antigos. A Mão dos Mistérios o guiou até um portal: a pirâmide que promete revelar um saber antigo. Eu sei que o senhor está com ela.

– Você acha que *esta* é a Pirâmide Maçônica? – perguntou Langdon. – É só um pedaço de pedra.

Houve silêncio do outro lado da linha.

– Professor Langdon, o senhor é inteligente demais para bancar o idiota. Sabe muito bem o que descobriu hoje à noite. Uma pirâmide de pedra, escondida no coração de Washington por um poderoso maçom.

– Você está perseguindo um *mito*! Não sei o que Peter lhe disse, mas ele estava com medo. A lenda da Pirâmide Maçônica é uma *ficção*. Os maçons nunca construíram pirâmide nenhuma para proteger um saber secreto. E, mesmo que tivessem construído, *esta* aqui é pequena demais para ser o que você acha que é.

O homem deu uma risadinha.

– Estou vendo que Peter lhe disse muito pouca coisa. Mesmo assim, professor Langdon, quer acredite ou não no que tem agora em suas mãos, o senhor vai *fazer* o que eu digo. Eu sei muito bem que a pirâmide que está carregando tem uma inscrição gravada. O senhor vai *decifrá-la* para mim. Depois, e só depois, eu lhe devolverei Peter Solomon.

– Não sei o que você acha que essa inscrição revela – disse Langdon –, mas não são os Antigos Mistérios.

– É claro que não – retrucou o outro. – Os mistérios são vastos demais para estarem escritos na lateral de uma pequena pirâmide de pedra.

A resposta pegou Langdon desprevenido.

– Mas, se essa inscrição *não* revela os Antigos Mistérios, então essa *não é* a Pirâmide Maçônica. A lenda diz claramente que ela foi construída para protegê-los.

O homem assumiu um tom condescendente.

– Professor Langdon, a Pirâmide Maçônica *foi* construída para proteger os Antigos Mistérios, mas com uma ressalva que o senhor aparentemente não entendeu. Peter nunca lhe contou? O poder da Pirâmide Maçônica *não* está no fato de que ela revela os mistérios em si... mas sim a *localização* secreta onde os mistérios estão enterrados.

Langdon mal acreditou no que estava escutando.

– Decifre a inscrição – prosseguiu a voz –, e ela lhe revelará o local onde está escondido o maior tesouro da humanidade. – Ele riu. – Peter não lhe confiou o tesouro *em si*, professor.

Langdon estacou abruptamente no meio do túnel.

– Espere aí. Você está dizendo que a pirâmide é... *um mapa*?

Bellamy parou também e sua expressão era de choque e alarme. Obviamente, o homem ao telefone havia acabado de tocar em um ponto sensível. *A pirâmide é um mapa.*

– Esse mapa – sussurrou a voz –, ou essa pirâmide, ou portal, ou seja lá como o senhor prefira chamá-lo... foi criado há muito tempo para garantir que o local onde os Antigos Mistérios estão escondidos nunca fosse esquecido, nunca se perdesse na história.

– Uma grade de 16 símbolos não se parece muito com um mapa.

– As aparências enganam, professor. Mesmo assim, só o senhor tem o poder de ler essa inscrição.

– Você está errado – disparou Langdon, pensando no código simples. – *Qualquer um* seria capaz de decifrar essa inscrição. Ela não é muito sofisticada.

– Desconfio que a pirâmide contenha mais segredos do que parece. Seja como for, só o senhor tem o cume.

Langdon pensou no pequeno cimo que trazia na bolsa. *Ordem a partir do caos?* Não sabia mais em que acreditar, mas a pirâmide de pedra que carregava parecia ficar mais pesada a cada segundo.

Mal'akh pressionou o celular contra o ouvido, apreciando o som da respiração nervosa de Langdon do outro lado da linha.

– Agora preciso cuidar de outro assunto, professor, e o senhor também. Ligue para mim assim que tiver decifrado o mapa. Iremos juntos até o esconderijo e faremos a troca. A vida de Peter... por todo o saber de todas as eras.

– Eu não vou fazer *nada* – declarou Langdon. – Principalmente enquanto não tiver provas de que Peter está vivo.

– Não me provoque. O senhor é uma engrenagem muito pequena dentro de uma imensa máquina. Se me desobedecer ou tentar me encontrar, Peter *vai* morrer. Isso eu juro.

– Até onde sei, Peter *já está* morto.

– Ele está bem vivo, professor, mas precisa desesperadamente da sua ajuda.

– Diga a verdade, o que você está procurando? – gritou Langdon ao telefone.

Mal'akh fez uma pausa antes de responder.

– Muitas pessoas já buscaram os Antigos Mistérios e especularam sobre o seu poder. Hoje à noite, eu vou provar que eles são reais.

Langdon ficou calado.

– Sugiro que o senhor comece a trabalhar no mapa imediatamente – disse Mal'akh. – Eu preciso dessa informação *hoje*.

– Hoje? Já passa das nove da noite!

– Justamente. *Tempus fugit.*

CAPÍTULO 44

O editor nova-iorquino Jonas Faukman estava apagando as luzes de seu escritório em Manhattan quando o telefone tocou. Ele não tinha a menor intenção de atender àquela hora – não até ver o nome de quem estava ligando no identificador de chamadas. *Deve ser importante*, pensou, estendendo a mão para o aparelho.

– Nós ainda publicamos você? – perguntou Faukman, em tom de brincadeira.

– Jonas! – A voz de Robert Langdon soava ansiosa. – Graças a Deus você está aí. Preciso da sua ajuda.

Faukman se animou.

– Você tem algumas páginas para eu editar, Robert?

Finalmente, pensou Faukman.

– Não, eu preciso de uma informação. No ano passado, pus você em contato com uma cientista chamada Katherine Solomon, irmã de Peter Solomon.

Faukman franziu as sobrancelhas. *Nada de páginas.*

– Ela estava procurando um editor para um livro sobre ciência noética. Você se lembra dela?

Faukman revirou os olhos.

– É claro que eu me lembro. E *muito obrigado* pela apresentação. Ela não só se recusou a me deixar ver o resultado da pesquisa, como não quis publicar nada antes de alguma data mágica no futuro.

– Jonas, escute, eu não estou com tempo. Preciso do telefone de Katherine. Agora. Você tem?

– Preciso lhe dizer... você está parecendo meio desesperado. Ela é bonita, mas você não vai impressioná-la com...

– Não estou brincando, Jonas, preciso do telefone dela agora.

– Está bem... espere aí.

Os dois eram amigos havia tempo suficiente para Faukman saber quando Langdon estava falando sério. Jonas digitou o nome de Katherine Solomon em uma janela de busca e começou a percorrer seu catálogo de endereços no gerenciador de e-mails da empresa.

– Estou procurando – disse Faukman. – E, aliás, quando você ligar para ela, talvez seja melhor não telefonar da piscina de Harvard. Aí tem tanto eco que parece que você está ligando de um hospício.

– Eu não estou na piscina. Estou em um túnel debaixo do Capitólio.

Pela voz de Langdon, Kaufman sentiu que ele não estava brincando. *Qual o problema desse cara?*

– Robert, por que você não consegue simplesmente ficar em casa e *escrever*? – O computador dele emitiu um bipe. – Beleza, espere aí... pronto, achei. – Ele correu o mouse pela lista de e-mails. – Acho que eu só tenho o celular.

– Serve.

Faukman lhe deu o número.

– Obrigado, Jonas – disse Langdon, agradecido. – Fico lhe devendo uma.

– O que você me *deve* é um manuscrito, Robert. Tem alguma ideia de quanto tempo...

A linha ficou muda.

Faukman olhou para o fone e balançou a cabeça. A vida de editor seria tão mais fácil sem os autores...

Katherine Solomon quase não acreditou quando viu o nome no seu identificador de chamadas. Tinha pensado que fosse Trish ligando para explicar por que ela e Christopher Abaddon estavam demorando tanto. Mas não era Trish ao telefone.

Longe disso.

Katherine sentiu um sorriso acanhado atravessar seus lábios. *Será possível esta noite ficar ainda mais estranha?* Ela abriu o telefone.

– Não precisa nem me dizer – falou ela em tom de brincadeira. – Solteiro amante dos livros procura cientista noética também solteira?

– Katherine! – A voz grave pertencia a Robert Langdon. – Graças a Deus você está bem.

– É claro que eu estou bem – respondeu ela, intrigada. – Tirando o fato de você nunca ter me ligado depois da festa na casa de Peter no verão passado.

– Aconteceu uma coisa hoje à noite. Por favor, me escute. – A voz normalmente tranquila parecia ofegante. – Eu sinto muito por ter que dizer isso a você... mas Peter está correndo sério perigo.

O sorriso de Katherine desapareceu.

– Do que você está falando?

– Peter... – Langdon hesitou como se estivesse procurando as palavras. – Não sei como dizer isso, mas ele foi... *levado*. Não sei ao certo por quem, mas...

– Levado? – repetiu Katherine. – Robert, você está me assustando. Como assim?

– Ele foi sequestrado. – A voz de Langdon falhou como se ele estivesse dominado pela emoção. – Deve ter acontecido hoje mais cedo, talvez ontem.

– Isso não tem graça nenhuma – disse ela, zangada. – O meu irmão está *bem*. Acabei de falar com ele 15 minutos atrás!

– Você falou com ele? – Langdon soou atônito.

– Falei! Ele me mandou um torpedo dizendo que estava a caminho do laboratório.

– Mandou um *torpedo*... – pensou Langdon em voz alta. – Mas você não chegou a ouvir a *voz* dele?

– Não, mas...

– Escute. O torpedo que você recebeu *não foi* do seu irmão. Alguém está com o telefone de Peter. Seja quem for essa pessoa, ela me enganou para me fazer vir a Washington hoje à noite.

– Enganou você? Essa história não tem pé nem cabeça!

– Eu sei, sinto muito. – Langdon parecia desorientado, o que não era do seu feitio. – Katherine, acho que você pode estar correndo perigo.

Katherine Solomon tinha certeza de que Langdon jamais brincaria com um assunto daqueles, mas ainda assim ele parecia ter perdido a razão.

– Eu estou bem – disse ela. – Estou trancada dentro de um complexo protegido!

– Leia para mim a mensagem que você recebeu do telefone de Peter. *Por favor*.

Atarantada, Katherine acessou a mensagem de texto e a leu em voz alta para Langdon, sentindo um calafrio ao chegar à parte final, que fazia referência ao Dr. Abaddon.

– "Peça ao Dr. Abaddon que nos encontre lá, se puder. Confio totalmente nele..."

– Ai, meu Deus... – A voz de Langdon estava tomada pelo medo. – Você chamou esse homem para ir até aí?

– Chamei! Minha assistente acabou de sair para buscá-lo. Eles devem chegar a qualquer...

– Katherine, saia daí! – berrou Langdon. – Agora!

Do outro lado do CAMS, dentro da sala da segurança, um telefone começou a tocar, abafando o jogo dos Redskins. Com relutância, o vigia retirou mais uma vez os fones de ouvido.

– Recepção – atendeu ele. – Kyle falando.

– Kyle, aqui é Katherine Solomon! – A voz dela estava ansiosa, ofegante.

– Senhora, seu irmão ainda não...

– Onde está Trish? – indagou ela. – Dá para vê-la nos monitores?

O vigia girou a cadeira para conferir as telas.

– Ela ainda não voltou para o Cubo?

– Não! – exclamou Katherine, soando alarmada.

O vigia percebeu que Katherine Solomon estava sem fôlego, como se tivesse corrido. *O que está acontecendo lá dentro?*

Kyle manejou rapidamente o controle dos monitores, passando os olhos por vários quadros de vídeo digital em velocidade rápida.

– Calma aí, vou conferir as gravações... Estou vendo Trish sair da recepção com seu convidado... eles estão descendo a "Rua"... deixa eu avançar... tá, eles entraram no Galpão Molhado... Trish usou o cartão de acesso para destrancar a porta... os dois entraram lá dentro... deixa eu avançar mais um pouco... beleza, eles saíram do Galpão Molhado há apenas um minuto... e foram para... – Ele inclinou a cabeça, desacelerando a gravação. – Espera um instante. Que coisa estranha...

– O que foi?

– O senhor saiu do Galpão Molhado sozinho.

– Trish ficou lá dentro?

– É, parece que sim. Estou vendo seu convidado agora... ele está sozinho no corredor.

– *Onde está* Trish? – perguntou Katherine, quase histérica.

– Eu não estou vendo Trish nas imagens – respondeu Kyle, um quê de ansiedade se insinuando em sua voz. Ele tornou a olhar para o monitor e percebeu que as mangas do paletó do homem pareciam estar molhadas... até os cotovelos. *O que esse cara fez no Galpão Molhado?* O vigia ficou olhando enquanto o homem avançava a passos decididos pelo corredor principal em direção ao Galpão 5, segurando com força o que parecia ser... um cartão de acesso.

Kyle sentiu os cabelos da nuca se eriçarem.

– Sra. Solomon, estamos com um problema sério.

Aquela estava sendo uma noite de estreias para Katherine Solomon.

Em dois anos, ela nunca havia usado o celular dentro do vazio. Tampouco o havia atravessado correndo à velocidade máxima. Agora, porém, Katherine estava com um celular grudado à orelha enquanto disparava às cegas pela extensão interminável do carpete. Sempre que sentia um dos pés fugindo do caminho acarpetado, corrigia o próprio rumo e tornava a voltar ao centro, continuando a correr em meio à densa escuridão.

– Onde ele está agora? – perguntou ela ao vigia, sem ar.

– Estou verificando – respondeu ele. – Vou avançar a gravação... certo, aqui está ele descendo o corredor em direção ao Galpão 5...

Katherine começou a correr mais depressa, esperando conseguir chegar à saída antes de ficar encurralada ali dentro.

– Quanto tempo até ele chegar à entrada do Galpão 5?

O vigia fez uma pausa.

– A senhora não está entendendo. Eu ainda estou avançando. Essas imagens são gravadas. Isso *já* aconteceu. – Ele fez outra pausa. – Espere um pouco, deixa eu verificar o monitor de registro de eventos. – Ele se calou novamente, e então disse: – Senhora, o cartão de acesso da Sra. Dunne registra uma entrada no Galpão 5 mais ou menos um minuto atrás.

Katherine freou bruscamente, estacando por completo no meio do abismo.

– Ele já destrancou a porta do Galpão 5? – sussurrou ela para o celular.

O vigia digitava freneticamente.

– Sim, parece que ele entrou há... 90 segundos.

O corpo de Katherine ficou rígido. Ela parou de respirar. A escuridão à sua volta de repente pareceu adquirir vida própria.

Ele está aqui dentro comigo.

No mesmo instante, Katherine percebeu que a única luz em todo aquele espaço vinha do celular que iluminava a lateral de seu rosto.

– Mande ajuda – sussurrou ela para o vigia. – E vá até o Galpão Molhado para socorrer Trish. – Ela então fechou o aparelho com cuidado, fazendo a luz se apagar.

Uma escuridão absoluta a cercou.

Ela permaneceu imóvel, respirando o mais silenciosamente possível. Depois de alguns segundos, um forte cheiro de etanol emanou da escuridão à sua frente. O cheiro ficou mais intenso. Ela pôde sentir uma presença poucos metros adiante. Naquele silêncio, o som das batidas do coração de Katherine parecia alto o suficiente para denunciá-la. Sem fazer barulho, ela tirou os sapatos e se deslocou lentamente para a esquerda, pisando fora do carpete. O cimento sob seus pés estava frio. Ela deu mais um passo para sair de vez do caminho acarpetado.

Um de seus dedos do pé estalou.

Aquilo soou como um tiro no silêncio.

A poucos metros dela, um farfalhar de roupas avançou de repente em sua direção do meio do breu. Katherine demorou um segundo a mais do que devia para se esquivar, e um braço forte se estendeu para agarrá-la, tateando no escuro, a mão tentando segurá-la com violência. Ela girou o corpo enquanto dedos fortes feito um alicate prendiam seu jaleco e a puxavam para perto.

Katherine jogou os braços para trás, desvencilhando-se do jaleco e se soltando. De repente, sem saber mais para que lado ficava a saída, Katherine Solomon se viu correndo em disparada, totalmente às cegas, no meio de um abismo negro sem fim.

CAPÍTULO **46**

Apesar de abrigar o que muitos já chamaram de "a sala mais linda do mundo", a Biblioteca do Congresso é menos conhecida por seu esplendor de tirar o fôlego do que por sua vasta coleção. Com mais de 800 quilômetros de prateleiras – o suficiente para cobrir a distância de Washington até Boston –, ela conquista com folga o título de maior biblioteca do mundo. Mesmo assim, *continua* a se expandir a uma velocidade de mais de 10 mil itens por dia.

Primeiro repositório da coleção pessoal de livros sobre ciência e filosofia de Thomas Jefferson, a biblioteca simbolizava o compromisso dos Estados Unidos com a disseminação do conhecimento. Um dos primeiros edifícios de Washington a receber luz elétrica, ela literalmente brilhava como um farol na escuridão do Novo Mundo.

Como seu nome sugere, a biblioteca foi criada para servir ao Congresso, cujos veneráveis membros trabalhavam do outro lado da rua, no Capitólio. Esse antigo vínculo havia sido fortalecido recentemente com a construção de uma conexão física – um longo túnel sob a Independence Avenue que ligava os dois prédios.

Naquela noite, dentro do túnel mal iluminado, Robert Langdon foi seguindo Warren Bellamy por um trecho em obras, tentando controlar a preocupação crescente com Katherine. *Esse maluco está no laboratório dela?* Langdon sequer queria imaginar por quê. Antes de desligar, dissera a Katherine exatamente onde ela deveria encontrá-lo mais tarde. *Quanto falta para este maldito túnel terminar?* Sua cabeça agora doía, um turbilhão revolto de pensamentos interligados: Katherine, Peter, os maçons, Bellamy, pirâmides, uma antiga profecia... e um mapa.

Langdon tentou tirar tudo aquilo da cabeça e seguiu em frente. *Bellamy me prometeu respostas.*

Quando os dois homens finalmente chegaram ao final do corredor, o Arquiteto guiou Langdon por um par de portas ainda em construção. Sem ter como trancá-las, Bellamy improvisou, pegando uma escada de alumínio da obra e apoiando-a precariamente nas portas. Então equilibrou um balde de metal em cima da escada. Se alguém entrasse, o balde cairia no chão fazendo estardalhaço.

É esse o nosso sistema de alarme? Langdon espiou o balde encarapitado em cima da escada, torcendo para que Bellamy tivesse um plano mais sofisticado para garantir a segurança deles naquela noite. Tudo havia acontecido muito depressa, e Langdon só agora começava a pensar nas consequências de ter escapado com Bellamy. *Eu sou um fugitivo da CIA.*

O Arquiteto fez uma curva e os dois começaram a subir uma escadaria larga, isolada por cones laranja. A bolsa de viagem de Langdon pesava, atrapalhando-o na subida.

– A pirâmide de pedra – disse ele –, ainda não entendo...

– Aqui, não – interrompeu Bellamy. – Vamos examiná-la na luz. Eu conheço um lugar seguro.

Langdon duvidava que existisse algum lugar seguro no planeta para quem tinha acabado de agredir fisicamente a poderosa diretora do Escritório de Segurança da CIA.

Depois de chegarem ao alto da escada, os dois entraram em um amplo corredor de mármore italiano, estuque e dourações. Oito pares de estátuas margeavam o corredor – todas retratando a deusa Minerva. Bellamy prosseguiu, guiando Langdon para o leste sob um arco abobadado, em direção a um espaço bem maior.

Mesmo sob a iluminação fraca usada fora do horário de funcionamento, o grande saguão da biblioteca reluzia com a grandiosidade clássica de um opulento palácio europeu. A pouco mais de 20 metros do chão, claraboias de vitral cintilavam entre vigas enfeitadas com a rara "folha de alumínio" – metal na época considerado mais valioso do que o ouro. Sob as vigas, uma imponente sequência de colunas em pares percorria a extensão da galeria do segundo andar, acessível por duas magníficas escadas em espiral, cujos pilares sustentavam gigantescas estátuas de bronze de mulheres segurando tochas que representavam o conhecimento.

Em uma tentativa bizarra de refletir o tema do saber moderno sem desrespeitar o registro decorativo da arquitetura renascentista, os corrimãos das escadas haviam sido esculpidos com figuras de meninos parecendo cupidos, porém retratados como cientistas modernos. *Um eletricista angelical segurando um telefone? Um querubim entomologista com um espécime numa caixa?* Langdon se perguntou o que Bernini teria achado daquilo.

– Vamos conversar aqui – disse Bellamy, passando com Langdon em frente às vitrines à prova de bala que abrigavam os dois livros mais valiosos da biblioteca: a Bíblia Gigante de Mainz, escrita à mão em 1450, e o exemplar norte-americano da Bíblia de Gutenberg, um dos três únicos em velino no mundo em perfeito estado. Apropriadamente, o teto abobadado acima daquele espaço exibia os seis painéis pintados por John White Alexander intitulados *A Evolução do Livro.*

Bellamy seguiu direto até um par de elegantes portas duplas no centro da parede do final do corredor leste. Langdon sabia muito bem o que havia ali, mas achou a escolha estranha para uma conversa. Não bastasse a ironia de se falar em um espaço cheio de placas de "Silêncio, por favor", aquela sala estava longe de parecer um "lugar seguro". Situada no meio da planta cruciforme da biblioteca, ela era o coração do prédio. Refugiar-se ali era como arrombar uma catedral e ir se esconder no altar.

Mesmo assim, Bellamy destrancou as portas, adentrou a escuridão do outro lado e tateou à procura do interruptor. Quando ele acendeu a luz, uma das grandes obras-primas arquitetônicas dos Estados Unidos pareceu se materializar do nada.

A famosa sala de leitura era um banquete para os sentidos. Um volumoso octógono com quase 50 metros de altura no ponto central, tinha os oito lados revestidos de mármore do Tennessee cor de chocolate, mármore de Siena creme e mármore argelino vermelho. Como o ambiente era iluminado de oito ângulos diferentes, nenhuma sombra caía em lugar nenhum, dando a impressão de que a sala reluzia.

– Há quem diga que esta é a sala mais bonita de Washington – disse Bellamy.

Talvez do mundo inteiro, pensou Langdon ao cruzar o limiar. Como sempre, seu olhar foi primeiro atraído para cima, até a altíssima claraboia central, da qual altos-relevos em gesso se irradiavam, formando arabescos sinuosos cúpula abaixo até uma galeria superior. Ao redor da sala, 16 estátuas de bronze de personagens ilustres espiavam da balaustrada. Abaixo delas, uma impressionante arcada formava uma galeria inferior. No nível do chão, três círculos concêntricos de escrivaninhas de madeira polida se estendiam a partir do imenso balcão de empréstimo octogonal.

Langdon voltou novamente a atenção para Bellamy, que prendia as portas duplas da sala para mantê-las abertas.

– Pensei que estivéssemos nos *escondendo*! – disse Langdon, sem entender.

– Se alguém entrar no prédio – disse Bellamy –, quero ouvir quando chegar.

– Mas aqui não seremos achados num instante?

– Seja *qual for* o nosso esconderijo, eles vão nos encontrar. Mas, se alguém nos encurralar aqui dentro, o senhor vai ficar muito grato por eu ter escolhido esta sala.

Langdon não fazia a menor ideia do porquê, mas Bellamy aparentemente não estava disposto a conversar a respeito. Ele já tinha avançado para o centro da sala, onde escolheu uma das mesas de leitura, puxou duas cadeiras e acendeu a luminária. Então, apontou para a bolsa de Langdon.

– Muito bem, professor, vamos examinar melhor isso.

Sem querer correr o risco de arranhar a superfície encerada com um pedaço áspero de granito, Langdon pôs a bolsa inteira em cima da mesa e abriu o zíper, abaixando as laterais para revelar a pirâmide lá dentro. Warren Bellamy ajustou a luminária e estudou a pirâmide atentamente. Correu os dedos por cima da inscrição pouco usual.

– Imagino que o senhor esteja reconhecendo esta língua? – perguntou ele.

– Claro – respondeu Langdon olhando para os 16 símbolos.

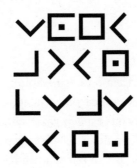

Conhecida como Cifra Maçônica, aquela linguagem codificada tinha sido usada para comunicações pessoais entre os primeiros irmãos maçons. O método de criptografia tinha sido abandonado fazia muito tempo por um motivo simples – era fácil demais de decifrar. A maioria dos alunos que cursava o seminário avançado de simbologia de Langdon era capaz de quebrar aquele código em cerca de cinco minutos. Com papel e lápis, Langdon podia fazê-lo em menos de 60 segundos.

Porém, naquela situação, a notória facilidade daquele sistema de criptografia secular criava alguns paradoxos. Em primeiro lugar, a alegação de que Langdon era a única pessoa do mundo capaz de decifrá-lo era absurda. Em segundo lugar, Sato sugerir que uma cifra maçônica era uma questão de segurança nacional equivalia a dizer que os códigos de lançamento da bomba nuclear norte-americana eram criptografados com um anel decodificador de brinquedo. Langdon ainda estava se esforçando para acreditar em tudo aquilo. *Esta pirâmide é um mapa? Um mapa que indica o caminho para encontrar o saber perdido de todos os tempos?*

– Robert – disse Bellamy em tom grave. – A diretora Sato lhe disse por que está tão interessada nisto aqui?

Langdon fez que não com a cabeça.

– Não exatamente. Ela só ficava repetindo que era uma questão de segurança nacional. Imagino que esteja mentindo.

– Pode ser – disse Bellamy, esfregando a nuca. Parecia estar debatendo alguma questão internamente. – Mas existe uma possibilidade muito mais perturbadora. – Ele se virou para encarar Langdon. – É possível que a diretora Sato tenha descoberto o verdadeiro potencial desta pirâmide.

CAPÍTULO **47**

A escuridão que cercava Katherine Solomon parecia total.

Depois de sair da segurança do carpete, ela agora avançava às cegas, com as mãos estendidas tocando apenas espaço vazio enquanto cambaleava cada vez mais para dentro daquele vácuo deserto. Sob seus pés cobertos pela meia-calça, a extensão sem fim de cimento frio parecia um lago congelado, um ambiente hostil do qual ela agora precisava escapar.

Quando deixou de sentir o cheiro de etanol, ela estacou e ficou parada no escuro, aguardando. Completamente imóvel, aguçou os ouvidos, instando o próprio coração a parar de bater tão alto. Os passos pesados atrás dela pareciam ter cessado. *Será que eu o despistei?* Katherine fechou os olhos e tentou imaginar onde estava. *Em que direção eu corri? Para que lado está a porta?* Não adiantava. Ela dera tantas voltas que a saída poderia estar em qualquer lugar.

Katherine já ouvira dizer que o medo tinha uma ação estimulante, aguçando nossa capacidade de raciocinar. Naquele instante, porém, o medo havia transformado sua mente em um turbilhão de pânico e confusão. *Mesmo que eu encontre a porta, não tenho como sair daqui.* Seu cartão de acesso tinha ficado para trás quando ela despira o jaleco. Sua única esperança era que ela havia se tornado uma agulha no palheiro – um pontinho no meio de um espaço de 2.800 metros quadrados. Apesar da ânsia incontrolável de fugir, Katherine resolveu fazer o que sua mente analítica lhe dizia, tomando a única atitude lógica naquela situação – não se mexer. *Fique parada. Não faça nenhum ruído.* O vigia estava a caminho e, por algum motivo obscuro, seu agressor exalava um forte cheiro de etanol. *Se ele chegar muito perto, eu vou saber.*

Enquanto Katherine estava parada em silêncio, sua mente repassava tudo o que Langdon tinha dito. *Peter foi sequestrado.* Ela sentiu gotas de suor frio brotarem da sua pele e escorrerem pelo braço em direção ao telefone que continuava agarrando com a mão direita. Aquele era um perigo que ela se esquecera de levar em conta. Se o telefone tocasse, iria revelar sua localização – e ela não podia desligar o aparelho sem abri-lo e fazer a tela se iluminar.

Ponha o telefone no chão... e afaste-se dele.

Mas era tarde demais. O cheiro de etanol se aproximou dela pela direita. E então foi ficando mais forte. Katherine se esforçou para manter a calma, forçando-se a superar o impulso de sair correndo. Com cuidado, devagar, deu um passo para a esquerda. No entanto, o leve farfalhar de suas roupas pareceu bastar para seu agressor. Ela o ouviu se lançar para a frente, o cheiro de etanol envolvendo-a enquanto a mão poderosa do homem agarrava seu ombro. Katherine se desvencilhou, tomada pelo mais puro terror. A probabilidade matemática foi para o espaço, e ela pôs-se a correr às cegas. Fez uma curva fechada para a esquerda, mudando de curso, precipitando-se em direção ao vazio.

A parede se materializou do nada.

Katherine trombou nela com força, o choque expulsando o ar de seus pulmões. A dor se espalhou por seu braço e seu ombro, mas ela conseguiu continuar de pé. O ângulo oblíquo no qual colidira com a parede a havia poupado da força total do impacto, porém isso pouco lhe servia de consolo. O barulho tinha ecoado por toda parte. *Ele sabe onde eu estou.* Curvada de dor, ela virou a cabeça para encarar a escuridão do galpão e sentiu que ele a encarava de volta.

Mude de lugar. Agora!

Ainda lutando para recuperar o fôlego, ela começou a avançar rente à parede, tocando de leve com a mão esquerda, ao passar, cada uma das traves de metal protuberantes. *Fique junto da parede, mas tome cuidado para não ser encurralada.* Na mão direita, Katherine ainda segurava o celular, pronta para usá-lo como projétil caso fosse preciso.

Ela não estava de forma alguma preparada para o som que ouviu naquele instante – o nítido farfalhar de roupas *bem à sua frente*... roçando contra a parede. Katherine congelou, totalmente imóvel, e parou de respirar. *Como é possível ele já ter chegado à parede?* Ela sentiu uma fraca lufada de ar permeada com o cheiro de etanol. *Ele está vindo pela parede na minha direção!*

Katherine recuou vários passos. Então, com um giro silencioso de 180 graus, começou a se mover depressa na direção oposta. Tinha andando uns seis metros quando o impossível aconteceu. Mais uma vez, bem à sua frente, ao longo da parede, ouviu o farfalhar de roupas. Então sentiu a mesma lufada de ar e o cheiro do etanol. E ficou petrificada.

Meu Deus, ele está por toda parte!

◆ ◆ ◆

De peito nu, Mal'akh espreitava a escuridão.

O cheiro de etanol nas suas mangas tinha se revelado uma desvantagem, então ele o transformara em um trunfo, despindo o paletó e a camisa e usando-os para cercar sua presa. Depois de jogar o paletó contra a parede à direita, tinha ouvido Katherine estacar e mudar de direção. Então, ao atirar a blusa para a frente à sua esquerda, Mal'akh a ouvira parar novamente. Havia conseguido encurralar Katherine contra a parede estabelecendo pontos que ela não se atrevia a cruzar.

Ele então esperou, aguçando os ouvidos no silêncio. *Ela só pode avançar em uma direção – direto para onde eu estou.* Apesar disso, Mal'akh não conseguiu escutar nada. Ou Katherine estava paralisada de medo, ou havia decidido ficar imóvel e esperar alguma ajuda chegar ao Galpão 5. *Em ambos os casos, ela sai perdendo.* Ninguém iria entrar ali tão cedo; Mal'akh inutilizara o sistema de acesso ao galpão com uma técnica bastante grosseira, porém muito eficiente. Depois de usar o cartão de Trish, ele enfiou uma moeda de 10 centavos no fundo da leitora, de modo a impedir o uso de qualquer outro cartão sem antes desmontar o mecanismo todo.

Você e eu estamos sozinhos, Katherine... pelo tempo que for.

Mal'akh foi avançando devagar, tentando escutar qualquer movimento. Katherine Solomon morreria naquela noite nas trevas do museu do irmão. Um fim poético. Mal'akh estava ansioso para compartilhar com Peter a notícia da morte de sua irmã. O sofrimento do velho seria uma vingança há muito aguardada.

De repente, para grande surpresa de Mal'akh, ele viu no escuro uma luz fraca e distante e percebeu que Katherine havia acabado de cometer um terrível erro de avaliação. *Ela está telefonando para chamar ajuda?* A tela de cristal líquido que acabara de ganhar vida pairava na altura da sua cintura, cerca de 20 metros mais à frente, como um farol aceso em meio a um vasto oceano negro. Mal'akh tinha se preparado para esperar por Katherine, mas já não precisava fazer isso.

Ele avançou, correndo em direção à luz oscilante, sabendo que precisava alcançá-la antes de ela conseguir completar a ligação pedindo ajuda. Chegou lá em poucos segundos e se atirou para a frente, esticando os dois braços ao redor do celular brilhante, preparado para envolver sua vítima.

Os dedos de Mal'akh se chocaram com uma parede sólida, dobrando-se para trás e quase se quebrando. A cabeça colidiu em seguida, arremetendo contra uma viga de aço. Ele soltou um grito de dor enquanto desabava junto à parede.

Dizendo um palavrão, tornou a se levantar, cambaleante, apoiando a mão no travessão horizontal em que Katherine Solomon tivera a esperteza de posicionar o celular aberto.

Katherine estava correndo de novo, desta vez sem se importar com o barulho que sua mão fazia ao bater ritmadamente nas traves de metal espaçadas regularmente pelas paredes do Galpão 5. *Corra!* Se continuasse seguindo a parede e desse a volta inteira no galpão, sabia que mais cedo ou mais tarde encontraria a porta de saída.

Onde está a droga do vigia?

O espaçamento regular das traves continuava à medida que ela tocava a parede lateral com a mão esquerda, mantendo a direita esticada na frente do corpo para se proteger. *Quando é que vou chegar à quina?* A parede lateral parecia não ter fim, mas de repente a sequência de traves foi interrompida. Sua mão esquerda não tocou em nada por vários passos compridos, e então as traves voltaram a aparecer. Katherine freou e deu meia-volta, tateando o painel de metal liso. *Por que não há nenhuma trave aqui?*

Agora ela conseguia ouvir seu agressor perseguindo-a ruidosamente, deslizando as mãos pela parede enquanto avançava na sua direção. No entanto, foi outro som que deixou Katherine ainda mais assustada – as batidas ritmadas de um vigia esmurrando a porta do Galpão 5 com sua lanterna, ao longe.

O vigia não está conseguindo entrar?

Embora esse pensamento fosse aterrorizante, a *localização* do barulho – à direita de onde ela estava, no sentido diagonal – fez com que Katherine se orientasse na mesma hora, conseguindo visualizar em que parte do Galpão 5 estava. O lampejo visual trouxe consigo uma compreensão inesperada. Finalmente sabia o que era aquele painel liso na parede.

Todos os galpões eram equipados com um acesso para espécimes – uma gigantesca parede deslizante que podia ser deslocada de modo a permitir a entrada e saída de espécimes de grande porte. Essa porta era descomunal, como as de um hangar de aeronaves, e Katherine jamais imaginara, nem em seus sonhos mais delirantes, que um dia fosse precisar abri-la. Naquele instante, porém, ela parecia ser sua única chance.

Mas será que esta porta funciona?

Tateando às cegas, Katherine encontrou a grande maçaneta metálica da porta. Segurando-a, jogou o peso do corpo para trás, tentando fazer a porta deslizar. Nada. Tentou outra vez. Ela não saiu do lugar.

Katherine conseguia ouvir seu agressor se aproximando mais depressa, atraído pelo barulho de suas tentativas. *O acesso está trancado!* Enlouquecida de pânico, ela deslizou as mãos por toda a porta em busca de alguma alça ou alavanca. De repente, esbarrou com o que parecia uma haste vertical. Seguiu aquilo até o chão, agachando-se, e pôde sentir que a haste estava inserida em um buraco no cimento. *Uma trava de segurança!* Ela se levantou, segurou a haste e, usando as pernas para tomar impulso, a deslizou para cima, tirando-a do buraco.

Ele está quase chegando!

Katherine então procurou a maçaneta e, ao encontrá-la, puxou com toda a sua força. O imenso painel mal pareceu se mover, mas uma nesga de luar penetrou no Galpão 5. Katherine puxou outra vez. O facho de luz vindo do lado de fora se alargou. *Um pouco mais!* Ela deu um último puxão, sentindo que seu agressor estava agora a poucos metros de distância.

Saltando em direção à luz, Katherine espremeu o corpo esbelto pela abertura. A mão do seu perseguidor se materializou no escuro em sua direção, tentando puxá-la de volta para dentro. Ao passar de lado pela porta, ela viu um imenso braço nu coberto de tatuagens vindo no seu encalço. Aquele aterrorizante braço escamoso se contorcia feito uma cobra tentando agarrá-la.

Katherine girou o corpo e saiu correndo junto à parede externa comprida e clara do Galpão 5. Enquanto corria, o chão de pedrinhas soltas que contornava todo o CAMS cortava seus pés protegidos apenas pela meia-calça, mas ela continuou assim mesmo, encaminhando-se para a entrada principal. A noite estava escura, porém, com os olhos totalmente dilatados por causa do denso breu do Galpão 5, ela conseguia enxergar com perfeição – quase como se fosse dia. Às suas costas, a grande porta de correr se abriu mais um pouco e ela ouviu passos pesados se acelerarem atrás dela. Eles soavam inacreditavelmente velozes.

Eu nunca vou conseguir chegar mais depressa do que ele até a entrada principal. Ela sabia que seu Volvo estava próximo, mas até mesmo isso seria longe demais. *Não vou conseguir.*

Então, Katherine percebeu que tinha uma última carta na manga.

Ao se aproximar da quina do Galpão 5, pôde ouvir os passos dele alcançando-a rapidamente no escuro. *É agora ou nunca.* Em vez de fazer a curva, Katherine dobrou abruptamente à esquerda, *afastando-se* do complexo em direção à grama. Ao mesmo tempo, fechou os olhos com força, tapando o rosto com as duas mãos, e começou a correr totalmente às cegas pelo gramado.

A iluminação de segurança ativada por sensores de movimento ganhou vida ao redor do Galpão 5, fazendo a noite virar dia em um instante. Katherine ouviu um grito de dor às suas costas quando os holofotes brilhantes queimaram as pupilas hiperdilatadas de seu agressor com uma luminosidade equivalente a mais de 25 milhões de watts. Ela pôde ouvi-lo tropeçar nas pedras soltas.

Katherine manteve os olhos bem fechados, precipitando-se pelo gramado. Quando sentiu que estava suficientemente longe do prédio e das luzes, abriu os olhos, corrigiu seu trajeto e seguiu correndo feito uma louca no escuro.

As chaves de seu Volvo estavam exatamente onde ela sempre as deixava, no console central. Ofegante, ela segurou-as com as mãos trêmulas e encontrou a ignição. O motor ganhou vida com um rugido e os faróis do carro se acenderam iluminando uma visão aterradora.

Uma forma horrenda corria na sua direção.

Por alguns segundos, Katherine ficou petrificada.

A criatura iluminada por seus faróis era um animal careca e de peito nu, com a pele coberta por tatuagens de escamas, símbolos e palavras. Ele berrava enquanto corria em direção ao carro, suas mãos erguidas diante do rosto como um animal das cavernas que vê a luz do sol pela primeira vez. Ela estendeu a mão para a alavanca de câmbio, mas, num piscar de olhos, ele estava ali, projetando o cotovelo contra sua janela lateral e cobrindo seu colo com uma chuva de cacos de vidro.

Um imenso braço tatuado penetrou por sua janela, tateando e encontrando seu pescoço. Ela engatou a ré, mas o agressor havia agarrado sua garganta e a apertava com uma força inimaginável. Ela virou a cabeça para tentar escapar daquela mão e, de repente, se viu encarando o rosto dele. Três listras escuras, parecendo unhadas, haviam removido sua maquiagem e revelado as tatuagens do rosto. Os olhos eram insanos e implacáveis.

– Eu deveria ter matado você 10 anos atrás – rosnou ele. – Na noite em que matei sua mãe.

À medida que sua mente registrava aquelas palavras, Katherine foi tomada por uma lembrança aterrorizante: aquele olhar de besta-fera... ela já o vira antes. *É ele.* Não fosse a pressão fortíssima em volta de seu pescoço, ela teria soltado um grito.

Katherine afundou o pé no acelerador e o carro deu um pinote para trás, quase quebrando seu pescoço enquanto o homem era arrastado ao lado do veículo. O Volvo começou a subir um canteiro inclinado, e ela pôde sentir o pescoço prestes a ceder ao peso dele. De repente, galhos de árvore começaram a arranhar a lataria, fustigando as janelas laterais, e o peso sumiu.

O carro irrompeu através dos arbustos e emergiu na parte superior do estacionamento, onde Katherine pisou com força nos freios. Mais abaixo, o homem seminu se levantava encarando os faróis. Com uma calma aterrorizante, ele ergueu um braço ameaçador e apontou diretamente para ela.

O sangue de Katherine chispou por suas veias, cheio de medo e raiva, enquanto ela girava o volante e pisava no acelerador. Segundos depois, estava pegando a Silver Hill Road a toda a velocidade.

CAPÍTULO **48**

No calor do momento, o agente Nuñez não tinha visto outra alternativa senão ajudar o Arquiteto e Robert Langdon a fugir. Agora, porém, de volta à central de segurança no subsolo, ele podia ver a tempestade se armando depressa.

O chefe Trent Anderson segurava um saco de gelo junto à cabeça enquanto outro agente cuidava dos hematomas de Sato. Ambos estavam reunidos com a equipe responsável pelas câmeras, repassando as imagens gravadas na tentativa de localizar Langdon e Bellamy.

– Verifiquem as imagens de todos os corredores e saídas – ordenou Sato. – Quero saber para onde eles foram!

Enquanto assistia àquilo, Nuñez começou a ficar enjoado. Sabia que era apenas uma questão de minutos até encontrarem a gravação certa e descobrirem a verdade. *Eu os ajudei a fugir.* Para piorar as coisas, uma equipe de quatro homens da CIA tinha chegado e se preparava ali perto para sair atrás de Langdon e Bellamy. Aqueles homens não se pareciam em nada com a polícia do Capitólio. Eram soldados de verdade: roupas camufladas pretas, óculos de visão noturna, armas de aspecto futurista.

Nuñez achou que ia vomitar. Decidindo-se, gesticulou discretamente para o chefe Anderson.

– Chefe, posso dar uma palavrinha com o senhor?

– O que foi? – Anderson seguiu Nuñez até o corredor.

– Chefe, cometi um erro muito grave – disse o segurança, começando a suar. – Eu sinto muito e estou pedindo demissão. – *O senhor vai mesmo me mandar embora daqui a poucos minutos.*

– Como é que é?

Nuñez engoliu em seco.

– Mais cedo, eu vi Langdon e o Arquiteto Bellamy saírem do prédio pelo centro de visitantes.

– O quê? – berrou Anderson. – Por que você não disse nada?

– O Arquiteto me mandou ficar quieto.

– Você trabalha para *mim*, porra! – A voz de Anderson ecoou pelo corredor.
– Bellamy esmagou minha cabeça contra uma parede, cacete!

Nuñez entregou a Anderson a chave que Bellamy lhe dera.

– O que é isso? – quis saber Anderson.

– Uma chave do túnel novo debaixo da Independence Avenue. Estava com o Arquiteto Bellamy. Foi assim que eles fugiram.

Anderson ficou olhando para a chave, incapaz de falar.

Sato esticou a cabeça para dentro do corredor com um olhar atento.

– O que está acontecendo aqui?

Nuñez se sentiu empalidecer. Anderson ainda estava segurando a chave, que Sato obviamente tinha visto. Enquanto a mulherzinha horrenda se aproximava, Nuñez improvisou da melhor forma que pôde, na esperança de proteger seu chefe.

– Encontrei uma chave no chão do segundo subsolo. Estava perguntando ao chefe Anderson se ele sabia de onde era.

Sato chegou perto e olhou para a chave.

– E o chefe sabe?

Nuñez ergueu os olhos para Anderson, que obviamente estava pesando cada alternativa antes de falar. Por fim, o chefe fez que não com a cabeça.

– Assim no olhômetro, não. Tenho que verificar o...

– Não precisa – disse Sato. – Essa chave abre um túnel que sai do centro de visitantes.

– É mesmo? – disse Anderson. – Como é que a senhora sabe?

– Nós acabamos de encontrar a gravação. O nosso agente Nuñez aqui ajudou Langdon e Bellamy a fugir e depois tornou a trancar a porta do túnel atrás deles. Foi Bellamy quem entregou essa chave para Nuñez.

Anderson se virou para Nuñez com uma expressão irada.

– É verdade?

Nuñez aquiesceu vigorosamente, seguindo com o joguinho de Anderson.

– Sinto muito, senhor. O Arquiteto me disse para não contar a ninguém!

– Estou pouco me *lixando* para o que o Arquiteto disse! – gritou Anderson.
– Espero que...

– Cale essa boca, Trent – disparou Sato. – Nenhum de vocês dois sabe mentir. Guardem a encenação para o interrogatório da CIA. – Ela arrancou a chave do túnel da mão de Anderson. – Seu trabalho aqui acabou.

CAPÍTULO **49**

Robert Langdon desligou o celular, cada vez mais preocupado. *Por que Katherine não está atendendo?* Ela havia prometido telefonar assim que conseguisse sair em segurança do laboratório e estivesse a caminho para encontrá-lo, mas até agora nada.

Bellamy estava sentado ao lado de Langdon à mesa da sala de leitura. O Arquiteto também acabara de dar um telefonema, no seu caso, para uma pessoa que, dizia ele, poderia lhes dar guarida – um lugar seguro para se esconder. Infelizmente, essa pessoa tampouco estava atendendo, de modo que Bellamy deixara um recado urgente dizendo-lhe para ligar imediatamente para o celular de Langdon.

– Vou continuar tentando – disse ele a Langdon –, mas, por ora, estamos sozinhos. E precisamos conversar sobre um plano para esta pirâmide.

A pirâmide. Para Langdon, o cenário espetacular da sala de leitura tinha praticamente desaparecido, e seu mundo agora se reduzia apenas ao que estava logo à sua frente: uma pirâmide de pedra, um embrulho lacrado contendo um cume e um negro elegante que havia se materializado da escuridão para resgatá-lo de um interrogatório da CIA.

Langdon imaginava que o Arquiteto do Capitólio tivesse pelo menos alguma sanidade, mas agora parecia que Warren Bellamy não era mais racional do que o louco que dizia que Peter estava no purgatório. Bellamy insistia que aquela pirâmide de pedra era de fato a Pirâmide Maçônica da lenda. *Um antigo mapa? Que nos conduz a um poderoso saber?*

– Sr. Bellamy – disse Langdon com educação –, essa ideia de que existe algum tipo de saber antigo capaz de conferir grande poder aos homens... eu simplesmente não consigo levar isso a sério.

O olhar de Bellamy exibiu ao mesmo tempo decepção e intensidade, tornando o ceticismo de Langdon ainda mais constrangedor.

– Sim, professor, eu já imaginava que o senhor fosse pensar assim, por isso eu não deveria ficar surpreso. O senhor é uma pessoa de fora olhando para dentro. Existem determinadas realidades maçônicas que irá perceber como mitos, porque não foi devidamente iniciado nem está preparado para compreendê-las.

Langdon sentiu que estava sendo tratado feito criança. *Eu não fiz parte da tripulação de Odisseu, mas tenho certeza de que os ciclopes são um mito.*

– Sr. Bellamy, mesmo que a lenda seja verdade... *esta* pirâmide aqui não pode ser a Pirâmide Maçônica.

– Não? – Bellamy correu um dedo pela inscrição maçônica na pedra. – Parece-me que ela corresponde perfeitamente à descrição. Uma pirâmide de pedra com um cume de metal brilhante que, segundo o raio X de Sato, é exatamente o que Peter lhe confiou. – Bellamy apanhou o pequeno embrulho em forma de cubo, sopesando-o.

– Esta pirâmide de pedra tem cerca de 30 centímetros de altura – rebateu Langdon. – Todas as versões da história que já escutei descrevem a Pirâmide Maçônica como enorme.

Bellamy claramente já tinha pensado nisso.

– Como o senhor sabe, a lenda se refere a uma pirâmide tão alta que Deus em pessoa pode estender a mão para tocá-la.

– Exato.

– Entendo seu dilema, professor. Apesar disso, tanto os Antigos Mistérios quanto a filosofia maçônica celebram o potencial divino dentro de cada um de nós. Simbolicamente falando, seria possível afirmar que qualquer coisa ao alcance de um homem esclarecido... está ao alcance de Deus.

Langdon não se deixou abalar pelo jogo de palavras.

– Até mesmo a Bíblia confirma isso – disse Bellamy. – Se aceitarmos, como diz o Gênesis, que "Deus criou o homem à Sua imagem", então *também* devemos aceitar as implicações disso: ou seja, que a humanidade não foi criada *inferior* a Deus. Em Lucas 17:21, podemos ler que "O reino de Deus está entre vós".

– Desculpe, mas não conheço nenhum cristão que se considere *igual* a Deus.

– Claro que não – disse Bellamy em tom mais duro. – Porque a maioria dos cristãos quer o melhor dos dois mundos. Eles querem poder declarar orgulhosamente que creem na Bíblia, mas simplesmente preferem ignorar as partes que consideram difíceis ou inconvenientes demais para acreditar.

Langdon não respondeu nada.

– De toda forma – disse Bellamy –, quanto à descrição secular da Pirâmide Maçônica como alta o suficiente para poder ser tocada por Deus, ela levou a várias interpretações equivocadas em relação ao seu tamanho. Convenientemente, isso faz acadêmicos como o senhor seguirem insistindo que a pirâmide é uma lenda, então ninguém a procura.

Langdon baixou os olhos para a pirâmide de pedra.

– Desculpe se estou decepcionando o senhor – disse ele. – Mas é que sempre pensei na Pirâmide Maçônica como um mito.

– Não lhe parece perfeitamente apropriado que um mapa criado por pedreiros esteja gravado em pedra? Ao longo da história, nossas diretrizes mais importantes sempre foram gravadas em pedra, incluindo a tabuleta entregue por Deus a Moisés: 10 Mandamentos para guiar a conduta humana.

– Entendo, mas, mesmo assim, todas as referências são sempre à *lenda* da Pirâmide Maçônica. *Lenda* pressupõe que seja um mito.

– Sim, *lenda*. – Bellamy deu uma risadinha. – Temo que o senhor esteja com o mesmo problema que Moisés enfrentou.

– Como assim?

Bellamy parecia estar quase achando graça ao se virar na cadeira e erguer os olhos para a segunda galeria, onde 16 estátuas de bronze os espiavam lá de cima.

– Está vendo Moisés?

Langdon olhou para a famosa estátua de Moisés da biblioteca.

– Estou.

– Ele tem chifres.

– Eu sei disso.

– Mas sabe *por que* ele tem chifres?

Como a maioria dos professores, Langdon não gostava de levar sermão. O Moisés acima deles tinha chifres pela mesma razão que *milhares* de imagens cristãs de Moisés tinham chifres – um erro de tradução do livro do Êxodo. O texto original em hebraico descrevia Moisés como tendo um *"karan 'ohr panav"*, o que quer dizer que "sua pele do rosto brilhava com raios de luz". Mas, quando a Igreja católica fez a tradução oficial da Bíblia para o latim, o tradutor se confundiu na descrição de Moisés, traduzindo-a como *"cornuta esset facies sua"*, que significa "seu rosto tinha chifres". A partir daí, artistas e escultores, temendo represálias caso não fossem fiéis aos Evangelhos, começaram a retratar Moisés com chifres.

– Foi um simples erro – respondeu Langdon. – Uma tradução equivocada de São Jerônimo por volta de 400 d.C.

Bellamy pareceu impressionado.

– Exato. Uma tradução equivocada. E o resultado disso... é que o pobre Moisés agora está desfigurado para sempre.

"Desfigurado" era bondade dele. Quando criança, Langdon ficara aterrorizado ao ver o diabólico "Moisés chifrudo" de Michelangelo – peça central da Basílica de São Pedro Acorrentado, em Roma.

– Estou mencionando o Moisés chifrudo – disse Bellamy – para ilustrar como uma única palavra, quando mal compreendida, é capaz de reescrever a história.

O senhor está querendo ensinar o pai-nosso ao vigário, pensou Langdon, que havia aprendido essa lição na própria pele em Paris alguns anos antes. *SanGreal: Santo Graal. SangReal: Sangue Real.*

– No caso da Pirâmide Maçônica – prosseguiu Bellamy –, as pessoas ouviram boatos sobre uma "legenda". E a ideia pegou. A história legendária da Pirâmide Maçônica soava como um mito. Mas a palavra *legenda* não se referia a uma lenda, e sim a outra coisa. Houve um erro de interpretação. De forma muito parecida com a palavra *talismã*. – Ele sorriu. – A linguagem pode ser muito boa para esconder a verdade.

– O senhor tem razão, mas não estou entendendo aonde quer chegar.

– Robert, a Pirâmide Maçônica é um *mapa*. E, como todo mapa, ela tem uma *legenda*: uma chave que ensina como deve ser lida. – Bellamy pegou o embrulho em forma de cubo e o levantou. – Não está vendo? O cume *é* a legenda da pirâmide. Ele é a chave que ensina a ler o artefato mais poderoso da Terra, um mapa que revela onde está escondido o maior tesouro da humanidade: o saber perdido de todas as épocas.

Langdon se calou.

– Eu sugiro humildemente – disse Bellamy – que sua gigantesca Pirâmide Maçônica não passa *disto* aqui... uma modesta pedra cujo cume de ouro se ergue alto o bastante para ser tocado por Deus. Alto o bastante para um homem esclarecido poder estender a mão e tocá-lo.

O silêncio pairou entre os dois homens por vários segundos.

Então, Langdon sentiu um arroubo inesperado de entusiasmo ao fitar novamente a pirâmide, vendo-a com novos olhos. Tornou a olhar para a cifra maçônica.

– Mas este código... parece tão...

– Simples?

Langdon assentiu.

– Praticamente *qualquer um* poderia decifrá-lo.

Bellamy sorriu e pegou lápis e papel para Langdon.

– Então talvez você possa nos esclarecer a questão.

Langdon não se sentia à vontade lendo aquele código, mas, levando em conta as circunstâncias, aquilo lhe parecia uma traição menor à confiança de Peter. Além do mais, independentemente do que dissesse aquela inscrição, ele não podia imaginar que fosse de fato revelar o esconderijo secreto de qualquer coisa... quanto mais de um dos maiores tesouros da história.

Langdon pegou o lápis que Bellamy lhe estendia e ficou dando batidinhas com ele no queixo enquanto estudava a cifra. Era tão fácil que ele nem precisava de lápis e papel. Mesmo assim, queria ter certeza de que não cometeria nenhum erro, por isso levou obedientemente o lápis ao papel e escreveu a chave de leitura mais comum para uma cifra maçônica. Ela era constituída por quatro grades – duas simples, duas pontilhadas – nas quais as letras do alfabeto se encaixavam na ordem correta. Cada letra ficava então posicionada dentro de um "compartimento" ou "baia" de formato único. O formato do *compartimento* de cada letra se tornava o *símbolo* dessa letra.

O esquema era tão simples que quase chegava a ser infantil.

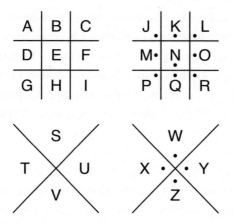

Langdon conferiu o que havia traçado. Seguro de que a chave estava correta, voltou sua atenção para o código inscrito na pirâmide. Para decifrá-lo, tudo o que precisava fazer era encontrar o formato correspondente na chave de leitura e escrever a letra que este continha.

O primeiro caractere da pirâmide se parecia com uma flecha apontando para baixo ou um cálice. Langdon encontrou sem demora o segmento em forma de cálice na chave de leitura. Ele estava situado no canto inferior esquerdo e continha a letra *S*.

Langdon escreveu *S*.

O símbolo seguinte da pirâmide era um quadrado sem a lateral direita e com um ponto. Na grade de interpretação, esse formato continha a letra *O*.

Ele escreveu *O*.

O terceiro símbolo era um quadrado simples, que continha a letra *E*.

Langdon escreveu *E*.

S O E...

Ele prosseguiu, indo cada vez mais rápido até completar toda a grade. Então, ao olhar para a tradução concluída, soltou um suspiro intrigado. *Não é bem o que eu chamaria de momento eureca.*

O rosto de Bellamy exibia um esboço de sorriso.

– Como você sabe, professor, os Antigos Mistérios são reservados apenas para os verdadeiramente iluminados.

– Certo – disse Langdon, franzindo o cenho. *Aparentemente, não é o meu caso.*

CAPÍTULO 50

Dentro de uma sala subterrânea no coração da sede da CIA em Langley, na Virgínia, a mesma cifra maçônica de 16 caracteres brilhava intensamente em um monitor de alta definição. Nola Kaye, analista sênior do ES, estava sentada estudando a imagem que sua chefe, Inoue Sato, tinha lhe enviado por e-mail 10 minutos antes.

Será que isso é algum tipo de brincadeira? Nola sabia que não, claro; a diretora Sato não tinha um pingo de senso de humor e os acontecimentos daquela noite estavam longe de ser engraçados. O alto nível de acesso de Nola dentro do todo-poderoso Escritório de Segurança da CIA havia aberto seus olhos para os mundos escusos do poder. Mas o que Nola vira nas últimas 24 horas mudara para sempre sua maneira de encarar os segredos que os poderosos guardavam.

– Sim, diretora – Nola estava dizendo agora, segurando o fone com o ombro enquanto falava com Sato. – A inscrição é de fato a cifra maçônica. Mas o texto resultante não significa nada. Parece uma grade de letras aleatórias. – Ela olhou para o texto que havia decodificado.

S   O   E   U

A   T   U   N

C   S   A   S

V   U   N   J

– Mas deve significar *alguma coisa* – insistiu Sato.

– Só se o texto tiver uma segunda camada de codificação que não estou percebendo.

– Algum palpite? – perguntou Sato.

– É uma matriz com base em uma grade, então eu poderia tentar o de praxe... Vigenère, treliças, e por aí vai... mas não prometo nada, principalmente se for uma chave de uso único.

– Faça o que for preciso. E faça depressa. E o raio X?

Nola girou a cadeira até ficar de frente para um segundo sistema, que exibia um raio X de segurança da bolsa de alguém. Sato havia solicitado informações sobre o que parecia ser uma pequena pirâmide dentro de uma caixa em forma de cubo. Normalmente, um objeto de cinco centímetros de altura não seria uma questão de segurança nacional, a menos que fosse feito de plutônio enriquecido. Mas não era o caso. Ele era feito, no entanto, de um material quase igualmente espantoso.

– A análise de densidade da imagem foi conclusiva – disse Nola. – Exatos 19,3 gramas por centímetro cúbico. É ouro puro. Muito, muito valioso.

– Algo mais?

– Na verdade, sim. O *scan* de densidade detectou pequenas irregularidades na superfície da pirâmide de ouro. Isto é, tem um texto gravado no metal.

– É mesmo? – Sato pareceu esperançosa. – E o que esse texto diz?

– Ainda não dá para saber. A inscrição está muito apagada. Estou tentando melhorar a qualidade com filtros, mas a resolução do raio X não está grande coisa.

– Tudo bem, continue tentando. Ligue para mim quando descobrir alguma coisa.

– Sim, senhora.

– E... Nola? – O tom de Sato se tornou grave. – Assim como tudo o que você descobriu nas últimas 24 horas, as imagens da pirâmide de pedra e do cume de ouro têm o mais alto grau de confidencialidade possível. Você não deve consultar ninguém. Reporte-se diretamente a mim. Quero ter certeza de que isso está claro.

– Fique tranquila, senhora.

– Ótimo. Mantenha-me informada. – Sato desligou.

Nola esfregou os olhos e tornou a fitar os monitores com a vista cansada. Fazia 36 horas que não dormia e sabia muito bem que continuaria acordada até aquela crise terminar.

Seja ela qual for.

No Centro de Visitantes do Capitólio, quatro agentes da CIA especializados em trabalho de campo estavam parados junto à entrada do túnel, espiando avidamente pela passagem mal iluminada como uma matilha de cães ansiosos pela caçada.

Depois de desligar o telefone, Sato se aproximou dos homens vestidos de preto.

– Senhores – disse ela, ainda segurando a chave do Arquiteto –, os parâmetros da sua missão estão claros?

– Positivo – respondeu o líder do grupo. – Temos *dois* alvos. O primeiro é uma pirâmide de pedra gravada com cerca de 30 centímetros de altura. O segundo é um embrulho menor em formato de cubo, com cerca de cinco centímetros de altura. Ambos foram avistados pela última vez dentro da bolsa de Robert Langdon.

– Correto – disse Sato. – Esses dois objetos devem ser recuperados depressa e intactos. Os senhores têm alguma pergunta?

– Quais são os parâmetros para uso da força?

O ombro de Sato continuava dolorido onde Bellamy a golpeara com um osso.

– Como eu disse, recuperar esses objetos é de suma importância.

– Entendido. – Os quatro homens se viraram, penetrando na escuridão do túnel.

Sato acendeu um cigarro e ficou observando enquanto eles desapareciam.

CAPÍTULO 51

Katherine Solomon sempre fora uma motorista prudente, mas agora estava correndo com o Volvo a mais de 140 quilômetros por hora em sua louca fuga pela Suitland Parkway. Seu pé trêmulo havia ficado grudado no acelerador por alguns segundos antes de o pânico começar a passar. Ela agora percebia que aquele tremor incontrolável não se devia apenas ao medo.

Eu estou congelando.

O ar frio da noite de inverno soprava forte por sua janela estilhaçada, fustigando-lhe o corpo como um vento ártico. Seus pés, cobertos apenas pela meia-calça, estavam dormentes, e ela estendeu a mão para baixo em busca do par de sapatos sobressalente que guardava sob o banco do carona. Ao se abaixar, sentiu uma pontada de dor no pescoço machucado pela mão potente de seu agressor.

O homem que arrebentara sua janela não tinha qualquer semelhança com o cavalheiro louro que Katherine conhecera como Dr. Christopher Abaddon. Os cabelos grossos e a tez lisa e bronzeada haviam desaparecido. A cabeça raspada, o peito nu e o rosto com a maquiagem borrada tinham se revelado uma aterrorizante tapeçaria de tatuagens.

Ela tornou a ouvir a voz dele, sussurrando-lhe em meio à ventania uivante do lado de fora de sua janela quebrada. *Eu deveria ter matado você 10 anos atrás... na noite em que matei sua mãe.*

Já sem um pingo de dúvida, Katherine sentiu um calafrio. *Era ele.* Nunca esqueceu a expressão de violência demoníaca daqueles olhos. Tampouco esquecera o barulho do único tiro que o irmão havia disparado e que matara aquele homem, fazendo-o despencar de uma ribanceira até o rio congelado lá embaixo, onde mergulhara para nunca mais reaparecer.

Os investigadores passaram semanas procurando pelo corpo, mas nunca o encontraram e acabaram concluindo que a correnteza o levara para a baía de Chesapeake.

Eles estavam enganados, ela agora sabia. *Ele continua vivo.*

E ele voltou.

À medida que as lembranças retornavam à sua mente, Katherine se sentiu tomada pela angústia. Fazia quase 10 anos. Era dia de Natal. Katherine, Peter e a mãe – a família inteira – estavam reunidos em sua grande mansão de pedra em Potomac, aninhada em um terreno arborizado de mais de 800 mil metros quadrados, atravessado por um rio particular.

Como rezava a tradição, sua mãe estava ocupada na cozinha, saboreando o costume de cozinhar para os filhos nas festas de fim de ano. Mesmo aos 75 anos, Isabel Solomon era uma cozinheira exuberante e, naquela noite, os aromas de carne de cervo ao forno, molho de ervas finas e purê de batatas ao alho flutuavam pela casa, dando água na boca. Enquanto a mãe preparava o banquete, os dois irmãos relaxavam no jardim de inverno, conversando sobre o mais recente objeto de fascínio de Katherine: um novo campo de estudos chamado ciência noética. Fusão improvável de física de partículas moderna com misticismo antigo, a noética tinha conquistado totalmente a imaginação de Katherine.

O encontro entre a física e a filosofia.

Katherine contou a Peter sobre alguns dos experimentos que sonhava em fazer, e pôde notar nos olhos cinzentos do irmão que aquilo o intrigava. Estava particularmente feliz por poder proporcionar a ele algo positivo em que pensar naquele Natal, uma vez que o feriado também se transformara num doloroso lembrete de uma terrível tragédia.

O filho de Peter, Zachary.

O 21º aniversário do sobrinho de Katherine fora o último. A família tinha vivido um pesadelo, e parecia-lhe que o irmão só agora estava reaprendendo a sorrir.

Menino frágil e desengonçado, Zachary tinha se desenvolvido tarde, transformando-se em um adolescente rebelde e zangado. Apesar de criado com muito amor em um ambiente de privilégios, o rapaz parecia decidido a romper com o "sistema" da família Solomon. Foi expulso da escola de ensino médio, vivia na farra com os ricos e famosos e desdenhava as tentativas inesgotáveis dos pais de orientá-lo de maneira firme, porém carinhosa.

Ele partiu o coração de Peter.

Pouco antes do 18º aniversário de Zachary, Katherine havia se reunido com a mãe e o irmão e ouvira a conversa dos dois sobre se deveriam ou não segurar a herança de seu sobrinho até ele ficar mais maduro. Era uma tradição secular do clã Solomon transferir para todos os filhos que completassem 18 anos uma fatia extraordinariamente generosa do patrimônio da família. Os Solomon acreditavam que uma herança era mais útil no *início* da vida de alguém do que no final. Além disso, confiar grandes porções da fortuna familiar a jovens descendentes cheios de energia tinha sido fundamental para aumentar a riqueza da dinastia.

Naquele caso, porém, a mãe de Katherine argumentou que era um perigo entregar ao filho de Peter uma soma de dinheiro tão grande. Peter discordou.

– A herança dos Solomon – disse ele – é uma tradição de família que não deve ser quebrada. Esse dinheiro pode muito bem forçar Zachary a ser mais responsável.

Infelizmente, seu irmão estava errado.

Assim que recebeu o dinheiro, Zachary cortou relações com a família e sumiu de casa sem levar qualquer pertence. Reapareceu meses depois nos tabloides: PLAYBOY MILIONÁRIO CURTE A VIDA NA EUROPA.

A imprensa sensacionalista se esbaldou documentando a vida luxuosa e desregrada de Zachary. As fotos de festas de arromba em iates e bebedeiras em boates eram um tormento para os Solomon, mas os registros de seu adolescente rebelde passaram de vergonhosos a assustadores quando os jornais informaram que o rapaz tinha sido pego com cocaína na fronteira da Turquia: MILIONÁRIO SOLOMON PRESO COM DROGAS.

Eles descobriram que a prisão para onde Zachary fora mandado se chamava Soganlik – um centro de detenção brutal, de última categoria, situado no distrito de Kartal, nos arredores de Istambul. Temendo pela segurança do filho, Peter Solomon pegou um avião até a Turquia para tentar resgatá-lo. Muito abalado, voltou sem ter conseguido sequer uma autorização para ver Zachary. A única notícia promissora era que os influentes contatos de Solomon no Departamento de Estado norte-americano estavam fazendo todo o possível para conseguir extraditar o rapaz o mais rápido possível.

Contudo, dois dias depois, Peter recebeu um pavoroso telefonema internacional. Na manhã seguinte, as manchetes anunciavam: HERDEIRO DOS SOLOMON ASSASSINADO NA PRISÃO.

As fotos tiradas no presídio eram medonhas, e a mídia divulgou todas elas sem dó nem piedade, mesmo muito depois da cerimônia fúnebre particular organizada pelos Solomon. A mulher de Peter jamais o perdoou por não ter conseguido libertar Zachary, e o casamento dos dois acabou seis meses depois. Desde então, Peter vivia sozinho.

Levou muitos anos para que Katherine, Peter e sua mãe, Isabel, se reunissem para passar um Natal tranquilo. A dor ainda era grande, mas felizmente ia diminuindo a cada ano. O agradável ruído de panelas e frigideiras agora ecoava da cozinha onde Isabel preparava o tradicional banquete. No jardim de inverno, Peter e Katherine conversavam descontraídos enquanto saboreavam um brie derretido.

Foi então que ouviram um som totalmente inesperado.

– Olá, família Solomon – disse uma voz afetada atrás deles.

Espantados, Katherine e o irmão se viraram e deram de cara com uma imensa figura musculosa entrando no jardim de inverno. O rosto do homem estava coberto por um gorro de esqui preto, com exceção dos olhos, que luziam com uma ferocidade animalesca.

Peter se pôs de pé no mesmo instante.

– Quem é você? Como entrou aqui?

– Eu conheci seu filhinho, Zachary, na prisão. Ele me disse onde esta chave aqui ficava escondida. – O desconhecido ergueu uma velha chave e sorriu como uma besta-fera. – Pouco antes de eu espancá-lo até a morte.

Peter ficou de queixo caído.

O homem sacou uma pistola e apontou-a em cheio para o peito de Peter.

– Sentado.

Ele se sentou de volta na cadeira.

Quando o homem chegou mais perto, Katherine ficou petrificada. Por trás do gorro, seus olhos eram tão ferinos quanto os de um animal raivoso.

– Ei! – berrou Peter, como se estivesse tentando alertar sua mãe lá na cozinha. – Eu não sei quem você é, mas pegue o que quiser e vá embora!

O homem continuou mirando o peito de Peter com a arma.

– E o que você acha que eu quero?

– É só me dizer quanto – disse Solomon. – Não temos dinheiro em casa, mas eu posso...

O monstro riu.

– Não me ofenda. Eu não vim atrás de dinheiro. Vim aqui buscar a outra coisa que pertence a Zachary por direito. – Ele deu uma estranha risada. – Ele me falou sobre a pirâmide.

Pirâmide?, pensou Katherine, desnorteada. *Que pirâmide?*

Seu irmão assumiu um tom desafiador.

– Eu não sei do que você está falando.

– Não banque o inocente comigo! Zachary me disse o que você guarda no cofre do escritório. Eu quero o que está lá dentro. Agora.

– Não sei o que Zachary contou a você, mas ele se confundiu – disse Peter. – Realmente não sei do que você está falando!

– Ah, não? – O intruso se virou, apontando a arma para o rosto de Katherine. – E agora?

Os olhos de Peter se encheram de terror.

– Você precisa acreditar em mim! Eu não sei o que quer!

– Se mentir para mim outra vez – disse ele, ainda apontando a arma para Katherine –, eu juro que acabo com ela. – Ele sorriu. – E, pelo que Zachary me disse, sua irmãzinha é mais preciosa para você do que todos os seus...

– O que está acontecendo aqui? – gritou a mãe de Katherine, marchando jardim de inverno adentro com a espingarda Browning Citori de Peter em punho e mirando-a bem no peito do homem. O intruso girou o corpo na sua direção e a enérgica mulher de 75 anos não perdeu tempo, disparando uma rajada ensurdecedora de chumbinho. O intruso cambaleou para trás, atirando a esmo em todas as direções ao varar as portas de vidro, deixando a pistola cair no chão.

Peter não titubeou, mergulhando imediatamente em direção à arma. Katherine estava caída no chão, e a Sra. Solomon correu até ela, ajoelhando-se ao seu lado.

– Meu Deus, você está ferida?

Katherine fez que não com a cabeça, muda de choque. Do lado de fora da porta estilhaçada, o homem mascarado tinha se levantado aos tropeços e agora corria em direção à mata, pressionando a lateral do corpo. Peter Solomon ainda olhou para trás para se certificar de que a mãe e a irmã estavam seguras e, ao ver que ambas estavam bem, empunhou a pistola e saiu correndo no encalço do intruso.

A mãe de Katherine segurou sua mão, tremendo.

– Graças a Deus você está bem. – Então, de repente, ela se afastou da filha. – Katherine? Você está sangrando! Isto é sangue! Você está ferida!

Katherine viu o sangue. Muito sangue. Ela estava coberta com ele. Mas não sentia dor nenhuma.

Frenética, sua mãe vasculhou o corpo de Katherine em busca de um ferimento.

– Onde é que está doendo?

– Não sei, mãe, eu não estou sentindo nada!

Foi então que Katherine viu a origem do sangue e ficou gelada.

– Mãe, não sou eu... – Ela apontou para a lateral da blusa de cetim da mãe, de onde o sangue escorria aos borbotões por um pequeno buraco. A mãe olhou para baixo, parecendo mais confusa do que qualquer outra coisa. Então fez uma careta, encolhendo-se como se a dor houvesse acabado de atingi-la.

– Katherine? – Sua voz estava calma, mas de repente carregava todo o peso de seus 75 anos. – Preciso que você chame uma ambulância.

Katherine correu até o telefone e ligou pedindo ajuda. Ao voltar para o jardim de inverno, encontrou a mãe deitada, imóvel, em meio a uma poça de sangue. Correu até ela, agachou-se e aninhou seu corpo em seus braços.

Katherine não saberia dizer quanto tempo se passou até escutar o tiro ao longe na mata. Finalmente, Peter entrou correndo no jardim de inverno, ainda com a arma na mão. Ao ver a irmã em prantos, segurando nos braços a mãe sem vida, seu rosto se contorceu de agonia. O grito que ecoou pelo jardim era um som que ela jamais iria esquecer.

CAPÍTULO **52**

Mal'akh podia sentir os músculos tatuados de suas costas se retesa-rem enquanto contornava o prédio, correndo pelo caminho de volta em direção à porta deslizante do Galpão 5.

Preciso entrar no laboratório dela.

A fuga de Katherine tinha sido um imprevisto e era um problema. Ela não só sabia onde Mal'akh morava, como também conhecia sua verdadeira identidade... e sabia que ele era o mesmo homem que invadira sua casa 10 anos antes.

Mal'akh tampouco havia se esquecido daquela noite. Estivera prestes a conseguir a pirâmide, mas o destino o impedira. *Eu ainda não estava preparado.* Mas agora se sentia confiante. Mais poderoso. Mais influente. Depois de ter suportado dificuldades inimagináveis para preparar seu retorno, naquela noite Mal'akh estava pronto para finalmente cumprir seu destino. Tinha certeza de que, antes de a noite terminar, olharia nos olhos de Katherine Solomon no instante de sua morte.

Ao chegar à porta de correr, Mal'akh se reconfortou dizendo a si mesmo que Katherine, na verdade, não tinha fugido; havia apenas adiado o inevitável. Passou pela abertura e atravessou com confiança a escuridão até seus pés tocarem o carpete. Então dobrou à direita e tomou a direção do Cubo. As batidas na porta do Galpão 5 haviam cessado, e Mal'akh desconfiava que, àquela altura, o vigia estivesse tentando retirar a moeda de 10 centavos que ele havia enfiado na leitora do cartão.

Quando Mal'akh chegou à porta de entrada do Cubo, inseriu o cartão de acesso de Trish e o painel numérico se acendeu. Digitou a senha da assistente e entrou. As luzes estavam todas acesas e, ao adentrar o espaço estéril, ele apertou os olhos, admirado, diante da reluzente coleção de equipamentos. Mal'akh conhecia o poder da tecnologia. Praticava sua própria forma de ciência no porão de casa e, na noite anterior, parte dessa ciência tinha dado frutos.

A Verdade.

O singular confinamento de Peter Solomon – preso sozinho no mundo intermediário – havia revelado tudo o que ele escondia em seu íntimo. *Eu posso ver a alma dele.* Mal'akh já suspeitava de alguns dos segredos que havia desvendado, mas não de outros, entre eles a informação relativa ao laboratório de Katherine e às suas chocantes descobertas. *A ciência está chegando perto*, percebera Mal'akh. *E eu não vou permitir que ela ilumine o caminho dos indignos.*

Katherine tinha começado seu trabalho ali usando a ciência moderna para responder a antigos questionamentos filosóficos. *Alguém ouve as nossas preces? Existe vida após a morte? Os seres humanos têm alma?* De forma inacreditável, Katherine havia respondido a todas essas perguntas e a outras também. Respostas científicas. Conclusivas. Usando métodos irrefutáveis. Até mesmo os mais céticos ficariam convencidos pelos resultados de suas experiências. Caso essas informações fossem publicadas e divulgadas, uma mudança fundamental iria se iniciar na consciência humana. *Eles começarão a encontrar o caminho*. A última missão de Mal'akh naquela noite, antes de sua transformação, era garantir que isso não acontecesse.

Enquanto andava pelo laboratório, Mal'akh localizou a sala de armazenamento de dados sobre a qual Peter tinha lhe falado. Espiou através do vidro grosso e viu as duas unidades holográficas. *Exatamente como ele descreveu.* Mal'akh achava difícil imaginar que o conteúdo daquelas caixinhas pudesse mudar o curso da evolução humana, mas a Verdade sempre fora o mais potente dos catalisadores.

Sem desgrudar os olhos das unidades holográficas de armazenamento, Mal'akh sacou o cartão de acesso de Trish e o inseriu no painel de segurança da porta. Para sua surpresa, ele não se acendeu. Ao que parecia, Trish Dunne não tinha acesso àquela sala. Então ele pegou o cartão que havia encontrado no bolso do jaleco de Katherine. Quando o inseriu, o painel se iluminou.

Mas Mal'akh tinha um problema. *Não peguei a senha de Katherine.* Ele tentou a de Trish, mas não funcionou. Esfregando o queixo, deu um passo para trás e examinou a porta de plexiglas de quase oito centímetros de espessura. Mesmo com um machado, sabia que não conseguiria arrombá-la para chegar aos drives que precisava destruir.

Mal'akh, no entanto, havia pensado nessa eventualidade.

Na sala de máquinas, exatamente como Peter tinha descrito, ele localizou o suporte que continha vários cilindros de metal parecidos com grandes tanques de mergulho. Os cilindros ostentavam as letras *LH*, o número 2 e o símbolo universal de material inflamável. Um deles estava conectado ao gerador de hidrogênio do laboratório.

Mal'akh deixou no lugar o cilindro que estava conectado e ergueu cuidadosamente um dos que serviam de reserva, baixando-o até um carrinho ao lado do suporte. Então o empurrou para fora da sala de máquinas e atravessou o laboratório, levando-o até a porta de plexiglas da sala de armazenamento de dados. Embora ali com certeza já fosse perto o suficiente para o que estava planejando, ele havia notado um ponto fraco na pesada porta de segurança – o pequeno espaço entre a borda inferior e o batente.

Com todo o cuidado, deitou o cilindro de lado na soleira, inserindo o tubo flexível de borracha por debaixo da porta. Levou alguns instantes para remover os lacres de proteção e chegar à válvula do tanque, destravando-a com muita delicadeza. Através do plexiglas, pôde ver o líquido cristalino e borbulhante começar a vazar pelo tubo para o chão da sala. Mal'akh ficou olhando a poça aumentar, escorrendo pelo piso, fumegando e borbulhando enquanto crescia.

O hidrogênio só permanecia em estado líquido a baixas temperaturas. Por isso, à medida que se aquecesse, ele começaria a evaporar. Por sorte, o gás resultante era ainda mais inflamável do que o líquido.

Basta lembrar a explosão do Hindenburg.

Mal'akh voltou depressa para o laboratório e pegou uma lata contendo óleo para o bico de Bunsen – uma substância viscosa e altamente inflamável. Levou-a até a porta de plexiglas, satisfeito ao ver que o cilindro de hidrogênio líquido continuava a vazar e que a poça de líquido fumegante dentro da sala de armazenamento já cobria o piso inteiro, rodeando os pedestais que sustentavam as unidades holográficas. Uma bruma esbranquiçada se erguia da poça à medida que o hidrogênio líquido se transformava em gás... preenchendo o pequeno espaço.

Mal'akh ergueu a lata de óleo e despejou uma boa quantidade dele sobre o cilindro de hidrogênio e o tubo, assim como na pequena abertura debaixo da porta. Então, com todo o cuidado, foi saindo do laboratório de costas, deixando um filete ininterrupto de óleo no chão à medida que recuava.

A atendente responsável pelo disque-emergência de Washington tivera uma noite particularmente agitada. *Futebol, cerveja e lua cheia*, pensou ela quando outra ligação pipocou em sua tela, desta vez de um telefone público em um posto de gasolina da Suitland Parkway, em Anacostia. *Provavelmente um acidente de carro.*

– Emergência – atendeu ela. – Em que posso ajudar?

– Acabei de ser atacada no Centro de Apoio dos Museus Smithsonian – disse uma mulher, em pânico. – Por favor, mandem a polícia! Silver Hill Road, 4.210!

– Tudo bem, acalme-se – disse a atendente. – A senhora tem que...

– Preciso também que mandem a polícia para uma mansão em Kalorama Heights onde acho que meu irmão está sendo mantido em cativeiro!

A atendente deu um suspiro. *Lua cheia.*

CAPÍTULO 53

– Como eu tentei lhe contar – dizia Bellamy para Langdon –, esta pirâmide contém mais segredos do que parece.

Tudo indica que sim, pensou Langdon.

O professor tinha de reconhecer que a pirâmide de pedra dentro de sua bolsa aberta parecia-lhe agora muito mais misteriosa. A interpretação que fizera do código maçônico havia produzido uma grade de letras aparentemente sem nenhum sentido.

Caos.

S	O	E	U
A	T	U	N
C	S	A	S
V	U	N	J

Langdon passou um bom tempo examinando aquela grade, à procura de algum indício de significado nas letras – palavras ocultas, anagramas, qualquer tipo de pista –, mas não teve sucesso.

– Dizem – começou a explicar Bellamy – que a Pirâmide Maçônica guarda seus segredos atrás de muitos véus. A cada um que se ergue, outro surge. Você desvendou essas letras, mas elas nada revelam antes que outra camada seja removida. É claro que somente aquele que detém o cume sabe como fazer isso. Desconfio que *ele* também tenha uma inscrição que ensina a decifrar a pirâmide.

Langdon olhou de relance para o embrulho em forma de cubo sobre a mesa. Depois de ouvir o que Bellamy tinha dito, ele entendeu que o cume e a pirâmide eram um "código segmentado" – um enigma dividido em vários pedaços. Os criptologistas modernos usavam códigos segmentados o tempo todo, embora esse esquema de segurança tivesse sido inventado na Grécia Antiga. Quando queriam guardar informações secretas, os gregos as gravavam em uma tabuleta de argila e depois a quebravam em vários pedaços, escondendo cada um deles em um local diferente. Somente quando todas as peças eram reunidas os segredos podiam ser lidos. Esse tipo de tabuleta de argila gravada – chamado de *symbolon* – era, na verdade, a origem da palavra moderna *símbolo*.

– Robert – disse Bellamy –, esta pirâmide e este cume foram mantidos separados durante muitas gerações, o que garantiu a segurança do segredo. – Seu tom se tornou pesaroso. – Mas, hoje à noite, as duas peças se aproximaram perigosamente. Tenho certeza de que não preciso dizer isso, mas é nosso dever garantir que esta pirâmide não seja completada.

Langdon estava achando exagerado aquele drama todo de Bellamy. *Ele está descrevendo o cume e a pirâmide... ou um detonador e uma bomba nuclear?* Ainda não conseguia aceitar muito bem as afirmações do Arquiteto, mas isso parecia pouco importar.

– Mesmo que isto aqui seja *de fato* a Pirâmide Maçônica e mesmo que esta inscrição de alguma forma revele o paradeiro de um saber antigo, como esse conhecimento poderia conferir a alguém o poder que lhe é atribuído?

– Peter sempre me falou que você era difícil de convencer, um acadêmico que prefere provas a especulações.

– Está me dizendo que *acredita* mesmo nisso? – quis saber Langdon, perdendo a paciência. – Com todo o respeito... Você é um homem moderno, educado. Como é que pode acreditar numa coisa dessas?

Bellamy deu um sorriso complacente.

– O ofício da Francomaçonaria me fez ter um profundo respeito por aquilo que transcende a compreensão humana. Eu aprendi a *nunca* fechar a mente a nenhuma ideia pelo simples fato de ela parecer milagrosa.

CAPÍTULO **54**

Agitadíssimo, o vigia responsável pelo perímetro do CAMS percorreu correndo a trilha de cascalho que margeava o complexo. Acabara de receber um telefonema de um segurança lá dentro dizendo que o painel de acesso do Galpão 5 tinha sido sabotado e que uma luz de segurança indicava que a porta de correr que dava para a área externa estava aberta.

O que será que está acontecendo?

Quando chegou à porta de correr, viu que de fato ela estava aberta cerca de um metro. *Estranho*, pensou. *Esta porta só pode ser destrancada por dentro.* Ele tirou a lanterna do cinto e iluminou a escuridão profunda do galpão. Nada. Sem querer pisar lá dentro, avançou só até o limiar e enfiou a lanterna pela abertura, virando-a para a esquerda e em seguida para a...

Duas mãos poderosas agarraram seu pulso e puxaram-no para o breu. O vigia sentiu seu corpo ser girado por uma força invisível. Um forte cheiro de etanol invadiu-lhe as narinas. A lanterna saiu voando de sua mão e, antes de ele sequer conseguir processar o que estava acontecendo, um punho duro feito pedra colidiu com seu esterno. O vigia desabou no chão de cimento... grunhindo de dor enquanto um vulto alto se afastava dele.

O homem ficou deitado de lado, arquejando à medida que tentava respirar. Sua lanterna estava ali perto, com o facho se estendendo rente ao piso e iluminando o que parecia uma espécie de lata de metal. O rótulo dizia ser óleo para bico de Bunsen.

Um isqueiro produziu uma faísca, e a chama laranja iluminou uma forma que quase não parecia humana. *Meu Deus do céu!* O vigia mal teve tempo para processar o que estava vendo antes de a criatura de peito nu se ajoelhar e encostar a chama no chão.

No mesmo instante, uma faixa de fogo se materializou, saltando para longe de onde eles estavam e correndo para dentro do vazio. Atônito, o vigia olhou para trás, mas a criatura já estava saindo pela porta de correr e sumindo na noite.

O vigia conseguiu se sentar, fazendo uma careta de dor enquanto seus olhos seguiam o rastro de fogo. *Que diabos!* A chama parecia pequena demais para representar perigo, mas foi então que ele viu algo totalmente aterrorizante. O fogo já não iluminava apenas a escuridão vazia. Tinha avançado até a parede do fundo do galpão, onde passara a iluminar uma imensa estrutura de cimento. O vigia nunca tivera permissão para entrar no Galpão 5, mas sabia muito bem o que devia ser aquilo.

O Cubo.

O laboratório de Katherine Solomon.

A chama chispou em linha reta direto para a porta externa do laboratório. O vigia se levantou cambaleando, sabendo muito bem que o rastro de óleo provavelmente continuava por debaixo da porta do laboratório... e logo iria iniciar um incêndio lá dentro. No entanto, quando se virou para sair correndo e buscar ajuda, sentiu uma lufada inesperada de ar passar por ele.

Por um breve instante, todo o Galpão 5 ficou banhado em luz.

O vigia não chegou a ver a bola de fogo de hidrogênio irromper para cima, arrancando o telhado do Galpão 5 e subindo centenas de metros no ar. Tampouco viu choverem do céu os fragmentos de tela de titânio, equipamentos eletrônicos e gotículas de silício derretido das unidades holográficas de armazenamento do laboratório.

Katherine Solomon dirigia seu carro rumo ao norte quando viu o súbito clarão no espelho retrovisor. Um forte estrondo ecoou pelo ar da noite, espantando-a.

Fogos de artifício?, pensou. *Será que há algum show no intervalo do jogo dos Redskins?*

Ela se concentrou na estrada, ainda pensando na ligação para a emergência que acabara de fazer do telefone público de um posto de gasolina deserto.

Katherine havia convencido a atendente a mandar a polícia até o CAMS para investigar um intruso tatuado e, rezava ela, também para encontrar sua assistente, Trish. Além disso, pedira à atendente que verificasse o endereço do Dr. Abaddon em Kalorama Heights, onde achava que Peter estava sendo mantido refém.

Infelizmente, ela não conseguira obter o número do celular de Langdon, que não constava do catálogo. Sem outra alternativa, estava seguindo em alta velocidade em direção à Biblioteca do Congresso, onde ele lhe dissera que a encontraria.

A aterrorizante revelação da verdadeira identidade do Dr. Abaddon havia mudado tudo. Katherine já não sabia em quem acreditar. A única certeza era que o mesmo homem que matara sua mãe e seu sobrinho tantos anos atrás havia capturado seu irmão e tentado matá-la. *Quem é esse louco? O que ele quer?* A única resposta que lhe vinha à mente não fazia sentido. *Uma pirâmide?* Igualmente incompreensível era o motivo pelo qual aquele homem tinha ido ao seu laboratório naquela noite. Se queria machucá-la, por que não fizera isso na privacidade de sua casa, mais cedo? Por que se dera o trabalho de mandar um torpedo e se arriscar a invadir seu laboratório?

Inesperadamente, os fogos de artifício em seu espelho retrovisor ficaram mais intensos e o clarão inicial foi seguido por uma visão inesperada – uma bola de fogo flamejante que Katherine pôde ver se erguendo acima da linha das árvores. *Mas que diabos é isso?* A bola de fogo estava acompanhada por uma fumaça preta... e não vinha de nenhum lugar próximo ao estádio dos Redskins. Atônita, ela tentou imaginar que fábrica poderia estar situada atrás daquelas árvores... a sudeste da rodovia.

Então, como um caminhão a toda a velocidade, a verdade a atingiu.

CAPÍTULO 55

Warren Bellamy apertou com urgência os botões de seu celular, tentando novamente entrar em contato com uma pessoa que acreditava ser capaz de ajudá-los.

Langdon o observava, mas sua mente estava em Peter, tentando atinar a melhor forma de encontrá-lo. *Decifre a inscrição*, ordenara o sequestrador de Peter, *e ela lhe revelará o local onde está escondido o maior tesouro da humanidade... Iremos juntos até o esconderijo e faremos a troca.*

Bellamy desligou. Ninguém atendia outra vez.

– O que eu não entendo é o seguinte – disse Langdon. – Mesmo que eu aceitasse que esse saber oculto existe e que esta pirâmide de alguma forma indica seu paradeiro subterrâneo... o que é que estou procurando? Um cofre? Um bunker?

Bellamy ficou calado por alguns instantes. Então deu um suspiro relutante e falou com cautela.

– Robert, pelo que escutei ao longo dos anos, a pirâmide conduz a uma escada em caracol.

– Uma *escada*?

– Isso mesmo. Uma escada que desce para dentro da terra... muitas centenas de metros.

Langdon não conseguia acreditar no que estava escutando. Ele se inclinou, ficando mais perto de Bellamy.

– Ouvi dizer que o saber antigo está enterrado lá embaixo.

Robert Langdon se levantou e começou a andar de um lado para outro. *Uma escada em caracol que desce várias centenas de metros para dentro da terra... em Washington, capital dos Estados Unidos.*

– E ninguém nunca *viu* essa escada?

– Supostamente a entrada foi coberta por uma imensa pedra.

Langdon deu um suspiro. A ideia de um túmulo coberto por uma imensa pedra vinha diretamente dos relatos bíblicos sobre o túmulo de Jesus. Esse híbrido arquetípico era o avô de todos os outros.

– Warren, *você* acredita que essa mística escada secreta que vai para dentro da terra existe?

– Nunca a vi com meus próprios olhos, mas alguns dos maçons mais velhos juram que ela existe. Eu estava tentando ligar para um deles agora mesmo.

Langdon seguiu andando de um lado para outro, sem saber mais o que dizer.

– Robert, você me deixa numa posição complicada em relação a esta pirâmide. – O olhar de Warren Bellamy se endureceu sob o brilho suave da luminária. – Eu não conheço nenhum jeito de *forçar* um homem a acreditar no que ele não quer. Mas espero que você entenda seu dever para com Peter Solomon.

Sim, eu tenho o dever de ajudá-lo, pensou Langdon.

– Não preciso que você acredite no poder que esta pirâmide pode revelar. Nem mesmo na escada à qual ela supostamente conduz. Mas eu *preciso* que você acredite que está moralmente obrigado a proteger esse segredo... seja ele qual for. – Bellamy gesticulou na direção do pequeno embrulho em forma de cubo. – Peter lhe confiou o cume porque estava seguro de que você obedeceria a seu desejo e guardaria segredo. E agora é exatamente isso que você precisa fazer, mesmo que signifique sacrificar a vida de Peter.

Langdon parou onde estava e girou o corpo.

– O quê?

Bellamy continuou sentado, com uma expressão angustiada porém decidida.

– É isso que ele iria querer. Você precisa esquecer Peter. Ele se foi. Peter cumpriu o dever dele e fez o melhor que pôde para proteger a pirâmide. Agora é *nosso* dever garantir que os esforços dele não tenham sido em vão.

– Não acredito que esteja dizendo isso! – exclamou Langdon, possesso. – Mesmo que esta pirâmide seja tudo o que você afirma que é, Peter é seu irmão maçom. Você jurou protegê-lo acima de todas as coisas, até mesmo do seu país!

– Não, Robert. Um maçom deve proteger seus irmãos acima de todas as coisas... exceto uma: o grande segredo que nossa irmandade está guardando para toda a humanidade. Quer eu acredite ou não que esse saber perdido tem o potencial que a história sugere, jurei mantê-lo longe das mãos de quem não o merece. E não o entregaria a ninguém... nem em troca da vida de Peter Solomon.

– Eu conheço vários maçons – falou Langdon com raiva –, incluindo os de grau mais avançado, e tenho certeza absoluta de que esses homens não juraram sacrificar a vida em nome de uma pirâmide de pedra. Também tenho certeza absoluta de que nenhum deles acredita em uma escada secreta que desce até um tesouro enterrado no fundo da terra.

– Há círculos *dentro* de círculos, Robert. Nem *todo mundo* sabe *tudo*.

Langdon soltou o ar com força, tentando controlar as emoções. Assim como todo mundo, ele já havia escutado os boatos de círculos de elite no interior da Maçonaria. O fato de aquilo ser ou não verdade parecia irrelevante diante daquela situação.

– Warren, se esta pirâmide e este cume de fato revelam o mais importante segredo maçônico, então por que Peter *me* envolveria nisso? Eu sequer pertenço à irmandade... quanto mais a algum círculo interno!

– Eu sei, e desconfio que foi *justamente* por isso que Peter o escolheu como protetor. Esta pirâmide já foi cobiçada no passado, inclusive por pessoas que se infiltraram em nossa irmandade por motivos torpes. A decisão de Peter de guardá-la *fora* da irmandade foi inteligente.

– Você sabia que o cume estava comigo? – perguntou Langdon.

– Não. E, se Peter contou a alguém, só pode ter sido a um homem. – Bellamy sacou o celular e apertou a tecla de rediscagem. – E eu até agora não consegui falar com ele. – A ligação caiu em uma caixa postal e ele desligou. – Bem, Robert, parece que você e eu estamos sozinhos por enquanto. E temos uma decisão a tomar.

Langdon olhou para seu relógio do Mickey Mouse: 21h42.

– Você entende que o sequestrador de Peter espera que eu decifre esta pirâmide *ainda hoje* e lhe diga o que está inscrito nela?

Bellamy ficou sério.

– Ao longo da história, grandes homens já fizeram enormes sacrifícios pessoais para proteger os Antigos Mistérios. Você e eu devemos fazer o mesmo. – Ele então se levantou. – Temos que ir andando. Mais cedo ou mais tarde, Sato vai descobrir onde estamos.

– E Katherine? – perguntou Langdon, sem querer sair dali. – Não estou conseguindo falar com ela, e ela não ligou de volta.

– É óbvio que alguma coisa aconteceu.

– Mas não podemos simplesmente abandoná-la!

– Esqueça Katherine! – disse Bellamy, sua voz assumindo um tom de comando. – Esqueça Peter! Esqueça todo mundo! Você não entende, Robert, que a tarefa que lhe foi confiada é maior do que nós todos... você, Peter, Katherine, eu mesmo? – Ele encarou Langdon. – Nós temos que achar um lugar seguro para esconder esta pirâmide e este cume longe de...

Um forte estrondo metálico ecoou do grande saguão.

Bellamy girou o corpo, seus olhos se enchendo de medo.

– Foi bem rápido.

Langdon se virou na direção da porta. O barulho parecia ter vindo do balde de metal que Bellamy posicionara sobre a escada que bloqueava as portas do túnel. *Eles estão vindo atrás da gente.*

Então, para surpresa geral, o mesmo barulho se repetiu.

Outra vez.

E mais outra.

O morador de rua sentado no banco em frente à Biblioteca do Congresso esfregou os olhos e ficou olhando a estranha cena que se desenrolava à sua frente.

Um Volvo branco havia acabado de subir o meio-fio, avançar pela calçada deserta e parar com os pneus cantando em frente à entrada principal da biblioteca. Então, uma bela mulher de cabelos escuros saltou do carro, olhou ansiosamente em volta e, ao vê-lo, gritou:

– O senhor tem um telefone?

Dona, eu não tenho nem um sapato furado.

Aparentemente se dando conta disso, a mulher subiu correndo a escada em direção às portas de entrada da biblioteca. Ao chegar lá em cima, agarrou a maçaneta e tentou abrir desesperada cada uma das três portas gigantescas.

A biblioteca está fechada, dona.

Mas a mulher não pareceu ligar. Agarrou uma das pesadas maçanetas em forma de anel, puxou-a para trás e a deixou cair com um forte estrondo contra a porta. Depois fez isso de novo. E outra vez. E mais outra.

Nossa, pensou o homem, *ela deve estar mesmo louca por um livro.*

CAPÍTULO 56

Quando Katherine Solomon finalmente viu as imensas portas de bronze da biblioteca se abrirem diante dela, foi como se uma represa de sentimentos houvesse estourado. Todo o medo e toda a perplexidade que ela havia contido naquela noite romperam as comportas.

A figura que apareceu na soleira da porta era Warren Bellamy, amigo e confidente de seu irmão. Mas foi o homem atrás dele, nas sombras, que Katherine ficou mais feliz em ver. O sentimento pareceu mútuo. Os olhos de Robert Langdon se encheram de alívio quando ela atravessou correndo o limiar... direto para seus braços.

Enquanto Katherine se entregava ao abraço reconfortante de um velho amigo, Bellamy fechou a porta da frente. Ela ouviu o trinco pesado se encaixar com um clique e finalmente se sentiu segura. As lágrimas vieram sem avisar, mas ela conseguiu reprimi-las.

Langdon continuou a abraçá-la.

– Está tudo bem – sussurrou ele. – Você está bem.

Porque você me salvou, Katherine quis lhe dizer. *Ele destruiu meu laboratório, todo o meu trabalho. Anos de pesquisa... tudo virou fumaça.* Ela queria lhe contar tudo, mas mal conseguia respirar.

– Nós vamos encontrar Peter. – A voz grave de Langdon ressoou contra o peito dela, trazendo-lhe um pouco de consolo. – Eu juro.

Eu sei quem fez isso!, queria gritar Katherine. *Foi o mesmo homem que matou minha mãe e meu sobrinho!* Antes de ela conseguir se explicar, porém, um som inesperado rompeu o silêncio da biblioteca.

O forte estrondo ecoou de algum lugar abaixo deles, na escadaria de um saguão – como se um grande objeto metálico houvesse acabado de cair sobre um piso de ladrilhos. Katherine sentiu os músculos de Langdon se contraírem na mesma hora.

Bellamy deu um passo à frente, com uma expressão de desespero no rosto.

– Temos que ir embora. *Agora.*

Atarantada, Katherine seguiu o Arquiteto e Langdon enquanto eles cruzavam o grande saguão às pressas, em direção à célebre sala de leitura da biblioteca, que estava toda iluminada. Bellamy trancou rapidamente os dois conjuntos de portas atrás deles, primeiro as externas, depois as internas.

Katherine continuou a acompanhá-los atordoada, enquanto Bellamy os conduzia rumo ao centro da sala. Os três chegaram a uma mesa de leitura na qual havia uma bolsa de couro sob uma luminária. Ao lado da bolsa estava um pequeno embrulho em forma de cubo que Bellamy recolheu e guardou junto com...

Katherine estacou. *Uma pirâmide?*

Embora nunca tivesse visto aquela pirâmide de pedra gravada, a compreensão do que aquilo significava fez seu corpo inteiro se enrijecer. De alguma forma, suas entranhas conheciam a verdade. Katherine Solomon acabara de se deparar com o objeto que tanto prejudicara sua vida. *A pirâmide.*

Bellamy fechou o zíper da bolsa e entregou-a para Langdon.

– Não perca isso de vista.

Uma explosão repentina sacudiu as portas externas da sala. O tilintar de vidro estilhaçado veio em seguida.

– Por aqui! – Bellamy deu um giro, parecendo assustado enquanto os fazia correr até o balcão central de empréstimo: oito bancadas em volta de um imenso armário octogonal. Ele os conduziu para trás das bancadas, apontando em seguida para uma abertura no armário. – Entrem aí dentro!

– Aí *dentro*? – indagou Langdon. – Eles vão nos encontrar com certeza!

– Confiem em mim – disse Bellamy. – Não é o que estão pensando.

CAPÍTULO **57**

Mal'akh acelerava sua limusine na direção norte, rumo a Kalorama Heights. A explosão no laboratório de Katherine fora bem maior do que ele esperava, e Mal'akh tivera sorte de escapar ileso. Mas o caos resultante viera a calhar, permitindo que ele deixasse o complexo sem ser interceptado pelo vigia distraído, que estava ocupado em gritar ao telefone.

Preciso sair da estrada, pensou. Se Katherine ainda não tivesse ligado para a emergência, a explosão com certeza chamaria a atenção da polícia.

E seria difícil não reparar em um homem sem camisa dirigindo uma limusine.

Após anos de preparação, Mal'akh mal podia acreditar que aquela noite havia chegado. A jornada até ali tinha sido longa, difícil. *O que começou anos atrás na tristeza... terminará hoje à noite em glória.*

Na noite em que tudo começou, ele não se chamava Mal'akh. Na verdade, na noite em que tudo começou, ele não tinha nome nenhum. *Detento 37.* Como a maioria dos prisioneiros de Soganlik, nos arredores de Istambul, o Detento 37 fora parar ali por causa das drogas.

Estava deitado em seu catre dentro da cela de cimento, no escuro, faminto e com sede, perguntando-se quanto tempo ficaria preso. Seu novo companheiro de cela, que ele conhecera apenas 24 horas antes, dormia no catre logo acima. O diretor da prisão, um alcoólatra obeso que detestava o emprego e descontava nos detentos, havia acabado de apagar as luzes.

Eram quase 10 da noite quando o Detento 37 escutou uma conversa ecoando do duto de ventilação. A primeira voz era inconfundivelmente nítida – o sotaque penetrante e hostil do diretor da prisão, que obviamente não gostava de ser acordado por um visitante tardio.

– Sim, sim, o senhor veio de longe – dizia ele –, mas não permitimos visitas durante o primeiro mês. Regulamento estatal. Sem exceções.

A voz que respondeu era suave e refinada, cheia de agonia.

– Meu filho está bem?

– Seu filho é um viciado.

– Ele está sendo bem tratado?

– Bem o bastante – respondeu o diretor. – Isto aqui não é um hotel.

Fez-se um silêncio atormentado.

– O senhor sabe que o Departamento de Estado dos Estados Unidos vai requisitar uma extradição?

– Sim, sim, eles sempre fazem isso. Ela será concedida, embora talvez a papelada leve algumas semanas... ou até um mês... tudo depende.

– Depende de quê?

– Bem – disse o diretor –, nós aqui estamos com falta de pessoal. – Ele fez uma pausa. – É claro que às vezes a pessoa interessada, como é o caso do senhor, faz doações aos funcionários da prisão para ajudar a acelerar um pouco as coisas.

O visitante não respondeu.

– Sr. Solomon – prosseguiu o diretor, abaixando a voz –, para um homem como o senhor, para quem o dinheiro não é nada, sempre existem alternativas. Eu conheço pessoas no governo. Se o senhor e eu trabalharmos juntos, podemos conseguir tirar seu filho daqui... *amanhã*, com todas as acusações retiradas. Ele nem sequer teria de responder a um processo nos Estados Unidos.

A reação de Peter Solomon foi imediata.

– Sem falar nas implicações jurídicas da sua sugestão, eu me recuso a ensinar ao meu filho que o dinheiro resolve todos os problemas, ou que na vida não é preciso assumir a responsabilidade pelos nossos atos, sobretudo em uma questão séria como essa.

– O senhor quer *deixar* seu filho aqui?

– Eu gostaria de falar com ele. Agora.

– Como eu disse, nós temos regras. Não é possível ver seu filho agora... a menos que o senhor queira negociar a libertação imediata dele.

Um silêncio frio pairou no ar por vários minutos.

– O Departamento de Estado entrará em contato com o senhor. Cuide bem de Zachary. Espero que ele esteja dentro de um avião para casa ainda esta semana. Boa noite.

A porta bateu.

O Detento 37 não conseguiu acreditar nos próprios ouvidos. *Que espécie de pai deixa o filho neste buraco para lhe ensinar uma lição?* Peter Solomon chegara ao cúmulo de recusar uma proposta de limpar a ficha de Zachary.

Mais tarde naquela mesma noite, deitado em seu catre sem conseguir dormir, o Detento 37 percebeu como iria se libertar. Se o dinheiro era a única coisa que separava um prisioneiro da liberdade, então ele já estava praticamente livre. Peter Solomon talvez não estivesse disposto a pôr a mão no bolso, mas qualquer um que lesse os tabloides sabia que seu filho, Zachary, também tinha muito dinheiro. No dia seguinte, o Detento 37 teve uma conversa particular com o diretor e sugeriu um plano – um estratagema ousado e engenhoso que lhes daria exatamente o que eles queriam.

– Zachary Solomon teria que morrer para isso funcionar – explicou o Detento 37. – Mas nós dois poderíamos sumir na mesma hora. O senhor poderia se refugiar nas ilhas gregas. Jamais tornaria a ver este lugar.

Depois da conversa, os dois homens trocaram um aperto de mãos.

Logo Zachary Solomon estará morto, pensou o Detento 37, sorrindo ao imaginar como seria fácil.

Dois dias depois, o Departamento de Estado entrou em contato com a família Solomon para dar a trágica notícia. As fotografias da prisão mostravam o corpo brutalmente espancado do rapaz no chão da cela, encolhido e sem vida. A cabeça tinha sido golpeada com uma barra de ferro, e o resto do corpo estava deformado para além da imaginação humana. Ele parecia ter sido torturado antes de ser morto. O principal suspeito era o próprio diretor da prisão, que havia desaparecido, provavelmente levando todo o dinheiro do rapaz assassinado. Zachary havia assinado documentos que transferiam sua vasta fortuna para uma conta particular. Todo o dinheiro fora retirado imediatamente após sua morte, sendo impossível descobrir seu destino.

Peter Solomon pegou um jatinho particular para a Turquia e voltou com o caixão do filho, que foi enterrado no cemitério da família. O diretor da prisão nunca foi encontrado. Nem nunca *seria*, como o Detento 37 sabia. O corpo roliço do turco descansava agora no fundo do mar de Mármara, alimentando os siris azuis que migravam pelo estreito de Bósforo. A fortuna de Zachary Solomon tinha sido transferida integralmente para uma conta numerada impossível de rastrear. O Detento 37 era novamente um homem livre – livre e dono de uma imensa fortuna.

As ilhas gregas pareciam o paraíso. Sua luz. Seu mar. Suas mulheres.

Não havia nada que o dinheiro não pudesse comprar – identidades novas, passaportes novos, esperanças novas. Ele escolheu um nome grego – Andros Dareios –, pois *Andros* significava "homem" e *Dareios*, "rico". As noites escuras na prisão o haviam deixado com medo, e Andros jurou para si mesmo que nunca mais seria preso. Raspou os cabelos revoltos e abandonou para sempre o mundo das drogas. Recomeçou a vida do zero – explorando prazeres nunca antes imaginados. A serenidade de velejar sozinho no azul-escuro do Egeu substituiu o barato de heroína; a volúpia de abocanhar pedaços suculentos de *arni souvlakia* direto do espeto tornou-se seu novo ecstasy; e a emoção de saltar das encostas escarpadas para o mar cheio de espuma de Mykonos virou sua cocaína.

Eu nasci de novo.

Andros comprou uma ampla *villa* na ilha de Syros e se instalou entre a *bella gente* na exclusiva cidade de Possidonia. Esse novo mundo girava em torno não apenas da riqueza, mas também da cultura e da perfeição física. Seus vizinhos tinham muito orgulho de seus corpos e mentes, e isso era contagioso. O recém--chegado começou a correr na praia, a bronzear o corpo pálido e a mergulhar na leitura. Andros leu a *Odisseia,* de Homero, e ficou fascinado pelas imagens de fortes homens de bronze travando batalhas naquelas ilhas. No dia seguinte, começou a fazer musculação. Ficou maravilhado ao ver como seu peito e seus braços logo aumentaram de volume. Aos poucos, passou a sentir os olhares das mulheres observando-o, e a admiração delas era embriagante. Ele ansiava por ficar ainda mais forte. E ficou. Com a ajuda de ciclos de anabolizantes agressivos, misturados a hormônios de crescimento contrabandeados e intermináveis horas de malhação, Andros se transformou em algo que jamais imaginara vir a ser: um espécime perfeito de homem. Sua estatura e sua musculatura aumentaram e ele desenvolveu peitorais fortes e pernas grossas, musculosas, que mantinha sempre bronzeadas.

Agora *todo mundo* estava olhando.

Como Andros tinha sido alertado, os potentes anabolizantes e hormônios, além de modificar seu corpo, transformaram sua voz em um sussurro rouco que o fazia se sentir ainda mais misterioso. A voz suave e enigmática, o físico musculoso, o dinheiro e a recusa em falar sobre seu passado secreto eram uma combinação irresistível para as mulheres que o conheciam. Elas se entregavam com facilidade, e ele as satisfazia. Ninguém se fartava dele – das modelos de passagem pela ilha para fazer ensaios fotográficos às universitárias norte-americanas virgens em férias, passando pelas esposas solitárias dos vizinhos e por um ou outro rapaz. *Eu sou uma obra-prima.*

No entanto, com o passar dos anos, as aventuras sexuais de Andros começaram a perder o encanto. Assim como todo o resto. A culinária da ilha deixou de ter o mesmo sabor, os livros já não prendiam seu interesse e até os estonteantes poentes vistos de sua *villa* pareciam sem graça. *Como isso é possível?* Apesar de ter apenas 20 e poucos anos, sentia-se velho. *O que mais a vida tem a oferecer?* Ele havia esculpido o próprio corpo para transformá-lo numa obra de arte; havia se instruído e alimentado a mente com cultura; fizera do paraíso seu lar; e tinha o amor de qualquer pessoa que desejasse.

No entanto, por incrível que parecesse, sentia-se tão vazio quanto naquela prisão turca.

O que está faltando para mim?

Vários meses depois, ele teve a resposta. Andros estava sentado sozinho em sua *villa*, zapeando distraidamente os canais de TV no meio da noite, quando se deparou com um programa sobre os segredos da Francomaçonaria. O programa era malfeito, continha mais perguntas do que respostas, mas mesmo assim ele ficou intrigado com a enorme quantidade de teorias da conspiração que cercavam a irmandade. O narrador ia descrevendo uma lenda depois da outra.

A Francomaçonaria e a Nova Ordem Mundial...

O Grande Selo Maçônico dos Estados Unidos...

A Loja Maçônica P2...

O Segredo Perdido...

A Pirâmide Maçônica...

Andros se sentou ereto, espantado. *Pirâmide.* O narrador começou a contar a história de uma misteriosa pirâmide de pedra gravada com inscrições que prometiam conduzir a um saber perdido e a um poder incomensurável. A história, embora aparentemente inverossímil, despertou nele uma lembrança distante... a vaga recordação de uma época bem mais obscura. Andros se lembrou do que Zachary Solomon tinha escutado do pai em relação a uma misteriosa pirâmide.

Será possível? Andros se esforçou para recordar os detalhes.

Quando o programa terminou, ele saiu para a varanda, deixando o ar frio clarear sua mente. À medida que as lembranças voltavam, Andros começou a achar que talvez aquela lenda tivesse um fundo de verdade. E, nesse caso, Zachary Solomon – embora morto havia tempos – ainda tinha algo a oferecer.

O que eu tenho a perder?

Três semanas mais tarde, depois de planejar cuidadosamente cada etapa, Andros estava parado sob o frio intenso diante do jardim de inverno da propriedade dos Solomon em Potomac. Através do vidro, podia ver Peter Solomon conversando e rindo com a irmã, Katherine. *Parece que eles não tiveram problema nenhum para esquecer Zachary*, pensou.

Antes de enfiar o gorro de esqui na cabeça, Andros cheirou uma carreira de cocaína, a primeira em muito tempo. Sentiu a conhecida onda de destemor. Sacou uma arma, usou uma velha chave para destrancar a porta e entrou no recinto.

– Olá, família Solomon.

Infelizmente, a noite não correu como Andros esperava. Em vez de conseguir a pirâmide que tinha ido buscar, ele foi alvejado com tiros de chumbinho e teve que fugir pelo gramado coberto de neve em direção à mata densa. Para sua surpresa, Peter Solomon saiu em seu encalço com uma pistola reluzindo na mão. Andros correu para o meio da mata e desceu uma trilha que margeava um desfiladeiro. Lá embaixo, o barulho de uma cascata subia ecoando pelo cortante ar de inverno. Ele passou por um bosque e fez uma curva para a esquerda, derrapando ao frear na trilha congelada e escapando da morte por um triz.

Meu Deus!

Poucos metros adiante, a trilha acabava, mergulhando direto num rio congelado bem lá embaixo. A grande rocha ao lado da trilha tinha sido gravada pela mão inexperiente de uma criança:

Ponte do Zach

Do outro lado da ribanceira, a trilha continuava. *Mas onde está a ponte?* A cocaína não estava mais fazendo efeito. *Estou encurralado!* Em pânico, Andros se virou para voltar pela mesma trilha, mas deu de cara com Peter Solomon em pé à sua frente, ofegante, com a pistola na mão.

Andros olhou para a arma e recuou um passo. A queda atrás dele tinha pelo menos 15 metros até um rio de superfície congelada. A bruma da cascata se erguia à sua volta, gelando-o até os ossos.

– A ponte do Zach apodreceu há muito tempo – disse Solomon, sem fôlego. – Ele era o único a vir tão longe. – Solomon segurava a arma com a mão espantosamente firme. – Por que você matou meu filho?

– Ele não era nada – retrucou Andros. – Não passava de um viciado. Eu fiz um favor a ele.

Solomon chegou mais perto, a arma apontada para o peito de Andros.

– Talvez eu devesse *retribuir* o favor. – Seu tom era surpreendentemente cruel. – Você *espancou* meu filho até a morte. Como é que alguém faz uma coisa dessas?

– As pessoas fazem coisas inimagináveis quando levadas ao limite.

– Você *matou* meu filho!

– Não – retrucou Andros, assumindo um tom exaltado. – Quem matou seu filho foi *você*. Que tipo de pai deixa o filho na prisão quando tem a possibilidade de tirá-lo de lá? *Você* matou seu filho! Não eu.

– Você não sabe de *nada*! – berrou Solomon com a voz cheia de dor.

Você está errado, pensou Andros. *Eu sei de tudo.*

Peter Solomon chegou mais perto, parando a menos de cinco metros de distância. O peito de Andros ardia e ele podia sentir que estava sangrando muito. Um líquido quente escorria por sua barriga. Ele olhou por cima do ombro para a ribanceira. Impossível. Tornou a se virar para Solomon.

– Eu sei mais a seu respeito do que você pensa – sussurrou ele. – Sei que não é o tipo de homem que mata a sangue-frio.

Solomon deu um passo à frente, mirando bem.

– Estou lhe avisando – disse Andros. – Se você apertar esse gatilho, vou assombrá-lo para sempre.

– Você já vai me assombrar. – E, com essas palavras, Solomon atirou.

Enquanto disparava ao volante da limusine preta rumo a Kalorama Heights, aquele que agora se chamava Mal'akh refletia sobre os milagrosos acontecimentos que o haviam livrado da morte certa no alto da ribanceira gelada. Ele havia sido transformado para sempre. O tiro só ecoara por um instante, mas seus efeitos haviam reverberado por quase uma década. Seu corpo, outrora bronzeado e perfeito, ficara marcado pelas cicatrizes daquela noite... que ele escondia sob os símbolos tatuados da sua nova identidade.

Eu sou Mal'akh.

Esse sempre foi o meu destino.

Ele atravessara o fogo, fora reduzido a pó e depois ressurgira... novamente transformado. Esta noite seria a última etapa de sua longa e magnífica jornada.

CAPÍTULO **58**

O explosivo Key4, apesar do apelido modesto, havia sido desenvolvido pelas Forças Especiais para arrombar portas causando danos colaterais mínimos. Basicamente uma mistura de ciclotrimetilenotrinitramina com aditivos plastificantes, era na verdade um pedaço de explosivo C-4 enrolado em lâminas finíssimas para ser inserido em batentes de portas. No caso da sala de leitura da biblioteca, ele havia funcionado à perfeição.

O agente Turner Simkins, líder daquela operação, passou por cima dos escombros das portas e correu os olhos pela enorme sala octogonal em busca de qualquer sinal de movimento. Nada.

– Apaguem as luzes – disse ele.

Um segundo agente encontrou o interruptor e desligou as luzes, mergulhando a sala na escuridão. Em perfeita sincronia, os quatro homens ergueram as mãos e abaixaram o equipamento de visão noturna, ajustando os óculos por cima dos olhos. Então ficaram parados, vasculhando a sala de leitura que agora se materializava em sombras verdes fosforescentes.

A cena parecia congelada.

Nada mudou. Ninguém saiu correndo no escuro.

Os fugitivos provavelmente estavam desarmados, mas mesmo assim a equipe entrou na sala de armas em punho. Naquele breu, elas emitiam quatro ameaçadores feixes de raios laser. Os homens projetaram os feixes em todas as direções, pelo chão, pelas paredes do fundo, para dentro das galerias, vasculhando a escuridão. Muitas vezes, a simples visão de uma arma com mira a laser bastava para provocar uma rendição imediata.

Aparentemente, não esta noite.

Ainda não houvera nenhum movimento.

O agente Simkins levantou a mão, gesticulando para sua equipe entrar no recinto. Em silêncio, os homens se espalharam. Avançando com cautela pelo corredor central, Simkins acionou um botão nos óculos, ativando a mais recente inovação do arsenal da CIA. Os geradores de imagens térmicas existiam havia muitos anos, mas avanços recentes em miniaturização, sensibilidade diferencial e integração de duas fontes haviam possibilitado uma nova geração de equipamentos de otimização visual que dava aos agentes uma visão quase sobre-humana.

Nós podemos ver no escuro. Podemos ver através das paredes. E agora... podemos ver o passado.

Os equipamentos geradores de imagens térmicas haviam se tornado tão sensíveis às diferenças de temperatura que eram capazes de detectar não apenas a localização de uma pessoa... mas também onde ela esteve *antes*. A capacidade de ver o passado muitas vezes se revelava a maior vantagem de todas. E, naquela noite, mais uma vez, ela provava seu valor. O agente Simkins viu uma assinatura térmica em uma das mesas de leitura. As duas cadeiras de madeira surgiram fosforescentes em seus óculos, num tom roxo-avermelhado, o que indicava que elas estavam mais quentes do que as outras cadeiras da sala. A lâmpada da luminária sobre a mesa brilhava em cor laranja. Era óbvio que os dois homens tinham se sentado ali, mas a pergunta agora era em que direção tinham fugido.

Ele encontrou a resposta no balcão central que rodeava o grande armário de madeira no centro da sala. A fantasmagórica impressão de uma palma de mão reluzia em vermelho-vivo.

De arma em punho, Simkins avançou em direção ao móvel octogonal, correndo o laser pela superfície. Deu a volta até ver uma abertura na lateral do armário. *Não acredito que eles tenham se metido neste beco sem saída!* O agente verificou o friso ao redor da abertura e viu ali outra marca brilhante de mão. Obviamente, a pessoa havia segurado o batente da porta ao se enfiar dentro do armário.

A hora de ficar em silêncio havia terminado.

– Assinatura térmica! – gritou Simkins, apontando para a abertura. – Flancos, convergir!

Seus dois flancos avançaram de direções opostas, cercando com eficácia o armário octogonal.

Simkins avançou na direção da abertura. Embora ainda estivesse a três metros, já podia ver uma fonte de luz lá dentro.

– Há uma luz acesa no armário! – gritou, torcendo para que o som da sua voz convencesse o Sr. Bellamy e o Sr. Langdon a saírem lá de dentro com as mãos para cima.

Nada aconteceu.

Beleza, a gente faz do outro jeito.

À medida que se aproximava da abertura, Simkins pôde ouvir um zumbido inesperado emanando lá de dentro. Parecia um som de máquina. Ele se deteve, tentando imaginar o que poderia estar fazendo aquele barulho dentro de um espaço tão pequeno. Aproximou-se devagar, passando a ouvir vozes misturadas ao ruído mecânico. Então, no instante em que ele alcançou a abertura, as luzes lá dentro se apagaram.

Obrigado, pensou, ajustando os óculos de visão noturna. *Vantagem nossa.*

Parado junto ao limiar, ele espiou pela abertura. Ficou surpreso com o que viu lá dentro. Aquilo não era bem um armário, mas sim a entrada para um íngreme lance de escada que levava a um aposento logo abaixo. Mirando a arma para a saleta, o agente começou a descer os degraus. O zumbido ficava mais forte a cada passo.

Que raio de lugar é este?

O recinto abaixo da sala de leitura era um pequeno espaço de aspecto industrial. O ruído que o agente ouvia vinha de fato de uma máquina, embora ele não soubesse precisar se ela estava ligada porque Bellamy e Langdon a haviam acionado ou porque funcionava em tempo integral. De toda forma, aquilo obviamente não tinha importância. Os fugitivos tinham deixado suas reveladoras assinaturas térmicas na única saída dali: uma pesada porta de aço cujo teclado de acesso exibia quatro impressões digitais bem nítidas reluzindo sobre os números. Nesgas brilhantes de cor laranja irradiavam sob o batente da porta, indicando que as luzes do outro lado estavam acesas.

– Explodam esta porta – ordenou Simkins. – Eles fugiram por aqui.

Os agentes de campo só precisaram de oito segundos para inserir e detonar uma lâmina de Key4. Quando a fumaça se dissipou, eles se viram diante de um estranho mundo subterrâneo conhecido como "as estantes".

A Biblioteca do Congresso tinha quilômetros e mais quilômetros de estantes, a maioria delas subterrâneas. As intermináveis filas de prateleiras pareciam algum tipo de ilusão de ótica "infinita" criada com espelhos.

Simkins empurrou as portas destruídas e sentiu um ar frio do outro lado. Não pôde reprimir um sorriso ao ler a placa:

AMBIENTE DE TEMPERATURA CONTROLADA
Mantenha esta porta fechada.

Mais fácil que isso, impossível. Em ambientes de temperatura controlada, as assinaturas térmicas brilhavam feito bolas de fogo, e seus óculos já revelavam um borrão vermelho reluzente em um corrimão mais à frente que Bellamy ou Langdon haviam segurado ao passar correndo.

– Vocês podem correr – sussurrou para si mesmo –, mas não podem se esconder.

À medida que Simkins e sua equipe entravam no labirinto de estantes, ele percebeu que o jogo estava tão desequilibrado a seu favor que nem precisaria dos óculos para encontrar sua presa. Em circunstâncias normais, aquele mundo de estantes teria sido um esconderijo de respeito, mas a Biblioteca do Congresso usava lâmpadas com sensores de movimento para poupar energia, de modo que a rota de saída dos fugitivos agora estava acesa feito uma pista de aterrissagem. Uma estreita faixa iluminada se estendia a perder de vista, curvando-se e serpenteando adiante.

Todos os homens arrancaram os óculos. Bem treinados, os agentes de campo seguiram a trilha de luz, ziguezagueando por um labirinto de livros aparentemente interminável. Logo Simkins começou a ver luzes se acendendo na escuridão à frente. *Estamos chegando perto.* Ele apertou o passo, acelerando até ouvir o som de passadas e uma respiração ofegante mais além. Foi então que viu um alvo.

– Contato visual! – berrou.

A forma esguia de Warren Bellamy parecia estar na retaguarda. Vestido de forma impecável, ele cambaleava por entre as estantes, evidentemente sem fôlego. *Não adianta, velhote.*

– Parado aí, Sr. Bellamy! – gritou Simkins.

Bellamy continuou a correr, fazendo curvas fechadas, serpenteando por entre as fileiras de livros. Cada vez que mudava de direção, tentando despistá-los, as luzes se acendiam acima de sua cabeça.

Quando estava a menos de 20 metros de distância, Simkins gritou novamente para Bellamy parar, mas ele seguiu correndo.

– Derrubem-no! – ordenou.

O agente que portava a arma não letal da equipe ergueu-a e disparou. O projétil que zuniu pelo corredor e envolveu as pernas de Bellamy tinha o inocente apelido de Silly String, pois se assemelhava aos sprays de serpentina, só que de inocente não tinha nada. Tecnologia militar desenvolvida no Laboratório Nacional Sandia, aquele "incapacitante" não letal era um fio de poliuretano pegajoso que se tornava duro como pedra ao entrar em contato com outro objeto, criando uma teia de plástico rígida na parte de trás dos joelhos dos fugitivos. O efeito sobre um alvo que estivesse correndo era o mesmo que enfiar um pedaço de pau entre os raios da roda de uma bicicleta. As pernas de Bellamy se imobilizaram no meio de um passo e ele caiu para a frente, desabando no chão. Ainda deslizou mais três metros pelo corredor escuro antes de parar, fazendo com que as luzes acima se acendessem sem cerimônia.

– Eu cuido de Bellamy – gritou Simkins. – Vocês continuam atrás de Langdon! Ele deve estar mais adiante... – O líder da equipe se calou, percebendo que as estantes diante de Bellamy estavam todas mergulhadas em um breu total. Era óbvio que não havia mais ninguém correndo na frente dele. *Ele está sozinho?*

Bellamy continuava deitado de bruços, respirando pesado, com as pernas e os tornozelos imobilizados pelo plástico duro. O agente chegou perto dele e usou o pé para virá-lo de barriga para cima.

– Onde ele está?! – perguntou o agente.

A boca de Bellamy sangrava por causa da queda.

– Onde está *quem*?

O agente Simkins levantou o pé e pisou com a bota bem em cima da imaculada gravata de seda de Bellamy. Então inclinou o corpo para baixo, fazendo um pouco de pressão.

– Pode acreditar em mim, Sr. Bellamy, o senhor não vai querer fazer esse joguinho comigo.

CAPÍTULO **59**

Robert Langdon se sentia um cadáver.

Estava deitado de barriga para cima, mãos dobradas sobre o peito, em meio à escuridão total, confinado num espaço incrivelmente apertado. Embora Katherine estivesse deitada numa posição parecida, perto da sua cabeça, Langdon não conseguia enxergá-la. Tinha fechado os olhos para não ter o menor vislumbre da assustadora situação em que se encontrava.

O espaço à sua volta era pequeno.

Muito pequeno.

Sessenta segundos antes, quando as portas duplas da sala de leitura tinham desabado, ele e Katherine haviam seguido Bellamy até o armário octogonal, descido um lance de escada e entrado no inesperado recinto mais abaixo.

Langdon entendera imediatamente onde estavam. *No coração do sistema de distribuição da biblioteca.* Parecida com o setor de bagagens de um pequeno aeroporto, a sala de distribuição tinha várias esteiras rolantes que seguiam em direções diferentes. Como a Biblioteca do Congresso ocupava três prédios distintos, os livros solicitados na sala de leitura muitas vezes tinham de ser transportados por grandes distâncias. Isso se dava por meio de um sistema de esteiras que percorria uma teia de túneis subterrâneos.

Bellamy atravessou imediatamente o recinto até uma porta de aço na qual inseriu seu cartão de acesso e apertou uma sequência de botões, abrindo-a em seguida com um empurrão. O espaço do outro lado era escuro, mas, quando a porta se abriu, uma série de luzes ativadas por sensores de movimento se acendeu.

Quando Langdon olhou para a sala à sua frente, percebeu que estava diante de algo que poucas pessoas já haviam visto. *As estantes da Biblioteca do Congresso.* O plano de Bellamy o encheu de confiança. *Que lugar melhor para se esconder do que dentro de um labirinto gigante?*

Mas Bellamy não os guiou para o meio das estantes. Em vez disso, escorou a porta com um livro e tornou a se virar de frente para eles.

– Eu esperava poder explicar muito mais coisas a vocês, mas não temos tempo. – Ele entregou a Langdon seu cartão de acesso. – Vai precisar disto aqui.

– Você não vem conosco? – perguntou Langdon.

Bellamy fez que não com a cabeça.

– Vocês só vão conseguir se nos separarmos. O mais importante é manter a pirâmide e o cume em segurança.

Langdon não via outra saída a não ser a escada que subia de volta para a sala de leitura.

– E para onde *você* vai?

– Vou atraí-los para as estantes, para longe de vocês – disse Bellamy. – É tudo o que posso fazer para ajudá-los.

Antes de Langdon ter chance de perguntar por onde ele e Katherine deveriam fugir, Bellamy já estava tirando um grande caixote de livros de cima de uma das esteiras.

– Deitem na esteira – disse Bellamy. – Não deixem as mãos para fora.

Langdon ficou parado olhando. *Você não pode estar falando sério!* A esteira seguia por uma curta distância, depois desaparecia dentro de um buraco escuro na parede. A abertura parecia grande o suficiente para um caixote de livros, mas não muito mais do que isso. Langdon tornou a olhar para as estantes com uma expressão suplicante.

– Pode esquecer – disse Bellamy. – Vai ser impossível se esconder ali com os sensores de movimento acendendo as luzes.

– Assinatura térmica! – gritou uma voz lá em cima. – Flancos, convergir!

Katherine pareceu ter escutado a senha para entrar em ação. Subiu na esteira rolante, com a cabeça a poucos metros da abertura na parede. Então cruzou as mãos por cima do peito como uma múmia dentro de um sarcófago.

Langdon continuou petrificado.

– Robert – instou Bellamy –, se você não quiser fazer isso por mim, faça por Peter.

As vozes lá em cima pareciam mais próximas.

Como em um sonho, Langdon se encaminhou para a esteira. Depositou ali a bolsa de viagem e em seguida subiu, deitando a cabeça aos pés de Katherine. A esteira de borracha dura estava fria contra suas costas. Ele olhou fixamente para o teto e teve a sensação de estar no hospital, se preparando para entrar de cabeça dentro de um aparelho de ressonância magnética.

– Deixe o telefone ligado – Bellamy disse a Langdon. – Uma pessoa vai ligar em breve... e oferecer ajuda. Confie nela.

Uma pessoa vai ligar? Langdon sabia que Bellamy vinha tentando falar com alguém sem conseguir e que mais cedo havia deixado um recado. E, pouco antes, enquanto desciam correndo a escada em caracol, ele tinha feito uma última tentativa e conseguido completar a ligação, sussurrando algumas palavras e depois desligando.

– Sigam a esteira até o final – disse Bellamy. – E pulem depressa antes que ela dê a volta completa e retorne para cá. Usem meu cartão de acesso para sair.

– Mas *onde* nós vamos sair? – quis saber Langdon.

Bellamy, no entanto, já estava acionando as alavancas. Todas as esteiras da sala ganharam vida com um zumbido. Com um tranco, Langdon sentiu que estava entrando em movimento e o teto começou a desfilar sobre sua cabeça.

Que Deus me ajude.

Enquanto se aproximava da abertura na parede, Langdon viu Warren Bellamy atravessar correndo a porta que conduzia às estantes, fechando-a atrás de si. Segundos depois, o professor penetrou na escuridão, engolido pela biblioteca... no exato momento em que um pontinho brilhante e vermelho de laser surgiu dançando escada abaixo.

CAPÍTULO 60

A agente de segurança da firma Preferred Security conferiu novamente na sua ordem de serviço o endereço em Kalorama Heights. *É isso mesmo?* O portão à sua frente pertencia a uma das maiores e mais tranquilas casas do bairro, portanto parecia estranho a emergência ter acabado de receber uma ligação urgente a seu respeito.

Como era de praxe sempre que recebia uma ligação não confirmada, a emergência, antes de acionar a polícia, entrara em contato com a empresa responsável pelo alarme da casa. A agente mal remunerada sempre achara que o lema da empresa – "Sua primeira linha de defesa" – poderia muito bem ser "Alarmes falsos, trotes, animais de estimação perdidos e queixas de vizinhos doidos".

Naquela noite, como de hábito, a agente tinha chegado ao local indicado sem ter qualquer informação mais precisa. *Eu não ganho para isso.* Seu trabalho consistia apenas em ir até lá com a luz giratória amarela do carro acesa, avaliar o imóvel e relatar qualquer coisa fora do normal. Na maioria dos casos, o alarme da casa havia sido disparado por algo inofensivo e ela só precisava usar o código de segurança para reativá-lo. *Aquela* casa, porém, estava silenciosa. Não havia alarme tocando. Da rua, tudo parecia escuro e tranquilo.

A agente tocou o interfone do portão, mas não obteve resposta. Digitou o código de segurança para abri-lo e entrou com o carro. Deixando o motor ligado e a luz amarela girando, foi até a porta da frente e tocou a campainha. Ninguém atendeu. Ela não viu nenhuma luz ou movimento.

Seguindo com relutância o protocolo, ela acendeu a lanterna para começar a ronda pela casa e verificar portas e janelas em busca de algum sinal de arrombamento. Quando estava fazendo a curva para ir até os fundos, uma enorme limusine preta passou em frente à casa, diminuindo a velocidade por alguns segundos antes de prosseguir. *Vizinhos enxeridos.*

Ela contornou a propriedade devagar, mas não viu nada fora do comum. O imóvel era maior do que havia imaginado e, quando chegou ao quintal dos fundos, estava tremendo de frio. Era óbvio que não havia ninguém em casa.

– Central? – chamou ela pelo rádio. – Estou atendendo ao chamado de Kalorama Heights. Os donos não estão em casa. Não há sinal de problema. Terminei a verificação do perímetro. Nenhum indício de intrusos. Alarme falso.

– Entendido – respondeu o atendente. – Boa noite.

A agente tornou a prender o rádio no cinto e começou a refazer o caminho, ansiosa para voltar ao interior quentinho do carro. Ao fazê-lo, porém, viu algo que tinha deixado passar antes: um pontinho de luz azulada nos fundos da casa.

Intrigada, foi até lá, e então pôde ver a origem da luz: uma pequena janela basculante que parecia dar para o porão. O vidro tinha sido escurecido, revestido por dentro com tinta fosca. *Talvez algum tipo de laboratório fotográfico?* O brilho azulado que a agente vira emanava de um buraquinho na janela onde a tinta preta havia começado a descascar.

Ela se agachou, tentando espiar lá dentro, mas não conseguiu ver muita coisa pela abertura diminuta. Bateu no vidro, imaginando se haveria alguém trabalhando lá embaixo.

– Olá? – gritou.

Não houve resposta, mas, quando ela bateu no vidro, a lasca de tinta de repente se soltou e caiu, proporcionando-lhe uma visão mais completa. Ela chegou mais perto, praticamente colando o rosto ao vidro para vasculhar o porão. No mesmo instante, desejou não ter feito isso.

Meu Deus do céu, que diabo é isso?

Hipnotizada, ela permaneceu agachada ali, encarando com um horror abjeto a cena à sua frente. Por fim, tremendo, a agente tateou o cinto em busca do rádio.

Não chegou a encontrá-lo.

O par eletrizante de ganchos de uma arma de choque foi pressionado contra sua nuca, e uma dor lancinante varou-lhe o corpo. Seus músculos sofreram um espasmo e ela caiu para a frente, sem ao menos conseguir fechar os olhos antes de o rosto se estatelar no chão frio.

CAPÍTULO **61**

Aquela não era a primeira vez que Warren Bellamy era vendado. Assim como todos os seus irmãos maçons, ele havia usado a "venda" ritual durante a ascensão aos escalões superiores da Maçonaria. Mas aquilo tinha acontecido entre amigos. Ali era diferente. Aqueles homens truculentos o haviam amarrado, coberto sua cabeça com um saco e agora o obrigavam a marchar entre as estantes de livros.

Os agentes haviam ameaçado Bellamy fisicamente e exigido que ele revelasse o paradeiro de Robert Langdon. Sabendo que seu corpo envelhecido não suportaria muita punição, Bellamy contara logo sua mentira.

– Langdon não desceu até aqui comigo! – disse ele, arquejando para recuperar o fôlego. – Eu disse a ele para subir até a galeria e se esconder atrás da estátua de Moisés, mas não sei para onde ele foi!

Aparentemente, a história os convenceu, pois dois dos agentes saíram no encalço de Langdon. Os outros dois o conduziram por entre as estantes.

O único consolo de Bellamy era saber que Langdon e Katherine estavam levando a pirâmide para um lugar seguro. Em breve, Langdon receberia a ligação de um homem que podia lhes oferecer abrigo. *Confie nele.* O homem para quem Bellamy tinha telefonado sabia muito sobre a Pirâmide Maçônica e o segredo nela contido – a localização de uma escada em caracol oculta que conduzia para dentro da terra, até o esconderijo de um poderoso saber antigo havia muito enterrado. Bellamy finalmente conseguira entrar em contato com o homem enquanto eles fugiam da sala de leitura, e estava seguro de que seu curto recado seria perfeitamente compreendido.

Agora, enquanto avançava pela mais completa escuridão, Bellamy pensava na pirâmide de pedra e no cume de ouro dentro da bolsa de Langdon. *Faz muitos anos desde que essas duas peças estiveram juntas no mesmo lugar.*

O Arquiteto nunca esqueceria aquela dolorosa noite. *A primeira de muitas para Peter.* Bellamy tinha sido convidado à propriedade dos Solomon em Potomac para o 18º aniversário de Zachary. Apesar de ser um adolescente rebelde, o rapaz era um Solomon, o que significava que, naquela noite, segundo a tradição familiar, iria receber sua herança. Bellamy era um dos melhores amigos de Peter e um irmão maçom de confiança, motivo pelo qual fora convidado para servir de testemunha. Mas Bellamy não fora chamado para assistir apenas à transferência do dinheiro. Havia muito mais em jogo ali.

Bellamy tinha chegado cedo e, conforme solicitado, ficara aguardando no escritório particular de Peter. A maravilhosa sala antiga recendia a couro, lareira e chá de boa qualidade. Warren já estava sentado quando Peter entrou com o filho. Ao ver Bellamy, o rapaz magricelo de 18 anos fechou a cara.

– O que está fazendo aqui?

– Servindo de testemunha – respondeu Bellamy. – Parabéns, Zachary.

O rapaz soltou um resmungo e olhou para o outro lado.

– Sente-se, Zach – disse Peter.

Zachary se sentou na única cadeira diante da escrivaninha do pai. Solomon trancou a porta do escritório. Bellamy ficou um pouco mais afastado.

Solomon se dirigiu ao filho em tom sério.

– Você sabe por que está aqui?

– Acho que sim – respondeu Zachary.

Solomon deu um profundo suspiro.

– Sei que faz algum tempo que você e eu não ficamos cara a cara, Zach. Eu fiz o que pude para ser um bom pai e preparar você para este momento.

Zachary não disse nada.

– Como você sabe, quando ficam adultos, todos os filhos da família Solomon recebem o que é seu por direito: uma parcela da nossa fortuna destinada a ser uma *semente*... uma semente para você cuidar, fazer crescer e usar para ajudar a alimentar a humanidade.

Solomon andou até um cofre na parede, destrancou-o e tirou lá de dentro uma grande pasta preta.

– Filho, esta pasta contém tudo de que você precisa para transferir legalmente a sua herança para seu nome. – Ele pôs a pasta sobre a escrivaninha. – O objetivo é que você use esse dinheiro para construir uma vida de produtividade, prosperidade e filantropia.

Zachary estendeu a mão para a pasta.

– Valeu.

– Espere aí – disse o pai, pondo a mão sobre a pasta. – Ainda preciso explicar mais uma coisa.

Zachary lançou um olhar insolente para o pai e tornou a afundar na cadeira.

– Existem aspectos da herança dos Solomon que você ainda não conhece. – O pai passou a encarar o filho com intensidade. – Você é meu primogênito, Zachary, o que significa que tem direito a uma escolha.

O adolescente se empertigou, parecendo intrigado.

– É uma escolha que pode muito bem determinar a direção do seu futuro, então recomendo que você reflita com calma.

– Que escolha é essa?

Seu pai respirou fundo.

– A escolha... entre riqueza e saber.

Zachary o encarou sem expressão.

– Riqueza e saber? Não estou entendendo.

Solomon se levantou e foi novamente até o cofre, de onde tirou uma pesada pirâmide de pedra com símbolos maçônicos gravados. A seguir depositou-a sobre a escrivaninha, ao lado da pasta.

– Esta pirâmide foi criada há muito tempo e confiada à nossa família por muitas gerações.

– Uma pirâmide? – Zachary não parecia muito animado.

– Filho, esta pirâmide é um mapa... que revela a localização de um dos maiores tesouros perdidos da humanidade. Esse mapa foi criado para que o tesouro um dia pudesse ser redescoberto. – A voz de Peter então se encheu de orgulho: – E, hoje à noite, segundo a tradição, eu posso oferecê-la a você... sob algumas condições.

Zachary espiava a pirâmide, desconfiado.

– Qual é o tesouro?

Bellamy pôde ver que essa pergunta grosseira não era o que Peter esperava. Mesmo assim, Solomon não se abalou.

– Zachary, é difícil explicar isso sem remontar à origem da história. Mas esse tesouro, em essência, é algo que nós chamamos de Antigos Mistérios.

Zachary soltou uma risada, aparentemente achando que o pai estava de brincadeira.

Bellamy pôde ver a tristeza nos olhos de Peter aumentar.

– É muito difícil para mim descrever isso, Zach. Tradicionalmente, quando um Solomon completa 18 anos, está prestes a começar sua instrução superior em...

– Eu já disse! – disparou Zachary em resposta. – Não estou interessado em fazer faculdade!

– Eu não estou falando de *faculdade* – disse o pai com a voz ainda calma e baixa. – Estou falando da Francomaçonaria. Estou falando de uma instrução nos mistérios eternos da ciência humana. Se você tivesse planos de se juntar a mim nessa irmandade, estaria prestes a receber o conhecimento necessário para compreender a importância da decisão que deve tomar hoje.

Zachary revirou os olhos.

– Me poupe de mais esse sermão maçônico. Eu sei que sou o primeiro Solomon a não querer entrar para a irmandade. Mas e daí? Será que você não entende? Eu não tenho o menor interesse em ficar brincando de me fantasiar com um bando de velhos!

Seu pai ficou um bom tempo calado, e Bellamy reparou nas finas rugas que haviam começado a aparecer ao redor dos olhos ainda joviais de Peter.

– Sim, eu entendo – disse ele por fim. – Os tempos são outros. Entendo que a Maçonaria possa parecer estranha para você, ou talvez até chata. Mas quero que saiba que essa porta vai estar *sempre* aberta caso mude de ideia algum dia.

– Pode esperar sentado – resmungou Zach.

– Agora chega! – disparou Peter, pondo-se de pé. – Eu sei que você está atravessando uma fase difícil, Zach, mas eu não sou seu único exemplo. Existem homens bons à sua espera, que irão recebê-lo de braços abertos na Francomaçonaria e lhe mostrar seu verdadeiro potencial.

Zachary deu uma risadinha e relanceou os olhos para Bellamy.

– É por isso que *o senhor* está aqui, Sr. Bellamy? Para que, juntos, os irmãos maçons possam me intimidar?

Bellamy não disse nada. Em vez disso, lançou um olhar respeitoso para Peter Solomon – um lembrete para Zachary de quem detinha o poder ali.

Zachary tornou a se virar para o pai.

– Zach – disse Peter –, assim nós não vamos chegar a lugar nenhum... então, deixe-me dizer só uma coisa. Quer você compreenda ou não a responsabilidade que lhe está sendo oferecida, é minha obrigação familiar apresentá-la. – Ele gesticulou na direção da pirâmide. – Proteger essa pirâmide é um raro privilégio. Eu o aconselho a pensar sobre essa oportunidade durante alguns dias antes de tomar sua decisão.

– Oportunidade? – disse Zach. – De bancar a babá de uma pedra?

– Existem grandes mistérios neste mundo, Zach – disse Peter com um suspiro. – Segredos que transcendem a mais desenfreada imaginação. Esta pirâmide protege esses segredos. E, o que é mais importante, vai chegar um dia, provavelmente ainda durante seu tempo de vida, em que esta pirâmide finalmente será decifrada e seus segredos, desenterrados. Será um momento de grande transformação humana... e você tem a oportunidade de desempenhar um importante papel nesses acontecimentos. Quero que pense nisso com cuidado. A riqueza é algo comum, mas o saber é raro. – Ele gesticulou em direção à pasta e em seguida apontou para a pirâmide. – Imploro a você que se lembre de que riqueza sem sabedoria pode muitas vezes terminar em tragédia.

Zachary parecia estar pensando que o pai havia perdido a razão.

– Tudo bem, pai, mas eu nunca vou abrir mão da minha herança por causa disso aí. – Ele indicou a pirâmide.

Peter uniu as mãos na frente do corpo.

– Se você decidir aceitar a responsabilidade, eu guardarei seu dinheiro e a pirâmide até você ter concluído com sucesso sua instrução junto aos maçons. Isso levará anos, mas depois você terá maturidade para receber o dinheiro *e* a pirâmide. Riqueza e sabedoria. Uma combinação poderosa.

Zachary se levantou com um pulo.

– Meu Deus do céu, pai! Você não desiste, não é? Não está vendo que eu não ligo a mínima para os maçons nem para pirâmides de pedra e mistérios antigos? – Ele estendeu a mão e recolheu a pasta preta, brandindo-a em frente ao rosto do pai. – *Isto aqui* é meu por direito! O mesmo direito dos Solomon que vieram antes de mim! Não acredito que você tentou me passar a perna com essas histórias ridículas sobre antigos mapas do tesouro para eu não receber minha herança! – Ele enfiou a pasta debaixo do braço e passou pisando firme por Bellamy até as portas do escritório que davam para a varanda.

– Zachary, espere! – Peter correu atrás do filho enquanto ele saía altivamente porta afora. – Faça o que fizer, você nunca pode falar sobre a pirâmide que viu! – A voz de Peter Solomon fraquejou. – Com *ninguém*! Nunca!

Mas Zachary o ignorou e sumiu noite adentro.

Os olhos cinzentos de Peter Solomon estavam cheios de pesar quando ele voltou à escrivaninha e sentou-se pesadamente na cadeira de couro. Após um longo silêncio, ergueu os olhos para Bellamy e forçou-se a dar um sorriso triste.

– Tudo bem.

Bellamy suspirou, compartilhando a dor de Solomon.

– Peter, eu não quero parecer insensível, mas... você confia nele?

Solomon fitou o vazio com um olhar inexpressivo.

– Quer dizer... – insistiu Bellamy –... você acredita que ele vai guardar segredo sobre a pirâmide?

O rosto de Solomon estava sem vida.

– Eu realmente não sei o que dizer, Warren. Não tenho certeza mais nem se o conheço.

Bellamy se levantou e pôs-se a zanzar lentamente diante da grande escrivaninha.

– Peter, você cumpriu seu dever de família, mas agora, levando em conta o que acabou de acontecer, acho que precisamos tomar precauções. Seria melhor eu lhe devolver o cume para que você encontre um novo lar para ele. Alguma outra pessoa deveria protegê-lo.

– Por quê? – perguntou Solomon.

– Se Zachary contar a alguém sobre a pirâmide... e mencionar minha presença hoje à noite...

– Ele não sabe *nada* sobre o cume e é imaturo demais para achar que a pirâmide tem importância. Não precisamos de um novo lar para o cume. Vou deixar a pirâmide dentro do meu cofre. E você vai guardar o cume num local seguro. Como sempre fizemos.

Seis anos depois, no dia de Natal, quando a família ainda estava se curando da morte de Zachary, o monstro que afirmava tê-lo matado invadiu a propriedade dos Solomon. O intruso tinha ido até lá buscar a pirâmide, mas roubara apenas a vida de Isabel Solomon.

Dias depois, Peter convocou Bellamy a seu escritório. Trancou a porta e tirou a pirâmide do cofre, depositando-a sobre a escrivaninha entre os dois.

– Eu deveria ter escutado você.

Bellamy sabia que Peter estava mortificado por causa daquilo.

– Não teria feito diferença.

Solomon respirou fundo, cansado.

– Você trouxe o cume?

Bellamy tirou do bolso um pequeno embrulho em forma de cubo. O papel pardo desbotado estava amarrado com barbante e exibia o lacre de cera do anel dos Solomon. Bellamy pôs o embrulho sobre a mesa, sabendo que, naquela noite, as duas metades da Pirâmide Maçônica estavam mais próximas do que deveriam.

– Encontre outra pessoa para cuidar disso. Não me diga quem é.

Solomon aquiesceu.

– E eu sei onde você pode esconder a pirâmide – disse Bellamy. Ele contou ao amigo sobre o segundo subsolo do Capitólio. – Não existe lugar mais seguro em toda a Washington.

Bellamy se lembrava de que Solomon abraçara a ideia na mesma hora, porque lhe parecia adequado esconder a pirâmide no coração simbólico do país. *Típico de Solomon*, pensara. *Idealista mesmo durante uma crise.*

Agora, 10 anos depois, enquanto era empurrado às cegas pela Biblioteca do Congresso, Bellamy tinha certeza de que a crise daquela noite estava longe do fim. Também sabia quem Solomon escolhera para proteger o cume... e rezava a Deus para Robert Langdon ser digno daquela tarefa.

CAPÍTULO 62

Estou debaixo da Rua 2.

Langdon manteve os olhos bem fechados enquanto a esteira seguia aos solavancos pela escuridão rumo ao Adams Building. Esforçou-se ao máximo para não imaginar as toneladas de terra acima dele e o túnel estreito pelo qual avançava. Podia ouvir Katherine respirando logo adiante, embora, até o momento, ela não tivesse pronunciado uma só palavra.

Ela está em choque. Langdon não estava com a menor vontade de lhe falar sobre a mão cortada de Peter. *Você tem que contar, Robert. Ela precisa saber.*

– Katherine – disse Langdon por fim, sem abrir os olhos. – Você está bem?

Uma voz trêmula respondeu mais à frente.

– Robert, essa pirâmide que você está carregando. Ela pertence a Peter, não é?

– Sim – respondeu Langdon.

Seguiu-se um longo silêncio.

– Eu acho... que foi por causa dessa pirâmide que minha mãe foi assassinada.

Langdon sabia muito bem que Isabel Solomon fora assassinada 10 anos antes, mas não conhecia os detalhes, e Peter nunca havia mencionado nada sobre uma pirâmide.

– Como assim?

A voz de Katherine se encheu de emoção enquanto ela relatava os terríveis acontecimentos daquela noite e como o assassino do seu sobrinho tinha invadido a propriedade da família.

– Faz muito tempo, mas eu nunca vou esquecer que ele pediu uma pirâmide. Disse que Zachary tinha falado nela na prisão... pouco antes de morrer.

Langdon ficou escutando, assombrado. A tragédia que assolava a família Solomon era quase inconcebível. Katherine prosseguiu, contando a Langdon que sempre pensara que o intruso tivesse sido morto naquela noite... até ele reaparecer fingindo ser o psiquiatra de Peter e atraí-la para sua casa.

– Ele conhecia detalhes da vida particular do meu irmão, sabia da morte da minha mãe e tinha informações até sobre o meu *trabalho* – disse ela, nervosa –, coisas que só Peter poderia ter revelado. Então eu confiei nele... e foi assim que ele conseguiu entrar no Centro de Apoio dos Museus Smithsonian. – Katherine respirou fundo e disse a Langdon que tinha quase certeza de que aquele homem destruíra seu laboratório.

Langdon seguia ouvindo, chocado. Durante alguns instantes, os dois ficaram deitados em silêncio sobre a esteira rolante. Langdon sabia que tinha a obrigação de compartilhar com Katherine o restante das terríveis notícias daquela noite. Com a maior delicadeza possível, contou a ela como seu irmão lhe havia confiado anos antes um pequeno embrulho e como o sequestrador o manipulara, fazendo com que trouxesse o pacote até Washington. Por fim, revelou como a mão de Peter fora encontrada na Rotunda do Capitólio.

A reação de Katherine foi um silêncio de gelar o sangue.

Langdon sabia que ela devia estar profundamente abalada e desejou poder estender a mão para reconfortá-la, mas, como estavam deitados um na frente do outro dentro de um túnel escuro e estreito, isso era impossível.

– Peter está bem – sussurrou. – Ele está vivo, e nós vamos trazê-lo de volta – Langdon tentou lhe dar esperanças. – Katherine, o sequestrador *prometeu* que seu irmão será devolvido com vida... se eu decifrar a pirâmide para ele.

Katherine permaneceu calada.

Langdon continuou falando. Contou a ela sobre a pirâmide de pedra, a cifra maçônica, o cume lacrado e, é claro, sobre as alegações de Bellamy de que aquele artefato era na verdade a Pirâmide Maçônica da lenda... um mapa que revelava o esconderijo de uma comprida escada em caracol que conduzia ao centro da Terra... descendo centenas de metros até um antigo tesouro místico enterrado tempos atrás em Washington.

Katherine finalmente falou, mas com uma voz monótona e sem emoção.

– Robert, abra os olhos.

Abrir os olhos? Langdon não queria ver nem de relance como aquele lugar era apertado.

– Robert! – chamou Katherine, desta vez com mais urgência. – Abra os olhos! Chegamos!

Os olhos de Langdon se abriram depressa enquanto seu corpo emergia por uma abertura parecida com a da outra ponta. Katherine já estava descendo da esteira. Ela pegou a bolsa enquanto Langdon passava as pernas pela beirada e saltava para o chão de ladrilho bem a tempo, antes de a esteira fazer a curva e retornar na direção contrária. O espaço que os cercava era uma sala de distribuição bem parecida com a do prédio de onde tinham vindo. Uma plaquinha indicava ADAMS BUILDING: SALA DE DISTRIBUIÇÃO 3.

Langdon teve a sensação de que acabara de ser parido por algum canal subterrâneo. *Eu nasci de novo.* Ele se virou na mesma hora para Katherine.

– Você está bem?

Seus olhos estavam vermelhos e era óbvio que ela havia chorado, mas mesmo assim Katherine assentiu, demonstrando sua determinação. Pegou a bolsa de Langdon e levou-a até o outro lado da sala sem dizer nada, pondo-a em cima de uma mesa entulhada. Acendeu a luminária, abriu o zíper da bolsa, dobrou as laterais para baixo e olhou para o objeto à sua frente.

Sob o brilho límpido da lâmpada halógena, a pirâmide de granito parecia quase austera. Katherine correu os dedos pela cifra maçônica gravada na pedra e Langdon pôde sentir que ela estava tomada de profunda emoção. Devagar, ela pôs a mão dentro da bolsa e retirou o embrulho em forma de cubo. Então o segurou sob a luz para examiná-lo melhor.

– Como você pode ver – falou Langdon baixinho –, o lacre de cera traz o brasão do anel maçônico de Peter. Ele disse que o anel foi usado para lacrar o embrulho mais de um século atrás.

Katherine não fez nenhum comentário.

– Quando seu irmão me confiou o embrulho – prosseguiu Langdon –, ele me disse que o que havia aqui dentro me daria o poder de criar ordem a partir do caos. Não estou muito certo do que isso significa, mas só posso supor que há alguma revelação importante no cume, porque Peter enfatizou que ele não poderia cair em mãos erradas. Warren Bellamy acaba de me dizer a mesma coisa e insistiu para que eu escondesse a pirâmide e não deixasse ninguém abrir o embrulho.

Katherine então se virou para ele, parecendo zangada.

– Bellamy lhe disse para *não* abrir o embrulho?

– Isso mesmo. Ele foi categórico.

Katherine parecia não acreditar.

– Mas você falou que este cume é o nosso único meio de decifrar a pirâmide...

– Provavelmente, sim.

Katherine começou a levantar a voz.

– Robert, você não acabou de dizer que o sequestrador lhe deu ordens expressas de decifrar a pirâmide e que essa é a *única* forma de termos Peter de volta?

Langdon fez que sim.

– Nesse caso, por que deixaríamos de abrir o embrulho e decifrar este troço agora mesmo?

Langdon não soube o que responder.

– Katherine, eu tive exatamente a mesma reação, mas Bellamy me disse que proteger o segredo desta pirâmide era o mais importante de tudo... mais até do que salvar a vida do seu irmão.

Os belos traços de Katherine endureceram e ela ajeitou uma mecha de cabelos atrás da orelha. Quando falou, sua voz estava decidida.

– Esta pirâmide de pedra, seja ela o que for, já me custou minha família inteira. Primeiro meu sobrinho Zachary, depois minha mãe e agora meu irmão. E convenhamos, Robert, se você não tivesse ligado hoje à noite para *me* alertar... eu também...

Langdon se sentia encurralado entre a lógica de Katherine e a insistência de Bellamy.

– Eu posso ser uma cientista – disse ela –, mas também venho de uma família de maçons renomados. Acredite em mim, já escutei todas as histórias possíveis sobre a Pirâmide Maçônica e sua promessa de um grande tesouro capaz de iluminar a humanidade. Sinceramente, acho difícil acreditar que uma coisa dessas exista. Mas *se* existir... talvez esteja na hora de ser revelada. – Katherine deslizou um dedo sob o velho barbante do embrulho.

Langdon deu um pulo.

– Katherine, não! Espere!

Ela parou, mas manteve o dedo sob o barbante.

– Robert, eu não vou deixar meu irmão morrer por causa disto. O que quer que o cume da pirâmide diga... sejam quais forem os tesouros perdidos que a inscrição possa revelar... esses segredos terminam hoje.

Com essas palavras, Katherine deu um puxão desafiador no barbante – e o frágil lacre de cera se partiu.

CAPÍTULO 63

Em um bairro tranquilo imediatamente a oeste da Embassy Row, em Washington, existe um jardim murado em estilo medieval cujas rosas, dizem, brotam de roseiras plantadas no século XII. Conhecido como Shadow House, o mirante do jardim se ergue, elegante, entre sinuosas trilhas de pedras extraídas da pedreira particular de George Washington.

Naquela noite, o silêncio que ali reinava foi quebrado por um rapaz que entrou correndo e gritando pelo portão de madeira.

– Olá? – chamou ele, esforçando-se para ver à luz do luar. – O senhor está aí?

A voz que respondeu era débil, quase inaudível.

– Estou aqui no mirante... tomando um pouco de ar.

O rapaz encontrou seu superior sentado no banco de pedra, debaixo de um cobertor. Era um velho corcunda, frágil, cujos traços lembravam os de um elfo. Os anos haviam vergado seu corpo e lhe roubado a visão, mas sua alma ainda era uma força digna de respeito.

Recuperando o fôlego, o rapaz disse:

– Acabei de... receber um telefonema... do seu amigo... Warren Bellamy.

– Foi mesmo? – O velho se animou. – O que ele queria?

– Não falou, mas parecia bem afobado. Ele me disse que deixou um recado na sua caixa postal que o senhor precisa escutar agora mesmo.

– Foi só isso que ele disse?

– Na verdade, não. Ele me pediu que fizesse uma pergunta ao senhor. – O rapaz fez uma pausa. *Uma pergunta muito estranha.* – Disse que precisava da sua resposta imediatamente.

O velho se inclinou mais para perto.

– Que pergunta?

Quando o rapaz repetiu o que Warren Bellamy havia perguntado, a nuvem que cruzou o semblante do velho foi visível até sob a luz do luar. Na mesma hora, ele se livrou do cobertor e começou a se levantar com dificuldade.

– Me ajude a entrar, por favor. Agora.

CAPÍTULO **64**

Chega de segredos, pensou Katherine Solomon.

Na mesa à sua frente, o lacre de cera que havia permanecido intacto por muitas gerações jazia em pedaços. Ela terminou de retirar o papel pardo desbotado do embrulho do irmão. Ao seu lado, Langdon parecia claramente desconfortável.

De dentro do papel Katherine extraiu uma caixinha de pedra cinza. Semelhante a um cubo de granito polido, não tinha dobradiças nem fecho – e aparentemente não havia como abri-la. *Lembra aquelas caixinhas chinesas que são verdadeiros quebra-cabeças,* pensou Katherine.

– Parece um bloco maciço – disse ela, correndo os dedos pelas bordas. – Tem certeza de que o raio X mostrou que há um cume dentro dela?

– Tenho – respondeu Langdon, aproximando-se e examinando a misteriosa caixinha. Ele e Katherine a estudaram de ângulos diferentes, tentando encontrar um jeito de abri-la.

– Achei – disse Katherine, depois de localizar com a unha a fenda escondida que margeava uma das laterais superiores da caixa. Depois de colocá-la sobre a mesa, ela ergueu cuidadosamente a tampa, que se abriu com facilidade, como a parte de cima de um porta-joias elegante.

Quando a tampa caiu para trás, tanto Langdon quanto Katherine arquejaram ruidosamente de espanto. O interior da caixa parecia reluzir, brilhando com um fulgor quase sobrenatural. Katherine nunca tinha visto um pedaço de ouro daquele tamanho, de modo que levou alguns instantes para perceber que o precioso metal estava simplesmente refletindo o brilho da luminária.

– Espetacular – sussurrou ela.

Apesar de ter passado mais de um século lacrado num cubo de pedra, o cume não perdera o brilho nem exibia qualquer defeito. *O ouro resiste às leis entrópicas da decomposição; esse é um dos motivos pelos quais os antigos o consideravam mágico.* Katherine sentiu o pulso acelerar enquanto se inclinava para olhar o topo dourado.

– Tem uma inscrição nele.

Langdon se aproximou até os ombros dos dois se tocarem. Seus olhos azuis faiscavam de curiosidade. Ele havia contado a Katherine sobre o antigo costume grego de criar um *symbolon* – um código dividido em várias partes – e lhe explicara que aquele cume, havia muito separado da pirâmide em si, conteria a chave para decifrá-la. Supostamente, aquela inscrição, qualquer que fosse seu significado, criaria ordem a partir do caos.

Katherine ergueu a caixinha até a luz para examinar o cume.

Embora pequena, a inscrição era perfeitamente legível – um texto minúsculo delicadamente gravado em uma das laterais. Katherine leu as sete palavras simples.

Em seguida, releu-as.

– *Não!* – exclamou. – Não pode ser *isso* que está escrito!

Do outro lado da rua, a diretora Sato seguia apressada pelo caminho em frente ao Capitólio até seu ponto de encontro na Rua 1. O último informe da sua equipe havia sido inaceitável. Nada de Langdon. Nada de pirâmide. Nada de cume. Bellamy estava sob custódia, mas ele não estava falando a verdade. Pelo menos ainda não.

Mas ele vai falar. Eu garanto.

Ela olhou por cima do ombro para uma das mais novas vistas de Washington – o domo do Capitólio desenhado sobre o novo centro de visitantes. O domo iluminado só fazia acentuar a importância do que estava realmente em jogo naquela noite. *Época perigosa a nossa.*

Sato ficou aliviada ao ouvir o toque do celular e ver o nome de sua analista se estampar na tela.

– Nola – atendeu ela. – O que você descobriu?

Nola Kaye lhe deu a má notícia. O raio X da inscrição no cume estava apagado demais para ser lido e os filtros de otimização de imagem não tinham ajudado.

Merda. Sato mordeu o lábio.

– E a grade de 16 letras?

– Ainda estou tentando – respondeu Nola –, mas até agora não achei nenhum sistema secundário de criptografia que se aplique. Mandei o computador reorganizar as letras para procurar algo identificável, mas existem mais de 20 trilhões de possibilidades.

– Continue trabalhando nisso. Me mantenha informada. – Sato desligou e fez cara feia. Sua esperança de decifrar a pirâmide usando apenas uma foto e um raio X estava indo por água abaixo. *Preciso da pirâmide e do cume... e meu tempo está se esgotando.*

Sato chegou à Rua 1 bem na hora em que um utilitário Escalade preto com vidros escurecidos ultrapassou zunindo a faixa dupla amarela, cantando pneu até parar no ponto de encontro. Um único agente saltou do carro.

– Alguma notícia de Langdon? – quis saber Sato.

– Estamos confiantes – disse o homem, sem aparentar emoção. – Acabamos de receber reforços. Todas as saídas da biblioteca estão cercadas. Temos até apoio aéreo a caminho. Vamos encher aquilo lá de gás lacrimogêneo e ele não vai ter para onde correr.

– E Bellamy?

– Está algemado ali atrás.

Ótimo. O ombro dela continuava doendo.

O agente entregou a Sato um saco plástico contendo um celular, um molho de chaves e uma carteira.

– Os pertences de Bellamy.

– Só isso?

– Sim, senhora. A pirâmide e o pacote ainda devem estar com Langdon.

– Certo – disse Sato. – Bellamy sabe muita coisa que não está dizendo. Eu gostaria de interrogá-lo pessoalmente.

– Sim, senhora. Devo levá-lo para Langley, então?

Sato respirou fundo enquanto andava de um lado para outro junto ao carro. O interrogatório de civis norte-americanos era regido por protocolos muito rígidos, e tomar o depoimento de Bellamy seria altamente ilegal a menos que isso fosse feito em Langley, diante das câmeras, de testemunhas, advogados, blá-blá-blá...

– Não, para Langley, não – disse ela, tentando pensar em algum lugar mais perto. *E mais reservado.*

O agente não disse nada e continuou ao lado do veículo, aguardando ordens.

Sato acendeu um cigarro, deu uma longa tragada e baixou os olhos para o saco plástico com os pertences de Bellamy. Havia percebido que o chaveiro dele incluía um controle eletrônico com quatro letras: *USBG.* Sato, é claro, sabia a qual prédio do governo aquele controle dava acesso. Ele ficava bem perto e, àquela hora, era muito reservado.

Ela sorriu e pôs o controle no bolso. *Perfeito.*

Quando Sato disse ao agente para onde queria que ele levasse Bellamy, imaginou que ele fosse fazer cara de surpresa, mas o homem apenas assentiu e abriu a porta do carona para a diretora, seus olhos frios insondáveis.

Sato adorava profissionais.

Em pé no subsolo do Adams Building, Langdon encarava, incrédulo, as palavras gravadas com elegância na lateral do cume de ouro.

É só isso que diz a inscrição?

Ao seu lado, Katherine segurava o cume sob a luz e sacudia a cabeça.

– Tem que haver mais coisa – insistiu ela, se sentindo enganada. – Foi *isso* que meu irmão passou todos esses anos protegendo?

Langdon tinha de admitir que estava perplexo. Segundo Peter e Bellamy, o cume deveria ajudá-los a decifrar a pirâmide de pedra. Com base nessas afirmações, Langdon esperava algo esclarecedor e útil. *Isto aqui está mais para óbvio e inútil.* Tornou a ler as sete palavras inscritas na lateral do cume.

O

segredo

se esconde

dentro da Ordem

O segredo se esconde dentro da Ordem?

À primeira vista, a inscrição parecia afirmar o óbvio – que as letras da pirâmide estavam fora de "ordem" e que o segredo estava em descobrir sua sequência correta. Essa interpretação, porém, além de óbvia, parecia improvável por outro motivo.

– A palavra *Ordem* está em maiúscula – disse Langdon.

– É, eu percebi. – Katherine aquiesceu, inexpressiva.

O segredo se esconde dentro da Ordem. Langdon só conseguia pensar em uma implicação lógica.

– *Ordem* deve ser uma referência à *Ordem Maçônica.*

– Certo – disse Katherine –, mas de que isso adianta? Não nos revela nada.

Langdon foi obrigado a concordar. Afinal de contas, toda a história daquela pirâmide girava em torno de um segredo escondido na Ordem Maçônica.

– Mas, Robert, meu irmão não disse a você que o cume lhe daria o poder de ver *ordem* onde outros enxergavam apenas *caos*?

Ele balançou a cabeça, frustrado. Pela segunda vez naquela noite, Robert Langdon não estava se sentindo digno daquele desafio.

CAPÍTULO **65**

Depois que Mal'akh terminou de cuidar da visitante inesperada – uma agente de segurança da empresa Preferred Security –, tornou a vedar a janela através da qual ela conseguira espiar seu local de trabalho sagrado.

Então, subindo da suave bruma azul do porão, ele emergiu por uma passagem secreta para dentro de sua sala de estar. Uma vez ali, se deteve, admirando o espetacular quadro das Três Graças e saboreando os cheiros e sons conhecidos da casa.

Logo irei embora daqui para sempre. Mal'akh sabia que, depois daquela noite, não poderia mais voltar ali. *Depois desta noite*, pensou, sorrindo, *não terei mais necessidade deste lugar.*

Ele imaginou se Robert Langdon já teria entendido o verdadeiro poder da pirâmide... ou o importante papel que o destino lhe reservara. *Langdon ainda não me ligou*, pensou Mal'akh, depois de verificar outra vez os recados em seu telefone. Já eram 22h02. *Ele tem menos de duas horas.*

Mal'akh subiu até o banheiro de mármore italiano no andar de cima e abriu o registro de água quente do chuveiro para deixá-la esquentar. Metodicamente, se despiu, ansioso para começar seu ritual de purificação.

Bebeu dois copos d'água para acalmar o estômago faminto. Então foi até o espelho e estudou seu corpo nu. Os dois dias de jejum haviam acentuado sua musculatura e ele não pôde deixar de admirar aquilo em que tinha se transformado. *Ao raiar do dia, eu serei muito mais.*

CAPÍTULO **66**

– **É melhor sairmos daqui** – disse Langdon para Katherine. – É só uma questão de tempo até descobrirem onde estamos. – Ele torceu para Bellamy ter conseguido fugir.

Katherine continuava fascinada pelo cume de ouro, parecendo não acreditar que a inscrição os ajudasse tão pouco. Ela o havia tirado da caixa, examinado cada lateral, e agora o recolocava cuidadosamente lá dentro.

O segredo se esconde dentro da Ordem, pensou Langdon. *Isso é que é ajuda.*

Langdon estava começando a se perguntar se Peter não poderia estar mal informado quanto ao conteúdo do pacote que lhe confiara. Aquela pirâmide e aquele cume tinham sido criados muito antes de seu amigo nascer, e ele estava apenas fazendo o que seus antepassados o haviam instruído: guardando um segredo provavelmente tão misterioso para ele quanto para Langdon e Katherine.

Mas o que eu esperava?, pensou Langdon. Quanto mais descobria sobre a lenda da Pirâmide Maçônica, menos plausível aquilo tudo lhe parecia. *Estou procurando uma escada em caracol escondida sob uma imensa pedra?* Algo dizia a Langdon que ele estava perseguindo moinhos de vento. Ainda assim, decifrar aquela pirâmide parecia ser a sua maior chance de salvar Peter.

– Robert, o ano de 1514 significa alguma coisa para você?

Mil quinhentos e catorze? A pergunta parecia totalmente fora de contexto. Langdon deu de ombros.

– Não. Por quê?

Katherine lhe entregou a caixa de pedra.

– Olhe aqui. A caixa está datada. Dê uma olhada na luz.

Langdon se sentou à mesa e analisou a caixa em formato de cubo sob a claridade. Katherine pousou a mão em seu ombro, aproximando-se para apontar o texto diminuto que havia encontrado na parte externa da caixa, junto a um dos cantos inferiores.

– 1514 A.D. – disse ela, apontando para a caixa.

De fato, a inscrição exibia o número 1514 seguido por uma grafia pouco usual das letras *A* e *D*, de *Anno Domini*:

1514 🜇

– Quem sabe essa data é a peça que está faltando? – disse Katherine, repentinamente esperançosa. – Esse cubo se parece muito com uma pedra angular maçônica, então talvez ele esteja indicando uma pedra angular *de verdade*, não? Ou algum prédio construído em 1514 A.D.?

Langdon mal escutava o que ela dizia.

Mil quinhentos e catorze A.D. não é uma data.

O símbolo 🜇, como qualquer estudioso de arte medieval seria capaz de identificar, era uma conhecida "simbatura" – um símbolo usado em lugar de uma assinatura. Muitos dos filósofos, artistas e escritores do passado assinavam suas obras não com o nome, mas com um símbolo pessoal ou monograma próprio. Esse costume acrescentava um viés misterioso a seu trabalho e também os protegia da perseguição caso seus escritos ou obras de arte fossem considerados contrários ao sistema.

Naquele caso, as letras *A* e *D* não significavam *Anno Domini*, e sim outra coisa completamente diferente... em alemão.

No mesmo instante, Langdon viu todas as peças se encaixarem. Em segundos, teve certeza de que sabia exatamente como decifrar a pirâmide.

– Katherine, você matou a charada – disse ele, juntando suas coisas. – Era só disso que precisávamos. Vamos. No caminho eu explico.

Katherine parecia atônita.

– A data 1514 A.D. *significa* alguma coisa para você?

Langdon piscou para ela e encaminhou-se para a porta.

– A.D. não é uma data, Katherine. É uma *pessoa*.

CAPÍTULO **67**

A oeste da Embassy Row, tudo estava novamente silencioso dentro do jardim murado com suas rosas do século XII e seu mirante. Do outro lado da entrada, um jovem ajudava seu superior corcunda a atravessar um amplo gramado.

Ele está me deixando guiá-lo?

Normalmente, o velho cego recusaria a ajuda, preferindo se orientar pela memória quando estava dentro de seu santuário. Naquela noite, porém, parecia ter pressa de entrar para retornar a ligação de Warren Bellamy.

– Obrigado – disse o velho quando os dois chegaram à construção que abrigava seu escritório particular. – Posso seguir sozinho daqui.

– Senhor, seria um prazer continuar ajudando...

– Você está liberado por hoje – disse o velho, soltando o braço do ajudante e seguindo com seu passo arrastado rumo à escuridão. – Boa noite.

O rapaz saiu do prédio e tornou a atravessar o amplo gramado até sua modesta casinha dentro da propriedade. Ao entrar em casa, ele não conseguia mais conter a curiosidade. Era óbvio que o velho tinha ficado abalado com a pergunta feita pelo Sr. Bellamy. No entanto, ela lhe parecera estranha, quase sem significado.

Não haverá esperança para o filho da viúva?

Mesmo usando toda a sua imaginação, o rapaz não fazia a menor ideia do que aquilo significava. Intrigado, foi até o computador e digitou a frase num site de buscas.

Para sua grande surpresa, páginas e mais páginas de referências apareceram, todas citando textualmente a pergunta. Pasmo, ele começou a ler as informações. Parecia que Warren Bellamy não era a primeira pessoa na história a ter feito aquela estranha pergunta. As mesmas palavras haviam sido pronunciadas muitos séculos antes... pelo rei Salomão, ao prantear um amigo assassinado. Supostamente, a pergunta ainda era feita hoje em dia pelos maçons, que a usavam como um pedido de ajuda em código. Warren Bellamy parecia estar mandando um S.O.S. para um irmão maçom.

CAPÍTULO 68

Albrecht Dürer?

Katherine estava tentando juntar as peças do quebra-cabeça enquanto acompanhava Langdon a passos rápidos pelo subsolo do Adams Building. *A.D. quer dizer Albrecht Dürer?* O famoso gravador e pintor alemão do século XVI era um dos artistas preferidos de seu irmão, de modo que Katherine conhecia um pouco a sua obra. Mesmo assim, não conseguia imaginar como Dürer poderia ajudá-los naquele caso. *Para começar, ele morreu há mais de 400 anos.*

– Simbolicamente, Dürer é perfeito – dizia Langdon enquanto eles seguiam a trilha de placas iluminadas indicando SAÍDA. – Ele representou a mente renascentista por excelência: foi artista, filósofo, alquimista e, *ainda por cima*, passou a vida inteira estudando os Antigos Mistérios. Até hoje, ninguém compreende inteiramente as mensagens escondidas na sua obra.

– Pode até ser – disse ela. – Mas como é que "1514 Albrecht Dürer" explica como decifrar a pirâmide?

Eles chegaram a uma porta trancada e Langdon usou o cartão de acesso de Bellamy para passar.

– O número 1514 está nos indicando uma obra bem específica de Dürer – disse Langdon enquanto subiam a escada depressa. Chegaram a um enorme corredor e, depois de olhar em volta, ele apontou para a esquerda. – Por aqui. – Os dois apertaram novamente o passo. – Na verdade, Albrecht Dürer *escondeu* esse número em sua gravura mais misteriosa, chamada *Melancolia I*, que concluiu em 1514. Ela é considerada a obra seminal do Renascimento do norte europeu.

Peter certa vez havia mostrado aquela gravura a Katherine em um velho livro sobre misticismo, mas ela não se lembrava de nenhum número 1514 escondido.

– Como você talvez saiba – disse Langdon, animado –, *Melancolia I* retrata a luta do homem para compreender os Antigos Mistérios. Seu simbolismo é tão complexo que faz Leonardo da Vinci parecer explícito.

Katherine estacou abruptamente e olhou para Langdon.

– Robert, *Melancolia I* está aqui em Washington. Exposta na National Gallery.

– Sim – disse ele com um sorriso –, e algo me diz que isso *não é* coincidência. A galeria está fechada a esta hora, mas eu conheço o curador e...

– Nem pensar, Robert. Sei o que acontece quando você entra num museu.

Katherine mudou de direção, indo para uma saleta onde havia uma mesa com um computador. Langdon a seguiu com ar cabisbaixo.

– Vamos fazer isso do jeito mais fácil – disse ela.

Para o professor Langdon, especialista em arte, usar a internet quando o original estava tão perto era um dilema ético. Quando o computador finalmente ganhou vida, Katherine não soube o que fazer.

– Cadê o ícone do navegador?

– É uma rede interna da biblioteca – explicou Langdon, apontando para um ícone na área de trabalho. – Tente isto aqui.

Ela clicou no ícone chamado ACERVOS DIGITAIS e o computador abriu uma nova tela. Langdon tornou a apontar e Katherine clicou no ícone que ele havia escolhido: ACERVO DE GRAVURAS. A tela se atualizou. GRAVURAS: BUSCA.

– Digite "Albrecht Dürer".

Katherine digitou o nome, clicando em seguida no botão de busca. Em poucos segundos, o monitor começou a exibir uma série de imagens minimizadas. Todas pareciam seguir o mesmo estilo – intrincadas gravuras em preto e branco. Dürer aparentemente tinha feito dezenas de obras parecidas.

Adão e Eva

A Traição de Cristo

Os Quatro Cavaleiros do Apocalipse

A Grande Paixão

A Última Ceia

Ao ver todos os títulos bíblicos, Katherine se lembrou de que Dürer praticava algo conhecido como cristianismo místico – uma fusão de cristianismo primitivo, alquimia, astrologia e ciência.

Ciência...

A imagem de seu laboratório em chamas passou por sua cabeça. Ela mal conseguia pensar nas consequências daquilo a longo prazo, mas, por ora, estava mais preocupada com sua assistente, Trish. *Espero que ela tenha conseguido escapar.*

Langdon estava dizendo alguma coisa sobre a versão de Dürer da Última Ceia, mas Katherine mal o escutou. Ela havia acabado de encontrar o link para *Melancolia I*.

Deu um clique com o mouse e a página foi atualizada com informações genéricas.

Melancolia I, 1514
Albrecht Dürer
(gravura sobre papel)
Coleção Rosenwald
National Gallery of Art
Washington, D.C.

Quando ela desceu pela página, uma imagem digital em alta resolução da obra-prima de Dürer surgiu em toda a sua glória.

Katherine tinha esquecido como aquele trabalho era estranho e ficou olhando para ele, espantada.

Langdon deu uma risadinha cúmplice.

– Como eu disse, é uma obra críptica.

Melancolia I mostrava uma figura taciturna, dotada de asas gigantescas, sentada em frente a um edifício de pedra, cercada pela mais disparatada e bizarra coleção de objetos que se possa imaginar – uma balança, um cão raquítico, ferramentas de carpintaria, uma ampulheta, alguns sólidos geométricos, um sino, um querubim, uma lâmina, uma escada.

Katherine se lembrava vagamente do irmão lhe dizendo que aquela figura alada era uma representação do "gênio humano"– um grande pensador segurando o queixo, com ar deprimido, ainda incapaz de alcançar a iluminação. O gênio está cercado por todos os símbolos de seu intelecto – ciência, matemática, filosofia, geometria e até mesmo carpintaria –, mas nem assim consegue subir a escada que conduz à verdadeira iluminação. *Até mesmo o gênio acha difícil compreender os Antigos Mistérios.*

– Simbolicamente – disse Langdon –, isso representa o fracasso da humanidade em transformar o intelecto *humano* em poder *divino*. Em termos alquímicos, representa nossa incapacidade de transformar chumbo em ouro.

– Não é uma mensagem particularmente encorajadora – comentou Katherine. – Mas então como essa gravura pode nos ajudar? – Ela não conseguia ver o número 1514 escondido sobre o qual Langdon falava.

– Ordem a partir do caos – disse Langdon, lançando-lhe um sorriso enviesado. – Exatamente como seu irmão prometeu. – Ele pôs a mão dentro do bolso e sacou a grade de letras que tinha anotado mais cedo a partir da cifra maçônica. – Até agora esta grade era incompreensível. – Ele estendeu o papel sobre a mesa.

S	O	E	U
A	T	U	N
C	S	A	S
V	U	N	J

Katherine olhou para a grade. *Definitivamente não significa nada.*

– Mas Dürer vai transformá-la.

– E como ele vai fazer isso?

– Alquimia linguística. – Langdon gesticulou para o monitor. – Olhe com atenção. Há algo escondido nessa obra-prima que vai dar sentido às nossas 16 letras. – Ele aguardou. – Está vendo? Procure o número 1514.

Katherine não estava com humor para brincar de sala de aula.

– Robert, eu não estou vendo nada... uma esfera, uma escada, uma faca, um poliedro, uma balança... Desisto.

– Olhe! Aqui no fundo. Inscrito nesse prédio atrás da figura alada, debaixo do sino... Dürer gravou um quadrado cheio de números.

Katherine finalmente viu o quadrado que continha o número 1514.

– Katherine, esse quadrado é a chave para decifrar a pirâmide!

Ela lançou-lhe um olhar de surpresa.

– Esse não é um quadrado *qualquer* – disse Langdon, abrindo um sorriso. – Esse, Sra. Solomon, é um quadrado *mágico*.

CAPÍTULO 69

Para onde esses desgraçados estão me levando?

Bellamy continuava vendado no banco de trás do veículo. Depois de parar por um instante em algum lugar próximo à Biblioteca do Congresso, o carro seguira viagem... mas apenas por um minuto. Agora, depois de avançar mais ou menos um quarteirão, tornara a parar.

Bellamy ouviu vozes abafadas.

– Sinto muito... impossível... – dizia uma voz autoritária –... está fechado a esta hora...

O homem que dirigia o carro respondeu com igual autoridade.

– Investigação da CIA... segurança nacional... – Aparentemente, aquela troca de palavras e identificações foi persuasiva, pois o tom mudou na mesma hora.

– Sim, claro... entrada de serviço... – Ouviu-se o estrépito do que parecia um portão de garagem e, quando este se abriu, a voz acrescentou: – Devo acompanhá-los? Quando estiverem lá dentro, não vão conseguir passar por...

– Não. Nós já temos acesso.

Se o vigia ficou surpreso, não teve tempo de dizer. O veículo avançou rapidamente, parando cerca de 50 metros depois. O portão pesado se fechou atrás deles com estardalhaço.

Silêncio.

Bellamy percebeu que estava tremendo.

Com um estalo, a porta do carro se abriu. Bellamy sentiu uma dor aguda nos ombros enquanto era arrastado para fora pelos braços. Sem dizer uma palavra, uma força poderosa o colocou de pé e o conduziu por uma vasta extensão de cimento. Havia naquele lugar um cheiro estranho, de terra, que ele não conseguia identificar. Podia ouvir os passos de outra pessoa os acompanhando, mas, quem quer que fosse, ainda não tinha dito nada.

Pararam diante de uma porta e Bellamy ouviu um bipe eletrônico. A porta se abriu com um clique. Bellamy foi conduzido com truculência por vários corredores e não pôde deixar de perceber que a atmosfera ali estava mais quente e úmida. *Talvez uma piscina coberta? Não.* O cheiro no ar não era de cloro... era muito mais terroso, primitivo.

Que lugar é este? Bellamy sabia que não podia estar a mais de um ou dois quarteirões do prédio do Capitólio. Tornaram a parar e ele escutou novamente o bipe eletrônico de uma porta de segurança. Desta vez, ela se abriu com um silvo. Quando eles o empurraram para dentro, o cheiro que o atingiu foi inconfundível.

Bellamy então se deu conta de onde estavam. *Meu Deus!* Ele entrava naquele lugar com frequência, embora nunca pela porta de serviço. O magnífico prédio de vidro ficava a menos de 300 metros do Capitólio e, tecnicamente, fazia parte do mesmo complexo. *Eu administro este lugar!* O Arquiteto então percebeu que era seu próprio controle que estava lhes dando acesso.

Braços potentes o empurraram porta adentro, conduzindo-o por uma passarela sinuosa e familiar. O calor pesado e úmido daquele lugar em geral lhe parecia reconfortante. Naquela noite, o fazia suar.

O que estamos fazendo aqui?

De repente, Bellamy foi obrigado a parar e se sentar num banco. O homem musculoso que o arrastava abriu as algemas apenas por tempo suficiente para prendê-las ao banco atrás dele.

– O que vocês querem de mim? – perguntou Bellamy, com o coração batendo descompassado.

A única resposta que recebeu foi o ruído de botas se afastando e da porta de vidro deslizando até fechar.

Então, silêncio.

Um silêncio sepulcral.

Será que eles vão simplesmente me deixar aqui? Bellamy começou a transpirar ainda mais enquanto se esforçava para soltar as mãos. *Não vão me deixar nem tirar a venda?*

– Socorro! – gritou ele. – Tem alguém aí?

Embora gritasse de pânico, Bellamy sabia que ninguém iria escutá-lo. Aquele imenso ambiente de vidro – conhecido como a Selva – ficava totalmente isolado quando as portas eram fechadas.

Eles me deixaram na Selva, pensou ele. *Ninguém vai me encontrar até de manhã.*

Foi então que ele escutou.

O som era quase inaudível, porém o aterrorizou mais do que qualquer outro que tivesse escutado na vida. *Alguma coisa está respirando. Muito perto.*

Ele não estava sozinho no banco.

O súbito chiado de um fósforo crepitou tão próximo de seu rosto que ele pôde sentir o calor da chama. Bellamy se encolheu, puxando com força as algemas, instintivamente.

Então, sem aviso, a mão de alguém tocou seu rosto e retirou a venda.

A chama à sua frente se refletiu nos olhos negros de Inoue Sato enquanto ela pressionava o fósforo no cigarro que lhe pendia da boca, a poucos centímetros do rosto de Bellamy.

Sob a luz do luar que atravessava o telhado de vidro, ela o encarou com ódio. Parecia satisfeita em ver seu medo.

– Então, Sr. Bellamy – disse Sato, sacudindo o fósforo para apagá-lo –, por onde nós vamos começar?

CAPÍTULO **70**

Um quadrado mágico. Enquanto olhava para o quadrado numerado na gravura de Dürer, Katherine assentiu. A maioria das pessoas teria pensado que o professor havia perdido a razão, mas ela logo se deu conta de que Langdon estava certo.

O termo *quadrado mágico* não se referia a algo místico, e sim matemático: era como se chamava uma grade de números ordenada de tal forma que as fileiras, colunas e diagonais, somadas, dessem o mesmo resultado. Mas ainda havia quem acreditasse que aqueles quadrados, criados cerca de 4 mil anos atrás por matemáticos do Egito e da Índia, fossem dotados de poderes mágicos. Katherine tinha lido que, mesmo hoje em dia, indianos devotos desenhavam em seus altares de puja quadrados especiais de três por três chamados Kubera Kolam. O homem moderno, porém, os havia relegado à categoria da "matemática recreativa", e algumas pessoas ainda tinham prazer em buscar novas configurações "mágicas". *Sudoku para gênios.*

Katherine analisou rapidamente o Quadrado de Dürer, somando os números nas diversas fileiras e colunas.

16	3	2	13
5	10	11	8
9	6	7	12
4	15	14	1

– Trinta e quatro – disse ela. – Em qualquer direção, a soma dá 34.

– Exato – disse Langdon. – Mas você sabia que *este* quadrado mágico é famoso porque Dürer fez algo que parecia impossível?

Ele mostrou a Katherine que, além de fazer a soma das fileiras, colunas e diagonais ser igual a 34, Dürer também fizera os quatro quadrantes, os quatro quadrados centrais e até os quatro quadrados dos cantos somarem esse mesmo número.

– Mas o mais incrível foi Dürer ter conseguido posicionar os números 15 e 14 juntos na fileira de baixo para indicar o ano em que realizou essa proeza!

Katherine correu os olhos pelos números, maravilhada com todas as combinações.

O tom de Langdon foi ficando mais animado:

– *Melancolia I* representa um marco, a primeira vez na história em que um quadrado mágico é retratado na arte *europeia*. Alguns historiadores acreditam que essa foi a maneira codificada que Dürer encontrou para indicar que os Antigos Mistérios haviam ultrapassado as fronteiras das Escolas de Mistérios egípcias e eram agora guardados pelas sociedades secretas da Europa. – Langdon fez uma pausa. – O que nos traz de volta a... *isto aqui*.

Ele indicou com um gesto o pedacinho de papel com a grade de letras da pirâmide de pedra.

S	O	E	U
A	T	U	N
C	S	A	S
V	U	N	J

– Imagino que a disposição agora lhe pareça familiar – arriscou Langdon.

– Um quadrado de quatro por quatro.

Langdon pegou o lápis e copiou cuidadosamente no pedaço de papel o quadrado mágico numerado de Dürer, bem ao lado do que continha as letras da pirâmide. Katherine percebeu então como aquilo seria fácil. Ele ficou parado, com o lápis na mão, mas... estranhamente, depois de todo aquele entusiasmo, pareceu hesitar.

– Robert?

Ele se virou para Katherine com uma expressão de ansiedade.

– Você tem *certeza* de que quer fazer isso? Peter disse expressamente...

– Robert, se *você* não quiser decifrar a inscrição, *eu* decifro. – Ela estendeu a mão para apanhar o lápis.

Langdon viu que não havia como dissuadi-la, então aquiesceu, tornando a se concentrar na pirâmide. Com cuidado, superpôs o quadrado mágico à grade de letras e atribuiu um número a cada uma delas. Em seguida, criou outra grade, colocando as letras da cifra maçônica na nova ordem definida pela sequência do quadrado mágico de Dürer.

Quando Langdon terminou, os dois examinaram o resultado.

```
J   E   O   V

A   S   A   N

C   T   U   S

U   N   U   S
```

Katherine ficou confusa na mesma hora.

– Continua incompreensível.

Langdon permaneceu calado por alguns instantes.

– Na verdade, Katherine, não continua, não. – Os olhos dele tornaram a brilhar com a emoção da descoberta. – Isto é... latim.

O velho cego avançava com seus passos arrastados por um longo e escuro corredor em direção a seu escritório. Quando enfim chegou lá, se deixou cair sobre a cadeira diante da escrivaninha, os ossos frágeis gratos pelo descanso. Sua secretária eletrônica apitava. Ele apertou o botão e escutou.

"Aqui é Warren Bellamy", disse o sussurro abafado de seu velho amigo e irmão maçom. "Infelizmente, tenho notícias alarmantes..."

Os olhos de Katherine Solomon voltaram à grade de letras, examinando mais uma vez o texto. De fato, uma palavra agora se materializava diante de seus olhos. *Jeova.*

```
J   E   O   V

A   S   A   N

C   T   U   S

U   N   U   S
```

Katherine nunca tinha estudado latim, mas conhecia aquela palavra por ter lido textos hebraicos antigos. *Jehovah.* Ela continuou a leitura, se surpreendendo ao perceber que entendia o texto *inteiro*.

Jeova Sanctus Unus.

Soube na mesma hora o que aquilo queria dizer. A frase era onipresente nas traduções modernas da escritura hebraica. Na Torá, o Deus dos hebreus era conhecido por muitos nomes – *Jehovah, Jeshua, Yahweh, a Fonte, o Elohim* –, mas muitas traduções romanas haviam consolidado essa nomenclatura confusa numa única frase em latim: *Jeova Sanctus Unus.*

– Único Deus Verdadeiro? – sussurrou ela para si mesma. – A expressão certamente não se parecia com algo que pudesse ajudá-los a encontrar seu irmão. – É essa a mensagem secreta da pirâmide? Único Deus Verdadeiro? Pensei que isto aqui fosse um mapa.

Langdon também parecia perplexo, a animação em seus olhos dando lugar à decepção.

– A interpretação evidentemente está correta, mas...

– O homem que está com meu irmão quer saber uma *localização*. – Ela ajeitou os cabelos atrás das orelhas. – Duvido que ele vá ficar muito contente com isto aqui.

– Katherine – falou Langdon. – Eu já temia isso. Passei a noite inteira com a sensação de que estamos tratando uma coleção de mitos e alegorias como realidade. Talvez esta inscrição indique uma localização *metafórica*... e nos diga que o potencial humano só pode ser alcançado por meio do Único Deus Verdadeiro.

– Mas isso não faz *sentido*! – retrucou Katherine, seu maxilar contraído de frustração. – A minha família passou gerações protegendo esta pirâmide! Único Deus Verdadeiro? É *esse* o segredo? E a CIA considera isso uma questão de segurança nacional? Ou eles estão mentindo ou nós não estamos percebendo algum detalhe!

Langdon encolheu os ombros, concordando com ela.

Nesse exato instante, seu telefone começou a tocar.

Em um escritório bagunçado, cheio de livros antigos, o velho se curvava sobre a escrivaninha, segurando o fone com força na mão artrítica.

O telefone para o qual ligara chamou diversas vezes.

Por fim, uma voz atendeu.

– Alô? – A voz era grave mas hesitante.

O velho sussurrou:

– Soube que o senhor precisa de abrigo.

O homem do outro lado da linha soou espantado.

– Quem está falando? Warren Bell...

– Sem nomes, por favor – disse o velho. – Me diga, o senhor conseguiu proteger o mapa que lhe foi confiado?

Houve uma pausa de espanto.

– Consegui... mas não acho que isso tenha importância. Ele não diz muita coisa. Se for mesmo um mapa, parece mais *metafórico* do que...

– Não, a pirâmide é um mapa de verdade, eu garanto. E indica um lugar *real*. É preciso protegê-lo. Não há como enfatizar suficientemente a importância disso. O senhor está sendo perseguido, mas, se conseguir chegar sem ser visto até onde eu estou, poderei lhe dar abrigo... e respostas.

O homem titubeou, parecendo desconfiado.

– Meu amigo – começou o velho, escolhendo as palavras com cuidado. – Existe em Roma um refúgio, ao norte do Tibre, que contém 10 pedras do monte Sinai, uma do próprio céu e outra com o semblante do pai obscuro de Luke. O senhor entende a minha localização?

Houve uma pausa comprida do outro lado da linha, e então Langdon respondeu:

– Entendo, sim.

O velho sorriu. *Achei que fosse entender, professor.*

– Venha agora mesmo. Certifique-se de não estar sendo seguido.

CAPÍTULO **71**

Mal'akh estava em pé na quentura enfumaçada de seu chuveiro. Depois de lavar o que restava do cheiro de etanol, sentia-se novamente limpo, os poros se abrindo com o calor. Então deu início a seu ritual.

Primeiro, esfregou depilatórios químicos pelo corpo e pelo couro cabeludo tatuados, retirando qualquer vestígio de pelos. *Imberbes eram os deuses das sete ilhas de Helíades.* Em seguida, massageou óleo de Abramelin sobre a pele macia. *Abramelin é o óleo sagrado dos grandes Magos.* Por fim, girou a alavanca do chuveiro com força para a esquerda, deixando a água gelada cair em seu corpo. Permaneceu um minuto inteiro debaixo da ducha fria para fechar os poros e guardar lá dentro o calor e a energia. O frio servia para lembrá-lo do rio gelado em que havia começado sua transformação.

Estava tremendo quando saiu do chuveiro, mas em segundos o calor dentro dele subiu pelas camadas de sua carne para aquecê-lo. As entranhas de Mal'akh pareciam uma fornalha. Ele parou nu diante do espelho e admirou a própria forma. Aquela poderia ser a última vez que veria a si mesmo como um simples mortal.

Seus pés eram as garras de um gavião. Suas pernas – *Boaz e Jaquim* –, os antigos pilares da sabedoria. A virilha e o abdômen eram as arcadas do poder místico. Pendendo sob essa arcada, o imenso sexo exibia os símbolos tatuados de seu destino. Em outra vida, aquele pesado bastão de carne tinha sido sua fonte de prazer carnal. Mas agora não mais.

Eu fui purificado.

Assim como os monges eunucos místicos de Katharoi, Mal'akh havia removido os próprios testículos. Sacrificara sua potência física em troca de outra mais valiosa. *Os deuses não têm sexo.* Depois de se livrar daquela imperfeição humana juntamente com o impulso terreno da tentação sexual, Mal'akh se igualara a Urano, Átis, Sporus e aos grandes mágicos *castrati* da lenda arturiana. *Toda metamorfose espiritual é precedida por outra, física.* Era essa a lição de todos os grandes deuses... Osíris, Tammuz, Jesus, Shiva e até mesmo o próprio Buda.

Devo me despir da vestimenta de homem.

De repente, Mal'akh dirigiu o olhar para cima, passando pela fênix de duas cabeças em seu peito, pelo mosaico de antigos sigilos que lhe adornava o rosto, até chegar ao topo da cabeça. Inclinou-a na direção do espelho, mal conseguindo ver o círculo de pele não tatuada que aguardava ali. Aquele lugar era sagrado. Conhecido como fontanela, era a única área do crânio humano que ainda não se encontrava ossificada no nascimento. *Uma janela para o cérebro.* Embora esse portal fisiológico se fechasse em poucos meses, ele continuava sendo um vestígio simbólico da conexão perdida entre os mundos exterior e interior.

Mal'akh analisou aquele trecho sagrado de pele virgem, rodeado por um *ouroboros* – uma serpente mística devorando o próprio rabo. A pele nua pareceu retribuir seu olhar... brilhando de promessa.

Robert Langdon logo iria desvendar o grande tesouro de que Mal'akh precisava. Quando o obtivesse, o vazio no topo de sua cabeça seria preenchido, e ele finalmente estaria pronto para a transformação final.

Mal'akh atravessou descalço seu quarto de dormir e retirou da última gaveta da cômoda uma longa faixa de seda branca. Como já havia feito diversas vezes, enrolou-a em volta do sexo e das nádegas. Então desceu para o andar de baixo.

Foi até o escritório e abriu o computador para checar seus e-mails.

Seu contato acabara de lhe enviar uma mensagem:

AQUILO DE QUE VOCÊ PRECISA JÁ ESTÁ AO ALCANCE.
ENTRAREI EM CONTATO DAQUI A NO MÁXIMO UMA HORA. PACIÊNCIA.

Mal'akh sorriu. Estava na hora dos últimos preparativos.

CAPÍTULO **72**

O agente de campo da CIA estava de mau humor ao descer da galeria da sala de leitura. *Bellamy mentiu para nós.* Não tinha encontrado nenhuma assinatura térmica lá em cima, nem perto da estátua de Moisés nem em nenhum outro lugar.

Onde Langdon foi parar, cacete?

O agente então refez seus passos até o único local em que tinha visto alguma assinatura térmica – o centro de distribuição da biblioteca. Tornou a descer a escada que saía do armário octogonal. Enquanto se embrenhava lá dentro, pôs os óculos térmicos e vasculhou a área. Nada. Olhou na direção das estantes, onde a porta destruída ainda aparecia quente por causa da explosão. Fora isso, não viu...

Puta merda!

O agente deu um pulo para trás quando uma luminescência inesperada surgiu no seu campo de visão. Como dois fantasmas, as impressões levemente brilhantes de duas formas humanas haviam acabado de emergir da parede sobre uma esteira rolante. *Assinaturas térmicas.*

Atônito, o agente ficou olhando as duas aparições darem a volta na sala, fazendo o circuito da esteira, e depois mergulharem de cabeça em um buraco estreito na parede. *Eles saíram daqui na esteira? Que loucura.*

Além de descobrir que Robert Langdon tinha acabado de despistá-los fugindo por um pequeno túnel, o agente de campo percebeu outra coisa. *Langdon não está sozinho?*

Estava prestes a ligar o rádio para chamar o líder da equipe quando recebeu um chamado dele.

– Atenção, todos os postos, temos um Volvo abandonado em frente à biblioteca. Registrado em nome de Katherine Solomon. Uma testemunha ocular afirma que uma mulher entrou na biblioteca há pouco. Desconfiamos que esteja com Robert Langdon. A diretora Sato deu ordens para encontrar os dois imediatamente.

– Achei assinaturas térmicas dos dois! – gritou o agente que estava na sala de distribuição, explicando em detalhes o que havia descoberto.

– Pelo amor de Deus! – retrucou o líder da equipe. – Para onde vai essa esteira?

O agente de campo já estava consultando um diagrama sobre a área de circulação das esteiras afixado ao quadro de avisos dos funcionários.

– Para o Adams Building – respondeu ele. – A um quarteirão daqui.

– Atenção, todos os postos. Redirecionamento para o Adams Building! AGORA!

C A P Í T U L O **73**

Abrigo. Respostas.

As duas palavras ecoavam na mente de Langdon enquanto ele e Katherine saíam correndo por uma porta lateral do Adams Building e adentravam a fria noite de inverno. O misterioso homem do telefonema lhes revelara sua localização de forma cifrada, mas Langdon tinha entendido. A reação de Katherine ao saber para onde eles estavam indo fora surpreendentemente otimista: *Que melhor lugar para encontrar o Único Deus Verdadeiro?*

Agora a questão era como chegar lá.

Langdon girou o corpo, tentando se localizar. Estava escuro, mas felizmente as nuvens haviam se dissipado. Os dois estavam num pequeno pátio. Dali, o domo do Capitólio parecia espantosamente distante, e Langdon percebeu que era a primeira vez que saía ao ar livre em muitas horas, desde que chegara ao Capitólio.

E eu achei que ia dar uma simples palestra.

– Robert, olhe ali. – Katherine apontou para a silhueta do Jefferson Building.

A primeira reação de Langdon ao ver o prédio foi de espanto por terem percorrido uma distância tão grande sobre a esteira rolante. A segunda, porém, foi de alarme. O Jefferson Building formigava de atividade – caminhões e carros chegando, homens gritando. *Aquilo é um holofote?*

Langdon agarrou a mão de Katherine.

– Vamos.

Eles atravessaram correndo o pátio na direção nordeste, sumindo rapidamente de vista por trás de um elegante prédio em forma de U, que Langdon percebeu ser a Biblioteca Folger, especializada na obra de Shakespeare. Aquele prédio específico parecia um esconderijo bem adequado para eles naquela noite, já que abrigava o manuscrito original em latim da *Nova Atlântida*, de Francis Bacon, a visão utópica que os pais fundadores dos Estados Unidos tinham supostamente usado como modelo para um novo mundo baseado no saber antigo. Apesar disso, Langdon preferiu deixar a visita para outra ocasião.

Precisamos de um táxi.

Chegaram à esquina da Rua 3 com a East Capitol. Havia pouco tráfego e, quando Langdon olhou em volta à procura de um táxi, sentiu suas esperanças murcharem. Ele e Katherine saíram correndo pela Rua 3 na direção norte, afastando-se mais ainda da Biblioteca do Congresso. Foi só depois de percorrerem um quarteirão inteiro que Langdon finalmente viu um táxi dobrando a esquina. Fez sinal para o motorista e o táxi encostou.

O rádio tocava uma música do Oriente Médio e o jovem taxista árabe lhes lançou um sorriso acolhedor.

– Para onde? – perguntou ele quando os dois pularam para dentro do carro.

– Temos que ir para...

– Lá! – interrompeu Katherine, apontando para noroeste, na direção contrária ao Jefferson Building. – Siga até a Union Station, depois vire à esquerda na Massachusetts Avenue. A gente avisa quando for parar.

O taxista deu de ombros, fechou a divisória e tornou a pôr a música.

Katherine lançou um olhar repreensivo para Langdon como quem diz: "Não podemos deixar rastros." Apontou pela janela, chamando a atenção de Langdon para um helicóptero preto que se aproximava dali voando baixo. *Merda.* Pelo jeito, Sato estava decidida a recuperar a pirâmide de Solomon.

Enquanto assistiam ao helicóptero aterrissar entre o Jefferson e o Adams Building, Katherine se virou para ele, parecendo cada vez mais aflita.

– Posso ver seu celular um segundo?

Langdon lhe passou o telefone.

– Peter comentou comigo que você tem uma memória espetacular – disse ela, abrindo a janela. – E que se lembra de todos os números que já discou na vida. É verdade?

– É verdade, mas...

Katherine arremessou o aparelho para fora do carro. Langdon se virou no banco e viu o celular dar uma cambalhota e se espatifar ao atingir o asfalto atrás deles.

– Por que você fez isso?

– Para nos tirar do radar – disse Katherine com uma expressão grave. – Essa pirâmide é nossa única esperança de encontrar meu irmão, e eu não tenho a menor intenção de deixar a CIA roubá-la de nós.

No banco da frente, Omar Amirana balançava a cabeça e cantarolava ao ritmo da música. A noite tinha sido fraca e ele se sentia abençoado por ter finalmente conseguido uma corrida. Seu táxi estava passando em frente ao Stanton Park quando a conhecida voz da atendente de sua empresa chiou no rádio:

– Aqui é a central. Atenção todos os carros nas imediações do National Mall. Acabamos de receber um boletim de autoridades do governo sobre dois fugitivos na área do Adams Building...

Omar escutou, atônito, enquanto a central descrevia justamente o casal sentado no seu táxi. Ele lançou um olhar nervoso pelo retrovisor. O passageiro alto não lhe era estranho. *Será que eu já vi esse cara naquele programa de TV sobre os bandidos mais procurados do país?*

Discretamente, Omar estendeu a mão para apanhar o rádio.

– Central? – disse ele, falando baixinho no aparelho. – Aqui é o carro 134. Essas duas pessoas que vocês acabaram de descrever... estou com elas no meu táxi... agora.

A central imediatamente informou a Omar o que fazer. As mãos do taxista tremiam ao discar o número que lhe deram. A voz que atendeu era precisa e eficiente, como a de um soldado.

– Aqui é o agente Turner Simkins, do comando de operações da CIA. Quem fala?

– Hã... O taxista – respondeu Omar. – Me disseram para ligar sobre...

– Os fugitivos estão dentro do seu veículo agora? Responda apenas sim ou não.

– Sim.

– Eles estão ouvindo esta conversa? Sim ou não?

– Não. A divisória está...

– Para onde o senhor está levando os dois?

– Estamos na Massachusetts, direção noroeste.

– O destino exato?

– Eles não falaram.

O agente hesitou.

– Um dos passageiros está carregando uma bolsa de couro?

Omar olhou pelo retrovisor, e seus olhos se arregalaram.

– Sim! Essa bolsa não está cheia de explosivos nem nada do...

– Ouça com atenção – disse o agente. – Contanto que siga exatamente as minhas instruções, o senhor não correrá perigo. Está claro?

– Sim, senhor.

– Qual é o seu nome?

– Omar – respondeu o taxista, começando a suar.

– Omar, escute – falou o homem com calma. – Você está indo bem. Quero que dirija o mais lentamente possível enquanto eu mando minha equipe para aí. Entendido?

– Sim, senhor.

– Mais uma coisa: seu táxi tem um sistema de interfone para você se comunicar com os passageiros no banco de trás?

– Sim, senhor.

– Ótimo. Quero que faça o seguinte...

CAPÍTULO 74

A Selva, como é conhecida, é o maior destaque do U.S. Botanic Garden (USBG), o Jardim Botânico dos Estados Unidos, um museu vivo situado ao lado do prédio do Capitólio. Tecnicamente uma floresta tropical, a Selva fica dentro de uma imensa estufa e abriga seringueiras gigantescas, figueiras estranguladoras e uma passarela suspensa para os turistas mais ousados.

Em geral, Warren Bellamy se sentia reconfortado pelo cheiro de terra da Selva e pela luz do sol cintilando através da bruma que descia dos vaporizadores no telhado de vidro. Naquela noite, contudo, iluminada apenas pelo luar, a Selva parecia aterrorizante. Ele suava em bicas e se contorcia por causa das cãibras que castigavam seus braços, presos dolorosamente às costas.

A diretora Sato andava de um lado para outro diante dele, fumando calmamente seu cigarro – um ato de ecoterrorismo naquele ambiente cuidadosamente controlado. Seu rosto parecia quase demoníaco sob o luar enfumaçado que descia pelo telhado de vidro.

– Então – continuou Sato –, quando o senhor chegou ao Capitólio hoje à noite e descobriu que eu já estava lá... tomou uma decisão. Em vez de me informar sobre sua presença, o senhor desceu discretamente até o SBB, onde, correndo um grande risco pessoal, atacou o chefe Anderson e a mim, ajudando Langdon a fugir com a pirâmide e o cume. – Ela esfregou o ombro. – Uma escolha interessante.

Da qual não me arrependo, pensou Bellamy.

– Onde está Peter? – indagou o Arquiteto com raiva.

– Como é que *eu* vou saber? – rebateu Sato.

– A senhora parece saber todo o resto! – retrucou Bellamy, sem tentar esconder sua suspeita de que ela estava de alguma forma por trás daquilo tudo. – A senhora sabia que precisava ir até o Capitólio. Sabia que precisava encontrar Robert Langdon. E sabia até que podia encontrar o cume dentro da bolsa dele. É óbvio que alguém está lhe dando muitas informações secretas.

Sato deu uma risada fria e se aproximou dele.

– Sr. Bellamy, foi *por isso* que o senhor me atacou? Acha que o inimigo sou *eu*? Acha que eu estou tentando roubar a sua piramidezinha? – Sato deu uma tragada no cigarro e soltou a fumaça pelas narinas. – Ouça bem. Ninguém entende melhor do que eu a importância de guardar segredos. Assim como o senhor, eu também acredito que existem determinadas informações que as massas não devem conhecer. Hoje à noite, porém, há forças em jogo que infelizmente acho que o senhor ainda não compreendeu. O homem que sequestrou Peter Solomon tem um poder enorme... do qual o senhor ainda não se deu conta. Pode acreditar em mim, ele é uma bomba-relógio ambulante, capaz de desencadear uma série de acontecimentos que mudarão profundamente o mundo tal como o senhor o conhece.

– Não estou entendendo. – Bellamy se remexeu no banco, seus braços algemados doendo.

– O senhor não *precisa* entender. Só precisa obedecer. Neste momento, minha única esperança de evitar um enorme desastre é cooperar com esse homem... e seguir as instruções dele tim-tim por tim-tim. O que significa que o senhor vai ligar para o Sr. Langdon e dizer a ele para se entregar, juntamente com a pirâmide e o cume. Quando Langdon estiver sob minha custódia, vai decifrar a inscrição da pirâmide, obter a informação que esse homem está exigindo e lhe dar exatamente o que ele quer.

A localização da escada em caracol que conduz aos Antigos Mistérios?

– Eu não posso fazer isso. Fiz voto de segredo.

Sato se enfureceu.

– Estou pouco me lixando para o *voto* que o senhor fez, e vou jogá-lo na cadeia tão depressa...

– Pode me ameaçar quanto quiser – disse Bellamy em tom desafiador. – Eu não vou ajudá-la.

Sato respirou fundo e sua voz se transformou num sussurro medonho.

– Sr. Bellamy, o senhor não faz a menor ideia do que está acontecendo esta noite, não é?

Um silêncio tenso pairou por vários segundos, sendo finalmente quebrado pelo toque do telefone de Sato. Ela mergulhou a mão no bolso para pegá-lo, ansiosa.

– Diga – atendeu, escutando a resposta com atenção. – Onde está o táxi agora? Quanto tempo? Certo, ótimo. Traga os dois para o Jardim Botânico. Entrada de serviço. E não se esqueça de pegar a maldita pirâmide e o cume.

Sato desligou e tornou a se virar para Bellamy com um sorriso presunçoso.

– Bom... parece que sua utilidade está se esgotando depressa.

CAPÍTULO **75**

Robert Langdon fitava o vazio com um olhar inexpressivo, cansado demais para insistir que o vagaroso taxista andasse mais rápido. Ao seu lado, Katherine também estava em silêncio, parecendo frustrada por eles não terem entendido o que tornava a pirâmide tão especial. Haviam repassado novamente os estranhos acontecimentos da noite, assim como tudo o que sabiam sobre a pirâmide e o cume. Mesmo assim, continuavam sem compreender como aquela pirâmide podia ser um mapa de onde quer que fosse.

Jeova Sanctus Unus? O segredo se esconde dentro da Ordem?

Seu misterioso contato lhes prometera respostas caso eles conseguissem encontrá-lo em um lugar específico. *Um refúgio em Roma, ao norte do Tibre.* Langdon sabia que a "nova Roma" dos pais fundadores tinha sido rebatizada de Washington no início de sua história, mas ainda restavam vestígios desse sonho original: as águas do Tibre ainda corriam para o Potomac; senadores se reuniam sob uma réplica do domo de São Pedro; e Vulcano e Minerva protegiam a chama havia muito extinta da Rotunda.

As respostas que Langdon e Katherine buscavam aparentemente os aguardavam a poucos quilômetros dali. *Rumo noroeste pela Massachusetts Avenue.* Seu destino era de fato um refúgio... ao norte do Tiber Creek, um antigo riacho que atualmente corria por debaixo de Washington. Langdon desejou que o motorista fosse mais ligeiro.

De repente, Katherine se sobressaltou como se atingida por uma súbita revelação.

– Ai, meu Deus, Robert! – Ela se virou para encará-lo e seu rosto ficou branco. Depois de hesitar alguns instantes, falou com veemência: – Nós estamos indo para o lugar errado!

– Não, está certo – retrucou Langdon. – Para noroeste pela Massachu...

– Não! Quero dizer que estamos indo para o *lugar* errado!

Langdon ficou confuso. Já revelara a Katherine o local descrito pelo misterioso homem do telefonema. *O lugar contém 10 pedras do monte Sinai, uma do próprio céu e outra com o semblante do pai obscuro de Luke.* Somente um lugar na Terra correspondia a essa descrição. E era exatamente para lá que o táxi estava indo.

– Katherine, eu tenho certeza de que a localização está correta.

– Não! – gritou ela. – Nós não precisamos mais ir para *lá*. Eu entendi a pirâmide e o cume! Sei o que isso tudo quer dizer!

Langdon estava pasmo.

– Você entendeu?

– Entendi! Nós temos que ir é para a Freedom Plaza!

Agora Langdon não estava entendendo mais nada. A Freedom Plaza, embora ficasse ali perto, parecia totalmente irrelevante.

– *Jeova Sanctus Unus!* – disse Katherine. – O Único Deus Verdadeiro dos hebreus, cujo símbolo sagrado é a estrela judaica, ou Selo de Salomão, muito importante para os maçons! – Ela fisgou uma nota de um dólar do bolso. – Me dê aqui sua caneta.

Perplexo, Langdon sacou uma caneta do paletó.

– Veja bem. – Ela estendeu a nota sobre a coxa e pegou a caneta dele, apontando para o Grande Selo no verso. – Se sobrepusermos o Selo de Salomão e o Grande Selo dos Estados Unidos... – Ela desenhou uma estrela judaica bem em cima da pirâmide. – Olhe só o que aparece!

Langdon baixou os olhos para a nota e tornou a olhar para Katherine como se ela estivesse louca.

– Robert, olhe com mais atenção! Não está vendo o que eu estou *apontando*?

Ele olhou novamente para o desenho.

Aonde ela está querendo chegar com isso? Langdon já vira aquela imagem antes. Ela era popular entre os partidários de teorias da conspiração, que viam ali uma "prova" de que os maçons tiveram uma influência secreta sobre a nação durante os seus primórdios. Quando a estrela de seis pontas era colocada exatamente sobre o Grande Selo dos Estados Unidos, o vértice superior dela se encaixava perfeitamente em cima do olho maçônico que tudo vê... e de modo um tanto sinistro os outros cinco vértices apontavam claramente para as letras *M-A-S-O-N*, formando a palavra "maçom" em inglês.

– Katherine, isso é só uma coincidência, e ainda não entendo como a Freedom Plaza entra nessa história.

– Olhe de novo! – disse ela, quase zangada àquela altura. – Você não está olhando para onde eu estou *apontando*! Bem aqui. Não está vendo?

No instante seguinte, Langdon viu.

O líder da equipe de campo da CIA, Turner Simkins, estava parado em frente ao Adams Building com o celular bem apertado junto à orelha, esforçando-se para ouvir a conversa no banco traseiro do táxi. *Alguma coisa acabou de acontecer.* Sua equipe estava prestes a embarcar no helicóptero modificado Sikorsky UH-60 para tomar a direção noroeste e bloquear a rua, mas agora a situação parecia ter mudado subitamente.

Segundos antes, Katherine Solomon tinha começado a insistir que eles estavam indo para o lugar errado. A explicação dela – algo relacionado à nota de um dólar e a estrelas judaicas – não fez sentido para o líder da equipe e tampouco, ao que parecia, para Robert Langdon. Pelo menos no início. O simbologista, no entanto, já parecia ter entendido o que ela queria dizer.

– Meu Deus, tem razão! – exclamou ele. – Eu não tinha visto isso!

De repente, Simkins ouviu alguém batendo na divisória do motorista, que se abriu.

– Mudança de planos – gritou Katherine para o motorista. – Leve-nos para a Freedom Plaza!

– Freedom Plaza? – disse o taxista, nervoso. – Não vamos mais para noroeste pela Massachusetts?

– Esqueça isso! – gritou Katherine. – Vamos para a Freedom Plaza! Dobre à esquerda aqui! Aqui! AQUI!

O agente Simkins ouviu o táxi fazer uma curva cantando pneu. Katherine estava novamente falando com Langdon, animada, dizendo alguma coisa sobre o famoso Grande Selo gravado em bronze no chão da praça.

– Senhora, só para confirmar – interveio a voz do taxista, tensa. – Estamos indo para a Freedom Plaza... na esquina da Pennsylvania com a 13?

– Isso! – disse Katherine. – Rápido!

– Fica bem perto. Dois minutos.

Simkins sorriu. *Muito bem, Omar*. Enquanto corria em direção ao helicóptero já ligado, ele gritou para a equipe:

– Pegamos eles! Freedom Plaza! Mexam-se!

CAPÍTULO **76**

A Freedom Plaza é um mapa.

Situada na esquina da Pennsylvania Avenue com a Rua 13, a ampla superfície de pedra da praça retrata as ruas de Washington como elas foram originalmente projetadas por Pierre L'Enfant. O local é um ponto turístico popular, não apenas por ser divertido caminhar sobre o gigantesco mapa, mas também porque Martin Luther King Jr., a quem o lugar devia o nome de "praça da liberdade", tinha escrito grande parte de seu discurso "Eu tenho um sonho" ali perto, no Hotel Willard.

Sendo taxista em Washington, Omar Amirana sempre levava turistas à Freedom Plaza, mas, naquela noite, era óbvio que seus dois passageiros não eram visitantes comuns. *A CIA está atrás deles?* Omar mal teve tempo de parar junto ao meio-fio antes de o casal saltar do carro.

– Não saia daqui! – disse o homem de paletó de tweed para Omar. – Nós voltamos já!

Omar viu os dois saírem correndo pela vastidão do imenso mapa, apontando e gritando enquanto examinavam a geometria de ruas entrecruzadas. Omar agarrou o celular que estava em cima do painel.

– Senhor, ainda está aí?

– Sim, Omar! – exclamou uma voz quase inaudível, tamanho o barulho do outro lado da linha. – Onde eles estão agora?

– Lá fora, em cima do mapa. Parece que estão procurando alguma coisa.

– Não os perca de vista – gritou o agente. – Estou quase chegando!

Omar ficou olhando os dois fugitivos encontrarem rapidamente o famoso Grande Selo da praça – um dos maiores medalhões de bronze jamais gravados. Passaram alguns instantes parados sobre ele e logo começaram a apontar para sudoeste. Então o homem de tweed voltou correndo para o táxi. Omar pôs depressa o celular sobre o painel enquanto o outro chegava ofegante.

– Para que lado fica Alexandria, na Virgínia? – perguntou ele.

– Alexandria? – Omar apontou para sudoeste, mesma direção que a dupla havia acabado de mostrar.

– Eu sabia! – sussurrou o homem, girando o corpo e gritando de volta para a mulher: – Você tem razão! É Alexandria!

A mulher então indicou uma placa iluminada do outro lado da praça: METRÔ.

– A linha azul vai direto para lá. A nossa estação é a de King Street!

Omar foi invadido por uma onda de pânico. *Ah, não.*

O homem tornou a se virar para Omar e lhe entregou uma quantidade de notas muito superior ao preço da corrida.

– Obrigado. Nós vamos descer aqui. – Ele jogou a bolsa de couro sobre o ombro e saiu correndo.

– Esperem! Eu posso levar vocês! Vou lá a toda hora!

Mas era tarde demais. Os dois já estavam atravessando a praça rapidamente. Então desapareceram escada abaixo, entrando na estação Metro Center.

Omar agarrou o celular.

– Senhor! Eles correram para dentro do metrô! Não consegui impedir! Vão pegar a linha azul para Alexandria!

– Não saia daí! – gritou o agente. – Estou chegando em 15 segundos!

Omar baixou os olhos para o maço de notas que o homem lhe entregara. A nota de cima parecia ser aquela em que eles estavam escrevendo. Tinha uma estrela judaica por cima do Grande Selo dos Estados Unidos. De fato, as pontas da estrela coincidiam com as letras da palavra *MASON*, "maçom".

Inesperadamente, Omar sentiu uma vibração ensurdecedora à sua volta, como se um trator estivesse prestes a colidir com seu táxi. Ergueu os olhos, mas a rua estava deserta. O barulho aumentou e de repente um lustroso helicóptero preto desceu do céu noturno, aterrissando com grande impacto no meio do mapa da praça.

Um grupo de homens vestidos de preto desembarcou. A maioria saiu correndo em direção à estação de metrô, mas um deles partiu direto para o táxi de Omar, abrindo a porta do carona com violência.

– Omar? É você?

O taxista aquiesceu, incapaz de falar.

– Eles disseram para onde estavam indo? – perguntou o agente.

– Para Alexandria! Estação de King Street – respondeu prontamente. – Eu me ofereci para levá-los, mas...

– Eles disseram *para onde* em Alexandria estavam indo?

– Não! Ficaram olhando o medalhão do Grande Selo na praça, depois per-guntaram sobre Alexandria e me pagaram com *isto aqui*. – Ele entregou ao agente a nota de um dólar com o bizarro diagrama desenhado. Enquanto o agen-te analisava a cédula, Omar de repente juntou as peças. *Os maçons! Alexandria!* Uma das mais famosas construções maçônicas dos Estados Unidos ficava em Alexandria. – É isso! – disparou ele. – O Monumento Maçônico a George Washington! Ele fica bem em frente à estação de King Street!

– É isso – disse o agente, que aparentemente havia chegado à mesma con-clusão, enquanto o resto da equipe saía correndo da estação.

– Eles escaparam! – berrou um dos homens. – O trem da linha azul acabou de sair! Eles não estão lá embaixo!

O agente Simkins verificou o relógio e tornou a se virar para Omar.

– Quanto tempo o metrô leva até Alexandria?

– Uns 10 minutos, pelo menos. Provavelmente mais.

– Omar, você fez um excelente trabalho. Obrigado.

– Não há de quê. Só queria saber por que toda essa perseguição.

Mas o agente Simkins já estava correndo de volta para o helicóptero, aos gritos.

– Estação de King Street! Vamos chegar lá antes deles!

Atônito, Omar ficou olhando o grande helicóptero preto levantar voo. O aparelho se inclinou abruptamente na direção sul, sobrevoou a Pennsylvania Avenue e, em seguida, partiu rugindo noite adentro.

Sob os pés do taxista, o trem do metrô ganhava velocidade ao se afastar da Freedom Plaza. Sentados a bordo, Robert Langdon e Katherine Solomon, ofe-gantes, não trocaram uma só palavra enquanto o trem os conduzia rumo ao seu destino.

CAPÍTULO 77

A lembrança sempre começava do mesmo jeito.

Ele estava caindo da ribanceira... despencando de costas em direção a um rio coberto de gelo. Acima dele, os impiedosos olhos cinzentos de Peter Solomon olhavam para baixo por sobre o cano da pistola. Enquanto Andros caía, o mundo lá em cima ia ficando menor, até que tudo desapareceu quando ele foi engolido pela bruma que se erguia da queda d'água rio acima.

Por um instante tudo ficou branco, como o paraíso.

Então ele se chocou com o gelo.

Frio. Escuridão. Dor.

Estava no meio de um turbilhão... sendo arrastado por uma força poderosa que o golpeava sem dó contra as pedras em meio a um vazio inimaginavelmente gélido. Seus pulmões ansiavam por ar, mas o frio fizera os músculos de seu peito se contraírem de forma tão violenta que ele sequer conseguia inspirar.

Estou debaixo do gelo.

Aparentemente, o gelo perto da cascata era fino por causa da turbulência da água e Andros o atravessara ao cair. Agora, estava sendo levado correnteza abaixo, encurralado sob um teto transparente. Arranhou a superfície inferior da parede de gelo para tentar se libertar, mas ela era lisa demais. A dor lancinante do buraco de bala em seu ombro estava evaporando, assim como a ardência provocada pelo chumbinho. Só restava o latejar insuportável de seu corpo ficando dormente.

A correnteza, cada vez mais veloz, projetava-o em disparada por uma curva no rio. Seu corpo clamava por oxigênio. De repente, se viu emaranhado em galhos, preso em uma árvore que caíra dentro d'água. *Pense!* Tateou freneticamente o galho para subir em direção à superfície e encontrou o ponto onde este havia penetrado o gelo. As pontas de seus dedos encontraram o diminuto espaço de água ao redor do galho e ele forçou as bordas, tentando aumentar o furo. Puxou uma vez, duas vezes, e a abertura começou a crescer, ganhando vários centímetros de largura.

Apoiando-se no galho, ele inclinou a cabeça para trás e pressionou a boca contra a pequena abertura. O ar de inverno que entrou em seus pulmões pareceu quente. A súbita dose de oxigênio aumentou suas esperanças. Ele plantou os pés no tronco da árvore e empurrou com força para cima, usando as costas e os ombros. O gelo em volta da árvore caída, perfurado por galhos e outros sedimentos, já estava enfraquecido e, quando ele forçou as pernas musculosas contra o tronco, sua cabeça e seus ombros conseguiram quebrá-lo, fazendo Andros irromper na noite invernal. Seus pulmões se encheram de ar. Com a maior parte do corpo ainda submersa, ele se contorceu desesperadamente, fazendo força com as pernas, puxando com os braços, até por fim conseguir sair da água e se deitar, ofegante, em cima do gelo liso.

Andros arrancou o gorro de esqui ensopado e o guardou no bolso, olhando rio acima em busca de Peter Solomon. A curva do rio atrapalhava sua visão. Seu peito recomeçou a arder. Sem fazer barulho, ele arrastou um pequeno galho e tapou o buraco no gelo. Quando o dia amanhecesse, a abertura já teria congelado novamente.

Enquanto Andros cambaleava para dentro do mato, começou a nevar. Ele não fazia ideia da distância que havia corrido quando emergiu do meio do bosque para o acostamento inclinado de uma pequena rodovia. Estava com hipotermia, e sua mente delirava. Havia começado a nevar mais forte e um solitário par de faróis surgiu ao longe. Andros acenou desesperado, e a caminhonete encostou na mesma hora. Tinha placa de Vermont. Um velho de camisa quadriculada vermelha saltou lá de dentro.

Andros cambaleou na sua direção, segurando o peito que sangrava.

– Um caçador... me deu um tiro! Preciso... de um hospital!

Sem hesitar, o velho ajudou Andros a se acomodar no banco do carona da caminhonete e aumentou a calefação.

– Onde fica o hospital mais próximo?

Andros nem desconfiava, mas apontou para o sul.

– Na próxima saída – improvisou. – *Nós não vamos para hospital nenhum.*

No dia seguinte, a polícia foi informada sobre o sumiço do velho de Vermont, mas ninguém sequer imaginava *em que parte* do trajeto ele poderia ter desaparecido em meio à ofuscante tempestade de neve. Tampouco relacionaram seu desaparecimento à outra notícia que dominou as manchetes do dia seguinte: o chocante assassinato de Isabel Solomon.

Quando Andros acordou, estava num quarto desenxabido de um hotel barato de beira de estrada que ficava fechado durante o inverno. Lembrava-se de tê-lo arrombado e de ter amarrado os ferimentos com lençóis rasgados. Depois afundara em uma cama frágil, debaixo de uma pilha de cobertores bolorentos, e simplesmente apagara. Agora estava faminto.

Foi mancando até o banheiro e viu a pilha de balas de chumbinho ensanguentadas dentro da pia. Recordava-se vagamente de tê-las extraído do peito. Erguendo os olhos para o espelho sujo, desfez com relutância as ataduras que lhe envolviam o corpo para avaliar os estragos. A musculatura sólida de seu peito e de seu abdômen havia impedido o chumbinho de penetrar fundo demais, mas, mesmo assim, seu corpo outrora perfeito estava arruinado pelos ferimentos. A única bala disparada por Peter Solomon aparentemente atravessara seu ombro de fora a fora, deixando uma cratera coberta de sangue.

Para piorar as coisas, Andros não havia conseguido obter o objeto que viera de tão longe para buscar. *A pirâmide.* Sua barriga roncava e ele saiu mancando do quarto até a caminhonete do velho, torcendo para encontrar alguma comida. O veículo já estava todo coberto de neve, e Andros se perguntou quanto tempo passara dormindo naquele velho hotel. *Graças a Deus eu acordei.* Não achou nada para comer na cabine, mas encontrou alguns analgésicos para artrite no porta-luvas. Tomou um punhado de comprimidos, engolindo-os com a ajuda de vários punhados de neve.

Preciso de comida.

Algumas horas mais tarde, a caminhonete que saiu de trás do velho hotel em nada se parecia com a que ali chegara dois dias antes. Não havia mais capota cobrindo a carroceria, nem calotas, nem adesivos no para-choque, nem qualquer outro enfeite. As placas de Vermont haviam desaparecido, substituídas pelas de uma velha caminhonete de manutenção que Andros encontrara estacionada junto ao depósito de lixo do hotel, onde se livrara dos lençóis ensanguentados, das balas de chumbinho e de outros vestígios de que algum dia estivera ali.

Andros não havia desistido da pirâmide, mas por enquanto ela teria de esperar. Ele precisava se esconder, se curar e, acima de tudo, *comer*. Encontrou uma lanchonete de beira de estrada onde se entupiu de ovos com bacon e batatas fritas e bebeu três copos de suco de laranja. Ao terminar, pediu mais comida para viagem. De volta à estrada, Andros ficou escutando o velho rádio da caminhonete. Não via televisão nem lia jornais desde a invasão da casa dos Solomon e, quando sintonizou uma estação de notícias local, a reportagem o deixou estupefato.

"Investigadores do FBI", anunciava o locutor, "continuam à procura do intruso responsável pelo assassinato de Isabel Solomon anteontem em sua casa às margens do Potomac. Acredita-se que o assassino tenha caído no rio e sido arrastado para o mar."

Andros gelou. *Assassinato de Isabel Solomon?* Mudo de espanto, seguiu dirigindo enquanto escutava o resto da reportagem.

Estava na hora de ir para longe, bem longe dali.

O apartamento de Upper West Side tinha uma vista estonteante para o Central Park. Andros o havia escolhido porque o mar de verde à sua janela o fazia pensar na vista perdida do Adriático. Embora soubesse que deveria ficar feliz por estar vivo, não era isso que sentia. O vazio jamais o abandonara por completo, e ele se descobriu obcecado pela tentativa fracassada de roubar a pirâmide de Peter Solomon.

Andros havia passado muitas horas pesquisando a lenda da Pirâmide Maçônica. Embora não houvesse um consenso em relação à sua existência, todos concordavam que ela prometia enorme conhecimento e poder. *A Pirâmide Maçônica é real*, disse Andros a si mesmo. *Minha informação privile-giada é irrefutável.*

O destino havia posto a pirâmide ao alcance de Andros, e ele sabia que igno-rar esse fato era como ter na mão um bilhete de loteria premiado e nunca ir buscar o prêmio. *Eu sou o único não maçom vivo a saber que a pirâmide é real... e a conhecer a identidade do homem que a protege.*

Meses se passaram e, embora seu corpo tivesse se curado, Andros não era mais o homem vaidoso que fora na Grécia. Havia parado de fazer musculação e também de se admirar nu no espelho. Tinha a sensação de que seu físico dava sinais de envelhecimento. Sua pele outrora perfeita era uma colcha de retalhos de cicatrizes, o que o deixava ainda mais deprimido. Continuava dependente dos analgésicos que começara a tomar quando fora ferido e sentia-se retomando aos poucos o mesmo estilo de vida que o fizera ir parar no presídio de Soganlik. Mas pouco se importava. *O corpo precisa do que o corpo precisa.*

Certa noite, ele estava no Greenwich Village comprando drogas quando reparou no longo relâmpago tatuado no antebraço do traficante. Andros se interessou pela tatuagem, e o homem lhe disse que ela cobria uma longa cica-triz que arranjara num acidente de carro.

– Ver a cicatriz todos os dias me fazia lembrar do acidente – disse o traficante –, então eu tatuei por cima um símbolo de poder pessoal. Daí recuperei o controle.

Naquela noite, sob o efeito das drogas que havia acabado de comprar, Andros entrou cambaleando em um estúdio de tatuagens e tirou a camisa.

– Quero esconder essas cicatrizes – anunciou. *Quero recuperar o controle.*

– Esconder? – O tatuador olhou para seu peito. – Com *o quê*?

– Com tatuagens.

– Sim... mas tatuagens de *quê*?

Andros deu de ombros, querendo apenas ocultar aqueles feios lembretes do passado.

– Não sei. Escolha *você*.

O tatuador fez que não com a cabeça e entregou a Andros um folheto sobre a antiga e sagrada tradição da tatuagem.

– Volte quando tiver decidido.

Andros descobriu que a Biblioteca Pública de Nova York tinha em sua coleção 53 livros sobre tatuagem; em poucas semanas, leu todos eles. Depois de reen-contrar a paixão pela leitura, começou a ir e vir entre a biblioteca e seu apartamento com mochilas cheias de livros que devorava admirando a vista do Central Park.

Os livros sobre tatuagem abriram a porta de um estranho mundo que Andros nem sabia que existia – um mundo de símbolos, misticismo, mitologia e magia. Quanto mais ele lia, mais percebia como tinha sido cego. Começou a preencher cadernos com ideias, esboços e sonhos bizarros. Quando não conseguiu mais encontrar o que queria na biblioteca, entrou em contato com negociantes de livros raros e passou a encomendar alguns dos textos mais esotéricos já escritos até então.

De Praestigiis Daemonum... Lemegeton... Ars Almadel... Grimorium Verum... Ars Notoria... e assim por diante. Andros leu tudo, ficando cada vez mais seguro de que o mundo ainda tinha muitos tesouros a lhe oferecer. *Existem segredos por aí que transcendem a compreensão humana.*

Foi então que descobriu os escritos de Aleister Crowley, místico visionário do início do século XX considerado pela Igreja "o homem mais malévolo de todos os tempos". *As grandes mentes são sempre temidas pelas mais medíocres.* Andros aprendeu sobre o poder do ritual e da feitiçaria. Aprendeu que as *palavras* sagradas, quando ditas da forma correta, funcionavam como chaves que abriam portais para outros mundos. *Por trás deste universo, existe outro universo de sombras... um mundo do qual eu posso extrair poder.* E, embora Andros ansiasse por esse poder, sabia que havia regras e tarefas a serem cumpridas antes.

Transformar-se em algo divino, escrevera Crowley. *Tornar-se sagrado.*

O antigo ritual da "sacralização" já havia sido uma prática comum. Desde os primeiros hebreus a queimar oferendas no templo, passando pelos maias que decapitavam seres humanos no topo da pirâmide de Chichén Itzá, até Jesus Cristo, que ofereceu o próprio corpo na cruz, os antigos compreendiam as exigências divinas do *sacrifício*. O sacrifício era o rito original que possibilitava aos seres humanos caírem nas graças dos deuses e se tornarem eles mesmos sagrados.

Sacrum – sagrado.

Fício – fazer.

Muito embora o ritual do sacrifício já tivesse sido abandonado havia muitas eras, seu poder perdurava. Diversos místicos modernos, incluindo Aleister Crowley, haviam praticado a Arte, aperfeiçoando-a com o tempo e transformando-se gradualmente em algo mais. Andros ansiava por ser como eles. Mas sabia que, para tanto, teria de atravessar uma ponte perigosa.

Só o sangue separa a luz da escuridão.

Certa noite, um corvo entrou voando pela janela do banheiro de Andros e ficou preso dentro do apartamento. Ele viu o pássaro voar agitado de um lado para outro e finalmente parar, aceitando sua incapacidade de fugir. Andros já aprendera o suficiente para reconhecer o sinal. *Estou sendo chamado a avançar.*

Agarrando o pássaro com uma das mãos, postou-se diante do altar improvisado em sua cozinha e ergueu uma faca afiada, recitando em voz alta o feitiço que sabia de cor.

– *Camiach, Eomiahe, Emial, Macbal, Emoii, Zazean... pelos mais sagrados nomes dos anjos no Livro de Assamaian, eu os conjuro a me auxiliar nesta operação em nome do poder do Único Deus Verdadeiro.*

Andros então baixou a faca e, com muito cuidado, perfurou a grande veia na asa direita do pássaro aterrorizado. O corvo começou a sangrar. Enquanto via o riacho de líquido vermelho escorrer para dentro do cálice de metal, Andros sentiu uma inesperada friagem no ar. Ainda assim, prosseguiu.

– *Poderosos Adonai, Arathron, Ashai, Elohim, Elohi, Elion, Asher Eheieh, Shaddai... venham em meu auxílio, para que este sangue tenha poder e eficácia em tudo aquilo que eu possa desejar e em tudo aquilo que eu venha a pedir.*

Naquela noite, ele sonhou com pássaros... com uma gigantesca fênix que emergia de uma fogueira resplandecente. No dia seguinte, acordou com uma energia que não sentia desde a infância. Foi se exercitar no parque e correu mais depressa e mais longe do que jamais poderia imaginar. Quando não conseguiu mais correr, começou a fazer flexões e abdominais. Repetiu os exercícios incontáveis vezes. Mesmo assim, ainda lhe restava energia.

À noite, tornou a sonhar com a fênix.

O outono voltara a cair sobre o Central Park e os animais silvestres corriam pelo gramado em busca de comida para o inverno. Andros detestava o frio, mas sua proximidade fazia com que as armadilhas cuidadosamente escondidas capturassem com facilidade ratos e esquilos. Ele os levava para casa dentro da mochila, executando rituais cada vez mais complexos.

Emanual, Massiach, Yod, He, Vaud... eu imploro, considerem-me digno.

Os rituais de sangue aumentavam sua vitalidade. Andros se sentia rejuvenescido. Continuava a passar dias e noites lendo – antigos textos místicos, poemas épicos medievais, os filósofos primitivos – e, quanto mais aprendia sobre a verdadeira natureza das coisas, mais percebia que não havia esperança para a humanidade. *Eles estão cegos... vagam sem rumo por um mundo que nunca irão compreender.*

Andros ainda era um homem, mas sentia que estava se transformando em outra coisa. Algo mais grandioso. *Sagrado.* Seu físico impressionante emergira mais vigoroso do que nunca do estado latente em que se encontrava. Ele final-

Meu corpo não passa de um receptáculo para o meu mais poderoso tesouro... minha mente.*
Andros sabia que ainda não havia alcançado todo o seu potencial, de modo que foi mais fundo em sua busca. *Qual é o meu destino?* Todos os textos antigos falavam sobre o bem e o mal... e sobre a necessidade que o homem tinha de escolher um dos dois. *Já fiz minha escolha muito tempo atrás,* sabia ele, embora não sentisse remorso. *O que é o mal senão uma lei da natureza?* A luz dava lugar à escuridão. A ordem dava lugar ao caos. Entropia era fundamental. Tudo se deteriorava. Cristais perfeitamente ordenados com o tempo se transformavam em partículas aleatórias de poeira.

Há aqueles que criam... e aqueles que destroem.

Foi só quando Andros leu *Paraíso Perdido,* de Milton, que viu seu destino se materializar à sua frente. Ele leu sobre o grande anjo caído... o demônio guerreiro que combateu a luz... o mais valente... o anjo chamado Moloch.

Moloch andou pela Terra como um deus. Andros descobriria mais tarde que o nome do anjo, na língua antiga, era Mal'akh.

E eu também andarei.

Assim como todas as grandes transformações, aquela deveria começar com um sacrifício, mas não de ratos ou pássaros. Não, aquela transformação exigia um sacrifício *de verdade.*

Só existe um sacrifício realmente digno.

De repente, ele entendeu tudo com absoluta clareza. Todo o seu destino havia se materializado. Passou três dias fazendo esboços em uma gigantesca folha de papel. Ao terminar, tinha criado um plano daquilo em que se transformaria. Pendurou na parede o desenho em tamanho real e o admirou como se olhasse para um espelho.

Eu sou uma obra-prima.

No dia seguinte, levou o desenho até o estúdio do tatuador.

Ele estava pronto.

CAPÍTULO **78**

O Monumento Maçônico a George Washington fica no alto da colina de Shuter's Hill em Alexandria, na Virgínia. Construída em três camadas distintas de crescente complexidade arquitetônica – dórica, jônica e coríntia –, a estrutura representa um símbolo físico da ascensão intelectual do homem. Inspirada no antigo Farol de Alexandria, no Egito, a alta torre é encimada por uma pirâmide egípcia arrematada com um ornamento em forma de chama.

O espetacular saguão de mármore abriga uma imensa estátua de George Washington vestido com trajes maçônicos completos, além da colher de pedreiro que usou para assentar a pedra angular do Capitólio. Acima do saguão, nove diferentes andares ostentam nomes como Grota, Sala da Cripta e Capela dos Templários. Entre os tesouros guardados nesses espaços há mais de 20 mil volumes de escritos maçônicos, uma estonteante réplica da Arca da Aliança e até mesmo uma maquete da sala do trono do Templo do Rei Salomão.

O agente Simkins da CIA conferiu o relógio enquanto o helicóptero modificado UH-60 sobrevoava o Potomac em baixa altitude. *Seis minutos para o metrô chegar.* Ele suspirou, olhando pela janela para o reluzente Monumento Maçônico no horizonte. Tinha de admitir que aquela torre de brilho intenso era tão impressionante quanto qualquer outro prédio do National Mall. Simkins nunca tinha entrado ali, nem pretendia entrar naquela noite. Se tudo corresse como o planejado, Robert Langdon e Katherine Solomon nem chegariam a sair da estação de metrô.

– Ali! – gritou Simkins para o piloto, apontando para a estação de King Street, em frente ao monumento.

O piloto inclinou o helicóptero e aterrissou em uma ampla área gramada ao pé da Shuter's Hill.

Pedestres surpresos ergueram os olhos quando Simkins e sua equipe saltaram do helicóptero, atravessaram a rua e entraram correndo na estação. Na escadaria, vários passageiros que vinham no sentido contrário abriram caminho, colando-se às paredes enquanto a falange de homens armados vestidos de preto passava por eles com alarde.

A estação de King Street era maior do que Simkins imaginava e, aparentemente, várias linhas passavam por ali – a azul, a amarela e a da Amtrak. Ele correu até o mapa do metrô afixado à parede, encontrou a Freedom Plaza e a linha que conduzia direto àquela estação.

– Linha azul, plataforma sentido sul! – gritou Simkins. – Desçam até lá e evacuem todo mundo! – Sua equipe saiu correndo.

Simkins caminhou apressado até o guichê, mostrou sua identificação e berrou para a mulher lá dentro:

– A que horas chega o próximo trem da estação Metro Center?

A mulher fez cara de assustada.

– Não sei bem. A linha azul chega de 11 em 11 minutos.

– Há quanto tempo passou o último trem?

– Cinco... seis minutos, talvez. Não mais do que isso.

Turner fez as contas. *Perfeito*. O trem seguinte só podia ser o de Langdon.

Dentro de um vagão de metrô em alta velocidade, Katherine Solomon se remexia no banco de plástico duro. As fortes luzes fluorescentes do teto irritavam seus olhos, e ela lutou contra o impulso de deixar as pálpebras se fecharem, mesmo que apenas por um segundo. Sentado ao seu lado no vagão vazio, Langdon encarava com um olhar inexpressivo a bolsa de couro aos seus pés. Suas pálpebras também pareciam pesadas, como se o balanço ritmado do trem em movimento o estivesse ninando até uma espécie de transe.

Katherine pensou nos estranhos objetos dentro da bolsa de Langdon. *Por que a CIA quer esta pirâmide?* Bellamy tinha dito que Sato talvez estivesse atrás dela porque conhecia seu verdadeiro potencial. Contudo, mesmo que aquele artefato de alguma forma *revelasse* o esconderijo de antigos segredos, Katherine achava difícil acreditar que sua promessa de um saber místico ancestral pudesse interessar à CIA.

Por outro lado, ela lembrou a si mesma que a CIA fora muitas vezes surpreendida coordenando programas parapsicológicos ou psíquicos que beiravam a magia e o misticismo. Em 1995, o escândalo conhecido como "Stargate/Scannate" havia revelado uma tecnologia confidencial da CIA chamada visualização remota – uma espécie de viagem mental telepática que possibilitava a um "visualizador" transportar a mente para qualquer local da Terra de modo a espioná-lo sem estar fisicamente presente. É claro que essa tecnologia não era novidade. Os místicos a chamavam de projeção astral e os iogues, de experiência extracorpórea. Infelizmente, os horrorizados contribuintes norte-americanos chamavam de *absurdo*, de modo que o programa havia sido abortado. Pelo menos na esfera pública.

Ironicamente, Katherine via conexões notáveis entre os programas fracassados da CIA e suas próprias descobertas no campo da ciência noética.

Estava ansiosa para entrar em contato com a polícia e saber se haviam descoberto alguma coisa em Kalorama Heights, mas tanto ela quanto Langdon estavam sem telefone e, de toda forma, contatar as autoridades àquela altura seria provavelmente um erro. Era impossível saber a extensão da influência de Sato.

Paciência, Katherine. Dali a poucos minutos, eles estariam escondidos em um lugar seguro e encontrariam o homem que lhes prometera respostas. O que quer que ele dissesse, Katherine esperava que pudesse ajudá-la a salvar seu irmão.

– Robert? – sussurrou, erguendo os olhos para o mapa do metrô. – Nós vamos descer na próxima estação.

Langdon emergiu lentamente de seu devaneio.

– Certo, obrigado. – Enquanto o trem sacolejava, ele recolheu a bolsa de viagem e olhou para Katherine, inseguro. – Só espero que nossa chegada seja tranquila.

Quando Turner Simkins correu para se juntar a seus homens, a plataforma havia sido totalmente liberada e sua equipe estava se espalhando para assumir posições atrás das colunas de sustentação. Um ribombar distante ecoou dentro do túnel na outra ponta da estação e, conforme seu volume foi aumentando, Simkins sentiu a pressão de um ar quente e viciado se agitar à sua volta.

Sem saída, Sr. Langdon.

Simkins se virou para os dois agentes que estavam com ele na plataforma.

– Saquem as identificações e as armas. Esses trens são automatizados, mas há sempre um condutor que abre as portas. É ele que vocês precisam encontrar.

Então o farol dianteiro do trem surgiu dentro do túnel e o ruído estridente dos freios cortou o ar. Enquanto o trem entrava na estação e começava a desacelerar, Simkins e os dois agentes inclinaram o corpo por sobre os trilhos, brandindo os distintivos da CIA e tentando fazer contato visual com o condutor antes que ele abrisse as portas.

O trem se aproximava depressa. No terceiro vagão, Simkins finalmente viu o rosto atônito do condutor, que parecia estar tentando entender por que três homens de preto acenavam para ele com distintivos. Simkins correu em direção ao trem, já quase totalmente parado àquela altura.

– CIA! – gritou ele erguendo a identificação. – NÃO abra as portas! – À medida que o trem passava devagar, Simkins foi se aproximando do vagão do condutor, berrando repetidas vezes. – Não abra as portas! Entendeu? NÃO abra as portas!

O trem parou enquanto o condutor de olhos arregalados fazia que sim com a cabeça.

– Qual é o problema? – perguntou o homem pela janela lateral.

– Não deixe este trem sair do lugar – disse Simkins. – E não abra as portas.

– Tudo bem.

– Pode nos deixar entrar no primeiro vagão?

O condutor assentiu, parecendo assustado. Depois, desceu do trem, fechou a porta e acompanhou Simkins e seus homens até o primeiro vagão, abrindo a porta manualmente.

– Tranque depois que nós passarmos – falou Simkins, sacando a arma e entrando rapidamente com seus homens.

O primeiro vagão continha apenas quatro passageiros – três rapazes adolescentes e uma senhora de idade – e todos pareceram compreensivelmente surpresos ao verem três homens armados. Simkins ergueu o distintivo.

– Está tudo bem. Só continuem sentados.

Simkins e os outros começaram a busca, vasculhando vagão por vagão rumo ao final do trem – "apertando a pasta de dente", como se dizia na CIA. Havia poucos passageiros naquele trem e, depois de cruzarem metade do caminho, os agentes ainda não tinham visto ninguém remotamente parecido com a descrição de Robert Langdon e Katherine Solomon. Ainda assim, Simkins continuava confiante. Não havia esconderijo possível dentro de uma composição do metrô. Nada de banheiros, vagões de carga ou saídas alternativas. Ainda que os alvos os tivessem visto subir no trem e houvessem fugido para a outra ponta, não havia como sair. Forçar uma das portas era quase impossível e, de toda forma, Simkins tinha homens vigiando a plataforma de ambos os lados.

Paciência.

Entretanto, quando chegou ao penúltimo vagão, Simkins já estava ansioso. Havia apenas um passageiro ali, um chinês. Simkins e seus agentes seguiram adiante, procurando algum lugar onde uma pessoa pudesse se esconder. Não existia nenhum.

– Último vagão – disse Simkins, empunhando a arma enquanto os três avançavam em direção ao limiar do único compartimento que restava. Ao entrarem no último carro, todos os três estacaram na mesma hora, vidrados.

Mas que...? Simkins correu até o final do vagão deserto, procurando atrás de todos os bancos. Virou-se para seus homens com o sangue fervendo nas veias.

– Onde é que eles foram parar, cacete?

CAPÍTULO **79**

Treze quilômetros ao norte de Alexandria, Robert Langdon e Katherine atravessavam calmamente uma vasta extensão de grama coberta de gelo.

– Você deveria ser atriz – comentou Langdon, ainda impressionado com o raciocínio rápido e a capacidade de improvisação de Katherine.

– Você também não se saiu nada mal. – Ela abriu um sorriso.

No início, Langdon não entendeu o súbito ataque de Katherine no táxi. Sem aviso nenhum, ela de repente tinha exigido que fossem até a Freedom Plaza com base em algum tipo de revelação sobre uma estrela judaica e o Grande Selo dos Estados Unidos. Desenhou numa nota de um dólar um símbolo frequentemente usado por defensores de teorias da conspiração e depois insistiu que Langdon olhasse com atenção para onde ela estava *apontando*.

Langdon por fim percebeu que Katherine estava apontando *não* para a nota de um dólar, mas para uma diminuta luzinha na traseira do banco do motorista. A lâmpada estava tão coberta de sujeira que ele sequer a notara. No entanto, ao se inclinar para a frente, pôde ver que ela estava acesa e emitia um tênue brilho vermelho. Viu também as duas palavras apagadas escritas logo abaixo da luz.

INTERFONE LIGADO

Alarmado, Langdon virou para Katherine e viu o desespero em seus olhos ao indicar o banco da frente. Ele espiou discretamente através da divisória: o celular do taxista estava em cima do painel, aberto, iluminado e virado para o alto-falante do interfone. Um segundo depois, Langdon entendeu o estranho comportamento de Katherine.

Eles sabem que nós estamos neste táxi... e estão nos escutando.

Langdon não fazia ideia de quanto tempo tinham antes de o táxi ser detido e cercado, mas sabia que precisavam agir depressa. Na mesma hora, entrou no jogo dela, percebendo que o motivo de Katherine querer ir até a Freedom Plaza não tinha nada a ver com a pirâmide, mas sim com o fato de lá haver uma grande estação do metrô, a estação de Metro Center, na qual eles podiam pegar as linhas vermelha, azul ou laranja em seis direções diferentes.

Os dois saltaram do táxi na Freedom Plaza e Langdon assumiu o comando da encenação, fazendo seu próprio improviso e deixando um rastro que conduziria ao Monumento Maçônico em Alexandria. Então ele e Katherine entraram correndo na estação de metrô, passando batidos pela plataforma da linha azul e seguindo até a linha vermelha, onde pegaram um trem na direção oposta.

Depois de seguir para o norte por seis paradas até Tenleytown, os dois emergiram sozinhos em um bairro tranquilo e elegante. Seu destino, a mais alta construção em um raio de muitos quilômetros, tornou-se imediatamente visível no horizonte, logo depois da Massachusetts Avenue e no meio de um amplo e bem cuidado gramado.

Agora "fora do radar", como dizia Katherine, os dois atravessavam a grama úmida. À sua direita havia um jardim em estilo medieval famoso por suas roseiras antigas e por seu mirante chamado Shadow House. Passaram por ele e tomaram o rumo da magnífica construção à qual haviam sido convocados. *Um refúgio contendo 10 pedras do monte Sinai, uma do próprio céu e outra com o semblante do pai obscuro de Luke.*

– Nunca vim aqui à noite – comentou Katherine, erguendo os olhos para as torres acesas. – É espetacular.

Langdon, que havia esquecido como aquele lugar era impressionante, concordou. A obra-prima neogótica ficava na extremidade norte da Embassy Row. Fazia muitos anos que ele não ia ali, desde que escrevera um artigo para uma revista infantil na esperança de estimular os jovens leitores a visitar aquele incrível local histórico. O artigo, intitulado "Moisés, pedras lunares e *Guerra nas Estrelas*", acabou servindo de incentivo ao turismo na região.

A Catedral Nacional de Washington, pensou Langdon, sentindo uma ansiedade inesperada por estar de volta depois de tantos anos. *Que lugar melhor para perguntar sobre o Único Deus Verdadeiro?*

– Esta catedral tem *mesmo* 10 pedras do monte Sinai? – perguntou Katherine, olhando para as duas torres do campanário.

Langdon fez que sim com a cabeça.

– Perto do altar-mor. Elas simbolizam os 10 Mandamentos entregues a Moisés no monte Sinai.

– E tem também uma pedra lunar?

Uma pedra do próprio céu.

– Sim. Um dos vitrais se chama Janela Espacial e tem um fragmento de pedra lunar incrustado.

– Tudo bem, mas você não pode estar falando sério em relação à última coisa. – Katherine o encarou, seus belos olhos transbordando ceticismo. – Uma escultura de... Darth Vader?

Langdon deu uma risadinha.

– O pai obscuro de Luke Skywalker? Isso mesmo. Vader é uma das gárgulas mais populares da Catedral Nacional. – Ele apontou bem para o alto das torres a oeste. – À noite é difícil de ver, mas ele está lá.

– E o que Darth Vader está fazendo na Catedral Nacional de Washington?

– Houve um concurso em que as crianças deviam esculpir uma gárgula que retratasse o rosto do mal. Darth venceu.

Eles chegaram à grandiosa escadaria do acesso principal, recuada sob uma arcada de quase 25 metros e encimada por uma estonteante rosácea. Quando começaram a subir, Langdon pensou no misterioso desconhecido que lhes telefonara. *Sem nomes, por favor... Me diga, o senhor conseguiu proteger o mapa que lhe foi confiado?* O ombro de Langdon doía de tanto carregar a pesada pirâmide de pedra, e ele estava ansioso para colocá-la em algum lugar seguro. *Abrigo e respostas.* Ao se aproximarem do alto da escada, deram de cara com um imponente par de portas de madeira.

– É só bater? – indagou Katherine.

Langdon vinha se perguntando a mesma coisa, mas, antes que pudesse responder, uma das portas se abriu com um rangido.

– Quem é? – perguntou uma voz frágil. O rosto de um velho encarquilhado surgiu no batente. Ele vestia roupas de padre e tinha um olhar vazio. Suas órbitas eram opacas e brancas, enevoadas pela catarata.

– Meu nome é Robert Langdon – respondeu ele. – Katherine Solomon e eu estamos em busca de abrigo.

O cego suspirou de alívio.

– Graças a Deus. Eu estava esperando vocês.

CAPÍTULO 80

Warren Bellamy sentiu um lampejo repentino de esperança.

Na Selva, a diretora Sato havia acabado de receber o telefonema de um agente de campo e começado na mesma hora a lhe dar uma bronca.

– *Acho bom* você encontrar os dois. Agora! – gritou ela para dentro do aparelho. – Nosso tempo está se esgotando! – Depois disso desligou e começou a andar de um lado para outro, como se estivesse tentando decidir o que fazer em seguida.

Por fim, parou bem na frente de Bellamy e se virou.

– Sr. Bellamy, vou perguntar uma vez e uma só. – Ela o fitou bem dentro dos olhos. – O senhor tem alguma ideia de onde Robert Langdon pode estar agora? Sim ou não?

Ele tinha mais do que uma boa ideia, mas sacudiu a cabeça.

– Não.

O olhar penetrante de Sato não havia se desgrudado do seu.

– Infelizmente, faz parte do meu trabalho saber quando as pessoas estão mentindo.

Bellamy desviou os olhos.

– Sinto muito, não posso ajudá-la.

– Arquiteto Bellamy – disse Sato –, hoje à noite, logo depois das sete horas, o senhor estava jantando em um restaurante fora da cidade quando recebeu o telefonema de um homem que lhe disse ter sequestrado Peter Solomon.

No mesmo instante, Bellamy teve um calafrio e voltou a encará-la nos olhos. *Como a senhora pode saber disso?*

– Esse homem – continuou Sato – disse que tinha mandado Robert Langdon para o Capitólio e lhe confiado uma tarefa que exigia a *sua* ajuda. Ele avisou que, se Langdon fracassasse, seu amigo Peter Solomon iria morrer. Em pânico, o senhor ligou para todos os telefones de Peter, mas não conseguiu falar com ele. Compreensivelmente, foi correndo para o Capitólio.

Bellamy não conseguia imaginar como Sato sabia sobre o telefonema.

– Quando o senhor estava fugindo de lá – prosseguiu Sato por trás da ponta acesa do cigarro –, enviou um torpedo para o sequestrador dizendo que o senhor e Langdon estavam com a Pirâmide Maçônica.

Onde ela conseguiu essas informações?, perguntou-se Bellamy. *Nem mesmo Langdon sabe que mandei essa mensagem.* Logo depois de entrar no túnel que conduzia à Biblioteca do Congresso, Bellamy tinha ido até a sala de máquinas para acender as luzes do trecho em obras. Nesse instante de privacidade, decidira enviar um torpedo ao sequestrador, contando-lhe sobre a entrada de Sato em cena, mas garantindo que ele e Langdon tinham conseguido pegar a Pirâmide Maçônica e atenderiam às suas exigências. Era mentira, claro, mas Bellamy esperava que isso pudesse fazê-los ganhar tempo, tanto para Peter Solomon quanto para esconder a pirâmide.

– Quem disse à senhora que eu mandei um torpedo? – quis saber Bellamy.

Sato jogou o celular dele sobre o banco ao seu lado.

– Não é preciso ser nenhum gênio.

Bellamy então se lembrou que seu telefone e suas chaves haviam sido confiscados pelos agentes na hora de sua captura.

– Quanto ao resto das minhas informações privilegiadas – disse Sato –, a Lei Patriótica me dá o direito de grampear o telefone de qualquer pessoa que eu considere uma possível ameaça à segurança nacional. E julgo que Peter Solomon representa uma ameaça desse tipo, por isso ontem à noite comecei a agir.

Bellamy mal conseguia acreditar no que ela estava dizendo.

– A senhora grampeou o telefone de Peter Solomon?

– Grampeei. Foi assim que descobri que o sequestrador telefonou para o senhor. Logo depois, o senhor ligou bastante nervoso para o celular de Peter e deixou um recado falando da chamada que havia recebido e querendo saber se estava tudo bem com ele.

Bellamy percebeu que ela estava certa.

– Nós também interceptamos uma ligação de Robert Langdon, do Capitólio. Ele estava muito perturbado, pois acabara de descobrir que havia sido enganado para ir até lá. Na mesma hora, me encaminhei para o Capitólio e cheguei antes do senhor porque estava mais perto. Quanto a saber que deveria haver algum objeto valioso na bolsa de Langdon... Bom, quando percebi que ele estava envolvido nisso tudo, mandei minha equipe reavaliar uma ligação aparentemente inócua entre a pessoa que se fazia passar por assistente de Peter Solomon e Langdon. Nesse telefonema, dado hoje de manhã, o sequestrador convence o professor a vir dar uma palestra aqui e também a trazer um pequeno embrulho que Peter lhe confiara tempos atrás. Quando Langdon não abriu o jogo comigo em relação ao pacote que estava carregando, pedi o raio X da bolsa.

Bellamy mal conseguia raciocinar. Tudo o que Sato dizia era factível, mas alguma coisa não estava fazendo sentido.

– Mas... como é que a senhora pode achar que Peter Solomon é uma ameaça à segurança nacional?

– Pode acreditar, Peter Solomon *é* uma séria ameaça à segurança nacional – disparou ela. – E, para ser franca, Sr. Bellamy, *o senhor* também.

Bellamy se empertigou no banco, fazendo as algemas lhe esfolarem os pulsos.

– Como é que é?

Ela forçou um sorriso.

– Vocês, maçons, estão metidos em um jogo arriscado. E guardam um segredo muito, *muito* perigoso.

Será que ela está se referindo aos Antigos Mistérios?

– Felizmente, sempre souberam guardar muito bem seus segredos. Mas, nos últimos tempos, foram um pouco negligentes. E, hoje à noite, seu segredo mais perigoso está prestes a ser revelado ao mundo. E, a menos que nós consigamos impedir que isso aconteça, eu lhe garanto que os resultados serão catastróficos.

Bellamy a encarava, espantado.

– Se o senhor não tivesse me atacado – disse Sato –, teria percebido que estamos jogando no mesmo time.

No mesmo time. As palavras despertaram em Bellamy uma ideia que parecia quase inconcebível. *Será que Sato é membro da Estrela do Oriente?* A Ordem da Estrela do Oriente – muitas vezes considerada uma organização irmã da Francomaçonaria – acreditava em uma filosofia mística similar de benevolência, saber secreto e tolerância espiritual. *No mesmo time? Eu estou algemado! Ela grampeou o telefone de Peter!*

– O senhor vai me ajudar a deter esse homem – disse Sato. – Ele tem o potencial de causar um cataclismo do qual este país talvez não se recupere. – Seu rosto parecia feito de pedra.

– Então por que vocês não vão atrás *dele*?

Sato aparentou incredulidade.

– O senhor acha que eu não estou *tentando*? Nós rastreamos o celular de Solomon, mas o sinal caiu antes de conseguirmos identificar a localização do aparelho. O outro telefone que esse homem está usando parece ser um modelo descartável, quase impossível de rastrear. A empresa do jatinho particular nos disse que o voo de Langdon foi agendado pelo assistente de Solomon, a partir do celular de Solomon, com o cartão de crédito de Solomon. Não há rastro nenhum. Mas isso de qualquer forma não tem importância. Mesmo que soubéssemos exatamente onde ele está, não poderíamos nos arriscar a fazer nenhum movimento para pegá-lo.

– Por quê?

– Prefiro não revelar o motivo, pois essa informação é confidencial – disse Sato, cuja paciência estava claramente se esgotando. – Vou ter que lhe pedir para confiar em mim.

– Bom, mas eu não confio!

Os olhos de Sato pareciam gelo. Ela se virou de repente e gritou para o outro lado da Selva:

– Agente Hartmann! A pasta, por favor.

Bellamy ouviu o silvo da porta eletrônica, e um agente entrou na Selva a passos largos. Carregava uma pasta de titânio lustrosa, que depositou no chão ao lado da diretora do ES.

– Deixe-nos a sós – disse Sato.

Quando o agente se foi, a porta tornou a apitar, e então tudo ficou em silêncio.

Sato apanhou a pasta de metal, colocou-a no colo e abriu os fechos com um estalo. Em seguida, ergueu os olhos lentamente para Bellamy.

– Eu não queria fazer isso, mas nosso tempo está se esgotando e o senhor não me deixou alternativa.

Bellamy olhou para a estranha pasta e sentiu uma onda de medo. *Será que ela vai me torturar?* Tornou a dar um puxão nas algemas.

– O que há dentro dessa pasta?

Sato deu um sorriso sinistro.

– Algo que vai convencê-lo a ver as coisas do meu jeito. Eu lhe garanto.

CAPÍTULO **81**

O espaço subterrâneo no qual Mal'akh praticava a Arte era engenhosamente escondido. À primeira vista, o porão de sua casa parecia bastante normal, com boiler, caixa de fusíveis, pilha de lenha e uma barafunda de objetos guardados. Mas tudo isso ocupava apenas uma parte do subterrâneo. Uma área considerável havia sido isolada para suas práticas clandestinas.

O espaço de trabalho particular de Mal'akh era uma sequência de pequenos cômodos, cada qual com uma função específica. A única entrada era uma rampa íngreme cujo acesso se dava por uma passagem secreta na sala de estar, o que tornava praticamente impossível a alguém descobrir aquele lugar.

Naquela noite, enquanto Mal'akh descia a rampa, os sigilos e sinais tatuados em sua carne pareciam ganhar vida sob o brilho celeste da iluminação do porão. Antes de adentrar a névoa azulada, ele passou por várias portas fechadas e encaminhou-se diretamente para o maior dos cômodos, no final do corredor.

O "sanctum sanctorum", como Mal'akh gostava de chamá-lo, era um quadrado perfeito de 12 pés de lado, pouco mais de 3,5 metros. *Doze são os signos do zodíaco. Doze são as horas do dia. Doze são os portões do paraíso.* No centro do cômodo havia uma mesa de pedra na forma de um quadrado de sete por sete. *Sete são os selos do Apocalipse. Sete são os degraus do Templo.* Pendendo sobre o centro da mesa, uma fonte de iluminação cuidadosamente regulada percorria ciclicamente um espectro de cores preordenadas, completando o ciclo a cada seis horas de acordo com a sagrada Tabela Planetária das Horas. *A hora de Yanor é azul. A hora de Nasnia é vermelha. A hora de Salam é branca.*

Agora era a hora de Caerra, o que significava que a luz na sala havia sido modulada para um suave tom de roxo. Vestindo apenas um pano enrolado em volta das nádegas e do sexo castrado, Mal'akh começou seus preparativos.

Combinou com cuidado os produtos químicos de sufumigação que queimaria mais tarde para santificar o ar. Então dobrou o roupão de seda novo que usaria depois no lugar do pano. Por fim, purificou um frasco de água para ungir sua oferenda. Quando terminou, pôs todos esses ingredientes sobre uma bancada lateral.

Então foi até uma prateleira e pegou uma caixa de marfim, levando-a até a bancada e juntando-a aos outros elementos. Não pôde resistir à tentação de abrir a tampa e admirar o tesouro, embora ainda não estivesse pronto para usá-lo.

A faca.

Dentro da caixa de marfim, aninhada sobre uma almofada de veludo preto, brilhava a faca sacrificial que Mal'akh vinha guardando para aquela noite. Ele a comprara no ano anterior por 1,6 milhão de dólares no mercado negro de antiguidades do Oriente Médio.

A faca mais famosa da história.

Inacreditavemente antiga e supostamente perdida, aquela preciosa lâmina era feita de ferro e presa a um cabo de osso. Ao longo dos anos, havia pertencido a incontáveis indivíduos poderosos. Contudo, durante as últimas décadas, estivera desaparecida, provavelmente esquecida em uma coleção particular secreta. Mal'akh tivera enorme dificuldade para encontrá-la. Desconfiava que aquela faca não derramava sangue havia décadas... talvez até séculos. Naquela noite, no entanto, a lâmina provaria novamente o gosto do poder do sacrifício para o qual havia sido afiada.

Mal'akh tirou a faca do compartimento acolchoado e, em atitude de reverência, poliu a superfície com um pano de seda embebido em água purificada. Suas habilidades haviam progredido muito desde os primeiros experimentos rudimentares em Nova York. A Arte obscura praticada por Mal'akh já fora conhecida por muitos nomes em muitas línguas, mas, independentemente de como fosse chamada, era uma ciência precisa. Aquele saber primitivo outrora detinha a chave dos portais do poder, mas fora banido havia tempos, relegado às sombras do ocultismo e da magia. Os poucos que ainda praticavam aquela Arte eram considerados loucos, mas Mal'akh sabia que isso não era verdade. *Este não é um trabalho para ineptos.* A antiga Arte obscura, da mesma forma que a ciência moderna, era uma disciplina que envolvia fórmulas precisas, ingredientes específicos e uma sincronização meticulosa.

Aquela Arte não era a magia negra inofensiva de hoje em dia, muitas vezes praticada sem convicção por almas curiosas. Assim como a física nuclear, ela possuía o potencial de liberar um enorme poder. Os perigos eram enormes. *O praticante não habilitado corre o risco de ser atingido por uma corrente de refluxo e destruído.*

Mal'akh terminou de admirar a lâmina sagrada e voltou sua atenção para uma única tira de velino grosso estendida sobre a mesa à sua frente. Ele mesmo o fabricara utilizando a pele de um cordeiro. Como mandava o protocolo, o animal era puro e ainda não havia alcançado a maturidade sexual. Ao lado do velino, uma caneta que fizera usando uma pena de corvo, uma salva de prata e três velas dispostas em torno de uma tigela de bronze maciço. A tigela continha dois dedos de um líquido espesso e rubro.

Era o sangue de Peter Solomon.

O sangue é a tintura da eternidade.

Mal'akh pôs a mão esquerda sobre o velino e, mergulhando a pena no sangue, desenhou com cuidado o contorno da mão espalmada. Ao terminar, acrescentou os cinco símbolos dos Antigos Mistérios, um na ponta de cada dedo desenhado.

A coroa... para simbolizar o rei em que irei me transformar.

A estrela... para simbolizar o céu que ordenou meu destino.

O sol... para simbolizar a iluminação da minha alma.

A lamparina... para simbolizar a luz tênue da compreensão humana.

E a chave... para simbolizar a peça que falta, aquela que hoje à noite finalmente será minha.

Mal'akh completou o traçado de sangue e admirou seu trabalho à luz das três velas. Esperou o sangue secar, então dobrou a pele grossa de cordeiro três vezes. Enquanto entoava um antigo e etéreo sortilégio, encostou o velino à terceira vela, fazendo-o pegar fogo. Colocou a pele em chamas sobre a salva de prata e deixou-a queimar. Enquanto se consumia, o tecido animal se decompunha, ficando carbonizado. Quando a chama se apagou, Mal'akh transferiu as cinzas com cuidado para a tigela de bronze cheia de sangue. Então mexeu a mistura com a pena de corvo.

O líquido adquiriu um tom mais fechado de vermelho, quase preto.

Segurando a tigela com as duas mãos, Mal'akh a ergueu acima da cabeça e agradeceu, entoando o antigo *eukharistos* de sangue. Então, despejou cuidadosamente a mistura enegrecida dentro de um frasco de vidro e o fechou com uma rolha. Aquela seria a tinta que usaria para adornar a pele não tatuada do topo da cabeça e completar sua obra-prima.

CAPÍTULO **82**

A Catedral Nacional de Washington é a sexta maior do mundo e se eleva mais alto do que um arranha-céu de 30 andares. Enfeitada com mais de 200 vitrais, um carrilhão de 53 sinos e um órgão de 10.647 foles, essa obra-prima da arquitetura gótica tem capacidade para acomodar mais de 3 mil fiéis.

Naquela noite, porém, a imensa catedral estava deserta.

O reverendo Colin Galloway – decano da catedral – dava a impressão de estar vivo desde sempre. Curvo e mirrado, usava uma batina preta simples e avançava às cegas, com passos arrastados, sem dizer palavra. Langdon e Katherine o seguiam, igualmente em silêncio, em meio à escuridão dos 120 metros do corredor central da nave, que fazia uma levíssima curva para a esquerda de modo a criar uma suave ilusão de ótica. Quando chegaram à Grande Divisória, o decano os conduziu até o outro lado do arco cruzeiro – separação simbólica entre a área pública da igreja e o altar mais adiante.

Um cheiro de olíbano pairava no ar do presbitério. O espaço sagrado estava escuro, iluminado apenas por reflexos indiretos nos arcos do teto decorados com folhas. Bandeiras dos 50 estados americanos pendiam acima do coro, enfeitado com uma elaborada série de retábulos retratando cenas da Bíblia. O decano Galloway continuou andando; aparentemente, conhecia o trajeto de cor. Por um instante, Langdon pensou que estivessem indo em direção ao altar-mor, onde estavam encravadas as 10 pedras do monte Sinai, mas o velho decano finalmente virou à esquerda e atravessou tateando uma porta discretamente oculta que conduzia a um anexo administrativo.

Eles percorreram um corredor curto até a porta de um escritório que exibia uma placa de latão:

REVERENDO DR. COLIN GALLOWAY
DECANO DA CATEDRAL

Galloway abriu a porta e acendeu a luz para seus convidados. Ele os fez entrar na sala e fechou a porta.

A sala do decano era pequena mas elegante, com estantes altas, uma escrivaninha, um armário entalhado e um banheiro privativo. Das paredes pendiam tapeçarias do século XVI e várias pinturas religiosas. O velho decano indicou com um gesto as duas cadeiras de couro em frente à escrivaninha. Langdon se sentou ao lado de Katherine, sentindo-se grato por finalmente largar a pesada bolsa de viagem no chão.

Abrigo e respostas, pensou Langdon, acomodando-se na cadeira confortável.

O homem idoso arrastou os pés até atrás da escrivaninha e sentou devagar na cadeira de espaldar alto. Então, com um suspiro cansado, levantou a cabeça, as órbitas enevoadas olhando o vazio. Quando ele falou, sua voz soou surpreendentemente clara e forte.

– Sei que é a primeira vez que nos encontramos – disse o velho –, mas sinto como se já nos conhecêssemos. – Ele sacou um lenço e enxugou a boca. – Professor Langdon, estou bastante familiarizado com seus escritos, incluindo o texto brilhante que assinou sobre o simbolismo desta catedral. Sra. Solomon, seu irmão Peter e eu somos irmãos maçons há muitos anos.

– Peter está correndo sério perigo – disse Katherine.

– Foi o que me disseram. – O velho deu um suspiro. – E eu farei tudo o que estiver ao meu alcance para ajudá-los.

Langdon não viu nenhum anel maçônico na mão do decano, porém sabia que muitos maçons, sobretudo os que faziam parte do clero, optavam por não alardear sua filiação à irmandade.

Quando começaram a conversar, ficou claro que o decano Galloway já estava ciente de parte dos acontecimentos da noite graças ao recado telefônico de Warren Bellamy. Conforme Langdon e Katherine foram lhe contando o resto, ele pareceu ficar cada vez mais preocupado.

– E esse homem que levou nosso querido Peter – falou o decano – está insistindo que os senhores decifrem a pirâmide em troca da vida dele?

– Isso – respondeu Langdon. – Ele acha que a pirâmide é um mapa capaz de conduzi-lo ao esconderijo dos Antigos Mistérios.

O decano cravou os olhos sinistros e opacos em Langdon.

– Meus ouvidos estão me dizendo que o senhor não acredita nessas coisas.

Langdon não queria perder tempo enveredando por esse caminho.

– As minhas crenças não têm qualquer importância. O que precisamos fazer é ajudar Peter. Infelizmente, quando deciframos a pirâmide, ela não apontou para lugar nenhum.

O velho se endireitou na cadeira.

– Vocês *decifraram* a pirâmide?

Katherine interveio, explicando rapidamente que, apesar dos alertas de Bellamy e do pedido de seu irmão para que o embrulho não fosse violado, ela resolvera abri-lo, por achar que sua prioridade era ajudar Peter. Contou ao decano sobre o cume de ouro, sobre o quadrado mágico de Albrecht Dürer e sobre como este decodificava a cifra maçônica de 16 letras transformando-a na expressão *Jeova Sanctus Unus*.

– É só isso que diz a inscrição? – perguntou o decano. – Único Deus Verdadeiro?

– Sim, senhor – respondeu Langdon. – A pirâmide parece mais um mapa *metafórico* do que um mapa geográfico.

O decano estendeu as mãos.

– Deixe-me tateá-la.

Langdon abriu o zíper da bolsa e retirou a pirâmide, erguendo-a cuidadosamente e posicionando-a em cima da mesa, bem em frente ao reverendo.

Langdon e Katherine ficaram olhando as frágeis mãos do homem examinarem cada centímetro da pedra – o lado gravado, a base lisa e o topo decepado. Depois de terminar, ele tornou a estender as mãos.

– E o cume?

Langdon pegou a caixinha de pedra, colocou-a sobre a mesa e abriu a tampa. Então retirou o cume e o depositou nas mãos esticadas do velho. O decano efetuou um exame parecido, tateando cada centímetro e se detendo na inscrição, aparentemente com alguma dificuldade para ler o pequeno texto gravado de forma elegante.

– "O segredo se esconde dentro da Ordem" – ajudou Langdon. – E a palavra *ordem* está em maiúscula.

O rosto do velho não exibiu nenhuma expressão enquanto ele posicionava o cume em cima da pirâmide e o alinhava com o auxílio do tato. Pareceu se deter por um instante, como se orasse, e correu as mãos várias vezes por toda a pirâmide com reverência. Em seguida estendeu a mão e apanhou a caixa em formato de cubo, examinando cuidadosamente tanto a parte interna quanto a externa.

Ao terminar, largou a caixa e tornou a se recostar na cadeira.

– Digam-me – perguntou em um tom subitamente ríspido –, por que vieram a mim?

A pergunta pegou Langdon desprevenido.

– Nós viemos até aqui porque o senhor *mandou*. E o Sr. Bellamy disse que deveríamos confiar no senhor.

– E, apesar disso, os senhores não confiaram *nele*?

– Como assim?

Os olhos brancos do decano pareciam perscrutar Langdon.

– O embrulho que continha o cume estava lacrado. O Sr. Bellamy lhes disse que *não* o abrissem; além disso, o próprio Peter Solomon pediu que *não* abrissem a caixa. E mesmo assim os senhores abriram.

– Reverendo Galloway – interveio Katherine –, nós estávamos tentando ajudar meu irmão. O homem que o levou exigiu que decifrássemos...

– Eu entendo – declarou o decano –, mas o que conseguiram *abrindo* o embrulho? Nada. O sequestrador de Peter está em busca de um *lugar* e não vai se contentar com a resposta *Jeova Sanctus Unus*.

– Concordo – disse Langdon –, mas infelizmente isso é tudo o que a pirâmide revela. Como eu disse, o mapa está parecendo mais *figurativo* do que...

– O senhor está enganado, professor – falou o decano. – A Pirâmide Maçônica é um mapa *de verdade*. Ela indica um lugar *real*. O senhor não entende isso porque ainda não a desvendou. Não chegou nem perto.

Langdon e Katherine se entreolharam, atônitos.

O decano tornou a pousar as mãos sobre a pirâmide, quase acariciando-a.

– Este mapa, assim como os Antigos Mistérios, possui muitas camadas de significado. Seu verdadeiro segredo continua oculto.

– Decano Galloway – disse Langdon –, nós examinamos cada centímetro da pirâmide e do cume. Não há mais nada para ver.

– Não no estado em que estão atualmente. Mas os objetos mudam.

– O que o senhor quer dizer com isso?

– Professor, como o senhor sabe, essa pirâmide promete um poder de transformação milagroso. Segundo a lenda, ela é capaz de mudar de formato e de alterar sua forma física para revelar seus segredos. Assim como a famosa pedra que libertou Excalibur nas mãos do rei Arthur, a Pirâmide Maçônica pode se transformar... e revelar seu segredo a quem for digno de conhecê-lo.

Langdon começou a achar que a idade avançada do velho talvez houvesse prejudicado suas faculdades mentais.

– Desculpe, senhor. Está dizendo que esta pirâmide pode passar por uma transformação *física*?

– Professor, se eu estendesse a mão e transformasse esta pirâmide bem aqui na sua frente, o senhor acreditaria nos seus olhos?

Langdon não fazia ideia do que responder.

– Acho que eu não teria escolha.

– Muito bem. Daqui a pouco, farei exatamente isso. – Ele tornou a enxugar a boca com o lenço. – Deixe-me lembrar-lhe que houve um tempo em que até as mentes mais inteligentes pensavam que a Terra fosse plana. Afinal, se ela fosse redonda, com certeza os oceanos se derramariam. Imagine como zombariam do senhor se proclamasse naquela época: "O mundo não só é esférico como existe uma força mística e invisível que prende tudo à superfície!"

– Existe uma diferença – disse Langdon – entre a existência da gravidade... e a capacidade de transformar objetos com um simples toque da mão.

– Existe mesmo? Será que ainda não estamos vivendo na Idade das Trevas e fazendo pouco das forças "místicas" que não podemos ver nem compreender? Se a história nos ensinou alguma coisa, foi que as estranhas ideias que hoje ridicularizamos um dia serão verdades celebradas. Eu afirmo que posso transformar esta pirâmide com um toque, e o senhor questiona a minha sanidade. Eu esperaria mais de um historiador. A história está cheia de grandes mentes que proclamaram a *mesma* coisa... grandes mentes que insistiram, sem exceção, que o homem possui habilidades místicas das quais não tem consciência.

Langdon sabia que o decano estava certo. O famoso aforismo hermético –

Não sabeis que sois deuses? – era um dos pilares dos Antigos Mistérios. *Assim em cima como embaixo... Homem criado à imagem de Deus... Apoteose...* Essa mensagem persistente da divindade do próprio homem – de seu potencial oculto – era *o* tema recorrente dos textos antigos de inúmeras tradições. Até mesmo a Bíblia Sagrada, em Salmos 82:6, proclamava: *Vós sois deuses!*

– Professor – disse o velho –, eu entendo que *o senhor*, assim como muitas pessoas instruídas, vive dividido, com um pé no mundo espiritual e o outro no mundo físico. Seu coração anseia por acreditar... mas seu intelecto se recusa a permitir isso. Como acadêmico, seria sensato da sua parte aprender com as grandes mentes da história. – Ele fez uma pausa e pigarreou. – Se não me falha a memória, uma das maiores mentes de todos os tempos afirmou: "Aquilo que é impenetrável para nós existe de fato. Por trás dos segredos da natureza há algo sutil, intangível e inexplicável. A veneração a essa força que está além de tudo o que podemos compreender é a minha religião."

– Quem disse isso? – indagou Langdon. – Gandhi?

– Não – respondeu Katherine. – Albert Einstein.

Katherine Solomon lera tudo o que Einstein havia escrito na vida e nunca deixara de se impressionar com o profundo respeito que ele nutria pelo misticismo e com suas previsões de que as massas um dia sentiriam a mesma coisa. *A religião do futuro*, previra Einstein, *será uma religião cósmica. Ela transcenderá o Deus pessoal e evitará o dogma e a teologia.*

Robert Langdon parecia estar se debatendo com essa ideia. Katherine sentia a crescente frustração do professor com o velho sacerdote episcopal, e o compreendia. Afinal de contas, eles tinham ido até lá em busca de respostas e, em vez disso, haviam encontrado um cego que se dizia capaz de transformar objetos com um simples toque da mão. Ainda assim, a paixão evidente do decano pelas forças místicas fazia Katherine se lembrar do irmão.

– Reverendo Galloway – disse Katherine –, Peter está correndo perigo, a CIA está atrás de nós e Warren Bellamy nos mandou procurá-lo. Não sei o que esta pirâmide diz nem para onde ela aponta, mas, se decifrá-la significa que podemos ajudar Peter, é isso que devemos fazer. O Sr. Bellamy pode preferir sacrificar a vida do meu irmão para proteger esta pirâmide, mas tudo o que ela trouxe para minha família foi dor. Seja qual for o segredo guardado aqui, ele termina esta noite.

– Tem razão – respondeu o velho com uma voz taciturna. – Tudo vai *mesmo* terminar esta noite. Quem garantiu isso foi a senhora. – Ele deu um suspiro.

– Sra. Solomon, quando rompeu o lacre desta caixa, a senhora desencadeou uma série de acontecimentos inevitáveis. Existem forças em ação hoje que a senhora ainda não compreende. Não há como voltar atrás.

Katherine encarava o reverendo, pasma. Havia algo de apocalíptico no tom dele, como se estivesse se referindo aos Sete Selos do Apocalipse ou à caixa de Pandora.

– Com todo o respeito, senhor – interveio Langdon. – Eu não consigo imaginar como uma pirâmide de pedra poderia desencadear *seja lá o que for.*

– É claro que não consegue, professor. – O velho fixou nele seu olhar cego. – O senhor ainda não tem olhos para ver.

C A P Í T U L O **83**

No ar úmido da Selva, o Arquiteto do Capitólio podia sentir o suor escorrendo por suas costas. Os pulsos algemados doíam, mas toda a sua atenção continuava focada na ameaçadora pasta de titânio que a diretora do ES acabara de colocar no banco entre os dois.

O conteúdo desta pasta, dissera-lhe Sato, *vai convencê-lo a ver as coisas do meu jeito. Eu lhe garanto.* A asiática baixinha havia aberto a pasta de modo a deixar seu conteúdo *fora* do campo de visão de Bellamy. Enquanto Sato mexia em alguma coisa lá dentro, a imaginação do Arquiteto corria solta. Ele temia que, a qualquer momento, a diretora fosse sacar uma série de ferramentas reluzentes e afiadas.

De repente, uma fonte de luz se acendeu no interior da maleta, ficando em seguida mais forte e iluminando o rosto de Sato de baixo para cima. Suas mãos continuaram a remexer lá dentro, e a luz mudou de cor. Alguns segundos depois, ela recolheu as mãos, segurou a pasta e a virou para Bellamy de modo que ele pudesse ver o que havia nela.

Bellamy estava diante do que parecia um laptop futurista munido de fone portátil, duas antenas e teclado duplo. A onda de alívio que sentiu logo se transformou em confusão.

O monitor exibia o logo da CIA e o seguinte texto:

LOGIN SEGURO
USUÁRIO: INOUE SATO
PERMISSÃO DE ACESSO: NÍVEL 5

Embaixo da janela de login do laptop, um ícone de carregamento girava:

UM INSTANTE...
DECODIFICANDO ARQUIVO...

Bellamy tornou a fitar Sato, que tinha os olhos cravados nele.

– Eu não queria lhe mostrar isso – disse ela. – Mas o senhor não me deixou outra alternativa.

O monitor tornou a piscar e Bellamy baixou os olhos enquanto o arquivo se abria, seu conteúdo preenchendo a tela de cristal líquido.

Bellamy ficou um bom tempo observando o monitor, tentando discernir o que estava vendo. Ao compreender do que se tratava, sentiu o sangue se esvair de seu rosto. Horrorizado, não conseguia desviar os olhos da tela.

– Mas isso... *não pode ser*! – exclamou. – Como... como é possível?

O rosto de Sato estava carregado.

– É *o senhor* quem vai me dizer, Sr. Bellamy. É *o senhor* quem vai me dizer.

Quando o Arquiteto do Capitólio começou a entender as implicações do que estava vendo, todo o seu mundo pareceu oscilar precariamente à beira de um desastre.

Meu Deus... eu cometi um erro terrível, terrível!

CAPÍTULO **84**

O decano Galloway se sentia cheio de vida.

Como todos os seres vivos, sabia que estava chegando a hora de se desprender de seu invólucro mortal, mas ainda não seria naquela noite. Seu coração batia com força e depressa... e sua mente estava alerta. *Há trabalho a fazer.*

Enquanto corria as mãos artríticas pela superfície da pirâmide, ele mal conseguia acreditar no que sentia. *Jamais imaginei que viveria para testemunhar este momento.* Durante gerações, as peças do *symbolon* haviam sido mantidas a uma distância segura uma da outra. Agora estavam finalmente unidas. Galloway se perguntava se aquele seria o momento profetizado.

Estranhamente, o destino havia escolhido dois não maçons para unir a pirâmide. De certa forma, isso parecia adequado. *Os Mistérios estão se afastando dos círculos internos... saindo da escuridão... em direção à luz.*

– Professor – disse ele, virando a cabeça na direção de onde vinha a respiração de Langdon –, Peter lhe disse *por que* queria que o senhor cuidasse do pequeno embrulho?

– Ele disse que pessoas poderosas estavam querendo roubá-lo dele – respondeu Langdon.

O decano assentiu.

– Ele me falou a mesma coisa.

– Foi mesmo? – perguntou Katherine. – O senhor e o meu irmão *conversaram* sobre esta pirâmide?

– É claro que sim – disse Galloway. – Seu irmão e eu conversamos sobre muitas coisas. Eu já fui o Venerável Mestre da Casa do Templo, e Peter às vezes vinha me pedir conselhos. Mais ou menos um ano atrás, ele me procurou. Estava muito abalado. Sentou-se exatamente onde os senhores estão agora e me perguntou se eu acreditava em premonições sobrenaturais.

– Premonições? – Katherine parecia preocupada. – O senhor quer dizer... *visões?*

– Não exatamente. Era mais visceral do que isso. Peter disse que estava sentindo a presença cada vez mais forte de uma força obscura em sua vida. Sentia que algo o observava... esperando... e planejando lhe fazer muito mal.

– Evidentemente ele tinha razão – disse Katherine –, considerando que o mesmo homem que matou nossa mãe e o filho de Peter veio para Washington e se tornou um de seus irmãos maçons.

– É verdade – disse Langdon –, mas isso não explica o envolvimento da CIA.

Galloway não tinha tanta certeza.

– Os homens no poder estão sempre interessados em ficar mais poderosos.

– Mas... a CIA? – retrucou Langdon. – Envolvida com segredos místicos? Alguma coisa nessa história não faz sentido.

– Faz, sim – disse Katherine. – A CIA sempre investiu em inovações tecnológicas e realizou experimentos com ciências místicas: percepção extrassensorial, visualização remota, privação sensorial, estados mentalizados induzidos por drogas. É tudo a mesma coisa: formas de entrar em contato com o potencial invisível da mente humana. Se aprendi algo com Peter, foi o seguinte: a ciência e o misticismo estão intimamente relacionados e só se distinguem pela abordagem. O objetivo dos dois é idêntico... apenas os métodos são diferentes.

– Peter me contou – disse Galloway – que sua área de estudos é uma espécie de ciência mística moderna.

– Chama-se noética – explicou Katherine. – E está provando que o homem tem poderes além da nossa imaginação. – Ela gesticulou para um vitral que exibia a famosa imagem do "Jesus Luminoso": Cristo com raios de luz emanando da cabeça e das mãos. – Acabo de fazer um experimento usando uma câmera CCD, com dispositivo de carga acoplado super-resfriado, para fotografar as mãos de um curandeiro em ação. As fotos ficaram muito parecidas com a imagem de Jesus nesse vitral... e mostram feixes de energia saindo das pontas dos dedos do curandeiro.

A mente bem treinada, pensou Galloway, escondendo um sorriso. *Como a senhora acha que Jesus curava os doentes?*

– Eu sei – disse Katherine – que a medicina moderna ridiculariza os curandeiros e xamãs, mas vi isso com meus próprios olhos. Minhas câmeras CCD fotografaram claramente esse homem transmitindo um enorme campo energético pelas pontas dos dedos... e literalmente modificando a disposição celular do paciente. Se *isso* não é poder divino, não sei o que seria.

O decano Galloway se permitiu sorrir. Katherine possuía a mesma paixão arrebatada do irmão.

– Peter certa vez comparou os cientistas noéticos aos primeiros exploradores que eram alvo de chacota por acreditar no conceito herege de uma Terra *esférica*. Quase da noite para o dia, depois de descobrir mundos nunca antes visitados e expandir os horizontes de todas as pessoas do planeta, esses exploradores se transformaram de tolos em heróis. Peter acha que *a senhora* também vai fazer isso. Ele deposita muitas esperanças no seu trabalho. Afinal de contas, todas as grandes mudanças filosóficas da história começaram com uma única ideia ousada.

Galloway sabia, é claro, que não era preciso ir a um laboratório para obter provas dessa nova e ousada ideia, dessa teoria do potencial não explorado do homem. Ali, naquela catedral, organizavam-se rodas de oração para curar doentes que alcançavam muitas vezes resultados milagrosos e transformações físicas documentadas pela medicina. A questão não era se Deus havia imbuído o homem de grandes poderes... mas sim o que era preciso fazer para *liberá-los*.

O velho decano colocou as mãos nas laterais da Pirâmide Maçônica em um gesto de reverência e disse bem baixinho:

– Meus amigos, não sei exatamente para *onde* esta pirâmide aponta... mas sei *uma coisa*. Existe um grande tesouro espiritual enterrado por aí em algum lugar... um tesouro que está esperando pacientemente no escuro há muitas gerações. Acredito que seja um catalisador com o poder de transformar este mundo. – Ele tocou a ponta de ouro do cume. – E agora que esta pirâmide está montada... a hora está chegando depressa. E por que não? A promessa de uma grande iluminação transformadora vem sendo profetizada desde o início dos tempos.

– Reverendo – disse Langdon em tom desafiador –, nós todos conhecemos a Revelação de São João e o significado literal do Apocalipse, mas a profecia bíblica não parece exatamente...

– Ora, o Livro do Apocalipse é um caos! – falou o decano. – Ninguém sabe como interpretar aquilo. Estou falando de mentes *lúcidas* escrevendo em linguagem clara: das previsões de Santo Agostinho, *Sir* Francis Bacon, Newton, Einstein, e a lista continua, todos prevendo um instante de iluminação transformador. Até o próprio Jesus disse: "Não há nada oculto que não será revelado, nem segredo que não virá à luz."

– É uma previsão bem fácil de se fazer – disse Langdon. – O conhecimento aumenta de forma exponencial. Quanto mais sabemos, maior a nossa capacidade de aprender e mais *depressa* expandimos nossa base de conhecimento.

– É verdade – acrescentou Katherine. – Nós vemos isso na ciência o tempo todo. Cada nova tecnologia que inventamos se torna uma ferramenta para inventar outras... e isso vira uma bola de neve. É por essa razão que a ciência avançou mais nos últimos cinco anos do que nos *5 mil* anteriores. Crescimento exponencial. Matematicamente, com o passar do tempo, a curva exponencial do progresso se torna quase vertical, e novos desdobramentos ocorrem incrivelmente depressa.

Um silêncio pesado tomou conta da sala do decano, e Galloway sentiu que seus dois convidados ainda não faziam a menor ideia de como a pirâmide poderia ajudá-los a revelar o que quer que fosse. *Foi por isso que o destino os trouxe até mim*, pensou ele. *Eu tenho um papel a desempenhar.*

Durante muitos anos, o reverendo Colin Galloway e seus irmãos maçons haviam exercido o papel de guardiães. Agora tudo estava mudando.

Eu não sou mais um guardião... sou um guia.

– Professor Langdon? – disse Galloway, estendendo a mão por cima da escrivaninha. – Segure a minha mão, por favor.

Robert Langdon ficou inseguro ao olhar para a palma estendida do decano Galloway à sua frente.

Será que nós vamos rezar?

Com educação, Langdon esticou o braço e pôs a mão direita sobre a mão encarquilhada do decano. O velho a segurou com força, mas não começou a rezar. Em vez disso, encontrou o indicador de Langdon e o guiou para baixo até a caixa de pedra que antes protegia o cume da pirâmide.

– Seus olhos o deixaram cego – falou o decano. – Se o senhor visse com as pontas dos dedos, como eu, perceberia que esta caixa ainda tem algo a lhe ensinar.

Obediente, Langdon correu a ponta do dedo pelo interior da caixa, mas não sentiu nada. O lado de dentro parecia perfeitamente liso.

– Continue procurando – incentivou Galloway.

Por fim, Langdon sentiu alguma coisa – um minúsculo círculo em relevo, um pontinho no centro da base. Ele retirou a mão e olhou para dentro da caixa. O pequeno círculo era praticamente invisível a olho nu. *O que será isso?*

– Está reconhecendo esse símbolo? – perguntou Galloway.

– Símbolo? – retrucou Langdon. – Não dá para enxergar nada.

– Aperte-o.

Langdon obedeceu e apertou o pontinho. *O que ele acha que vai acontecer?*

– Pressione-o com o dedo – orientou o decano.

Langdon olhou de relance para Katherine, que exibia um ar intrigado enquanto ajeitava uma mecha de cabelo atrás da orelha.

Poucos segundos depois, o velho decano assentiu com a cabeça.

– Está bom, tire a mão da caixa. A alquimia está completa.

Alquimia? Robert Langdon recolheu a mão e ficou sentado em silêncio. Não havia acontecido absolutamente nada. A caixa simplesmente continuava ali em cima da escrivaninha.

– Nada – disse Langdon.

– Olhe para a ponta do seu dedo – retrucou o decano. – O senhor deveria ver uma transformação.

Langdon olhou para o dedo, mas a única transformação que pôde ver foi que passara a exibir na pele uma pequena marca feita pelo relevo esférico – um círculo diminuto com um pontinho no meio.

– *Agora* está reconhecendo o símbolo? – perguntou o decano.

Embora Langdon o reconhecesse, estava mais impressionado pelo fato de o decano ter conseguido identificá-lo. Ver com a ponta dos dedos era aparentemente uma habilidade adquirida.

– Ele vem da alquimia – disse Katherine, deslizando a cadeira mais para perto e examinando o dedo de Langdon. – É o antigo símbolo do *ouro*.

– De fato. – O decano sorriu, dando um tapinha na caixa. – Parabéns, professor. O senhor acaba de conseguir o que todos os alquimistas da história lutaram para obter. A partir de uma substância sem valor, o senhor criou ouro.

Langdon franziu o cenho, nem um pouco impressionado. Aquele pequeno truque de salão não parecia ajudar em nada.

– É uma ideia interessante, senhor, mas infelizmente esse círculo com um pontinho no meio, chamado *circumponto*, tem dezenas de significados. Ele é um dos símbolos mais usados da história.

– Do que o senhor está falando? – indagou o decano com ceticismo.

Langdon ficou espantado que um maçom não conhecesse melhor a importância espiritual daquele símbolo.

– Meu senhor, o circumponto tem *inúmeros* significados. No Antigo Egito, era o símbolo de Rá, o deus-sol, e a astronomia moderna ainda o utiliza da mesma forma. Na filosofia oriental, ele representa o insight espiritual do terceiro olho, a rosa divina e a iluminação. Os cabalistas costumam usá-lo para simbolizar o Kether, o mais elevado dos Sephiroth e a "mais escondida de todas as coisas escondidas". Os primeiros místicos chamavam-no de Olho de Deus, e ele é a origem do olho que tudo vê do Grande Selo. Os pitagóricos usavam o circumponto como símbolo da Mônada, a Divina Verdade, a Prisca Sapientia, a união da mente e da alma e o...

– Chega! – O decano Galloway agora estava rindo. – Obrigado, professor. O senhor tem razão, é claro.

Langdon então percebeu que tinha acabado de ser feito de bobo. *Ele sabia de tudo isso.*

– O circumponto – disse Galloway, ainda sorrindo para si mesmo – é essencialmente o símbolo dos Antigos Mistérios. Por esse motivo, eu diria que sua presença nesta caixa não é mera coincidência. Segundo a lenda, os segredos deste mapa estão escondidos nos mais ínfimos detalhes.

– Tudo bem – disse Katherine –, mas, mesmo que esse símbolo tenha sido gravado aí de propósito, ele não nos deixa mais perto de decifrar o mapa, deixa?

– A senhora disse que o lacre de cera que rompeu estava gravado com o brasão do anel de Peter, certo?

– Certo.

– E o senhor disse que está com o anel?

– Estou. – Langdon enfiou a mão dentro do bolso, encontrou o anel, tirou-o do saco plástico e o pôs sobre a escrivaninha em frente ao decano.

Galloway pegou o anel e começou a alisá-lo.

– Este anel único foi criado junto com a Pirâmide Maçônica e tradicionalmente é usado pelo maçom encarregado de *protegê-la*. Hoje à noite, quando senti o circumponto no fundo da caixa de pedra, percebi que o anel faz parte do *symbolon*.

– É mesmo?

– Tenho certeza. Peter é meu amigo mais íntimo, e ele usou este anel por muitos anos. Eu o conheço bem. – Ele entregou o anel a Langdon. – Veja o senhor mesmo.

Langdon pegou o anel e o examinou, passando os dedos por cima da fênix de duas cabeças, do número 33, das palavras ORDO AB CHAO e também da frase: "Tudo é revelado no grau 33." Não encontrou nada. Então, à medida que seus dedos desciam pela parte externa do aro, ele estacou. Espantado, virou-o, fitando o ponto mais baixo do anel.

– Encontrou? – perguntou Galloway.

– Sim, acho que sim! – disse Langdon.

Katherine arrastou a cadeira para mais perto.

– O que foi?

– Há um símbolo de grau no aro – disse Langdon, mostrando a ela. – É tão pequeno que nem dá para perceber a olho nu, mas, quando você passa o dedo, sente que há algo gravado, como uma pequena incisão circular. – O símbolo de grau estava centrado na parte de baixo do aro externo... e de fato parecia ter o mesmo tamanho do círculo em relevo no fundo do cubo.

– É do mesmo tamanho? – Katherine chegou mais perto, parecendo animada.

– Só tem um jeito de descobrir. – Ele passou o anel para dentro da caixa, alinhando os dois pequenos círculos. Quando fez pressão para baixo, o símbolo protuberante da caixa se encaixou na abertura do anel, e ouviu-se um clique baixinho, porém inconfundível.

Os três se sobressaltaram.

Langdon aguardou, mas nada aconteceu.

– O que foi isso? – perguntou o sacerdote.

– Nada – respondeu Katherine. – O anel se encaixou no lugar... e só.

– Nenhuma grande transformação? – Galloway parecia intrigado.

Ainda não terminamos, percebeu Langdon, olhando para as insígnias em relevo do brasão do anel – uma fênix de duas cabeças e o número 33. *Tudo é revelado no grau 33*. Sua mente se encheu de pensamentos sobre Pitágoras, geometria sagrada e ângulos; e ele se perguntou se *grau* não teria um significado *matemático*.

Devagar, com o coração batendo mais depressa àquela altura, pôs a mão dentro da caixa e segurou o anel afixado à base do cubo. Então, bem lentamente, começou a girá-lo para a direita. *Tudo é revelado no grau 33.*

Virou o anel em um ângulo de 10 graus... 20 graus... 30 graus...

O que aconteceu em seguida pegou Langdon totalmente de surpresa.

CAPÍTULO **85**

Transformação.

O decano Galloway a *ouviu* acontecer, portanto não precisou vê-la.

Sentados à sua frente, Langdon e Katherine se calaram por completo, sem dúvida encarando com espanto o cubo de pedra que havia acabado de se transformar bem diante de seus olhos.

Galloway não conseguiu reprimir um sorriso. Havia previsto aquilo e, embora ainda não soubesse como aquela transformação poderia ajudá-los a solucionar o enigma da pirâmide, estava gostando da rara oportunidade de ensinar algo sobre símbolos a um simbologista de Harvard.

– Professor – falou o decano –, poucas pessoas sabem que os maçons veneram a imagem do cubo, ou *ashlar*, como o chamamos, por ela ser uma representação tridimensional de outro símbolo muito mais antigo, bidimensional.

Galloway não precisou perguntar se o professor reconhecia o antigo símbolo à sua frente na escrivaninha. Era um dos mais famosos do mundo.

Os pensamentos de Robert Langdon se agitavam enquanto ele olhava para a caixa que tinha diante de si. *Eu não fazia ideia...*

Segundos antes, havia enfiado os dedos dentro da caixa de pedra, segurara o anel maçônico e o girara delicadamente. No momento em que ele atingiu o ângulo de 33 graus, o cubo subitamente se transformou diante de seus olhos. Quando suas dobradiças ocultas foram acionadas, os painéis quadrados que formavam as laterais da caixa tombaram em direções opostas. A caixa se desmontou na mesma hora, as laterais e a tampa caindo para fora e batendo com força sobre a escrivaninha.

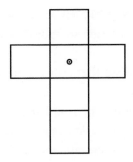

O cubo se transforma em cruz, pensou Langdon. *Alquimia simbólica.*

Katherine parecia atordoada pela visão do cubo desmontado.

– A Pirâmide Maçônica tem relação com o... cristianismo?

Por um instante, Langdon havia se perguntado a mesma coisa. Afinal de contas, o crucifixo era um símbolo respeitado entre os maçons, e certamente havia muitos cristãos na irmandade. No entanto, a Maçonaria também contava com judeus, muçulmanos, budistas, hindus e praticantes de outras religiões cujo deus não tinha nome. A presença de um símbolo exclusivo do cristianismo parecia restritiva. Foi então que o *verdadeiro* significado dele lhe ocorreu.

– Não é um crucifixo – disse Langdon, levantando-se. – A cruz com o circumponto no meio é um símbolo binário: *dois* símbolos unidos para criar *um só.*

– Do que você está falando? – Katherine o acompanhava com os olhos enquanto ele zanzava pela sala.

– A cruz – disse Langdon – só virou um símbolo cristão no século IV. Muito antes disso, era usada pelos egípcios para representar a interseção de duas dimensões: a humana e a celeste. Assim em cima como embaixo. Ela era uma representação visual do ponto no qual homem e Deus se tornam um.

– Certo.

– O circumponto – disse Langdon –, como já sabemos, tem muitos significados, e um dos mais esotéricos é a *rosa*, símbolo alquímico da perfeição. Mas, quando você põe uma rosa no centro de uma cruz, cria um símbolo totalmente diferente: a rosa-cruz.

Galloway se reclinou na cadeira, sorrindo.

– Ora, ora. Agora o senhor está esquentando.

Katherine também se levantou.

– Não estou entendendo.

– A rosa-cruz – explicou Langdon – é um símbolo comum na Francomaçonaria. Na verdade, um dos graus do Rito Escocês se chama "Cavaleiro Rosa-cruz", em homenagem aos antigos rosa-cruzes, que contribuíram para a filosofia mística maçônica. Peter talvez tenha mencionado a Ordem Rosa-cruz para você. Dezenas de grandes cientistas foram membros dela: John Dee, Elias Ashmole, Robert Fludd...

– Ele mencionou, sim – disse Katherine. – Eu li todos os manifestos rosa--cruzistas na minha pesquisa.

Todo cientista deveria fazer isso, pensou Langdon. A Ordem Rosa-cruz – ou, em sua denominação mais formal, a Antiga e Mística Ordem Rosae Crucis – teve uma história enigmática que muito influenciou a ciência e possui fortes seme-lhanças com a lenda dos Antigos Mistérios... sábios primitivos que detinham um conhecimento secreto transmitido ao longo das eras... um conhecimento só estudado pelas mentes mais brilhantes. Supostamente, a lista de rosa-cruzes famosos é um verdadeiro almanaque de renascentistas europeus ilustres: Paracelso, Bacon, Fludd, Descartes, Pascal, Spinoza, Newton, Leibniz.

Segundo a doutrina rosa-cruzista, a ordem era "baseada em verdades esoté-ricas do passado antigo" que precisavam ser "escondidas do homem comum" e que prometiam grandes revelações sobre "o reino espiritual". Com o passar dos anos, o símbolo da irmandade se transformou em uma rosa sobre uma cruz ornamentada, mas sua forma inicial era modesta: um círculo contendo um ponto sobre uma cruz nua. A mais simples representação da rosa sobre a mais simples representação da cruz.

– Peter e eu conversamos muitas vezes sobre a filosofia rosa-cruzista – disse Galloway a Katherine.

Enquanto o decano começava a destacar a relação entre os maçons e os rosa-cruzes, Langdon sentiu sua atenção voltar a ser atraída para o mesmo pensamento insistente que vinha tendo a noite inteira. *Jeova Sanctus Unus. Essa expressão está de alguma forma ligada à alquimia.* Ele ainda não conseguia lembrar exatamente o que Peter lhe dissera sobre a expressão, mas, por algum motivo, a menção à Ordem Rosa-cruz parecia ter reavivado a lembrança. *Pense, Robert!*

– O fundador da ordem – ia dizendo Galloway – foi supostamente um mís-tico alemão chamado Christian Rosenkreuz. Obviamente um pseudônimo, tal-vez até de Francis Bacon, que alguns historiadores acreditam ser o verdadeiro fundador do grupo, embora não haja provas de...

– Um pseudônimo! – gritou Langdon de repente, espantando até a si mesmo. – É isso! *Jeova Sanctus Unus!* É um pseudônimo!

– Que história é essa? – quis saber Katherine.

A pulsação de Langdon estava acelerada.

– Eu passei a noite inteira tentando lembrar o que Peter me disse sobre a expressão *Jeova Sanctus Unus* e sua relação com a alquimia. Finalmente consegui. Não tem a ver com a alquimia propriamente dita, mas sim com um *alquimista*! Um alquimista muito famoso!

Galloway deu uma risadinha.

– Já não era sem tempo, professor. Eu mencionei o nome dele duas vezes e também a palavra *pseudônimo*.

Langdon encarou o velho decano.

– O senhor *sabia*?

– Bem, eu tive lá minhas suspeitas quando o senhor falou que a inscrição dizia *Jeova Sanctus Unus* e tinha sido decodificada usando o alquímico quadrado mágico de Dürer, mas, com o aparecimento da rosa-cruz, tive certeza. Como o senhor deve saber, os documentos pessoais do cientista em questão incluíam um exemplar repleto de anotações dos manifestos rosa-cruzistas.

– Quem é ele? – perguntou Katherine.

– Um dos maiores cientistas do mundo! – respondeu Langdon. – Era alquimista, membro da Real Sociedade de Londres e da Ordem Rosa-cruz. E ele assinou alguns de seus documentos científicos mais secretos com o pseudônimo *Jeova Sanctus Unus*!

– Único Deus Verdadeiro? – disse Katherine. – Que sujeito modesto.

– Na verdade, um sujeito brilhante – corrigiu Galloway. – Ele assinava o nome assim porque, como os antigos adeptos, considerava a *si mesmo* divino. Além do mais, as 16 letras de *Jeova Sanctus Unus* podiam ser reorganizadas para soletrar seu nome em latim, o que tornava esse pseudônimo perfeito.

Katherine agora parecia intrigada.

– *Jeova Sanctus Unus* é um anagrama do nome em latim de um alquimista famoso?

Langdon pegou uma folha de papel e um lápis na mesa do decano e foi escrevendo à medida que falava.

– Em latim, as letras *J* e *I* são intercambiáveis, assim como o *V* e o *U*, o que significa que *Jeova Sanctus Unus* pode ser perfeitamente reorganizado para soletrar o nome desse homem.

Langdon escreveu 16 letras: *Isaacus Neutonuus*.

Então, entregou o pedaço de papel a Katherine e disse:

– Talvez você já tenha ouvido falar nele.

– Isaac Newton? – perguntou Katherine, olhando para o papel. – Então era *isso* que a inscrição na pirâmide estava tentando nos dizer!

Por alguns instantes, Langdon se viu de volta à Abadia de Westminster, diante da tumba piramidal de Newton, onde havia vivenciado uma revelação semelhante. *E hoje à noite o grande cientista torna a aparecer.* É claro que aquilo não era uma coincidência... as pirâmides, os mistérios, a ciência, o conhecimento oculto... estava tudo interligado. O nome de Newton sempre fora uma referência constante para aqueles em busca de conhecimentos secretos.

– Isaac Newton – disse Galloway – deve ter alguma coisa a ver com a forma de decifrar o significado da pirâmide. Não posso imaginar o que seria, mas...

– Genial! – exclamou Katherine, arregalando os olhos. – É assim que a gente transforma a pirâmide!

– Você entendeu? – perguntou Langdon.

– Entendi! – disse ela. – Não acredito que não vimos antes! Estava bem na nossa cara. Um simples processo alquímico. Posso transformar esta pirâmide usando ciência básica! Ciência newtoniana!

Langdon se esforçava para entender.

– Decano Galloway – falou Katherine –, se o senhor ler o anel, ele diz...

– Pare! – O velho decano ergueu de repente o dedo no ar, pedindo silêncio. Devagar, inclinou a cabeça para o lado como se escutasse alguma coisa. Logo em seguida, levantou-se abruptamente. – Meus amigos, está claro que esta pirâmide ainda tem segredos a revelar. Não sei aonde a Sra. Solomon está querendo chegar, mas, se ela sabe qual deve ser o próximo passo, já cumpri meu papel. Juntem suas coisas e não me digam mais nada. Deixem-me no escuro por enquanto. Prefiro não ter nenhuma informação para compartilhar caso nossos visitantes tentem me obrigar a fazê-lo.

– Visitantes? – disse Katherine, apurando o ouvido. – Não escuto ninguém.

– Mas *vai escutar* – disse Galloway, encaminhando-se para a porta. – Logo.

Do outro lado da cidade, uma torre de telefonia celular tentava entrar em contato com um aparelho despedaçado na Massachusetts Avenue. Não conseguindo sinal, encaminhou a chamada para a caixa postal.

– Robert! – gritou Warren Bellamy, em pânico. – Onde você está? Ligue para mim! Está acontecendo uma coisa terrível!

CAPÍTULO 86

Sob o brilho celeste da luz do porão, Mal'akh continuava seus preparativos diante da mesa de pedra. Enquanto trabalhava, seu estômago vazio roncava. Ele não lhe deu ouvidos. Seus dias de servidão aos caprichos da carne haviam ficado para trás.

Transformação exige sacrifício.

Assim como muitos dos homens mais espiritualmente evoluídos da história, Mal'akh havia assumido um compromisso com o próprio destino fazendo o mais nobre dos sacrifícios carnais. A castração fora menos dolorosa do que ele imaginava. E, como havia descoberto, era bastante frequente. A cada ano, milhares de homens se submetiam à castração cirúrgica – intervenção conhecida como orquiectomia –, motivados por questões de mudança de gênero, pelo desejo de refrear compulsões sexuais, ou por crenças espirituais profundas. Para Mal'akh, os motivos eram os mais elevados. Assim como o Átis da mitologia, que havia castrado a si mesmo, ele sabia que alcançar a imortalidade exigia uma ruptura drástica com o mundo material de masculino e feminino.

O andrógino é um.

Hoje em dia, os eunucos eram rejeitados, mas os antigos compreendiam o poder desse sacrifício transmutacional. Os cristãos primitivos haviam escutado o próprio Jesus louvar suas virtudes em Mateus 19:12: "Há eunucos que castraram a si mesmos por causa do reino dos céus. Quem puder aceitar isso aceite-o."

Peter Solomon tinha feito um sacrifício da carne, embora uma só mão fosse um preço pequeno dentro do contexto geral. Antes do fim da noite, porém, Solomon sacrificaria muito, muito mais.

Para criar, eu preciso destruir.

Essa era a natureza da polaridade.

Peter Solomon, é claro, merecia o destino que o aguardava naquela noite. Seria um final adequado. Muito antes, ele havia desempenhado um papel decisivo na vida de Mal'akh. Por esse motivo, fora escolhido para representar o mesmo papel na sua grande transformação. Aquele homem fizera por merecer todo o horror e sofrimento que estava prestes a suportar. Peter Solomon não era quem o mundo acreditava que fosse.

Ele sacrificou o próprio filho.

Solomon certa vez apresentara ao filho uma escolha impossível – riqueza ou saber. *Zachary escolheu mal.* A decisão do rapaz desencadeara uma série de acontecimentos que o conduziram às profundezas do inferno. *A prisão de Soganlik.* Zachary Solomon tinha morrido naquele presídio turco. O mundo inteiro conhecia a história... mas o que o mundo não sabia era que Peter Solomon poderia ter salvado seu filho.

Eu estava lá, pensou Mal'akh. *Eu ouvi tudo.*

Mal'akh jamais se esquecera daquela noite. A decisão cruel de Solomon significou o fim de Zach, mas também o nascimento de Mal'akh.

Alguns devem morrer para que outros possam viver.

Quando a luz acima da cabeça de Mal'akh começou a mudar novamente de cor, ele percebeu que já era tarde. Completou seus preparativos e tornou a subir a rampa. Estava na hora de tratar de assuntos mortais.

CAPÍTULO 87

Tudo é revelado no grau 33, pensou Katherine enquanto corria. *Eu sei como transformar a pirâmide!* A resposta estava na cara deles o tempo todo.

Katherine e Langdon agora estavam sozinhos, correndo pelo anexo da catedral e seguindo as placas para o "Jardim". Então, exatamente como o decano havia explicado, eles saíram do edifício e adentraram um imenso pátio murado.

O jardim da catedral era um espaço pentagonal cercado por um claustro, com um chafariz de bronze pós-moderno no centro. Katherine ficou espantada com a altura do eco que a água corrente parecia produzir no pátio. Então percebeu que aquele barulho não era do chafariz.

– Helicóptero! – gritou ela quando um facho de luz varou o céu noturno acima deles. – Entre debaixo daquele pórtico!

O brilho ofuscante vindo de um canhão de luz inundou o jardim na hora em que Langdon e Katherine chegaram ao outro lado, passando sob um arco gótico rumo a um túnel que conduzia ao gramado externo. Lá dentro, aguardaram encolhidos enquanto o helicóptero descrevia grandes círculos em volta da catedral.

– Acho que Galloway tinha razão quando disse ter escutado visitantes – falou Katherine, impressionada. *Olhos ruins produzem ótimos ouvidos.* Os dela, por sua vez, latejavam no mesmo ritmo de sua pulsação acelerada.

– Por aqui – disse Langdon, segurando firme a bolsa de viagem e avançando pelo corredor.

O decano Galloway lhes dera uma única chave e instruções claras. Infelizmente, quando chegaram ao final do curto túnel, eles se viram separados do seu destino por um longo gramado descoberto, inundado naquele instante pela luz do helicóptero mais acima.

– Não dá para atravessar – disse Katherine.

– Espere... olhe ali. – Langdon apontou para uma sombra preta que começava a se materializar à esquerda do gramado. No início era uma bolha disforme, no entanto, foi crescendo depressa, movendo-se na direção dos dois e ganhando definição. Ela se aproximava cada vez mais rápido deles, esticando-se até se transformar em um imenso retângulo negro, coroado por duas torres.

– A fachada da catedral está bloqueando o canhão de luz – disse Langdon.

– Eles estão pousando lá na frente!

Langdon agarrou a mão de Katherine.

– Corra! Agora!

Dentro da catedral, o decano Galloway notou no próprio passo uma leveza que não sentia há muitos anos. Atravessou a Grande Divisória e desceu a nave em direção ao nártex e às portas da frente.

Já conseguia ouvir o helicóptero sobrevoando a entrada da catedral e imaginou suas luzes entrando pela rosácea à sua frente, lançando cores espetaculares por todo o santuário. Recordou os dias em que podia ver as cores. Ironicamente, o vazio sem luz em que seu mundo se transformara havia iluminado muitas coisas para ele. *Hoje sou capaz de ver com mais clareza do que nunca.*

Galloway recebera o chamado de Deus ainda rapaz e, ao longo da vida, amara a Igreja tanto quanto um homem é capaz de amar. Assim como muitos de seus colegas que haviam dedicado sua existência a Deus, Galloway estava cansado. Tinha passado a vida inteira tentando se fazer escutar acima do alarido da ignorância.

Mas o que eu esperava?

Desde as Cruzadas até a política norte-americana, passando pela Inquisição, o nome de Jesus vinha sendo usado em vão em todo tipo de disputa de poder. Os ignorantes sempre haviam gritado mais alto, convocando as massas incautas e forçando-as a fazer o que mandavam. Defendiam seus desejos mundanos citando Escrituras que não compreendiam. Celebravam sua intolerância como prova de suas convicções. Agora, depois de tantos anos, a humanidade finalmente conseguira erodir por completo tudo aquilo que Jesus outrora tinha de belo.

Naquela noite, a rosa-cruz enchera o decano Galloway de grandes esperanças, trazendo-lhe à mente as profecias dos manifestos que havia lido incontáveis vezes e dos quais ainda se recordava.

Capítulo Um: *Jeová irá redimir a humanidade revelando os segredos antes reservados apenas aos eleitos.*

Capítulo Quatro: *O mundo inteiro se tornará um só livro, e as contradições entre ciência e teologia serão superadas.*

Capítulo Sete: *Antes do fim do mundo, Deus criará um grande dilúvio de luz espiritual para aliviar o sofrimento da humanidade.*

Capítulo Oito: *Antes que essa revelação seja possível, o mundo deve dormir para curar a embriaguez de seu cálice envenenado, cheio da vida falsa das vinhas da teologia.*

Galloway sabia que a Igreja havia se desvirtuado, e dedicara a vida a recolocá-la no bom caminho. Agora, percebia que o momento da transformação se aproximava depressa.

A hora mais sombria é sempre a que precede o amanhecer.

Turner Simkins, agente de campo da CIA, estava empoleirado no helicóptero Sikorsky ao aterrissarem sobre a grama coberta de gelo. Ele pulou para o chão, logo seguido por seus homens, e imediatamente fez sinal para que o helicóptero levantasse voo e vigiasse todas as saídas.

Ninguém sai deste prédio.

Enquanto a aeronave retornava ao céu noturno, Simkins e sua equipe subiram correndo os degraus que conduziam à entrada principal da catedral. Antes que pudesse se decidir em qual das seis portas bater, uma delas se abriu.

– Pois não? – disse uma voz calma saída das sombras.

Simkins mal conseguiu discernir a forma encurvada com roupas de sacerdote.

– O senhor é o decano Galloway?

– Ele mesmo – respondeu o velho.

– Estou procurando Robert Langdon. O senhor o viu?

O velho então deu um passo à frente, cravando os olhos vazios e sinistros em Simkins.

– Bem, isso seria um milagre.

CAPÍTULO 88

O tempo está se esgotando.

A analista de segurança Nola Kaye estava nervosa. Para completar, a terceira caneca de café que bebia começara a circular por suas veias como uma corrente elétrica.

Nenhuma notícia de Sato ainda.

Por fim, seu telefone tocou e Nola pulou para atender.

– ES – disse ela. – Nola falando.

– Nola, aqui é Rick Parrish, da segurança de sistemas.

O corpo de Nola afundou na cadeira. *Não é Sato.*

– Oi, Rick. Em que posso ajudar?

– Eu só queria avisar que talvez nosso departamento tenha informações relevantes para o trabalho que você está fazendo hoje.

Nola pousou a caneca de café. *E como* você *sabe em que eu estou trabalhando?*

– Como assim?

– Desculpe, é o beta do novo software de IC que estamos testando – disse Parrish. – Ele não para de indicar o número da sua estação de trabalho.

Nola então compreendeu do que ele estava falando. A CIA vinha testando um novo programa de "integração cooperativa" destinado a produzir alertas em tempo real para departamentos distintos da agência que estivessem processando campos de dados correlacionados. Numa época de ameaças terroristas em que o tempo era fator crucial, a chave para evitar uma tragédia muitas vezes consistia em um simples aviso de que o cara do outro lado do corredor estava analisando justamente a informação de que você precisava. Para Nola, esse software de IC havia se revelado mais uma distração do que uma ajuda – ela o chamava de programa de *interrupção constante.*

– Ah, sim, eu tinha me esquecido – disse Nola. – O que vocês acharam? – A analista estava certa de que ninguém mais no prédio sequer *sabia* sobre aquela situação, muito menos poderia estar trabalhando em algo relacionado a ela. Além disso, Nola passara a maior parte do tempo fazendo uma simples pesquisa histórica para Sato sobre assuntos esotéricos ligados à Maçonaria. Mesmo assim, era obrigada a entrar no jogo e fingir interesse.

– Bom, provavelmente não é nada – disse Parrish –, mas nós impedimos o ataque de um hacker hoje à noite, e o software de IC não para de sugerir que eu compartilhe a informação com você.

Um hacker? Nola bebeu um gole de café.

– Estou ouvindo.

– Há mais ou menos uma hora – disse Parrish – pegamos um cara chamado Zoubianis tentando acessar um arquivo de uma das nossas bases de dados. Ele disse que tinha sido contratado para o serviço, mas que não fazia ideia do que havia naquele arquivo nem do que motivara o interesse por ele. Também não sabia que os dados estavam em um servidor da CIA.

– Certo.

– Nós acabamos de interrogar o sujeito, e ele está limpo. Mas há algo estranho... o *mesmo* arquivo que ele estava tentando acessar tinha sido sinalizado mais cedo por uma ferramenta de busca interna. Parece que alguém entrou no nosso sistema, fez uma pesquisa de palavras-chave específicas e gerou um arquivo editado. A questão é que as *palavras-chave* pesquisadas são muito estranhas. E uma delas em especial foi apontada pelo programa de IC por ser de alta prioridade, ou seja, uma ocorrência única em ambos os conjuntos de dados. – Ele fez uma pausa. – Você por acaso já ouviu falar em... *symbolon*?

Nola deu um pulo na cadeira, derramando café sobre a mesa.

– As outras palavras-chave também são bem esquisitas – continuou Parrish. – *Pirâmide, portal...*

– Desça aqui agora – ordenou Nola, enxugando sua mesa. – E traga tudo o que tiver!

– Essas palavras significam *mesmo* alguma coisa para você?

– AGORA!

CAPÍTULO **89**

O Cathedral College é um prédio elegante, com ar de castelo, adjacente à Catedral Nacional. A Escola de Pregadores, como originalmente concebida pelo primeiro bispo episcopal de Washington, foi criada para proporcionar uma formação contínua para o clero após a ordenação. Atualmente, a instituição oferece vários programas sobre teologia, justiça global, cura e espiritualidade.

Depois de atravessar correndo o gramado, Langdon e Katherine entraram no prédio, usando a chave que Galloway lhes dera. Assim que pisaram no saguão, viram o helicóptero se erguer novamente por sobre a catedral, seu canhão de luz transformando a noite em dia. Agora, ofegantes, olhavam ao redor para avaliar onde estavam. As janelas forneciam iluminação suficiente, de modo que Langdon não viu motivo para acender as luzes e revelar sua localização para os agentes da CIA.

Descendo o corredor central, passaram por uma série de salões de conferência, salas de aula e áreas de estar. A simplicidade do ambiente fez Langdon pensar nos prédios neogóticos da Universidade de Yale – deslumbrantes por fora mas surpreendentemente funcionais por dentro, o elegante estilo de época adaptado para suportar um intenso tráfego de pessoas.

– Por aqui – disse Katherine, indicando a outra ponta do corredor.

Ela ainda precisava compartilhar com Langdon a revelação que tivera, aparentemente provocada pela referência a Isaacus Neutonuus. Tudo o que conseguira dizer enquanto os dois cruzavam o gramado era que a pirâmide poderia ser transformada usando ciência básica.

Katherine achava que encontraria todos os apetrechos de que precisava ali mesmo, naquele prédio. Langdon não fazia ideia do que seria necessário ou de como a cientista pretendia transformar um pedaço maciço de granito ou de ouro. Contudo, levando em conta que acabara de testemunhar a metamorfose de um cubo no símbolo dos rosa-cruzes, ele estava disposto a ter fé.

Os dois chegaram ao final do corredor e Katherine franziu as sobrancelhas, parecendo não ver o que desejava.

– Você disse que este prédio tem alojamentos?

– Sim, para conferencistas convidados.

– Então *deve* haver uma cozinha em algum lugar, certo?

– Você está com fome?

Ela tornou a franzir as sobrancelhas, desta vez para ele.

– Não, eu preciso de um laboratório.

É claro que precisa. Langdon viu um símbolo promissor perto de uma escada. *O pictograma preferido dos Estados Unidos.*

A cozinha no subsolo tinha aparência industrial – muito aço inox e tigelas enormes – e fora claramente projetada para servir grupos grandes. Não havia janelas. Katherine fechou a porta e acendeu as luzes. Os exaustores se ligaram automaticamente.

Ela começou a vasculhar os armários em busca do que quer que estivesse precisando.

– Robert – pediu –, ponha a pirâmide em cima da bancada, por favor.

Sentindo-se como um subchefe novato recebendo ordens de Daniel Boulud, Langdon fez o que ela mandava: tirou a pirâmide da bolsa e posicionou o cume de ouro por cima. Quando terminou, Katherine estava ocupava enchendo uma imensa panela com água da torneira.

– Pode levar isto aqui até o fogão para mim, por favor?

Langdon ergueu a panela cheia d'água e a pôs em cima do fogão enquanto Katherine acendia a boca e aumentava a chama.

– Vamos cozinhar lagostas? – perguntou ele, esperançoso.

– Muito engraçado. Não, vamos praticar alquimia. E, para seu governo, essa panela é de *massa*, não de lagosta. – Ela apontou para o escorredor que havia retirado da panela e pousado sobre a bancada ao lado da pirâmide.

– E fazer macarrão vai nos ajudar a decifrar a pirâmide?

Katherine ignorou o comentário, assumindo um tom sério.

– Como tenho certeza de que você sabe, existe um *motivo* histórico e simbólico para os maçons terem escolhido o grau 33 como o mais elevado da irmandade.

– Claro – respondeu Langdon. Na época de Pitágoras, seis séculos antes de Cristo, a tradição da *numerologia* alardeava o 33 como o mais elevado de todos os Números Mestres. Ele era o mais sagrado, o que simbolizava a Verdade Divina. A tradição perdurou entre os maçons... e em outras instituições. Não é à toa que os ensinamentos cristãos dizem que Jesus foi crucificado aos 33 anos, apesar de não haver nenhum indício histórico disso. Tampouco é coincidência o fato de José supostamente ter 33 anos ao se casar com a Virgem Maria, ou de Jesus ter operado 33 milagres, ou de o nome de Deus ter sido mencionado 33 vezes no Gênesis. Em outras religiões, o número também aparece. No islamismo, todos os habitantes do paraíso têm eternamente 33 anos.

– Trinta e três – disse Katherine – é um número sagrado em muitas tradições místicas.

– Correto. – Langdon ainda não entendia o que isso tinha a ver com a panela de macarrão.

– Então você não deveria ficar surpreso que um precursor da alquimia, membro da Ordem Rosa-cruz e místico como Isaac Newton considerasse o número 33 especial.

– Não tenho dúvidas de que ele considerava mesmo – retrucou Langdon. – Newton se interessava muito por numerologia, profecia e astrologia, mas o que isso...

– Tudo é revelado no grau 33.

Langdon tirou o anel de Peter do bolso e leu a inscrição. Então tornou a olhar para a panela d'água.

– Desculpe, não estou entendendo.

– Robert, a princípio nós todos imaginamos que "grau 33" estivesse se referindo ao grau maçônico, mas, quando giramos o anel em um ângulo de 33 graus, o cubo se transformou e revelou uma cruz. Nessa hora, percebemos que a palavra *grau* estava sendo usada em outro sentido.

– Sim. Graus de uma circunferência.

– Exatamente. Mas *grau* tem também um *terceiro* significado.

Langdon olhou para a panela d'água em cima do fogão.

– Graus de temperatura.

– Exatamente! – exclamou ela. – A resposta estava na nossa cara a noite inteira. "Tudo é revelado no grau 33." Se esquentarmos a pirâmide a essa temperatura... talvez ela revele alguma coisa.

Langdon sabia que Katherine era uma cientista extremamente inteligente, mas, apesar disso, ela parecia estar deixando escapar um detalhe bastante óbvio.

– Se não me engano, 33 graus na escala Fahrenheit, que usamos aqui nos Estados Unidos, é quase a temperatura do congelamento. Não deveríamos colocar a pirâmide no freezer?

Katherine sorriu.

– Não se quisermos seguir a receita do grande alquimista e rosa-cruz que assinava seus documentos como *Jeova Sanctus Unus*.

Isaacus Neutonuus escreveu receitas?

– Robert, a *temperatura* é o mais importante catalisador alquímico e nem sempre foi medida pelas escalas Fahrenheit ou Celsius. Existem outras *bem* mais antigas, uma delas inventada por Isaac...

– A escala de Newton! – exclamou Langdon, percebendo que ela estava certa.

– Isso! Isaac Newton inventou todo um sistema para quantificar a temperatura inteiramente baseado em fenômenos naturais. A temperatura de fusão do gelo foi o ponto inicial de Newton, que a batizou de "grau zero". – Ela fez uma pausa. – Imagino que você consiga adivinhar que grau ele atribuiu à temperatura de ebulição da água, o rei de todos os processos alquímicos.

– Trinta e três.

– Sim, 33! O grau 33. Na escala de Newton, a temperatura de fervura da água é 33 graus. Lembro que um dia perguntei ao meu irmão por que Newton tinha escolhido esse número. Afinal de contas, parecia aleatório demais. A fervura da água é o mais fundamental dos processos alquímicos, e ele escolhe 33? Por que não 100? Por que não algo mais redondo? Peter me explicou que, para um místico como Isaac Newton, não existia número mais elegante do que 33.

Tudo é revelado no grau 33. Langdon olhou para a panela e, em seguida, para a pirâmide.

– Katherine, a pirâmide é feita de granito e ouro maciços. Você acha que o calor da água fervente basta para transformá-la?

O sorriso no rosto de Katherine indicava que ela sabia alguma coisa de que Langdon nem desconfiava. Confiante, andou até a bancada, ergueu a pirâmide de granito com seu cume de ouro e colocou-a dentro do escorredor, mergulhando-o cuidadosamente na água borbulhante.

– Por que a gente não tenta descobrir?

Bem acima da Catedral Nacional, o piloto da CIA acionou o dispositivo que fazia o helicóptero pairar automaticamente e examinou o perímetro do prédio e o terreno. *Nenhum movimento*. Seu gerador de imagens térmicas não conseguia penetrar as paredes de pedra da catedral, portanto, ele não tinha como saber o que a equipe estava fazendo lá dentro, mas, se alguém tentasse sair de fininho, o equipamento detectaria.

Sessenta segundos depois, um dos sensores térmicos emitiu um bipe. Funcionando segundo o mesmo princípio dos sistemas de segurança domésticos, o detector havia identificado uma forte diferença de temperatura. Em geral, isso significava uma forma humana se movendo por um espaço frio, mas o que aparecia no monitor era mais uma nuvem térmica, uma mancha de ar quente que se deslocava pelo gramado. O piloto encontrou sua origem: um duto de ventilação do Cathedral College.

Não deve ser nada, pensou. Ele via aquele tipo de alteração o tempo todo. *Alguém cozinhando ou lavando roupa*. Quando estava prestes a virar as costas para o monitor, porém, reparou em uma coisa estranha. Não havia nenhum carro no estacionamento, nem luzes em qualquer lugar do prédio.

O piloto ficou um bom tempo analisando o gerador de imagens do UH-60. Então passou um rádio para o líder de sua equipe.

– Simkins, não deve ser nada, mas...

– Indicador incandescente de temperatura!

Langdon teve de admitir que aquilo era engenhoso.

– É ciência elementar – disse Katherine. – Substâncias diferentes incandescem a temperaturas diferentes. Nós as chamamos de marcadores térmicos. A ciência usa esses marcadores o tempo todo.

Langdon baixou os olhos para a pirâmide e o cume submersos. Espirais de vapor serpeavam sobre a água borbulhante, mas ele não estava esperançoso. Olhou para o relógio e seu ritmo cardíaco se acelerou: 23h45.

– Você acha que alguma coisa vai se tornar *luminescente* aí dentro?

– Luminescente, não, Robert. Estou falando em *incandescente*. A diferença é grande. A incandescência é causada pelo *calor* e ocorre a uma temperatura específica. Por exemplo, ao temperar barras de aço, os fabricantes as borrifam com um revestimento transparente que incandesce a uma temperatura-alvo específica, para indicar quando estão prontas. Pense naqueles anéis que mudam de cor conforme o humor da pessoa. Basta colocá-los no dedo que o calor do corpo muda a coloração deles.

– Katherine, essa pirâmide foi fabricada no século XIX! Posso entender um artesão que constrói dobradiças ocultas em uma caixa de pedra, mas aplicar algum tipo de revestimento térmico transparente não é um pouco demais?

– É totalmente possível – disse ela, olhando para a pirâmide submersa. – Os primeiros alquimistas usavam fósforos orgânicos como marcadores térmicos. Os chineses fabricavam fogos de artifício coloridos, e até os egípcios... – Katherine parou a frase no meio, observando com atenção a água revolta.

– O que foi? – Langdon seguiu o olhar dela para dentro da panela, mas não viu absolutamente nada.

Katherine chegou mais perto, examinando a água com mais atenção. De repente, virou-se e atravessou a cozinha correndo em direção à porta.

– Aonde você está indo? – gritou Langdon.

Ela parou diante do interruptor de luz e o desligou. As luzes se apagaram e o exaustor parou de funcionar, mergulhando o espaço em total escuridão e silêncio. Langdon se voltou para a pirâmide e olhou para o cume debaixo d'água. Quando Katherine reapareceu, o professor estava boquiaberto.

Exatamente como ela previra, um pedacinho do cume de metal estava começando a reluzir debaixo d'água. Letras apareciam aos poucos, ficando mais brilhantes à medida que a água esquentava.

– Um texto! – sussurrou Katherine.

Langdon aquiesceu, estupefato. As palavras brilhantes se materializavam logo abaixo da inscrição gravada no cume. Pareciam ser apenas três e, embora Langdon ainda não estivesse conseguindo ler o que diziam, imaginou se seriam capazes de revelar o que eles procuravam. *A pirâmide é um mapa de verdade*, dissera-lhes Galloway, *e indica um lugar real*.

Quando o brilho das letras aumentou, Katherine desligou o fogo, interrompendo a fervura. O cume então entrou em foco sob a superfície calma da água. Três palavras brilhantes estavam claramente legíveis.

CAPÍTULO **90**

Sob a luz tênue da cozinha do Cathedral College, Langdon e Katherine encaravam o cume transformado dentro da panela d'água. Numa das laterais, brilhava uma mensagem incandescente.

Langdon leu o texto reluzente, mal conseguindo acreditar nos próprios olhos. Sabia que a pirâmide supostamente revelava uma *localização* específica... mas jamais imaginara que seria *tão* específica assim.

Eight Franklin Square

– Um endereço... Franklin Square, número 8... – sussurrou ele, atônito.
Katherine parecia igualmente abismada.
– É uma praça. Não sei o que tem lá, você sabe?
Langdon fez que não com a cabeça. Sabia que a Franklin Square ficava em uma das partes mais antigas de Washington, mas não conhecia aquele endereço. Olhou para a ponta do cume e foi lendo de cima para baixo, abarcando o texto inteiro:

O
segredo
se esconde
dentro da Ordem
Eight Franklin Square

Será que existe algum tipo de Ordem na Franklin Square? Algum prédio que esconde a entrada de uma longa escada em espiral?
Langdon não tinha a menor ideia se havia ou não algo *enterrado* naquele endereço. O importante era que ele e Katherine haviam decifrado a pirâmide e agora tinham a informação necessária para negociar a libertação de Peter.

E bem na hora.

Os ponteiros brilhantes do seu relógio de Mickey Mouse indicavam que restavam menos de 10 minutos.

– Dê o telefonema – falou Katherine, apontando para o aparelho na parede da cozinha. – Agora!

A chegada súbita daquele momento deixou Langdon alarmado, e ele se pegou hesitando.

– Nós temos certeza disso?

– Eu tenho, absoluta.

– Não vou dizer nada para ele até sabermos que Peter está seguro.

– É claro que não. Você se lembra do número dele, não é?

Langdon assentiu e se encaminhou para o telefone da cozinha. Ergueu o fone e discou o número do celular do homem. Katherine se aproximou e pôs a cabeça junto à dele para poder ouvir. Quando o telefone do outro lado começou a tocar, Langdon se preparou para o sussurro sinistro do homem que o havia enganado.

Por fim, a ligação foi completada.

No entanto, ninguém disse "alô". Não se ouviu voz alguma. Apenas o ruído de uma respiração do outro lado.

Depois de esperar um pouco, Langdon falou:

– Tenho a informação que você quer, mas só vou revelá-la se nos devolver Peter.

– Quem está falando? – respondeu uma voz de mulher.

Langdon levou um susto.

– Robert Langdon – respondeu ele por reflexo. – E a senhora, quem *é*? – Por um instante, ele achou que poderia ter discado o número errado.

– *Seu nome é Langdon?* – A mulher soava surpresa. – Alguém aqui perguntou pelo senhor.

O quê?

– Desculpe, mas *quem* está falando?

– Agente Paige Montgomery, da Preferred Security. – Ela parecia nervosa. – Talvez o senhor possa nos ajudar. Há mais ou menos uma hora, minha colega atendeu a um chamado de emergência em Kalorama Heights... uma possível situação com reféns. Eu perdi o contato com ela, então chamei reforços e vim verificar o imóvel. Encontramos minha colega morta no quintal dos fundos. O proprietário não estava, então arrombamos a casa. Havia um celular tocando na mesa do hall e eu...

– A senhora está dentro da casa? – perguntou Langdon.

– Estou... e a denúncia feita ao disque-emergência... procedia – gaguejou a mulher. – Desculpe se estou parecendo abalada, mas minha colega está morta, e encontramos um homem mantido aqui à força. O estado dele é grave, e estamos prestando os primeiros socorros. Ele perguntou por duas pessoas: uma chamada Langdon e outra, Katherine.

– É o meu irmão! – exclamou Katherine, colando sua cabeça à de Langdon. – Fui eu que liguei para a emergência! Ele está bem?

– Na verdade, senhora, ele está... – A voz da mulher falhou. – O estado dele é grave. Ele teve a mão direita cortada...

– Por favor – pediu Katherine –, quero falar com ele.

– Ele está sob cuidados agora. Não está conseguindo se manter consciente. Se estiver por perto, é melhor vir até aqui. Seu irmão quer vê-la.

– Nós estamos a uns seis minutos daí! – disse Katherine.

– Então sugiro que se apressem. – Houve um ruído abafado ao fundo e logo em seguida a mulher voltou a falar. – Desculpe, parece que estão precisando de mim. Conversamos quando chegarem.

A ligação foi cortada.

CAPÍTULO **91**

Dentro do Cathedral College, Langdon e Katherine subiram aos saltos a escada do subsolo e atravessaram em disparada um corredor escuro à procura de uma saída. Não estavam mais escutando o barulho do helicóptero, e Langdon teve esperanças de que pudessem escapar despercebidos e chegar a Kalorama Heights o mais rápido possível para ver Peter.

Eles o encontraram. Ele está vivo.

Assim que Langdon desligara o telefone, cerca de 30 segundos antes, Katherine se apressara a tirar a pirâmide e o cume fumegantes da água. A pirâmide ainda pingava quando ela a colocou dentro da bolsa de Langdon. Agora ele podia sentir seu calor atravessando o couro.

A notícia de que Peter fora encontrado os deixara tão animados que nem refletiram mais sobre a mensagem reluzente do cume – *Eight Franklin Square*. Haveria tempo para isso depois que chegassem ao local onde ele estava.

De repente, Katherine estacou, apontando para uma sala de estar do outro lado do saguão. Pela janela de sacada, Langdon podia ver um helicóptero preto lustroso pousado em silêncio sobre a grama. De costas para eles, um solitário piloto falava no rádio, ao lado da aeronave. Havia também um Escalade preto de vidros escurecidos estacionado ali perto.

Sem abandonar as sombras, Langdon e Katherine entraram na sala de estar e espiaram pela janela para ver se conseguiam distinguir o resto da equipe de campo. Felizmente, o imenso gramado do lado de fora da Catedral Nacional estava vazio.

– Eles devem estar dentro da catedral – sussurrou Langdon.

– Não estão, não – disse uma voz grave atrás deles.

Langdon e Katherine se viraram para ver quem havia falado. Sob o batente da sala de estar, duas figuras vestidas de preto lhes apontavam armas com miras a laser. Langdon pôde ver um pontinho vermelho brilhante dançando sobre seu peito.

– É um prazer reencontrá-lo, professor – disse uma conhecida voz rascante. Os agentes se afastaram, e a forma diminuta da diretora Sato passou entre eles sem esforço, atravessando a sala de estar na direção de Langdon. – O senhor fez algumas péssimas escolhas hoje à noite.

– A polícia encontrou Peter Solomon – declarou Langdon, enfático. – O estado dele é grave, mas ele vai sobreviver. Está tudo acabado.

Se Sato ficou surpresa com o fato de terem encontrado Peter, não deixou transparecer. Manteve o olhar firme enquanto se aproximava de Langdon, parando a poucos centímetros dele.

– Professor, posso garantir que essa história não está nem *perto* de ter acabado. E, se a polícia agora está envolvida, isso só significa que a situação ficou ainda mais séria. Como lhe disse mais cedo, estamos diante de um quadro extremamente delicado. O senhor nunca deveria ter fugido com a pirâmide.

– Senhora – disse Katherine –, eu tenho que ver meu irmão. Pode *ficar* com a pirâmide, mas precisa deixar...

– Eu *preciso*? – indagou Sato, virando-se para Katherine. – Sra. Solomon, imagino? – Ela encarou Katherine com fogo nos olhos, tornando a se virar para Langdon em seguida. – Ponha a bolsa de couro sobre a mesa.

Langdon baixou os olhos para as duas miras de raio laser sobre seu peito. Então pousou a bolsa sobre a mesa de centro. Um agente se aproximou, abriu o zíper e afastou as duas laterais. Uma pequena lufada de vapor escapou lá de dentro. Ele iluminou o interior com a lanterna e ficou olhando intrigado por um instante. Em seguida fez um gesto com a cabeça para que Sato se aproximasse.

A diretora chegou mais perto e espiou dentro da bolsa. A pirâmide e o cume molhados cintilavam sob o facho da lanterna. Sato se agachou, examinando o cume de ouro bem de perto. Langdon se deu conta de que ela só o vira em raio X.

– A inscrição – começou Sato. – Ela significa alguma coisa para o senhor? "O segredo se esconde dentro da Ordem"?

– Não temos certeza, senhora.

– Por que a pirâmide está fumegante?

– Nós a mergulhamos em água fervente – respondeu Katherine sem titubear. – Fazia parte do processo de decifrar a pirâmide. Nós vamos contar tudo à senhora, mas, por favor, deixe-nos ir ver meu irmão. Ele passou por...

– Vocês *ferveram* a pirâmide? – perguntou Sato.

– Apague a lanterna – disse Katherine. – Olhe para o cume. Provavelmente ainda vai conseguir ver.

O agente apagou a lanterna e Sato se ajoelhou em frente ao cume. Mesmo de onde estava, Langdon podia perceber que o texto ainda emitia um brilho fraco.

– Eight Franklin Square? – disse Sato, parecendo espantada.

– Sim, senhora. Esse texto foi escrito com uma tinta incandescente ou algo do gênero. Na verdade, o grau 33 era...

– E o endereço? – perguntou Sato. – É *isso* que o tal sujeito quer?

– É – disse Langdon. – Ele acredita que a pirâmide é um mapa que vai revelar a localização de um grande tesouro: a chave para desvendar os Antigos Mistérios.

Sato tornou a olhar para o cume com uma expressão de incredulidade.

– Me digam uma coisa – falou ela, o medo se insinuando em sua voz –, os senhores já entraram em contato com esse homem? Já *deram* a ele o endereço?

– Nós tentamos – respondeu Langdon, explicando o que havia acontecido quando telefonaram para o celular do sequestrador.

Sato escutou, passando a língua pelos dentes amarelos enquanto ele falava. Embora parecesse prestes a explodir de raiva, ela se virou para um dos agentes e falou num tom contido.

– Mande-o entrar. Ele está no carro.

O agente assentiu e transmitiu suas ordens pelo rádio.

– Mandar quem entrar? – perguntou Langdon.

– A única pessoa que tem alguma chance de consertar a cagada que os senhores fizeram!

– Que cagada? – disparou Langdon. – Agora que Peter está seguro, tudo o mais é...

– Pelo amor de Deus! – explodiu Sato. – Isso não tem *nada* a ver com Peter! Eu tentei lhe dizer isso lá no Capitólio, professor, mas o senhor decidiu ir *contra* mim em vez de trabalhar *junto* comigo! Agora fez uma confusão do cacete! Quando destruiu seu celular, que, aliás, nós estávamos rastreando, *sim*, o senhor interrompeu nossa comunicação com o homem. E esse endereço que vocês encontraram, seja lá o que signifique, é a nossa *única* chance de capturar esse maluco. Preciso que o senhor jogue de acordo com as regras dele, que lhe *revele* esse endereço para sabermos onde podemos capturá-lo!

Antes que Langdon pudesse responder, Sato direcionou o resto de sua ira para Katherine.

– E *a senhora*, Sra. Solomon, *sabia* onde esse louco morava? Por que não me contou? Em vez disso, mandou um guardinha de araque para a casa do homem. Não está vendo que arruinou nossas chances de capturá-lo ali? Fico feliz por seu irmão estar bem, mas vou lhe dizer uma coisa: nós estamos diante de uma crise cujas ramificações vão muito além da sua família. Elas serão sentidas pelo mundo todo. Esse sequestrador tem um poder enorme, e precisamos pegá-lo imediatamente.

Quando ela terminava de dar sua bronca, a silhueta alta de Warren Bellamy emergiu das sombras e adentrou a sala de estar. Ele estava desalinhado, ferido e abalado... como se tivesse visitado o inferno.

– Warren! – Langdon se levantou. – Você está bem?

– Não – respondeu o outro. – Na verdade, não.

– Você ouviu? Peter está seguro!

Bellamy aquiesceu, parecendo atordoado, como se nada mais importasse.

– Sim, acabei de ouvir a conversa de vocês. Fico feliz.

– Warren, que diabos está acontecendo?

Sato interveio.

– Vocês poderão colocar a conversa em dia daqui a um minuto, rapazes. Mas agora o Sr. Bellamy vai tentar se comunicar com esse maluco. Exatamente como vem fazendo a noite inteira.

Langdon sentiu-se perdido.

– Bellamy não se *comunicou* com esse sujeito hoje à noite! Esse cara nem sabe que ele está envolvido!

Sato se virou para o Arquiteto e arqueou as sobrancelhas.

Bellamy deu um suspiro.

– Robert, não fui totalmente honesto com você.

Langdon só conseguiu encará-lo.

– Achei que estivesse fazendo a coisa certa... – falou Bellamy, parecendo assustado.

– Bem – disse Sato –, *agora* o senhor vai fazer a coisa certa... e é melhor todos nós rezarmos para isso funcionar. – Como se quisesse enfatizar o tom portentoso de Sato, o relógio acima da lareira começou a bater as horas. A diretora apanhou um saco plástico e jogou-o para Bellamy. – Tome aqui suas coisas. Seu celular tira fotos?

– Sim, senhora.

– Ótimo. Segure o cume.

O recado que Mal'akh acabara de receber era de seu contato – Warren Bellamy –, o maçom que ele enviara ao Capitólio para ajudar Robert Langdon. Assim como o professor, Bellamy queria que Peter Solomon fosse devolvido com vida, por isso lhe garantiu que ajudaria Langdon a obter e decifrar a pirâmide. Mal'akh passara a noite inteira recebendo atualizações por e-mail, que haviam sido automaticamente encaminhadas para seu celular.

Isso deve ser interessante, pensou Mal'akh ao abrir a mensagem.

De: Warren Bellamy

acabei me separando de langdon
mas consegui a informação que você
pediu. prova em anexo. ligue para
pedir a peça que falta. – wb

– um anexo (jpeg) –

Ligue para pedir a peça que falta?, estranhou Mal'akh, abrindo o anexo.
Era uma foto.

Quando Mal'akh a viu, arfou, sentindo o coração golpear seu peito de tanta emoção. Estava olhando para o close de uma diminuta pirâmide de ouro. *O lendário cume!* A elaborada inscrição na superfície trazia uma mensagem promissora: *O segredo se esconde dentro da Ordem.*

Foi então que notou, logo abaixo da inscrição, algo que o deixou espantado. As palavras pareciam reluzir. Incrédulo, ficou encarando o texto de brilho tênue e percebeu que a lenda era literalmente verdade: *A Pirâmide Maçônica se transforma para revelar seu segredo a quem é merecedor.*

Mal'akh não sabia como aquela transformação mágica havia ocorrido, e isso não lhe interessava. O texto brilhante indicava uma localização específica em Washignton, D.C., exatamente como profetizado. *Franklin Square*. Infelizmente, a foto do cume também incluía o dedo indicador de Warren Bellamy, estrategicamente posicionado para esconder uma informação essencial.

O

segredo

se esconde

dentro da Ordem

■■■■ Franklin Square

Ligue para pedir a peça que falta. Mal'akh finalmente entendeu o que Bellamy queria dizer.

O Arquiteto do Capitólio tinha cooperado com ele a noite inteira, mas agora decidira fazer um jogo perigoso.

CAPÍTULO 92

Sob o olhar atento de vários agentes armados da CIA, Langdon, Katherine e Bellamy aguardavam ao lado de Sato na sala de estar do Cathedral College. Diante deles, sobre a mesa de centro, a bolsa de couro de Langdon ainda estava aberta, e o cume de ouro despontava pela abertura. As palavras *Eight Franklin Square* já haviam se apagado, sem deixar nenhum vestígio de sua existência.

Katherine havia implorado a Sato que a deixasse ir ver o irmão, mas a diretora se limitara a negar com a cabeça, seus olhos grudados ao celular de Bellamy. O aparelho estava sobre a mesa de centro e ainda não havia tocado.

Por que Bellamy simplesmente não me disse a verdade?, perguntou-se Langdon. Ao que tudo indicava, o Arquiteto passara a noite inteira em contato com o sequestrador para lhe assegurar que Langdon estava progredindo na decodificação da pirâmide. Era um blefe, uma tentativa de ganhar tempo para Peter. Na verdade, ele estava fazendo todo o possível para evitar que o segredo da pirâmide fosse revelado. Agora, contudo, o Arquiteto parecia ter mudado de time. Ele e Sato estavam dispostos a pôr em risco o segredo na esperança de capturar aquele homem.

– Tirem suas mãos de mim! – gritou uma voz idosa no saguão. – Eu sou *cego*, não inválido! Sei andar pelo Cathedral College! – O decano Galloway continuou protestando bem alto enquanto um agente da CIA o conduzia com brutalidade até a sala de estar, forçando-o a se sentar em uma das cadeiras.

– Quem está aí? – quis saber Galloway, fixando os olhos vazios no espaço à sua frente. – Pelo barulho, vocês parecem ser muitos. De quantas pessoas precisam para prender um velho? Francamente!

– Nós somos sete – declarou Sato. – Incluindo Robert Langdon, Katherine Solomon e seu irmão maçom Warren Bellamy.

Galloway afundou os ombros e toda a sua insolência desapareceu.

– Nós estamos bem – disse Langdon. – E acabamos de saber que Peter está em segurança. Seu estado é grave, mas a polícia está cuidando dele.

– Graças a Deus – disse Galloway. – E a...

Um zumbido alto fez todos os presentes se sobressaltarem. Era o celular de Bellamy que vibrava sobre a mesa. O silêncio foi geral.

– Muito bem, Sr. Bellamy – disse Sato. – Não estrague nossa chance. O senhor sabe o que está em jogo.

Bellamy inspirou fundo, soltando o ar em seguida. Então estendeu a mão e apertou o botão do viva voz para atender a chamada.

– Aqui é Bellamy – disse ele, falando alto na direção do telefone sobre a mesa.

A voz que emergiu, com um chiado, do alto-falante era familiar: um sussurro rouco. Ele parecia estar ligando de dentro de um carro, usando o viva voz para deixar as mãos livres.

– Já passa da meia-noite, Sr. Bellamy. Eu estava prestes a pôr fim ao sofrimento de Peter.

Um silêncio aflito se fez na sala.

– Deixe-me falar com ele.

– Impossível – respondeu o homem. – Estou na estrada. Peter está amarrado dentro do porta-malas.

Langdon e Katherine se entreolharam e sacudiram a cabeça para os demais. *Ele está blefando! Peter não está mais com ele!*

Sato gesticulou para Bellamy insistir.

– Eu quero uma *prova* de que Peter está vivo – disse Bellamy. – Não vou lhe dar o resto do...

– Seu Venerável Mestre precisa de um médico. Não perca tempo com negociações. Me dê o número do prédio na Franklin Square e eu lhe entregarei Peter lá.

– Eu já disse, quero...

– Agora! – explodiu o homem. – Senão encosto o carro e Peter Solomon morre agora mesmo!

– Escute aqui – falou Bellamy, decidido. – Se quiser o endereço completo, você terá de obedecer às *minhas* regras. Me encontre na Franklin Square. Depois que me entregar Peter vivo, eu lhe direi o número do prédio.

– Como vou saber que as autoridades não estarão lá?

– Porque não posso me arriscar a trair você. A vida de Peter não é seu *único* trunfo. Sei o que está realmente em jogo hoje à noite.

– Se eu desconfiar – disse o homem ao telefone – que há alguma outra pessoa além de *você* na Franklin Square, não vou parar o carro e Peter Solomon desaparecerá para sempre. E é claro... essa vai ser a menor das suas preocupações.

– Irei sozinho – respondeu Bellamy. – Quando você me entregar Peter, eu lhe darei o que quer.

– No meio da praça – disse o homem. – Vou levar pelo menos 20 minutos para chegar lá. Sugiro que me espere o tempo que for preciso.

A ligação foi cortada.

Na mesma hora, o saguão ganhou vida. Sato começou a gritar ordens. Vários agentes de campo agarraram seus rádios e se encaminharam para a porta.

– Andem! Andem!

Em meio àquele caos, Langdon olhou para Bellamy em busca de algum tipo de explicação sobre o que realmente estava acontecendo naquela noite, mas o Arquiteto já estava sendo conduzido às pressas pela porta.

– Eu preciso ver meu irmão! – gritou Katherine. – Vocês *têm* que nos deixar ir! Sato se aproximou de Katherine.

– Eu não *tenho* que fazer nada, Sra. Solomon. Está claro?

Katherine não arredou pé, fitando, em desespero, os olhos miúdos de Sato.

– Sra. Solomon, minha prioridade é prender esse homem na Franklin Square, e a senhora vai ficar aqui sentada com um de meus homens até eu fazer isso. Então, e só então, vamos nos preocupar com seu irmão.

– A senhora não está entendendo – disse Katherine. – Sei *exatamente* onde esse homem mora! Fica a cinco minutos daqui, em Kalorama Heights, e lá existem provas que poderão ajudá-la! Além do mais, a senhora disse que não quer que este caso vaze. Sabe-se lá o que Peter vai dizer às autoridades quando o estado dele se estabilizar.

Sato contraiu os lábios, aparentemente processando o argumento de Katherine. Do lado de fora, as hélices do helicóptero começaram a girar. A diretora franziu o cenho, virando-se em seguida para um de seus homens.

– Hartmann, pegue o Escalade. Leve a Sra. Solomon e o Sr. Langdon até Kalorama Heights. Peter Solomon não deve falar com *ninguém*. Entendido?

– Sim, senhora – respondeu o agente.

– Me ligue quando chegar lá para dizer o que encontrou. E não perca esses dois de vista.

O agente Hartmann fez um rápido meneio de cabeça, tirou a chave do Escalade do bolso e seguiu em direção à porta.

Katherine foi atrás dele.

Sato se virou para Langdon.

– Vejo o senhor em breve, professor. Sei que está achando que o inimigo sou eu, mas posso garantir que isso não é verdade. Vá encontrar Peter imediatamente. Isto aqui ainda não terminou.

Ao lado de Langdon, o decano Galloway estava sentado diante da mesa de centro sem dizer nada. Suas mãos haviam encontrado a pirâmide de pedra dentro da bolsa de couro aberta, e ele corria os dedos pela superfície morna.

– Reverendo, o senhor vem conosco? – disse Langdon.

– Eu só iria atrasá-los. – Galloway retirou as mãos da bolsa e fechou o zíper por cima da pirâmide. – Vou ficar aqui e rezar pela recuperação de Peter. Podemos todos conversar mais tarde. Mas, quando o senhor mostrar a pirâmide a ele, poderia lhe dizer uma coisa por mim?

– Claro. – Langdon colocou a bolsa no ombro.

– Diga a ele que – Galloway pigarreou – a Pirâmide Maçônica sempre guardou seu segredo... *de forma sincera.*

– Não entendi.

– Apenas diga isso a Peter – disse o velho sorrindo. – Ele vai entender.

Com essas palavras, o decano abaixou a cabeça e começou a rezar.

Langdon saiu apressado. Katherine já estava sentada no banco do carona explicando o caminho ao agente. Langdon sentou no banco de trás e mal teve tempo de fechar a porta antes de o gigantesco veículo disparar pelo gramado na direção norte, rumo a Kalorama Heights.

CAPÍTULO **93**

A Franklin Square fica no quadrante noroeste do centro de Washington, ladeada pelas ruas K e 13. A praça abriga muitos prédios históricos, em particular a Franklin School, de onde Alexander Graham Bell enviou, em 1880, a primeira mensagem por telégrafo do mundo.

Bem acima da praça, um helicóptero UH-60 se aproximou depressa pelo lado oeste, tendo percorrido em poucos minutos a distância da Catedral Nacional até ali. *Tempo de sobra*, pensou Sato ao olhar para a praça lá embaixo. Ela sabia que era fundamental que os agentes assumissem suas posições sem serem vistos, antes de o alvo chegar. *Ele disse que iria demorar pelo menos 20 minutos.*

Obedecendo às ordens de Sato, o piloto deixou os passageiros no telhado do edifício mais alto das redondezas – o famoso One Franklin Square, um imenso e prestigioso prédio de escritórios encimado por duas torres. A manobra era ilegal, é claro, mas o helicóptero só ficou alguns segundos ali, e seu patim de aterrissagem mal tocou o piso de cascalho. Assim que todos saltaram, o piloto levantou voo imediatamente, inclinando-se para leste, direção na qual subiria até uma "altitude silenciosa" para dar cobertura invisível lá de cima.

Sato esperou a equipe de campo juntar suas coisas e preparar Bellamy para a missão. O Arquiteto ainda parecia atordoado pelo que vira no laptop da diretora do ES. *Como eu disse... uma questão de segurança nacional.* Bellamy logo entendera o que ela estava querendo dizer e agora cooperava sem restrições.

– Tudo pronto, senhora – disse o agente Simkins.

Seguindo as ordens dadas por Sato, os agentes conduziram Bellamy pelo telhado e desapareceram por uma escada, rumando para o térreo para assumir suas posições.

A diretora foi até a beirada do prédio e olhou para baixo. O parque arborizado ocupava o quarteirão inteiro. *Bastante lugar para se esconder.* A equipe de campo compreendia a importância de uma interceptação discreta. Se o alvo sentisse a presença das autoridades e decidisse simplesmente ir embora... Sato não queria nem pensar nisso.

O vento lá em cima estava forte e frio. A diretora abraçou o próprio corpo e plantou os pés no chão com firmeza para não ser arrastada para fora do telhado. Daquele ângulo privilegiado, a Franklin Square parecia menor do que ela se lembrava, com menos prédios. Sato se perguntou qual deles seria o número 8. Havia solicitado essa informação à sua analista, Nola, de quem aguardava notícias a qualquer momento.

Bellamy e os agentes surgiram lá embaixo, parecendo formigas se espalhando pela escuridão da área arborizada. Simkins posicionou o Arquiteto em uma clareira próxima ao centro do parque deserto. Então ele e sua equipe se misturaram às arvores, sumindo de vista. Em poucos segundos, Bellamy estava sozinho, andando de um lado para outro e tremendo sob a luz de um poste de rua.

Sato não sentiu pena.

Ela acendeu um cigarro e deu uma longa tragada, saboreando o calor da fumaça à medida que impregnava seus pulmões. Convencida de que tudo lá embaixo estava em ordem, afastou-se da beirada para esperar seus dois telefonemas: um da analista Nola e outro do agente Hartmann, que seguira para Kalorama Heights.

CAPÍTULO **94**

Mais devagar! Langdon se agarrou ao banco de trás do Escalade, que zunia por uma curva, se inclinando num ângulo perigoso. O agente Hartmann da CIA ou estava querendo se exibir para Katherine ou tinha ordens de chegar o mais rápido possível até onde Peter Solomon estava, a fim de evitar que ele dissesse qualquer coisa que não devia às autoridades locais.

A correria para escapar dos sinais vermelhos na Embassy Row já tinha sido bastante aflitiva, mas agora eles seguiam em alta velocidade pelas sinuosas ruas residenciais de Kalorama Heights. Katherine gritava instruções pelo caminho, pois já estivera na casa do sequestrador naquela tarde.

A cada curva, a bolsa de couro aos pés de Langdon era jogada de um lado para outro, e ele podia ouvir o cume batendo. Deduziu que ele havia se soltado do topo da pirâmide e agora sacolejava no interior da bolsa. Temendo que se danificasse, Langdon remexeu lá dentro até encontrá-lo. A peça ainda estava quente, mas o texto brilhante já havia desaparecido e a inscrição voltara ao estado original:

O segredo se esconde dentro da Ordem.

Quando Langdon estava prestes a guardar o cume em um compartimento lateral, percebeu que a superfície de ouro estava coberta por pontinhos brancos. Intrigado, tentou limpá-los, mas estavam presos e endurecidos... como se fossem de plástico. *Mas o que é isso?* Ele então percebeu que a pirâmide de pedra também estava coberta daquela substância. Langdon arrancou um dos pontinhos com a unha, rolando-o entre os dedos.

– Cera? – deixou escapar.

Katherine olhou por cima do ombro.

– O quê?

– A pirâmide e o cume estão cobertos de pedacinhos de cera. Não estou entendendo. De *onde* ela pode ter saído?

– De alguma coisa dentro da sua bolsa, talvez?

– Acho que não.

Ao fazerem uma curva, Katherine apontou pelo para-brisa e virou-se para o agente Hartmann.

– É ali! Chegamos.

Langdon ergueu os olhos e viu as luzes giratórias do carro da firma de segurança parado numa entrada de garagem mais à frente. O portão estava aberto, e o agente entrou correndo na propriedade com o utilitário esportivo.

A casa era uma mansão espetacular. Todas as luzes lá dentro estavam acesas e a porta da frente estava escancarada. Havia meia dúzia de veículos estacionados de qualquer maneira sobre o gramado, parecendo ter chegado ali às pressas. Alguns dos carros ainda estavam ligados e com os faróis acesos, a maioria deles apontados para a casa, mas um, virado de lado, praticamente os cegou quando chegaram.

O agente Hartmann parou no gramado ao lado de um sedã branco com PREFERRED SECURITY estampado em cores vivas na lataria. As luzes giratórias e os faróis altos em seus olhos dificultavam a visão.

Katherine saltou do carro sem demora e correu em direção à casa. Langdon pendurou a bolsa no ombro sem se dar o trabalho de fechar o zíper. Seguiu Katherine com uma corridinha pelo gramado até a porta da frente aberta. Vozes ecoavam lá dentro. Atrás de Langdon, o utilitário esportivo emitiu um bipe quando o agente Hartmann o trancou e saiu apressado atrás deles.

Katherine subiu aos saltos os degraus da frente, passando pela porta e desaparecendo no hall de entrada. Langdon cruzou a soleira atrás dela e pôde ver que Katherine já estava atravessando o hall e seguindo o corredor principal rumo ao barulho das vozes. No final do corredor, havia uma mulher vestida com o uniforme da firma de segurança sentada de costas para eles diante de uma mesa de jantar.

– Agente! – gritou Katherine enquanto corria. – Onde está Peter Solomon?

Langdon correu atrás dela, mas, no caminho, um movimento inesperado atraiu seu olhar. À sua esquerda, pela janela da sala de estar, pôde ver que o portão de entrada estava se fechando. *Que estranho.* E outra coisa chamou sua atenção... algo antes escondido pelo brilho das luzes giratórias e pelos faróis que os haviam ofuscado ao chegar. Aqueles carros parados de qualquer maneira em frente à casa não se pareciam em nada com viaturas policiais e veículos de emergência.

Um Mercedes?... Um Hummer?... Um Tesla Roadster?

Nesse instante, Langdon também percebeu que as vozes que ouvia dentro da casa nada mais eram do que uma televisão ligada.

Girando o corpo em câmera lenta, Langdon gritou para o corredor:

– Katherine, espere!

Mas, quando ele acabou de se virar, pôde ver que Katherine Solomon não estava mais correndo.

Ela estava suspensa no ar.

CAPÍTULO 95

Katherine Solomon sabia que estava caindo... mas não conseguia entender por quê.

Estava avançando pelo corredor em direção à agente de segurança na sala de jantar quando de repente seus pés se enroscaram em um obstáculo invisível e seu corpo se precipitara para a frente, levantando voo.

Agora ela estava voltando à terra... no caso, o chão de madeira de lei.

Katherine desabou de barriga e o ar foi expulso com violência de seus pulmões. Acima dela, um pesado cabideiro balançou e depois caiu, quase a atingindo. Ela ergueu a cabeça, ainda tentando recuperar o fôlego, intrigada ao ver que a agente de segurança sentada na cadeira não tinha movido um só músculo. E, mais estranho ainda, o cabideiro caído parecia ter um fio bem fino preso à sua base, esticado de um lado a outro do corredor.

Por que alguém iria...?

– Katherine! – gritou Langdon e, quando ela rolou de lado para olhar em sua direção, sentiu o sangue gelar. *Robert! Atrás de você!* Katherine tentou gritar, mas ainda estava ofegante. Tudo o que pôde fazer foi olhar enquanto Langdon avançava pelo corredor em câmera lenta para ajudá-la, sem fazer ideia de que, atrás dele, o agente Hartmann atravessava cambaleante a soleira da porta, agarrando a própria garganta. O sangue esguichava por entre seus dedos enquanto ele tateava o cabo de uma comprida chave de fenda que despontava de seu pescoço.

Quando o agente caiu para a frente, seu agressor ficou visível.

Meu Deus... não!

Completamente nu a não ser por uma estranha roupa íntima parecida com uma tanga, o imenso homem aparentemente estivera escondido no hall. Seu corpo musculoso era coberto da cabeça aos pés por estranhas tatuagens. Enquanto a porta da frente se fechava, ele se lançou pelo corredor atrás de Langdon.

O agente Hartmann atingiu o chão bem na hora em que a porta da frente se fechou com um baque. Com uma expressão de surpresa, Langdon começou a se virar, porém o homem tatuado já estava em cima dele, pressionando algum tipo de aparelho contra suas costas. Houve um clarão acompanhado de um forte chiado elétrico, e Katherine viu Langdon se retesar. Com os olhos arregalados e vidrados, ele se precipitou para a frente e desabou no chão, paralisado. Caiu com força por cima da bolsa de couro, e a pirâmide saiu rolando de dentro dela.

Sem ao menos relancear os olhos para sua vítima, o homem tatuado passou por cima de Langdon e avançou direto para Katherine. Nesse meio-tempo, ela já engatinhava para trás em direção à sala de jantar, onde esbarrou numa cadeira. Então a agente de segurança que havia sido sentada ali oscilou e caiu no chão ao seu lado. A expressão sem vida da mulher era de terror. Um trapo embolado enchia sua boca.

O homem enorme conseguiu alcançar Katherine antes que ela tivesse tempo de reagir. Ele a agarrou pelos ombros com uma força inacreditável. Sem o disfarce da maquiagem, seu rosto era uma visão aterradora. Ele flexionou os músculos, e Katherine sentiu que era virada de bruços como uma boneca de pano. Um joelho pesado apertou suas costas e, por alguns instantes, ela pensou que fosse se partir ao meio. Ele agarrou seus braços e os puxou para trás.

Com a cabeça de lado e a bochecha colada ao tapete, Katherine pôde ver Langdon com o corpo ainda tomado por espasmos e o rosto virado para baixo. Mais adiante, o agente Hartmann jazia imóvel no chão do hall.

Um metal frio beliscou os pulsos de Katherine e ela percebeu que estava sendo amarrada com arame. Tentou se desvencilhar, aterrorizada, mas sentiu uma dor lancinante.

– Se tentar se mexer, este arame vai *cortar* – disse o homem, terminando de prender seus pulsos e em seguida passando aos tornozelos com assustadora eficiência.

Katherine lhe deu um chute e ele retribuiu com um forte soco na parte de trás de sua coxa direita, paralisando sua perna. Em poucos segundos, seus tornozelos estavam presos.

– Robert! – ela conseguiu finalmente gritar.

Langdon gemia no chão do corredor. Estava encolhido sobre a bolsa de couro, com a pirâmide de pedra caída de lado junto à sua cabeça. Katherine percebeu que a pirâmide era sua última esperança.

– Nós deciframos a pirâmide! – disse ela a seu agressor. – Vou contar tudo para você!

– Vai, sim. – Com essas palavras, ele removeu o trapo da boca da mulher morta e o enfiou com firmeza na de Katherine.

O pano tinha o gosto da morte.

O corpo de Robert Langdon não lhe pertencia. Ele estava deitado, dormente e imóvel, com a bochecha pressionada contra o chão de madeira de lei. Tinha ouvido falar o suficiente sobre armas de choque para saber que elas incapacitavam as vítimas com uma sobrecarga temporária do sistema nervoso. Seu efeito – algo chamado interrupção eletromuscular – poderia muito bem ser comparado ao de um relâmpago. A descarga de dor excruciante parecia penetrar cada molécula de seu corpo. Agora, apesar da determinação de sua mente, seus músculos se recusavam a obedecer ao comando que ele lhes enviava.

Levante-se, Robert!

Com o rosto virado para baixo, paralisado no chão, Langdon mal conseguia respirar. Ainda não tinha visto o homem que o atacara, mas conseguia enxergar o agente Hartmann deitado sobre uma poça de sangue cada vez maior. Langdon escutara Katherine lutar e discutir, mas pouco antes a voz dela tinha ficado abafada, como se o homem houvesse enfiado alguma coisa em sua boca.

Levante-se, Robert! Você precisa ajudá-la!

As pernas de Langdon passaram a formigar, recuperando a sensibilidade de forma ardida e dolorosa, mas ainda se recusavam a cooperar. *Mexa-se!* Seus braços sofriam espasmos à medida que as sensações começavam a retornar, junto com a sensibilidade da face e do pescoço. Com grande esforço, conseguiu girar a cabeça, arrastando a bochecha com força pelo chão de madeira enquanto virava o rosto para olhar em direção à sala de jantar.

Mas algo impedia a visão de Langdon – a pirâmide de pedra, que havia caído da bolsa e jazia de lado no chão, com a base a poucos centímetros de seu rosto.

Por alguns instantes, ele não compreendeu o que estava vendo. O quadrado de pedra à sua frente era evidentemente a base da pirâmide, mas parecia de certa forma diferente. Muito diferente. Ainda era quadrada, e ainda era feita de pedra... mas não era mais lisa e lustrosa. Aquela base estava coberta por inscrições gravadas. *Como é possível?* Ele passou vários segundos encarando-a, imaginando se estaria tendo alucinações. *Olhei para esse negócio mais de 10 vezes... e não havia inscrição nenhuma!*

Langdon então percebeu por quê.

Ele retomou o controle de sua respiração e sorveu profundamente o ar, dando-se conta de que a Pirâmide Maçônica ainda não havia revelado todos os seus segredos. *Eu testemunhei uma nova transformação.* Em um lampejo, Langdon compreendeu o significado do último pedido de Galloway. *Diga a Peter que a Pirâmide Maçônica sempre guardou seu segredo... de forma sincera.* Na ocasião, essas palavras lhe pareceram sem sentido, mas agora Langdon entendia que o decano Galloway estava enviando uma mensagem codificada para Peter. Por ironia, esse mesmo código tinha servido para provocar uma reviravolta no enredo de um thriller medíocre que Langdon lera anos antes.

Sin-cera...

Desde os dias de Michelangelo, os escultores escondiam os defeitos de seus trabalhos usando cera quente e pó de pedra para tapar eventuais fendas. O método era considerado trapaça e, portanto, toda escultura "sine cera" – ou seja, sem cera – era chamada de obra de arte "sincera". A expressão pegou. Até hoje, usamos "sinceramente" para assinar as cartas, como uma garantia de que nossas palavras são verdadeiras.

A inscrição naquela base tinha sido escondida usando o mesmo método. Quando Katherine *ferveu* a pirâmide, a cera derreteu, revelando uma nova mensagem. Galloway passara as mãos na pirâmide na sala de estar do Cathedral College e, aparentemente, sentira as marcas na base.

Então, ainda que só por um instante, Langdon esqueceu todo o perigo que ele e Katherine estavam correndo e encarou o inacreditável conjunto de símbolos na base da pirâmide. Não fazia ideia do que significavam... ou do que poderiam vir a revelar, mas uma coisa era certa. *A Pirâmide Maçônica ainda tem segredos a contar. Eight Franklin Square não é a resposta final.*

Langdon não saberia dizer se foi por causa dessa revelação cheia de adrenalina ou apenas pelos segundos a mais que passou ali deitado, mas de repente sentiu que recuperava o controle do corpo.

Dolorosamente, moveu um braço para o lado, afastando a bolsa de couro de modo a poder enxergar a sala de jantar.

Para seu horror, viu que Katherine tinha sido amarrada e que um trapo enorme estava enfiado em sua boca. Langdon flexionou os músculos para tentar se ajoelhar, mas logo em seguida congelou, totalmente incrédulo. O vão da porta da sala de jantar acabara de ser preenchido por uma visão aterradora – uma forma humana diferente de tudo o que Langdon jamais vira.

Meu Deus do céu, o que é...?!

Langdon rolou o corpo, agitando as pernas numa tentativa de recuar, mas o imenso homem tatuado o agarrou, virando-o de costas e prendendo seu tronco com as coxas. Apoiou os joelhos sobre os bíceps de Langdon, imobilizando-o violentamente contra o chão. O peito do homem exibia uma fênix de duas cabeças encrespada por seus músculos. Seu pescoço, rosto e cabeça raspada estavam cobertos por um estonteante conjunto de símbolos particularmente intrincados – sigilos, como Langdon sabia, usados nos rituais de magia negra.

Antes que Langdon conseguisse processar qualquer outra coisa, o homem descomunal segurou suas orelhas entre as palmas das mãos, ergueu sua cabeça do chão e, com uma força terrível, golpeou-a contra a madeira.

Tudo ficou preto.

CAPÍTULO **96**

Em pé no corredor, Mal'akh olhou para a carnificina à sua volta. Sua casa parecia um campo de batalha.

Robert Langdon estava deitado inconsciente aos seus pés.

Katherine Solomon estava amarrada e amordaçada no chão da sala de jantar.

Perto dela jazia o cadáver da agente de segurança, que caíra da cadeira. Tentando salvar a própria vida, a agente tinha feito exatamente o que Mal'akh mandara. Com uma faca pressionada contra o pescoço, ela havia atendido seu celular e contado a mentira que convencera Langdon e Katherine a irem correndo até lá. *Ela não tinha colega nenhuma, e Peter Solomon com certeza não está bem.* Assim que a mulher concluiu sua encenação, Mal'akh a esganou calmamente.

Para completar a ilusão de que não estava em casa, telefonara para o Arquiteto de dentro de um de seus carros, usando o viva voz. *Estou na estrada*, dissera a Bellamy e a quem mais estivesse escutando. *Peter está amarrado dentro do porta-malas*. Na verdade, Mal'akh estava dirigindo pelo quintal da frente, onde havia deixado vários de seus numerosos carros estacionados desordenadamente, com os faróis acesos e os motores ligados.

A farsa tinha funcionado à perfeição.

Quase.

O único porém era o monte ensanguentado vestido de preto no hall de entrada, com uma chave de fenda enfiada no pescoço. Mal'akh revistou o cadáver e teve que rir ao encontrar um rádio de última geração e um celular com a logo da CIA. *Parece que até eles têm consciência do meu poder.* Retirou as baterias e esmagou os dois aparelhos com um grande calço de bronze que segurava a porta.

Mal'akh sabia que precisava agir depressa, sobretudo se a CIA estava envolvida. Tornou a andar até Langdon. O professor estava desacordado e ficaria assim por algum tempo. Os olhos do sequestrador então se moveram, ansiosos, para a pirâmide de pedra no chão ao lado da bolsa aberta. Ele ficou sem fôlego, e seu coração começou a bater disparado.

Esperei anos...

Mal'akh tremia um pouco ao estender a mão e recolher a Pirâmide Maçônica. Enquanto corria os dedos lentamente pelas inscrições, sentiu-se maravilhado com a promessa que continham. Antes que ficasse arrebatado demais, tornou a guardar a pirâmide e o cume na bolsa de Langdon, fechando o zíper.

Em breve eu a montarei... em um lugar bem mais seguro.

Jogou a bolsa por sobre o ombro e em seguida tentou erguer Langdon, porém o físico atlético do professor era mais pesado do que ele imaginara. Mal'akh se contentou em agarrá-lo pelas axilas e arrastá-lo pelo chão. *Ele não vai gostar do lugar para onde está indo*, pensou.

Enquanto arrastava Langdon, a televisão da cozinha continuava aos berros. O vozerio da TV fizera parte da encenação, e Mal'akh ainda não a havia desligado. O canal agora exibia um programa evangélico, no qual um pastor conduzia sua congregação em um pai-nosso coletivo. Mal'akh se perguntou se algum dos telespectadores hipnotizados fazia ideia da origem daquela oração.

"... Assim na Terra como no céu...", entoou o grupo.

Sim, pensou Mal'akh. *Assim em cima como embaixo.*

"... E não nos deixeis cair em tentação..."

Ajudai-nos a dominar a fraqueza de nossa carne.

"... Livrai-nos do mal...", imploraram todos.

Mal'akh sorriu. *Essa parte talvez seja difícil. A escuridão está aumentando.* Ainda assim, ele tinha de respeitá-los por tentarem. Humanos que se dirigiam a forças invisíveis para pedir ajuda eram uma raça em extinção no mundo moderno.

O sequestrador estava arrastando Langdon pela sala de estar quando a congregação declarou: "Amém!"

Amon, corrigiu ele. *O Egito é o berço da religião de vocês.* O deus Amon foi o protótipo de Zeus... de Júpiter... e de todas as faces modernas de Deus. Até hoje, todas as religiões da Terra exclamavam uma variação de seu nome. *Amém! Amin! Aum!*

O pastor evangélico da TV começou a citar versículos da Bíblia descrevendo hierarquias de anjos, demônios e espíritos que governavam o céu e o inferno. "Protejam suas almas das forças do mal!", alertou ele. "Ergam seus corações em prece! Deus e seus anjos *irão* ouvi-los!"

Ele tem razão. Mas os demônios também.

Mal'akh tinha aprendido que, com a aplicação adequada da Arte, o praticante poderia abrir um portal para o reino espiritual. As forças invisíveis existentes ali, como acontecia com os próprios homens, podiam assumir muitas formas, tanto boas quanto más. As forças da Luz curavam, protegiam e buscavam dar ordem ao Universo. As das Trevas funcionavam de forma oposta... trazendo destruição e caos.

Quando corretamente invocadas, as forças invisíveis podiam ser convencidas a cumprir os desejos do praticante... imbuindo-o assim de um poder aparentemente sobrenatural. Em troca dessa ajuda, as forças exigiam oferendas: orações e louvor no caso das forças da Luz, e derramamento de sangue no caso das forças das Trevas.

Quanto maior o sacrifício, maior o poder transferido. Mal'akh havia começado sua prática com o sangue de animais. Com o tempo, no entanto, seus sacrifícios tinham ficado mais ousados. *Hoje à noite, darei o passo que falta.*

"Cuidado!", gritou o pastor, alertando sobre a vinda do Apocalipse. "A derradeira batalha pelas almas dos homens logo será travada!"

De fato, pensou Mal'akh. *E eu me tornarei seu maior guerreiro.*

É claro que essa batalha já tinha começado havia muito, muito tempo. No Antigo Egito, os grandes adeptos tinham aperfeiçoado a Arte, evoluindo para além das massas e se tornando verdadeiros praticantes da Luz. Eles percorriam a Terra como deuses. Construíam grandes templos de iniciação, nos quais neófitos vindos do outro lado do mundo buscavam assimilar seu conhecimento. Assim nasceu uma raça de homens de ouro. Durante um breve intervalo, a humanidade pareceu a ponto de se elevar e transcender suas amarras terrenas.

A idade de ouro dos Antigos Mistérios.

Mas o homem, sendo de carne, era suscetível aos pecados da arrogância, do ódio, da impaciência e da cobiça. Com o tempo, alguns corromperam a Arte, pervertendo-a e abusando de seus poderes em proveito próprio. Essas pessoas começaram a invocar forças obscuras. Uma Arte diferente se desenvolveu... um poder mais forte, imediato e embriagante.

Essa é a minha Arte.

Essa é a minha Grande Obra.

Os adeptos iluminados e suas fraternidades esotéricas testemunharam a ascensão do mal e viram que o homem não estava usando seu conhecimento recém-adquirido para o bem da espécie. Portanto, eles o esconderam para mantê-lo protegido dos não merecedores. Depois de algum tempo, esse saber se perdeu.

Com isso veio a Grande Queda do Homem.

E uma escuridão perene.

Até os dias de hoje, os nobres descendentes dos adeptos continuavam sua batalha, tateando às cegas em busca da Luz, tentando resgatar o poder perdido e manter afastada a escuridão. Eram os sacerdotes e as sacerdotisas das igrejas, templos e santuários de todas as religiões do planeta. O tempo havia apagado as lembranças... afastando-os de seu passado. Eles ignoravam a Fonte de onde outrora brotara seu poderoso conhecimento. Quando perguntados sobre os divinos mistérios de seus antepassados, os novos protetores da fé os renegavam com veemência, condenando-os como se fosse heresia.

Terão eles esquecido de fato?, perguntou-se Mal'akh.

Ecos da antiga Arte ainda ressoavam em todos os cantos do globo terrestre, desde os místicos cabalistas do judaísmo até os sufis esotéricos do Islã. Seus vestígios perduravam nos misteriosos rituais do cristianismo, em seus ritos da Santa Comunhão em que Deus era devorado, nas hierarquias dos santos, anjos e demônios, em seus cânticos e louvores, nas bases astrológicas de seu calendário sagrado, nas vestes consagradas e na promessa de vida eterna. Até hoje, seus sacerdotes espantavam os maus espíritos balançando incensórios cheios de fumaça, tocando sinos sagrados e borrifando água benta. Os cristãos ainda praticavam o ofício sobrenatural do exorcismo – prática primitiva de sua fé que exigia a capacidade não apenas de expulsar demônios, mas também de invocá-los.

E mesmo assim eles não conseguem ver seu passado...

Em nenhum outro lugar o passado místico da Igreja era mais evidente do que em seu epicentro. Na cidade do Vaticano, no coração da praça de São Pedro, erguia-se um imenso obelisco egípcio. Esculpido 1.300 anos antes de Jesus vir ao mundo, o portentoso monólito não tinha relevância alguma ali, nenhum vínculo com o cristianismo moderno. No entanto, lá estava ele. No coração da Igreja de Cristo. Um marco de pedra gritando para ser ouvido. Um lembrete para aqueles poucos sábios que recordavam onde tudo havia começado. Aquela Igreja, nascida do ventre dos Antigos Mistérios, ainda ostentava seus ritos e símbolos.

Um símbolo acima de todos os outros.

Adornando seus altares, vestimentas, campanários e Escrituras havia a imagem singular da cristandade – a de um ser humano precioso e sacrificado. Mais do que qualquer outra fé, o cristianismo compreendia o poder transformador do sacrifício. Mesmo na atualidade, para honrar a imolação de Jesus, seus seguidores realizavam débeis gestos individuais de renúncia... jejuns, restrições na Quaresma, dízimos.

Todas essas coisas, é claro, são impotentes. Sem sangue... não existe sacrifício de verdade.

As forças das Trevas adotavam o sacrifício de sangue havia muito tempo e, com isso, tinham se tornado tão poderosas que o bem agora lutava para mantê-las sob controle. Em breve a Luz seria consumida por completo e a escuridão se espalharia sem obstáculos pela mente dos homens.

CAPÍTULO 97

– **O número 8** da Franklin Square *tem* que existir – insistiu Sato. – Procure de novo!

Nola Kaye sentou-se à sua mesa e ajustou o fone de ouvido.

– Já procurei por toda parte... esse endereço não existe em Washington.

– Mas eu estou no telhado do One Franklin Square, o prédio moderno que fica no número 1 – disse Sato. – Tem que haver um número *8*!

A diretora Sato está em cima de um telhado?

– Espere um pouco.

Nola iniciou uma nova busca. Estava cogitando contar à diretora do ES sobre o hacker, mas Sato no momento parecia obcecada pelo número 8 da Franklin Square. Além do mais, a analista ainda não tinha todas as informações. *Onde está aquele idiota da segurança de sistemas?*

– Certo – disse Nola, fitando o monitor. – Estou vendo qual é o problema. One Franklin Square, o tal número 1 de que a senhora está falando, é o *nome* do edifício... não o endereço. O endereço na verdade é Rua K, 1.301.

A notícia pareceu deixar a diretora confusa.

– Nola, não estou com tempo para explicar... A pirâmide aponta claramente para o endereço Franklin Square, 8.

Nola se empertigou na cadeira. *A pirâmide aponta para um lugar específico?*

– A inscrição – continuou Sato – diz o seguinte: "O segredo se esconde dentro da Ordem: Eight Franklin Square."

Nola mal conseguia imaginar uma coisa daquelas.

– *Ordem* como... uma ordem maçônica ou uma fraternidade?

– Suponho que sim – respondeu Sato.

Nola pensou um pouco e então recomeçou a digitar.

– Senhora, talvez os números dos prédios da praça tenham mudado com os anos, não? Quer dizer, se essa pirâmide é tão antiga quanto reza a lenda, quem sabe a numeração da Franklin Square não era diferente quando ela foi feita?

Estou fazendo uma busca aqui *sem* o número 8... só por... "ordem"... "Franklin Square"... e "Washington, D.C."... talvez assim a gente consiga descobrir se existe... – Ela parou a frase no meio quando os resultados da pesquisa surgiram.

– O que você encontrou? – quis saber Sato.

Nola encarou o primeiro resultado da lista – uma imagem espetacular da Grande Pirâmide do Egito, que servia de fundo de tela para o site dedicado a um prédio na Franklin Square. O prédio era diferente de todos os outros que havia ali.

Ou na cidade inteira, por sinal.

O que chamou a atenção de Nola não foi a arquitetura bizarra do edifício, mas sim a descrição do seu *propósito*. Segundo o site, aquele estranho prédio havia sido construído como um santuário místico sagrado, projetado por... e *para*... uma antiga ordem secreta.

CAPÍTULO **98**

Robert Langdon recuperou a consciência com uma dor de cabeça insuportável.

Onde eu estou?

Seja lá onde fosse, não havia luz. Apenas uma escuridão cavernosa e um silêncio sepulcral.

Ele estava deitado de costas com os braços estendidos ao longo do corpo. Confuso, tentou mexer os dedos das mãos e dos pés e ficou aliviado ao ver que estavam se movimentando normalmente e sem dor. *O que houve?* Com exceção da dor de cabeça e da escuridão profunda, tudo parecia mais ou menos normal.

Quase tudo.

Langdon percebeu que estava deitado em um chão duro que parecia particularmente liso, como uma placa de vidro. E o que era mais estranho: podia sentir que a superfície plana estava em contato direto com sua pele nua... seus ombros, costas, nádegas, coxas, panturrilhas. *Será que estou pelado?* Intrigado, passou as mãos pelo corpo.

Meu Deus! Cadê minhas roupas?

No escuro, a névoa mental começou a se dissipar e Langdon teve lampejos de memória... imagens assustadoras... um agente da CIA morto... o rosto de um monstro tatuado... sua própria cabeça golpeando o chão. Os flashes começaram a vir mais depressa... e ele então se lembrou de Katherine Solomon amarrada e amordaçada no chão da sala de jantar.

Deus do céu!

Langdon se levantou com um salto e, ao fazê-lo, sua testa bateu em algo suspenso poucos centímetros acima. Uma explosão de dor se espalhou por seu crânio e ele caiu para trás, quase inconsciente. Grogue, estendeu as mãos para o alto, tateando no escuro em busca do obstáculo. O que encontrou não fez sentido para ele. Parecia que o teto daquela sala estava a menos de meio metro de altura. *Mas o que é isto?* Quando abriu os braços para os lados tentando rolar o corpo, suas duas mãos encontraram paredes.

Foi então que a verdade se abateu sobre Langdon. Ele não estava em uma sala.

Estou dentro de uma caixa!

Na escuridão daquele pequeno espaço parecido com um caixão, Langdon começou a esmurrar descontroladamente as paredes, gritando sem parar por socorro. O terror que o dominava foi ficando mais intenso a cada segundo, até se tornar intolerável.

Fui enterrado vivo.

A tampa do estranho caixão de Langdon se recusava a sair do lugar, mesmo que ele empurrasse para cima com toda a força dos braços e pernas, em um pânico desvairado. Ao que tudo indicava, a caixa era feita de uma grossa fibra de vidro. Lacrada. À prova de som. À prova de luz. À prova de fuga.

Vou sufocar sozinho dentro desta caixa.

Ele pensou no poço profundo em que havia caído quando menino e na noite de terror que passara batendo os pés na água, sozinho na escuridão de um abismo sem fim. Esse trauma havia marcado sua psique, provocando uma fobia incontrolável de lugares fechados.

Enterrado vivo naquela noite, Robert Langdon estava vivendo seu maior pesadelo.

Katherine Solomon tremia em silêncio no chão da sala de jantar de Mal'akh. O arame afiado em volta de seus pulsos e tornozelos já a havia cortado, e seus menores movimentos só pareciam deixá-lo ainda mais apertado.

O homem tatuado havia nocauteado Langdon com brutalidade e depois arrastado seu corpo inerte pelo chão, levando junto a bolsa de couro e a pirâmide de pedra. Katherine nem imaginava para onde eles teriam ido. O agente que os acompanhava estava morto. Fazia vários minutos que não escutava nenhum som, de modo que se perguntou se o sequestrador e Langdon ainda estariam dentro da casa. Ela vinha tentando gritar por socorro, mas, a cada tentativa, o trapo em sua boca escorregava perigosamente mais para perto de sua traqueia.

Foi então que sentiu passos se aproximarem e virou a cabeça na esperança infundada de que alguém estivesse vindo ajudá-los. A imensa silhueta de seu algoz se materializou no corredor. Katherine se encolheu ao recordar a imagem daquele mesmo homem na casa de sua família 10 anos antes.

Ele destruiu minha família.

O monstro avançou em sua direção, se agachou e a segurou pela cintura, erguendo-a com truculência sobre o ombro. O arame cortou seus pulsos e o trapo abafou seus gritos mudos de dor. Ele a carregou pelo corredor rumo à sala de estar onde, mais cedo naquele dia, os dois haviam tomado chá juntos. Katherine não viu Langdon em nenhum lugar.

Para onde ele está me levando?

Ele a carregou pela sala e parou bem em frente ao grande óleo das Três Graças que ela havia admirado naquela tarde.

– Você mencionou que gostava deste quadro – sussurrou o homem, com os lábios praticamente tocando sua orelha. – Fico feliz. Talvez seja a última coisa bonita que verá.

Com essas palavras, estendeu a mão e pressionou a palma no lado direito da imensa moldura. Para espanto de Katherine, o quadro se moveu em torno de um eixo central, como uma porta giratória. *Uma passagem secreta.*

Katherine tentou se desvencilhar, mas o homem a segurou firme, carregando-a pela abertura atrás da tela. Quando as Três Graças tornaram a girar, fechando-se às suas costas, ela pôde ver o isolamento acústico na parte de trás da pintura. Quaisquer que fossem os sons que ele fazia ali dentro, aparentemente não eram destinados a serem ouvidos pelo mundo exterior.

O espaço atrás do quadro estava abarrotado, mais parecendo um corredor do que um cômodo. O homem a carregou até o outro extremo e abriu uma porta pesada, que conduzia a um pequeno patamar. Ao chegar lá, Katherine viu uma estreita rampa que levava a um subsolo profundo. Inspirou para soltar um grito, mas o trapo a sufocava.

As paredes de cimento dos dois lados da rampa íngreme e apertada estavam banhadas por uma luz azulada que parecia emanar do fundo. O ar que subia de lá era morno e pungente, carregado com uma sinistra mistura de aromas... o cheiro forte de produtos químicos, o perfume suave de incenso, o odor terroso de suor humano e, dominando todo o resto, uma aura de medo visceral, animal.

– A sua ciência me deixou impressionado – falou o homem quando chegaram ao final da rampa. – Espero que a *minha* também a impressione.

CAPÍTULO **99**

O agente de campo da CIA Turner Simkins se agachou na escuridão do parque da Franklin Square e manteve o olhar grudado em Warren Bellamy. Ninguém havia mordido a isca, mas ainda era cedo.

O rádio de Simkins emitiu um bipe e ele o ativou, na expectativa de que um de seus homens tivesse visto alguma coisa. Mas era Sato. A diretora tinha novas informações.

Simkins escutou, compartilhando a preocupação dela.

– Espere um instante – falou. – Vou ver se consigo contato visual. – Ele rastejou pelos arbustos onde estava escondido e olhou na direção pela qual havia entrado na praça. Depois de algumas manobras, conseguiu uma boa linha de visão.

Puta merda.

Aninhado entre dois edifícios muito maiores, havia um prédio que parecia uma mesquita do Velho Mundo. A fachada mourisca era feita de reluzentes ladrilhos de terracota dispostos em intrincados desenhos multicoloridos. Acima de três portas imensas, duas fileiras de janelas ogivais davam a impressão de que arqueiros árabes poderiam aparecer e disparar suas flechas caso alguém se aproximasse sem ser convidado.

– Estou vendo – disse Simkins.

– Alguma atividade?

– Nada.

– Ótimo. Preciso que você se reposicione e fique observando esse lugar com atenção. O nome dele é Templo de Almas, sede de uma ordem mística.

Fazia muito tempo que Simkins trabalhava na região de Washington, mas não conhecia aquele templo nem qualquer ordem mística sediada na Franklin Square.

– Esse prédio – disse Sato – pertence a um grupo chamado Antiga Ordem Árabe dos Nobres do Santuário Místico.

– Nunca ouvi falar.

– Acho que já ouviu, *sim*. É um grupo paramaçônico mais conhecido como shriners.

Simkins lançou um olhar incrédulo para o edifício ornamentado. *Os shriners? Aqueles que constroem hospitais para crianças?* Não conseguia imaginar "ordem" menos ameaçadora do que uma irmandade de filantropos que usava pequenos barretes vermelhos e marchava em desfiles pela rua.

Ainda assim, a preocupação de Sato era válida.

– Diretora, se o alvo perceber que esse prédio na verdade é a "Ordem" da Franklin Square, ele não vai precisar do endereço. Vai simplesmente deixar o encontro para lá e seguir direto para o prédio.

– Foi exatamente o que pensei. Fique de olho na entrada.

– Sim, senhora.

– Alguma notícia do agente Hartmann em Kalorama Heights?

– Não. A senhora pediu que ele ligasse direto para seu telefone.

– Bom, ele não ligou.

Que estranho, pensou Simkins, conferindo o relógio. *Já deveria ter ligado.*

CAPÍTULO **100**

Robert Langdon estava deitado, trêmulo, nu e sozinho na mais completa escuridão. Paralisado de medo, não estava mais socando as paredes nem gritando. Em vez disso, havia fechado os olhos, fazendo o possível para controlar o coração, que martelava em seu peito, e a respiração acelerada.

Você está deitado sob um vasto céu noturno, ele tentava se convencer. *Não há nada acima de você a não ser quilômetros de espaço aberto.*

Essa visualização tranquilizadora tinha sido a única forma encontrada por ele para sobreviver a um exame recente em um aparelho de ressonância magnética... sem contar a dose tripla de Valium. Naquela noite, porém, a visualização não estava surtindo efeito.

O trapo na boca de Katherine Solomon havia escorregado para trás a ponto de quase sufocá-la. Seu agressor a carregara por uma rampa estreita até um corredor subterrâneo escuro. Bem no fim dessa passagem, ela vira de relance um cômodo iluminado por uma sinistra luz roxo-avermelhada, mas os dois não se encaminharam para lá. Em vez disso, o homem parara diante de uma pequena sala lateral, entrando em seguida e sentando-a numa cadeira de madeira. Ele a posicionara com os pulsos amarrados atrás do espaldar de modo que não pudesse se mexer.

Katherine sentiu o arame em seus pulsos cortar-lhe mais fundo a carne.

Porém mal registrou a dor, tamanho seu pânico por não conseguir respirar. O trapo em sua boca escorregou mais para dentro da garganta, e ela sentiu ânsias de vômito. Sua visão começou a escurecer.

Atrás dela, o homem tatuado fechou a única porta do cômodo e acendeu a luz. Àquela altura, os olhos de Katherine lacrimejavam copiosamente, e ela já não conseguia diferenciar os objetos mais próximos. Tudo tinha virado um borrão.

Uma imagem distorcida de carne colorida surgiu na sua frente e Katherine sentiu as pálpebras começarem a tremer enquanto beirava a inconsciência. Um braço coberto de tatuagens se esticou e arrancou o trapo da sua boca.

Katherine arquejou, inspirando fundo, tossindo e engasgando enquanto os pulmões se enchiam de ar. Aos poucos, sua visão começou a clarear e ela deparou com o rosto do demônio. Aquele semblante quase não era humano. O pescoço, o rosto e a cabeça raspada estavam cobertos por uma impressionante tapeçaria de bizarros símbolos tatuados. Com exceção de um pequeno círculo no alto da cabeça, cada centímetro daquele corpo parecia estar decorado. Uma imensa fênix de duas cabeças no peito, cujos olhos eram formados por seus mamilos, a encarava com a ferocidade de um abutre faminto, esperando pacientemente que ela morresse.

– Abra a boca – sussurrou o homem.

Katherine encarou o monstro com uma repulsa absoluta. *O quê?*

– Abra a boca – repetiu ele. – Ou eu torno a colocar o pano.

Trêmula, Katherine obedeceu. O homem estendeu o grosso indicador tatuado e o inseriu entre seus lábios. Quando ele tocou sua língua, Katherine pensou que fosse vomitar. Ele retirou o dedo molhado de saliva e o levou ao topo da cabeça raspada. Fechando os olhos, massageou a saliva no pequeno trecho circular de pele não tatuada.

Enojada, Katherine desviou os olhos.

O cômodo em que ela estava sentada parecia uma espécie de sala de caldeiras – canos nas paredes, barulho de água correndo, luzes frias. No entanto, antes de conseguir assimilar o espaço que a cercava, seu olhar se deteve em algo ao seu lado no chão. Era uma pilha de roupas: um suéter de gola rulê, um paletó de tweed, um par de sapatos, um relógio do Mickey Mouse.

– Meu Deus! – Ela tornou a se virar para o animal tatuado à sua frente. – O que você fez com Robert?

– Shh – sussurrou o homem. – Senão ele vai escutá-la.

O homem deu um passo para o lado e indicou algo às suas costas.

Langdon não estava ali. Tudo o que Katherine viu foi uma imensa caixa preta de fibra de vidro. Seu formato tinha uma semelhança perturbadora com os grandes caixotes nos quais os cadáveres de soldados mortos na guerra eram trazidos para casa. Dois trincos enormes fechavam a caixa.

– Ele está *aí dentro*? – deixou escapar Katherine. – Mas... ele vai sufocar!

– Não vai, não – disse o homem, apontando para uma série de canos transparentes que corriam pela parede até o fundo da caixa. – Ele só vai *desejar* que isso aconteça.

Na escuridão completa, Langdon escutava com atenção as vibrações abafadas que lhe chegavam do mundo lá fora. *Vozes?* Ele começou a socar a caixa e a gritar a plenos pulmões.

– Socorro! Alguém está me ouvindo?

Bem longe, uma voz abafada gritou.

– Robert! Ai, meu Deus, não! NÃO!

Ele conhecia aquela voz. Era Katherine, e ela parecia aterrorizada. Ainda assim, o som era bem-vindo. Langdon respirou fundo para chamá-la, mas parou no meio, surpreso ao sentir algo inesperado na nuca. Uma leve brisa parecia estar vindo do fundo da caixa. *Como é possível?* Ele ficou totalmente parado, avaliando a situação. *É, é isso mesmo.* Podia sentir a penugem em sua nuca ser agitada pelo movimento do ar.

Por instinto, começou a tatear o fundo da caixa em busca da origem daquele ar. Conseguiu encontrá-la em poucos segundos. *Um pequeno duto!* A minúscula abertura parecia a grade do ralo de uma pia ou banheira, com a diferença de que dela emanava uma brisa suave e constante.

Ele está bombeando ar aqui para dentro. Não quer que eu morra sufocado.

O alívio de Langdon foi breve. Um som aterrorizante começou a subir pelos furinhos do duto. Era o gorgolejar inconfundível de um líquido escorrendo... e vindo na sua direção.

Katherine ficou olhando, incrédula, para o líquido transparente que descia por um dos canos em direção à caixa de Langdon. A cena parecia uma espécie de número de mágica pervertido.

Ele está bombeando água para dentro da caixa?

Katherine forçou o arame que a prendia, ignorando os cortes profundos em seus pulsos. Tudo o que podia fazer era assistir, em pânico. Conseguia ouvir Langdon esmurrar as paredes em desespero, no entanto, quando a água alcançou o fundo da caixa, os socos cessaram. Houve alguns instantes de silêncio apavorado. Então os socos recomeçaram com uma urgência ainda maior.

– Tire-o dali! – implorou Katherine. – Por favor! Você não pode fazer isso!

– A morte por afogamento é terrível, sabia? – O homem falava com tranquilidade, andando em círculos ao seu redor. – Trish, sua assistente, não me deixa mentir.

Katherine ouvia suas palavras, porém mal conseguia processá-las.

– Talvez você se lembre que eu quase me afoguei uma vez – sussurrou o homem. – Foi na propriedade da sua família em Potomac. Seu irmão me deu um tiro e eu caí no rio congelado, lá perto da ponte do Zach.

Katherine o fulminou com um olhar cheio de ódio. *Na noite em que você matou minha mãe.*

– Os deuses me protegeram naquela noite – disse ele. – E mostraram o caminho... para que eu me tornasse um deles.

A água que gorgolejava para dentro da caixa atrás da cabeça de Langdon estava morna... na mesma temperatura do corpo. O líquido já alcançara vários centímetros de profundidade, submergindo por completo a parte de trás de seu corpo nu. Quando ela começou a subir por sua caixa torácica, Langdon sentiu uma terrível realidade se aproximando depressa.

Eu vou morrer.

Com um pânico renovado, ergueu os braços e recomeçou a socar as paredes, enlouquecido.

CAPÍTULO 101

– **Você tem que deixá-lo** sair! – implorou Katherine, agora aos prantos. – Nós faremos tudo o que você quiser! – Ela podia ouvir os murros cada vez mais alucinados de Langdon à medida que a água enchia sua caixa.

O homem tatuado se limitou a sorrir.

– Você é mais fácil do que seu irmão. Não sabe as coisas que tive que fazer para obrigá-lo a me contar seus segredos...

– Onde ele está? – exigiu saber ela. – Onde está Peter? Me diga! Nós fizemos exatamente o que você pediu! Deciframos a pirâmide e...

– Não, vocês *não* deciframos a pirâmide. Vocês me enrolaram, isso sim. Sonegaram informações e trouxeram um agente do governo até a minha casa. Não é o tipo de comportamento que pretendo recompensar.

– Nós não tivemos escolha – retrucou Katherine, engolindo as lágrimas. – A CIA está atrás de você. Eles nos obrigaram a vir com o agente. Vou lhe contar tudo. Só deixe Robert sair!

Ela podia ouvir Langdon gritando e dando socos dentro da caixa e via também a água escorrendo pelo cano. Sabia que ele não tinha muito tempo.

À sua frente, o homem tatuado falou com calma, acariciando o queixo.

– Imagino que haja homens da CIA esperando por mim na Franklin Square.

Katherine não disse nada. Então Mal'akh pousou as imensas mãos sobre os ombros dela, puxando-a devagar para a frente. Como o arame prendia seus braços atrás da cadeira, seus ombros foram forçados, ardendo de dor e parecendo prestes a se deslocarem das articulações.

– Sim! – disse Katherine. – Há agentes na Franklin Square!

Ele puxou com mais força.

– Qual é o endereço escrito no cume?

A dor em seus pulsos e ombros se tornou insuportável, mas Katherine continuou calada.

– Ou você me diz agora, Katherine, ou quebro seus braços e pergunto outra vez.

– Oito! – respondeu com um arquejo de dor. – O número que falta é *oito*! O cume diz: "O segredo se esconde dentro da Ordem: Eight Franklin Square." Eu juro. Não sei mais o que dizer! O endereço é Franklin Square, 8!

Nem assim o homem soltou seus ombros.

– Isso é tudo o que eu sei! – disse Katherine. – É esse o endereço! Me solte! Tire Robert de dentro desse tanque!

– Eu *até tiraria*... – falou ele –... mas estou com um problema. Não posso ir ao número 8 da Franklin Square sem ser pego. Me diga, o que tem nesse endereço?

– Não sei!

– E os símbolos da *base* da pirâmide? Na parte de baixo? Você sabe o que significam?

– *Que* símbolos da base? – Katherine não fazia ideia do que ele estava falando. – Não há nada ali. É uma superfície de pedra lisa!

Aparentemente imune aos gritos de socorro abafados que vinham do tanque em forma de caixão, o homem tatuado caminhou tranquilamente até a bolsa de Langdon, apanhando a pirâmide de pedra. Então voltou para junto de Katherine e a ergueu para que ela pudesse ver a base.

Quando viu os símbolos gravados, ela ficou boquiaberta.

Mas... é impossível!

A base da pirâmide estava totalmente coberta por um emaranhado de inscrições. *Não havia nada aí antes! Tenho certeza!* Ela não fazia ideia do que aqueles símbolos poderiam significar. Eles pareciam abarcar todas as tradições místicas do mundo, muitas das quais ela sequer conseguia identificar.

Caos total.

– Eu... eu não sei o que isso significa – disse ela.

– Nem eu – respondeu seu captor. – Por sorte, nós temos um especialista à nossa disposição. – Ele relanceou os olhos para a caixa. – Que tal perguntarmos a ele? – Mal'akh levou a pirâmide até lá.

Por um breve instante, Katherine pensou que ele fosse abrir a tampa. Em vez disso, o homem se sentou calmamente em cima da caixa, estendeu a mão para baixo e fez deslizar um pequeno painel, revelando uma janelinha de vidro na parte superior do tanque.

Luz!

Langdon cobriu os olhos, apertando-os ao ser atingido pelo raio de luz que vinha de cima. À medida que sua visão se adaptava, a esperança se transformou em incompreensão. Ele estava olhando para o que parecia uma janelinha na parte superior da caixa. Através dela, via um teto branco e uma luz fria.

Sem aviso, o rosto tatuado surgiu acima dele, olhando para baixo.

– Onde está Katherine? – gritou Langdon. – Me tire daqui!

O homem sorriu.

– Sua amiga Katherine está aqui comigo – disse ele. – Posso poupar a vida dela. A sua também. Mas seu tempo é curto, então sugiro que escute com atenção.

Langdon mal conseguia escutá-lo através do vidro, e o nível da água havia aumentado ainda mais, subindo por seu peito.

– Você está ciente dos símbolos na *base* da pirâmide? – perguntou o homem.

– Sim! – gritou Langdon, que tinha visto as inscrições quando a pirâmide estava caída no chão do andar de cima. – Mas nem imagino o que possam significar! Você precisa ir até o número 8 da Franklin Square! A resposta está lá! É isso que o cume...

– Professor, nós dois sabemos que a CIA está me esperando naquela praça. Não tenho a menor intenção de cair em uma armadilha. Além do mais, não precisava do número. Só existe *um* prédio ali que poderia ser relevante... o Templo de Almas. – Ele fez uma pausa, baixando os olhos para Langdon. – A Antiga Ordem Árabe dos Nobres do Santuário Místico.

Langdon ficou confuso. Ele conhecia o Templo de Almas, mas havia se esquecido de que ficava na Franklin Square. *Os shriners são... a "Ordem"? O templo deles fica localizado em cima de uma escadaria secreta?* Historicamente falando, aquilo não fazia nenhum sentido, mas, naquele momento, Langdon não estava em condições de discutir história.

– Sim! – gritou ele. – Deve ser isso! O segredo se esconde dentro da Ordem!

– Você conhece o prédio?

– Claro! – Langdon ergueu a cabeça latejante de modo a manter as orelhas acima da água que subia depressa. – Posso ajudá-lo! Me deixe sair daqui!

– Então acredita que pode me dizer qual a relação desse templo com os símbolos na base da pirâmide?

– Sim! É só me deixar ver os símbolos!

– Muito bem, então. Vamos ver o que consegue descobrir.

Ande logo! Com o líquido morno subindo à sua volta, Langdon empurrou a tampa, instando o homem a abri-la. *Por favor! Ande logo!* Mas a tampa não se abriu. Em vez disso, a base da pirâmide apareceu de repente, pairando sobre a janelinha.

Langdon olhou para cima, em pânico.

– Imagino que assim esteja perto o suficiente, não? – O homem segurava a pirâmide com as mãos tatuadas. – Pense depressa, professor. Pelas minhas contas, você tem menos de 60 segundos.

CAPÍTULO **102**

Robert Langdon ouvira dizer muitas vezes que um animal encurralado era capaz de demonstrar uma força inacreditável. No entanto, quando ele empurrou com toda a força a tampa da caixa, nada se moveu. À sua volta, o líquido continuava a subir de forma constante. Com no máximo 15 centímetros de espaço para respirar, Langdon havia erguido a cabeça em direção ao pouco ar que restava. Encontrava-se agora cara a cara com a janelinha, seus olhos a poucos centímetros da base da pirâmide de pedra, cujas intrigantes inscrições pairavam logo acima.

Não tenho ideia do que isso significa.

Escondida por mais de um século debaixo de uma mistura endurecida de cera e pó de pedra, a última inscrição da Pirâmide Maçônica agora jazia exposta. Tratava-se de um quadrado perfeito formando uma grade de símbolos oriundos de todas as tradições imagináveis: alquímica, astrológica, heráldica, angélica, mágica, numérica, sigílica, grega, latina. No conjunto, aquilo era uma verdadeira anarquia de símbolos: uma sopa de letrinhas cujos caracteres provinham de dezenas de línguas, culturas e períodos diferentes.

Caos total.

O simbologista Robert Langdon não conseguia imaginar, nem mesmo em suas interpretações acadêmicas mais delirantes, como aquela grade de símbolos poderia ser decifrada para produzir qualquer significado. *Ordem a partir do caos? Impossível.*

O líquido agora subia por seu pomo de adão, e Langdon podia sentir a intensidade de seu terror aumentar junto com o nível da água. Seguia esmurrando o tanque. A pirâmide o encarava desafiadora.

Em desespero, Langdon concentrou toda a sua energia mental naquele tabuleiro de xadrez de símbolos. *O que eles podem significar?* Infelizmente, a combinação parecia tão díspar que ele não conseguia imaginar por onde começar. *Esses símbolos nem sequer pertencem ao mesmo período histórico!*

Do lado de fora do tanque, em uma voz abafada, porém audível, ele pôde escutar Katherine, chorosa, implorando ao homem que o libertasse. Por mais que não conseguisse achar uma solução, a perspectiva da morte pareceu motivar cada célula do seu corpo a encontrá-la. Sentiu uma estranha clareza mental, diferente de tudo o que jamais havia experimentado. *Pense!* Langdon examinou a grade com atenção em busca de alguma pista – um padrão, uma palavra oculta, um ícone especial, qualquer coisa –, mas tudo o que viu foi um amontoado de símbolos desassociados. *Caos.*

A cada segundo que passava, Langdon sentia um entorpecimento sinistro tomar conta de seu corpo. Era como se sua própria carne estivesse se preparando para proteger a mente da dor da morte. A água já ameaçava entrar em seus ouvidos, e ele ergueu o máximo possível a cabeça, pressionando-a contra a tampa. Imagens assustadoras começaram a desfilar diante de seus olhos. Um menino tentando se manter à tona no fundo de um poço escuro na Nova Inglaterra. Um homem em Roma preso debaixo de um esqueleto sob um caixão virado.

Os gritos de Katherine foram ficando mais histéricos. Até onde Langdon podia escutar, ela estava tentando *racionalizar* com um louco – insistindo que era impossível Langdon decifrar a pirâmide sem visitar o Templo de Almas.

– É óbvio que esse prédio tem a peça que falta para o quebra-cabeça! Como Robert pode decifrar a pirâmide sem todas as informações?

Langdon sentiu-se grato pelas tentativas dela, no entanto estava certo de que "Eight Franklin Square" *não* apontava para o Templo de Almas. *A linha do tempo está toda errada!* Segundo a lenda, a Pirâmide Maçônica tinha sido criada na primeira metade do século XIX, décadas antes de os shriners sequer existirem. Na verdade, percebeu Langdon, ela provavelmente remonta a uma época em que aquela praça nem mesmo se chamava Franklin Square. Era impossível o cume estar apontando para um prédio não construído em um endereço inexistente. Fosse o que fosse que "Eight Franklin Square" indicava... *tinha* que existir em 1850.

Infelizmente, Langdon não estava conseguindo encontrar nenhuma solução. Ele vasculhou seus bancos de memória à procura de qualquer coisa que pudesse se encaixar na linha do tempo. *Eight Franklin Square? Algo que já existia em 1850?* Não achou nada.

O líquido começava a entrar em seus ouvidos. Lutando contra o próprio terror, olhou para a grade de símbolos sobre o vidro. *Não entendo qual é a ligação!* Em um frenesi, sua mente começou a traçar todos os paralelos improváveis capaz de produzir.

Eight Franklin Square... além de praça, square *significa quadrado... quadrados... a grade de símbolos é um quadrado... outro significado é esquadro... o esquadro e o compasso são símbolos maçônicos... os altares maçônicos são quadrados... quadrados têm ângulos de 90 graus.* A água continuava a subir, mas Langdon tentou não pensar naquilo. *Eight Franklin Square... o número oito... essa é uma grade de oito por oito...* Franklin *tem oito letras... oito virado de lado é o símbolo do infinito:* ∞... *oito é o número da destruição na numerologia...*

Langdon não conseguia entender.

Do lado de fora do tanque, Katherine continuava a suplicar, mas, àquela altura, a água em volta da cabeça de Langdon só deixava que ele ouvisse frases entrecortadas.

–... impossível sem saber... a mensagem do cume claramente... o segredo se esconde dentro...

Então a voz dela sumiu.

A água entrou de vez nos ouvidos de Langdon, abafando o que restava da voz de Katherine. Um súbito silêncio, como se estivesse num útero, o engolfou, e Langdon percebeu que iria mesmo morrer.

O segredo se esconde dentro...

As últimas palavras de Katherine ecoaram pelo silêncio de sua tumba.

O segredo se esconde dentro...

Estranhamente, Langdon percebeu que já havia escutado essas mesmas palavras muitas vezes.

O segredo se esconde... dentro.

Mesmo naquele momento, parecia que os Antigos Mistérios o desafiavam. "O segredo se esconde dentro" era o principal preceito deles, que instava o homem a buscar Deus *não* nas alturas do céu... mas sim dentro de si mesmo. *O segredo se esconde dentro.* Era essa a mensagem de todos os grandes mestres místicos.

O reino de Deus está entre vós, disse Jesus Cristo.

Conhece-te a ti mesmo, disse Pitágoras.

Não sabeis que sois deuses, disse Hermes Trismegisto.

A lista não tinha fim...

Todos os ensinamentos místicos ao longo da história haviam tentado transmitir essa mesma ideia. *O segredo se esconde dentro*. Apesar disso, a humanidade continuava a procurar no céu a face de Deus.

Para ele, tomar consciência disso naquele instante tornou-se a maior de todas as ironias. Com os olhos voltados para o céu como todos os cegos que o haviam precedido, Robert Langdon de repente viu a luz.

Ela o atingiu como um raio.

O
segredo
se esconde
dentro da Ordem
Eight Franklin Square

Em um lampejo, ele compreendeu.

A mensagem do cume ficou cristalina. Seu significado estava o tempo todo à sua frente. Aquele texto, assim como a Pirâmide Maçônica em si, era um *symbolon* – um código dividido em pedaços –, uma mensagem escrita em várias partes. O significado do cume estava camuflado de forma tão simples que Langdon mal podia acreditar que ele e Katherine não o tivessem notado.

O mais espantoso, Langdon agora percebia, era que a mensagem do cume *de fato* revelava como decifrar a grade de símbolos na base da pirâmide. Era tão simples. Exatamente como Peter Solomon prometera, o cume de ouro era um poderoso talismã que tinha o poder de criar ordem a partir do caos.

Langdon começou a esmurrar a tampa e a gritar.

– Eu entendi! Eu entendi!

Acima dele, a pirâmide de pedra foi erguida, sumindo de vista. Em seu lugar, o rosto tatuado tornou a aparecer, seu semblante assustador emoldurado pela janelinha.

– Eu decifrei a pirâmide! – gritou Langdon. – Me deixe sair daqui!

Quando o homem tatuado falou, Langdon não escutou nada. Seus olhos, no entanto, viram os lábios articularem duas palavras.

– *Me diga*.

– Vou dizer! – gritou Langdon, com água quase até os olhos. – Me deixe sair daqui! Vou explicar tudo!

É tão simples, pensou.

Os lábios do homem tornaram a se mover.

– *Me diga agora... ou morra.*

Com a água cobrindo o último centímetro do tanque, Langdon inclinou a cabeça para trás de modo a manter a boca à tona. Quando fez isso, o líquido morno encheu seus olhos, embaçando-lhe a visão. Arqueando as costas, ele pressionou a boca contra a janelinha de vidro.

Então, com os últimos segundos de ar que lhe restavam, Robert Langdon revelou o segredo de como decifrar a Pirâmide Maçônica.

Quando terminou de falar, o líquido subiu mais um pouco, cercando seus lábios. Por instinto, Langdon inspirou uma última vez e fechou a boca com força. Logo em seguida, a água o cobriu por inteiro, chegando ao alto de sua tumba e se espalhando por baixo do vidro.

Ele conseguiu, percebeu Mal'akh. *Langdon descobriu como solucionar a pirâmide.*

A resposta era tão simples. Óbvia demais.

Debaixo da janelinha, o rosto submerso de Robert Langdon o encarava com um olhar desesperado e suplicante.

Mal'akh sacudiu a cabeça para ele e articulou lentamente as palavras:

– Obrigado, professor. Aproveite a vida após a morte.

CAPÍTULO **103**

Como nadador aplicado que era, Robert Langdon muitas vezes tinha imaginado como seria morrer afogado. Sabia agora que estava fadado a experimentar na própria pele. Embora conseguisse prender a respiração por mais tempo do que a maioria das pessoas, já podia sentir o corpo reagindo à ausência de ar. O dióxido de carbono se acumulava em seu sangue, trazendo consigo a ânsia instintiva de inspirar. *Não respire!* O reflexo ganhava força a cada segundo que passava. Langdon sabia que estava prestes a chegar ao chamado limite de retenção respiratória – o instante crítico depois do qual uma pessoa não conseguia mais prender voluntariamente a respiração.

Abra a tampa! O instinto de Langdon era esmurrar o tanque e se debater, mas ele sabia que não deveria desperdiçar oxigênio valioso. Só lhe restava olhar através do borrão de água acima dele e ter esperança. O mundo externo não passava de uma mancha enevoada de luz do outro lado da janela. Os músculos de seu tronco haviam começado a queimar, e ele soube que a hipóxia estava começando.

De repente, um rosto belo e espectral apareceu, olhando para ele. Era Katherine, seus traços suaves parecendo quase etéreos através do véu líquido. Os dois pares de olhos se encontraram, separados pela janela de vidro, e por um segundo Langdon pensou que estivesse salvo. *Katherine!* Então escutou os gritos de horror abafados e percebeu que era seu captor que a estava segurando ali. O monstro tatuado a estava forçando a assistir ao que estava prestes a acontecer.

Katherine, sinto muito...

Naquele lugar estranho e escuro, preso debaixo d'água, Langdon lutou para compreender que *aqueles* seriam seus últimos instantes de vida. Ele logo deixaria de existir... tudo o que ele era... tudo o que tinha sido... tudo o que poderia ser um dia... estava acabando. Quando seu cérebro morresse, todas as lembranças armazenadas em sua massa cinzenta, assim como todo o conhecimento que havia acumulado, simplesmente evaporariam em uma enxurrada de reações químicas.

Naquele instante, Robert Langdon tomou consciência de sua verdadeira insignificância no Universo. Nunca havia se sentido tão solitário e humilde. Ficou quase aliviado ao sentir que logo não conseguiria mais segurar a respiração.

Havia chegado a hora.

Os pulmões de Langdon expeliram seu conteúdo, contraindo-se em uma ansiosa preparação para inspirar. Ainda assim, ele aguentou mais alguns instantes. Seu último segundo. Então, como um homem que não suporta mais manter a mão perto de um fogo aceso, ele se rendeu ao destino.

O reflexo superou a razão.

Seus lábios se abriram.

Seus pulmões se expandiram.

E o líquido entrou em profusão.

A dor que encheu seu peito foi maior do que Langdon jamais poderia imaginar. O líquido queimava ao entrar em seus pulmões. Na mesma hora, a dor se irradiou para seu crânio e ele teve a sensação de que um torno lhe esmagava a cabeça. Um grande estrondo soou em seus ouvidos e, durante todo esse tempo, Katherine Solomon não parou de gritar.

Houve um clarão de luz ofuscante.

E então tudo ficou negro.

Robert Langdon se foi.

CAPÍTULO 104

Acabou.

Katherine Solomon tinha parado de gritar. O afogamento ao qual havia acabado de assistir a deixara catatônica, praticamente paralisada de choque e desespero.

Debaixo da janelinha de vidro, os olhos mortos de Langdon pareciam olhar para o vazio. A expressão congelada em seu rosto era de dor e arrependimento. As últimas minúsculas bolhas de ar escaparam de sua boca sem vida, e então, como se finalmente concordasse em partir, o professor de Harvard começou a mergulhar lentamente para o fundo do tanque... onde sumiu nas sombras.

Ele se foi. Katherine estava anestesiada.

O homem tatuado estendeu a mão para baixo e, com um fatalismo cruel, deslizou a janelinha até ela fechar, lacrando o cadáver de Langdon lá dentro.

Então sorriu para Katherine.

– Vamos?

Antes que ela pudesse reagir, o homem jogou-a por cima do ombro, apagou a luz e carregou-a para fora dali. Com alguns passos largos, transportou Katherine até o final do corredor para um espaço maior, que parecia banhado em uma luz roxo-avermelhada. O cômodo recendia a incenso. Ele a levou até uma mesa quadrada no centro e a deixou cair pesadamente de costas, expulsando o ar de seus pulmões. A superfície era áspera e fria. *Isso é pedra?*

Katherine nem teve tempo de se localizar, pois o homem estava em cima dela, retirando o arame de seus pulsos e tornozelos. Instintivamente, ela tentou se desvencilhar, mas seus braços e pernas dormentes mal reagiam. Seu algoz começou a prendê-la à mesa usando correias grossas de couro, passando uma delas por cima de seus joelhos e em seguida prendendo uma segunda ao longo dos quadris, imobilizando também seus braços nas laterais do corpo. Por fim, passou uma última correia sobre seu esterno, logo acima dos seios.

Isso tudo levou poucos segundos, e Katherine ficou novamente imobilizada. Seus pulsos e tornozelos passaram a latejar à medida que a circulação ia retornando a seus membros.

– Abra a boca – sussurrou o homem, lambendo os próprios lábios tatuados.

Katherine cerrou os dentes, enojada.

Mal'akh tornou a estender o indicador, passando-o lentamente sobre os lábios de Katherine e fazendo sua pele se eriçar. Ela cerrou os dentes com mais força. O homem tatuado deu uma risadinha e, usando a outra mão, encontrou um ponto de pressão em seu pescoço e apertou. O maxilar de Katherine se abriu no mesmo instante. Ela pôde sentir o dedo dele penetrar sua boca e tocar-lhe a língua. Teve ânsia de vômito e tentou mordê-lo, mas o dedo já havia sumido. Ainda sorrindo, ele ergueu o indicador molhado de saliva diante de Katherine. Então fechou os olhos, esfregando mais uma vez a saliva dela no círculo de pele nua do topo da cabeça.

O homem suspirou e abriu os olhos devagar. Então, com uma calma sinistra, virou-se e saiu dali.

No silêncio repentino, Katherine conseguia sentir seu coração batendo. Logo acima dela, uma estranha série de lâmpadas passou de um tom roxo-avermelhado para um vermelho fechado, iluminando o cômodo. Quando viu o teto, tudo o que conseguiu fazer foi olhá-lo fixamente. Cada centímetro estava coberto por desenhos. A impressionante colagem parecia retratar o mapa celestial. Estrelas, planetas e constelações se misturavam a símbolos astrológicos, diagramas e fórmulas. Havia flechas descrevendo órbitas elípticas, símbolos geométricos indicando ângulos de ascensão e criaturas do zodíaco que a espiavam lá de cima. Era como se um cientista louco tivesse sido solto dentro da Capela Sistina.

Katherine desviou os olhos, mas a parede à sua esquerda não era nada melhor. Uma série de velas em castiçais medievais lançava um brilho tremeluzente sobre uma parede escondida por páginas de texto, fotos e desenhos. Algumas delas pareciam feitas de papiro ou velino de livros antigos, enquanto outras eram claramente de textos mais recentes. Misturados às páginas, havia fotografias, desenhos, mapas e esquemas – tudo colado de forma meticulosa. Uma teia de aranha de barbantes havia sido afixada com tachinhas por cima do conjunto, interligando todos aqueles elementos em um número incontável de possibilidades caóticas.

Katherine tornou a desviar os olhos, virando a cabeça na outra direção.

Infelizmente, isso lhe ofereceu a visão mais aterradora de todas.

Ao lado da mesa de pedra à qual ela estava amarrada havia uma pequena bancada que a fez pensar na mesma hora na mesa de instrumentos de uma sala de cirurgia. Sobre a bancada estava disposta uma série de objetos – entre eles uma seringa, um frasco de líquido escuro... e uma grande faca com cabo de osso e uma lâmina de ferro polida até exibir um brilho particularmente intenso.

Meu Deus... o que ele planeja fazer comigo?

CAPÍTULO **105**

Quando o especialista em segurança de sistemas da CIA Rick Parrish finalmente entrou na sala de Nola Kaye, trazia na mão uma única folha de papel.

– Por que você demorou tanto? – quis saber Nola. *Eu disse para vir imediatamente!*

– Desculpe – disse ele, empurrando os óculos fundo de garrafa mais para cima do nariz comprido. – Estava tentando juntar mais informações para você, mas...

– Me mostre o que tem aí e pronto.

Parrish estendeu-lhe a folha impressa.

– É um documento editado, mas você vai entender o espírito da coisa.

Nola correu os olhos pela página, estupefata.

– Ainda estou tentando descobrir como um hacker conseguiu acessar isso – disse Parrish –, mas parece que um *spider* delegador invadiu uma das nossas ferramentas de busca...

– *Esqueça* essa história! – disparou Nola, erguendo os olhos da página. – Que diabo a CIA está fazendo com um arquivo confidencial sobre pirâmides, portais antigos e *symbolons* gravados?

– Foi por isso que demorei tanto. Estava tentando ver *qual* arquivo era o alvo da busca, então rastreei a localização dele. – Parrish fez uma pausa e pigarreou. – Acabei descobrindo que o documento está em uma partição do disco destinada ao... diretor da CIA.

Nola virou para Rick, encarando-o incrédula. *O chefe de Sato tem um arquivo sobre a Pirâmide Maçônica?* Ela sabia que o atual diretor, assim como muitos outros chefões da agência, era um maçom de alto grau, mas não conseguia imaginar qualquer um deles guardando segredos maçônicos nos computadores da CIA.

Mas, pensando bem, levando em conta o que ela havia testemunhado nas últimas 24 horas, tudo era possível.

O agente Simkins estava deitado de bruços, escondido entre os arbustos da Franklin Square. Tinha os olhos cravados na entrada cheia de colunas do Templo de Almas. *Nada.* Nenhuma luz havia se acendido lá dentro e ninguém chegara perto da porta. Ele virou a cabeça para dar uma conferida em Bellamy. O Arquiteto andava de um lado para outro no meio do parque, sozinho, parecendo sentir frio. *Muito* frio. Simkins podia ver que ele tremia e tinha calafrios.

Seu telefone vibrou. Era Sato.

– Qual o tempo de atraso do nosso alvo? – quis saber ela.

Simkins conferiu o cronômetro do relógio.

– O alvo disse 20 minutos. Já se passaram quase 40. Alguma coisa está errada.

– Ele não vem – disse Sato. – Acabou.

Simkins sabia que ela estava certa.

– Alguma notícia de Hartmann?

– Não, ele não ligou de Kalorama Heights. Não consigo falar com ele.

Simkins retesou o corpo. Se isso era verdade, alguma coisa estava errada *mesmo*.

– Acabei de ligar para o apoio de operações de campo – disse Sato –, e eles também não estão conseguindo encontrá-lo.

Puta merda.

– Eles têm as coordenadas GPS do Escalade?

– Têm. Um endereço residencial em Kalorama Heights – respondeu Sato. – Reúna seus homens. Vamos sair daqui.

Sato desligou o telefone e admirou o magnífico horizonte de prédios da capital de seu país. Um vento gélido atravessava seu blazer fino, e ela envolveu o corpo com os braços para se manter aquecida. A diretora Inoue Sato não era mulher de sentir frio... nem medo. Naquele momento, porém, estava sentindo as duas coisas.

CAPÍTULO 106

Mal'akh vestia apenas sua tanga de seda ao subir correndo a rampa, atravessar a porta de aço e sair pelo quadro giratório para dentro da sala de estar. *Preciso me preparar depressa.* Olhou de relance para o agente da CIA morto no hall de entrada. *Esta casa não é mais segura.*

Segurando a pirâmide de pedra em uma das mãos, Mal'akh se encaminhou diretamente para seu escritório e sentou-se diante do laptop. Ao fazer login no sistema, pensou em Langdon lá embaixo e se perguntou quantos dias, ou mesmo semanas, se passariam antes de o cadáver submerso ser descoberto no subsolo secreto. Não fazia diferença. Quando isso acontecesse, Mal'akh já teria ido embora há muito tempo.

Langdon cumpriu seu papel... de forma brilhante.

O professor não só reunira as peças da Pirâmide Maçônica, como também havia descoberto a solução da misteriosa grade da base. À primeira vista, os símbolos pareciam indecifráveis... entretanto, a resposta era simples... e estava bem na cara deles.

O laptop de Mal'akh ganhou vida e o monitor exibiu o mesmo e-mail que ele havia recebido mais cedo: a fotografia de um cume reluzente parcialmente ocultado pelo dedo de Warren Bellamy.

O

segredo

se esconde

dentro da Ordem

■■■ *Franklin Square*

Eight... Franklin Square, tinha dito Katherine a Mal'akh, confirmando o número oito. Ela também admitira que agentes da CIA estavam vigiando a Franklin Square na esperança de capturá-lo e de descobrir a que *ordem* o cume se referia. Seria uma alusão aos maçons? Aos shriners? Aos rosa-cruzes?

Não era nada disso, Mal'akh agora sabia. *Langdon enxergou a verdade.*

Dez minutos mais cedo, enquanto o líquido subia em volta de seu rosto, o professor de Harvard havia descoberto a chave para solucionar a pirâmide.

– A Ordem Oito do Quadrado de Franklin! – gritara com os olhos cheios de terror. – O segredo se esconde dentro do Quadrado de Franklin de Ordem Oito!

A princípio, Mal'akh não conseguiu entender o que ele estava dizendo.

– Não é um endereço! – berrou Langdon, sua boca pressionada contra a janelinha de vidro. O oito não se referia a um prédio da Franklin Square. As palavras *ordem* e *oito* deviam ser lidas juntas. Elas se referiam à "ordem oito". – É um quadrado *mágico*! O Quadrado de Franklin de Ordem Oito! – Então ele disse alguma coisa sobre Albrecht Dürer... e sobre como o primeiro código da pirâmide era uma pista para solucionar aquele último.

Mal'akh conhecia os quadrados mágicos – os *kameas*, como os chamavam os primeiros místicos. O texto antigo *De Occulta Philosophia* descrevia em detalhes seu poder e os métodos para elaborar sigilos baseados em grades numéricas. Langdon estava querendo dizer que um quadrado mágico detinha a chave para decifrar a base da pirâmide?

– Você precisa de um quadrado mágico de oito por oito! – havia berrado o professor, cujos lábios eram a única parte do corpo ainda à tona. – Quadrados mágicos são categorizados em *ordens*! Um quadrado de três por três é de "ordem três"! Um de quatro por quatro é de "ordem quatro"! Você precisa de um que seja de "ordem oito"!

O líquido estava prestes a engolfar Langdon por completo, e o professor sorveu o ar pela última vez, gritando alguma coisa sobre um famoso maçom... um dos pais fundadores dos Estados Unidos... um cientista, místico, matemático, inventor... bem como criador do *kamea* que até hoje levava seu nome.

Franklin.

Em um lampejo, Mal'akh soube que Langdon tinha razão.

Agora, ofegante de ansiedade, Mal'akh estava sentado diante do laptop no andar de cima. Fez uma busca rápida na internet, obtendo dezenas de ocorrências. Então, escolheu uma e começou a ler.

QUADRADO DE FRANKLIN DE ORDEM OITO

Um dos quadrados mágicos mais conhecidos da história é o de ordem oito divulgado em 1769 pelo cientista norte-americano Benjamin Franklin. Este quadrado ficou famoso por conter "somas diagonais" inéditas. A obsessão de Franklin por essa forma de arte muito provavelmente vinha de suas ligações pessoais com notórios alquimistas e místicos de sua época, bem como de sua própria crença na astrologia, que serviu de base para as previsões por ele feitas no livro *Poor Richard's Almanach*.

52	61	4	13	20	29	36	45
14	3	62	51	46	35	30	19
53	60	5	12	21	28	37	44
11	6	59	54	43	38	27	22
55	58	7	10	23	26	39	42
9	8	57	56	41	40	25	24
50	63	2	15	18	31	34	47
16	1	64	49	48	33	32	17

Mal'akh analisou a famosa criação de Franklin – uma disposição singular dos números de 1 a 64 – em que a soma de qualquer fileira, coluna ou diagonal resultava na mesma constante mágica. *O segredo se esconde dentro do Quadrado de Franklin de Ordem Oito.*

Mal'akh sorriu. Tremendo de emoção, apanhou a pirâmide de pedra e a virou de cabeça para baixo, examinando a base.

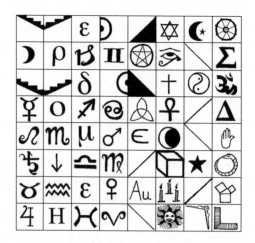

Os 64 símbolos precisavam ser reorganizados e dispostos numa ordem diferente, a sequência sendo definida pelos números do quadrado mágico de Franklin. Embora Mal'akh não conseguisse imaginar como aquela grade caótica de símbolos pudesse subitamente fazer sentido em outra disposição, tinha fé na antiga promessa.

Ordo ab chao.

Com o coração disparado, sacou uma folha de papel e desenhou rapidamente uma grade vazia de oito por oito. Então começou a inserir os símbolos um a um em suas novas posições. Quase na mesma hora, para seu espanto, a grade começou a fazer sentido.

Ordem a partir do caos!

Ele concluiu a decodificação e fitou, incrédulo, a solução à sua frente. Uma imagem clara havia se formado. A grade embaralhada fora transformada... reorganizada... Embora Mal'akh não conseguisse entender o significado de *toda* a mensagem, compreendia o bastante para saber exatamente a direção que iria tomar.

A pirâmide aponta o caminho.

A grade indicava uma das grandes localidades místicas do mundo. Incrivelmente, era o mesmo lugar onde Mal'akh sempre sonhara completar sua jornada. *Destino.*

CAPÍTULO 107

A mesa de pedra sob as costas de Katherine Solomon estava fria.

Imagens horripilantes da morte de Robert se agitavam em sua cabeça. Além disso, ela não conseguia parar de pensar no irmão. *Será que Peter também está morto?* A estranha faca na bancada ao seu lado evocava visões do que poderia estar reservado para ela também.

Será que este é realmente o fim?

Por incrível que pareça, seus pensamentos se voltaram repentinamente para sua pesquisa... para a ciência noética... e para suas descobertas recentes. *Tudo perdido... transformado em fumaça.* Ela nunca poderia compartilhar com o mundo o que havia aprendido. Sua descoberta mais chocante ocorrera poucos meses antes, e os resultados tinham potencial para redefinir a forma como os seres humanos encaravam a morte. Estranhamente, pensar nessa experiência ali... lhe trazia um alento inesperado.

Quando menina, Katherine Solomon havia se perguntado muitas vezes se existiria vida após a morte. *Será que o paraíso existe? O que acontece quando morremos?* À medida que foi ficando mais velha, seus estudos científicos logo eliminaram qualquer conceito fantasioso de paraíso, inferno ou existência além-túmulo. Passou a aceitar que o conceito de "vida após a morte" era uma construção humana... um conto de fadas destinado a atenuar a terrível verdade da nossa mortalidade.

Até que...

Um ano antes, Katherine e o irmão estavam conversando sobre uma das questões mais perenes da filosofia – a existência da alma –, e em particular se os humanos possuem ou não algum tipo de consciência capaz de sobreviver *fora* do corpo.

Ambos intuíam que essa alma humana provavelmente *existia.* A maioria das filosofias antigas também acreditava nisso. O budismo e o bramanismo endossavam a metempsicose – a reencarnação, a transmigração da alma para um novo corpo após a morte. Os platônicos sustentavam que o corpo é uma "prisão" da qual a alma escapa. E os estoicos a chamavam de *apospasma tou theu* – "uma partícula de Deus" – e acreditavam que, na hora da morte, ela volta para junto Dele.

A existência da alma humana, percebeu Katherine com alguma frustração, era provavelmente um conceito que jamais seria provado pela ciência. Confirmar que uma consciência sobrevive fora do corpo humano após a morte equivalia a soltar uma nuvem de fumaça pela boca e esperar encontrá-la anos depois.

Após a conversa com o irmão, Katherine teve uma ideia estranha. Peter havia mencionado o Livro do Gênesis e sua descrição da alma como *Neshemah* – um sopro de vida, uma espécie de "inteligência" espiritual separada do corpo. Ocorreu-lhe que a palavra *inteligência* sugeria a presença de *pensamento*. A ciência noética propõe que os *pensamentos* têm massa, portanto, era lógico que a alma humana também poderia ter.

Será possível pesar a alma humana?

Era um conceito absurdo, é claro... o simples fato de cogitar isso era tolice.

Três dias depois, Katherine despertou de repente de um sono pesado, sentando-se com as costas retas na cama. Depois de se levantar com um pulo, foi de carro até o laboratório e começou imediatamente a trabalhar no projeto de uma experiência surpreendentemente simples... e ao mesmo tempo de uma ousadia assustadora.

Não sabia se aquilo iria funcionar e decidiu só revelar sua ideia a Peter quando o trabalho estivesse pronto. Depois de quatro meses de pesquisa, Katherine chamou o irmão ao laboratório e lhe mostrou um equipamento grande sobre rodinhas que tinha escondido em um depósito nos fundos.

– Fui eu que projetei e construí esta máquina – disse ela, apresentando sua invenção a Peter. – Faz alguma ideia do que seja?

Seu irmão encarou fixamente o estranho aparelho.

– Uma incubadora?

Katherine riu e sacudiu a cabeça, embora fosse um chute razoável. *De fato* a máquina se parecia um pouco com as incubadoras para bebês prematuros dos hospitais, mas tinha o tamanho de um adulto – era uma cápsula de plástico transparente comprida e hermeticamente fechada, parecendo algum tipo de compartimento futurista para dormir. Estava montada em cima de um grande aparelho eletrônico.

– Veja se isto *aqui* ajuda você a adivinhar – disse Katherine, ligando o equipamento em uma tomada. Um mostrador digital se acendeu e os números começaram a mudar depressa enquanto ela calibrava cuidadosamente alguns botões.

Quando terminou, o mostrador exibia:

0,0000000000 kg

– Uma balança? – perguntou Peter com ar intrigado.

– Não é uma balança qualquer. – Katherine pegou um pedacinho de papel de uma bancada ali perto, depositando-o cuidadosamente em cima da cápsula. Os números do mostrador tornaram a mudar, apresentando uma nova leitura.

0,0008194325 kg

– Uma microbalança de alta precisão – disse ela. – A resolução chega a alguns microgramas.

Peter ainda parecia intrigado.

– Você construiu uma balança de precisão para... uma pessoa?

– Exatamente. – Ela ergueu a tampa transparente da máquina. – Se eu puser uma pessoa dentro desta cápsula e fechar a tampa, o indivíduo estará em um sistema totalmente *isolado*. Nada entra nem sai. Nenhum gás, líquido ou partícula de poeira. Nada pode escapar: nem as expirações da pessoa, nem o suor por evaporação, nem fluidos corporais, nada.

Peter passou uma das mãos pela cabeleira prateada, um gesto de nervosismo que a irmã também fazia.

– Hum... é claro que uma pessoa morreria aí dentro bem depressa.

Ela aquiesceu.

– Em uns seis minutos, dependendo do ritmo respiratório.

Ele se virou para a irmã.

– Não estou entendendo.

Ela sorriu.

– Mas *vai* entender.

Deixando a máquina para trás, Katherine conduziu Peter até a sala de controle do Cubo e o fez se sentar diante do telão de plasma. Começou a digitar e acessou uma série de arquivos de vídeo armazenados nas unidades holográficas. Quando o telão ganhou vida, a imagem à frente deles parecia um vídeo caseiro.

A câmera se movia ao longo de um modesto quarto de dormir com uma cama desfeita, frascos de remédios, um respirador artificial e um monitor cardíaco. Peter exibia uma expressão atônita enquanto a filmagem continuava, revelando por fim, mais ou menos no centro do quarto, a balança de Katherine.

Os olhos de Peter se arregalaram.

– Mas o que...?

A tampa transparente da cápsula estava aberta e havia um homem muito velho usando uma máscara de oxigênio deitado lá dentro. Sua mulher, também idosa, e um enfermeiro estavam em pé ao lado da máquina. O homem respirava com dificuldade e seus olhos estavam fechados.

– Esse homem dentro da cápsula foi meu professor de ciência em Yale – disse Katherine. – Nós mantivemos contato ao longo dos anos. Ele estava muito doente. Sempre disse que queria doar o corpo à ciência, então, quando expliquei minha ideia para esse experimento, ele quis participar na mesma hora.

Peter parecia mudo de choque diante da cena que se desenrolava no telão.

O enfermeiro então se virou para a mulher do paciente.

– Está na hora. Ele está pronto.

A senhora de idade enxugou os olhos lacrimejantes e assentiu com uma calma decidida.

– Está bem.

Com muita delicadeza, o enfermeiro esticou a mão para dentro da cápsula e retirou a máscara de oxigênio do velho. O homem se remexeu um pouco, mas continuou de olhos fechados. O enfermeiro então afastou o respirador artificial e os outros equipamentos, deixando o velho dentro da cápsula isolado no meio do quarto.

A mulher do moribundo se aproximou da máquina, curvou-se e beijou delicadamente a testa do marido. O velho não abriu os olhos, mas seus lábios se moveram muito de leve, num sorriso fraco e cheio de ternura.

Sem a máscara de oxigênio, a respiração do homem foi se tornando rapidamente mais penosa. Era óbvio que o fim estava próximo. Com uma força e uma calma admiráveis, a mulher abaixou devagar a tampa da cápsula, lacrando-a em seguida, exatamente como Katherine lhe ensinara.

Alarmado, Peter se retraiu.

– Pelo amor de Deus, Katherine, o que é isso?

– Está tudo bem – sussurrou ela. – Há bastante ar dentro da cápsula. – Katherine já havia assistido àquele vídeo dezenas de vezes, mas as imagens ainda faziam sua pulsação se acelerar. Ela apontou para a balança debaixo da cápsula lacrada do moribundo. O mostrador digital indicava:

51,4534644 kg

– É o peso corporal dele – disse Katherine.

A respiração do homem ficou mais fraca, ao que Peter chegou mais perto do telão, fascinado.

– Era isso que ele queria – sussurrou ela. – Veja o que acontece.

A esposa do homem tinha recuado alguns passos e estava agora sentada na cama, assistindo em silêncio ao lado do enfermeiro.

Durante os 60 segundos seguintes, a respiração fraca do homem foi ficando mais rápida até que, de repente, como se houvesse escolhido o momento por conta própria, ele deu seu último suspiro. Tudo parou.

Era o fim.

A mulher e o enfermeiro consolaram um ao outro em silêncio.

Nada mais aconteceu.

Alguns segundos depois, Peter olhou para Katherine, parecendo confuso.

Espere mais um instante, pensou ela, fazendo um gesto para que Peter continuasse olhando para o monitor digital da cápsula que ainda brilhava discretamente, exibindo o peso do homem morto.

Foi então que aconteceu.

Quando Peter viu aquilo, deu um pulo para trás e quase caiu da cadeira.

– Mas... isto é... – Ele cobriu a boca, chocado. – Não pode ser...

Não era sempre que o grande Peter Solomon ficava sem palavras. Katherine tivera uma reação parecida nas primeiras vezes que vira aquilo acontecer.

Segundos depois da morte do homem, os números da balança diminuíram de repente. Ele se tornara *mais leve* imediatamente após a morte. A diferença de peso era minúscula, porém mensurável... e aquilo tinha implicações assombrosas.

Katherine se lembrava de ter feito suas anotações científicas com a mão trêmula: "Parece existir um 'material' invisível que sai do corpo humano no momento da morte. Ele possui uma massa quantificável que não pode ser contida por barreiras físicas. Sou obrigada a supor que se move em uma dimensão que ainda não consigo apreender."

Pela expressão chocada no rosto do irmão, Katherine soube que ele alcançava a importância de seu experimento.

– Katherine... – gaguejou Peter, piscando os olhos cinzentos como se quisesse certificar-se de que não estava sonhando. – Acho que você acabou de pesar a alma humana.

Houve um longo silêncio entre os dois.

Katherine sentiu que o irmão tentava processar todas as sérias e impressionantes implicações daquilo. *Vai levar tempo.* Se o que haviam acabado de testemunhar fosse de fato o que parecia ser – ou seja, a prova de que uma alma, consciência, ou força vital podia se movimentar *fora* dos limites do corpo –, então uma nova e surpreendente luz acabara de ser lançada sobre incontáveis questões místicas: transmigração, consciência cósmica, experiências de quase morte, projeção astral, visualização remota, sonhos lúcidos, e assim por diante. As revistas de medicina estavam repletas de histórias de pacientes que morreram na mesa de cirurgia e viram seus corpos de cima antes de serem trazidos de volta à vida.

Peter estava calado, e Katherine viu lágrimas em seus olhos. Ela entendeu. Também havia chorado. Peter e Katherine tinham perdido pessoas que amavam e, para qualquer um naquela posição, o mais ligeiro indício de que o espírito humano perdurava após a morte trazia um raio de esperança.

Ele está se lembrando de Zachary, pensou Katherine, reconhecendo a tristeza profunda nos olhos do irmão. Durante anos, Peter havia carregado o fardo da responsabilidade pela morte do filho. Ele dissera muitas vezes a Katherine que deixar Zachary na prisão fora o pior erro de sua vida e que jamais conseguiria perdoar a si mesmo.

Uma porta batendo chamou a atenção de Katherine e, de repente, ela se viu de volta ao subsolo, deitada sobre uma fria mesa de pedra. A porta de metal no alto da rampa havia se fechado com um estrondo, e o homem tatuado estava descendo. Ela pôde ouvi-lo entrar em um dos cômodos ao longo do corredor, fazer alguma coisa lá dentro e então prosseguir em direção ao lugar onde ela estava. Quando o homem entrou, Katherine viu que ele empurrava alguma coisa. Algo pesado... sobre rodas. Quando o vulto ficou debaixo da luz, ela o encarou, incrédula. O homem tatuado estava empurrando uma pessoa sobre uma cadeira de rodas.

Katherine reconheceu o homem na cadeira, mas sua mente mal conseguia aceitar o que via.

Peter?

Ela não sabia se deveria ficar eufórica por seu irmão ainda estar vivo... ou totalmente horrorizada. O corpo de Peter havia sido raspado. Seus grossos cabelos prateados tinham desaparecido, assim como as sobrancelhas, e sua pele lisa reluzia como se tivesse sido untada com óleo. Ele vestia um roupão de seda preto. Onde deveria estar sua mão direita via-se apenas um coto enrolado em uma atadura limpa e nova. Os olhos carregados de dor do irmão procuraram os seus, cheios de arrependimento e tristeza.

– Peter! – A voz dela rateou.

Seu irmão tentou falar, mas só conseguiu emitir sons abafados e guturais. Katherine então percebeu que ele estava preso à cadeira de rodas e que tinha sido amordaçado.

O homem tatuado estendeu a mão e afagou delicadamente o couro cabeludo raspado de Peter.

– Eu preparei seu irmão para uma grande honra. Ele tem um papel a desempenhar hoje à noite.

Todo o corpo de Katherine se retesou. *Não...*

– Peter e eu vamos embora daqui a pouco, mas achei que você fosse querer se despedir.

– Para onde você vai levar meu irmão? – indagou ela com a voz fraca.

Ele sorriu.

– Peter e eu precisamos viajar até a montanha sagrada. É lá que está o tesouro. A Pirâmide Maçônica revelou o local. Seu amigo Robert Langdon foi muito prestativo.

Katherine encarou o irmão nos olhos.

– Ele... matou Robert.

A expressão de Peter se contorceu de agonia, e ele sacudiu a cabeça com violência, como se não conseguisse mais suportar nenhuma dor.

– Ora, ora, Peter – disse o homem, tornando a lhe afagar o couro cabeludo. – Não deixe isso estragar o momento. Diga adeus à sua irmãzinha. Esta é sua última reunião de família.

Katherine sentiu sua mente se encher de desespero.

– Por que você está fazendo isso? – gritou para o homem. – O que foi que nós lhe fizemos? Por que odeia tanto a minha família?!

O homem tatuado se aproximou, colando a boca ao seu ouvido.

– Eu tenho meus motivos, Katherine. – Ele então caminhou até a bancada lateral e pegou a estranha faca. Levando-a até onde ela estava, correu a lâmina polida por sua bochecha. – Esta é provavelmente a faca mais famosa da história.

Katherine não sabia nada sobre facas famosas, mas aquela parecia sinistra e muito antiga. A lâmina estava afiadíssima.

– Não se preocupe – disse ele. – Não tenho a menor intenção de desperdiçar o poder disto aqui com você. Estou guardando a faca para um sacrifício mais digno... em um lugar mais sagrado. – Ele se virou para Peter. – Está reconhecendo esta faca, não está?

Os olhos de seu irmão estavam arregalados, com uma mistura de medo e descrença.

– Sim, Peter, este antigo artefato ainda existe. Paguei caro para consegui-lo... e o venho guardando para você. Finalmente, vamos poder terminar juntos nossa dolorosa jornada.

Com essas palavras, embalou a faca cuidadosamente em um pano com o restante de suas coisas – incenso, frascos contendo líquidos, um pedaço de seda branca e outros objetos cerimoniais. Então pôs o embrulho dentro da bolsa de couro de Robert Langdon junto com a Pirâmide Maçônica e o cume. Katherine observou, impotente, o homem fechar o zíper e se voltar para seu irmão.

– Pode carregar isto aqui para mim, Peter? – Ele depositou a pesada bolsa no colo do outro.

Em seguida, andou até uma gaveta e começou a vasculhar lá dentro. Katherine pôde ouvir o tilintar de pequenos objetos. Quando voltou, segurou seu braço direito. Ela não podia ver o que ele estava fazendo, mas Peter, que recomeçou a se debater com violência, aparentemente sim.

Katherine sentiu uma picada súbita e dolorida na dobra interna do braço direito, e um calor nefasto começou a irradiar dali. Peter emitia sons angustiados, tentando em vão se levantar da pesada cadeira de rodas. Katherine sentiu uma dormência fria se espalhar cotovelo abaixo, descendo pelo seu antebraço até as pontas dos dedos.

Quando o homem se afastou, Katherine viu por que seu irmão estava tão horrorizado. Uma agulha tinha sido inserida em sua veia, como se ela estivesse doando sangue. Porém, não estava presa a nenhum tubo. Em vez disso, o sangue escorria livremente por ela... descendo por seu cotovelo e antebraço até a mesa de pedra.

– Uma ampulheta humana – disse o homem, virando-se para Peter. – Dentro em breve, quando eu lhe pedir que desempenhe seu papel, quero que pense em Katherine... morrendo aqui, sozinha, no escuro.

A expressão de Peter era de tormento absoluto.

– Ela tem mais ou menos uma hora de vida – disse o homem. – Se você cooperar comigo depressa, terei tempo suficiente para salvá-la. Mas é claro que, se oferecer a menor resistência que seja... sua irmã não sairá viva daqui.

Peter berrava algo ininteligível através da mordaça.

– Eu sei, eu sei – disse o homem tatuado, pousando uma das mãos sobre o ombro de Peter –, isso é difícil para você. Mas não deveria ser. Afinal, esta não é a primeira vez que abandona um membro da família. – Ele fez uma pausa, curvando-se para sussurrar no ouvido de Peter. – Estou me referindo ao seu filho, Zachary, no presídio de Soganlik, é claro.

Peter forçou as correias que o prendiam, soltando outro grito abafado através do pano que lhe servia de mordaça.

– Pare com isso! – gritou Katherine.

– Eu me lembro bem daquela noite – provocou o homem enquanto terminava de arrumar suas coisas. – Eu ouvi tudo. O diretor da prisão ofereceu libertar seu filho, mas você decidiu ensinar uma lição a Zachary... e o abandonou lá. Seu menino aprendeu mesmo a lição, não foi? – O homem sorriu. – O prejuízo dele... foi meu lucro.

O homem apanhou um pedaço de linho e o enfiou bem fundo na boca de Katherine.

– A morte – sussurrou-lhe ele – deve ser silenciosa.

Peter se debatia furiosamente. Sem mais nenhuma palavra, andando de costas, o homem tatuado foi puxando devagar a cadeira de Peter para fora dali, proporcionando-lhe uma derradeira visão de sua irmã.

Katherine e Peter se entreolharam uma última vez.

Então ele se foi.

Ela pôde ouvi-los subindo a rampa e atravessando a porta de metal. Quando saíram, escutou o homem tatuado trancar a porta atrás de si e seguir adiante através do quadro giratório das Três Graças. Poucos minutos depois, ouviu um carro dar a partida.

Então o silêncio dominou a mansão.

Totalmente sozinha no escuro, Katherine sangrava.

CAPÍTULO **108**

A mente de Robert Langdon pairava sobre um abismo sem fim.

Nenhuma luz. Nenhum som. Nenhuma sensação.

Somente um vazio infinito e silencioso.

Suavidade.

Ausência de peso.

Seu corpo o havia libertado. Nada mais o prendia.

O mundo físico deixara de existir. O tempo deixara de existir.

Ele agora era pura consciência... uma inteligência descarnada suspensa no vazio de um Universo incomensurável.

CAPÍTULO **109**

O UH-60 modificado sobrevoou em baixa altitude os extensos telhados de Kalorama Heights, rugindo em direção às coordenadas fornecidas pela equipe de apoio. O agente Simkins foi o primeiro a ver o Escalade preto estacionado de qualquer maneira no gramado em frente a uma das mansões. O portão de entrada estava fechado, e a casa estava escura e silenciosa.

Sato deu o sinal para a aterrissagem.

A aeronave pousou com grande impacto no gramado, em meio a vários carros... entre eles um sedã com uma luz giratória sobre o capô, que pertencia a uma firma de segurança.

Simkins e sua equipe saltaram do helicóptero, sacaram as armas e subiram correndo até a varanda. Ao ver que a porta da frente estava trancada, Simkins uniu as mãos em concha e espiou através de uma janela. O hall estava escuro, mas ele pôde distinguir o tênue contorno de um corpo estendido no chão.

– Merda – sussurrou ele. – É Hartmann.

Um de seus agentes apanhou uma cadeira da varanda e a arremessou contra a janela de sacada. O barulho de vidro se estilhaçando mal se fez ouvir acima do rugido do helicóptero atrás deles. Segundos depois, estavam todos dentro da casa. Simkins correu até o hall e se ajoelhou junto a Hartmann para tomar seu pulso. Nada. Havia sangue por toda parte. Então ele viu a chave de fenda espetada na garganta do colega.

Meu Deus. Simkins se levantou e acenou para os homens darem início a uma busca completa.

Os agentes se espalharam pelo térreo, vasculhando com as miras de raio laser a escuridão da casa luxuosa. Não encontraram nada na sala de estar nem no escritório, porém na sala de jantar descobriram uma agente de segurança estrangulada. Simkins estava perdendo depressa as esperanças de que Robert Langdon e Katherine Solomon estivessem vivos. Aquele assassino brutal obviamente montara uma armadilha para os dois. E, se conseguira matar um agente da CIA e uma segurança armada, tudo levava a crer que um professor universitário e uma cientista não tinham a menor chance de escapar.

Uma vez terminada a revista do térreo, Simkins mandou dois agentes verificarem o andar de cima. Enquanto isso, encontrou na cozinha uma escada que conduzia a um subsolo. Desceu os degraus e, ao chegar lá embaixo, acendeu a luz. O subsolo era espaçoso e impecável, como se quase nunca fosse usado.

Caldeiras, paredes nuas de cimento, algumas caixas. *Não há absolutamente nada aqui.* Simkins tornou a subir para a cozinha bem na hora em que seus homens desciam do andar de cima. Todos sacudiram as cabeças.

A casa estava deserta.

Não havia ninguém ali. Tampouco outros corpos.

Simkins chamou Sato pelo rádio para dizer que a casa havia sido revistada e dar a má notícia: o sequestrador conseguira fugir.

Quando ele chegou ao hall, a diretora estava subindo a escada da frente. Vislumbrou Warren Bellamy atrás dela, sozinho dentro do helicóptero com a maleta de titânio a seus pés. O laptop da diretora do ES dava a ela acesso aos sistemas computacionais da CIA onde quer que estivesse, graças a links de satélite protegidos. Ela havia usado o computador para compartilhar com Bellamy algum tipo de informação que o abalara tão profundamente a ponto de garantir sua total cooperação. Simkins não fazia ideia do que o Arquiteto tinha visto, mas, fosse o que fosse, o deixara em estado de choque.

Ao entrar no hall, Sato se deteve por alguns segundos, baixando a cabeça diante do corpo de Hartmann. Logo em seguida, ergueu os olhos e os fixou em Simkins.

– Nenhum sinal de Langdon ou Katherine? Nem de Peter Solomon?

O agente fez que não com a cabeça.

– Se ainda estiverem vivos, ele os levou.

– Você encontrou algum computador na casa?

– Sim, senhora. No escritório.

– Me mostre.

Simkins conduziu Sato em direção à sala de estar. O carpete felpudo estava coberto de cacos de vidro da janela estilhaçada. Eles passaram por uma lareira, por um quadro grande e por várias estantes de livros antes de chegar à porta do escritório. O cômodo tinha as paredes revestidas de madeira, uma escrivaninha antiga e um monitor grande. Sato contornou a escrivaninha e olhou para a tela, fazendo uma careta.

– Droga – disse baixinho.

Simkins deu a volta e encarou o monitor. Estava apagado.

– O que houve?

Sato apontou para um lugar na escrivaninha com vários cabos para conectar um laptop.

– Ele levou o computador.

Simkins não entendeu.

– Esse homem tem informações que a senhora quer ver?

– Não – respondeu Sato, em tom grave. – Ele tem informações que não quero que *ninguém* veja.

Lá embaixo, no subsolo secreto, Katherine Solomon havia escutado o barulho do helicóptero, seguido pelo som de vidro se quebrando e botas pesadas pisando o chão acima dela. Tentou gritar por socorro, mas a mordaça em sua boca tornava isso impossível. Ela mal conseguia emitir qualquer som. Quanto mais tentava, mais depressa o sangue escorria de seu braço.

Katherine estava ofegante e um pouco tonta.

Ela sabia que precisava se acalmar. *Use a mente, Katherine.* Com toda a força de vontade que conseguiu reunir, ela se convenceu a entrar em um estado de meditação.

A mente de Robert Langdon flutuava pelo vazio do espaço. Ele olhou para aquele vácuo infinito em busca de algum ponto de referência. Não encontrou nada.

Breu total. Silêncio total. Paz total.

Não havia sequer a força da gravidade para lhe dizer qual lado ficava para cima. Seu corpo havia sumido.

Isto deve ser a morte.

O tempo parecia estar se deformando, esticando-se e comprimindo-se, como se ali não fosse possível dimensioná-lo. Langdon havia perdido qualquer noção de quanto tempo se passara.

Dez segundos? Dez minutos? Dez dias?

No entanto, de repente, como explosões incandescentes vindas de galáxias distantes, lembranças começaram a se materializar, flutuando em sua direção como ondas de choque por um vasto nada.

Na mesma hora, Robert Langdon começou a se lembrar. As imagens o invadiram com violência... vívidas, perturbadoras. Ele estava olhando para um rosto coberto de tatuagens. Um par de mãos potentes erguia sua cabeça e batia com ela no chão.

Uma dor surgia... depois a escuridão.

Uma luz cinzenta.

Um latejar.

Filetes de memória. Langdon sendo arrastado, semiconsciente, cada vez mais para baixo. Seu captor cantando alguma coisa.

Verbum significatium... Verbum omnificum... Verbum perdo...

CAPÍTULO **110**

A diretora Sato estava sozinha no escritório, esperando a divisão de imagens por satélite da CIA processar sua solicitação. Um dos luxos de se trabalhar na área de Washington era a cobertura por satélites. Com sorte, talvez um deles estivesse numa posição adequada para tirar fotos da casa naquela noite... e poderia ter registrado um carro saindo dali na última meia hora.

– Sinto muito, senhora – disse o técnico de satélite. – Não houve cobertura nessas coordenadas hoje à noite. Quer que eu faça uma solicitação de reposicionamento?

– Não, obrigada. Agora é tarde. – Ela desligou.

Sato deu um suspiro. Já não sabia mais como poderia descobrir aonde seu alvo tinha ido. Foi até o hall, onde seus homens haviam acabado de ensacar o corpo do agente Hartmann e o carregavam em direção ao helicóptero. Sato ordenara a Simkins que reunisse seus homens e se preparasse para retornar a Langley, mas o agente estava de quatro no chão da sala de estar. Parecia estar passando mal.

– Você está bem?

Ele ergueu os olhos com uma expressão esquisita no rosto.

– A senhora viu isto aqui? – Ele apontou para o chão da sala.

Sato se aproximou, baixando o olhar para o carpete felpudo. Fez que não com a cabeça, sem enxergar nada ali.

– Agache-se – disse Simkins. – Dê uma olhada nas fibras do carpete.

Ela se agachou. Em um instante, viu do que ele estava falando. As fibras do carpete pareciam ter sido amassadas... afundadas em duas linhas retas, como se as rodas de alguma coisa pesada tivessem sido empurradas pela sala.

– O *mais* estranho – disse Simkins – é o lugar para onde as marcas vão. – Ele apontou.

O olhar de Sato seguiu as tênues linhas paralelas que cruzavam o carpete da sala. O rastro parecia sumir debaixo de um quadro que ia do chão até o teto, junto à lareira. *Mas que diabo é isso?*

Simkins se aproximou do quadro e tentou erguê-lo da parede, mas ele não se mexeu.

– Está afixado – disse, correndo os dedos pelas bordas. – Espere um pouco, tem alguma coisa aqui embaixo... – Seu dedo tocou uma pequena alavanca sob a borda inferior, e ouviu-se um clique.

Sato deu um passo à frente enquanto Simkins empurrava a moldura e o quadro inteiro rodava lentamente sobre o próprio eixo, como uma porta giratória.

Ele ergueu a lanterna e iluminou o espaço escuro mais adiante.

Sato apertou os olhos. *Aqui vamos nós.*

Ao final de um corredor curto via-se uma pesada porta de metal.

As lembranças que haviam ondulado pela escuridão da mente de Langdon tinham surgido e ido embora, deixando para trás uma trilha de fagulhas, acompanhada por aquele mesmo sussurro sinistro e distante.

Verbum significatium... Verbum omnificum... Verbum perdo.

O cântico prosseguia como a ladainha de vozes em um hino medieval.

Verbum significatium... Verbum omnificum. As palavras então começaram a despencar pelo vácuo, e novas vozes ecoaram por toda a sua volta.

Apocalypsis... Franklin... Apocalypsis... Verbum... Apocalypsis...

Sem aviso, o lamento de um sino começou a soar em algum lugar ao longe. O sino seguiu badalando, cada vez mais alto. Passou a repicar com mais urgência, como que torcendo para Langdon compreender, instando sua mente a segui-lo.

CAPÍTULO 111

O sino do campanário badalou por três minutos inteiros, estremecendo o candelabro de cristal acima da cabeça de Langdon. Décadas antes, ele havia assistido a muitas palestras naquele estimado auditório da Academia Phillips Exeter. Naquele dia, porém, estava ali para escutar um amigo querido falar para o corpo estudantil. Quando as luzes diminuíram, Langdon se sentou junto à parede do fundo, debaixo de um panteão de retratos de diretores.

Um silêncio recaiu sobre a plateia.

Em meio àquela escuridão completa, uma silhueta alta e indefinida atravessou o palanque e subiu ao pódio.

– Bom dia – sussurrou a voz sem rosto ao microfone.

Todos se empertigaram nas cadeiras, tentando ver quem falava.

Um projetor de slides então ganhou vida, revelando uma fotografia em sépia desbotada – um estonteante castelo com fachada de arenito vermelho, altas torres quadradas e adornos góticos.

A sombra tornou a falar.

– Quem pode me dizer onde fica isso?

– Na Inglaterra! – declarou uma menina no escuro. – Essa fachada é um misto de gótico primitivo com românico tardio, ou seja, é um típico castelo *normando*, o que o situa na Inglaterra por volta do século XII.

– Uau – respondeu a voz sem rosto. – Uma especialista em arquitetura.

Houve um burburinho generalizado.

– Infelizmente – acrescentou a sombra –, você errou por 5 mil quilômetros e meio milênio.

Aquilo prendeu a atenção do auditório inteiro.

O projetor então exibiu uma fotografia moderna e colorida do mesmo castelo visto de outro ângulo. Suas torres de arenito dominavam o primeiro plano, mas, ao fundo, surpreendentemente próximo, erguia-se o domo majestoso, branco e rodeado de colunas do Capitólio dos Estados Unidos.

– Espere aí! – exclamou a garota. – Existe um castelo normando em Washington?

– Desde 1855 – respondeu a voz. – Data em que esta próxima imagem foi feita.

Um novo slide surgiu – uma fotografia em preto e branco de um interior, mostrando um imenso salão de baile com teto abobadado cheio de esqueletos de animais, vitrines de exibição de artigos científicos, vidros contendo amostras biológicas, artefatos arqueológicos e moldes em gesso de répteis pré-históricos.

– Esse estupendo castelo – disse a voz – foi o primeiro verdadeiro museu de ciências dos Estados Unidos, um presente dado por um rico cientista britânico que, assim como nossos pais fundadores, acreditava que este país recém-nascido poderia se tornar a terra do conhecimento. Ele legou aos pais da nossa nação uma imensa fortuna e lhes pediu que construíssem no centro do país uma "instituição para o desenvolvimento e a difusão do saber". – O homem fez uma longa pausa. – Alguém sabe me dizer o nome desse generoso cientista?

Uma voz tímida na primeira fileira arriscou:

– James *Smithson*?

Um burburinho de reconhecimento percorreu a plateia.

– Isso mesmo: Smithson – retrucou o homem em cima do palanque, dando um passo para a frente e parando debaixo da luz, seus olhos cinzentos reluzindo, brincalhões. – Bom dia. Meu nome é Peter Solomon. Sou secretário do Instituto *Smithsonian*.

Os alunos irromperam em palmas calorosas.

Das sombras, Langdon observou admirado seu amigo fascinar aquelas mentes jovens com um tour fotográfico pelos primórdios do instituto. O espetáculo começou com o Castelo Smithsonian, seus laboratórios subterrâneos, seus corredores com objetos em exposição, um salão cheio de moluscos, cientistas que se autodenominavam "curadores de crustáceos" e até mesmo uma velha fotografia dos dois moradores mais célebres do castelo – um falecido casal de corujas chamadas Difusão e Aumento. O slide show de meia hora terminou com uma impressionante imagem por satélite do National Mall, atualmente cercado de imensos museus Smithsonian.

– Como disse no começo da palestra, James Smithson e nossos pais fundadores imaginaram este grande país como uma terra de iluminação. Hoje acredito que ficariam orgulhosos. Seu grandioso Instituto Smithsonian é um símbolo de ciência e saber no coração da América. Um tributo vivo e atuante ao sonho que nossos fundadores nutriram para os Estados Unidos: o de um país baseado nos princípios do conhecimento, do saber e da ciência – concluiu Solomon, desligando o projetor sob uma salva de palmas.

As luzes do auditório se acenderam ao mesmo tempo que dezenas de mãos se levantaram para fazer perguntas.

Solomon chamou um menino ruivo baixinho no meio da plateia.

– Sr. Solomon – começou o menino, parecendo intrigado. – O senhor disse que nossos pais fundadores fugiram da opressão religiosa na Europa para criar um país baseado nos princípios do avanço científico.

– Isso mesmo.

– Mas... eu tinha a impressão de que eles eram muito religiosos e que fundaram os Estados Unidos como uma nação *cristã*.

Solomon sorriu.

– Não me entendam mal: nossos pais fundadores eram profundamente religiosos, mas deístas, ou seja, acreditavam em Deus de forma universal e libertária. O único ideal *religioso* que pregavam era a *liberdade* religiosa. – Ele retirou o microfone do suporte e avançou até a beira do palanque. – Os pais fundadores dos Estados Unidos tinham a visão de uma sociedade utópica espiritualmente iluminada, na qual a liberdade de pensamento, a educação das massas e o avanço científico pudessem substituir as trevas de uma superstição religiosa ultrapassada.

Uma menina loura nos fundos levantou a mão.

– Pois não?

– Senhor – disse ela, suspendendo o celular –, pesquisei seu nome na internet, e a Wikipédia o descreve como um francomaçom importante.

Solomon levantou seu anel maçônico.

– Se você tivesse me perguntado antes, teria economizado a tarifa que pagou para acessar os dados pelo celular.

Os alunos riram.

– Enfim – continuou a menina, hesitante –, o senhor acabou de falar em "superstição religiosa ultrapassada", e me parece que, se existe *alguma instituição* responsável por disseminar superstições ultrapassadas... é a Maçonaria.

Solomon não pareceu abalado.

– Ah, é? Como assim?

– Bom, já li muita coisa sobre os maçons e sei que vocês têm vários ritos antigos e estranhos. Um artigo na internet diz até que acreditam no poder de um antigo saber mágico... capaz de alçar o homem ao reino dos deuses.

Todos se viraram para a garota e a encararam como se estivesse maluca.

– Na verdade, ela tem razão – disse Solomon.

Os alunos tornaram a se virar para a frente, com os olhos arregalados.

Solomon reprimiu um sorriso e perguntou à menina loura:

– A Wikipédia tem alguma outra pérola sobre esse saber mágico?

Parecendo insegura, ela começou a ler o conteúdo do site:

– "Para assegurar que esse poderoso saber não fosse usado pelos não merecedores, os primeiros adeptos escreveram seu conhecimento em *código*... cobrindo essa poderosa verdade com uma linguagem metafórica de símbolos, mitos e alegorias. Até hoje, esse saber cifrado está por toda parte... codificado em nossa mitologia, em nossa arte e nos textos ocultos de todos os tempos. Infelizmente, o homem moderno não possui mais a capacidade de decifrar essa complexa rede de simbolismo... e a grande verdade se perdeu."

Solomon aguardou.

– Só isso?

A aluna se remexeu na cadeira.

– Há mais uma coisa, *sim.*

– Por favor... continue.

Depois de um instante de hesitação, ela pigarreou e retomou a leitura:

– "Segundo a lenda, os sábios que codificaram os Antigos Mistérios muito tempo atrás deixaram uma espécie de *chave*... uma *senha* que poderia ser usada para destrancar os segredos cifrados. Essa senha mágica, conhecida como *verbum significatium*, supostamente detém o poder de dissipar a escuridão e revelar os Antigos Mistérios, possibilitando que sejam compreendidos por toda a humanidade."

Solomon deu um sorriso melancólico.

– Ah, sim... o *verbum significatium*. – Ele passou alguns segundos fitando o vazio e, em seguida, baixou os olhos para a menina. – E onde está essa maravilhosa *palavra* nos dias de hoje?

Estava claro pela apreensão no rosto da aluna que ela se arrependera de ter questionado o palestrante. Mas agora o melhor a fazer era terminar a leitura:

– "Segundo a lenda, o *verbum significatium* está enterrado bem fundo em algum lugar, onde espera pacientemente um momento-chave da história... E, quando essa hora chegar, a humanidade não poderá mais sobreviver sem a verdade, o conhecimento e o saber de todos os tempos. Nessa obscura encruzilhada, o homem finalmente irá desenterrar a Palavra e anunciar o começo de uma nova e maravilhosa era de iluminação."

A menina desligou o celular e afundou na cadeira.

Após um longo silêncio, outro aluno levantou a mão.

– Sr. Solomon, o senhor não acredita *mesmo* nisso, acredita?

Solomon sorriu.

– Por que não? As nossas mitologias têm uma longa tradição de palavras mágicas capazes de proporcionar uma compreensão profunda e poderes divinos. Até hoje, as crianças ainda gritam "abracadabra" na esperança de criar algo a partir do nada. É claro que todos nós esquecemos que essa palavra não tem nada a ver com brincadeira. Suas raízes estão no antigo misticismo aramaico: *Avra Kedabra* significa "Eu crio ao falar".

Silêncio.

– Mas – insistiu o menino – não é possível que o senhor acredite que uma única *palavra*... esse tal *verbum significatium*... tenha o poder de desvendar um antigo saber... e provocar uma iluminação mundial.

Peter Solomon ficou impassível.

– Minha crença não deveria preocupar vocês, mas... o fato de essa profecia sobre uma época de iluminação existir em praticamente todas as crenças e tradições filosóficas do mundo, sim. Os hindus a chamam de Era de Krita; os astrólogos, de Era de Aquário; os judeus descrevem a vinda do Messias; os teósofos intitulam-na Nova Era; e os cosmologistas, Convergência Harmônica, chegando a dar sua data exata.

– É 21 de dezembro de 2012! – gritou alguém.

– Sim, uma data assustadoramente *próxima*... se você acreditar no calendário maia.

Langdon deu uma risadinha, lembrando-se de como, 10 anos antes, Solomon havia previsto de forma certeira a atual enxurrada de especiais televisivos anunciando que o ano de 2012 marcaria o fim do mundo.

– Deixando de lado o "quando" – disse Solomon –, acho incrível que, ao longo da história, as mais diversas filosofias humanas tenham concordado em relação a *uma* coisa: que uma grande iluminação está por vir. Em todas as culturas, em todas as épocas e em todos os cantos do mundo, o sonho humano se concentrou neste mesmo exato conceito: a futura apoteose do homem... a iminente transformação de nossas mentes e a descoberta de seu verdadeiro potencial. – Ele sorriu. – O que poderia explicar tamanha sincronicidade de crenças?

– *A verdade* – falou baixinho alguém na plateia.

Solomon girou o corpo na direção da voz.

– Quem disse isso?

A mão que se levantou pertencia a um rapazinho asiático cujos traços suaves sugeriam origem nepalesa ou tibetana.

– Quem sabe não existe uma verdade universal embutida na alma de todas as pessoas? – continuou o rapaz. – Talvez *todos* carreguemos a mesma história dentro de nós, como uma constante compartilhada em nosso DNA. Talvez essa *verdade* coletiva seja a responsável pela semelhança em todas as nossas histórias.

Sorrindo, Solomon uniu as mãos em frente ao corpo e fez uma mesura reverente para o menino.

– Obrigado.

Todos ficaram calados.

– A verdade... – disse Solomon, dirigindo-se ao auditório –... tem poder. E, se todos gravitamos em torno de ideias semelhantes, talvez isso se dê porque elas sejam *verdadeiras*... e estejam escritas bem no fundo de nosso ser. E, quando ouvimos a verdade, mesmo que não a compreendamos, sentimos que ela ecoa dentro de nós... em sintonia com nosso conhecimento inconsciente. Talvez não possamos *apreender* a verdade, mas sim reinvocá-la... relembrá-la... e reconhecê-la... como aquilo que já existe dentro de nós.

O silêncio no auditório era total.

Solomon esperou algum tempo antes de dizer bem baixinho:

– Para concluir, eu deveria alertar vocês que revelar a verdade nunca é fácil. Ao longo da história, todos os períodos de iluminação foram acompanhados por trevas lhe opondo resistência. Tais são as leis da natureza e do equilíbrio. E, olhando para a escuridão que hoje se espalha pelo mundo, somos obrigados a admitir que isso significa que uma quantidade de luz equivalente está crescendo. Estamos às vésperas de uma era de iluminação realmente grandiosa, e todos nós... todos *vocês*... são profundamente abençoados por estarem vivenciando esse momento decisivo da história. De todas as pessoas que já viveram, em todas as eras... *nós* estamos nesta estreita janela de tempo que nos permite testemunhar nosso derradeiro renascimento. Após milênios de trevas, veremos a ciência, a mente e mesmo a religião desvendarem a verdade.

Solomon estava prestes a receber os aplausos da plateia quando ergueu a mão pedindo silêncio.

– Senhorita? – Ele apontou para a combativa menina loura no fundo do auditório. – Sei que nós dois não concordamos em muita coisa, mas quero lhe agradecer. Sua paixão é um catalisador importante das mudanças que estão por vir. As trevas se alimentam de apatia... e a convicção é nosso mais potente antídoto. Continue cultivando sua fé. Estude a Bíblia. – Ele sorriu. – Principalmente as últimas páginas.

– O Apocalipse? – indagou ela.

– Claro. O Livro do Apocalipse é um exemplo vibrante de nossa *verdade* compartilhada. Ele conta a mesmíssima história que inúmeras outras tradições. Todas elas predizem a futura revelação de um grande saber.

– Mas o Apocalipse não fala sobre o fim do mundo? – perguntou outra pessoa. – O senhor sabe... o Anticristo, o Armagedom, a batalha decisiva entre o bem e o mal?

Solomon deu uma risadinha.

– Quem aqui estuda grego?

Várias mãos se levantaram.

– Qual o significado literal da palavra *apocalipse*?

– *Apocalipse* significa... – começou a responder um aluno, parando no meio como se estivesse surpreso – "desvendar"... ou "revelar".

Solomon balançou a cabeça para o menino em um gesto de aprovação.

– Isso mesmo. Apocalipse quer dizer literalmente *revelação*. O último livro da Bíblia prevê o desvendamento de uma grande verdade e de um conhecimento inimaginável. O Apocalipse não é o fim do mundo, mas sim o fim do mundo tal como nós *o conhecemos*. Essa profecia é apenas uma das lindas mensagens da Bíblia que foram distorcidas. – Solomon caminhou até a frente do tablado. – Podem acreditar em mim, o Apocalipse *está* chegando... e não vai se parecer em nada com o que nos ensinaram.

Bem alto acima de sua cabeça, o sino começou a dobrar.

Os alunos irromperam atônitos em uma estrondosa salva de palmas.

CAPÍTULO **112**

Katherine Solomon estava à beira da inconsciência quando foi sacudida pela onda de choque de uma explosão ensurdecedora.

Logo em seguida, sentiu cheiro de fumaça.

Seus ouvidos zumbiam.

Escutou o som de vozes abafadas. Ao longe. Gritos. Passos. De repente, começou a respirar mais livremente. Alguém havia tirado a mordaça de sua boca.

– Está tudo bem – sussurrou uma voz masculina. – Aguente firme.

Ela esperava que o homem fosse retirar a agulha de seu braço, mas, em vez disso, ele começou a gritar ordens:

– Tragam o kit de primeiros socorros... prendam uma sonda intravenosa a essa agulha... injetem solução de Ringer com lactato... tirem a pressão dela.

– Enquanto verificava seus sinais vitais, o agente começou a falar: – Sra. Solomon, o homem que fez isso com a senhora... para onde ele foi?

Katherine tentou responder, mas não conseguiu.

– Sra. Solomon? – repetiu a voz. – Para onde ele foi?

Katherine se esforçou para abrir os olhos, mas sentiu que estava desmaiando.

– Precisamos descobrir *para onde* ele foi – insistiu o homem.

Embora soubesse que não fazia sentido, Katherine sussurrou três palavras em resposta.

– A... montanha... sagrada...

A diretora Sato passou por cima da porta de aço destruída e desceu uma rampa de madeira até o subsolo secreto. Um de seus agentes veio encontrá-la no pé da rampa.

– Diretora, acho que a senhora vai querer ver isso.

Sato seguiu o agente por um corredor estreito até um pequeno cômodo. O recinto iluminado estava vazio, exceto por uma pilha de roupas no chão. Ela reconheceu o paletó de tweed e os sapatos de Robert Langdon.

Seu agente apontou para um grande recipiente parecido com um caixão junto à parede.

Mas que diabo é isso?

Sato se aproximou do recipiente, notando que era alimentado por uma série de tubos de plástico que corriam rente à parede. Com cautela, aproximou-se do tanque. Então viu que havia um pequeno painel deslizante na tampa. Estendeu a mão e o afastou para um dos lados, revelando uma janelinha transparente.

Sato se retraiu.

Debaixo do vidro... flutuava o rosto submerso e sem vida do professor Robert Langdon.

Luz!

O vazio sem fim em que Langdon pairava foi subitamente preenchido por um sol ofuscante. Raios de intensa luz branca penetraram a escuridão, queimando sua mente.

Havia luz por toda parte.

De repente, de dentro da nuvem radiante à sua frente, surgiu uma linda silhueta. Um rosto... embaçado e indistinto... dois olhos que o fitavam do vazio. Raios de luz cercavam aquela face, e Langdon imaginou se estaria fitando o semblante de Deus.

Sato olhava para o tanque e se perguntava se o professor Langdon tinha alguma ideia do que havia acontecido. Duvidava muito. Afinal de contas, a desorientação era justamente o objetivo daquela tecnologia.

Os tanques de privação sensorial existiam desde a década de 1950, e ainda eram uma atividade popular entre os ricos adeptos da Nova Era. "Flutuar", como se dizia, proporcionava uma experiência transcendental de retorno ao útero materno... uma espécie de auxílio à meditação que moderava a atividade cerebral por meio da remoção de todos os estímulos sensoriais: luz, som, tato e até mesmo a força da gravidade. Nos tanques convencionais, a pessoa ficava boiando dentro de um soro fisiológico muito denso que mantinha seu rosto fora d'água de modo que pudesse respirar.

Recentemente, contudo, esses tanques tinham evoluído.

Perfluorocarbonos oxigenados.

A nova tecnologia – conhecida como Ventilação Líquida Total (VLT) – era tão inusitada que poucos acreditavam na sua existência.

Líquido respirável.

A respiração líquida é uma realidade desde 1966, quando Leland C. Clark conseguiu manter vivo um camundongo que passou horas submerso dentro de uma solução de perfluorocarbono oxigenado. Em 1989, a tecnologia da VLT fez uma aparição dramática no filme *O Segredo do Abismo*, embora poucos espectadores tenham se dado conta de que estavam assistindo de fato a uma realidade científica.

A Ventilação Líquida Total nasceu das tentativas da medicina moderna de ajudar bebês prematuros a respirar, levando-os de volta ao meio líquido intrauterino. Depois de nove meses no útero, os pulmões humanos já estavam familiarizados com aquele meio. Antigamente, os perfluorocarbonos não podiam ser respirados por serem viscosos demais, porém avanços modernos os deixaram quase com a mesma consistência da água.

A Diretoria de Ciência e Tecnologia da CIA – "os Magos de Langley", como eram conhecidos na comunidade de inteligência – havia trabalhado exaustivamente com os perfluorocarbonos oxigenados de modo a desenvolver tecnologias para as forças armadas norte-americanas. Os mergulhadores de elite da marinha descobriram que respirar oxigênio líquido no lugar das misturas gasosas habituais – como o heliox e o trimix – lhes permitia mergulhar muito mais fundo sem risco de sentir o mal-estar causado pela pressão. Da mesma forma, a NASA e a aeronáutica haviam descoberto que pilotos equipados com um aparato de respiração líquida, em vez do tradicional cilindro de oxigênio, podiam suportar forças G muito acima do normal, porque o líquido espalhava a força da gravidade pelos órgãos internos de maneira mais uniforme do que o gás.

Sato ouvira dizer que hoje em dia existiam "laboratórios de experiências extremas" nos quais era possível testar esses tanques de Ventilação Líquida Total – ou "Máquinas de Meditação", como eram chamados. Aquele tanque ali provavelmente havia sido instalado para as experiências particulares de seu dono, embora o acréscimo de trincos pesados fizesse Sato ter quase certeza de que *aquele* tanque também fora usado para propósitos mais obscuros... uma técnica de interrogatório que a CIA conhecia bem.

A infame técnica de interrogatório conhecida como *water boarding* é altamente eficaz porque a vítima acredita *mesmo* estar se afogando. Sato sabia de várias operações confidenciais em que tanques de privação sensorial como aquele haviam sido usados para levar essa ilusão a níveis aterrorizantes. Uma vítima submersa em líquido respirável podia ser literalmente "afogada". O pânico associado à experiência do afogamento em si fazia com que a vítima, em geral, nem percebesse que o líquido que estava respirando era mais viscoso do que a água. Quando ele entrava em seus pulmões, a pessoa em geral desmaiava de medo, acordando em seguida no mais perfeito "confinamento solitário".

Anestésicos tópicos e drogas de efeito paralisante e alucinógeno eram misturados ao líquido oxigenado para dar ao prisioneiro a sensação de que ele estava totalmente separado do próprio corpo. Quando sua mente enviava comandos para mover pernas e braços, nada acontecia. O estado de "morte" por si só já era apavorante, mas a verdadeira desorientação vinha do processo de "renascimento", que, com o auxílio de luzes intensas, ar frio e barulho ensurdecedor, podia ser extremamente traumático e doloroso. Após um punhado de "renascimentos" e afogamentos subsequentes, o prisioneiro ficava tão desorientado que não fazia mais ideia se estava vivo ou morto... e contava absolutamente qualquer coisa a quem estivesse conduzindo o interrogatório.

Sato ficou na dúvida se deveria esperar a chegada de uma equipe médica para retirar Langdon do tanque, mas sabia que não tinha tempo para isso. *Preciso descobrir o que ele sabe.*

– Apaguem as luzes – disse ela. – E arrumem uns cobertores.

O sol ofuscante havia desaparecido.

O rosto também sumira.

A escuridão estava de volta, mas Langdon agora podia ouvir sussurros distantes ecoando pelos anos-luz de vazio. Vozes abafadas... palavras ininteligíveis. Em seguida começaram as vibrações... como se o mundo estivesse prestes a se despedaçar.

Então aconteceu.

Sem aviso, o Universo se rasgou ao meio. Um imenso abismo se abriu no vazio... como se as costuras do próprio espaço houvessem arrebentado. Uma névoa acinzentada se derramou pela abertura, e Langdon viu uma imagem aterradora. Mãos soltas no ar de repente se estendiam para pegá-lo, agarrando seu corpo, tentando arrancá-lo de seu mundo.

Não! Ele tentou se desvencilhar das mãos, mas não tinha braços... nem punhos. *Ou será que tinha?* De repente, sentiu o próprio corpo se materializar ao redor de sua mente. Sua carne voltara a existir e estava sendo agarrada por mãos fortes que o puxavam para cima. *Não! Por favor!*

Mas era tarde demais.

A dor fustigou seu peito enquanto as mãos o suspendiam pela abertura. Seus pulmões pareciam cheios de areia. *Não consigo respirar!* De repente, estava deitado de costas na superfície mais fria e dura que poderia imaginar. Alguma coisa não parava de pressionar seu tórax, com força, dolorosamente. Ele estava cuspindo o calor.

Eu quero voltar.

Tinha a sensação de ser uma criança saindo do útero.

Em meio a convulsões, Langdon tossia para eliminar o líquido. Seu peito e pescoço doíam. Uma dor excruciante. Sua garganta estava em chamas. Pessoas falavam, tentando sussurrar, mas o barulho era ensurdecedor. Com a visão embaçada, tudo o que conseguia ver eram formas indistintas. Sua pele estava dormente e parecia feita de couro.

Sentia o peito mais pesado... sob pressão. *Não consigo respirar!*

Tossiu mais líquido. Então um reflexo instintivo fez com que inspirasse com força, o ar frio penetrando-lhe os pulmões, como se fosse um recém-nascido respirando pela primeira vez. O mundo era um tormento. Tudo o que Langdon queria era voltar para o útero.

Robert Langdon não fazia ideia de quanto tempo havia transcorrido. Podia sentir que estava deitado de lado sobre um chão duro, envolto em toalhas e cobertores. Um rosto conhecido o olhava de cima... mas a luz gloriosa tinha sumido. Os ecos de cânticos distantes ainda soavam em sua mente.

Verbum significatium... Verbum omnificum...

– Professor Langdon? – sussurrou alguém. – O senhor sabe onde está?

Langdon assentiu com fraqueza, ainda tossindo.

O mais importante, no entanto, era que ele havia começado a perceber o que estava acontecendo naquela noite.

CAPÍTULO **113**

Em pé sobre as pernas bambas, envolto em cobertores de lã, Langdon olhava para o tanque aberto. Seu corpo voltara a lhe pertencer, embora ele desejasse que não fosse o caso. Sua garganta e seus pulmões ardiam. O mundo parecia árduo e cruel.

Sato havia acabado de lhe explicar sobre o tanque de privação sensorial... acrescentando que, se não o houvesse tirado de lá, ele teria morrido de fome ou coisa pior. Langdon não duvidava que Peter tivesse passado por experiência semelhante. *O Sr. Solomon está no mundo intermediário, no Hamistagan*, dissera--lhe o homem tatuado mais cedo. *No purgatório*, concluíra Langdon. Se Peter tivesse sido submetido a mais de um daqueles processos de nascimento, não seria de admirar que houvesse revelado ao sequestrador tudo o que ele dese-java saber.

Sato gesticulou para que Langdon a seguisse e ele obedeceu, descendo vaga-rosamente um estreito corredor e penetrando mais fundo naquele antro bizarro que via pela primeira vez. Os dois entraram em um recinto quadrado com uma mesa de pedra e uma sinistra iluminação colorida. Katherine estava lá, e Langdon suspirou de alívio. Ainda assim, a cena era inquietante.

Ela estava deitada sobre a mesa de pedra. Toalhas encharcadas de sangue cobriam o chão. Um agente da CIA mantinha suspensa uma bolsa para admi-nistração intravenosa cujo tubo estava conectado ao seu braço.

Ela soluçava baixinho.

– Katherine? – disse Langdon com a voz embargada, mal conseguindo falar.

Ela virou a cabeça, parecendo desorientada e confusa.

– Robert? – Seus olhos se arregalaram de incredulidade e depois de alegria. – Mas... eu vi você se afogar!

Ele se encaminhou para a mesa de pedra.

Katherine se ergueu até ficar sentada, ignorando a sonda intravenosa e as objeções do agente. Langdon chegou à mesa e Katherine estendeu os braços, envolvendo seu corpo embrulhado em cobertores e abraçando-o apertado.

– Graças a Deus – sussurrou ela, beijando-lhe a bochecha. Então tornou a beijá-lo, apertando-o como se não acreditasse que fosse real. – Não estou entendendo... como...

Sato começou a dizer alguma coisa sobre tanques de privação sensorial e per-fluorocarbonos oxigenados, mas era óbvio que Katherine não estava escutando. Simplesmente continuou a abraçar Langdon.

– Robert – disse ela –, Peter está vivo. – Sua voz rateou enquanto relatava o horripilante encontro com o irmão. Ela descreveu seu estado físico, falou da cadeira de rodas, da estranha faca, das alusões a algum tipo de "sacrifício" e contou como fora deixada sangrando tal qual uma ampulheta humana para con-vencer Peter a cooperar depressa.

Langon mal conseguia falar.

– Você faz... *alguma* ideia... de para onde eles foram?

– Ele disse que iria levar Peter para a montanha sagrada.

Langdon se afastou e pôs-se a encará-la.

Os olhos de Katherine estavam marejados.

– Ele falou que tinha decifrado a grade da base da pirâmide e que ela indi-cara que fosse até a montanha sagrada.

– Professor – atalhou Sato –, isso significa alguma coisa para o senhor?

– Não – disse Langdon, balançando a cabeça. – Mas, se ele conseguiu essa informação na base da pirâmide, nós também podemos obtê-la... – falou, esperançoso. *Fui eu que lhe mostrei como solucioná-la.*

Sato sacudiu a cabeça.

– A pirâmide não está mais aqui. Ele a levou.

Langdon permaneceu alguns segundos em silêncio, fechando os olhos para tentar visualizar a base da pirâmide. A grade de símbolos havia sido uma das últimas imagens que ele vira antes de se afogar, e o trauma costumava gravar as lembranças bem fundo na mente. Ele não conseguia se lembrar de toda a grade, apenas de parte, mas quem sabe não bastaria?

Virando-se para Sato, falou, atropelando as palavras:

– Talvez eu consiga lembrar o suficiente, mas preciso que faça uma pesquisa na internet.

A diretora sacou o BlackBerry.

– Faça uma busca por "Quadrado de Franklin de Ordem Oito".

Sato lançou-lhe um olhar espantado, mas digitou sem fazer perguntas.

A visão de Langdon ainda estava embaçada, e ele só agora começava a assimilar o estranho ambiente em que se encontravam. Percebeu que a mesa de pedra estava coberta de manchas de sangue antigas e a parede à sua direita, cheia de páginas de texto, fotografias, desenhos e mapas, com uma gigantesca teia de barbantes a interligá-los.

Meu Deus.

Langdon foi em direção àquela estranha colagem, ainda apertando os cobertores em volta do corpo. Presa à parede havia uma bizarra coleção de informações – textos antigos que abrangiam desde magia negra até as Escrituras cristãs, desenhos de símbolos e sigilos, cópias impressas de sites sobre teorias da conspiração e fotos de satélite de Washington rabiscadas com anotações e pontos de interrogação. Uma das folhas era uma longa lista de palavras em diversas línguas. Ele reconheceu algumas delas como termos maçônicos sagrados, outras como antigas palavras mágicas e outras ainda como encantamentos cerimoniais.

Será que é isso que ele está procurando?

Uma palavra?

Algo simples assim?

O arraigado ceticismo de Langdon em relação à Pirâmide Maçônica se devia em grande parte àquilo que ela supostamente revelava: a localização dos Antigos Mistérios. Essa descoberta teria de significar um imenso esconderijo cheio de milhares de volumes que, de alguma forma, tivessem sobrevivido a extintas bibliotecas que um dia os tinham abrigado. *Um esconderijo desse tamanho? Debaixo de Washington?* Agora, porém, aquela lista de palavras mágicas, combinada à lembrança da palestra de Peter na Phillips Exeter, abrira outra possibilidade surpreendente.

Langdon certamente *não* acreditava no poder de palavras mágicas... mas parecia óbvio que o homem tatuado, sim. Sua pulsação se acelerou enquanto ele tornava a examinar as notas rabiscadas, os mapas, textos, cópias impressas e todos os barbantes e post-its na parede.

Estava claro que havia um tema recorrente.

Meu Deus, ele está procurando o verbum significatium... *a Palavra Perdida.* Langdon deixou esse pensamento tomar forma, relembrando trechos da palestra de Peter. *O que ele está procurando é a Palavra Perdida! É isso que ele acredita estar enterrado aqui em Washington.*

Sato chegou ao seu lado.

– Era isso que o senhor queria? – Ela lhe mostrou o BlackBerry.

Langdon olhou para a grade numérica de oito por oito estampada na tela.

– Exatamente. – Ele pegou um pedaço de papel. – Preciso de uma caneta.

Sato tirou uma do bolso e lhe entregou.

– Por favor, seja rápido.

No escritório subterrâneo da Diretoria de Ciência e Tecnologia, Nola Kaye analisava mais uma vez o documento editado que lhe fora trazido por Rick Parrish, da segurança de sistemas. *O que o diretor da CIA está fazendo com um arquivo sobre antigas pirâmides e localizações subterrâneas secretas?*

Ela pegou o telefone e discou.

Sato atendeu na hora, com a voz tensa.

– Nola, eu ia mesmo ligar para você.

– Tenho novas informações – disse Nola. – Não sei muito bem qual a conexão com o que está acontecendo, mas descobri que existe um arquivo editado...

– O que quer que seja, esqueça – interrompeu Sato. – Não temos mais tempo. Não conseguimos capturar o alvo, e tenho todos os motivos para crer que ele está prestes a cumprir a ameaça que fez.

Nola sentiu um calafrio.

– A boa notícia é que sabemos exatamente aonde ele está indo. – Sato respirou fundo. – A ruim é que ele está com um laptop.

CAPÍTULO **114**

A pouco mais de 15 quilômetros dali, Mal'akh ajeitou o cobertor em volta de Peter Solomon e empurrou a cadeira de rodas por um estacionamento iluminado pelo luar, parando debaixo da sombra de um imenso prédio. A estrutura tinha exatamente 33 colunas externas... cada qual com 33 pés de altura, o equivalente a 10 metros. A construção descomunal estava deserta àquela hora, de modo que ninguém jamais os veria ali atrás. Não que isso tivesse qualquer importância. De longe, ninguém daria atenção a um homem alto de aspecto bondoso usando um casaco preto comprido e levando um inválido careca para um passeio noturno.

Quando chegaram à entrada dos fundos, Mal'akh empurrou a cadeira de Peter até perto do teclado de segurança. Peter o fitou com ar de desafio, obviamente sem a menor intenção de digitar a senha.

Mal'akh riu.

– Você acha que está aqui para me fazer entrar? Já se esqueceu que sou um de seus irmãos? – Ele estendeu a mão e digitou a senha de acesso que recebera após sua iniciação ao grau 33.

A porta pesada se abriu com um clique.

Peter soltou um grunhido e começou a se debater na cadeira de rodas.

– Peter, Peter – murmurou Mal'akh –, pense em Katherine. Coopere comigo, e ela viverá. Você pode salvá-la. Eu lhe dou minha palavra.

Mal'akh empurrou o prisioneiro para dentro do prédio e trancou a porta atrás deles, seu coração disparado de ansiedade. Empurrou Peter por alguns corredores até um elevador, apertando um botão para chamá-lo. As portas se abriram e Mal'akh entrou de costas, puxando a cadeira de rodas. Então, certificando-se de que Peter pudesse ver o que estava fazendo, estendeu a mão e apertou o botão mais alto.

Uma expressão de pavor cruzou o semblante atormentado de Peter.

– Shh... – sussurrou Mal'akh, acariciando delicadamente a cabeça raspada de Peter enquanto as portas do elevador se fechavam. – Como você bem sabe... o segredo é saber como morrer.

Não consigo me lembrar de todos os símbolos!

Langdon fechou os olhos, esforçando-se ao máximo para recordar a localização precisa dos símbolos na base da pirâmide, mas sua memória fotográfica não chegava a esse ponto. Ele anotou os poucos símbolos dos quais conseguia se lembrar, posicionando cada um deles no compartimento indicado pelo quadrado mágico de Franklin.

No entanto, até ali nada parecia fazer sentido.

– Olhe! – disse Katherine, incentivando-o. – Você deve estar no caminho certo. A primeira fileira é toda de letras gregas: os símbolos do mesmo tipo estão se juntando!

Langdon também percebera isso, mas não conseguia pensar em nenhuma palavra grega que se encaixasse naquela configuração de letras e espaços. *Eu preciso da primeira letra.* Tornou a olhar para o quadrado mágico, tentando se recordar do caractere que ocupava o lugar correspondente ao número 1, junto ao canto inferior esquerdo. *Pense!* Fechou os olhos para tentar visualizar a base da pirâmide. *A fileira de baixo... perto do canto esquerdo... que letra estava ali?*

Durante alguns segundos, Langdon se viu de volta ao tanque, dominado pelo terror, olhando para a base da pirâmide através do vidro.

Então, de repente, ele lembrou. Abriu os olhos, com a respiração ofegante.

– A primeira letra é *H*!

Langdon retornou à grade e escreveu a primeira letra. A palavra ainda estava incompleta, mas ele tinha visto o bastante. Subitamente, percebeu qual poderia ser a palavra.

Ηερεδομ!

Com a pulsação disparada, Langdon digitou uma nova busca no BlackBerry.

Inseriu o equivalente em inglês àquela conhecida palavra grega. A primeira ocorrência que surgiu foi um verbete de enciclopédia. Assim que o leu, viu que fazia sentido.

> HEREDOM s. importante termo entre os francomaçons de "alto grau", derivado dos rituais rosa-cruzistas franceses, nos quais há referências a uma montanha mística na Escócia, lendária localização do primeiro de seus Capítulos. Vem do grego Ηερεδομ, cuja origem é *hieros-domos*, Casa Sagrada.

– É isso! – exclamou Langdon, mal acreditando naquilo. – É para lá que eles foram!

Sato, que estava lendo por cima do seu ombro, fez cara de perdida.

– Para uma montanha mística na Escócia?

Langdon balançou a cabeça.

– Não, para um prédio em Washington cujo nome secreto é Heredom.

CAPÍTULO 115

A Casa do Templo – conhecida entre os irmãos como Heredom – sempre foi a joia da coroa do Rito Escocês nos Estados Unidos. Com seu telhado piramidal muito íngreme, o prédio tinha sido batizado em homenagem a uma montanha escocesa imaginária. Mal'akh, no entanto, sabia que não havia nada de fantasioso em relação ao tesouro escondido ali.

É este o lugar, ele sabia. *A Pirâmide Maçônica indicou o caminho.*

À medida que o velho elevador subia lentamente até o terceiro andar, Mal'akh sacou o pedaço de papel em que havia reorganizado a grade de símbolos usando o Quadrado de Franklin. Todas as letras gregas tinham se movido para a primeira fileira... juntamente com um símbolo simples.

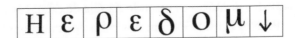

A mensagem não poderia ser mais clara.

Debaixo da Casa do Templo.

Heredom↓

A Palavra Perdida está aqui... em algum lugar.

Embora Mal'akh não soubesse exatamente como localizá-la, estava confiante em que a resposta residia nos demais símbolos da grade. Para sua conveniência, quando se tratava de desvendar os segredos da Pirâmide Maçônica e daquele prédio, não havia ninguém mais qualificado do que Peter Solomon. *O Venerável Mestre em pessoa.*

Peter continuava a se debater na cadeira de rodas, emitindo sons abafados através da mordaça.

– Eu sei que está preocupado com Katherine – disse Mal'akh –, mas estamos quase acabando.

Para Mal'akh, o fim parecia ter se materializado de repente. Depois de todos os anos de dor e planejamento, de espera e procura... o momento havia chegado.

O elevador começou a desacelerar, e ele sentiu uma onda de entusiasmo.

A cabine parou com um solavanco.

As portas de bronze se abriram e Mal'akh olhou para o glorioso aposento à sua frente. O imenso salão quadrado estava adornado com símbolos e banhado pelo luar que entrava pela claraboia no ponto mais elevado do teto.

Eu completei o círculo, pensou Mal'akh.

A Sala do Templo. O mesmo local em que Peter e seus irmãos haviam cometido o erro de iniciar Mal'akh como um dos seus. Agora, o segredo mais sublime dos maçons – algo que a maioria dos irmãos sequer acreditava que existisse – estava prestes a ser desenterrado.

– Ele não vai encontrar nada – disse Langdon, ainda grogue e desorientado enquanto subia a rampa de madeira para sair do subsolo junto com Sato e os outros. – Na verdade, não existe uma *Palavra*. Tudo não passa de uma metáfora... um *símbolo* dos Antigos Mistérios.

Katherine vinha logo atrás, com dois agentes amparando seu corpo enfraquecido.

Enquanto o grupo passava com cuidado pelos destroços da porta de aço, atravessando o quadro giratório e entrando na sala de estar, Langdon explicou para Sato que a Palavra Perdida era um dos símbolos mais longevos da Franco-comaçonaria – uma única palavra escrita numa linguagem misteriosa que o homem não era mais capaz de decifrar. A Palavra, assim como os Mistérios, prometia desvendar seu poder oculto apenas àqueles iluminados o bastante para decodificá-la.

– Dizem que, se você conseguir se apossar da Palavra Perdida e *compreendê-la*... então os Antigos Mistérios lhe serão revelados – concluiu Langdon.

Sato olhou para ele.

– O senhor acha que esse homem está procurando uma *palavra*?

Langdon teve de admitir que, dito dessa forma, parecia absurdo, mas ainda assim respondia a muitas perguntas.

– Veja bem – disse ele –, não sou especialista em mágica cerimonial, mas, com base nos documentos pregados nas paredes do subsolo... e na descrição que Katherine fez do pedaço de pele não tatuado no topo da cabeça dele... eu diria que nosso homem espera encontrar a Palavra Perdida e escrevê-la no próprio corpo.

Sato conduziu o grupo em direção à sala de jantar. Do lado de fora, o helicóptero os aguardava, suas hélices fazendo um barulho cada vez mais alto.

Langdon seguiu falando, como se pensasse em voz alta:

– Se esse cara acredita mesmo que está prestes a desvendar o poder dos Antigos Mistérios, nenhum símbolo seria mais poderoso do que a Palavra Perdida. Se ele conseguir encontrá-la e tatuá-la no topo da cabeça, um local sagrado, sem dúvida passará a se considerar perfeitamente adornado e ritualisticamente preparado para... – Ele fez uma pausa, vendo Katherine empalidecer ao pensar no destino iminente de Peter.

– Mas, Robert – disse ela com a voz débil, mal se fazendo ouvir acima do ruído das hélices do helicóptero –, isso é uma boa notícia, não é? Se ele quer inscrever a Palavra Perdida no topo da cabeça antes de sacrificar Peter, então nós temos tempo. Ele não o matará antes de encontrar a Palavra. E, se *não* houver Palavra...

Langdon tentou parecer esperançoso enquanto os agentes ajudavam Katherine a se sentar em uma cadeira.

– Infelizmente, Peter pensa que você está morrendo de hemorragia. Ele acha que a única forma de salvá-la é cooperar com esse maluco... provavelmente ajudando-o a encontrar a Palavra Perdida.

– E daí? – insistiu ela. – Se a Palavra não existir...

– Katherine – disse Langdon, fitando-a bem dentro dos olhos. – Se *eu* acreditasse que você estivesse morrendo e um doido dissesse que me deixaria salvá-la caso eu achasse a Palavra Perdida, garanto que encontraria uma palavra... *qualquer* palavra... e depois rezaria para ele cumprir a promessa.

◆◆◆

– Diretora Sato! – gritou um agente do andar de cima. – É melhor a senhora ver isto aqui!

Sato saiu apressada da sala de jantar e deparou com um dos agentes descendo a escada. Ele trazia nas mãos uma peruca loura. *Mas o que é isso?*

– Uma peruca de homem – disse ele, entregando-lhe o objeto. – Encontrei-a no quarto. Dê uma boa olhada.

A peruca loura era muito mais pesada do que Sato imaginava. O forro parecia ter sido moldado em gel. Estranhamente, um fio saía da parte de baixo dela.

– Uma bateria em gel que se molda ao couro cabeludo – disse o agente. – Para alimentar uma microcâmera de fibra ótica escondida nos cabelos.

– O quê? – Sato tateou até encontrar a minúscula lente aninhada de forma quase imperceptível no meio da franja loura. – Este troço é uma câmera escondida?

– Uma câmera de *vídeo*. Ela armazena imagens neste minúsculo cartão de memória – disse o agente, apontando para um quadradinho de silício do tamanho de um selo embutido no gel. – Provavelmente é ativada por sensores de movimento.

Meu Deus, pensou ela. *Então foi assim que ele conseguiu.*

Aquela versão engenhosa da câmera secreta "de lapela" tinha desempenhado um papel decisivo na crise que a diretora do ES estava enfrentando naquela noite. Sato encarou o dispositivo com raiva antes de devolvê-lo ao agente.

– Continue revistando a casa – disse ela. – Quero todas as informações que conseguir sobre esse sujeito. Sabemos que ele levou o laptop, por isso preciso descobrir exatamente *como* ele planeja se conectar ao mundo exterior enquanto estiver em trânsito. Vasculhe o escritório em busca de manuais, cabos, ou qualquer coisa que possa nos dar uma pista sobre o hardware que ele usa.

– Sim, senhora. – O agente se afastou depressa.

Hora de sair daqui. Sato podia ouvir o ruído ensurdecedor das hélices em velocidade máxima. Voltou a passos rápidos até a sala de estar, para onde Simkins tinha acabado de conduzir Warren Bellamy depois de tirá-lo do helicóptero. O agente lhe fazia perguntas sobre o prédio que acreditavam ser o destino do sequestrador.

A Casa do Templo.

– As portas da frente são trancadas por dentro – dizia Bellamy, enrolado em um cobertor de emergência e tremendo visivelmente depois de ter ficado um bom tempo esperando no frio, na Franklin Square. – O único jeito de entrar é pelos fundos. A porta tem um teclado com um código de acesso que só os irmãos conhecem.

– Qual é a senha? – perguntou Simkins, tomando notas.

Bellamy se sentou, parecendo fraco demais para ficar em pé. Batendo os dentes, recitou o número, acrescentando em seguida:

– O endereço é Rua 16, 1.733, mas é melhor usarem o acesso à garagem e ao estacionamento, nos fundos do prédio. É meio escondido, mas...

– Sei exatamente onde fica – disse Langdon. – Quando chegarmos lá, eu mostro.

Simkins balançou a cabeça.

– O senhor não vai com a gente, professor. Esta é uma operação...

– Não vou uma ova! – disparou Langdon. – Peter está lá dentro! E aquele prédio é um labirinto! Sem alguém para servir de guia, vocês vão levar 10 minutos só para encontrar o caminho até a Sala do Templo!

– Ele tem razão – disse Bellamy. – Aquilo lá é um labirinto. Até *existe* um elevador, mas ele é velho, barulhento e dá de cara para a Sala do Templo. Se quiserem entrar discretamente, terão que subir a pé.

– Vocês nunca vão se achar lá dentro – alertou Langdon. – Se entrarem pelos fundos, terão que passar pelo Salão das Vestimentas, pelo Salão de Honra, pelo patamar intermediário, pelo Átrio, pela Grande Escad...

– Chega – disse Sato. – Langdon vem conosco.

CAPÍTULO **116**

A energia estava aumentando.

Mal'akh podia senti-la pulsar dentro de si, subindo e descendo por seu corpo enquanto empurrava Peter Solomon em direção ao altar. *Vou sair deste prédio infinitamente mais poderoso do que entrei.* Tudo o que restava era localizar o último ingrediente.

– *Verbum significatium* – sussurrou para si mesmo. – *Verbum omnificum.*

Mal'akh parou a cadeira de rodas junto ao altar, contornando-a em seguida e abrindo o zíper da pesada bolsa de viagem no colo de Peter. Pôs a mão lá dentro e retirou a pirâmide de pedra, suspendendo-a sob o luar bem diante dos olhos do outro, mostrando-lhe a grade de símbolos gravada na base.

– Durante todos esses anos – provocou ele –, você nunca soube como a pirâmide guardava seus segredos. – Mal'akh pousou o artefato no canto do altar e tornou a andar até a bolsa. – E este talismã aqui – continuou, apanhando o cume de ouro – de fato gerou ordem a partir do caos, conforme o prometido. – Com cuidado, posicionou o cume de metal em cima da pirâmide de pedra, depois recuou para que Peter pudesse ver. – Olhe: seu *symbolon* está completo.

O rosto de Peter se contorceu, enquanto tentava em vão dizer alguma coisa.

– Muito bem. Estou vendo que você quer me contar alguma coisa. – Mal'akh arrancou a mordaça com violência.

Peter Solomon passou vários segundos tossindo e arquejando antes de finalmente conseguir falar.

– Katherine...

– O tempo de Katherine é curto. Se quiser salvar sua irmã, sugiro que faça exatamente o que eu disser. – Mal'akh desconfiava que ela provavelmente já estava morta ou, então, muito perto disso. Não fazia diferença. Katherine tinha sorte de ter vivido o suficiente para dizer adeus ao irmão.

– Por favor – implorou Peter, com a voz entrecortada. – Mande uma ambulância para ela...

– É exatamente isso que vou fazer. Mas primeiro você precisa me dizer como chegar à escadaria secreta.

A expressão de Peter passou a ser de incredulidade.

– O quê?

– A escadaria. A lenda maçônica fala de uma escada que desce dezenas de metros até um lugar secreto onde a Palavra Perdida está enterrada.

Peter agora parecia em pânico.

– Você conhece a lenda – incitou Mal'akh. – Uma escadaria secreta escondida debaixo de uma pedra. – Ele apontou para o altar central, um imenso bloco de mármore com uma inscrição em hebraico em letras douradas: DEUS DISSE "HAJA LUZ", E HOUVE LUZ. – É óbvio que este é o lugar certo. A entrada para a escadaria deve estar escondida em algum dos pisos abaixo de nós.

– Não existe escada secreta alguma neste prédio! – gritou Peter.

Mal'akh sorriu com paciência e gesticulou para cima.

– Este edifício tem a forma de uma pirâmide. – Ele apontou para o teto quadrilateral que subia até a claraboia quadrada no centro.

– Sim, a Casa do Templo é uma pirâmide, mas o que é...

– Peter, eu tenho a noite inteira. – Mal'akh alisou a túnica de seda branca por cima do corpo perfeito. – Mas Katherine *não*. Se quiser que ela viva, vai ter que me dizer como chegar à escadaria.

– Eu já falei – declarou ele –, *não existe* escadaria secreta neste prédio.

– Não? – Mal'akh sacou calmamente a folha de papel na qual havia reorganizado a grade de símbolos da base da pirâmide. – Esta é a mensagem final da Pirâmide Maçônica. Seu amigo Robert Langdon me ajudou a decifrá-la.

Mal'akh ergueu o papel e segurou-o diante dos olhos de Peter. Ao ver aquilo, o Venerável Mestre respirou fundo. Os 64 símbolos haviam sido organizados em grupos com um significado claro; além disso, uma *imagem* de verdade se materializara a partir do caos.

A imagem de uma escadaria... debaixo de uma pirâmide.

Peter Solomon não conseguia acreditar na grade de símbolos à sua frente. A Pirâmide Maçônica tinha guardado seu segredo por muitas gerações. Agora, de repente, estava sendo desvendada, e ele sentiu um agourento frio na barriga.

O código final da pirâmide.

À primeira vista, o verdadeiro significado daqueles símbolos continuava sendo um mistério para Peter; apesar disso, ele entendeu na mesma hora por que o homem tatuado acreditava no que acreditava.

Ele acha que existe uma escadaria escondida debaixo da pirâmide chamada Heredom.

Está interpretando de forma errada esses símbolos.

– Onde fica a escadaria? – exigiu saber o homem tatuado. – Me diga como encontrá-la e salvarei Katherine.

Quem me dera poder fazer isso, pensou Peter. *Mas a escadaria não é real*. Aquele era um mito puramente simbólico... pertencente às grandes alegorias da Maçonaria. A Escada em Caracol, como era conhecida, aparecia nas tábuas de delinear – painéis que simbolizam os graus maçônicos – do grau 2. Ela representa a ascensão intelectual do homem rumo à Verdade Divina. Assim como a Escada de Jacó, a Escada em Caracol é um símbolo do caminho para o céu... da jornada do homem em direção a Deus... do vínculo entre os reinos terreno e espiritual. Seus degraus ilustram as muitas virtudes da mente.

Ele deveria saber isso, pensou Peter. *Afinal, passou por todas as iniciações.*

Todo maçom iniciado aprende sobre a escadaria simbólica pela qual poderá ascender e que lhe possibilitará "participar dos mistérios da ciência humana". A Francomaçonaria, assim como a ciência noética e os Antigos Mistérios, reverencia o potencial inexplorado da mente, e muitos de seus símbolos estão relacionados à fisiologia humana.

A mente é como um cume de ouro que encima o corpo físico. A pedra filosofal. Pela escadaria da coluna vertebral, a energia sobe e desce, circulando, unindo a mente celeste ao corpo físico.

Peter sabia que não era coincidência o fato de a coluna vertebral ser composta exatamente por 33 vértebras. *Trinta e três são os graus da Maçonaria.* A base da coluna, ou sacro, significa literalmente "osso sagrado". *O corpo é de fato um templo.* A ciência humana reverenciada pelos maçons é a antiga compreensão de como usar esse templo para seu objetivo mais poderoso e mais nobre.

Infelizmente, explicar a verdade àquele homem não ajudaria Katherine em nada. Peter baixou os olhos para a grade de símbolos e deu um suspiro, derrotado.

– Você tem razão – mentiu ele. – Existe mesmo uma escadaria secreta debaixo deste prédio. Assim que você mandar ajuda para Katherine, eu o levarei até lá.

O homem tatuado simplesmente o encarou.

Solomon o encarou de volta com um olhar desafiador.

– Ou você salva minha irmã e descobre a verdade... ou mata nós dois e continua ignorante para sempre!

O homem baixou o papel com calma e sacudiu a cabeça.

– Estou decepcionado, Peter. Você falhou no teste. Ainda acha que eu sou um idiota. Acredita mesmo que eu não entenda o que estou buscando? Que ainda não tenha compreendido meu verdadeiro potencial?

Com essas palavras, o homem virou de costas e despiu a túnica. Quando a seda branca flutuou até o chão, Peter viu pela primeira vez a comprida tatuagem que percorria sua coluna vertebral.

Meu Deus do céu...

Partindo da tanga branca, uma elegante escadaria em espiral subia pelo meio das costas musculosas. Cada degrau estava posicionado sobre uma vértebra. Sem palavras, Peter deixou seus olhos subirem pela escada até a base do crânio do homem.

Tudo o que conseguia fazer era olhar.

O homem tatuado então inclinou a cabeça raspada para trás, revelando o círculo de pele nua no cocuruto. A pele virgem estava margeada por uma serpente enrolada em círculo, devorando a si mesma.

União.

Então, bem devagar, o homem ergueu a cabeça e ficou de frente para Peter. A imensa fênix de duas cabeças em seu peito o fitava com olhos mortos.

– Estou procurando a Palavra Perdida – disse o homem. – Você vai me ajudar... ou prefere morrer junto com sua irmã?

Você sabe como encontrá-la, pensou Mal'akh. *Sabe de alguma coisa que não está me dizendo.*

Durante seu interrogatório, Peter Solomon havia revelado coisas das quais provavelmente nem se lembrava. As várias sessões dentro do tanque de privação sensorial o deixaram delirante e obediente. Por incrível que pareça, quando ele finalmente falou, tudo o que disse a Mal'akh se encaixava na lenda da Palavra Perdida.

A Palavra Perdida não é uma metáfora... é real. Está escrita em uma linguagem antiga... e passou muitos séculos escondida. Ela é capaz de conferir um poder inimaginável a qualquer pessoa que compreenda seu verdadeiro significado. A Palavra permanece oculta até hoje... e a Pirâmide Maçônica tem o poder de revelá-la.

– Peter – falou Mal'akh, encarando o prisioneiro nos olhos –, quando você olhou para essa grade de símbolos... viu alguma coisa. Teve uma revelação. Ela *significa* alguma coisa para você. Me diga o que é.

– Não vou dizer nada antes de você mandar ajuda para Katherine!

Mal'akh sorriu para ele.

– Acredite: a possibilidade de perder sua irmã é a menor das suas preocupações agora. – Sem dizer mais nada, ele se voltou para a bolsa de Langdon e começou a retirar os objetos que havia recolhido no subsolo da sua casa. Então os dispôs meticulosamente sobre o altar de sacrifício.

Um pano de seda dobrado. Branco como a neve.

Um incensório de prata. Mirra do Egito.

Um frasco contendo o sangue de Peter. Misturado com cinzas.

Uma pena de corvo. Seu estilo sagrado.

A faca sacrificial. Forjada a partir do ferro de um meteorito encontrado no deserto de Canaã.

– Você acha que tenho medo de morrer? – gritou Peter com a voz embargada de angústia. – Se Katherine se for, não me resta mais nada! Você assassinou minha família inteira! Tirou tudo de mim!

– *Tudo* não – retrucou Mal'akh. – Ainda não. – Ele enfiou a mão na bolsa e tirou de dentro o laptop que trouxera do escritório. Ligou o computador e olhou para o prisioneiro. – Infelizmente, acho que você ainda não entendeu a gravidade da sua situação.

CAPÍTULO 117

Langdon sentiu um frio na barriga quando o helicóptero da CIA levantou voo do gramado, inclinou-se bruscamente e, em seguida, acelerou até uma velocidade que ele jamais imaginara possível para uma aeronave daquelas. Para se recuperar, Katherine havia ficado na mansão com Bellamy, enquanto um dos agentes da CIA terminava de revistar o local e aguardava uma equipe de apoio.

Antes de Langdon ir embora, ela o havia beijado no rosto e sussurrado:

– Tome cuidado, Robert.

Agora, Langdon se segurava com todas as forças enquanto o helicóptero militar finalmente se aprumava e seguia em disparada rumo à Casa do Templo.

Sentada ao seu lado, Sato dava ordens ao piloto.

– Vá para Dupont Circle! – berrou ela acima do barulho ensurdecedor. – Vamos pousar lá!

Espantado, Langdon se virou para ela.

– Dupont Circle? Mas isso fica a *quarteirões* da Casa do Templo! Nós podemos pousar no estacionamento do prédio!

Sato fez que não com a cabeça.

– Precisamos entrar lá *discretamente*. Se nosso alvo nos ouvir chegando...

– Não temos tempo para isso! – argumentou Langdon. – Esse maluco está prestes a assassinar Peter! O barulho do helicóptero pode assustá-lo e fazê-lo parar!

Sato o encarava com olhos frios como gelo.

– Como já disse ao senhor, a segurança de Peter Solomon *não é* minha prioridade. Acho que deixei isso bem claro.

Langdon não estava a fim de ouvir mais um sermão sobre segurança nacional.

– Olhe aqui, *eu* sou a única pessoa a bordo que sabe se movimentar dentro daquele prédio...

– Cuidado, professor – avisou a diretora. – O senhor está aqui como membro da minha equipe, e *exijo* sua total cooperação. – Ela se deteve por alguns segundos antes de arrematar: – Talvez seja uma boa ideia eu lhe explicar de uma vez a gravidade da crise que estamos vivendo esta noite.

Sato esticou a mão, pegou uma lustrosa maleta de titânio debaixo do banco e a abriu, revelando um computador de aspecto particularmente complexo. Quando o ligou, a logo da CIA se materializou junto com uma janela de login.

Enquanto entrava no sistema, ela perguntou:

– Professor, o senhor se lembra da peruca loura que encontramos na casa desse homem?

– Sim.

– Bem, camuflada dentro da peruca havia uma minúscula câmera de fibra ótica... escondida no meio da franja.

– Uma câmera escondida? Não estou entendendo.

Sato tinha o semblante fechado.

– Mas vai entender. – Ela abriu um arquivo no laptop.

UM INSTANTE...
DECODIFICANDO ARQUIVO...

Uma janela de vídeo apareceu, ocupando a tela inteira. Sato ergueu a maleta e a pôs no colo de Langdon, proporcionando-lhe uma visão privilegiada.

Uma imagem inusitada se materializou na tela.

Langdon se retraiu, surpreso. *Meu Deus, o que é isso?*

Nebuloso e escuro, o vídeo mostrava um homem vendado. Ele usava as roupas de um herege medieval sendo conduzido à forca – uma corda em volta do pescoço, a perna esquerda da calça arregaçada até o joelho, a manga direita enrolada até o cotovelo e a camisa aberta para exibir o peito nu. Langdon encarou aquilo, incrédulo. Já tinha lido o suficiente sobre rituais maçônicos para reconhecer exatamente o que via.

Um iniciado maçom... preparando-se para ingressar no grau 1.

O homem era muito alto e musculoso, com a familiar peruca loura e a pele bem bronzeada. Langdon reconheceu no mesmo instante os traços do rosto. As tatuagens obviamente haviam sido disfarçadas com uma maquiagem bronzeadora. Ele estava em pé diante de um espelho de corpo inteiro, filmando o próprio reflexo por meio da câmera escondida na peruca.

Mas... por quê?

A tela ficou preta.

Então surgiu outra imagem. Um recinto pequeno, mal iluminado e retangular. Um vistoso piso de ladrilhos quadriculado em preto e branco. Um altar de madeira baixo, ladeado por três colunas, acima das quais ardiam velas tremeluzentes.

Langdon sentiu uma apreensão repentina.

Ai, meu Deus.

Sacolejando como em um vídeo caseiro amador, a câmera girou até o fundo da sala para revelar um grupo de homens observando o iniciado. Eles usavam vestes rituais maçônicas. Na penumbra, Langdon não conseguiu distinguir seus rostos, mas não teve dúvidas quanto ao *local* onde aquela cerimônia estava ocorrendo.

A disposição tradicional poderia situar aquela sala maçônica em qualquer lugar do mundo, mas o frontão triangular azul-claro acima da cadeira do mestre a identificava como a Loja de Potomac nº 5 – a mais antiga da capital norte-americana, frequentada por George Washington e pelos pais fundadores maçons que haviam assentado a pedra angular da Casa Branca e a do Capitólio.

A loja continuava em atividade até hoje.

Além de supervisionar a Casa do Templo, Peter Solomon era mestre de sua loja local. E era em lojas como aquela que a jornada de um iniciado maçom começava... era lá que ele ingressava nos primeiros três graus da Francomaçonaria.

– Irmãos – disse a conhecida voz de Peter –, em nome do Grande Arquiteto do Universo, declaro aberta esta loja para a prática da Maçonaria no grau 1!

Um martelo bateu bem alto.

Langdon seguiu assistindo, sem conseguir acreditar no que via, enquanto o vídeo apresentava uma sucessão de imagens editadas que mostravam Peter Solomon presidindo alguns dos momentos mais intensos do ritual.

Apertando uma adaga reluzente contra o peito nu do iniciado... ameaçando-o de empalamento caso viesse a "revelar de forma inadequada os Mistérios da Maçonaria"... descrevendo o chão preto e branco como uma representação "dos vivos e dos mortos"... enumerando punições que incluíam "ter a garganta cortada de orelha a orelha, a língua arrancada pela raiz e o corpo enterrado nas ásperas areias do mar"...

Langdon não descolava os olhos do vídeo. *Estou mesmo testemunhando isso?* Havia séculos que os ritos de iniciação maçônicos permaneciam velados. As únicas descrições que vazaram tinham sido feitas por alguns irmãos dissidentes. Langdon lera esses relatos, é claro, mas *ver* uma iniciação com os próprios olhos... era algo totalmente diferente.

Sobretudo com as imagens editadas dessa forma. Langdon já podia perceber que aquele vídeo era uma propaganda injusta, que omitia todos os aspectos nobres da iniciação, enfatizando apenas os mais perturbadores. Se a gravação fosse divulgada, Langdon sabia que iria virar sensação na internet da noite para o dia. *Os antimaçons adeptos da teoria da conspiração cairiam em cima deste vídeo feito tubarões.* A instituição maçônica – e em particular Peter Solomon – se veria enredada numa tempestade de controvérsia e teria que fazer um esforço desesperado para conter os estragos... muito embora o ritual fosse inócuo e puramente simbólico.

Como um toque sinistro, o vídeo incluía uma referência bíblica ao sacrifício humano, "*a submissão de Abraão ao Ser Supremo ao ofertar Isaac, seu primogênito*". Langdon pensou em Peter e desejou que o helicóptero voasse mais depressa.

Então as imagens do vídeo mudaram.

A mesma sala. Uma noite diferente. Um grupo mais numeroso de maçons na plateia. Peter Solomon observava sentado na cadeira de mestre. Aquele era o grau 2. O ritual era mais intenso. *O iniciado se ajoelhava no altar... jurava "ocultar para sempre os enigmas existentes na Francomaçonaria"... aceitava a punição de "ter o peito rasgado e o coração pulsante lançado à terra como alimento para as feras famintas"...*

O coração do próprio Langdon batia com violência quando as imagens mudaram novamente. Outra noite. Um grupo bem maior. Uma tábua de delinear em forma de caixão desenhada no chão.

O grau 3.

Aquele era o ritual da morte – o mais rigoroso de todos os graus –, o momento em que o iniciado era forçado a "enfrentar o desafio final da extinção de si mesmo". Era um interrogatório terrível e, embora Langdon conhecesse os relatos acadêmicos da cerimônia, não estava de forma alguma preparado para o que via agora.

O assassinato.

Em cortes violentos e rápidos, o vídeo mostrava uma visão aterrorizante do brutal assassinato do iniciado sob a perspectiva da vítima. Havia golpes simulados na cabeça, inclusive com um malhete maçônico. Durante toda a sequência, um diácono contava em tom de lamento a história do "filho da viúva" –

Hiram Abi –, principal arquiteto do Templo do Rei Salomão, que preferiu morrer a revelar o saber secreto que detinha.

O ataque era encenado, é claro, mas seu efeito em vídeo era de gelar o sangue. Depois do golpe de misericórdia, o iniciado – agora "com seu antigo eu morto" – era deitado em um caixão simbólico e, ali, tinha os olhos fechados e os braços cruzados como os de um cadáver. Os irmãos maçons então se levantavam, circundando com pesar o corpo enquanto um órgão tocava uma marcha fúnebre.

A cena macabra era perturbadora.

E só piorava.

Quando os homens se reuniram em volta do irmão morto, a câmera escondida mostrou claramente seus rostos. Langdon percebeu então que Solomon não era a única figura ilustre ali. Um dos homens que olhava para o iniciado deitado em seu caixão aparecia na TV quase diariamente.

Um importante senador dos Estados Unidos.

Meu Deus...

A cena mudou outra vez. *Ao ar livre agora... à noite... a mesma câmera nervosa... o homem percorria a rua de uma cidade... fios louros esvoaçavam diante da lente... ele virava uma esquina... a câmera baixava para mostrar alguma coisa na sua mão... uma nota de um dólar... um close do Grande Selo... o olho que tudo vê... a Pirâmide Inacabada... e então, abruptamente, a imagem se afastava para revelar um contorno parecido ao longe... uma imensa construção em forma de pirâmide... cujas laterais inclinadas se erguiam até um topo decepado.*

A Casa do Templo.

Um medo profundo brotou dentro de Langdon.

O vídeo prosseguia... *o homem agora corria até o prédio... subindo a escadaria de vários níveis... em direção às gigantescas portas de bronze... entre as duas esfinges guardiãs com 17 toneladas.*

Um neófito adentrando a pirâmide da iniciação.

Então tudo escureceu.

Um órgão poderoso tocava ao longe... e uma nova imagem se materializou.

A Sala do Templo.

Langdon engoliu em seco.

A atmosfera naquele ambiente sombrio e grandioso era de grande expectativa. Sob a claraboia, o altar de mármore preto cintilava ao luar. Ao seu redor, sentado em cadeiras estofadas com couro de porco trabalhado à mão, um sóbrio conselho de renomados maçons de grau 33 aguardava para servir de testemunha. O vídeo então percorreu seus rostos com uma precisão lenta e deliberada.

Langdon encarou a cena, horrorizado.

Embora tivesse sido pego de surpresa, o que via fazia todo o sentido. Uma reunião dos maçons mais condecorados e eminentes na mais poderosa cidade do mundo obviamente incluiria muitas pessoas influentes e conhecidas. De fato, sentados em volta do altar, adornados com suas compridas luvas de seda, seus aventais maçônicos e suas joias reluzentes, estavam alguns dos homens mais poderosos da nação.

Dois juízes da Suprema Corte...

O secretário de Defesa...

O presidente da Câmara...

Langdon sentiu um mal-estar enquanto o vídeo continuava a percorrer os rostos dos presentes.

Três importantes senadores... incluindo o líder da maioria no Senado...

O secretário de Segurança Nacional...

E... o diretor da CIA...

Tudo o que Langdon queria era desviar os olhos, mas não conseguiu. A cena, alarmante até mesmo para ele, o deixara totalmente hipnotizado. Em um segundo, ele havia compreendido por que Sato estava tão preocupada e aflita.

Então, na tela, a imagem deu lugar a uma cena chocante.

Um crânio humano... cheio de um líquido vermelho-escuro. A famosa *caput mortuum* estava sendo oferecida ao iniciado pelas mãos esguias de Peter Solomon, cujo anel maçônico de ouro cintilava à luz das velas. O líquido vermelho era vinho... mas brilhava feito sangue. O efeito visual era assustador.

A Quinta Libação, percebeu Langdon, que já tinha lido relatos em primeira mão daquele sacramento no livro *Cartas sobre a Instituição Maçônica*, de John Quincy Adams. Mesmo assim, *ver* aquilo acontecendo... e sendo calmamente presenciado pelos homens mais poderosos dos Estados Unidos... era estarrecedor. Aquela era uma das imagens mais chocantes que Langdon havia testemunhado na vida.

O iniciado tomou o crânio nas mãos... e seu rosto se refletiu na superfície do vinho. "*Que este vinho que agora bebo se transforme em veneno mortal para mim*", declarou ele, "*caso algum dia eu descumpra meu juramento de forma consciente ou voluntária.*"

Evidentemente, a intenção daquele iniciado era violar seu juramento de um modo inconcebível.

Langdon mal conseguia pensar no que poderia acontecer caso aquele vídeo viesse a público. *Ninguém entenderia.* O governo enfrentaria uma grave turbulência. O noticiário seria tomado por grupos antimaçônicos, fundamentalistas e adeptos da teoria da conspiração alardeando ódio e medo, dando início a uma nova caça às bruxas puritana.

A verdade será distorcida, Langdon sabia. *Como sempre acontece com os maçons.*

A *realidade* é que a ênfase da irmandade na morte representa, no fundo, uma intensa celebração da *vida*. O objetivo do ritual maçônico é despertar o homem adormecido dentro de cada um, tirá-lo de seu escuro caixão de ignorância, alçá-lo à luz e dar-lhe olhos para ver. Somente por meio da *morte* o homem pode compreender totalmente sua experiência de *vida*. Apenas depois de entender que seus dias na Terra são finitos ele pode compreender a importância de vivê-los com honra, integridade e altruísmo.

Essas iniciações causam desconcerto porque pretendem ser transformadoras. Os votos maçônicos são implacáveis porque visam lembrar que a honra de um homem e sua "palavra" são tudo o que ele pode levar deste mundo. E seus ensinamentos são misteriosos porque têm como objetivo ser *universais*... transferidos por meio de uma linguagem comum de símbolos e metáforas que transcendem religiões, culturas e raças... criando uma "consciência mundial" unificada de amor fraterno.

Durante um breve instante, Langdon sentiu uma centelha de esperança. Tentou reconfortar a si mesmo dizendo que, se aquele vídeo de fato vazasse, o público provaria ser tolerante e ter a mente aberta. Se analisassem melhor a situação, as pessoas perceberiam que *todos* os rituais espirituais contêm aspectos que podem parecer macabros quando retirados do contexto – reconstituições da crucificação, ritos judaicos de circuncisão, batismo dos mortos pelos mórmons, exorcismos católicos, o *niqab* islâmico, as curas xamanísticas pelo transe, a cerimônia judaica de Kaparot e até mesmo a comunhão do corpo e do sangue de Cristo.

Eu estou sonhando, sabia Langdon. *Este vídeo vai gerar o caos.* Ele podia imaginar o que aconteceria caso os líderes mais importantes da Rússia ou do mundo islâmico fossem vistos em um vídeo apertando facas contra peitos nus, fazendo juramentos brutais, simulando assassinatos, deitando-se em caixões simbólicos e bebendo vinho em um crânio humano. A indignação global seria instantânea e arrasadora.

Que Deus nos ajude...

Na tela, o iniciado levou o crânio à boca. Ele o inclinou... e sorveu todo o vinho cor de sangue... selando seu juramento. Então baixou o crânio e olhou para o grupo à sua volta. Os homens mais poderosos dos Estados Unidos, aqueles nos quais o país mais confiava, menearam a cabeça em um gesto de aprovação. *"Bem-vindo, irmão"*, disse Peter Solomon.

Enquanto a imagem escurecia, Langdon percebeu que tinha prendido a respiração.

Sem dizer nada, Sato fechou a maleta e tirou-a do colo de Langdon. O professor se virou para ela tentando falar, mas não encontrou palavras. Pouco importava. Estava na cara que ele havia compreendido. Sato tinha razão. A crise daquela noite era de segurança nacional... e alcançara proporções inimagináveis.

CAPÍTULO **118**

Vestido com sua tanga, Mal'akh andava de um lado para outro em frente à cadeira de rodas de Peter Solomon.

– Peter – sussurrou ele, saboreando cada instante de horror do prisioneiro –, você se esqueceu de que tem uma *segunda* família... seus irmãos maçons. E vou destruí-los também... a menos que você me ajude.

À luz brilhante do computador em seu colo, Solomon parecia quase catatônico depois de assistir ao vídeo.

– Por favor – gaguejou ele por fim, erguendo os olhos. – Se isso vier a público...

– Se? – Mal'akh riu, gesticulando para o pequeno modem de celular plugado na lateral do laptop. – Estou conectado ao mundo.

– Você não iria...

Eu vou, pensou Mal'akh, se deliciando com o pavor de Solomon.

– Você tem o poder de me deter – disse ele. – E de salvar sua irmã. Mas precisa revelar o que eu quero saber. A Palavra Perdida está escondida em algum lugar, Peter, e sei que esta grade indica exatamente onde encontrá-la.

Peter tornou a olhar para a grade de símbolos, mas sua expressão era vazia.

– Talvez isto aqui ajude você a se inspirar. – Mal'akh estendeu a mão e pressionou algumas teclas do laptop. Um programa de e-mail carregou na tela, e Peter se retesou. O monitor agora exibia uma mensagem eletrônica que Mal'akh tinha deixado na caixa de saída: um arquivo de vídeo endereçado a uma longa lista de importantes veículos de mídia.

Mal'akh sorriu.

– Acho que está na hora de compartilhar, não?

– Não faça isso!

Mal'akh estendeu a mão e clicou no botão de enviar do programa. Peter se debateu contra as amarras que o prendiam, tentando sem sucesso derrubar o laptop no chão.

– Relaxe, Peter – sussurrou Mal'akh. – O arquivo é muito pesado. Vai levar alguns minutos para ser enviado. – Ele apontou para a barra de progresso:

ENVIANDO MENSAGEM: 2%

– Se você me disser o que eu quero saber, interrompo o envio do e-mail e ninguém jamais verá isso.

Peter tinha o rosto lívido enquanto observava a barra de progresso avançar lentamente.

ENVIANDO MENSAGEM: 4%

Mal'akh então ergueu o computador do colo de Peter e o pôs sobre uma das cadeiras estofadas com couro de porco, virando o monitor para que o prisioneiro pudesse acompanhar o progresso do envio. Em seguida, voltou para junto dele e pôs em seu colo a página cheia de símbolos.

– A lenda diz que a Pirâmide Maçônica irá desvendar a Palavra Perdida. Este é o código final da pirâmide. Acho que você sabe decifrá-lo.

Mal'akh relanceou os olhos para o laptop.

ENVIANDO MENSAGEM: 8%

Mal'akh tornou a olhar para Peter, que o encarava com os olhos cinzentos inflamados de ódio.

Isso, me odeie, pensou Mal'akh. *Quanto mais intensa a emoção, mais potente a energia liberada quando o ritual se completar.*

Em Langley, Nola Kaye apertou o fone junto ao ouvido, mal conseguindo escutar Sato tamanho o barulho do helicóptero.

– Eles disseram que é impossível impedir a transferência do arquivo! – gritou Nola. – Desabilitar os provedores de internet da região levaria pelo menos uma hora e, mesmo assim, se esse homem tiver acesso a um provedor sem fio, desativar a rede fixa não vai impedi-lo de enviar o vídeo.

Hoje em dia, deter o fluxo de informações digitais havia se tornado praticamente impossível. O número de rotas de acesso à rede era grande demais. Contando as linhas fixas, os *hot spots* sem fio, os modems de celular, os telefones por satélite, os supertelefones e os palmtops com recurso de e-mail, a única forma de conter um potencial vazamento de dados era destruir a máquina de origem.

– Eu baixei as especificações do UH-60 em que vocês estão voando – disse Nola –, e parece que a aeronave está equipada com PEM.

As armas de pulso eletromagnético, ou PEM, tinham se tornado comuns nas agências de segurança pública, que as usavam principalmente em perseguições, para deter automóveis a distância. Graças ao disparo de um pulso de radiação eletromagnética de alta concentração, uma arma de PEM era capaz de fritar de maneira eficaz os componentes eletrônicos de qualquer aparelho em sua mira – carros, telefones celulares, computadores. Segundo a folha de especificações de Nola, o UH-60 tinha uma magnétron de 6 gigahertz com mira a laser montada no chassi, com um difusor de 50 decibéis, capaz de emitir um pulso de 10 gigawatts. Se disparado bem em cima de um laptop, o pulso fritaria a placa-mãe do sistema e apagaria na mesma hora o disco rígido.

– Um PEM não vai adiantar nada – gritou Sato de volta. – O alvo está dentro de um edifício de pedra. Sem linha de visão e com forte isolamento eletromagnético. Você já tem algum indício de que o vídeo foi enviado?

Nola olhou para um segundo monitor, que fazia uma busca contínua por notícias de última hora sobre os maçons.

– Ainda não. Mas, se o arquivo se tornar público, vamos saber em segundos.

– Mantenha-me informada. – Sato desligou.

Langdon prendeu a respiração quando o helicóptero começou a despencar do céu em direção a Dupont Circle. Um punhado de pedestres se afastou enquanto a aeronave descia em uma clareira nas árvores, aterrissando com força no gramado, ao sul do famoso chafariz de dois níveis projetado pelos mesmos dois homens que criaram o Lincoln Memorial.

Trinta segundos depois, Langdon estava sentado no banco do carona de um utilitário esportivo Lexus confiscado a um civil, voando pela New Hampshire Avenue em direção à Casa do Templo.

Peter Solomon tentava desesperadamente decidir o que fazer. Sua mente estava tomada por imagens de Katherine sangrando no subsolo da mansão... e por cenas do vídeo que acabara de ver. Virou a cabeça devagar em direção ao laptop sobre a cadeira, a vários metros de distância. Quase um terço da barra de progresso já estava preenchido.

O homem tatuado descrevia círculos vagarosos em volta do altar quadrado, balançando um incensório aceso e entoando um cântico. Espessas nuvens de fumaça branca subiam em espiral em direção à claraboia. O homem tinha os olhos arregalados e parecia estar num transe demoníaco. Peter voltou sua atenção para a faca antiga sobre o pano de seda branca estendido no altar.

Peter Solomon não tinha a menor dúvida de que iria morrer ali, naquela noite. A questão era como morrer. Será que conseguiria encontrar uma forma de salvar sua irmã e sua fraternidade... ou sua morte seria totalmente em vão?

Ele baixou os olhos para a grade de símbolos. Na primeira vez em que a vira, o choque do momento o havia deixado cego... impedindo que sua visão penetrasse o véu do caos... para vislumbrar a espantosa verdade. Agora, porém, o verdadeiro significado daqueles símbolos lhe parecia cristalino. Ele passara a ver a grade sob uma luz totalmente diferente.

Peter Solomon sabia exatamente o que precisava fazer.

Ele respirou fundo e ergueu os olhos para a lua através da claraboia do teto. Então começou a falar.

Todas as grandes verdades são simples.

Mal'akh havia aprendido isso muito tempo atrás.

A solução que Peter Solomon agora explicava era tão graciosa, tão pura, que Mal'akh tinha certeza de que só poderia ser verdadeira. Por incrível que parecesse, a resposta para o código final da pirâmide era muito mais simples do que ele jamais havia imaginado.

A Palavra Perdida estava bem diante dos meus olhos.

Em um instante, um raio de luz brilhante varou a névoa da história e do mito em torno da Palavra Perdida. Como prometido, ela estava de fato escrita em uma linguagem antiga e tinha poderes místicos em todas as filosofias, religiões e ciências conhecidas pelo homem. *Da Francomaçonaria à Cabala, passando por alquimia, astrologia, cristianismo, budismo, rosa-cruzismo, astronomia, física, noética...*

Em pé naquela câmara de iniciação no alto da grande pirâmide de Heredom, Mal'akh encarou o tesouro que passara todos aqueles anos buscando e soube que sua preparação não poderia ter sido mais perfeita.

Logo estarei completo.

A Palavra Perdida foi encontrada.

◆ ◆ ◆

Em Kalorama Heights, um solitário agente da CIA estava parado em meio a um mar de lixo que havia despejado das latas encontradas na garagem.

– Sra. Kaye? – falou ele ao telefone com a analista de Sato. – Ótima ideia vasculhar este lixo. Acho que acabei de encontrar uma coisa.

Dentro da casa, Katherine Solomon se sentia mais forte a cada segundo que passava. A solução de Ringer com lactato havia conseguido aumentar sua pressão sanguínea e aliviar a dor de cabeça que a atormentava. Ela agora descansava sentada na sala de jantar, com instruções explícitas para ficar quieta. Tinha os nervos em frangalhos e estava cada vez mais ansiosa por notícias do irmão.

Onde está todo mundo? A equipe de criminalística da CIA ainda não tinha chegado, e o agente que ficara com eles estava terminando de revistar a casa. Bellamy antes estava sentado junto dela na sala de jantar, enrolado em um cobertor, mas depois também saíra em busca de qualquer informação que pudesse ajudar a salvar Peter.

Incapaz de ficar sem fazer nada, Katherine se levantou, cambaleou um pouco e foi bem devagar até a sala de estar. Encontrou Bellamy no escritório. O Arquiteto estava parado diante de uma gaveta aberta, de costas para ela, aparentemente entretido demais com o que havia encontrado para ouvi-la entrar.

Ela chegou por trás dele.

– Warren?

O homem de idade se sobressaltou e girou o corpo, fechando rapidamente a gaveta com o quadril. Seu rosto estava repleto de choque e tristeza e suas bochechas, riscadas de lágrimas.

– O que houve? – Ela relanceou os olhos para a gaveta. – O que foi?

Bellamy parecia não conseguir falar. Tinha o aspecto de um homem que acabara de ver algo que desejava profundamente não ter visto.

– O que tem dentro dessa gaveta? – perguntou ela.

Os olhos marejados de Bellamy fitaram os dela por um longo e pesaroso instante. Por fim, ele falou.

– Você e eu ficamos nos perguntando o *porquê* disso tudo... Por que esse homem odeia tanto sua família?

As sobrancelhas de Katherine se franziram.

– Sim, e daí?

– Bom... – A voz de Bellamy falhou. – Acabei de encontrar a resposta.

CAPÍTULO 119

Na câmara do último andar da Casa do Templo, aquele que chamava a si mesmo de Mal'akh estava diante do grande altar, massageando com delicadeza a pele virgem no topo de sua cabeça. *Verbum significatium*, entoava à guisa de preparação. *Verbum omnificum*. O último ingrediente finalmente fora encontrado.

Os tesouros mais preciosos muitas vezes são os mais simples.

Acima do altar, volutas de fumaça aromática rodopiavam, emanando do incensório. As nuvens subiam pelo facho de luar, abrindo um canal em direção ao céu que uma alma libertada poderia percorrer livremente.

A hora havia chegado.

Mal'akh pegou o frasco cheio do sangue escurecido de Peter e o desarrolhou. Sob o olhar atento do prisioneiro, ele mergulhou a ponta da pena de corvo no líquido escarlate, erguendo-a até o círculo de pele no alto da cabeça. Então se deteve por um instante... pensando em quanto tinha esperado por aquela noite. Finalmente sua grande transformação se aproximava. *Quando a Palavra Perdida for escrita na mente do homem, ele estará pronto para receber um poder inimaginável.* Era essa a antiga promessa da apoteose. Até o momento, a humanidade fora incapaz de concretizar essa promessa – e Mal'akh tinha feito todo o possível para que isso não se modificasse.

Com a mão firme, ele encostou a ponta da pena na pele. Não precisava de espelho nem de ajuda, apenas do próprio tato e da imaginação. Lenta e meticulosamente, começou a inscrever a Palavra Perdida dentro do *ouroboros* circular em seu couro cabeludo.

Peter Solomon assistia àquilo com uma expressão de horror.

Quando Mal'akh terminou, fechou os olhos, pousou a pena e soltou todo o ar dos pulmões. Pela primeira vez em sua vida, teve uma sensação que nunca havia experimentado antes.

Agora estou completo.

E sou um.

Mal'akh havia passado anos aprimorando o artefato que era seu corpo. E, agora que se aproximava o momento de sua derradeira transformação, podia sentir cada linha gravada em sua carne. *Eu sou uma verdadeira obra-prima. Perfeita e completa.*

– Eu lhe dei o que você pediu – disse Peter, interrompendo o enlevo de seu captor. – Mande ajuda para Katherine. E cancele o envio do arquivo.

Mal'akh abriu os olhos e sorriu.

– Você e eu ainda não terminamos. – Ele se virou para o altar e pegou a faca sacrificial, correndo o dedo pelo fio da lâmina de ferro lustrosa. – Esta faca antiga foi encomendada por Deus – disse ele – para ser usada em um sacrifício humano. Você a reconhece, não é?

Os olhos cinzentos de Solomon pareciam de pedra.

– Ela é única, e eu conheço a lenda.

– Lenda? O relato está nas Escrituras Sagradas. Você não *acredita* que seja verdade?

Peter se limitou a encará-lo.

Mal'akh tinha gastado uma fortuna para localizar e obter aquele artefato. Conhecida como faca da Akedah, a arma havia sido forjada 3 mil anos atrás com pedaços de um meteorito de ferro que caíra na Terra. *Ferro do céu, como a chamavam os primeiros místicos.* Acreditava-se que fosse a mesma faca usada por Abraão na Akedah, o quase sacrifício de seu filho Isaac no monte Moriá descrito no Gênesis. A espantosa história daquela faca incluía a passagem pelas mãos de papas, místicos nazistas, alquimistas europeus e colecionadores particulares.

Eles a protegeram e admiraram, pensou Mal'akh, *mas ninguém se atreveu a liberar seu poder usando-a para seu verdadeiro propósito.* Naquela noite, a faca da Akedah cumpriria seu destino.

No ritual maçônico, a Akedah sempre fora sagrada. No primeiro de todos os graus, os maçons celebravam "*o mais augusto presente já oferecido a Deus... a submissão de Abraão ao Ser Supremo ao ofertar Isaac, seu primogênito...*"

Eufórico ao sentir o peso da faca em sua mão, Mal'akh se agachou e usou a lâmina recém-afiada para cortar as cordas que prendiam Peter à cadeira de rodas. As amarras caíram no chão.

Peter Solomon se encolheu de dor ao tentar mover os membros dormentes.

– Por que você está fazendo isso comigo? Aonde pensa que vai chegar?

– *Você*, mais do que ninguém, deveria entender – respondeu Mal'akh. – Afinal, estuda os costumes antigos. Sabe que o poder dos mistérios está no *sacrifício*... na libertação da alma humana do invólucro do corpo. É assim desde o início.

– Você não sabe nada sobre sacrifício – disse Peter com a voz cheia de dor e repugnância.

Excelente, pensou Mal'akh. *Alimente seu ódio. Ele só vai tornar tudo mais fácil.*

A barriga vazia de Mal'akh roncou enquanto ele andava de um lado para outro.

– O derramamento de sangue humano é extremamente poderoso. Todos compreenderam isso, dos antigos egípcios aos druidas celtas; dos chineses aos astecas. Existe magia no sacrifício, mas o homem moderno se tornou fraco e temeroso demais para fazer oferendas de verdade. Sua fragilidade o impede de entregar a vida em troca da transformação espiritual. Mas os textos antigos são claros. Somente ofertando aquilo que é mais sagrado pode o homem ter acesso ao maior de todos os poderes.

– Você considera *a mim* uma oferenda sagrada?

Mal'akh deu uma risada sonora.

– Você realmente ainda não entendeu, não é?

Peter lançou-lhe um olhar esquisito.

– Sabe por que eu tenho um tanque de privação sensorial em casa? – Mal'akh pôs as mãos nos quadris e flexionou os músculos de seu corpo adornado com esmero, coberto apenas por uma tanga. – Eu venho treinando... me preparando... à espera do momento em que serei apenas mente... depois de me libertar desta concha mortal... e ter ofertado este lindo corpo aos deuses em sacrifício. Quem é precioso sou *eu*! Sou *eu* o cordeiro imaculado!

A boca de Peter se escancarou, mas nenhuma palavra saiu.

– Sim, Peter, um homem deve ofertar aos deuses aquilo que lhe é mais caro. A sua mais pura pomba branca... sua oferenda mais preciosa e digna. *Você* não é precioso para mim. *Você* não é uma oferenda digna. – Mal'akh o fuzilou com o olhar. – Será que não entende? *Você* não é o sacrifício, Peter... o sacrifício sou *eu*. A minha carne é a oferenda. *Eu* sou o presente. Olhe para mim. Eu me preparei e me tornei digno para minha derradeira jornada. *O presente sou eu!*

Peter continuou mudo.

– O segredo é saber *como* morrer – prosseguiu Mal'akh. – Os maçons entendem isso. – Ele apontou para o altar. – Vocês reverenciam os antigos princípios, mas, apesar disso, são covardes. Entendem o poder do sacrifício, mas mantêm uma distância segura da morte, encenando seus assassinatos de mentira e seus rituais sem sangue. Hoje à noite, este altar simbólico irá testemunhar seu verdadeiro poder... e seu verdadeiro objetivo.

Mal'akh estendeu o braço e agarrou a mão esquerda de Peter Solomon, pressionando em sua palma o cabo da faca da Akedah. *A mão esquerda serve às trevas.* Isso também havia sido planejado. Peter não teria escolha. Mal'akh não conseguia imaginar sacrifício mais potente e mais simbólico do que um feito naquele altar, por aquele homem, com aquela faca cravada no coração de uma oferenda cuja carne mortal estava envolta, como um presente, numa mortalha de símbolos místicos.

Ao entregar a *si mesmo*, Mal'akh garantiria seu lugar na hierarquia dos demônios. O poder residia nas trevas e no sangue. Os antigos sabiam disso: os adeptos escolhiam seu lado cada qual de acordo com sua natureza. Mal'akh tinha feito uma escolha sábia. O caos era a lei natural do Universo. A indiferença era o que impulsionava a entropia. A apatia do homem era o solo fértil no qual os espíritos obscuros plantavam suas sementes.

Eu os servi, e eles me receberão como um deus.

Peter não se mexeu. Simplesmente baixou os olhos para a faca ancestral em sua mão.

– Isso é uma ordem – provocou Mal'akh. – Eu sou um sacrifício voluntário. Seu derradeiro papel foi escrito. Você vai me transformar. Vai me libertar do meu corpo. Ou então vai perder sua irmã e sua fraternidade. E ficará realmente sozinho. – Ele fez uma pausa, sorrindo para o prisioneiro. – Considere isso sua punição final.

Os olhos de Peter se ergueram lentamente para fitar os de Mal'akh.

– Matar *você*? Uma *punição*? Você acha que vou hesitar? Você assassinou meu filho, minha mãe, minha família inteira.

– Não! – explodiu Mal'akh com uma força que surpreendeu até a ele próprio. – Você está errado! Eu não assassinei sua família! Quem fez isso foi *você*! Foi *você* quem tomou a decisão de deixar Zachary na prisão! E, a partir daí, a roda começou a girar! Quem matou sua família foi *você*, Peter, não eu!

Os nós dos dedos de Peter embranqueceram enquanto ele apertava a faca com raiva.

– Você não sabe nada sobre os meus motivos para deixar Zachary na prisão.

– Eu sei tudo! – disparou Mal'akh em resposta. – Eu estava lá. Você alegou que estava tentando *ajudar* seu filho. Foi por isso que ofereceu a ele a escolha entre riqueza e saber? Seu objetivo também era *ajudá-lo* quando lhe deu o ultimato para se tornar maçom? Que tipo de pai dá ao filho a escolha entre "riqueza e saber" e espera que ele tenha condições de lidar com isso? Que tipo de pai deixa o próprio filho na prisão em vez de mandá-lo para casa em segurança? – Mal'akh então ficou bem na frente de Peter e se agachou, aproximando o rosto tatuado até poucos centímetros do seu. – E o mais importante... que tipo de pai é capaz de olhar o filho nos olhos... mesmo depois de todos esses anos... e nem sequer o *reconhecer*?

As palavras de Mal'akh ecoaram por vários segundos na câmara de pedra.

Então, silêncio.

Naquela quietude repentina, era como se Peter Solomon tivesse sido sacudido do transe em que se encontrava. Sua expressão era de total incredulidade.

Sim, pai. Sou eu. Mal'akh tinha esperado anos por aquele momento... para se vingar do homem que o abandonara... para encarar aqueles olhos cinzentos e dizer a verdade que passara tantos anos enterrada. Essa hora havia chegado, e ele falou devagar, desejando ver todo o peso de suas palavras esmagar aos poucos a alma de Peter Solomon.

– Você deveria estar feliz, pai. Seu filho pródigo voltou.

O rosto de Peter estava pálido como a morte.

Mal'akh saboreava cada instante daquilo.

– Meu próprio pai decidiu me deixar na prisão... e, naquele instante, jurei que ele havia me rejeitado pela última vez. Eu não era mais seu filho. Zachary Solomon deixou de existir.

Duas lágrimas brotaram de repente dos olhos de seu pai, e Mal'akh pensou que eram a coisa mais linda que ele já vira.

Peter tentou conter as lágrimas, fitando o rosto de Mal'akh como se o visse pela primeira vez.

– Tudo o que o diretor da prisão queria era dinheiro – disse Mal'akh –, mas você se recusou. Nunca lhe ocorreu que o *meu* dinheiro era tão verde quanto o seu. Para o diretor, não importava quem estivesse pagando, desde que ele recebesse. Quando ofereci uma soma generosa, ele escolheu um prisioneiro doente mais ou menos do meu tamanho, vestiu nele as minhas roupas e o espancou até deixá-lo irreconhecível. As fotos que você viu... e o caixão lacrado que enterrou... não eram meus. Pertenciam a um desconhecido.

O rosto molhado de lágrimas de Peter tornou a se contorcer de angústia e descrença.

– Ah, meu Deus... Zachary.

– Não mais. Quando Zachary saiu da prisão, ele estava transformado.

O físico de adolescente e o rosto infantil mudaram radicalmente quando Zachary inundou seu corpo jovem com hormônios de crescimento experimentais e anabolizantes. Até mesmo suas cordas vocais foram deformadas, transformando a voz de menino em um sussurro permanente.

Zachary se transformou em Andros.

Andros se transformou em Mal'akh.

E hoje à noite... Mal'akh se transformará em sua encarnação suprema.

Naquele mesmo instante, em Kalorama Heights, Katherine Solomon estava parada diante da gaveta aberta olhando para velhos recortes de jornal e fotografias que compunham o que só podia ser descrito como a coleção de um fetichista.

– Não estou entendendo – disse ela, virando-se para Bellamy. – É óbvio que esse maluco estava obcecado pela minha família, mas...

– Continue olhando... – insistiu Bellamy, sentando-se com um ar profundamente abalado.

Katherine seguiu examinando os recortes de jornal, todos relacionados à família Solomon – os sucessos de Peter, a pesquisa de Katherine, o terrível assassinato de sua mãe, Isabel, e todo o alarde em torno do uso de drogas, da prisão e do assassinato brutal de Zachary Solomon em um presídio na Turquia.

A obsessão daquele homem pelos Solomon ia além do fanatismo, mas Katherine ainda não tinha visto nada que sugerisse *por quê.*

Foi então que se deparou com as fotografias. A primeira delas mostrava Zachary com água azul-turquesa até os joelhos, de pé em uma praia salpicada de casas caiadas de branco. *Isso é a Grécia?* Ela imaginou que a foto só poderia ter sido tirada durante a louca temporada que o sobrinho passara na Europa e que culminara em sua prisão. No entanto, estranhamente, Zach tinha um aspecto mais saudável do que nas fotos dos paparazzi, que mostravam um jovem emaciado farreando com outros drogados. Parecia mais em forma, mais forte, mais maduro. Katherine não se lembrava de algum dia tê-lo visto tão saudável.

Intrigada, verificou a data impressa na foto.

Mas... é impossível.

A data era quase um ano *depois* de Zachary ter morrido na prisão.

De repente, Katherine começou a percorrer desesperada a pilha de fotos. Todas mostravam Zachary Solomon... envelhecendo pouco a pouco. A coleção parecia uma espécie de autobiografia pictográfica, registrando uma lenta transformação. À medida que as imagens avançavam, Katherine notava uma drástica mudança. Via, horrorizada, o corpo de Zachary sofrer uma metamorfose, os músculos ficando mais salientes e os traços do rosto se deformando graças ao evidente uso pesado de anabolizantes. Sua estrutura pareceu dobrar de tamanho e uma ferocidade assustadora surgiu em seu olhar.

Não consigo reconhecer esse homem!

Ele não se parecia em nada com as lembranças que Katherine tinha do jovem sobrinho.

Quando chegou a uma fotografia dele de cabeça raspada, sentiu os joelhos fraquejarem. Então viu uma foto de seu corpo nu... adornado com os primeiros sinais de tatuagens.

Seu coração quase parou.

– Ah, meu Deus...

CAPÍTULO **120**

– **Dobre à direita!** – gritou Langdon do banco do carona do Lexus confiscado pela CIA.

Simkins fez uma curva fechada, pegando a Rua S e seguindo em disparada por um bairro residencial margeado de árvores. Quando se aproximaram da esquina da Rua 16, a Casa do Templo surgiu qual uma montanha à direita.

O agente ergueu os olhos para a imensa estrutura. Era como se alguém tivesse construído uma pirâmide no alto do Panteão de Roma. Ele se preparou para dobrar à direita na Rua 16, em direção à entrada do prédio.

– Não, não vire aqui! – ordenou Langdon. – Siga em frente! Continue na Rua S.

Simkins obedeceu, mantendo-se paralelo à face leste do prédio.

– Dobre à direita na Rua 15! – disse Langdon.

O agente seguiu as instruções de seu copiloto e, pouco depois, Langdon apontou para uma rua não asfaltada e quase invisível que cortava os jardins atrás da Casa do Templo. O agente pegou o acesso e acelerou o Lexus rumo aos fundos do prédio.

– Olhe! – disse Langdon, apontando para o solitário veículo estacionado junto à porta dos fundos. Era um furgão grande. – Eles estão aqui.

Simkins estacionou o Lexus e desligou o motor. Em silêncio, desceram do carro e se prepararam para entrar. O agente ergueu os olhos para a estrutura monolítica à sua frente.

– A Sala do Templo fica *no último andar*?

Langdon aquiesceu e apontou para o topo do prédio.

– Na verdade, aquela área plana no topo da pirâmide é uma claraboia.

Simkins se virou para encarar Langdon.

– A Sala do Templo tem uma *claraboia*?

Langdon lançou-lhe um olhar estranho.

– É claro. Uma janela para o céu... bem em cima do altar.

O UH-60 estava pousado em Dupont Circle com o motor ligado.

Sentada ao lado do piloto, Sato roía as unhas enquanto aguardava notícias de sua equipe.

Por fim, a voz de Simkins saiu do rádio com um chiado:

– Diretora?

– Sato falando – bradou ela.

– Estamos entrando no prédio, mas tenho um dado novo que talvez seja interessante para a senhora.

– Pode falar.

– O Sr. Langdon acaba de me informar que a sala em que o alvo provavelmente está tem uma claraboia bem grande.

Sato refletiu sobre essa informação por vários segundos.

– Entendido. Obrigada.

Simkins desligou.

Sato cuspiu uma unha e virou-se para o piloto.

– Vamos subir.

CAPÍTULO **121**

Como qualquer pai ou mãe que houvesse perdido um filho, Peter Solomon muitas vezes imaginara como seu menino estaria agora... qual seria seu aspecto... e em que ele teria se transformado.

Agora tinha suas respostas.

A imensa criatura tatuada à sua frente começara a vida como um bebê pequenino e muito amado... o pequeno Zach, aninhado no bercinho... ensaiando os primeiros passos no escritório de Peter... aprendendo a falar as primeiras palavras.

O fato de o mal poder brotar de uma criança inocente no seio de uma família amorosa continuava sendo um dos paradoxos da alma humana. Peter muito cedo fora forçado a aceitar que, embora seu próprio sangue corresse nas veias de Zach, o coração que o bombeava pertencia apenas ao filho. Único e singular... como se escolhido aleatoriamente pelo Universo.

Meu filho... Ele matou minha mãe, meu amigo Robert Langdon e possivelmente minha irmã.

Um torpor gélido inundou o coração de Peter enquanto ele examinava os olhos do filho à procura de alguma ligação... de qualquer coisa conhecida. Mas os olhos daquele homem, embora cinzentos como os seus, eram os de um total desconhecido e estavam tomados por um ódio e um desejo de vingança quase sobrenaturais.

– Você é forte o suficiente? – provocou o filho, olhando de relance para a faca da Akedah na mão de Peter. – Consegue terminar o que começou tantos anos atrás?

– Filho... – Solomon mal conseguiu reconhecer a própria voz. – Eu... eu amei você.

– Você tentou me matar duas vezes. Primeiro, me abandonou na prisão. Depois, me deu um tiro na ponte do Zach. Agora *acabe* com isso!

Por um instante, Solomon teve a sensação de estar flutuando fora do próprio corpo. Não reconhecia mais a si mesmo. Sua mão tinha sido cortada, ele estava inteiramente careca, vestido com uma túnica preta, sentado numa cadeira de rodas e segurando uma faca ancestral.

– Acabe com isso! – tornou a gritar o homem, fazendo as tatuagens em seu peito nu se contraírem. – Me matar é sua única chance de salvar Katherine... e de salvar sua irmandade!

Solomon sentiu o próprio olhar se mover na direção do laptop sobre a cadeira de couro de porco.

ENVIANDO MENSAGEM: 92%

Não conseguia apagar as imagens de Katherine se esvaindo em sangue... nem de seus irmãos maçons.

– Ainda há tempo – sussurrou o homem. – Você sabe que é a única alternativa. Liberte-me da minha forma mortal.

– Por favor – implorou Solomon. – Não faça isso...

– Quem fez isso foi *você*! – sibilou o homem. – Você forçou seu filho a fazer uma escolha impossível! Está lembrado daquela noite? Riqueza ou saber? Aquela foi a noite em que você me afastou para sempre. Mas eu voltei, pai... e hoje é a *sua* vez de escolher. Zachary ou Katherine? Qual dos dois vai ser? Você vai matar seu filho para salvar sua irmã? Ou vai matar seu filho para salvar sua irmandade? Seu país? Ou vai esperar até ser tarde demais? Até Katherine morrer... o vídeo ser divulgado... e você ter de passar o resto da vida sabendo que poderia ter evitado essas tragédias? O tempo está se esgotando. Você sabe o que deve ser feito.

O coração de Peter doía. *Você não é Zachary*, disse ele a si mesmo. *Zachary morreu muito, muito tempo atrás. O que quer que você seja... e de onde quer que tenha saído... não foi de mim.* E, embora Peter Solomon não acreditasse naquelas palavras, sabia que precisava fazer uma escolha.

Não havia mais tempo.

◆ ◆ ◆

Encontre a Grande Escadaria!

Robert Langdon disparava por corredores escuros, serpenteando em direção ao centro do prédio. Turner Simkins seguia em seu encalço. Como Langdon esperava, os dois irromperam no átrio principal do templo.

Com oito colunas dóricas de granito verde, o átrio parecia um sepulcro híbrido – a um só tempo grego, romano e egípcio – com estátuas de mármore negro, lustres que lembravam piras ardentes, cruzes teutônicas, medalhões da fênix de duas cabeças e arandelas ornadas com a cabeça de Hermes.

Langdon se virou e correu em direção à grandiosa escadaria de mármore depois do átrio.

– Essa escada conduz diretamente à Sala do Templo – sussurrou ele enquanto os dois subiam os degraus o mais rápido e silenciosamente possível.

No primeiro patamar, Langdon se viu frente a frente com um busto de bronze do ilustre maçom Albert Pike, acompanhado por uma inscrição de sua mais famosa frase: O QUE FIZEMOS APENAS POR NÓS MESMOS MORRE CONOSCO. O QUE FIZEMOS PELOS OUTROS E PELO MUNDO PERMANECE E É IMORTAL.

Mal'akh havia percebido uma mudança palpável na atmosfera da Sala do Templo, como se toda a frustração e toda a dor de Peter Solomon tivessem vindo à tona... e se concentrado nele como um raio laser.

Sim... chegou a hora.

Peter Solomon tinha se levantado da cadeira de rodas e estava agora em pé diante do altar, segurando a faca.

– Salve Katherine – instigou Mal'akh, recuando de modo a atrair o pai para o altar e, depois, reclinando o próprio corpo sobre a mortalha branca que havia preparado. – Faça o que tem que fazer.

Como em um pesadelo, Peter se aproximou devagar.

Deitado de costas, Mal'akh ergueu os olhos para a lua de inverno visível através da claraboia. *O segredo é saber como morrer.* Aquele instante não poderia ser mais perfeito. *Adornado com a Palavra Perdida ancestral, eu me ofereço por meio da mão esquerda de meu pai.* Mal'akh respirou fundo. *Recebei-me, demônios, pois este é meu corpo que será entregue a vós.*

Erguendo-se acima de Mal'akh, Peter Solomon tremia. Seus olhos banhados de lágrimas brilhavam com desespero, indecisão, angústia. Ele olhou uma última vez para o laptop conectado ao modem do outro lado da sala.

– Tome sua decisão – sussurrou Mal'akh. – Liberte-me da minha carne. Deus quer isso. *Você* quer isso. – Ele estendeu os braços ao longo do corpo e arqueou o peito para a frente, oferecendo a magnífica fênix de duas cabeças em sacrifício. *Ajude-me a me livrar do corpo que veste minha alma.*

Os olhos marejados de Peter pareciam atravessar Mal'akh, como se nem mesmo o vissem.

– Eu matei sua mãe! – sussurrou Mal'akh. – Matei Robert Langdon! Estou matando sua irmã! Estou destruindo sua irmandade! Faça o que tem que fazer!

O semblante de Peter Solomon se contorceu em uma máscara de pesar e arrependimento absolutos. Inclinando a cabeça para trás, ele soltou um grito angustiado ao mesmo tempo que erguia a faca no ar.

Robert Langdon e o agente Simkins chegaram ofegantes diante das portas da Sala do Templo na mesma hora em que um grito de gelar o sangue irrompeu lá de dentro. Era a voz de Peter. Langdon tinha certeza.

Seu grito era de completa agonia.

Cheguei tarde demais!

Ignorando Simkins, Langdon agarrou as maçanetas e escancarou as portas. A cena aterradora à sua frente confirmou seus piores temores. Ali, no centro da câmara mal iluminada, um homem de cabeça raspada e túnica preta estava em pé diante do grande altar, com uma faca na mão.

Antes que Langdon conseguisse se mexer, o homem baixou a lâmina em direção ao corpo estendido sobre o altar.

Mal'akh havia fechado os olhos.

Tão lindo. Tão perfeito.

A antiga lâmina da faca da Akedah cintilou sob o luar ao descrever um arco acima dele. Filetes de fumaça perfumada subiam em espiral à sua volta, preparando um caminho para sua alma, que logo estaria liberta. O único grito de tormento e desespero de seu assassino ainda ecoava pelo espaço sagrado quando a lâmina desceu.

Estou ungido com o sangue do sacrifício humano e com as lágrimas de meu pai.

Mal'akh se preparou para o glorioso impacto.

Seu momento de transformação havia chegado.

Incrivelmente, ele não sentiu dor.

Uma vibração estrondosa preencheu seu corpo, ensurdecedora e profunda. A sala começou a sacudir e uma forte luz branca vinda das alturas o cegou. O céu rugiu.

E Mal'akh soube que havia acontecido.

Exatamente como ele planejara.

Langdon não se lembrava de estar correndo rumo ao altar quando o helicóptero surgiu lá em cima. Tampouco de ter pulado com os braços estendidos... lançando-se em direção ao homem de túnica preta... numa tentativa desesperada de derrubá-lo antes que pudesse desferir outro golpe com a faca.

Seus corpos colidiram e Langdon viu uma luz brilhante descer pela claraboia, iluminando o altar. Esperava ver o corpo ensanguentado de Peter Solomon sobre a pedra, mas o peito nu resplandecente não exibia sangue nenhum... apenas uma tapeçaria de tatuagens. A faca jazia quebrada a seu lado, depois de ter sido aparentemente cravada na pedra em vez de em carne humana.

Quando os dois desabaram no chão duro, Langdon viu o coto enfaixado na ponta do braço direito do homem de preto e percebeu, para seu espanto, que acabara de derrubar Peter Solomon.

Enquanto deslizavam juntos pelo piso de pedra, as luzes do helicóptero vieram descendo, ofuscantes. A aeronave voava baixo, seus patins de aterrissagem quase tocando a grande superfície de vidro da claraboia.

Na frente do helicóptero, uma arma estranha girou, mirando para baixo através do vidro. O facho vermelho da mira a laser varou a claraboia e se agitou, indo na direção de Langdon e Solomon.

Não!

Mas não se ouviu nenhum disparo... apenas o barulho das hélices.

Langdon não sentiu nada, exceto uma sinistra vibração de energia que percorreu todas as suas células. Atrás de sua cabeça, sobre a cadeira de couro de porco, o laptop emitiu um chiado estranho. Ele se virou a tempo de ver a tela ficar preta de repente. Infelizmente, a última mensagem visível tinha sido clara.

ENVIANDO MENSAGEM: 100%

Suba! Mas que droga! Para cima!

O piloto do UH-60 colocou os rotores no máximo para evitar tocar na claraboia. Sabia que as quase três toneladas de empuxo geradas pelos rotores já estavam forçando o vidro para baixo quase a ponto de quebrá-lo. Infelizmente, a inclinação da pirâmide sob o helicóptero estava desviando o empuxo, impedindo-o de subir.

Para cima! Agora!

O piloto inclinou o nariz da aeronave para tentar se afastar dali, mas o patim de aterrissagem esquerdo tocou o centro do vidro. Foi só por um instante, mas bastou.

A imensa claraboia da Sala do Templo explodiu em um turbilhão de vidro e vento... fazendo uma enxurrada de cacos afiados mergulhar na sala abaixo.

Estrelas caindo do céu.

Mal'akh ergueu os olhos para a bela luz branca e se deparou com um véu de joias cintilantes esvoaçando em sua direção... cada vez mais depressa... como se corressem para envolvê-lo com seu esplendor.

De repente, a dor.

Por toda parte.

Aguda. Lancinante. Cortante. Facas afiadíssimas penetrando na carne tenra. Peito, pescoço, coxas, rosto. Seu corpo se contraiu todo de uma vez, encolhendo-se. Sua boca cheia de sangue gritou à medida que a dor o arrancava de seu transe. A luz branca se transformou e, como em um passe de mágica, surgiu um helicóptero escuro pairando acima dele. As hélices estrondosas sopravam um vento gélido para dentro da Sala do Templo, congelando Mal'akh até os ossos e dispersando as espirais de incenso para os confins do salão.

Mal'akh virou a cabeça e viu a faca da Akedah quebrada a seu lado, esmagada sobre o altar de mármore coberto por uma camada de vidro estilhaçado. *Mesmo depois de tudo o que eu fiz a ele... Peter Solomon se negou a usar a faca. Ele se recusou a derramar meu sangue.*

Com um horror crescente, Mal'akh levantou a cabeça e olhou para o próprio corpo. Aquele artefato vivo deveria ter sido sua grande oferenda. Mas agora estava em frangalhos, banhado em sangue... sua carne crivada de imensos cacos de vidro que despontavam em todas as direções.

Debilmente, Mal'akh pousou a cabeça de volta sobre o mármore e ergueu a vista para o espaço aberto no telhado. O helicóptero havia desaparecido e, em seu lugar, surgira uma lua silenciosa e invernal.

Com os olhos arregalados, Mal'akh ficou deitado, arquejante... completamente sozinho sobre o grande altar.

C A P Í T U L O **122**

O segredo é saber como morrer.

Mal'akh sabia que tudo tinha saído errado. Não houve luz brilhante. Nenhuma recepção maravilhosa. Apenas a escuridão e uma dor excruciante. Até mesmo em seus olhos. Ele não conseguia ver nada, mas podia sentir movimento à sua volta. Ouvia vozes... vozes humanas... e uma delas, estranhamente, pertencia a Robert Langdon. *Como é possível?*

– Ela está bem – repetia Langdon sem parar. – Katherine está *bem*, Peter. Sua irmã está *bem*.

Não, pensou Mal'akh. *Katherine está morta. Tem de estar.*

Mal'akh não conseguia mais enxergar, não sabia nem ao menos dizer se estava de olhos abertos, mas ouviu o helicóptero se afastando. Uma súbita calma se espalhou pela Sala do Templo. Ele pôde sentir os ritmos constantes da Terra se tornarem irregulares... como se as marés estivessem sendo perturbadas pela chegada de uma tempestade.

Chao ab ordo.

Vozes desconhecidas gritavam, dirigindo-se com urgência a Robert Langdon e falando sobre o laptop e o arquivo de vídeo. *É tarde demais*, sabia Mal'akh. *O estrago está feito.* Àquela altura, as imagens chocantes que gravara estavam se espalhando como fogo descontrolado por todos os cantos do mundo, destruindo o futuro da irmandade. *Os que têm mais capacidade de divulgar o conhecimento precisam ser destruídos.* A ignorância da humanidade era o que ajudava o caos a crescer. A ausência de Luz na Terra era o que alimentava as Trevas que aguardavam Mal'akh.

Eu realizei grandes feitos e logo serei acolhido como um rei.

Mal'akh sentiu que uma pessoa sozinha havia se aproximado em silêncio. Ele soube quem era. Pôde sentir o cheiro dos óleos sagrados com os quais besuntara o corpo raspado do pai.

– Não sei se você está me escutando – sussurrou Peter Solomon em seu ouvido. – Mas quero que saiba de uma coisa. – Ele levou um dedo até o local sagrado no topo do crânio de Mal'akh. – O que você escreveu aqui... – Ele fez uma pausa. – Isto *não é* a Palavra Perdida.

É claro que é, pensou Mal'akh. *Você me convenceu disso, sem deixar qualquer sombra de dúvida.*

Segundo a lenda, a Palavra Perdida estava escrita em uma língua tão antiga e misteriosa que a humanidade havia praticamente esquecido como lê-la. Esse idioma misterioso, como Peter lhe revelara, era a linguagem mais antiga da Terra.

A linguagem dos símbolos.

Na simbologia, *um* símbolo reinava supremo acima dos outros. Sendo o mais antigo e o mais universal de todos, ele unia todas as tradições antigas em uma única imagem que representava a iluminação do deus-sol egípcio, o triunfo do ouro alquímico, a sabedoria da pedra filosofal, a pureza da rosa dos rosa-cruzes, o instante da Criação, o Todo, o domínio do sol astrológico e até mesmo o olho onisciente que tudo vê a flutuar no topo da Pirâmide Inacabada.

O circumponto. O símbolo da Fonte. A origem de todas as coisas.

Era isso que Peter Solomon havia lhe contado pouco antes. Mal'akh no início se mostrara cético, porém, quando tornou a olhar para a grade, percebeu que a imagem da pirâmide apontava *diretamente* para o símbolo específico do circumponto – um círculo com um pontinho no meio. *A Pirâmide Maçônica é um mapa*, pensou ele, *que aponta para a Palavra Perdida*. Parecia que, no fim das contas, seu pai estava dizendo a verdade.

Todas as grandes verdades são simples.

A Palavra Perdida não é uma palavra... é um símbolo.

Ansioso, Mal'akh havia tatuado o grande símbolo do circumponto no próprio couro cabeludo. Ao fazê-lo, sentira uma onda de poder e satisfação. *Minha obra-prima e minha oferenda estão completas.* As forças da escuridão o aguardavam. Ele seria recompensado por seu trabalho. Aquele seria seu instante de glória...

Mas, no último segundo, tudo saíra terrivelmente errado.

E lá estava Peter, ainda atrás dele, dizendo palavras que Mal'akh mal conseguia apreender.

– Eu menti para você – dizia ele. – Você não me deu escolha. Se eu tivesse lhe revelado a Palavra Perdida, você não teria acreditado em mim nem teria entendido.

A Palavra Perdida... não é o circumponto?

– A verdade – disse Peter – é que *todos* conhecem a Palavra Perdida... mas poucos sabem reconhecê-la.

As palavras ecoaram na mente de Mal'akh.

– Você continua incompleto – disse Peter, pousando a palma da mão com delicadeza sobre a cabeça de Mal'akh. – Seu trabalho ainda não terminou. Mas, para onde quer que vá, por favor, saiba de uma coisa... você foi amado.

Por algum motivo, o toque carinhoso da mão de seu pai pareceu queimá-lo, dando início, como um poderoso catalisador, a uma reação química dentro de seu corpo. Sem aviso, Mal'akh sentiu uma vigorosa onda de energia, como se todas as suas células estivessem se dissolvendo.

Em um instante, toda a dor terrena evaporou.

Transformação. Está começando.

Eu estou olhando para mim mesmo, uma ruína de carne ensanguentada sobre a plataforma sagrada de mármore. Meu pai está ajoelhado atrás de mim, segurando minha cabeça sem vida com a única mão que lhe resta.

Sinto uma onda crescente de raiva... e de confusão.

A hora não é de compaixão... mas de vingança, de transformação... porém, mesmo assim, meu pai se recusa a ceder, a cumprir seu papel, a canalizar sua dor e sua raiva para a lâmina da faca e cravá-la no meu coração.

Estou amarrado aqui, suspenso... preso à minha casca terrena.

Meu pai passa suavemente a palma da mão pelo meu rosto para fechar meus olhos que se apagam.

Sinto as amarras se soltarem.

Um véu esvoaçante se materializa à minha volta, tornando-se mais espesso e fazendo a luz diminuir, escondendo o mundo de mim. De repente, o tempo se acelera e estou mergulhando em um abismo muito mais escuro do que algum dia pude imaginar. Ali, dentro de um vazio estéril, ouço um sussurro... sinto uma força se acumular. Ela vai ficando mais potente, crescendo a uma velocidade espantosa, me rodeando. Assustadora e poderosa. Sombria e imponente.

Eu não estou sozinho aqui.

Este é meu triunfo, minha grande recepção. No entanto, por algum motivo, sinto-me cheio não de alegria, mas de um medo sem limites.

É totalmente diferente do que eu esperava.

A força então se agita, rodopiando ao meu redor com uma potência irrefreável, ameaçando me partir ao meio. De repente, sem aviso, as trevas se adensam como uma grande fera pré-histórica, empinando-se à minha frente.

Estou diante de todas as almas obscuras que me precederam.

Estou gritando com um terror sem fim... enquanto a escuridão me devora por inteiro.

CAPÍTULO **123**

Dentro da Catedral Nacional, o decano Galloway sentiu uma estranha mudança no ar. Não sabia dizer ao certo por que, mas foi como se uma sombra espectral houvesse evaporado... como se um peso tivesse sido erguido... muito longe dali, mas ao mesmo tempo bem próximo.

Sozinho diante de sua escrivaninha, ele estava imerso em pensamentos. Não poderia precisar quantos minutos haviam se passado quando seu telefone tocou. Era Warren Bellamy.

– Peter está vivo – disse seu irmão maçom. – Acabei de receber a notícia. Sabia que gostaria de ser informado na mesma hora. Ele vai ficar bem.

– Graças a Deus. – Galloway suspirou aliviado. – Onde ele está?

O reverendo ficou ouvindo Bellamy contar a extraordinária história do que havia acontecido depois de eles deixarem o Cathedral College.

– Vocês estão todos bem?

– Sim, estamos nos recuperando – respondeu Bellamy. – Mas há um porém. – Ele fez uma pausa.

– Sim?

– A Pirâmide Maçônica... acho que Langdon talvez a tenha decifrado.

Galloway não pôde evitar um sorriso. De certa forma, não estava surpreso.

– E me diga uma coisa: Langdon descobriu se a pirâmide cumpria ou não sua promessa? Se ela de fato revelava o que a lenda sempre alegou que fosse capaz de revelar?

– Ainda não sei.

Ela vai revelar, pensou Galloway.

– Você precisa descansar – disse o decano.

– Você também.

Não, eu preciso é rezar.

CAPÍTULO **124**

Quando a porta do elevador se abriu, as luzes da Sala do Templo estavam todas acesas.

Katherine Solomon ainda sentia as pernas bambas quando entrou às pressas em busca do irmão. O ar na imensa câmara era frio e recendia a incenso. E a cena à sua frente a fez estacar na hora.

No centro daquele magnífico recinto, sobre um altar baixo de pedra, jazia um corpo ensanguentado cheio de tatuagens, perfurado por lanças de caco de vidro. Lá no alto, um grande rombo no teto se abria para o céu.

Meu Deus. Katherine desviou o rosto na mesma hora, olhando em volta à procura de Peter. Achou o irmão sentado do outro lado da câmara, sendo assistido por um paramédico enquanto conversava com Langdon e a diretora Sato.

– Peter! – gritou Katherine, correndo para lá. – Peter!

Peter ergueu os olhos e seu rosto se encheu de alívio. Pondo-se de pé no mesmo instante, começou a andar em direção a ela. Ele vestia uma camisa branca simples e uma calça preta que alguém provavelmente buscara em seu escritório em um dos andares de baixo. Tinha o braço direito em uma tipoia, e seu abraço delicado foi canhestro, porém Katherine mal deu atenção a isso. Uma conhecida sensação de reconforto a envolveu feito um casulo, como sempre acontecia, mesmo na infância, quando seu irmão mais velho, seu protetor, a tomava nos braços.

Os dois ficaram abraçados em silêncio.

Por fim, Katherine sussurrou:

– Você está bem? Quer dizer... está bem mesmo? – Ela o soltou, baixando os olhos para a tipoia e as ataduras onde antes ficava sua mão direita. Lágrimas tornaram a marejar seus olhos. – Eu sinto... eu sinto tanto.

Peter deu de ombros, como se aquilo não tivesse a menor importância.

– É só carne mortal. Corpos não duram para sempre. O importante é você estar bem.

A resposta tranquila de Peter calou fundo em Katherine, fazendo com que lembrasse todos os motivos pelos quais amava o irmão. Ela acariciou sua cabeça, sentindo os laços inquebrantáveis da família... o sangue em comum que corria por suas veias.

Tragicamente, ela sabia que havia um *terceiro* Solomon ali naquela noite. O cadáver sobre o altar atraiu seu olhar, e Katherine sentiu um calafrio, tentando não pensar nas fotos que tinha visto.

Ao desviar os olhos, se deparou com Robert Langdon. Havia compaixão em seu rosto, uma compaixão profunda e compreensiva, como se Langdon de certa forma soubesse exatamente o que se passava na mente dela. *Peter sabe.* Emoções intensas tomaram conta de Katherine – alívio, empatia, desespero. Ela sentiu o corpo do irmão começar a tremer como o de uma criança. Aquilo era algo que nunca tinha visto na vida.

– Está tudo bem – sussurrou ela. – Vai passar.

Os tremores de Peter aumentaram.

Ela tornou a abraçá-lo, acariciando-lhe a nuca.

– Peter, você *sempre* foi o mais forte... *sempre* me amparou. Mas hoje sou eu que estou aqui para *você*. Está tudo bem. Eu estou aqui.

Katherine pousou com delicadeza a cabeça do irmão sobre seu ombro... e o grande Peter Solomon desabou em seus braços aos soluços.

A diretora Sato se afastou para atender um telefonema.

Era Nola Kaye. Suas notícias, pelo menos desta vez, eram boas.

– Ainda nenhum sinal de distribuição, senhora. – Ela parecia esperançosa. – Tenho certeza de que a essa altura já teríamos visto alguma coisa. Parece que vocês conseguiram conter a mensagem.

Graças a você, Nola, pensou Sato, olhando para o laptop que, segundo Langdon, havia enviado a mensagem. *Foi por muito pouco.*

Seguindo uma sugestão de Nola, o agente que revistava a mansão tinha verificado as latas de lixo e encontrado a embalagem de um modem de celular recém-comprado. De posse do número exato do modelo, Nola conseguira cruzá-lo com as empresas, larguras de banda e redes de serviço compatíveis, isolando assim o ponto de acesso mais provável do laptop – um pequeno transmissor na esquina das ruas 16 e Corcoran –, a três quarteirões do Templo.

Nola rapidamente transmitira a informação para Sato no helicóptero. No trajeto até a Casa do Templo, o piloto havia sobrevoado o ponto de acesso em baixa altitude e disparado sobre ele um pulso de radiação eletromagnética, desabilitando-o segundos antes de o laptop concluir a transferência do arquivo.

– Ótimo trabalho hoje à noite – disse Sato. – Agora vá dormir um pouco. Você merece.

– Obrigada, senhora. – Nola hesitou.

– Algo mais?

Nola passou vários segundos em silêncio, aparentemente pensando se deveria ou não falar.

– Nada que não possa esperar até amanhã de manhã, senhora. Tenha uma boa noite.

CAPÍTULO 125

No silêncio de um banheiro luxuoso no térreo da Casa do Templo, Robert Langdon encheu uma pia com água morna e se olhou no espelho. Mesmo sob aquela luz tênue, sua aparência condizia com a maneira como se sentia... exausto.

Tinha novamente a bolsa de viagem sobre o ombro, agora muito mais leve, pois continha apenas seus pertences e algumas anotações amassadas. Não pôde conter uma risadinha. Sua visita a Washington naquela noite para dar uma palestra havia se revelado um pouco mais cansativa do que ele imaginara.

Ainda assim, Langdon tinha muitos motivos para se sentir grato.

Peter está vivo.

E o vídeo não foi enviado.

Enquanto lavava o rosto com água morna usando as mãos em concha, Langdon sentiu que ia aos poucos voltando à vida. Tudo ainda estava embaçado, mas a adrenalina em seu corpo finalmente se dissipava... fazendo-o se sentir ele mesmo novamente. Depois de secar as mãos, conferiu seu relógio do Mickey Mouse.

Meu Deus, como é tarde.

Langdon saiu do banheiro e seguiu andando rente à parede sinuosa do Salão de Honra – um corredor graciosamente arqueado, coberto por retratos de maçons famosos... presidentes, filantropos e celebridades norte-americanas, além de outros personagens influentes do país. Deteve-se diante de um óleo de Harry S. Truman e tentou imaginar aquele homem passando pelos rituais, cerimônias e estudos necessários para se tornar maçom.

Existe um mundo escondido por trás do que todos nós vemos.

– Você saiu de fininho – disse uma voz no final do corredor.

Langdon se virou.

Era Katherine. Ela havia comido o pão que o diabo amassou naquela noite, mas, apesar disso, parecia subitamente radiante... rejuvenescida, de alguma forma.

Langdon abriu um sorriso cansado.

– Como ele está?

Katherine se aproximou e deu-lhe um abraço apertado.

– Como algum dia vou conseguir agradecer?

Ele riu.

– Você sabe que eu não fiz *nada*, não sabe?

Katherine continuou abraçando-o por um bom tempo.

– Peter vai ficar bem... – Ela o soltou, encarando-o fixamente. – E ele acabou de me dizer uma coisa incrível... uma coisa *maravilhosa*. – A voz dela tremia de tanta expectativa. – Preciso ver com meus próprios olhos. Volto daqui a pouquinho.

– O quê? Aonde você vai?

– Não vou demorar. Agora Peter quer falar com você... *a sós*. Ele está esperando na biblioteca.

– Ele disse o motivo?

Katherine deu uma risadinha e fez que não com a cabeça.

– Você conhece Peter e os segredos dele.

– Mas...

– Nos vemos daqui a pouco.

Então ela se foi.

Langdon suspirou. Achava que bastava de segredos por uma noite. Havia perguntas não respondidas, é claro – sobre a Pirâmide Maçônica e a Palavra Perdida, inclusive –, mas ele sentia que as respostas, caso existissem, não eram para ele. *Afinal, não sou maçom.*

Reunindo o que lhe restava de energia, seguiu até a biblioteca maçônica. Encontrou Peter sozinho, sentado a uma mesa, com a pirâmide de pedra à sua frente.

– Robert? – Peter sorriu e acenou para que ele entrasse. – Eu queria dar uma palavra com você.

Langdon arrumou um jeito de sorrir.

– É, fiquei sabendo que você *perdeu* uma.

CAPÍTULO **126**

A biblioteca da Casa do Templo era a sala de leitura pública mais antiga de Washington. Suas elegantes prateleiras transbordavam com mais de 250 mil volumes, incluindo um exemplar raro do *Ahiman Rezon – Segredos de um Irmão Preparado*. Além disso, guardava preciosas joias e artefatos ritualísticos maçônicos, e até mesmo um volume raro impresso manualmente pelo próprio Benjamin Franklin.

Mas o tesouro preferido de Langdon naquela biblioteca passava despercebido à maioria das pessoas. *A ilusão*.

Peter Solomon lhe mostrara tempos atrás que, vistas da perspectiva certa, a mesa de leitura e a luminária dourada da biblioteca criavam uma inconfundível ilusão de ótica... a de uma pirâmide com um cume de ouro brilhante. Solomon dizia que sempre havia considerado aquela ilusão um lembrete silencioso de que os mistérios da Francomaçonaria eram perfeitamente visíveis a qualquer um e a todos, se observados do ângulo correto.

Naquela noite, porém, os mistérios da irmandade tinham se materializado bem na sua frente. Langdon se sentou diante do Venerável Mestre e da Pirâmide Maçônica.

Peter estava sorrindo.

– A "palavra" à qual você se refere, Robert, não é uma lenda. É uma *realidade*.

Langdon o encarou do outro lado da mesa. Depois de algum tempo, falou:

– Mas... não estou entendendo. Como é possível?

– O que é tão difícil de aceitar?

Tudo!, quis dizer Langdon, vasculhando os olhos do velho amigo em busca de qualquer vestígio de bom senso.

– Você está dizendo que acredita que a Palavra Perdida é *real*... e que tem *poder* de verdade?

– Um poder enorme – disse Peter. – Ela tem o poder de transformar a humanidade ao desvendar os Antigos Mistérios.

– Uma *palavra*? – retrucou Langdon. – Peter, desculpe, não posso acreditar que uma palavra...

– Você *vai* acreditar – afirmou Peter com calma.

Langdon ficou olhando para ele em silêncio.

– Como você sabe – prosseguiu Solomon, agora em pé e andando em volta da mesa –, há muito tempo foi profetizado que chegará um dia em que a Palavra

Perdida será redescoberta e desenterrada... então a humanidade mais uma vez terá acesso a seu poder esquecido.

Langdon teve um lampejo da palestra de Peter sobre o Apocalipse. Embora muitas pessoas interpretassem equivocadamente *apocalipse* como o cataclísmico fim do mundo, a palavra na verdade significava "revelação"... o "desvelamento", como os antigos prediziam, de um grande saber. *A futura era da iluminação.* Ainda assim, Langdon não conseguia imaginar uma mudança tão grande sendo iniciada por... uma *palavra.*

Peter indicou a pirâmide de pedra sobre a mesa, ao lado de seu cume de ouro.

– A Pirâmide Maçônica – disse ele. – O *symbolon* lendário. Hoje à noite, ela está unificada... e completa. – Com reverência, ele ergueu o cume de ouro e o pousou sobre a pirâmide. A pesada peça se encaixou com um leve clique. – Esta noite, meu amigo, você fez o que nunca tinha sido feito antes. Unificou a Pirâmide Maçônica, decifrou todos os seus códigos e, no final, desvendou... *isto aqui.*

Solomon sacou um pedaço de papel, colocando-o sobre a mesa. Langdon reconheceu a grade de símbolos reorganizada por meio do Quadrado de Franklin de Ordem Oito. Ele havia passado algum tempo a estudá-la na Sala do Templo.

– Estou curioso para saber se você consegue *ler* este conjunto de símbolos – disse Peter. – Afinal de contas, o especialista é você.

Langdon fitou a grade.

Heredom, circumponto, pirâmide, escadaria...

Ele deu um suspiro.

– Bem, Peter, como você provavelmente pode ver, isto aqui é um pictograma alegórico. Obviamente a linguagem não é literal, mas sim metafórica e simbólica.

Solomon deu uma risadinha.

– É nisso que dá fazer uma pergunta simples a um simbologista... Tudo bem, diga-me o que está vendo.

Peter quer mesmo ouvir isso? Langdon puxou o papel mais para perto.

– Bem, eu dei uma olhada nestes símbolos mais cedo e, em termos simples, vejo que esta grade é uma *imagem*... que retrata o céu e a Terra.

Peter arqueou as sobrancelhas com ar de surpresa.

– Ah, é?

– Claro. No alto da imagem temos a palavra *Heredom*, a "Casa Sagrada", que eu interpreto como a Casa de Deus... ou o *céu*.

– Certo.

– A *flecha* apontando para baixo depois de *Heredom* significa que o *resto* do pictograma está situado claramente no reino *abaixo* do céu... ou seja... na *Terra*. – Os olhos de Langdon então se dirigiram para a base da grade. – As duas últimas fileiras, as que estão *abaixo* da pirâmide, correspondem à *terra firma*. Esses reinos inferiores contêm os 12 signos *astrológicos* antigos, que representam a religião primordial das primeiras almas humanas a olhar para o céu e enxergar a mão de Deus no movimento das estrelas e dos planetas.

Solomon aproximou a cadeira e estudou a grade.

– Tudo bem, o que mais?

– Tomando por base a astrologia – prosseguiu Langdon –, a grande pirâmide se ergue da Terra... elevando-se rumo ao céu... o eterno símbolo do saber perdido. Ela está preenchida pelas grandes filosofias e religiões da história... egípcia, pitagórica, budista, hinduísta, islâmica, judaico-cristã, e assim por diante... todas fluindo para cima, fundindo-se, afunilando-se para atravessar o portal transformador da pirâmide... onde finalmente se juntam em uma só filosofia humana unificada. – Ele fez uma pausa. – Uma única consciência universal... uma visão global compartilhada de Deus... representada pelo antigo símbolo que paira acima do cume.

– O circumponto – disse Peter. – Um símbolo universal de Deus.

– Isso. Ao longo da história, o circumponto representou *todas* as coisas para *todas* as pessoas... ele é o deus-sol Rá, o ouro alquímico, o olho que tudo vê, o ponto que deu origem ao Big Bang, o...

– O Grande Arquiteto do Universo.

Langdon assentiu, com a sensação de que aquele provavelmente havia sido o argumento usado por Peter na Sala do Templo para vender a ideia do circum-ponto como a Palavra Perdida.

– E por último? – indagou Peter. – E a escadaria?

Langdon baixou os olhos para a imagem dos degraus sob a pirâmide.

– Peter, eu tenho certeza de que você sabe melhor do que ninguém que isto aqui simboliza a Escada em Caracol da Francomaçonaria... que sobe das trevas terrenas em direção à luz... como a Escada de Jacó subindo até o céu... ou a coluna vertebral humana, que conecta o corpo mortal à mente eterna. – Ele fez uma pausa. – Quanto ao *resto* dos signos, eles parecem ser uma mistura de símbolos celestes, maçônicos e científicos, todos corroborando os Antigos Mistérios.

Solomon acariciou o queixo.

– Uma interpretação elegante, professor. Concordo, é claro, que esta grade pode ser lida como uma alegoria, mas ainda assim... – Um brilho misterioso cintilou em seus olhos. – Esta coleção de símbolos conta também outra história, muito mais reveladora.

– Ah, é?

Solomon recomeçou a andar pela biblioteca, contornando a mesa.

– Hoje, na Sala do Templo, quando eu achei que ia morrer, olhei para essa grade e de alguma forma consegui ver *além* da metáfora, *além* da alegoria. Enxerguei a essência do que esses símbolos estão nos dizendo. – Ele fez uma pausa e se virou abruptamente para Langdon. – Essa grade revela o local *exato* onde está enterrada a Palavra Perdida.

– Como?

Langdon se remexeu na cadeira, pouco à vontade, temendo que o trauma daquela noite pudesse ter deixado Peter desorientado e confuso.

– Robert, a lenda *sempre* descreveu a Pirâmide Maçônica como um mapa, um mapa muito *específico*, capaz de guiar quem fosse merecedor à localização secreta da Palavra Perdida. – Solomon bateu com o dedo na grade de símbolos diante de Langdon. – Garanto a você que estes símbolos são exatamente o que a lenda diz que são... um *mapa*. Um diagrama que revela com precisão onde podemos encontrar a escadaria que conduz à Palavra Perdida.

Langdon soltou uma risada nervosa, assumindo um tom cauteloso.

– Mesmo que eu acreditasse na Lenda da Pirâmide Maçônica, esta grade de símbolos não pode ser um mapa. Olhe só para ela. Não se parece em *nada* com um.

Solomon sorriu.

– Às vezes basta uma ínfima mudança de perspectiva para vermos algo conhecido sob uma luz totalmente nova.

Langdon tornou a olhar, mas não viu nada de novo.

– Deixe-me fazer uma pergunta a você – disse Peter. – Quando os maçons assentam suas pedras angulares, você sabe por que eles as colocam no canto nordeste de um prédio?

– Claro, porque esse canto recebe os primeiros raios de luz da manhã. É um símbolo do poder da arquitetura, o de subir da terra em direção à luz.

– Isso mesmo – disse Peter. – Então talvez você devesse procurar *aqui* os primeiros raios de luz. – Ele indicou a grade de símbolos. – No canto nordeste.

Langdon tornou a olhar para o papel, em direção ao canto superior direito, ou nordeste. O símbolo nesse canto era ↓.

– Uma flecha apontando para baixo – disse Langdon, tentando entender aonde Solomon estava querendo chegar. – O que significa... *debaixo* de Heredom.

– Não, Robert, *debaixo*, não – retrucou Solomon. – Pense. Essa grade não é um labirinto metafórico. Ela é um *mapa*. E, neles, uma flecha que aponta *para baixo* significa...

– O sul! – exclamou Langdon, surpreso.

– Exatamente! – respondeu Solomon, abrindo um sorriso. – O sul geográfico! Em um mapa, *para baixo* significaria o sul e a palavra *Heredom* não seria uma metáfora de céu, mas sim o nome de uma localização geográfica.

– A Casa do Templo? Você está dizendo que este mapa aponta... para o sul deste prédio?

– Louvado seja Deus! – disse Solomon, rindo. – Finalmente uma luz.

Langdon analisou a grade de símbolos.

– Mas, Peter... mesmo que você esteja certo, o sul deste prédio poderia ser *qualquer lugar* em uma reta de quase 40 mil quilômetros.

– Não, Robert. Você está ignorando a lenda, que afirma que a Palavra Perdida está escondida em Washington. Isso delimita substancialmente a área de que estamos falando. Além do mais, a lenda *também* afirma que a entrada da escadaria está sob uma grande pedra... que, por sua vez, tem uma mensagem gravada em língua antiga... como uma espécie de *sinal* para quem for merecedor poder encontrá-la.

Langdon estava achando difícil levar aquilo a sério e, embora não conhecesse Washington bem o suficiente para saber o que ficava ao sul do ponto em que estavam, tinha certeza quase absoluta de que não existia ali nenhuma grande pedra gravada sobre uma escadaria subterrânea.

– A mensagem gravada na pedra – falou Peter – está bem aqui, diante dos seus olhos. – Ele indicou a terceira fileira da grade. – *Esta* é a inscrição, Robert! Você solucionou o quebra-cabeça!

Estupefato, Langdon analisou os sete símbolos.

Solucionei? Langdon não fazia a menor ideia do que aqueles sete símbolos díspares poderiam significar e tinha absoluta certeza de que eles *não* estavam gravados em nenhum lugar da capital norte-americana... sobretudo não em uma pedra gigante sobre uma escadaria.

– Peter – disse ele –, não entendo o que isso esclarece. Não conheço nenhuma pedra aqui em Washington gravada com essa... mensagem.

Solomon deu-lhe um tapinha no ombro.

– Você passou por ela e nunca a viu. Nós *todos* passamos. Ela está bem na nossa frente, assim como os próprios mistérios. E, hoje à noite, quando eu vi esses sete símbolos, percebi na mesma hora que a lenda era verdade. A Palavra Perdida *está* enterrada em Washington... e ela *está* ao pé de uma longa escadaria debaixo de uma imensa pedra gravada.

Atônito, Langdon continuou em silêncio.

– Robert, hoje à noite você conquistou o direito de saber a verdade.

Langdon ficou encarando Peter, tentando processar o que havia acabado de ouvir.

– Você vai me *dizer* onde a Palavra Perdida está enterrada?

– Não – respondeu Solomon, levantando-se com um sorriso. – Vou lhe *mostrar*.

Cinco minutos depois, Langdon estava prendendo o cinto de segurança no banco de trás de um Escalade, ao lado de Peter Solomon. Simkins assumiu o volante na mesma hora em que Sato se aproximou pelo estacionamento.

– Sr. Solomon? – falou a diretora, acendendo um cigarro ao chegar. – Acabei de dar o telefonema que o senhor solicitou.

– E? – perguntou Peter pela janela aberta do carro.

– Dei ordem para que eles o deixem entrar. Mas não por muito tempo.

– Obrigado.

Sato o analisou com ar curioso.

– Devo dizer que é um pedido bem incomum.

Solomon deu de ombros, enigmático.

Sato desistiu do assunto, deu a volta até a janela de Langdon e bateu no vidro com o nó dos dedos.

Langdon abaixou o vidro.

– Professor – disse ela, sem o menor indício de simpatia –, sua ajuda hoje à noite, embora relutante, foi fundamental para o nosso sucesso... e por isso eu lhe agradeço. – Ela deu uma longa tragada no cigarro e soprou a fumaça para o lado. – *No entanto*, permita-me uma última palavra de alerta. Da próxima vez que um alto funcionário da CIA lhe disser que está diante de uma crise de segurança nacional... – os olhos dela escureceram –... seria bom o senhor deixar a babaquice lá em Cambridge.

Langdon abriu a boca para falar, mas a diretora Inoue Sato já havia virado as costas e andava pelo estacionamento em direção ao helicóptero que a aguardava.

Simkins olhou por cima do ombro com uma expressão impassível.

– Os senhores estão prontos?

– Na verdade – disse Solomon –, espere um instantinho só. – Ele sacou um pequeno pedaço de pano escuro dobrado que entregou a Langdon. – Robert, eu gostaria que você pusesse isto aqui antes de partirmos.

Intrigado, Langdon examinou o pano. Era de veludo preto. Ao desdobrá-lo, percebeu que estava segurando uma venda maçônica – a tradicional venda de um iniciado do grau 1. *Mas que diabo é isto?*

– Eu prefiro que você não veja para onde estamos indo – disse Peter.

Langdon se virou para o amigo.

– Você quer me *vendar* durante o trajeto?

Solomon sorriu.

– Meu segredo. Minhas regras.

CAPÍTULO **127**

Do lado de fora da sede da CIA, em Langley, soprava uma brisa fria. Nola Kaye tremia enquanto seguia Rick Parrish pelo pátio central da agência sob a luz do luar.

Para onde Rick está me levando?

A crise do vídeo sobre os rituais maçônicos tinha sido evitada, graças a Deus, mas Nola continuava aflita. O arquivo editado na partição de disco reservada ao diretor da CIA permanecia um mistério, e isso a atormentava. Ela e Sato conversariam pela manhã, e Nola queria dispor de todos os fatos, por isso acabara pedindo ajuda ao especialista em segurança de sistemas.

Agora, enquanto seguia Rick para algum lugar desconhecido ali fora, Nola não conseguia tirar da cabeça as expressões bizarras do arquivo.

Uma localização subterrânea *secreta onde... lugar em* Washington, D.C., *as coordenadas... revelou um* antigo portal *que conduzia... que a* pirâmide *reserva perigosas... decifrar esse* symbolon gravado *para revelar...*

– Nós dois concordamos – disse Parrish enquanto caminhavam – que o hacker que obteve essas palavras usando um *spider* certamente estava procurando informações sobre a Pirâmide Maçônica.

É claro, pensou Nola.

– Só que o hacker topou com uma faceta da Pirâmide Maçônica que acho que ele não esperava.

– Como assim?

– Nola, sabe o fórum de discussão interna que o diretor da CIA mantém para os funcionários da agência compartilharem suas ideias sobre todo tipo de coisa?

– É claro que sei.

Os fóruns ofereciam um ambiente seguro para o pessoal da agência conversar on-line sobre vários assuntos, proporcionando ao diretor uma espécie de portal virtual para sua equipe.

– Os fóruns do diretor são armazenados na partição pessoal dele, mas, para que funcionários de qualquer nível de acesso possam participar, essas discussões ficam *fora* do *firewall* confidencial dele.

– Aonde você está querendo chegar? – perguntou ela enquanto os dois dobravam uma esquina perto do refeitório da agência.

– Em uma palavra... – Parrish apontou para a escuridão. – *Ali.*

Nola olhou para cima. Do outro lado da praça à sua frente, uma imensa escultura de metal cintilava sob o luar.

Em uma agência que se gabava de ter mais de 500 obras de arte originais, aquela escultura – chamada *Kryptos* – era de longe a mais famosa. A obra do artista norte-americano James Sanborn, cujo título significa "oculto" em grego, se tornara uma espécie de lenda ali na CIA.

A peça consistia em um imenso painel de cobre que parecia um S deitado, como uma parede curva de metal. Gravadas na ampla superfície da escultura havia quase 2 mil letras... organizadas em um código incompreensível. Como se isso não fosse enigmático o bastante, diversos outros elementos esculturais tinham sido cuidadosamente posicionados na área ao redor da parede em S – placas de granito em ângulos esdrúxulos, uma rosa dos ventos, um pedaço de magnetita e até mesmo uma mensagem em código Morse fazendo referência a "memória lúcida" e "forças ocultas". A maioria dos fãs acreditava que essas peças seriam pistas que revelariam como decifrar a escultura.

A *Kryptos* era uma obra de arte... mas era também um enigma.

Tentar desvendar aquele segredo cifrado se tornara uma obsessão para criptólogos dentro e fora da CIA. Por fim, alguns anos atrás, parte do código havia sido quebrada, e a notícia teve repercussão nacional. Embora o enigma da *Kryptos* como um todo ainda continuasse sem solução, as partes que *tinham* sido decodificadas eram tão bizarras que só tornavam a escultura ainda mais misteriosa. Elas aludiam a localizações subterrâneas secretas, portais que conduziam a tumbas antigas, longitudes e latitudes...

Nola ainda se lembrava de alguns trechos decifrados: *A informação foi reunida e transmitida até uma localização subterrânea desconhecida... Era totalmente invisível... Como é possível?... Eles usaram o campo magnético da Terra...*

Nola nunca prestara muita atenção na escultura nem dera bola para o fato de ela nunca ter sido decodificada por completo. Naquele momento, porém, queria respostas.

— Por que você está me mostrando a *Kryptos*?

Parrish deu um sorrisinho conspiratório e, com um gesto teatral, tirou do bolso uma folha de papel dobrada.

— *Voilà!* Aqui está o misterioso arquivo editado com o qual você estava tão preocupada. Eu acessei o texto integral.

Nola levou um susto.

— Você bisbilhotou a partição confidencial do diretor?

— Não. Era isso que eu estava tentando explicar. Dê uma olhada. — Ele lhe entregou o arquivo.

Nola pegou o papel e o desdobrou. Quando viu o cabeçalho-padrão da agência no topo da página, inclinou a cabeça, espantada.

Aquele documento *não* era confidencial. Não chegava nem perto disso.

FÓRUM DE DISCUSSÃO DE FUNCIONÁRIOS: *KRYPTOS* ARMAZENAMENTO COMPACTADO: *THREAD* Nº 2456282.5

Nola se viu diante de uma série de *posts* que haviam sido compactados em uma só página para um armazenamento mais eficiente.

— Seu arquivo com as expressões-chave — disse Rick — não passa de um bate-papo de fissurados em criptografia a respeito do enigma da *Kryptos*.

Nola correu os olhos pelo documento até chegar a uma frase que continha uma conhecida sequência de palavras-chave.

> Jim, a escultura diz que a informação foi transmitida para uma
> localização SUBTERRÂNEA secreta onde foi escondida.

– Esse texto é do fórum on-line do diretor sobre a *Kryptos* – explicou Rick. – O fórum existe há anos. São literalmente *milhares* de *posts*. Não me espanta que *um* deles por acaso contenha todas as palavras-chave.

Nola continuou a correr os olhos pela folha até encontrar outro trecho contendo palavras-chave.

> Apesar de Mark ter dito que as indicações de latitude e longitude
> apontam para algum lugar em WASHINGTON, D.C., as coordenadas
> que ele usou estavam erradas por um grau – a *Kryptos* basicamente
> aponta de volta para si mesma.

Parrish caminhou até a escultura e passou a palma da mão por cima do mar de letras cifradas.

– Grande parte deste código ainda precisa ser quebrado, e muitas pessoas acham que a mensagem pode estar mesmo relacionada a antigos segredos maçônicos.

Nola se lembrou de boatos sobre um vínculo entre a *Kryptos* e a Maçonaria, mas tendia a ignorar esse tipo de maluquice. Pensando bem, no entanto, ao olhar em volta para os vários componentes da escultura espalhados pela praça, percebeu que aquilo era um código em pedaços – um *symbolon* –, igualzinho à Pirâmide Maçônica.

Que estranho.

Por alguns instantes, ela quase pôde ver na *Kryptos* uma Pirâmide Maçônica moderna – um código em muitas partes, feito de materiais diferentes, cada qual com seu papel.

– Você acha que existe alguma possibilidade de a *Kryptos* e a Pirâmide Maçônica estarem escondendo o mesmo segredo?

– Vai saber? – Parrish lançou um olhar frustrado para a *Kryptos*. – Duvido que *algum dia* a mensagem toda venha a ser conhecida. Quer dizer, a menos que alguém convença o diretor a destrancar seu cofre e consiga dar uma espiadinha na solução.

Nola aquiesceu. Estava começando a se lembrar de tudo. Quando a *Kryptos* foi montada, o então diretor da CIA, William Webster, recebeu um envelope lacrado contendo a decodificação completa dos códigos da escultura. Ele trancou o envelope com a solução do enigma no cofre de sua sala. O documento supostamente continuava lá, depois de ter sido transferido de diretor para diretor ao longo dos anos.

Estranhamente, pensar em William Webster fez com que Nola recordasse mais uma parte do texto decifrado da *Kryptos*:

ESTÁ ENTERRADO LÁ EM ALGUM LUGAR.
QUEM PODERÁ SABER O LOCAL EXATO?
SOMENTE WW.

Embora ninguém soubesse exatamente *o que* estava enterrado em algum lugar, a maioria das pessoas acreditava que *WW* fosse uma referência a William Webster. Nola, no entanto, já ouvira rumores de que as iniciais na verdade se referiam a um homem chamado William Whiston – um teólogo da Real Sociedade –, embora nunca tivesse se dado o trabalho de pensar seriamente no assunto.

Rick voltara a falar.

– Tenho que reconhecer que não sou muito chegado a artistas, mas acho esse tal de Sanborn um gênio. Estava lendo na internet sobre um trabalho dele chamado *Projetor Cirílico*, sabe? O negócio projeta letras russas gigantescas tiradas de um documento da KGB a respeito de controle da mente. Sinistro.

Nola havia parado de escutar. Estava examinando a folha de papel na qual acabara de encontrar a terceira expressão-chave em outro *post*.

> Tá, toda essa parte reproduz textualmente o diário de um famoso arqueólogo falando sobre o momento em que ele desenterrou e revelou um ANTIGO PORTAL que conduzia à tumba de Tutancâmon.

Nola sabia que o arqueólogo mencionado na *Kryptos* era, na verdade, o célebre egiptólogo Howard Carter. O *post* seguinte o citava nominalmente.

> Acabei de examinar o resto das anotações de campo de Carter na internet e parece que ele encontrou uma tabuleta de argila alertando que a PIRÂMIDE reserva perigosas consequências para quem incomodar a paz do faraó. Uma maldição! Será que devemos ficar preocupados? ☺

Nola fechou a cara.

– Rick, pelo amor de Deus, esse idiota só fala bobagem. Tutancâmon não foi enterrado numa *pirâmide*. Ele foi enterrado no vale dos Reis. Será que os crip-tólogos não assistem ao Discovery Channel?

Parrish deu de ombros.

– *Nerds*.

Nola então encontrou a última expressão-chave.

> Pessoal, vocês sabem que não sou de acreditar em teorias da conspiração, mas seria melhor Jim e Dave conseguirem <u>decifrar esse SYMBOLON GRAVADO para revelar</u> o último segredo dele antes de o mundo acabar em 2012... Até mais.

– Enfim – disse Parrish –, achei que seria melhor você saber sobre o fórum da *Kryptos* antes de acusar o diretor da CIA de guardar documentos secretos sobre uma antiga lenda maçônica. Aliás, duvido que um homem poderoso como ele tenha tempo para esse tipo de coisa.

Nola pensou no vídeo que mostrava tantos homens influentes participando de um ancestral rito maçônico. *Ah, se Rick soubesse...*

No fim das contas, ela sabia, qualquer que fosse a revelação da *Kryptos*, a mensagem com certeza teria um viés místico. Nola ergueu os olhos para a obra de arte reluzente – um código tridimensional silenciosamente plantado no coração de uma das mais importantes agências de inteligência do país – e ima-ginou se ela algum dia iria revelar seu derradeiro segredo.

Enquanto ela e Rick voltavam para dentro, Nola teve de sorrir.

Está enterrado lá em algum lugar.

CAPÍTULO 128

Isso é loucura.

Com os olhos vendados, Robert Langdon não conseguia ver nada enquanto o Escalade disparava pelas ruas desertas rumo ao sul. Sentado ao seu lado, Peter Solomon se mantinha em silêncio.

Para onde ele está me levando?

A curiosidade de Langdon era um misto de interesse e apreensão, e sua ima-ginação estava a toda enquanto ele tentava desesperadamente juntar as peças.

Peter não demonstrava a menor dúvida em relação às suas afirmações. *A Palavra Perdida? Enterrada ao pé de uma escadaria coberta por uma imensa pedra gravada?* Tudo isso parecia impossível.

A suposta inscrição da pirâmide não saía da cabeça de Langdon... mesmo assim, até onde ele sabia, os sete símbolos não faziam nenhum sentido juntos.

O esquadro do pedreiro: símbolo de honestidade e sinceridade.
A sequência Au: símbolo do elemento químico ouro.
O sigma: a letra grega S, símbolo matemático da soma de todas as partes.
A pirâmide: símbolo egípcio do homem se erguendo aos céus.
O delta: a letra grega D, símbolo matemático de mudança.
Mercúrio: representado por seu mais antigo símbolo alquímico.
O ouroboros: símbolo de inteireza e de união.

Solomon insistira que aqueles sete símbolos eram uma "mensagem". Contudo, se isso fosse verdade, Langdon não fazia ideia de como lê-la.

O Escalade desacelerou de repente e fez uma curva abrupta para a direita, passando por uma superfície diferente, como a de uma entrada de garagem ou rua de acesso. Langdon se empertigou no assento, escutando com atenção para ver se conseguia obter alguma pista de onde estavam. O trajeto levara menos de 10 minutos e, embora Langdon houvesse tentado traçá-lo em sua mente, logo perdera o senso de direção. Até onde sabia, eles poderiam muito bem estar de volta à Casa do Templo.

O Escalade parou e Langdon ouviu a janela baixar.

– Agente Simkins, da CIA – anunciou o motorista. – Acho que vocês estão nos esperando.

– Sim, senhor – retrucou com veemência uma voz militar. – A diretora Sato ligou para avisar. Espere um instante enquanto abro a cancela.

Langdon seguiu escutando, cada vez mais confuso, percebendo que eles entravam numa base militar. Quando o carro voltou a andar, percorrendo um trecho asfaltado particularmente liso, ele virou a cabeça na direção de Solomon.

– Onde estamos, Peter? – perguntou.

– *Não* tire a venda. – O tom de Peter era taxativo.

O veículo percorreu uma distância curta e tornou a diminuir a velocidade até parar. Simkins desligou o motor. Mais vozes. Vozes militares. Alguém pediu para ver a identificação de Simkins. O agente saltou do carro e conversou com os homens em voz baixa.

De repente, alguém abriu a porta de Langdon e mãos fortes o ajudaram a descer do carro. O ar estava frio. Ventava.

Solomon surgiu ao seu lado.

– Robert, deixe o agente Simkins guiar você até lá dentro.

Langdon ouviu chaves metálicas numa fechadura... e então o rangido de uma porta de ferro pesada se abrindo. Parecia uma porta blindada antiga. *Para onde eles estão me levando?*

Simkins conduziu Langdon até a porta de metal. Eles atravessaram uma soleira.

– Siga em frente, professor.

De repente, tudo ficou silencioso. Morto. Deserto. O ar lá dentro tinha um cheiro estéril, artificial.

Simkins e Solomon agora ladeavam Langdon, guiando-o por um corredor cheio de ecos. O piso sob seus sapatos parecia de pedra.

Atrás deles, a porta de metal bateu com força e Langdon se sobressaltou. As fechaduras giraram. Ele suava sob a venda. Tudo o que queria era arrancá-la do rosto.

Então pararam de andar.

Simkins soltou o braço de Langdon e ouviu-se uma série de bipes eletrônicos, seguidos por um barulho inesperado à sua frente. Langdon imaginou que aquele só poderia ser o som de uma porta de segurança se abrindo automaticamente.

– Sr. Solomon, pode seguir sozinho com o Sr. Langdon. Eu os espero aqui – disse Simkins. – Leve a minha lanterna.

– Obrigado – agradeceu Solomon. – Não vamos demorar.

Lanterna? Àquela altura, o coração de Langdon batia furiosamente.

Peter segurou o braço do amigo e avançou devagar.

– Venha comigo, Robert.

Lentamente, os dois atravessaram juntos outra soleira, e a porta de segurança se fechou com um estrépito atrás deles.

Peter estacou.

– Algum problema?

Langdon de repente se sentiu enjoado e desequilibrado.

– Acho que só preciso tirar esta venda.

– Ainda não, estamos quase chegando.

– Quase chegando *aonde*? – Langdon sentia um peso cada vez maior na boca do estômago.

– Já disse... estou levando você até a escadaria que desce em direção à Palavra Perdida.

– Peter, isto não tem graça!

– Não *é* para ter graça. A ideia é abrir sua mente, Robert. Fazê-lo se lembrar de que existem mistérios neste mundo que nem mesmo *você* já viu. E, antes de darmos mais um passo, quero lhe pedir uma coisa. Quero que *acredite*... só por um instante... que *acredite* na lenda. Acredite que está prestes a olhar para uma escadaria em caracol que mergulha centenas de metros até um dos grandes tesouros perdidos da humanidade.

Langdon estava tonto. Por mais que quisesse acreditar em seu amigo querido, não conseguia.

– Falta muito? – A venda de veludo estava encharcada de suor.

– Não. Na verdade, só mais alguns passos. Uma última porta. Vou abri-la agora.

Solomon o soltou por um instante e, quando fez isso, Langdon cambaleou, sentindo-se fraco. Vacilando, o professor estendeu a mão para se equilibrar enquanto Peter voltava rapidamente para seu lado. O ruído de uma pesada porta automática se fez ouvir diante dos dois. Peter segurou o braço de Langdon e eles voltaram a andar.

– Por aqui.

A passos lentos, atravessaram outro limiar e a porta se fechou atrás deles. Silêncio. Frio.

Langdon sentiu na mesma hora que, independentemente do que fosse aquele lugar, não tinha nada a ver com o mundo do outro lado das portas de segurança. O ar ali era úmido e gelado, como o de uma tumba. A acústica era abafada. Ele sentiu uma onda irracional de claustrofobia começar a surgir.

– Mais alguns passos. – Solomon o fez virar e o posicionou no local exato. Por fim, tornou a falar. – Pode tirar a venda.

Langdon arrancou a venda de veludo do rosto. Olhou em volta para tentar descobrir onde estava, mas continuava cego. Esfregou os olhos. Nada.

– Peter, isto aqui está um breu!

– É, eu sei. Estenda a mão para a frente. Tem uma grade. Segure-se nela.

Langdon tateou no escuro e encontrou uma grade de ferro.

– Agora olhe. – Ele pôde ouvir Peter remexer alguma coisa e, de repente, o intenso facho de uma lanterna varou a escuridão. A luz estava apontada para o chão e, antes que Langdon conseguisse entender onde se encontrava, Solomon mirou a lanterna por sobre a grade e apontou o facho direto para baixo.

De repente, Langdon estava olhando para um poço sem fundo... uma escada em caracol infinita que mergulhava para as profundezas da Terra. *Meu Deus!*

Seus joelhos quase vergaram e ele se agarrou à grade em busca de apoio. Aquela era uma escadaria em espiral quadrada clássica, e ele pôde ver pelo menos 30 patamares para baixo até onde a luz da lanterna alcançava. *Não consigo nem ver o fundo!*

– Peter – gaguejou ele. – Que lugar é *este*?

– Daqui a pouco vou levar você até o pé da escada, mas antes preciso que veja outra coisa.

Estupefato demais para protestar, Langdon deixou Peter guiá-lo para longe da escadaria até o outro lado daquela câmara estranha e exígua. Peter manteve a lanterna apontada para o piso de pedra gasto sob seus pés, e Langdon não conseguiu ter uma noção clara do espaço à sua volta... percebeu apenas que ele era pequeno.

Um pequeno cubículo de pedra.

Os dois logo chegaram à parede oposta do recinto, na qual estava incrustado um retângulo de vidro. Langdon pensou que talvez fosse uma janela para uma segunda câmara, mas, de onde estava, só conseguia ver escuridão do outro lado.

– Vá em frente – disse Peter. – Dê uma olhada.

– O que há lá dentro? – Langdon se lembrou da Câmara de Reflexões sob o Capitólio e de como havia acreditado, por um instante, que ela pudesse conter um portal para alguma gigantesca caverna subterrânea.

– É só olhar, Robert. – Solomon o empurrou de leve para a frente. – E prepare-se, porque a visão vai deixá-lo *chocado*.

Sem ter a menor ideia do que esperar, Langdon andou em direção ao vidro. Quando chegou mais perto, Peter desligou a lanterna, mergulhando a pequena câmara na mais completa escuridão.

Enquanto seus olhos se adaptavam, Langdon tateou à sua frente, encontrando primeiro a parede e depois o vidro, seu rosto se aproximando do portal transparente.

Mas havia apenas trevas.

Ele chegou mais perto ainda... até encostar o rosto no vidro.

Então viu.

A onda de choque e desorientação que varou o corpo de Langdon virou de cabeça para baixo sua bússola interna. Ele quase caiu para trás enquanto sua mente se esforçava para aceitar aquela visão totalmente inesperada. Nem mesmo em seus sonhos mais loucos Robert Langdon teria sido capaz de adivinhar o que havia do outro lado daquele vidro.

A visão era gloriosa.

Ali, no escuro, uma luz branca muito forte reluzia como uma joia cintilante.

Langdon então entendeu tudo – a cancela na rua de acesso... os vigias na entrada principal... a pesada porta de metal do lado de fora... as portas automáticas que abriam e fechavam com estardalhaço... o peso em seu estômago... a tontura que sentiu... e agora aquele pequeno cubículo de pedra.

– Robert – sussurrou Peter atrás dele –, às vezes basta uma mudança de perspectiva para se ver a luz.

Sem palavras, Langdon continuou a olhar pela janela. Seu olhar percorreu a escuridão da noite, atravessando quase dois quilômetros de espaço aberto, descendo mais... e mais... por entre as trevas... até pousar no domo todo branco e fortemente iluminado do Capitólio dos Estados Unidos.

Langdon nunca tinha visto o Capitólio daquele ângulo – a 170 metros de altura, no topo do grande obelisco egípcio dos Estados Unidos. Naquela noite, pela primeira vez na vida, ele havia tomado o elevador até o pequeno cubículo de observação... bem no alto do Monumento a Washington.

CAPÍTULO 129

Robert Langdon estava parado diante do portal de vidro, hipnotizado, absorvendo a força do cenário à sua frente. Depois de subir mais de uma centena de metros sem perceber, ele agora admirava uma das paisagens mais espetaculares que tinha visto na vida.

O domo reluzente do Capitólio se erguia como uma montanha na extremidade leste do National Mall. Em cada lado do prédio, duas linhas paralelas de luz se estendiam na sua direção... as fachadas iluminadas dos museus do Instituto Smithsonian... bastiões da arte, da história, da ciência e da cultura.

Langdon então percebeu com assombro que grande parte do que Peter havia afirmado era verdade. *Existe realmente uma escada em caracol... que desce mais de uma centena de metros sob uma imensa pedra.* O grande cume daquele obelisco estava logo acima da sua cabeça, e Langdon então se lembrou de uma curiosidade que parecia ter uma estranha relevância: o cume do Monumento a Washington pesa exatamente 3.300 libras, o equivalente a 1,5 tonelada.

Outra vez o número 33.

Mais surpreendente, porém, era saber que o ponto mais elevado daquele cume, o zênite daquele obelisco, é coroado por uma ponta de alumínio polido

– um metal que já foi considerado tão precioso quanto o ouro. O brilhante ápice do Monumento a Washington tem apenas 30 centímetros de altura, o mesmo tamanho da Pirâmide Maçônica. Por incrível que pareça, essa pequena pirâmide de metal trazia uma famosa inscrição – *Laus Deo*.

Langdon subitamente entendeu. *É essa a verdadeira mensagem da base da pirâmide de pedra.*

Os sete símbolos são uma transliteração!
O mais simples dos códigos.
Os símbolos são letras.

O esquadro do pedreiro – L
O elemento ouro – AU
O sigma grego – S
O delta grego – D
O mercúrio alquímico – E
O ouroboros – O

– *Laus Deo* – sussurrou Langdon. A célebre expressão em latim, que significa "louvado seja Deus", está gravada na ponta do Monumento a Washington em letras cursivas de apenas 2,5cm de altura. *Bem à vista... e, no entanto, invisível para todos.*

Laus Deo.

– Louvado seja Deus – disse Peter atrás dele, acendendo a luz suave do cubículo. – O código final da Pirâmide Maçônica.

Langdon se virou. O amigo tinha um largo sorriso estampado no rosto, e ele se lembrou que Peter chegara a *dizer* "louvado seja Deus" mais cedo na biblioteca maçônica. *Nem assim eu percebi.*

O professor sentiu um calafrio ao constatar como fazia sentido que a lendária Pirâmide Maçônica o tivesse guiado até *ali...* até o grande obelisco dos Estados Unidos – símbolo de um antigo saber místico –, que se erguia em direção ao céu no coração do país.

Maravilhado, Langdon começou a contornar o perímetro do cubículo em sentido anti-horário, até chegar a outra janelinha.

Norte.

Pela janela que dava para o norte, Langdon admirou o contorno familiar da Casa Branca. Ergueu os olhos até o horizonte, vendo a linha reta da Rua 16 se estender em direção à Casa do Templo.

Estou ao sul de Heredom.

Seguiu dando a volta até a janela seguinte. Mirou o oeste, percorreu com os olhos o comprido retângulo do espelho d'água até o Lincoln Memorial, com sua arquitetura grega clássica inspirada no Partenon, o templo a Palas Atena, deusa dos feitos heróicos.

Annuit coeptis, pensou Langdon. *Deus aprecia nossos feitos.*

Prosseguindo até a última janela, olhou para o sul, além das águas escuras da Tidal Basin, onde o Jefferson Memorial brilhava intensamente contra o céu noturno. Sabia que a cúpula levemente arredondada tivera por modelo o Panteão, primeira morada dos grandes deuses romanos da mitologia.

Depois de olhar nas quatro direções, Langdon pensou nas fotografias aéreas que tinha visto do National Mall — seus quatro braços estendidos a partir do Monumento a Washington em direção aos pontos cardeais. *Estou na encruzilhada dos Estados Unidos.*

Ele terminou de dar a volta, indo até onde Peter estava. Seu mentor parecia radiante.

— Bem, Robert, é isso. A Palavra Perdida. É *aqui* que ela está enterrada. Foi *para cá* que a Pirâmide Maçônica nos conduziu.

Langdon demorou a entender. Tinha quase se esquecido da Palavra Perdida.

— Robert, não conheço ninguém mais digno de confiança do que você. E, depois de uma noite como a de hoje, acho que você merece saber a história toda. Conforme prometido na lenda, a Palavra Perdida está de fato enterrada no fundo de uma escada em caracol. — Ele apontou para a comprida escadaria do monumento.

Langdon havia finalmente começado a retomar o controle da situação, mas voltou a ficar intrigado.

Peter se apressou a levar a mão ao bolso, retirando um pequeno objeto lá de dentro.

— Está lembrado disto aqui?

Langdon pegou a caixa em forma de cubo que Peter lhe havia confiado tanto tempo atrás.

— Estou... mas, infelizmente, acho que não fui muito bom guardião.

Solomon deu uma risadinha.

— Talvez tenha chegado a hora de esta caixa ver a luz do dia.

Langdon examinou o cubo de pedra, perguntando-se por que Peter acabara de lhe entregar aquilo.

– O que isto lhe parece? – perguntou Peter.

Langdon olhou para a inscrição 1514丆 e lembrou-se da primeira impressão que teve quando Katherine desfez o embrulho.

– Uma pedra angular.

– Isso mesmo – retrucou Peter. – Mas existem algumas coisas que você talvez não saiba sobre as pedras angulares. Em primeiro lugar, o *conceito* de assentá-las vem do Antigo Testamento.

Langdon aquiesceu.

– Do Livro dos Salmos.

– Isso. E uma verdadeira pedra angular está sempre *enterrada*... simbolizando o primeiro estágio do edifício a ser erguido, saindo da terra em direção à luz celestial.

Langdon lançou um olhar para o Capitólio, recordando que sua *pedra angular* está enterrada tão fundo que, até hoje, não se conseguiu encontrá-la.

– E, por último – disse Solomon –, assim como a caixa de pedra na sua mão, muitas pedras angulares são pequenos cofres e têm cavidades ocas para armazenar tesouros enterrados... talismãs, se preferir... símbolos de esperança para o futuro da construção a ser erigida.

Langdon também conhecia muito bem essa tradição. Até hoje, os maçons assentam pedras angulares dentro das quais lacram objetos cheios de significado – cápsulas do tempo, fotografias, proclamações e até mesmo as cinzas de pessoas importantes.

– Preciso deixar claro o que pretendo ao lhe contar isso – disse Solomon, olhando na direção da escadaria.

– Você acha que a Palavra Perdida está enterrada na *pedra angular* do Monumento a Washington?

– *Acho*, não, Robert. Eu *sei*. A Palavra Perdida foi enterrada na pedra angular deste monumento no dia 4 de julho de 1848, durante um ritual maçônico.

Langdon o encarou.

– Nossos pais fundadores maçons enterraram uma *palavra*?

Peter fez que sim com a cabeça.

– Isso mesmo. Eles compreendiam o poder do que estavam enterrando.

Langdon havia passado a noite inteira se esforçando para aceitar conceitos vagos, etéreos... os Antigos Mistérios, a Palavra Perdida, os Segredos de Todos os Tempos. Agora, queria algo concreto e, por mais que Peter afirmasse que a chave de tudo estava enterrada em uma pedra angular 170 metros abaixo de seus pés, Langdon achava difícil acreditar nisso. *As pessoas passam a vida inteira estu-dando os mistérios e, mesmo assim, continuam incapazes de acessar o poder supos-tamente escondido neles.* Langdon se lembrou da gravura *Melancolia I*, de Dürer – a imagem do adepto arrasado, cercado pelas ferramentas de seus esforços fra-cassados em desvendar os segredos místicos da alquimia. *Se os segredos de fato puderem ser desvendados, não estarão todos no mesmo lugar!*

Langdon sempre acreditara que qualquer resposta estaria espalhada pelo mundo em milhares de volumes... codificada nos escritos de Pitágoras, Hermes, Heráclito, Paracelso e centenas de outros. A resposta estaria em tomos empoei-rados e esquecidos sobre alquimia, misticismo, magia e filosofia. Escondida na antiga Biblioteca de Alexandria, nas tabuletas de argila dos sumérios, nos hie-róglifos do Egito.

– Peter, sinto muito – disse Langdon baixinho, sacudindo a cabeça. – Com-preender os Antigos Mistérios é um processo que leva a vida inteira. Não con-sigo entender como a chave poderia estar em uma única palavra.

Peter levou a mão ao ombro de Langdon.

– Robert, a Palavra Perdida não é uma "palavra". – Ele deu um sorriso con-fiante. – Nós só a chamamos de "Palavra", ou "Verbo", porque era assim que os antigos a chamavam... no princípio.

CAPÍTULO **130**

No princípio era o Verbo.

O decano Galloway estava ajoelhado junto à Grande Divisória da Catedral Nacional, rezando pelos Estados Unidos. Rezava para que seu amado país em breve compreendesse o verdadeiro poder do Verbo, da Palavra – o registro por escrito do saber de todos os antigos mestres, as verdades espirituais ensinadas pelos grandes sábios.

A história havia abençoado a humanidade com os mais eruditos professores, almas profundamente iluminadas cuja compreensão dos mistérios espirituais e mentais ultrapassava qualquer entendimento. As preciosas palavras desses adep-tos – Buda, Jesus, Maomé, Zoroastro e inúmeros outros – foram transmitidas ao longo da história por meio dos suportes mais antigos e preciosos.

Os livros.

Toda cultura no mundo tinha seu livro sagrado, seu próprio Verbo. Um diferente do outro, mas, no fundo, todos iguais. Para os cristãos, a Palavra era a Bíblia; para os muçulmanos, o Alcorão; para os judeus, a Torá; para os hindus, os Vedas, e assim por diante.

A Palavra iluminará o caminho.

Para os pais fundadores dos Estados Unidos, a Palavra tinha sido a Bíblia. *No entanto, poucos na história compreenderam sua verdadeira mensagem.*

Naquela noite, ajoelhado sozinho na grande catedral, o decano Galloway pôs a mão sobre a Palavra – um surrado exemplar de sua Bíblia maçônica. Aquele precioso livro, como todas as Bíblias maçônicas, continha o Velho Testamento, o Novo Testamento e uma valiosa coleção de escritos filosóficos da Maçonaria.

Embora Galloway já não pudesse ler o texto, ele conhecia o prefácio de cor. Sua gloriosa mensagem tinha sido lida por milhões de seus irmãos em incontáveis línguas mundo afora:

O TEMPO É UM RIO... E OS LIVROS SÃO BARCOS. MUITOS VOLUMES NAVEGAM POR ESSAS ÁGUAS E ACABAM NAUFRAGADOS E IRREMEDIAVELMENTE PERDIDOS EM SUAS AREIAS. POUQUÍSSIMOS SÃO AQUELES QUE SUPORTAM OS RIGORES DO TEMPO E VIVEM PARA ABENÇOAR AS ÉPOCAS FUTURAS.

Existe um motivo para esses volumes terem sobrevivido quando outros desapareceram. Como estudioso da fé, o decano Galloway sempre achara espantoso que os antigos textos espirituais – os livros mais estudados do mundo – fossem na verdade os menos compreendidos.

Escondido nessas páginas existe um segredo magnífico.

Em breve, a luz surgiria e a humanidade finalmente começaria a entender a verdade simples e transformadora dos antigos ensinamentos. E então ela daria um salto evolutivo, rumo à compreensão de sua própria natureza esplendorosa.

CAPÍTULO **131**

A escada que desce pela espinha dorsal do Monumento a Washington é composta de 896 degraus de pedra em espiral ao redor de um vão de elevador. Enquanto Langdon e Solomon seguiam rumo ao térreo, o professor tentava processar a espantosa informação que Peter acabara de compartilhar com ele: *Robert, dentro da pedra angular deste monumento, nossos pais fundadores guardaram um único exemplar da Palavra – a Bíblia –, que aguarda na escuridão ao pé desta escada.*

De repente, Peter parou em um patamar e iluminou com a lanterna um grande medalhão de pedra incrustado na parede.

O que é isto? Langdon deu um pulo ao ver a inscrição.

O medalhão retratava uma assustadora figura vestida com um manto, segurando uma foice e ajoelhada ao lado de uma ampulheta. Seu braço estava erguido e o indicador apontava diretamente para uma grande Bíblia aberta, como quem diz: "A resposta está aqui!"

Langdon analisou a inscrição, depois se virou para Peter.

Os olhos de seu mentor reluziam de mistério.

– Eu gostaria que refletisse sobre uma coisa, Robert. – Sua voz ecoou pela escadaria deserta. – *Por que* você acha que a Bíblia sobreviveu a acontecimentos turbulentos nesses milhares de anos? Por que ela continua aqui? Será por conta do fascínio exercido por suas histórias? É claro que não. *Existe* um motivo para os monges cristãos passarem a vida inteira tentando decifrar as Escrituras e para os místicos e cabalistas judeus se debruçarem sobre o Antigo Testamento. E a *razão*, Robert, é que as páginas desse livro ancestral escondem poderosos segredos, um vasto acervo de conhecimento inexplorado à espera de ser desvendado.

Langdon conhecia a teoria segundo a qual as Escrituras continham uma camada oculta de significado, uma mensagem escondida cercada de alegorias, simbolismos e parábolas.

– Os profetas nos alertam – continuou Peter – que a linguagem usada para compartilhar seus mistérios secretos é cifrada. O Evangelho segundo Marcos diz: "A vós vos é dado saber os mistérios... mas... todas essas coisas se dizem por parábolas." Os Provérbios advertem que as palavras dos sábios são "enigmas", enquanto Coríntios fala em "sabedoria oculta". O Evangelho segundo João avisa: "Falarei em parábolas... e direi coisas ocultas."

Coisas ocultas, refletiu Langdon, sabendo que esse conceito aparecia nos Provérbios, assim como no Salmo 78. *Abrirei minha boca numa parábola; falarei enigmas da antiguidade.* Langdon havia aprendido que a ideia por trás da expressão "coisas ocultas" não era que elas fossem "más", mas sim que seu verdadeiro significado não estava claro, mas encoberto.

– E, se você tiver alguma dúvida – acrescentou Peter –, Coríntios diz abertamente que as parábolas têm duas camadas de significado: "leite para as crianças e alimento sólido para os adultos", ou seja, *leite* é uma leitura diluída para as mentes infantis e *alimento sólido*, a verdadeira mensagem, acessível apenas às mentes maduras.

Peter ergueu a lanterna, tornando a iluminar a inscrição do personagem que vestia um manto e apontava para a Bíblia.

– Sei que você é cético, Robert, mas pense no seguinte: se a Bíblia *não* contém um significado oculto, por que tantas das melhores mentes de todos os tempos, incluindo cientistas brilhantes da Real Sociedade de Londres, ficaram tão obcecadas com o seu estudo? *Sir* Isaac Newton escreveu mais de *um milhão* de palavras na tentativa de decifrar o verdadeiro significado das Escrituras, incluindo um manuscrito de 1704 alegando que ele havia extraído informações *científicas* ocultas da Bíblia!

Langdon sabia que isso era verdade.

– E *Sir* Francis Bacon – prosseguiu Peter –, o erudito contratado pelo rei Jaime para literalmente *criar* a versão oficial da Bíblia King James, ficou tão convencido de que as Escrituras continham um significado cifrado que escreveu seus *próprios* códigos, ainda estudados até hoje! Como você sabe, é claro, Bacon era rosa-cruz e escreveu *A Sabedoria dos Antigos*. – Peter sorriu. – Até mesmo o poeta iconoclasta William Blake sugeriu que deveríamos ler nas entrelinhas.

Langdon conhecia o verso:

> NÓS DOIS LEMOS A BÍBLIA DIA E NOITE
> MAS TU LÊS NEGRO ONDE EU LEIO BRANCO.

– E não foram só os eruditos europeus – continuou Peter, começando a descer os degraus mais depressa. – Foi *aqui*, Robert, bem no coração desta jovem nação norte-americana, que os mais brilhantes de nossos pais fundadores, John Adams, Ben Franklin, Thomas Paine, alertaram sobre os graves perigos de se interpretar a Bíblia de forma *literal*. Na verdade, Thomas Jefferson estava tão convencido de que a verdadeira mensagem das Escrituras estava *escondida* que *recortou* as páginas e reeditou o livro, tentando, em suas próprias palavras, "eliminar a estrutura artificial e restaurar as doutrinas genuínas".

Langdon conhecia muito bem esse estranho fato. A Bíblia de Jefferson continua a ser impressa até hoje, incluindo muitas de suas controversas revisões, entre as quais a retirada da imaculada concepção e da ressurreição de Cristo. Por mais incrível que possa parecer, durante a primeira metade do século XIX a Bíblia de Jefferson era dada de presente a todos os novos membros do Congresso.

– Peter, você sabe que acho esse assunto fascinante e posso entender a *tentação* das mentes brilhantes de imaginar que as Escrituras contenham um significado oculto, mas isso não tem lógica alguma para mim. Qualquer professor experiente lhe diria que *ensinamentos* jamais podem ser transmitidos em código.

– Como assim?

– Os professores *ensinam*, Peter. Nós falamos *abertamente*. Por que os profetas, os maiores professores da história, iriam *cifrar* sua linguagem? Se queriam mudar o mundo, por que falariam em código? Por que não se expressariam com clareza para que todos pudessem entender?

Enquanto descia, Peter olhou para trás por cima do ombro, parecendo espantado com aquela pergunta.

– Robert, a Bíblia não fala *abertamente* pelo mesmo motivo que as antigas Escolas de Mistérios se mantinham escondidas... ou que os neófitos precisavam ser iniciados antes de aprenderem os ensinamentos secretos de todos os tempos... ou que os cientistas do Colégio Invisível se recusavam a compartilhar seu conhecimento com outras pessoas. Essa informação tem *poder*, Robert. Os Antigos Mistérios não podem ser gritados aos quatro ventos. Eles são uma chama acesa que, nas mãos de um mestre, pode iluminar o caminho, mas que, nas mãos de um louco, pode abrasar a Terra.

Langdon estacou. *O que ele está dizendo?*

– Peter, estou falando da *Bíblia*. Por que você está falando dos *Antigos Mistérios*? Peter se virou para ele.

– Robert, você ainda não entendeu? Os Antigos Mistérios e a Bíblia são a mesma coisa.

Langdon o encarou, pasmo.

Peter ficou em silêncio, esperando o amigo processar aquela informação.

– A Bíblia é um dos livros que serviram para transmitir os mistérios ao longo da história. Suas páginas tentam desesperadamente nos revelar o segredo. Entende o que eu estou dizendo? As "coisas ocultas" da Bíblia são os sussurros dos antigos, que compartilham ao pé do nosso ouvido todo o seu saber secreto.

Robert Langdon ficou calado. Os Antigos Mistérios, em sua concepção, eram uma espécie de manual de instruções sobre como controlar o poder latente da mente humana... a receita de uma apoteose pessoal. Ele jamais conseguira aceitar esse suposto poder dos mistérios – e, sem dúvida, a ideia de que a Bíblia de alguma forma escondia uma chave para eles era uma hipótese absurdamente forçada.

– Peter, a Bíblia e os Antigos Mistérios são *opostos* completos. Os mistérios falam do deus *dentro* de nós... do homem como deus. A Bíblia fala do Deus *acima* de nós... e nela o homem é um pecador impotente.

– Isso! Exatamente! Você tocou no xis da questão! No instante em que a humanidade *se separou* de Deus, o verdadeiro significado da Palavra se perdeu. As vozes dos antigos mestres foram engolidas pela ladainha caótica daqueles que se autoproclamam escolhidos e gritam serem os únicos a compreender a Palavra... que está escrita na *sua* língua e em nenhuma outra.

Peter continuou descendo a escada.

– Robert, nós dois sabemos que os antigos ficariam horrorizados se vissem como seus ensinamentos foram deturpados... como a religião acabou virando uma cabine de pedágio para o céu... como soldados vão para a guerra acreditando que Deus está do lado deles. Nós perdemos a Palavra, mas seu verdadeiro significado continua a nosso alcance, bem diante de nossos olhos. Ele existe em *todos* os textos duradouros, da Bíblia ao Bhagavad Gita, passando pelo Alcorão e muitos outros. Todos esses textos são reverenciados nos altares da Francomaçonaria porque os maçons entendem o que o mundo parece ter esquecido... que cada uma dessas obras, à sua maneira, está sussurrando baixinho exatamente a *mesma* mensagem. – A voz de Peter se embargou de emoção. – "Não sabeis que sois deuses?"

Para espanto de Langdon, esse antigo adágio não parava de vir à baila naquela noite. Ele já havia pensado nisso durante a conversa com Galloway e também no Capitólio, enquanto tentava explicar *A Apoteose de Washington*.

Peter baixou a voz, falando num sussurro:

– Buda disse: "Você mesmo é Deus." Jesus ensinou que "O reino de Deus está entre vós" e chegou até a nos prometer que "Quem crê em mim fará as obras que faço e fará até maior do que elas". Até mesmo o primeiro antipapa, Hipólito de Roma, citou a mesma mensagem, dita pela primeira vez pelo erudito gnóstico Monoimus: "Abandone a *busca* por Deus... em vez disso, procure por ele tomando a si mesmo como ponto de partida."

Langdon se lembrou da Casa do Templo, onde a cadeira do Cobridor da loja trazia, em seu espaldar, a inscrição: CONHECE-TE A TI MESMO.

– Um homem sábio me disse certa vez: a única diferença entre você e Deus é que *você* se esqueceu de que é divino – contou Peter com um fiapo de voz.

– Peter, entendo o que você está falando... *de verdade*. E adoraria acreditar que somos divinos, mas não vejo deuses andando sobre a Terra. Não vejo pessoas com poderes sobre-humanos. Você pode citar os supostos milagres da Bíblia, ou qualquer outro texto religioso, mas tudo isso não passa de velhas histórias fabricadas pelo homem que o tempo se encarregou de exagerar.

– Pode ser – disse Peter. – Ou talvez seja preciso que a nossa ciência alcance a sabedoria dos antigos. – Ele fez uma pausa. – O engraçado é que... eu acho que a pesquisa de Katherine pode estar prestes a fazer justamente isso.

Langdon recordou de repente que Katherine tinha saído correndo da Casa do Templo.

– Para onde ela foi, afinal?

– Ela volta já – respondeu Peter com um sorriso. – Foi só confirmar uma notícia maravilhosa.

Do lado de fora, junto à base do monumento, Peter Solomon sentiu-se revigorado ao respirar o ar da noite. Achando graça, ficou observando Langdon examinar atentamente o chão, coçar a cabeça e olhar em volta para o pé do obelisco.

– Professor – brincou Peter –, a pedra angular que contém a Bíblia está debaixo da terra. Não dá para termos *acesso* ao livro, mas garanto que ele está lá.

– Eu acredito em você – disse Langdon, parecendo imerso em pensamentos. – Mas é que... percebi uma coisa.

Langdon então recuou e correu os olhos pela grande esplanada sobre a qual se erguia o Monumento a Washington. O espaço que circundava o obelisco era feito inteiramente de pedra branca... com exceção de dois caminhos decorativos de pedra escura, que formavam dois círculos concêntricos em volta do monumento.

– Um círculo dentro de um círculo – disse Langdon. – Nunca percebi que o Monumento a Washington ficava no meio de um círculo dentro de um círculo.

Peter teve de rir. *Ele não deixa escapar nada.*

– É, o grande circumponto... o símbolo universal de Deus... na encruzilhada dos Estados Unidos. – Ele encolheu os ombros, fingindo modéstia. – Tenho certeza de que é só coincidência.

Langdon, que agora olhava para o céu, parecia muito longe dali. Seus olhos subiam pelo obelisco iluminado, que brilhava muito branco em contraste com o céu negro de inverno.

Peter sentiu que o amigo estava começando a ver aquela criação como o que era de fato... um lembrete silencioso do conhecimento antigo... um ícone do homem esclarecido bem no centro de uma grande nação. Embora Peter não pudesse *ver* o pequeno cume de alumínio no topo, sabia que a peça estava lá: a mente iluminada do homem tentando alcançar o céu.

Laus Deo.

– Peter? – Langdon se aproximou, parecendo ter acabado de passar por algum tipo de iniciação mística. – Quase esqueci – disse ele, pondo a mão no bolso e sacando o anel maçônico do amigo. – Passei a noite inteira querendo devolver isto aqui a você.

– Obrigado, Robert. – Peter estendeu a mão esquerda e pegou o anel, admirando-o. – Todo esse segredo e mistério em torno deste anel e da Pirâmide Maçônica... teve uma influência enorme na minha vida, sabe? Quando eu era jovem, a pirâmide me foi entregue com a promessa de que escondia segredos místicos. O simples fato de ela existir me levou a *acreditar* que havia grandes mistérios no mundo. Atiçou minha curiosidade, não me deixou perder a capacidade de me maravilhar e me inspirou a abrir a mente aos Antigos Mistérios. – Ele deu um sorriso discreto e guardou o anel no bolso. – Agora vejo que a verdadeira finalidade da Pirâmide Maçônica era criar esse fascínio, e não revelar as respostas.

Os dois passaram um bom tempo em silêncio ao pé do obelisco.

Quando Langdon finalmente falou, seu tom foi sério.

– Preciso pedir um favor a você, Peter... como amigo.

– É claro. Qualquer coisa.

Langdon fez o pedido... com firmeza.

Solomon aquiesceu, sabendo que o outro tinha razão.

– Está bem.

– Agora mesmo – acrescentou Langdon, acenando para o Escalade que os aguardava.

– Certo... mas com uma condição.

Langdon revirou os olhos com uma risadinha.

– Você sempre arruma um jeito de dar a última palavra.

– É verdade, mas quero *mesmo* que você e Katherine vejam uma última coisa.

– A esta hora? – Langdon verificou o relógio.

Solomon dirigiu um sorriso afetuoso ao velho amigo.

– É o tesouro mais espetacular de Washington... e algo que *pouquíssimas* pessoas já viram.

CAPÍTULO 132

O coração de Katherine Solomon estava leve quando ela subiu a passos rápidos a colina em direção à base do Monumento a Washington. Naquela noite, ela sofrera um grande choque e passara por momentos traumáticos, mas agora seus pensamentos tinham recuperado o foco, mesmo que apenas temporariamente, graças à maravilhosa notícia que Peter lhe dera... e que ela havia acabado de confirmar com os próprios olhos.

Minha pesquisa está salva. Toda ela.

Os drives de armazenamento holográfico de dados de seu laboratório haviam sido destruídos na explosão, mas Peter lhe contara pouco antes, na Casa do Templo, que vinha fazendo, escondido, backups da pesquisa dela no escritório da administração do CAMS. *Você sabe que sou totalmente fascinado por seu trabalho*, explicara ele, *e queria acompanhar seus avanços sem incomodá-la.*

– Katherine? – chamou uma voz grave.

Ela ergueu os olhos.

Uma figura solitária se delineava na base do monumento iluminado.

– Robert! – Ela correu para abraçá-lo.

– Fiquei sabendo da boa notícia – sussurrou Langdon. – Você deve estar aliviada.

A voz dela falhou de emoção.

– Você não imagina quanto.

A pesquisa salva por Peter era um tour de force científico: uma enorme coleção de experimentos provando que o pensamento humano era uma força real e mensurável. As experiências de Katherine demonstravam o *efeito* do pensamento humano em tudo, desde cristais de gelo, passando por Geradores de Eventos Aleatórios, até o movimento de partículas subatômicas. Os resultados eram conclusivos e irrefutáveis, com o potencial de transformar céticos em crentes e afetar a consciência global em grande escala.

– Tudo vai mudar, Robert. *Tudo.*

– Peter com certeza acha isso.

Katherine olhou em volta à procura do irmão.

– Ele foi para o hospital – disse Langdon. – Insisti que fosse, como um favor para mim.

Katherine suspirou aliviada.

– Obrigada.

– Ele me disse para esperar você aqui.

Katherine assentiu, seu olhar subindo pelo obelisco branco reluzente.

– Peter me avisou que iria trazê-lo para cá. Alguma coisa a ver com *Laus Deo.* Ele não deu detalhes.

Langdon soltou uma risadinha cansada.

– Nem eu sei direito se entendi bem. – Ele ergueu os olhos para o topo do monumento. – Seu irmão disse hoje à noite muita coisa que não consegui compreender.

– Deixe-me adivinhar – falou Katherine. – Antigos Mistérios, ciência e Escrituras Sagradas?

– Exato.

– Bem-vindo ao *meu* mundo. – Ela deu uma piscadela. – Peter me apresentou a essa história faz tempo. Foi ela que abasteceu boa parte da minha pesquisa.

– Intuitivamente, parte do que ele disse fez sentido para mim. – Langdon sacudiu a cabeça. – Mas intelectualmente...

Katherine sorriu e passou o braço em volta dele.

– Sabe, Robert, talvez eu consiga ajudar você com isso.

Na imensidão do Capitólio, o Arquiteto Bellamy andava por um corredor deserto.

Resta apenas uma coisa a fazer esta noite, pensou.

Quando chegou à sua sala, retirou da gaveta da escrivaninha uma chave bem antiga. Era de ferro preto, longa e fina, com inscrições apagadas. Ele a pôs no bolso e se preparou para receber seus convidados.

Robert Langdon e Katherine Solomon estavam a caminho do Capitólio. A pedido de Peter, Bellamy daria aos dois uma oportunidade muito rara: a de ver o mais magnífico segredo daquele prédio... algo que só podia ser revelado pelo Arquiteto.

CAPÍTULO 133

Bem acima do chão da Rotunda do Capitólio, Robert Langdon avançava com nervosismo pela passarela circular situada logo abaixo do teto da cúpula. Ele espiou hesitante por sobre o parapeito, tonto por causa da altura, ainda sem conseguir acreditar que menos de 10 horas atrás a mão de Peter tinha surgido no meio do piso lá embaixo.

Agora, de onde Langdon estava, o Arquiteto do Capitólio não passava de um minúsculo pontinho, movendo-se com passos firmes 55 metros abaixo e depois sumindo de vista. Bellamy havia acompanhado Langdon e Katherine até aquela galeria, deixando-os lá em cima com instruções bem específicas.

As instruções de Peter.

Langdon olhou para a velha chave de ferro que Bellamy lhe entregara, depois para a escadinha estreita que subia daquele nível... para outro mais alto ainda. *Deus me ajude.* Segundo o Arquiteto, aqueles degraus apertados conduziam a uma pequena porta de metal que a chave de ferro destrancava.

Do outro lado da porta havia algo que Peter queria que Langdon e Katherine vissem. Ele não lhes dera detalhes, mas deixara instruções precisas com relação à *hora* exata em que a porta deveria ser aberta. *Precisamos esperar para abrir a porta? Por quê?*

Langdon tornou a conferir o relógio e resmungou.

Enfiou a chave no bolso e correu os olhos pelo imenso vazio à sua frente até a outra ponta da galeria. Katherine tinha seguido adiante sem medo, aparentemente insensível à altura. Ela já havia cruzado metade da circunferência, admirando cada centímetro de *A Apoteose de Washington*, de Brumidi, que pairava acima de suas cabeças. Daquela perspectiva rara, os personagens de 4,5m de altura que enfeitavam os 433 metros quadrados do domo do Capitólio podiam ser vistos em um nível de detalhe surpreendente.

Langdon se virou de costas para Katherine, encarou a parede curva e sussurrou bem baixinho:

– Katherine, aqui é sua consciência falando. Por que você abandonou Robert?

Katherine parecia já conhecer as espantosas propriedades acústicas da cúpula... pois a parede sussurrou de volta.

– Porque Robert está sendo um medroso. Ele deveria vir até aqui comigo. Ainda temos muito tempo antes de podermos abrir a porta.

Langdon sabia que ela estava certa e, com relutância, foi contornando a galeria, mantendo-se grudado à parede o tempo todo.

– Este teto é absolutamente incrível – comentou Katherine maravilhada, com o pescoço esticado para abarcar o imenso esplendor da *Apoteose* acima dela. – Deuses míticos misturados com inventores e suas criações? E pensar que *esta* é a imagem no centro do nosso Capitólio.

Langdon voltou os olhos para cima na direção das gigantescas formas de Franklin, Fulton e Morse ao lado de seus inventos tecnológicos. Um arco-íris brilhante se projetava a partir desses personagens, guiando o olhar de Langdon para George Washington, que subia aos céus em cima de uma nuvem. *A grande promessa do homem que se torna Deus.*

– É como se toda a essência dos Antigos Mistérios estivesse pairando sobre a Rotunda – disse Katherine.

Langdon tinha de admitir que não havia muitos afrescos no mundo que fundiam invenções científicas com deuses míticos e apoteose humana. A espetacular coleção de imagens do teto era *de fato* uma mensagem dos Antigos Mistérios e estava ali por um motivo. Os pais fundadores tinham imaginado os Estados Unidos como uma tela em branco, um campo fértil sobre o qual poderiam lançar as sementes dos mistérios. Hoje, aquele ícone sublime – o pai da nação subindo aos céus – pairava silenciosamente sobre os legisladores, líderes e presidentes do país... um lembrete arrojado, um mapa para o futuro, a promessa de um tempo em que o homem iria evoluir rumo à maturidade espiritual completa.

– Robert – sussurrou Katherine com os olhos ainda fixos nas enormes figuras dos grandes inventores norte-americanos acompanhados por Minerva –, esse afresco é profético. Hoje em dia, as invenções mais avançadas estão sendo usadas para estudar as ideias mais antigas. A noética pode ser uma disciplina nova, mas é a ciência mais *antiga* do mundo: o estudo da mente humana. – Ela se virou para Langdon, maravilhada. – E estamos aprendendo que os antigos compreendiam o *pensamento* de modo mais profundo do que compreendemos hoje.

– Faz sentido – retrucou o professor. – A mente humana era a única tecnologia à disposição dos antigos. Os primeiros filósofos a estudaram de forma incansável.

– Isso mesmo! Os textos antigos são obcecados pelo poder da mente humana. Os Vedas descrevem o fluxo da energia mental. A *Pistis Sophia* fala sobre a consciência universal. O *Zohar* explora a natureza da mente-espírito. Os textos xamanísticos predizem a "influência remota" de Einstein em termos de cura a distância. Está tudo lá! E olhe que eu nem comecei a falar da Bíblia.

– Você também? – brincou Langdon. – Seu irmão tentou me convencer de que a Bíblia está cheia de informações científicas cifradas.

– Mas está *mesmo* – disse ela. – E, se você não acredita em Peter, leia alguns dos textos esotéricos de Newton sobre as Escrituras. Quando começar a entender as parábolas crípticas, Robert, você vai perceber que a Bíblia é um estudo da mente humana.

Langdon encolheu os ombros.

– Acho que vou ter que ler tudo de novo.

– Deixe-me fazer uma pergunta – disse ela, obviamente sem apreciar seu ceticismo. – Quando a Bíblia nos diz que devemos "construir nosso templo" e fazer isso "sem ferramentas e sem ruído", de que *templo* você acha que ela está falando?

– Bem, o texto diz que o nosso corpo é um templo.

– Sim, em Coríntios 3:16. *Vós sois o templo de Deus.* – Ela sorriu. – E o

Evangelho segundo João diz exatamente a mesma coisa. Robert, as Escrituras sabem muito bem o poder que existe latente em nós, e nos incentivam a dominar esse poder... a construir os templos de nossas *mentes*.

– Infelizmente, acho que grande parte do mundo religioso está esperando que um templo *de verdade* seja reconstruído. Isso faz parte da Profecia Messiânica.

– Sim, mas deixa de lado um ponto importante. O Segundo Advento é o do *homem*, o instante em que a humanidade finalmente constrói o templo de sua mente.

– Não sei – disse Langdon, esfregando o queixo. – Não sou nenhum estudioso da Bíblia, mas tenho quase certeza de que as Escrituras descrevem em detalhes um templo *físico* que precisa ser construído. Segundo a descrição, a estrutura seria dividida em duas partes: um templo externo chamado Santo e um santuário interno chamado Santo dos Santos. As duas partes estão separadas uma da outra por um fino véu.

Katherine sorriu novamente.

– Bela memória bíblica para um cético. Aliás, você já viu um cérebro humano de verdade? Ele é constituído por duas partes: uma externa, chamada dura-máter, e outra interna, chamada pia-máter. Essas duas partes são separadas pela membrana aracnoide, um *véu* de tecido que parece uma teia de aranha.

Langdon inclinou a cabeça, surpreso.

Com delicadeza, ela ergueu a mão e tocou a têmpora de Langdon.

– Existe um motivo para *temple*, em inglês, significar tanto "têmpora" quanto "templo", Robert.

Enquanto Langdon tentava processar o que Katherine acabara de dizer, lembrou-se inesperadamente do Evangelho gnóstico segundo Maria: *Onde a mente está, lá está o tesouro.*

– Talvez você tenha ouvido falar – disse Katherine, baixando o tom de voz – nos exames de ressonância magnética feitos em iogues meditando. Quando em estado avançado de concentração, o cérebro humano produz, por meio da glândula pineal, uma substância parecida com cera. Essa secreção cerebral não se parece com nenhuma outra substância do corpo. Ela tem um efeito incrivelmente curativo, é capaz de regenerar células e talvez seja um dos motivos por trás da longevidade dos iogues. Isso é *ciência*, Robert. Essa substância tem propriedades inconcebíveis e *só* pode ser criada por uma mente em estado de profunda concentração.

– Eu me lembro de ter lido sobre isso alguns anos atrás.

– E, falando nisso, você conhece o relato da Bíblia sobre o "maná dos céus"?

Langdon não via ligação alguma entre os dois assuntos.

– Está se referindo à substância mágica que caiu do céu para alimentar os famintos?

– Exatamente. Dizia-se que essa substância curava os doentes, dava a vida eterna e, estranhamente, não produzia dejetos depois de consumida. – Katherine fez uma pausa, como se estivesse esperando que ele entendesse. – Robert – insistiu ela –, um alimento que caiu do *céu*? – Ela cutucou a própria têmpora. – Que cura o corpo por magia? Que não gera dejetos? Ainda não entendeu? São *palavras em código*, Robert! *Templo* é um código para "corpo". *Céu* é um código para "mente". A *Escada de Jacó* é a sua coluna vertebral. E o *maná* é essa rara secreção produzida pelo cérebro. Quando você vir essas palavras cifradas nas Escrituras, preste atenção. Elas muitas vezes são *sinais* de um significado mais profundo escondido sob a superfície.

Katherine passou a falar rápido, explicando como a mesma substância mágica aparecia em *todos* os Antigos Mistérios: néctar dos deuses, elixir da vida, fonte da juventude, pedra filosofal, ambrosia, orvalho, *ojas*, soma. Depois começou a dar uma longa explicação sobre como a glândula pineal representava o olho de Deus que tudo vê.

– Segundo Mateus 6:22 – disse ela com animação –, "Quando o teu olho for *bom*, todo o teu corpo terá luz". Esse conceito também é representado pelo chacra *ajna* e pelo pontinho na testa dos hindus que...

Katherine se deteve abruptamente, parecendo encabulada.

– Desculpe... sei que estou falando sem parar. Mas é que acho tudo isso tão emocionante! Passei anos estudando as afirmações dos antigos sobre o incrível poder mental do homem, e agora a *ciência* está nos mostrando que o *acesso* a esse poder se dá, na verdade, por meio de um processo físico. Se usado corretamente, nosso cérebro pode invocar poderes literalmente sobre-humanos. A Bíblia, como muitos textos antigos, é uma exposição detalhada da máquina mais sofisticada de todos os tempos... *a mente humana*. – Ela deu um suspiro. – Por incrível que pareça, a ciência ainda não alcançou todo o potencial da mente.

– Parece que seu trabalho com a noética vai representar um salto à frente nessa área.

– Talvez seja um salto para *trás* – disse ela. – Os antigos já conheciam muitas das verdades científicas que estamos redescobrindo atualmente. Em questão de anos, o homem moderno será forçado a aceitar algo hoje impensável: nossas mentes podem gerar energia capaz de *transformar* a matéria física. – Ela fez uma pausa. – As partículas *reagem* aos pensamentos... o que significa que *nossos pensamentos* têm o poder de mudar o mundo.

Langdon abriu um leve sorriso.

– Minha pesquisa me fez acreditar *nisto*: Deus é muito real... uma energia mental que permeia tudo – disse Katherine. – E nós, seres humanos, fomos criados a *essa* imagem...

– Como assim? – interrompeu Langdon. – Criados à imagem de... uma energia mental?

– Exatamente. Nossos corpos físicos evoluíram com o tempo, mas nossas *mentes* é que foram criadas à semelhança de Deus. Nós estamos levando a Bíblia muito ao pé de letra. Aprendemos que Deus nos criou à sua imagem, mas não são nossos corpos *físicos* que se assemelham a Deus, são nossas *mentes*.

Langdon se calara, totalmente fascinado.

– É esse o verdadeiro presente, Robert, e Deus está esperando que entendamos isso. Pelo mundo todo, ficamos olhando para o céu à procura de *Deus*... sem nunca perceber que Ele está esperando por *nós*. – Katherine fez uma pausa, dando tempo para aquelas palavras serem absorvidas. – Nós somos *criadores*, mas ainda assim ficamos ingenuamente fazendo o papel de *criaturas*. Vemos a nós mesmos como ovelhas indefesas, manipuladas pelo Deus que nos criou. Nos ajoelhamos como crianças assustadas, implorando ajuda, perdão, boa sorte. Mas, quando percebermos que somos realmente feitos à imagem do Criador, vamos começar a entender que nós *também* devemos ser criadores. Assim que entendermos esse fato, as portas do potencial humano irão se escancarar.

Langdon se lembrou de um trecho da obra do filósofo Manly P. Hall: *Se o infinito não quisesse que o homem fosse sábio, não teria lhe dado a faculdade de saber*. Langdon tornou a erguer os olhos para *A Apoteose de Washington* – a ascensão simbólica do homem à divindade. *A criatura... se transformando em Criador*.

– O mais incrível de tudo – disse Katherine – é que, assim que nós, humanos, começarmos a dominar nosso verdadeiro poder, teremos enorme controle sobre o mundo. Seremos capazes de *projetar* a realidade em vez de simplesmente reagir a ela.

Langdon baixou os olhos.

– Parece... perigoso.

Katherine ficou surpresa... e impressionada.

– Isso, exatamente! Se os *pensamentos* afetam o mundo, então precisamos tomar muito cuidado com *a maneira* como pensamos. Pensamentos destrutivos também têm influência, e todos sabemos que é muito mais fácil destruir do que criar.

Langdon pensou em todas as histórias sobre a necessidade de proteger o antigo saber dos não merecedores e de compartilhá-lo apenas com os iluminados. Pensou no Colégio Invisível e no pedido do grande cientista Isaac Newton a Robert Boyle para que guardasse "total silêncio" sobre seu estudo secreto. *Ele não pode ser divulgado*, escreveu Newton em 1676, *sem imensos danos para o mundo.*

– Houve, no entanto, uma reviravolta interessante – disse Katherine. – A grande ironia é que, durante séculos, todas as religiões do mundo incentivaram seus seguidores a abraçar os conceitos de *fé* e *crença*. Agora a ciência, que passou muitos séculos desprezando a religião ao considerá-la mera superstição, está sendo obrigada a admitir que sua próxima grande fronteira é literalmente a ciência da *fé* e da *crença*... o poder da convicção e da intenção. A mesma ciência que erodiu nossa fé nos milagres está agora construindo uma ponte para atravessar o abismo que criou.

Langdon passou um bom tempo pensando nas palavras dela. Bem devagar, tornou a erguer os olhos para a *Apoteose*.

– Quero fazer uma pergunta – falou, olhando de volta para Katherine. – Mesmo que eu conseguisse aceitar, apenas por um instante, que tenho o poder de modificar matéria física com a mente e de criar tudo aquilo que desejo... como poderia acreditar nisso se, infelizmente, não vejo nenhum indício desse poder na minha vida?

Ela deu de ombros.

– Então você não está procurando direito.

– Calma lá, quero uma resposta de verdade. Isso está parecendo uma resposta de *padre*. Quero uma de *cientista*.

– Você quer uma resposta de verdade? Aqui está. Se eu lhe der um violino e disser que você *tem* a capacidade de usá-lo para tocar músicas lindas, não estarei mentindo. Você tem essa capacidade, mas vai precisar treinar muito para que ela se manifeste. Aprender a usar a mente é a mesma coisa, Robert. O pensamento bem direcionado é uma habilidade que se adquire. Manifestar uma intenção requer um foco digno de um raio laser, uma visualização sensorial completa e uma crença profunda. Nós demonstramos isso no laboratório. E, como no caso do violino, existem pessoas que demonstram uma aptidão natural maior que outras. Olhe para a história. Veja os relatos de mentes iluminadas que realizaram feitos milagrosos.

– Katherine, por favor, não me diga que você realmente *acredita* nesses milagres. Quer dizer, francamente... transformar água em vinho, curar os doentes com um toque da mão?

Katherine inspirou fundo e soltou o ar lentamente.

– Eu já vi pessoas transformarem células cancerosas em células saudáveis apenas *pensando* nelas. Vi mentes humanas afetando o mundo físico de inúmeras formas. E quando você testemunha isso, Robert, quando essas coisas se tornam parte da sua realidade, a única diferença entre elas e alguns dos milagres sobre os quais já lemos passa a ser a intensidade.

Langdon estava pensativo.

– É um jeito inspirador de ver o mundo, Katherine, mas fico com a sensação de que isso é um salto de fé impossível. E, como você sabe, a fé nunca foi uma coisa fácil para mim.

– Então não pense nisso como *fé*. Pense que é apenas uma mudança de perspectiva: aceitar que o mundo não é exatamente como você imagina. Historicamente, todos os grandes avanços científicos começaram com uma ideia simples que ameaçou virar todas as crenças de cabeça para baixo. A simples afirmação "A Terra é redonda" foi desprezada e taxada de impossível porque a maioria das pessoas acreditava que, se fosse assim, os oceanos se derramariam do planeta. O heliocentrismo foi chamado de heresia. As mentes medíocres sempre atacaram aquilo que não entendem. Há aqueles que criam... e aqueles que destroem. Essa dinâmica existe desde que o mundo é mundo. Mas os criadores sempre acabam encontrando quem acredite neles. Então a quantidade de seguidores cresce até que alcança um número crítico e, de repente, o mundo se torna redondo, ou o sistema solar passa a ser heliocêntrico. A percepção se transforma e uma nova realidade nasce.

Langdon aquiesceu, agora com o pensamento longe.

– Você está com uma cara engraçada – disse ela.

– É, sei lá. Por algum motivo, estava me lembrando de como eu costumava pegar um pequeno barco e ir até o meio do lago à noite, só para ficar deitado debaixo das estrelas pensando nesse tipo de coisa.

Ela assentiu, compreendendo.

– Acho que todos nós temos uma lembrança parecida. Ficar deitado olhando para o céu... isso de alguma forma abre a mente. – Ela ergueu os olhos para o teto e então falou: – Me dê seu paletó.

– O quê? – Ele tirou o paletó e o entregou a ela.

Katherine o dobrou duas vezes, estendendo-o no chão da galeria como um travesseiro comprido.

– Deite-se.

Langdon se deitou de costas e Katherine ajeitou a cabeça dele sobre metade do paletó dobrado. Então ela se deitou ao lado dele – duas crianças, com os ombros colados sobre aquela passarela estreita, olhando para o enorme afresco de Brumidi.

– Muito bem – sussurrou Katherine. – Procure entrar naquele mesmo estado de espírito... uma criança deitada em um barco... observando as estrelas... com a mente aberta e cheia de assombro.

Langdon tentou obedecer, embora, naquele instante, deitado e à vontade, uma súbita onda de exaustão tomasse conta de seu corpo. À medida que sua visão se embaçava, ele percebeu uma forma difusa lá em cima que o despertou na mesma hora. *Será possível?* Não conseguia acreditar que não tivesse percebido isso antes, mas os personagens de *A Apoteose de Washington* estavam obviamente posicionados em dois círculos concêntricos – um círculo dentro de um círculo. *Será que a* Apoteose *também é um circumponto?* Langdon se perguntou que outro detalhe deixara passar naquela noite.

– Tenho uma coisa importante para dizer a você, Robert. Existe outra peça que considero o aspecto mais espantoso da minha pesquisa.

Ainda tem mais?

Katherine se apoiou no cotovelo.

– E juro... se nós, seres humanos, formos capazes de apreender de forma honesta essa *única* verdade simples... o mundo vai mudar da noite para o dia.

Ela passou a ter toda a sua atenção.

– Para começar – disse ela –, eu deveria lembrá-lo dos mantras maçônicos que nos incitam a "reunir o que está disperso", "criar ordem a partir do caos" e encontrar a "união".

– Continue. – Langdon estava intrigado.

Katherine sorriu para ele.

– Nós provamos cientificamente que o poder do pensamento humano cresce *exponencialmente* em proporção à quantidade de mentes que compartilham um mesmo pensamento.

Langdon continuou em silêncio, perguntando-se aonde ela queria chegar com essa ideia.

– O que estou dizendo é o seguinte: duas cabeças pensam melhor do que uma, mas não são *duas vezes* melhor, e sim *muitas vezes* melhor. Várias mentes trabalhando em uníssono ampliam o efeito de um pensamento... *de forma exponencial*. É esse o poder inerente aos grupos de oração, aos círculos de cura, aos cantos coletivos e às devoções em massa. A ideia de uma *consciência universal* não é um conceito etéreo da Nova Era. É uma realidade científica palpável... e dominar essa consciência tem o potencial de transformar o mundo. Essa é a descoberta fundamental da ciência noética. E o que é mais importante: isso está acontecendo agora. É possível sentir essa mudança à nossa volta. A tecnologia está nos conectando de formas que jamais imaginamos: veja o Twitter, o

Google, a Wikipédia e tantas outras coisas... tudo isso se une para criar uma rede de mentes interconectadas. – Ela riu. – E garanto a você: assim que eu publicar meu livro, todo mundo vai começar a postar no Twitter coisas do tipo "aprendendo sobre ciência noética", e o interesse por essa disciplina vai explodir de forma exponencial.

As pálpebras de Langdon estavam incrivelmente pesadas.

– Sabe que até hoje eu não aprendi a mandar um *twitter*?

– Um *tweet* – corrigiu ela, rindo.

– Como?

– Deixe para lá. Feche os olhos. Eu acordo você quando chegar a hora.

Langdon percebeu que havia quase se esquecido da chave que o Arquiteto lhe dera... e do motivo que levara os dois a subirem até ali. Engolido por uma nova onda de exaustão, fechou os olhos. Na escuridão de sua mente, se surpreendeu pensando na *consciência universal*... nos escritos de Platão sobre "a mente do mundo" e o "deus da união"... no "inconsciente coletivo" de Jung. O conceito era ao mesmo tempo simples e espantoso.

Deus está na união de Muitos... e não em Um só.

– *Elohim* – falou Langdon de repente, reabrindo os olhos ao perceber um vínculo inesperado.

– Como? – Katherine ainda o olhava de cima.

– *Elohim* – repetiu ele. – A palavra hebraica usada no Antigo Testamento para se referir a Deus! Ela sempre me intrigou.

Katherine abriu um sorriso de cumplicidade.

– Sim. A palavra está no *plural*.

Exatamente! Langdon nunca tinha entendido por que os primeiros trechos da Bíblia se referiam a Deus como um ser *plural*. *Elohim*. O Deus Todo-Poderoso do Gênesis era descrito não como Um... mas como Muitos.

– Deus é plural – sussurrou Katherine – porque as mentes dos homens são plurais.

Os pensamentos de Langdon estavam a mil... sonhos, lembranças, esperanças, medos, revelações... tudo rodopiava acima dele no domo da Rotunda. À medida que seus olhos começavam a se fechar novamente, ele se viu encarando três palavras em latim que faziam parte da *Apoteose*.

E PLURIBUS UNUM.

De muitos, um só, pensou, pegando no sono.

EPÍLOGO

Robert Langdon acordou devagar.

Rostos o fitavam de cima. *Que lugar é este?*

Logo em seguida, ele se lembrou de onde estava. Sentou-se lentamente debaixo da *Apoteose*. Tinha as costas doloridas de tanto ficar deitado no chão duro da galeria.

Onde está Katherine?

Langdon verificou o relógio do Mickey Mouse. *Está quase na hora.* Pôs-se de pé, olhando com cautela por cima do parapeito para o espaço aberto mais abaixo.

– Katherine? – chamou.

A palavra ecoou de volta para ele no silêncio da Rotunda deserta.

Langdon apanhou o paletó de tweed do chão, tirou a poeira com as mãos e tornou a vesti-lo. Verificou os bolsos. A chave de ferro que o Arquiteto lhe dera não estava mais ali.

Contornando de volta a passarela, foi em direção à abertura que Bellamy havia lhes mostrado... Ali, uma escada de metal íngreme subia até um lugar apertado e escuro. Começou a galgar os degraus. Foi subindo cada vez mais alto. Aos poucos, a escadaria se tornou mais estreita e mais inclinada. Mesmo assim, Langdon seguiu em frente.

Só mais um pouquinho.

Os degraus ficaram tão verticais quanto os de uma escada de mão e a passagem, assustadoramente exígua. Por fim, a subida terminou e Langdon pisou em um pequeno patamar. À sua frente havia uma porta de metal pesada. A chave de ferro estava na fechadura, e a porta, um pouco entreaberta. Ele a empurrou e ela se abriu com um rangido. O ar do outro lado era frio. Quando Langdon cruzou a soleira para entrar na escuridão, percebeu que estava do lado de fora.

– Eu já ia descer para buscar você – disse-lhe Katherine com um sorriso. – Está quase na hora.

Ao reconhecer que lugar era aquele, Langdon soltou um arquejo de espanto. Ele estava em pé sobre uma minúscula plataforma que circundava o topo do domo do Capitólio. Logo acima dele, a estátua de bronze Liberdade Armada fitava a capital adormecida. Ela estava voltada para o leste, onde as primeiras tintas vermelhas da aurora haviam começado a pintar o horizonte.

Katherine guiou Langdon ao redor da plataforma até os dois ficarem de frente para o oeste, perfeitamente alinhados com o National Mall. Ao longe, o contorno do Monumento a Washington se erguia em meio à luz da aurora. Daquele ponto, o altíssimo obelisco parecia ainda mais impressionante do que antes.

– Quando ele foi construído – sussurrou Katherine –, era a estrutura mais alta do planeta.

Langdon imaginou as antigas fotografias em sépia de pedreiros sobre andaimes suspensos a mais de 150 metros do solo, assentando cada tijolo à mão, um a um.

Nós somos construtores, pensou ele. *Somos criadores.*

Desde o início dos tempos, o homem pressentia que havia nele algo especial... algo a mais. Ele ansiava por poderes que não possuía. Havia sonhado em voar, em curar e em transformar seu mundo de todas as formas possíveis.

E foi exatamente isso que fez.

Hoje, os santuários em homenagem aos feitos humanos enfeitavam o National Mall. Os museus Smithsonian transbordavam de invenções e obras de arte, com ciência e ideias de grandes pensadores. Eles contavam a história do homem como criador – das ferramentas de pedra no Museu de História Indígena Norte--americana aos jatos e foguetes do Museu Aeroespacial.

Se nossos ancestrais pudessem nos ver hoje, com certeza nos considerariam deuses.

Enquanto Langdon admirava através da bruma da aurora a vasta geometria dos museus e monumentos à sua frente, seu olhar retornou ao Monumento a Washington. Ele imaginou a solitária Bíblia dentro da pedra angular enterrada e pensou em como a Palavra de Deus era na verdade a palavra do *homem*.

Pensou no grande circumponto e em como ele fora encravado na esplanada circular ao pé do monumento na encruzilhada dos Estados Unidos. De repente, pensou na pequena caixa de pedra que Peter lhe confiara. O cubo, ele agora percebia, havia se desmontado e se aberto para formar exatamente a mesma figura geométrica: uma cruz com um circumponto no centro. Langdon teve de rir. *Até mesmo aquela caixinha estava indicando esta encruzilhada.*

– Olhe, Robert! – Katherine apontou para o alto do monumento.

Langdon ergueu os olhos, mas não viu nada.

Então, observando com mais atenção, percebeu.

Do outro lado do National Mall, um diminuto pontinho de luz dourada do sol refletia no pico do imenso obelisco. Seu brilho foi aumentando rapidamente, tornando-o mais radiante e fazendo-o cintilar na ponta de alumínio do cume. Maravilhado, Langdon viu aquela luz se transformar em um farol que pairou sobre a cidade escurecida. Pensou na pequena inscrição na lateral leste do cume de alumínio e se deu conta, para seu espanto, de que o primeiro raio de luz do sol a atingir a capital todos os dias iluminava duas palavras:

Laus Deo.

– Robert – sussurrou Katherine –, ninguém nunca vem aqui ao nascer do sol. Era isso que Peter queria que nós víssemos.

Langdon sentiu seu coração bater mais rápido à medida que o brilho no alto do obelisco se intensificava.

– Peter acha que foi por isso que os pais fundadores ergueram esse monumento tão alto. Não sei se é verdade, mas *de uma coisa* tenho certeza... existe uma lei muito antiga decretando que nada mais alto pode ser construído na nossa capital. *Nunca.*

A luz foi descendo pelo cume de alumínio à medida que o sol subia no horizonte atrás deles. Enquanto assistia àquilo, Langdon quase podia sentir à sua volta as esferas celestiais traçando suas órbitas eternas pelo vazio do espaço. Pensou no Grande Arquiteto do Universo e em como Peter dissera especificamente que o tesouro que desejava mostrar a Langdon *só podia* ser desvendado pelo Arquiteto. Langdon imaginara que ele estivesse se referindo a Warren Bellamy. *Errei de Arquiteto.*

Quando os raios de luz ficaram mais fortes, o brilho dourado engoliu todo o cume. *A mente do homem... recebendo a iluminação.* A luz então começou a deslizar pelo monumento abaixo, iniciando a mesma descida que realizava a cada manhã. *O céu se movendo em direção à Terra... Deus se conectando ao homem.* Langdon se deu conta de que esse processo iria se reverter no final do dia. O sol mergulharia a oeste e a luz tornaria a subir da Terra para o céu... preparando-se para um novo dia.

Ao seu lado, Katherine estremeceu e chegou um pouco mais perto dele. Langdon passou o braço em volta do corpo dela. Com os dois ali em pé, em silêncio, o professor pensou sobre tudo o que havia aprendido naquela noite. Pensou na crença de Katherine de que o mundo estava prestes a mudar. Na fé de Peter de que uma idade de iluminação era iminente. E nas palavras de um grande profeta que havia declarado com ousadia: *Não há nada oculto que não será revelado, nem segredo que não virá à luz.*

Enquanto o sol nascia sobre Washington, Langdon olhou para o céu, onde o último resquício das estrelas da noite se apagava. Pensou na ciência, na fé, no homem. Pensou em como todas as culturas, de todos os países, em todos os tempos, sempre haviam compartilhado uma coisa. Nós todos temos um Criador. Usamos nomes diferentes, rostos diferentes e preces diferentes, mas Deus é a constante universal do homem. Ele é o símbolo que todos compartilhamos... o símbolo de todos os mistérios da vida que não somos capazes de compreender. Os antigos louvavam a Deus como símbolo de nosso potencial humano ilimitado, porém esse símbolo antigo tinha se perdido com o tempo. Até agora.

Naquele instante, parado no topo do Capitólio, com o calor do sol se espalhando ao seu redor, Robert Langdon sentiu uma poderosa onda brotar no âmago de seu ser. Era uma emoção que ele nunca havia sentido com tamanha profundidade na vida.

Esperança.

Dan Brown é o autor de livros de suspense mais popular da atualidade. Seu *mega-seller O Código Da Vinci* já vendeu mais de 80 milhões de exemplares em todo o mundo. Ele também escreveu *Anjos e Demônios, Fortaleza Digital* e *Ponto de Impacto*. Dan é casado com a pintora e historiadora da arte Blythe, que colabora nas pesquisas de seus livros. Ele mora na Nova Inglaterra, nos Estados Unidos.

O Código Da Vinci

Um assassinato dentro do Museu do Louvre, em Paris, traz à tona uma sinistra conspiração para revelar um segredo que foi protegido por uma sociedade secreta desde os tempos de Jesus Cristo. A vítima é o respeitado curador do museu, Jacques Saunière, um dos líderes dessa antiga fraternidade, o Priorado de Sião, que já teve como membros Leonardo da Vinci, Victor Hugo e Isaac Newton.

Momentos antes de morrer, Saunière deixa uma mensagem cifrada que apenas a criptógrafa Sophie Neveu e Robert Langdon, um simbologista, podem desvendar. Eles viram suspeitos e detetives enquanto tentam decifrar um intricado quebra-cabeça que pode lhes revelar um segredo milenar que envolve a Igreja Católica.

Apenas alguns passos à frente das autoridades e do perigoso assassino, Sophie e Robert vão à procura de pistas ocultas nas obras de Da Vinci e se debruçam sobre alguns dos maiores mistérios da cultura ocidental – da natureza do sorriso da Mona Lisa ao significado do Santo Graal. Mesclando os ingredientes de um suspense cativante com informações sobre obras de arte, documentos e rituais secretos, Dan Brown consagrou-se como um dos autores mais brilhantes da atualidade.

Anjos e Demônios

Antes de decifrar *O Código Da Vinci*, Robert Langdon, o famoso professor de simbologia de Harvard, vive sua primeira aventura em *Anjos e Demônios*, quando tenta impedir que uma antiga sociedade secreta destrua a Cidade do Vaticano.

Às vésperas do conclave que vai eleger o novo Papa, Langdon é chamado às pressas para analisar um misterioso símbolo marcado a fogo no peito de um físico assassinado em um grande centro de pesquisas na Suíça.

Ele descobre indícios de algo inimaginável: a assinatura macabra no corpo da vítima é dos Illuminati, uma poderosa fraternidade que ressurgiu disposta a levar a cabo a lendária vingança contra a Igreja Católica. De posse de uma nova arma devastadora, roubada do centro de pesquisas, ela ameaça explodir a Cidade do Vaticano e matar os quatro cardeais mais cotados para a sucessão papal.

Correndo contra o tempo, Langdon voa para Roma junto com Vittoria Vetra, uma bela cientista italiana. Numa caçada frenética por criptas, igrejas e catedrais, os dois desvendam enigmas e seguem uma trilha que pode levar ao covil dos Illuminati – um refúgio secreto onde está a única esperança de salvação da Igreja nesta guerra entre ciência e religião.

Fortaleza Digital

Antes de estourar no mundo inteiro com *O Código Da Vinci*, Dan Brown já demonstrava um talento singular como contador de histórias no seu primeiro livro, *Fortaleza Digital*, lançado em 1998 nos Estados Unidos.

Muitos dos ingredientes que, anos depois, fariam com que o autor fosse reconhecido como um novo mestre dos livros de ação e suspense já estavam presentes no seu romance de estreia: a narrativa rápida, a trama repleta de reviravoltas que prendem o leitor da primeira à última página e o fascínio exercido por códigos secretos, criptografia e enigmas misteriosos.

Em *Fortaleza Digital*, Dan Brown mergulha no intrigante universo dos serviços de informação e ambienta sua história na ultrassecreta e multibilionária NSA, a Agência de Segurança Nacional americana, mais poderosa do que a CIA ou qualquer outra organização de inteligência do mundo.

Quando o supercomputador da NSA, até então considerado uma arma invencível para decodificar mensagens terroristas transmitidas pela internet, se depara com um novo código que não pode ser quebrado, a agência recorre à sua mais brilhante criptógrafa, a bela matemática Susan Fletcher.

Presa numa teia de segredos e mentiras, sem saber em quem confiar, Susan precisa encontrar a chave do engenhoso código para evitar o maior desastre da história da inteligência americana e salvar a própria vida e a do homem que ama.

Ponto de Impacto

Quando um novo satélite da NASA encontra um estranho objeto escondido nas profundezas do Ártico, a agência espacial aproveita o impacto da sua descoberta para contornar uma grave crise financeira e de credibilidade. O peso dessa revelação acarreta sérias implicações para a política espacial norte-americana e, sobretudo, para a iminente eleição presidencial.

Com o objetivo de verificar a autenticidade da descoberta, a Casa Branca envia a analista de inteligência Rachel Sexton para a desolada geleira Milne. Acompanhada por uma equipe de especialistas, incluindo o carismático pesquisador Michael Tolland, Rachel se depara com indícios de uma fraude científica que ameaça abalar o planeta.

Antes que Rachel possa falar com o presidente dos Estados Unidos sobre suas suspeitas, ela e Michael são perseguidos por assassinos profissionais controlados por alguém capaz de tudo para encobrir a verdade. Em uma fuga desesperada para salvar suas vidas, a única chance de sobrevivência para Rachel e Michael é desvendar a identidade da pessoa que se esconde por trás dessa conspiração sem precedentes.

Com fascinantes informações sobre a NASA, a comunidade de inteligência e os bastidores da política americana, sem falar na polêmica discussão sobre a possibilidade de vida extraterrestre, *Ponto de Impacto* revela o amadurecimento de Dan Brown como escritor, reunindo todas as qualidades que o transformariam em um fenômeno mundial com seu livro seguinte, *O Código Da Vinci*.

INFORMAÇÕES SOBRE OS
PRÓXIMOS LANÇAMENTOS

Para receber informações sobre os lançamentos da
EDITORA SEXTANTE, basta cadastrar-se diretamente no site
www.sextante.com.br

Para saber mais sobre nossos títulos e autores, e enviar
seus comentários sobre este livro, visite o nosso site
www.sextante.com.br ou mande um e-mail para
atendimento@esextante.com.br

EDITORA SEXTANTE
Rua Voluntários da Pátria, 45 / 1.407 – Botafogo
Rio de Janeiro – RJ – 22270-000 – Brasil
Telefone: (21) 2286-9944 – Fax: (21) 2286-9244
E-mail: atendimento@esextante.com.br

RR DONNELLEY

IMPRESSÃO E ACABAMENTO
Av Tucunaré 299 - Tamboré
Cep. 06460.020 - Barueri - SP - Brasil
Tel.: (55-11) 2148 3500 (55-21) 3906 2300
Fax: (55-11) 2148 3701 (55-21) 3906 2324

IMPRESSO EM SISTEMA CTP